1Q84

HARUKI MURAKAMI

LIVRO 3
outubro – dezembro

TRADUÇÃO DO JAPONÊS
LICA HASHIMOTO

8ª REIMPRESSÃO

Copyright © 2010 by Haruki Murakami
Proibida a venda em Portugal

Grafia atualizada segundo o Acordo Ortográfico da Língua Portuguesa de 1990, que entrou em vigor no Brasil em 2009.

Os trechos de Karen Blixen (Isak Dinesen) reproduzidos nesta edição são de tradução de Claudio Marcondes (*A fazenda africana*, Cosac Naify, 2005)

A citação de *Macbeth*, de William Shakespeare, foi adaptada da tradução de Barbara Heliodora (*Hamlet e Macbeth*, Nova Fronteira, 1995)

Título original
1Q84

Capa
Retina_78

Revisão
Ana Kronemberger
Luara França
Taís Monteiro

CIP-Brasil. Catalogação na fonte
Sindicato Nacional dos Editores de Livros, RJ

M944u
    Murakami, Haruki
       1Q84 : Livro 3 (outubro-dezembro) / Haruki Murakami; tradução do japonês Lica Hashimoto. – 1ª ed. – Rio de Janeiro: Alfaguara, 2013.
       472p.

       Tradução de: 1Q84.
       Sequência de: 1Q84 – Livro 2
       ISBN 978-85-7962-205-2

       1. Romance japonês. 1. Hashimoto, Lica. 11. Título.

                       CDD: 895.63
13-05626   CDU: 821.521-3

Todos os direitos desta edição reservados à
EDITORA SCHWARCZ S.A.
Praça Floriano, 19, sala 3001 — Cinelândia
20031-050 — Rio de Janeiro — RJ
Telefone: (21) 3993-7510
www.companhiadasletras.com.br
www.blogdacompanhia.com.br
facebook.com/editora.alfaguara
instagram.com/editora_alfaguara
twitter.com/alfaguara_br

Sumário

1 USHIKAWA – Algo que chuta na remota conexão do consciente — 7
2 AOMAME – Sozinha, mas não solitária — 26
3 TENGO – As feras estão vestidas — 40
4 USHIKAWA – A navalha de Occam — 55
5 AOMAME – Por mais que se contenha a respiração — 69
6 TENGO – Pinica meu polegar — 80
7 USHIKAWA – Estou caminhando em sua direção — 100
8 AOMAME – A porta não é das piores — 117
9 TENGO – Antes de a saída se fechar — 131
10 USHIKAWA – Reunir provas concretas — 148
11 AOMAME – Não há coerência nem bondade — 166
12 TENGO – As regras do mundo estão se afrouxando — 180
13 USHIKAWA – É isso o que significa voltar à estaca zero? — 194
14 AOMAME – Esse meu ser pequenino — 210
15 TENGO – Não estou autorizado a falar sobre isso — 221
16 USHIKAWA – Uma máquina insensível, eficaz e resistente — 239
17 AOMAME – Só tenho um par de olhos — 257
18 TENGO – Quando se espeta alguém com uma agulha, sangue vermelho é derramado — 269
19 USHIKAWA – Coisas que ele consegue fazer, e as pessoas comuns não — 292
20 AOMAME – Parte da minha transformação — 313
21 TENGO – Algum lugar dentro de sua mente — 331
22 USHIKAWA – Olhos que expressam piedade — 355
23 AOMAME – A luz estava definitivamente ali — 368
24 TENGO – Deixando a cidade dos gatos — 375

25 USHIKAWA – Faça frio ou não, Deus está presente — 383

26 AOMAME – Muito romântico — 402

27 TENGO – O mundo todo é insuficiente — 416

28 USHIKAWA – E uma parte de sua alma — 430

29 AOMAME – Nunca mais vou largar sua mão — 443

30 TENGO – Se eu não estiver errada — 447

31 TENGO E AOMAME – Como uma ervilha dentro da vagem — 453

Capítulo 1
Ushikawa
Algo que chuta na remota conexão do consciente

— Por gentileza, senhor Ushikawa, poderia não fumar? — disse o rapaz de estatura mais baixa.

Ushikawa fitou momentaneamente o homem sentado do outro lado da mesa para, em seguida, lançar um rápido olhar ao Seven Stars preso entre os dedos. O cigarro estava apagado.

— Agradeceria muito — acrescentou o homem, reforçando o pedido educadamente.

Ushikawa esboçou confusão e surpresa, como se imaginando de que forma aquilo fora parar em sua mão.

— Ah! Sinto muito. Nem sei o que estou fazendo. É claro que não vou acender. É que minhas mãos agem sem eu perceber.

O queixo do rapaz balançou discretamente cerca de um centímetro sem contudo desviar seu olhar, fixo em Ushikawa. Sob esse olhar, Ushikawa devolveu o cigarro à sua embalagem e prontamente guardou o maço na gaveta.

O rapaz alto, cujos cabelos pendiam num rabo de cavalo, permanecia em pé ao lado da porta com o corpo quase encostado ao batente, fitando-o como quem observa uma *mancha* incrustada na parede. "Dupla sinistra", pensou Ushikawa. Era o terceiro encontro, mas, sempre que se viam, Ushikawa sentia desassossego.

No escritório não muito grande de Ushikawa havia uma única mesa, e o rapaz baixo de cabelo rente estava sentado bem à sua frente. O rapaz se incumbia de conversar enquanto o outro, o de rabo de cavalo, mantinha-se em silêncio, totalmente imóvel e com o olhar fixo em Ushikawa, como as estátuas de cães guardiões à entrada de santuários xintoístas.

— Já se passaram três semanas — disse o rapaz de cabelo rente.

Ushikawa pegou o calendário de mesa e, após verificar algumas anotações, concordou:

— Realmente. Hoje fazem exatamente três semanas desde a última vez em que nos encontramos.

— Durante esse período não recebemos nenhuma informação. E como já lhe disse anteriormente, senhor Ushikawa, temos urgência em resolver este assunto o mais rápido possível; não dispomos de tempo.

— Estou ciente disso — disse Ushikawa, mexendo o isqueiro dourado no lugar do cigarro. — Não temos tempo a perder. Sei muito bem disso.

O rapaz de cabelo rente aguardou Ushikawa prosseguir a conversa.

— A questão é que eu não sou do tipo que fornece informações a conta-gotas. Não gosto de falar uma coisinha aqui e outra ali. Quero, antes de tudo, ter uma ideia do conjunto, entender as relações existentes entre os fatos e o que está por trás disso tudo. Informações mal transmitidas podem provocar inconvenientes desnecessários. Pode parecer um capricho da minha parte, mas saiba, senhor Onda, que este é o meu jeito para trabalhar — disse Ushikawa.

O rapaz de cabelo rente chamado Onda lançou-lhe um olhar de indiferença. Ushikawa sabia que o rapaz não tinha uma boa impressão dele, mas isso era o de menos. Das lembranças que guardava desde a infância, ele jamais causara boa impressão em ninguém. Isso se tornou algo mais que normal. Seus pais e os irmãos nunca gostaram dele e, tampouco, os professores e os colegas de classe. A esposa e os filhos também não gostavam dele. Se, porventura, alguém tivesse uma boa impressão dele, aí sim ele teria motivo para ficar um tanto incomodado. Mas o contrário não.

— Senhor Ushikawa, saiba que, na medida do possível, gostaríamos de respeitar o seu modo de conduzir as coisas. E o senhor há de concordar que sempre soubemos respeitar esse seu estilo de trabalho. Até agora. Mas, desta vez, a situação é diferente. Infelizmente, neste caso em particular, não dispomos de tempo para aguardar os fatos serem integralmente elucidados.

— O senhor está dizendo isso, mas, senhor Onda, creio que os senhores não ficaram todo esse tempo simplesmente de braços cruzados aguardando informações minhas — comentou Ushikawa.

— É de supor que, paralelamente, os senhores estiveram agindo a seu modo em busca de informações. Não é mesmo?

Onda não respondeu. Os lábios permaneceram horizontalmente cerrados. O rosto manteve-se igualmente inexpressivo. Mas Ushikawa percebeu que o seu comentário não fora de todo infundado. Nas últimas três semanas, eles montaram uma equipe e, adotando uma estratégia diferente da de Ushikawa, buscavam o paradeiro de uma certa mulher. Mas não obtiveram resultados. Era por isso que essa dupla sinistra resolvera procurá-lo novamente.

— Dizem que, para descobrir a trilha de uma cobra, só mesmo sendo uma — disse Ushikawa, olhando a palma das mãos como se tivesse acabado de revelar um segredo risível. — Por mais que ocultem os fatos, me considero uma cobra. A minha aparência, como se pode notar, não é boa, mas meu faro é apurado. Por mais insignificante que seja, tenho a capacidade de farejar até descobrir onde estão. Mas, como sou originariamente uma cobra, só consigo trabalhar do meu jeito e no meu ritmo. Entendo perfeitamente que o tempo é importante, mas peço que esperem um pouco mais. Se não tiverem paciência, podem pôr tudo a perder.

Onda observava pacientemente o isqueiro dourado girando na mão de Ushikawa e, um tempo depois, ergueu o rosto e disse:

— Será que o senhor poderia nos adiantar algumas informações, ainda que parciais? Entendo a sua posição, mas, se não levarmos alguma informação objetiva, nossos superiores ficarão inconformados. Nossa situação é delicada. E creio que a do senhor também não é das mais confortáveis.

"Esses caras também estão sendo pressionados", pensou Ushikawa. Os dois foram considerados exímios lutadores de artes marciais e designados para serem os guarda-costas do Líder. Mas, apesar disso, não puderam evitar que o Líder fosse morto debaixo de seu nariz. Não. O fato é que não havia indícios de que ele fora assassinado. Alguns médicos, integrantes do grupo religioso, examinaram o cadáver, mas não encontraram nenhuma marca que pudesse ser considerada um ferimento. Mas na enfermaria do centro havia somente equipamentos simples. Sem contar que não havia disponibilidade de tempo. Se tivesse sido realizada uma autópsia minuciosa por um legista especializado, haveria a possibilidade de se descobrir algo, mas agora era tarde demais. Em segredo, eles já haviam dado fim ao corpo dentro de suas instalações.

Seja como for, o fato de não terem protegido o Líder os deixava numa situação delicada. Agora a incumbência era encontrar a mulher que havia desaparecido. A ordem era encontrá-la, de qualquer jeito. Porém, até o momento, nada conseguiram de concreto. A despeito de serem exímios seguranças e guarda-costas, faltava-lhes a habilidade de encontrar uma pessoa que sumiu sem deixar vestígios.

— Está bem — disse Ushikawa. — Vou revelar algumas coisas que descobri. Mas, veja bem, não posso contar tudo.

Onda estreitou os olhos e, após observar Ushikawa durante um tempo, concordou:

— Está bem. Nós também temos algumas informações. Talvez o senhor já saiba, ou não. Vamos compartilhar o que sabemos.

Ushikawa largou o isqueiro e cruzou as mãos sobre a mesa:

— Uma jovem chamada Aomame foi chamada para ir à suíte do Hotel Ôkura e realizar uma seção de alongamento muscular no Líder. Isso foi no início de setembro, naquela noite em que caiu uma forte tempestade na cidade. Ela permaneceu cerca de uma hora no quarto contíguo e, após a sessão de tratamento, se retirou, deixando o Líder dormindo. Antes de ir embora, ela pediu para que vocês o deixassem descansar por pelo menos duas horas, sem movê-lo do lugar. E vocês seguiram à risca essa instrução. Mas o fato é que o Líder não estava dormindo. Naquela hora, já estava morto. Não foi encontrado nenhum ferimento aparente. Parecia ter sido acometido de um ataque cardíaco. Mas, logo depois, essa mulher desapareceu. Ela havia desocupado antecipadamente o apartamento, e o local estava totalmente vazio. No dia seguinte, o clube esportivo em que ela trabalhava recebeu sua carta de demissão. Tudo estava de acordo com um plano. Conclui-se, portanto, que a morte do Líder não foi um mero acidente e, sendo assim, temos de presumir que Aomame o matou.

Onda concordou com a cabeça. Não havia objeções até aquele ponto.

— O objetivo de vocês é descobrir o que de fato aconteceu naquele dia. E, para isso, é necessário encontrar essa mulher, custe o que custar.

— Queremos saber se foi realmente essa tal de Aomame que matou o nosso Líder e, caso tenha sido ela, queremos saber os motivos que a levaram a isso.

Ushikawa pôs-se a observar os dez dedos entrelaçados sobre a mesa, como se fossem objetos estranhos, jamais vistos e, um tempo depois, levantou o rosto e olhou para o rapaz:

— Vocês já investigaram a família de Aomame, certo? Todos são adeptos das Testemunhas de Jeová e fiéis seguidores. Os pais continuam empenhados em propagar e aliciar novos membros, de porta em porta. O irmão mais velho, de trinta e quatro anos, trabalha na sede da religião situada na cidade de Odawara. É casado e tem dois filhos. A esposa também é Testemunha de Jeová. A única da família que largou a religião foi Aomame e, segundo seus familiares, como cometeu esta "apostasia", eles cortaram os laços. Não há nenhum indício de que a família tenha tido algum contato com ela nos últimos vinte anos. A possibilidade de eles a acobertarem é impensável. Ela decidiu romper com a família aos onze anos e, desde então, passou a viver praticamente por conta própria. Chegou a morar durante um tempo na casa de seu tio, mas, ao ingressar no colegial, tornou-se totalmente independente. Algo que, de fato, pode-se considerar formidável. Ela é uma mulher forte, de fibra.

O rapaz de cabelo rente não teceu nenhum comentário. Obviamente, eram informações já sabidas.

— Creio não haver nenhuma ligação entre as Testemunhas de Jeová e este caso em particular. Eles formam um grupo radical de caráter pacifista, de não resistência. Não é provável que tenham se organizado para planejar a morte do Líder. Quanto a isso, vocês concordam, não é?

Onda balançou a cabeça afirmativamente, e disse:

— Neste caso, sabíamos que as Testemunhas de Jeová não estavam envolvidas, mas, por precaução, conversamos com o irmão dela. Afinal, *todo cuidado é pouco*. E constatamos que ele realmente não sabia de nada.

— Vocês arrancaram as unhas dele, já que todo cuidado é pouco?

Onda ignorou essa pergunta.

— Estou brincando. Me desculpe. Por favor, não se zangue. De qualquer modo, estou certo de que o irmão desconhecia quaisquer ações ou o paradeiro de Aomame — continuou Ushikawa. — Apesar de eu ser uma pessoa pacífica e jamais tomar uma atitude drástica, disso eu sei. Sei que Aomame não tem nenhuma ligação com a família ou com as Testemunhas de Jeová, mas, de qualquer modo, ela não agiu sozinha. É impossível que só uma pessoa possa realizar algo tão difícil. Ela apenas seguiu à risca as instruções minuciosamente planejadas. E desapareceu como num passe de mágica. Há muitas pessoas envolvidas, e uma considerável soma de dinheiro por trás disso. A pessoa ou a organização na retaguarda de Aomame tinha motivos para matar o Líder. Por isso, planejou tudo detalhadamente. Creio que vocês também concordam comigo, não?

Onda meneou a cabeça.

— De um modo geral, sim.

— No entanto, não temos nenhuma pista de que tipo de organização estaria por trás disso — disse Ushikawa. — Obviamente, vocês também verificaram as amizades e as relações sociais de Aomame, não?

Onda concordou, sem se pronunciar.

— Pois então. Ela não possui nenhuma amizade significativa — disse Ushikawa. — Ela não tem amigos e parece que também não tem namorado. Possui alguns colegas de trabalho, mas nenhum que mantenha um relacionamento pessoal fora dele. Eu não consegui encontrar ninguém com quem ela tenha tido um relacionamento mais íntimo. Por que será? Ela é jovem, saudável e não deixa de ser uma mulher atraente.

Dito isso, Ushikawa olhou para o rapaz de rabo de cavalo que estava em pé na porta. Ele mantinha a mesma postura e olhar. Um rosto essencialmente inexpressivo, e categoricamente inalterável. "Será que ele tem um nome?", pensou Ushikawa. Não seria de admirar, caso não tivesse.

— Vocês são os únicos que viram o rosto de Aomame — comentou Ushikawa. — E então? Ela possui alguma particularidade?

Onda balançou a cabeça negativamente.

— É como o senhor acabou de dizer. Ela é jovem e possui *um certo* encanto, mas não chega a ser uma mulher estonteante, que chama a atenção por sua beleza. É uma pessoa serena e calma. Parecia ser muito segura e confiante em sua habilidade profissional. Fora isso, nada mais chamou especial atenção. A impressão que se tem de sua aparência é um tanto vaga, e não consigo lembrar nenhum detalhe de seu rosto. Chega a ser estranho.

Ushikawa lançou novamente o olhar em direção ao rapaz na porta. Quem sabe quisesse comentar algo. Mas ele não demonstrou nenhuma intenção de falar.

Ushikawa olhou para o rapaz de cabelo rente.

— Vocês, obviamente, já devem ter verificado os registros telefônicos de Aomame dos últimos meses, não?

Onda balançou a cabeça negativamente.

— Isso ainda não fizemos.

— Pois recomendo que façam. Sem falta — disse Ushikawa, esboçando um sorriso. — As pessoas telefonam para diversos lugares e igualmente recebem ligações de outros tantos. Ao verificar os registros telefônicos descobre-se naturalmente o padrão de vida da pessoa. O caso de Aomame não é uma exceção. Não é tarefa fácil conseguir os registros telefônicos de uma linha particular, mas também não é impossível. Pois então, para se conhecer o caminho da cobra, só mesmo sendo cobra, não disse?

Onda aguardou em silêncio a continuação da conversa.

— Ao verificar atentamente os registros telefônicos de Aomame, descobri alguns fatos. Digamos que ela é um caso raro entre as mulheres; parece que não gosta muito de falar ao telefone. A quantidade de ligações é pequena, e a conversa também costuma ser breve. De vez em quando, há um ou outro telefonema mais longo, mas, é uma exceção. A maior parte das ligações era para o clube esportivo em que trabalhava, mas, como ela trabalhava meio período, como freelancer, alguns desses trabalhos de personal trainer ela negociava diretamente com os seus clientes, sem passar pelo balcão da academia. Esse tipo de telefonema também era comum. Aparentemente, eram ligações que não despertariam nenhuma suspeita.

Ushikawa fez uma pausa e, ao observar sob vários ângulos a mancha de nicotina impregnada em seus dedos, veio-lhe à mente a imagem de um cigarro. E, mentalmente, acendeu-o, tragou e soltou a fumaça.

— Mas encontrei duas exceções. Uma delas trata-se de duas ligações feitas para a polícia. Não para o número de emergência, mas para a divisão de trânsito da polícia metropolitana de Shinjuku. E ela também recebeu algumas ligações desse local. Mas Aomame não possuía carro, e um policial não contrataria um personal trainer de um clube esportivo de elite. Diante disso, temos de supor que ela tinha algum amigo que trabalhava nessa seção. Não sabemos exatamente quem. Outra coisa que me deixou intrigado foi que, além disso, há alguns telefonemas longos feitos de um número não identificado. As ligações são originadas desse número e ela mesma nunca ligou para ele. Tentei identificá-lo de várias maneiras, mas não consegui. Existem números telefônicos registrados para que o nome não venha a público, mas, mesmo nesses casos, há meios de descobri-los. No entanto, daquele número em particular não há como descobrir o nome, por mais que se procure. A informação está guardada *a sete chaves*. Isso é algo difícil de fazer.

— Quer dizer que essa pessoa consegue fazer coisas incomuns.

— Exatamente. Não há dúvidas de que são profissionais.

— Uma outra cobra — disse Onda.

Ushikawa alisou sua cabeça calva e deformada e esboçou um sorriso maroto.

— Isso mesmo. Uma outra cobra. Daquelas bem terríveis.

— De qualquer modo, está ficando bem claro que existe um profissional por trás dela — disse Onda.

— Exatamente. Existe alguma organização dando cobertura a Aomame. E essa organização não é de amadores, uma diversão para as horas livres.

Onda observou Ushikawa durante um tempo, com os olhos semicerrados. Depois virou-se para a porta e olhou em direção ao rapaz de rabo de cavalo que continuava em pé ao lado dela. Este fez um breve e discreto sinal indicando que estava entendendo a conversa. Onda novamente voltou-se para Ushikawa.

— E? — indagou Onda.

— E — continuou Ushikawa. — Agora é a minha vez de perguntar. Vocês sabem de alguma coisa? Desconfiam de algum grupo ou organização que desejava matar o seu líder?

Onda franziu as sobrancelhas longas e, ao juntá-las, três rugas se formaram na base do nariz.

— Senhor Ushikawa, pense bem. Nós somos um grupo religioso. Buscamos alcançar a paz no coração e uma vida pautada em valores espirituais. Vivemos em harmonia com a natureza e nos dedicamos diariamente à agricultura e à prática ascética. Quem em sã consciência poderia nos considerar inimigos? Que vantagem haveria nisso?

Ushikawa esboçou um sorriso hesitante nos cantos dos lábios.

— Existem fanáticos em todo o mundo. Ninguém sabe o que eles são capazes de pensar, não é mesmo?

— De nossa parte, não temos nenhuma desconfiança de quem quer que seja — respondeu Onda, ignorando a ironia contida nas palavras de Ushikawa.

— E o grupo Akebono? O grupo dissidente não estaria disperso por aí tramando algo?

Onda novamente balançou a cabeça, desta vez demonstrando convicção de que isso era uma ideia descabida. Eles devem ter esmagado o grupo Akebono, de modo que seus antigos membros não fossem motivo de preocupações futuras. Possivelmente, sem deixar vestígios.

— Tudo bem. Então quer dizer que vocês também não têm ideia de quem possa estar por trás disso. Mas o fato é que existe uma organização cuja meta era matar o seu líder, e que conseguiu cumpri-la com extrema habilidade e astúcia. E a pessoa que o fez desapareceu como fumaça. É um fato inquestionável.

— Precisamos desvendar essa história.

— Sem envolver a polícia.

Onda assentiu.

— Isso é um problema nosso, e não da justiça.

— Entendo. Isso é um problema de vocês, não da justiça. A conversa está muito clara e facilita o entendimento — disse Ushikawa. — Mas eu gostaria de fazer mais uma pergunta.

— Fique à vontade — disse Onda.

— Quantas pessoas do grupo sabem da morte do líder?

— Nós dois sabemos — respondeu Onda. — Duas pessoas ajudaram a transportar o corpo. E são meus subordinados. Há também cinco pessoas do alto conselho. Ao todo, nove. Três donzelas do santuário ainda não sabem, mas em breve saberão. Elas serviam pessoalmente o líder e não há como esconder isso por muito tempo. E, além dessas pessoas, obviamente o senhor.

— Ao todo, são treze.

Onda permaneceu em silêncio.

Ushikawa respirou fundo.

— Posso ser sincero?

— Por favor — disse Onda.

— Sei que o que vou dizer agora não tem cabimento, mas vocês deveriam ter informado a polícia assim que descobriram que o líder estava morto. Seja como for, a morte dele deveria se tornar pública. Não se pode ocultar para sempre um acontecimento dessa grandeza. Um segredo compartilhado por mais de dez pessoas deixa de ser segredo. É inevitável; em breve vocês estarão encrencados.

A expressão do rapaz de cabelo rente manteve-se inalterada.

— Esse tipo de decisão não faz parte do meu trabalho. Apenas sigo ordens.

— Então quem é que decide?

Não houve resposta.

— É a pessoa que vai substituir o Líder?

Onda permaneceu em silêncio.

— Está bem — disse Ushikawa. — Vocês receberam instruções de um superior e secretamente cuidaram do corpo do líder. Na sua organização a ordem dos superiores é absoluta. Mas, do ponto de vista da justiça, isso que vocês fizeram é ocultação de cadáver, e é considerado um crime extremamente grave. Creio que você já deve saber, não é?

Onda concordou.

Ushikawa novamente respirou fundo.

— Eu já lhe disse anteriormente, mas, na pior das hipóteses, se a polícia for envolvida nessa história, quero que sustentem a versão de que vocês não me contaram nada sobre a morte do Líder. Não quero ser acusado e me envolver em questões criminais.

— O senhor não foi informado sobre a morte do Líder. Nós o contratamos como um investigador externo para descobrir o paradeiro de uma mulher chamada Aomame. O senhor não está infringindo a lei — disse Onda.

— Assim está ótimo. Eu não sei de nada — disse Ushikawa.

— Se fosse possível, evitaríamos falar da morte do Líder com pessoas de fora do grupo, mas quem realizou a investigação sobre Aomame e deu o sinal verde para que a contratássemos foi o senhor e, sendo assim, o senhor já está *efetivamente* envolvido no caso. Precisamos de sua ajuda para encontrá-la. E o senhor possui a reputação de ser uma pessoa sigilosa.

— Guardar segredo é fundamental na minha profissão. Quanto a isso, não se preocupe. Não há nenhum perigo de algo escapar de minha boca.

— Caso o segredo seja revelado, e descobrirmos que a informação partiu do senhor, saiba que poderá acontecer algo desagradável.

Ushikawa olhou de novo para os dez dedos entrelaçados pesadamente, apoiados sobre a mesa, com uma expressão de quem está surpreso em constatar que aqueles dedos lhe pertencem.

— Algo desagradável — repetiu Ushikawa, erguendo o rosto e dirigindo o olhar ao rapaz.

Onda estreitou levemente os olhos.

— Seja como for, a morte do Líder deve ser mantida em segredo. Para que isso se cumpra, nem sempre podemos escolher os meios.

— Vou guardar segredo. Não se preocupe — disse Ushikawa. — Até agora, nossa parceria tem dado certo. Aceitei trabalhos que lhes eram inconvenientes e os resolvi discretamente. Às vezes eram trabalhos difíceis, mas fui fartamente remunerado. Tenho dois zíperes fechando a minha boca. Não tenho nenhum tipo de crença, mas, como recebi uma ajuda pessoal do Líder morto, não vou medir esforços para descobrir o paradeiro de Aomame e, para isso, tenho me empenhado ao máximo em saber o que há por trás disso. E tenho alcançado alguns *progressos*. Por isso, peço-lhe que tenha um pouco mais de paciência. Em breve creio que terei ótimas notícias.

— As informações parciais que o senhor poderia nos passar com segurança foram essas? — indagou Onda.

Ushikawa fez uma pequena pausa para reflexão.

— Como eu disse anteriormente, Aomame telefonou duas vezes para a divisão de trânsito da polícia metropolitana do distrito de Shinjuku. E alguém dessa seção também telefonou para ela algumas vezes. Ainda não consegui identificar o nome dessa pessoa. Afinal é uma divisão da polícia e, por mais que eu pergunte o nome dessa pessoa, não vão me fornecer. Mas naquele momento uma luz brilhou resplandecente nessa minha cabeça feia. Lembrei-me de que havia acontecido alguma coisa envolvendo essa divisão de trânsito. Pensei durante um bom tempo sobre o que é que havia acontecido por lá. O que exatamente estava tentando estabelecer um elo com a minha parca lembrança? Confesso que demorei para lembrar. É dureza envelhecer. A idade faz com que as gavetas da memória deixem de deslizar facilmente. Antes, as lembranças surgiam num piscar de olhos. Foi há uma semana que finalmente consegui me lembrar do que se tratava.

Ushikawa interrompeu a conversa e, após esboçar um sorriso caricatural, observou o rosto do rapaz de cabelo rente. Este aguardou pacientemente a continuação da conversa.

— Foi algo que aconteceu em agosto deste ano. Uma policial jovem que trabalhava na divisão de trânsito da polícia metropolitana do distrito de Shinjuku foi estrangulada num motel no bairro de Maruyama, distrito de Shibuya. Ela foi encontrada completamente nua e presa com as próprias algemas. Foi um pequeno escândalo. Pois então, os telefonemas que Aomame fez para o departamento concentram-se nos meses anteriores a esse incidente. Após essa ocorrência não houve mais nenhuma ligação. O que acha? Não se trata de uma simples coincidência, não acha?

Onda permaneceu em silêncio por algum tempo. Depois, disse:

— Está querendo dizer que Aomame telefonava para a policial assassinada?

— Seu nome era Ayumi Nakano. Idade, vinte e seis anos. Era uma jovem graciosa que esbanjava simpatia. O pai e o irmão mais velho também eram da polícia; uma família de policiais. Era considerada uma excelente oficial. A polícia tem se empenhado em encontrar o criminoso, mas até agora não conseguiram identificá-lo. Desculpe-me fazer esse tipo de pergunta, mas será que você, por acaso, sabe alguma coisa sobre esse incidente?

Onda encarou Ushikawa com um olhar duro e gélido, como se acabasse de sair de uma zona glacial.

— Não estou entendendo onde o senhor quer chegar — disse o rapaz. — Senhor Ushikawa, por acaso o senhor está insinuando que nós estamos envolvidos nesse caso? Acha que um de nossos homens levou essa policial até um hotel de má reputação, prendeu-a com algemas e a estrangulou?

Ushikawa discordou, mantendo os lábios cerrados.

— Que absurdo! De jeito nenhum. Jamais pensaria numa coisa dessas. O que estou perguntando é se vocês sabem de alguma coisa relacionada a esse incidente. Apenas isso. Qualquer pista. Quaisquer informações, por mais insignificantes que possam parecer, para mim são muito importantes. Por mais que eu tente espremer o mínimo de conhecimento que possuo, não consigo encontrar uma relação entre o assassinato da policial em Shibuya e o do Líder.

Onda fitou Ushikawa durante um longo tempo, como se estivesse tirando as medidas de um objeto. A seguir, expeliu lentamente o ar dos pulmões:

— Entendi. Levarei essa informação aos meus superiores — disse o rapaz e, na sequência, tirou um bloco e anotou: "Ayumi Nakano, 26 anos, divisão de trânsito do distrito de Shinjuku. Possível relação com Aomame."

— Exatamente.

— Mais alguma coisa?

— Tenho mais uma pergunta. Creio que deva ter sido alguém do grupo que indicou o nome de Aomame. Essa pessoa deve ter comentado que ela trabalhava em Tóquio e que era uma instrutora esportiva muito competente, especialista em alongamento muscular. E, como você acabou de dizer, fui contratado para investigá-la. Não estou querendo me justificar, mas, como sempre, me empenhei de corpo e alma nesse trabalho. Mas não encontrei nada de estranho, nenhuma suspeita que a desabonasse. A ficha dela era totalmente limpa. Vocês a chamaram para ir à suíte do hotel Ôkura, e o resto vocês já sabem. Pois então, quem foi e de onde surgiu essa recomendação?

— Não sei.

— Não sabe? — indagou Ushikawa, esboçando uma expressão como a de uma criança que desconhece o sentido de uma palavra que acabou de ouvir. — Quer dizer que, apesar de a indicação ter sido feita por alguém do próprio grupo, vocês não sabem quem foi essa pessoa? É isso?

Onda respondeu sem alterar a expressão do rosto:

— Isso mesmo.

— É muito estranho — disse Ushikawa, surpreso.

Onda permaneceu em silêncio.

— Uma história difícil de desvendar, pois se espalhou espontaneamente sem que se saiba de onde, quando e quem indicou o nome dela. É isso?

— Para falar a verdade, quem estava realmente entusiasmado com essa ideia era o próprio Líder — disse Onda, escolhendo cuidadosamente as palavras. — Algumas pessoas do grupo eram da opinião de que era muito arriscado permitir que uma pessoa, cuja história pessoal nos era desconhecida, fosse autorizada a tocar o corpo do Líder. Nós, seus guarda-costas, também concordávamos com essa opinião. Mas o Líder parecia não se importar com isso. Muito pelo contrário, ele próprio incentivava enfaticamente para que providenciássemos o encontro.

Ushikawa segurou novamente o isqueiro, abriu a tampa e acendeu o fogo, como a averiguar a intensidade da chama e, rapidamente, fechou a tampa.

— O líder me pareceu uma pessoa extremamente cautelosa — comentou Ushikawa.

— Tem razão. Ele era extremamente atento e cauteloso.

Houve um profundo silêncio.

— Tenho mais uma pergunta — disse Ushikawa. — É sobre Tengo Kawana. Ele mantinha uma relação com uma mulher mais velha, casada, chamada Kyôko Yasuda. Uma vez por semana, ela frequentava o apartamento dele, e passavam algumas horas íntimas. Afinal de contas, são jovens! É mais que natural. Mas, certo dia, inesperadamente o marido dela telefonou para Tengo dizendo que ela não poderia mais se encontrar com ele. E, desde então, Tengo nunca mais teve nenhuma notícia dela.

Onda franziu as sobrancelhas.

— Não entendo o motivo dessa conversa. Está querendo me dizer que Tengo Kawana está de alguma forma envolvido nisso?

— Não posso afirmar nada. Mas não é de hoje que estou intrigado. Afinal, independentemente das circunstâncias, o normal seria que, ao menos uma vez, a mulher se dignasse a telefonar para Tengo. O relacionamento deles era íntimo. Mas o estranho é que essa mulher desapareceu sem dar satisfação. Sumiu sem deixar vestígios. Detesto deixar pendente algo que me intriga e, por precaução, achei melhor perguntar se vocês, por acaso, sabem de alguma coisa.

— Eu, pessoalmente, não sei nada sobre essa mulher — disse Onda, com um tom de voz indiferente. — Kyôko Yasuda. Que mantinha um relacionamento com Tengo Kawana.

— Era dez anos mais velha, e casada.

Onda anotou os dados em seu bloco.

— Vou reportar esse assunto aos meus superiores.

— Ótimo — disse Ushikawa. — Por falar nisso, já encontraram Eri Fukada?

Onda ergueu o rosto e fitou Ushikawa, como quem observa uma moldura torta. — Por que o senhor acha que sabemos onde está Eri Fukada?

— Vocês não têm interesse em saber?

Onda meneou a cabeça negativamente.

— Isso não é da nossa conta. Para nós, pouco importa onde ela esteja ou para onde queira ir. Ela é livre para fazer o que bem entender.

— Vocês também perderam o interesse em Tengo Kawana?

— Não temos nenhum vínculo com essa pessoa.

— Um tempo atrás, achei que estavam interessados — disse Ushikawa.

Onda estreitou os olhos e permaneceu durante um longo tempo observando Ushikawa. Por fim, indagou:

— No momento, o *nosso* foco é exclusivamente Aomame.

— O foco muda constantemente?

Onda mexeu ligeiramente os lábios, mas não houve resposta.

— Senhor Onda, o senhor já leu o romance *Crisálida de ar*, que Eri Fukada escreveu?

— Não. Dentro da comuna, livros não relacionados à doutrina são de leitura proibida. Sequer podemos tocá-los.

— O senhor já ouvir falar em Povo Pequenino?

— Não — Onda respondeu prontamente.

— Obrigado. Acho que é tudo — disse Ushikawa.

A conversa se encerrou nesse ponto. Onda levantou-se calmamente e ajeitou a gola do paletó. O rapaz de rabo de cavalo afastou-se da parede, dando um passo à frente.

— Senhor Ushikawa, como já lhe disse anteriormente, a questão do tempo é fundamental — disse Onda, voltando os olhos para baixo para observar Ushikawa, que permanecia sentado. — É preciso descobrir o paradeiro de Aomame o mais rápido possível. Nós também estamos nos empenhando ao máximo, mas precisamos que o senhor trabalhe paralelamente, por outras vias de investigação. Se Aomame não for encontrada, estaremos em sérios apuros. Não se esqueça que o senhor é uma das pessoas que guardam um segredo importante.

— Grandes conhecimentos trazem grandes responsabilidades.

— Exatamente — respondeu Onda, com a voz desprovida de emoção. Em seguida, deu meia-volta e saiu, sem olhar para trás. O de rabo de cavalo seguiu o de cabelo rente e, após deixar o escritório, fechou a porta sem fazer barulho.

Assim que os dois saíram, Ushikawa abriu a gaveta e desligou o gravador. Ergueu a tampa, retirou a fita cassete e anotou com uma caneta o dia e a hora na etiqueta. A despeito de sua aparência, a letra de Ushikawa era bonita. Depois, tirou o maço de Seven Stars da gaveta, pegou um cigarro, levou-o a boca e o acendeu com o isqueiro. Tragou com gosto e soltou a fumaça em direção ao teto. Com o rosto voltado para cima, manteve os olhos fechados por alguns instantes. Quando novamente os abriu, olhou para o relógio de parede. Os ponteiros marcavam 2h30. "Realmente, uma dupla sinistra", Ushikawa disse a si mais uma vez.

Se Aomame não for encontrada, estaremos em sérios apuros, dissera o rapaz de cabelo rente.

Ushikawa visitou duas vezes a sede do grupo Sakigake nas montanhas de Yamanashi e, das vezes em que lá esteve, viu um forno enorme construído no meio da floresta, atrás da sede. O forno era utilizado para queimar lixo e resíduos diversos, mas, como estava programado para atingir uma temperatura bem alta, se um corpo fosse jogado lá dentro não sobraria sequer um osso. Ushikawa sabia que, de fato, alguns corpos haviam sido despejados naquele forno. E que o corpo do Líder teria sido um deles. Evidentemente, Ushikawa não queria morrer daquele jeito. Ele iria morrer algum dia, mas preferia que fosse de maneira menos brutal.

Alguns fatos, porém, Ushikawa não revelara aos rapazes. Expor todas as cartas não era de seu feitio. As de menor valor poderiam ser rapidamente abertas, mas as mais altas estavam cuidadosamente ocultas, com as faces viradas para baixo. Em tudo se deve garantir a segurança. Como, por exemplo, gravar uma conversa sigilosa numa fita cassete. Ushikawa era perito nesse tipo de jogo. Era incomparável a sua vasta experiência perante a desses jovens guarda-costas que haviam por aí.

Ushikawa tinha em mãos a lista dos nomes dos clientes particulares de Aomame. Uma vez que não se lamente o tempo nem o esforço, e que a pessoa tenha um pouco de experiência, é possível obter quase todo tipo de informação. Ushikawa investigou rapidamente a vida pessoal dos doze clientes de Aomame. Oito mulheres e quatro homens, todos bem-sucedidos social e financeiramente. Nenhum deles apresentava perfil capaz de ajudar alguém a cometer um assassinato. Mas, dentre eles, havia uma rica senhora com cerca de setenta anos que mantinha um abrigo para mulheres, vítimas da violência doméstica. Ela acolhia as vítimas desse infortúnio e oferecia abrigo num sobrado construído no terreno contíguo a sua ampla propriedade.

A coisa em si era maravilhosa. Acima de qualquer suspeita. Mas algo dava chutes na remota conexão de sua consciência. E, quando algo chutava essa remota conexão, Ushikawa sempre procurava descobrir o que era. Ele possuía um bom faro e, acima de tudo, confiava em sua intuição. Graças a isso, escapara ileso inúmeras vezes. "Violência" pode ser a palavra-chave deste caso. A velha senhora, consciente dos *atos de violência* contra as mulheres, passara a proteger, por iniciativa própria, suas vítimas.

Ushikawa fora conhecer de perto o abrigo. A construção era de madeira e ficava numa área residencial de alto padrão, no topo de uma colina no bairro nobre de Azabu. Era um prédio antigo, mas tinha o seu charme. Por entre as grades do portão dava para ver um belo canteiro de flores de frente ao terraço e um extenso gramado. Um enorme carvalho deitava sua sombra no jardim. A porta do terraço era decorada com pequenas placas de vidro de formatos irregulares. Atualmente, é raríssimo encontrar construções desse tipo em Tóquio.

Mas, a despeito de a construção oferecer essa agradável sensação de tranquilidade, a segurança era reforçada. Os muros eram altos e com arame farpado. O portão de ferro grosso ficava trancado e um pastor-alemão latia ruidosamente quando alguém se aproximava. Havia várias câmeras de monitoramento. Eram poucos os pedestres que circulavam pela rua, razão pela qual não se podia ficar muito tempo parado em frente à casa. O bairro residencial era calmo, e nas redondezas havia muitas embaixadas. Se um homem esquisito e de aparência estranha como a de Ushikawa permanecesse muito tempo rondando a área, certamente desconfiariam dele e logo alguém o interpelaria.

O abrigo era exageradamente guardado. Por mais que se quisesse protegê-lo da violência, era desnecessário tamanho esquema de segurança. "Preciso obter o máximo de informações sobre esse abrigo", pensou Ushikawa. "Apesar da segurança, é preciso abrir suas portas. Ou melhor; quanto mais reforçada a segurança, maior a necessidade de abri-las. Para conseguir isso é preciso elaborar uma boa estratégia. E, para tanto, tenho de espremer o pouco de inteligência que possuo."

Ushikawa lembrou-se da conversa que teve com Onda sobre o Povo Pequenino.

"O senhor já ouvir falar em Povo Pequenino?"

"Não."

A resposta foi rápida demais. Se ele realmente nunca tivesse ouvido falar nisso, o normal seria dar um tempo antes de responder. "Povo pequenino?", repetiria mentalmente, e, só depois de verificar se já tinha ouvido falar daquilo é que responderia. Esta seria a reação de uma pessoa normal.

Aquele homem já conhecia o termo Povo Pequenino. Difícil dizer se ele entendia seu significado, mas, de qualquer modo, não era a primeira vez que escutava aquelas palavras.

Ushikawa apagou o cigarro que já estava no fim e permaneceu absorto em pensamentos. Após terminar uma primeira etapa de reflexão, acendeu outro. Havia um tempo que ele decidira deixar de se preocupar com a possibilidade de câncer no pulmão. Para se concentrar, precisava do auxílio da nicotina. Ninguém sabe o que vai acontecer em dois ou três dias. Será necessário se preocupar com o estado de saúde daqui a quinze anos?

Enquanto fumava o terceiro Seven Stars, Ushikawa lembrou-se de um detalhe. "É isso! Agora pode dar certo", pensou.

Capítulo 2
Aomame
Sozinha, mas não solitária

Ao anoitecer, ela se sentava na cadeira da varanda e observava o pequeno parque infantil do outro lado da rua. Essa era a atividade mais importante do dia, a principal de sua vida. Independentemente de o tempo estar bom, nublado ou chuvoso, a vigília era ininterrupta. Era início de outubro e o frio adensava o ar. Nas noites frias, vestia várias peças de roupa, uma sobre a outra, cobria as pernas com um cobertor e bebia chocolate quente. Costumava observar atentamente o escorregador até dez e meia e, após aquecer o corpo num banho tranquilo de imersão, deitava-se na cama para dormir.

A possibilidade de Tengo aparecer no parque durante o dia não podia ser descartada, mas era improvável. Se ele fosse até lá, seria durante a noite, com a lâmpada de mercúrio acesa e a lua pairando no céu. Aomame jantava depressa, vestia-se de modo ligeiro, deixava o cabelo arrumado e, sentada na cadeira da varanda, observava atentamente o escorregador. Ao alcance de suas mãos havia sempre a pistola automática e um binóculo pequeno da Nikon. Com o receio de Tengo chegar justamente na hora em que estivesse no banheiro, a única bebida que tomava era chocolate quente.

Aomame observava o parque diariamente, sem descanso. Durante a vigília, não lia, não escutava música, de modo a prestar atenção somente aos sons externos. Dificilmente mudava de posição, a não ser quando eventualmente erguia o rosto — se o céu não estivesse coberto de nuvens — para se certificar de que as duas luas pairavam no céu noturno. Mas logo voltava os olhos para o parque. Aomame vigiava o parque, e as luas a vigiavam.

Tengo, porém, não apareceu.

Durante a noite, pouquíssimas eram as pessoas que visitam o parque. De vez em quando, apareciam jovens casais de namorados. Sentados no banco, ficavam de mãos dadas ou trocavam beijos rápidos e agitados, como um casal de passarinhos. O parque, porém, era pequeno demais para tanta iluminação. Geralmente eles ficavam um tempo ali, mas acabavam desistindo por não conseguirem ficar à vontade e, pouco depois, iam para outro lugar. Algumas pessoas passavam no parque para utilizar o banheiro público e, ao depararem com a porta trancada, ficavam decepcionadas (ou irritadas) e iam embora. Havia um funcionário que, na volta do serviço, sentava-se sozinho no banco e ficava quieto, de cabeça baixa, possivelmente dando um tempo para passar a embriaguez. Ou talvez ele apenas não quisesse voltar direto para casa. Havia também um idoso solitário que costumava passear durante a noite com o cachorro. O cachorro tinha um ar tristonho tal qual o do idoso, e ambos pareciam desanimados.

Mas, na maior parte do tempo, o local ficava vazio. Nem sequer um gatinho passava por lá. Somente a luz impessoal da lâmpada de mercúrio iluminava os balanços, o escorregador, a caixa de areia e o banheiro público trancado. Ao observar durante um tempo esse cenário, Aomame tinha a impressão de que fora abandonada em algum planeta desabitado. Era como naquele filme que mostra o mundo após a guerra nuclear. Como era mesmo o nome daquele filme?

A hora final.

Mesmo sentindo-se abandonada, Aomame continuou a observar atentamente o parque, como um marujo que, sozinho, sobe até o topo de um mastro bem alto para descobrir algum cardume ou alguma sombra agourenta através da luneta. Mas o que seus olhos extremamente atentos desejavam encontrar era uma única pessoa: Tengo Kawana.

Talvez Tengo estivesse morando numa outra cidade e, por acaso, passara por ali naquela noite. Caso houvesse sido isso, a possibilidade de ele voltar para o parque era praticamente nula. Mas Aomame era da opinião de que aquilo estava fora de cogitação. No dia em que ele esteve no escorregador, sua roupa casual e seu jeito de se portar davam a impressão de que ele morava nas redondezas e que, de repente, resolvera sair para uma caminhada pela vizinhança. E, durante a caminhada, resolvera passar no parque e subir no escorregador. Possivelmente para observar a lua. Sendo assim, ele devia morar próximo dali, à distância de uma caminhada.

No bairro de Kôenji não é fácil encontrar um local em que se pode ver a lua. O terreno é plano e praticamente não há prédios altos. Nesse sentido, o escorregador do parque não seria uma opção tão ruim para ver a lua durante a noite. O parque é silencioso e não há ninguém para incomodar. Se Tengo tiver vontade de ver a lua, certamente ele virá até aqui. Essa era a suposição de Aomame. Mas no instante seguinte reconsiderava: "Não. As coisas não são tão simples assim. Ele já deve ter encontrado alguma cobertura de um prédio alto, um local muito mais adequado para ver a lua."

Ao pensar nisso, Aomame balançava a cabeça, resoluta. Não devia se preocupar em demasia. "A única opção que tenho é acreditar que Tengo voltará ao parque, e continuar aguardando-o pacientemente. Não posso sair daqui uma vez que, neste momento, o parque é o único ponto de conexão entre nós."

Aomame não havia puxado o gatilho.

Isso foi no início de setembro. Ela estava no acostamento da Rota 3 da Rodovia Metropolitana em pleno congestionamento e, sob o intenso sol da manhã a ofuscar-lhe os olhos, colocou o cano da pistola Heckler & Koch dentro da boca. Ela vestia Junko Shimada e calçava sapatos de salto alto da Charles Jourdan.

As pessoas ao redor, sem terem a menor noção do que acontecia, observavam-na de dentro dos carros. Havia uma senhora de meia-idade em sua Mercedes-Benz coupé prateada. Homens bronzeados observavam-na do alto das cabines de seus caminhões. A intenção de Aomame era estourar os miolos com uma bala 9 mm bem diante deles. O único jeito de desaparecer do mundo de 1Q84 era acabar com a própria vida. Com isso, a vida de Tengo estaria salva. Pelo menos foi o que o "Líder" havia-lhe prometido. Ele havia prometido isso em troca de ela matá-lo.

O fato de ela ter de morrer não a deixava particularmente triste. Provavelmente isso estava previsto desde o dia em que fora tragada para esse mundo de 1Q84. "Eu apenas segui um roteiro predeterminado. Para que viver sozinha num mundo em que pairam duas luas, uma grande e uma pequena, e onde ainda por cima a vida é controlada por esse tal de Povo Pequenino?"

Mas acabou não puxando o gatilho. No último instante, afrouxou o indicador da mão direita que estava sobre o gatilho e tirou o cano da boca. E, como alguém que finalmente emerge do fundo do oceano, inspirou profundamente o ar e o soltou. Era como substituir completamente o ar contido no corpo.

Aomame desistiu de se matar ao escutar uma voz distante. Naquele momento ela estava imersa no silêncio. Desde que encostara o dedo no gatilho, todos os sons ao redor deixaram de existir. Era como se estivesse no fundo de uma piscina. Ali a morte não era escura nem amedrontadora. A morte era como o líquido amniótico que envolve o feto, algo natural e incontestável. "Não é tão ruim", pensou Aomame, esboçando um sorriso. E foi então que ela ouviu essa voz.

A voz parecia vir de um espaço e tempo longínquos. Irreconhecível. Uma voz que, ao percorrer um longo trajeto sinuoso, perdera as características originais. Um eco vazio desprovido de significado. Mas, a despeito da ausência de significado, Aomame sentiu nesse eco algo de nostálgico e afetuoso. A voz parecia chamar-lhe pelo nome.

Aomame reduziu a força que o dedo aplicava no gatilho, estreitou os olhos e ateve-se a escutar o que a voz lhe dizia. Mas a única coisa que conseguiu escutar, ou que achou ter escutado, ainda que com muita dificuldade, foi a voz de alguém chamando. De resto, ouvia apenas o uivar de ventos que pareciam sair de uma caverna. Um tempo depois a voz foi se distanciando, perdendo a sua razão de ser, até ser tragada pelo silêncio. O vazio que a circundava desapareceu e, como se alguém tirasse a rolha de uma garrafa, os ruídos do entorno voltaram abruptamente, de uma só vez. Ao voltar a si, o desejo de se matar havia se esvaído.

"Acho que posso me reencontrar com Tengo naquele parquinho", pensou Aomame. A morte pode ficar para depois. Quero apostar novamente que posso revê-lo. Viver — ou deixar de morrer — é ter a oportunidade de me reencontrar com Tengo. *Quero viver*, pensou Aomame, com convicção. Era um sentimento estranho. "Será que algum dia eu realmente desejei isso?"

Ela desarmou o gatilho, acionou o dispositivo de segurança e guardou a pistola na bolsa. Endireitou a postura, colocou os óculos escuros e, caminhando na contramão, voltou para o táxi. Silentes, as pessoas a observavam andar a passos largos com seus sapatos de salto alto. Não foi preciso caminhar muito. O táxi que a trouxe, preso no engarrafamento, avançara somente alguns metros e continuava bem próximo ao local em que ela estava.

Ao dar uma leve batidinha na janela, o taxista abaixou o vidro.

— O senhor me deixa voltar para o táxi?

O motorista hesitou.

— Aquilo que a senhorita colocou na boca, por acaso, era uma pistola?

— Era.

— De verdade?

— É claro que não — respondeu Aomame, contraindo os lábios.

O motorista abriu a porta e ela se sentou no banco traseiro. Assim que tirou a bolsa do ombro e deixou-a de lado, tratou de limpar a boca com um lenço. Sentia o gosto do metal e dos resíduos de óleo da pistola.

— Encontrou a escada de emergência?

Aomame balançou a cabeça negativamente.

— Eu sabia. Nunca ouvi falar de uma escada de emergência nesse lugar — disse o motorista. — Devo continuar a rota inicial e seguir até a saída de Ikejiri?

— Sim. Por favor — respondeu Aomame.

O motorista abaixou o vidro, colocou o braço para fora e mudou para a faixa da direita, posicionando-se na frente do ônibus. O taxímetro marcava o mesmo valor de quando ela deixara o táxi.

Recostada no banco, Aomame respirava ritmicamente enquanto olhava para o outdoor da Esso, que já lhe era familiar. O rosto do tigre estava de perfil e sorria segurando o bico da bomba de combustível. No outdoor estava escrito "Ponha um tigre no seu tanque."

— Ponha um tigre no seu tanque — falou Aomame, bem baixinho.

— Como disse? — indagou o motorista.

— Não é nada. Estou falando sozinha.

"Quero viver mais um pouco para ver o que acontece. Não será tarde demais, se eu resolver morrer depois. Assim espero."

No dia seguinte, após desistir de se suicidar, assim que Tamaru lhe telefonou, Aomame comunicou que os planos haviam mudado: "Decidi que não vou me mudar daqui. Não vou mudar de nome nem me submeter a uma cirurgia plástica."

Tamaru nada disse na outra ponta da linha. Seu cérebro reordenava silenciosamente inúmeras conjecturas.

— Está me dizendo que você não quer ser transferida para outro lugar?

— Exatamente — respondeu Aomame, sucintamente. — Quero permanecer aqui por mais algum tempo.

— Esse local não foi planejado para esconder uma pessoa por muito tempo.

— Se eu ficar enfurnada, sem sair, creio que não vão me encontrar.

— Você não deve subestimar aqueles caras. Eles vão te procurar sem trégua e não vão medir esforços para encontrá-la. Isso põe em risco não somente a sua vida, mas a de outras pessoas. Se isso acontecer, fico numa situação muito delicada — disse Tamaru.

— Sinto muito por colocá-lo nessa situação, mas preciso de um pouco mais de tempo.

— Querer *um pouco mais de tempo* é, de certa forma, vago — disse Tamaru.

— Desculpe-me, mas só posso dizer isso.

Tamaru manteve-se em silêncio para refletir sobre o assunto. Ele certamente havia notado, pelo tom de voz dela, que a decisão de Aomame era firme e incontestável.

— Sou uma pessoa que preza as prioridades mais do que qualquer outra coisa. *Acima de qualquer outra coisa*. Você deve saber disso, não é? — disse Tamaru.

— Sei sim.

Tamaru novamente guardou silêncio e, um tempo depois, respondeu:

— Está bem. Só queria deixar bem clara a minha posição para evitar mal-entendidos. Sei que deve haver um motivo para que você me peça isso.

— Tenho um motivo — respondeu Aomame.

Tamaru deu uma rápida tossida do outro lado da linha.

— Creio que já lhe disse anteriormente, mas saiba que nós já temos tudo planejado e devidamente preparado: levá-la para um local distante e seguro, apagar quaisquer vestígios, mudar o seu rosto e o seu nome. Não podemos assegurar que tudo saia perfeito, mas podemos te transformar quase que inteiramente numa outra pessoa. Acho que isso era algo em que estávamos de acordo.

— Sei disso perfeitamente. Não tenho nenhuma objeção quanto a esse plano. Mas é que aconteceu uma coisa inusitada, por isso preciso ficar aqui por mais algum tempo.

— Não estou autorizado a dizer sim ou não — disse Tamaru, fazendo um pequeno barulho no fundo da garganta. — Preciso de um tempo para lhe dar a resposta.

— Estarei sempre aqui — disse Aomame.

— Isso é bom — comentou Tamaru. E desligou o telefone.

Na manhã do dia seguinte, um pouco antes das nove horas, o telefone tocou três vezes, parou, e começou a tocar novamente. A ligação só poderia ser de Tamaru.

Sem se ater a saudações, Tamaru foi direto ao assunto:

— A madame também está preocupada em relação a você prolongar a sua permanência. O local não é apropriadamente seguro. Trata-se de um local de permanência temporária. Nós somos da opinião de que você deve ser transferida o quanto antes para um local distante e seguro. Você está entendendo?

— Estou.

— Mas você é uma pessoa calma e cautelosa. Não vai cometer nenhum erro estúpido e sabe o que quer. Nós temos uma extrema confiança em você.

— Muito obrigada.

— Se você insiste em ficar mais tempo é porque deve haver um motivo. Não sei que motivo é esse, mas creio que não se trata apenas de capricho. Por isso a madame quer, na medida do possível, atender ao seu desejo.

Aomame manteve-se em silêncio, aguardando atentamente a continuação da conversa.

— Você pode permanecer aí até o final do ano. Mas saiba que esse é o limite.

— Quer dizer que, no começo do ano, vou ser transferida para outro lugar, é isso?

— Saiba que estamos fazendo o máximo para respeitar o seu desejo.

— Entendi — disse Aomame. — Vou ficar aqui até o final do ano e depois vou para outro lugar.

Na verdade, aquela não era sua intenção. Ela não pretendia sair de lá enquanto não reencontrasse Tengo. Mas, se naquele momento ela dissesse isso, complicaria a situação. Havia um certo intervalo de tempo até o final do ano. O que vem depois disso é melhor deixar para pensar mais tarde.

— Ótimo — disse Tamaru. — A partir de agora, vamos repor semanalmente os alimentos e os mantimentos de uso diário. Todas as terças-feiras às 13 horas o pessoal da reposição irá até aí. Eles possuem a chave e vão entrar sem cerimônias, mas nunca além da cozinha. Enquanto eles estiverem no apartamento, você deve ficar no quarto dos fundos e com a porta trancada. Nunca mostre o rosto nem fale nada. Quando eles deixarem o apartamento, darão um toque na campainha. Depois disso, você pode sair do quarto. Caso esteja precisando de algo ou querendo alguma coisa, me diga, para que eu possa providenciar e mandar na próxima reposição.

— Se você arrumasse aparelhos de musculação, eu adoraria — disse Aomame. — É que somente os alongamentos e os exercícios sem o uso de aparelhos são insuficientes.

— Aparelhos profissionais, das academias de ginástica, seriam difíceis de conseguir, mas os mais simples, que não ocupam muito espaço, podem ser providenciados.

— Podem ser bem simples — disse Aomame.

— Uma bicicleta ergométrica e equipamentos para alongamento. Isso está bom?

— Está ótimo. Se puder, gostaria também que me mandasse um bastão de softball, de metal.

Tamaru permaneceu em silêncio por alguns segundos.

— O bastão pode ser usado para inúmeras finalidades — disse Aomame. — Só de tê-lo por perto me sinto mais segura. É que praticamente cresci com ele.

— Entendo. Vou providenciar um — disse Tamaru. — Se lembrar de mais alguma coisa anote num papel e deixe sobre a bancada da cozinha. Providenciarei até a próxima reposição.

— Obrigada. Mas, por enquanto, creio que não me falta nada.

— Você não quer algum livro ou vídeo?

— Nada que eu me lembre.

— Que tal *Em busca do tempo perdido*, de Proust? — indagou Tamaru. — Se você ainda não o leu, acho que é uma boa oportunidade.

— Você já leu?

— Não. Eu nunca estive na cadeia nem precisei me esconder durante muito tempo. Dizem que, se a pessoa não passar por alguma dessas situações, é difícil conseguir ler *Em busca do tempo perdido* inteiro.

— Você conhece alguém que já leu?

— Não posso dizer que não conheça pessoas que estiveram presas durante longos anos, mas elas não eram do tipo que se interessariam por Proust.

— Vou tentar ler. Se puder, me mande os livros na próxima reposição.

— Para falar a verdade, já os tenho aqui comigo — disse Tamaru.

Os encarregados da reposição chegaram exatamente às 13 horas da terça-feira. Conforme as instruções, Aomame se escondeu no quarto dos fundos, trancou a porta por dentro e manteve-se em silêncio. Escutou a chave destrancando a porta e o barulho de pessoas entrando no apartamento. Aomame não sabia como seriam esses "repositores" de quem Tamaru havia falado. Pelo barulho que faziam e por alguns outros indícios, dava para intuir que eram dois, mas não se escutava nenhuma voz. Eles trouxeram algumas mercadorias e, sem dizer uma única palavra, colocaram as coisas no lugar. Dava para ouvir os alimentos sendo lavados na água da torneira e guardados na geladeira. Provavelmente eles combinavam de antemão quem faria o quê. Escutou também o barulho de alguém desembrulhando caixas e juntando pacotes e papéis. Pareciam recolher o lixo da cozinha. Como Aomame não podia descer até o térreo para jogar o lixo, ela dependia de alguém para fazê-lo.

O modo como eles trabalhavam em equipe era eficaz e sem movimentos supérfluos. Não faziam barulho além do necessário e os passos eram discretos. Eles terminaram as tarefas em vinte minutos, abriram a porta e saíram. E trancaram a porta pelo lado de fora. A campainha tocou uma vez como sinal de que haviam terminado. Por precaução, Aomame aguardou mais quinze minutos. Depois, saiu do quarto, verificou se não havia mais ninguém e trancou a porta.

A geladeira grande estava lotada de alimentos, suficientes para uma semana. Desta vez, em vez de pratos congelados para micro-ondas, trouxeram produtos frescos. Variedades de legumes, verduras e frutas. Peixes e carnes. Queijo de soja, algas *wakame* e *nattô*, soja fermentada. Trouxeram também leite, queijos e suco de laranja. Uma dúzia de ovos. Para evitar lixo excedente, haviam tirado tudo das embalagens e acondicionado em sacos plásticos. Eles acertaram no tipo de alimento que Aomame necessitava no dia a dia. Como é que souberam disso?

A bicicleta ergométrica fora instalada ao lado da janela. Era portátil e de boa qualidade. O display indicava a velocidade, a distância percorrida e o número de calorias gastas. As rotações por minuto e o número de pulsação também podiam ser monitoradas. Havia um aparelho fixo para os músculos do abdômen, os músculos ao longo da espinha e os deltoides. As peças adicionais eram fáceis de montar e desmontar. Aomame conhecia bem esse equipamento. Era um modelo novo e, apesar de simples, proporcionava bons resultados. Os dois aparelhos garantiam um mínimo de exercícios para se manter em forma.

Havia um bastão metálico de softball acomodado numa bolsa. Aomame o pegou e deu algumas tacadas no ar. O bastão novo, prateado, cortou o ar emitindo um som sibilante. O peso do bastão era familiar e proporcionava um sentimento acalentador. As tacadas igualmente lhe traziam as saudosas lembranças da época dos dez anos. Uma fase de sua vida compartilhada com Tamaki Ôtsuka.

Sobre a mesa da cozinha havia uma pilha de livros de *Em busca do tempo perdido*. Não eram novos, mas não havia indícios de terem sido lidos. Ao todo, eram cinco volumes. Aomame pegou o primeiro e deu uma rápida folheada. Além dos livros havia também algumas revistas. Semanais e mensais. E cinco fitas de vídeo lacradas. Aomame não fazia ideia de quem escolhia os filmes, mas eram todos recém-lançados. Como não tinha o hábito de frequentar o cinema, era presumível que não tivesse assistido a nenhum deles.

Dentro de uma enorme sacola de papelão, de uma loja de departamentos, havia três suéteres que variavam de tecido grosso ao mais fino, duas camisas de flanela grossa e quatro camisetas de manga comprida. Todas de padrão liso, modelo básico e do seu tamanho. Havia também meias soquetes e meia-calça de malha grossa. Para quem pretendia ficar até dezembro, era necessário ter algumas peças desse tipo no armário. Tudo muito bem pensado.

Aomame levou as roupas para o quarto, guardou-as nas gavetas e nos cabides do closet. Voltou para a cozinha e, enquanto tomava uma xícara de café, o telefone tocou. Chamou três vezes, desligou e novamente começou a tocar.

— As mercadorias chegaram? — perguntou Tamaru.

— Obrigada. Veio tudo o que eu precisava. Os aparelhos de ginástica também são mais que suficientes. De resto, só falta ler o Proust.

— Se esquecemos algo, nos diga sem cerimônia.

— Pode deixar — respondeu Aomame. — Se bem que é difícil vocês esquecerem de algo.

Tamaru deu uma leve tossida.

— Sei que não é da minha conta, mas será que posso fazer uma advertência?

— Pode, sim.

— Na prática, não se encontrar com ninguém, não falar com ninguém e ainda por cima ter de ficar sozinha num local apertado durante muito tempo não é nada fácil. Por mais que a pessoa seja resistente, uma hora ela deixa escapar algum som. Principalmente se estiver sendo perseguida.

— Mas até hoje eu nunca vivi num local muito grande.

— Isso pode ser uma vantagem — disse Tamaru. — Mas, mesmo assim, é melhor tomar o máximo de cuidado. Quando uma pessoa vive em constante tensão durante muito tempo, os nervos ficam abalados e, sem que a pessoa perceba, eles se esticam como um elástico e, uma vez esticados, é difícil fazê-los voltar ao normal.

— Vou tomar cuidado — disse Aomame.

— Acho que já te disse isso antes; você é uma pessoa muito cautelosa. É pragmática e perseverante. E não tem uma autoconfiança excessiva. Mas uma vez que se perde o poder de concentração, por mais que a pessoa seja extremamente cuidadosa, ela acaba cometendo um ou dois erros. A solidão é um ácido capaz de corroer a pessoa.

— Eu não sinto solidão — respondeu Aomame, em parte para Tamaru, em parte para si própria. — Estou sozinha, mas não solitária.

O silêncio tomou o outro lado da linha. Talvez estivesse considerando a diferença entre estar sozinha e ser solitária.

— De qualquer modo, vou redobrar ainda mais a atenção. Agradeço a sua advertência — disse Aomame.

— Gostaria de dizer mais uma coisa — disse Tamaru. — Saiba que faremos de tudo para te proteger. Mas, caso ocorra algum tipo de emergência, seja qual for, você terá de tomar as medidas cabíveis. Por mais que eu vá com urgência até aí, posso não chegar a tempo. Ou, dependendo da situação, posso estar impossibilitado de socorrê-la. Por exemplo, se o nosso envolvimento com você não for mais desejável.

— Sei muito bem disso. Fui eu que quis ficar aqui e, por isso, estou ciente de que eu mesmo devo me proteger. Com o auxílio do bastão de metal e com *aquilo que você me deu*.

— Este mundo é duro.

— Onde existe desejo sempre existe provação — disse Aomame.

Tamaru novamente se calou por alguns segundos. E prosseguiu:

— Você já ouviu falar do teste a que os candidatos ao cargo de interrogador da polícia secreta de Stalin eram submetidos?

— Acho que não.

— O candidato ficava dentro de um quarto quadrangular e nele havia uma única cadeira pequena de madeira, dessas bem simples. E o superior ordenava: "Faça a cadeira confessar e me apresente um relatório. Enquanto não conseguir essa confissão, você não poderá sair do quarto."

— Que história surreal.

— Não, não se trata de uma história surreal. É real. Stalin criou um sistema maníaco-paranoico e, sob o seu comando, foram mortos cerca de dez milhões de pessoas, a maioria seus compatriotas. Nós, *na realidade*, vivemos nesse tipo de mundo. Tenha sempre isso em mente, jamais se esqueça disso.

— Você conhece muitas histórias reconfortantes, não?

— Nem tanto. Apenas uso meu estoque de acordo com a necessidade. Não tive uma educação formal e, por isso, fui aprendendo as coisas com as experiências que tive. *Onde existe desejo existe provação.* Você tem razão. É isso mesmo. Mas o desejo é limitado e geralmente de valor abstrato, enquanto as provações são inúmeras e desagradavelmente concretas. Isso é uma das coisas que me custou caro aprender.

— Que tipo de confissão os candidatos que se submetiam ao exame conseguiam tirar da cadeira de madeira?

— Essa é uma indagação sobre a qual vale a pena refletir — disse Tamaru. — É como um tema para meditação Zen-budista.

— Meditação Zen-stalinista — disse Aomame.

Após breve intervalo, Tamaru desligou o telefone.

Na tarde desse mesmo dia, Aomame exercitou-se com a bicicleta ergométrica e a cadeira de ginástica. Depois de tanto tempo, sentiu prazer em praticar exercícios moderados com as cargas que os aparelhos lhe proporcionavam. Após tomar banho e tirar o suor do corpo, preparou uma refeição simples ouvindo música na rádio FM. No final da tarde ligou a TV para assistir aos noticiários (nenhum lhe chamou especial atenção). Ao anoitecer foi para a varanda observar o parque, levando consigo um cobertor fino, o binóculo e a pistola. E o belo e reluzente bastão de metal.

"Se Tengo não aparecer no parque até o período estipulado, vou terminar o ano enigmático de 1Q84 levando essa vida monótona neste apartamento no bairro de Kôenji. Vou preparar as minhas refeições, fazer exercícios, assistir ao noticiário, ler Proust e aguardar Tengo aparecer. Aguardá-lo tornou-se a atividade mais importante da minha vida. Neste momento, é esse tênue fio que me conduz a viver. Sou como aquela pequena aranha negra que encontrei no dia que desci as escadas de emergência da Rota Metropolitana. A aranha discretamente tecia suas miseráveis teias no canto sujo da escada de armação de ferro. Sacudida pelos ventos que atravessam os vãos da armação, a teia estava empoeirada e em parte desfeita. Quando me deparei com essa teia, senti compaixão. Mas, agora, estou praticamente na mesma situação que aquela aranha", pensou Aomame.

"Preciso de uma fita cassete com a *Sinfonietta* de Janáček. Preciso dela na hora de me exercitar. Aquela música me conecta a algum lugar — *algum lugar* que não sei exatamente qual é. Ela me conduz a algo. Preciso inseri-la na próxima lista de provisões."

Era outubro, e faltavam três meses para expirar o prazo. O relógio marcava as horas sem descanso. Sentada na cadeira da varanda, ela observava, por entre os vãos do parapeito, o parque e o escorregador. A lâmpada de mercúrio iluminava o parquinho, dando-lhe um pálido tom branco-azulado. Aomame associava aquele cenário ao de um corredor deserto de um aquário durante a noite. Peixes imaginários e invisíveis nadavam silenciosa e ininterruptamente por entre as árvores. As duas luas pairavam no céu solicitando a atenção de Aomame.

"Tengo", sussurrava ela. "Onde você está?"

Capítulo 3
Tengo
As feras estão vestidas

No período da tarde, Tengo visitava o pai no quarto do hospital, sentava-se ao lado da cama, abria o livro que trazia consigo e o lia em voz alta. Após umas cinco páginas, descansava um pouco e retomava a leitura, avançando mais cinco. Levava o que ele próprio estivesse lendo naquele momento, podendo ser ficção, biografia ou um livro de ciências naturais. O importante era ler o texto em voz alta, e não o seu conteúdo.

Tengo não sabia se seu pai escutava ou não sua voz. O rosto em si não esboçava qualquer reação. Era somente um pobre velho e magro, de olhos fechados, que dormia. O corpo não se mexia e a respiração era inaudível. Seu pai respirava, mas isso somente poderia ser constatado com o ouvido bem próximo do nariz ou aproximando um espelho e vendo-o embaçar. O soro era injetado e o cateter recolhia as poucas excreções que o corpo expelia. A lenta e silenciosa entrada e saída de líquidos eram os únicos indícios de que ele estava vivo. De vez em quando, a enfermeira lhe fazia a barba com um aparelho elétrico, cortava os pelos brancos que despontavam das orelhas e das narinas com uma tesoura de ponta arredondada e aparava as sobrancelhas. Apesar do estado de inconsciência, eles continuavam a crescer. Quanto mais Tengo observava o pai, menos conseguia discernir a diferença entre vida e morte. Existiria alguma diferença realmente visível? Ou será que queremos nos convencer de que ela existe por uma questão de conveniência?

O médico apareceu por volta das três da tarde para falar sobre o estado clínico de seu pai. A explicação foi sucinta, a mesma de sempre. Seu estado não apresentava alterações. O idoso permanecia dormindo. A força vital estava se dissipando aos poucos. Em outras palavras, seu pai estava gradativa e irreversivelmente indo ao encontro da morte. Clinicamente, não havia mais nada a fazer. A não ser mantê-lo ali e deixá-lo dormir tranquilamente. Isso era tudo que o médico podia dizer.

Um pouco antes do anoitecer, dois enfermeiros levavam seu pai à sala de exames para realizar os procedimentos de rotina. Os enfermeiros se revezavam diariamente, mas todos agiam em silêncio. O fato de serem calados devia-se, em parte, ao uso de grandes máscaras. Um deles parecia ser estrangeiro. Era baixo, de pele morena e, por trás da máscara, sempre sorria para Tengo. Bastava observar seus olhos para perceber que sorria. Tengo retribuía o sorriso.

Seu pai retornava para o quarto de meia a uma hora depois. Tengo não tinha ideia dos tipos de exames a que ele era submetido. Assim que o levavam, Tengo aproveitava para descer até o refeitório. Bebia uma xícara de chá verde, descansava uns quinze minutos e retornava para o quarto com a expectativa de encontrar novamente uma crisálida de ar sobre a cama vazia, com a pequena Aomame deitada em seu interior. Mas a expectativa não se realizava. Na semiescuridão do quarto havia somente o cheiro do paciente e uma depressão com o formato do corpo sobre a cama vazia.

Tengo ficou em pé ante a janela, observando a paisagem. Do outro lado do jardim perfilavam-se pinheiros formando uma parede negra de quebra-ventos e, além dela, ouvia-se o bramido das ondas do mar. O rufar das agitadas ondas do Pacífico. Um som denso e melancólico como se inúmeras almas sussurrassem ao mesmo tempo seus dramas pessoais. Almas convidando outras a se juntar a elas. Almas desejosas de ouvir histórias.

Antes daquela tarde, Tengo fizera duas visitas a seu pai em outubro, nos seus dias de folga, e voltava para casa no mesmo dia. Pegava o trem expresso da manhã, sentava-se à cabeceira do pai e, de vez em quando, conversava com ele. Mas nunca houve nenhum tipo de reação. Seu pai permanecia deitado, imerso num sono profundo. A maior parte do tempo, Tengo observava a paisagem pela janela e, ao anoitecer, ficava na expectativa de que *algo* pudesse acontecer. Em vão. O dia terminava placidamente, tingindo o quarto com uma tênue escuridão. Por fim, desistia de esperar, levantava-se e voltava para Tóquio no último trem expresso.

"Preciso ter paciência e passar mais tempo com meu pai", foi o que Tengo cogitou certo dia. "As visitas de um só dia não devem ser suficientes. Talvez seja necessário um comprometimento maior de minha parte. Não tenho provas concretas, mas é o que sinto."

No final de novembro, Tengo resolveu tirar férias. Na escola explicou que o estado de saúde de seu pai era grave e que precisava cuidar dele. O que não deixava de ser verdade. Solicitou a um amigo da faculdade para que o substituísse durante a sua ausência. Era um dos poucos amigos que, mesmo após a formatura, ainda mantinha contato com ele ao menos uma ou duas vezes por ano. No departamento de matemática, área em que se concentram caras esquisitos, esse amigo era particularmente estranho e excepcionalmente inteligente. Após se formar, não quis trabalhar nem seguir a carreira acadêmica. Quando tinha vontade, lecionava matemática num cursinho preparatório do ginasial administrado por um amigo, mas, na maior parte do tempo, levava uma vida sossegada, lendo livros e pescando nas correntezas do rio, em meio às montanhas. Não por acaso, Tengo sabia que o amigo era um exímio professor, mas sentia-se entediado com sua própria capacidade. Sua família era abastada e não havia uma real necessidade de ele trabalhar. Numa outra ocasião, esse amigo já o havia substituído, e os alunos gostaram muito dele. Quando Tengo explicou a situação, ele prontamente aceitou o pedido.

Havia também o problema do que fazer com Fukaeri. Tengo não sabia se seria apropriado deixar uma garota alheia ao mundo no seu apartamento durante um período longo. Afinal de contas, ela não podia ser vista e estava ali para se "esconder". Diante desse impasse, Tengo resolveu perguntar se ela preferia ficar sozinha tomando conta do apartamento ou ir para algum outro lugar, ainda que temporariamente.

— Onde você vai — perguntou Fukaeri, olhando-o com seriedade.

— Vou à cidade dos gatos — respondeu Tengo. — Meu pai não está recobrando a consciência. Faz um bom tempo que ele está dormindo profundamente. Disseram que não tem muito tempo de vida.

Tengo não disse nada sobre a crisálida de ar no leito hospitalar no entardecer daquele dia, ou que encontrou a Aomame-menina dormindo no interior dessa crisálida. Ou que a crisálida de ar era exatamente igual àquela descrita por Fukaeri no romance, inclusive em seus pormenores, e, tampouco, revelou que nutria uma secreta esperança de que a crisálida surgisse novamente diante de si.

Fukaeri estreitou os olhos, manteve os lábios cerrados e permaneceu encarando-o durante um bom tempo. Era como se tentasse ler uma mensagem redigida em letras miúdas. Tengo levou a mão ao rosto num gesto quase que inconsciente, mas, pelo toque, sentiu que não havia nada escrito nele.

— Faça isso — disse Fukaeri decorrido um tempo, balançando a cabeça em sinal de aprovação. — Não se preocupe comigo. Vou tomar conta do apartamento — acrescentou, após uma breve reflexão — Por enquanto, não há perigo.

— Por enquanto, não há perigo — repetiu Tengo.

— Não se preocupe comigo — reiterou Fukaeri.

— Vou telefonar todos os dias, está bem?

— Tome cuidado para não ficar abandonado na cidade dos gatos.

— Tomarei cuidado — disse Tengo.

Tengo foi para o supermercado e comprou uma quantidade de alimentos suficiente para que Fukaeri não precisasse sair para fazer compras durante um tempo. Alimentos de fácil preparo. Tengo sabia que ela não tinha muita capacidade nem vontade de preparar a própria comida. Queria evitar o dissabor de voltar em duas semanas e encontrar os alimentos completamente estragados na geladeira.

Encheu uma sacola de vinil com mudas de roupa e artigos de higiene. Além de alguns livros, papéis e um estojo com canetas e lápis. Como de costume, pegou o trem expresso na estação de Tóquio, baldeou para um trem regular em Tateyama e desceu na segunda estação, em Chikura. Dirigiu-se ao posto de informações turísticas em frente à estação e procurou um hotel não muito caro para se hospedar. Por ser um período de baixa temporada, foi relativamente fácil encontrar um quarto vago. Escolheu uma modesta pousada tipicamente japonesa que costumava hospedar principalmente os pescadores. Os quartos, apesar de pequenos, eram limpos e cheiravam a tatame novo. Da janela do primeiro andar, dava para ver o porto. A diária com café da manhã era muito mais em conta do que imaginava.

— Ainda não sei quanto tempo pretendo ficar, mas, de qualquer modo, vou deixar três diárias pagas — disse Tengo. A dona da pousada não fez nenhuma objeção. Informou que a pousada fechava às onze horas e, cheia de dedos, pediu para que ele não trouxesse mulheres para o quarto, explicando que era para evitar situações embaraçosas. Tengo também não fez nenhuma objeção quanto a isso. Após se acomodar no quarto, telefonou para a casa de repouso e perguntou à enfermeira — a de meia-idade, que costumava atender as ligações — se não seria inconveniente visitar o seu pai no dia seguinte por volta das três da tarde. Ela respondeu que não havia problema.

— O senhor Kawana continua dormindo — disse ela.

Assim começou o dia a dia de Tengo na "cidade dos gatos" à beira-mar. Acordava cedo, caminhava pela praia, observava os barcos pesqueiros saindo e chegando no porto e, um tempo depois, voltava para a pousada e fazia a refeição matinal. O cardápio era sempre o mesmo — peixe cavala seco, ovos fritos, tomate cortado em quatro, alga temperada, sopa de soja com conchinhas *shijimi* e arroz — e o estranho era que essa refeição diária era sempre deliciosa. Após a refeição, sentava-se diante de uma mesa pequena e escrevia. Sentiu prazer em escrever com sua caneta-tinteiro, depois de muito tempo sem usá-la. Trabalhar num local pouco familiar, longe da rotina, proporcionava uma nova disposição, o que não era nada mal. Do porto ouvia-se o som monótono dos motores dos barcos pesqueiros retornando à baía. Tengo gostava desse som.

Ele escrevia um romance cujo enredo se desenvolvia num mundo com duas luas no céu. O mundo do Povo Pequenino e da crisálida de ar. Um mundo inspirado na *Crisálida de ar* de Fukaeri, mas que, agora, se tornara uma história inteiramente sua. Ao escrevê-lo, sua consciência passava a viver naquele mundo. Às vezes, mesmo após deixar a caneta sobre a mesa, sua mente continuava ali. Isso lhe proporcionava uma sensação especial, como se o corpo e a mente estivessem prestes a se bifurcar, incapacitando-o de discernir entre o mundo real e o da ficção. O protagonista de "A cidade dos gatos" possivelmente deve ter sentido essa mesma sensação quando esteve naquela cidade. Era como se, de uma hora para outra, inesperadamente ocorresse um deslocamento no centro de gravidade do mundo. Razão pela qual, possivelmente, aquele protagonista jamais conseguiria pegar o trem e deixar a cidade.

Às onze horas, Tengo precisava deixar o quarto para que fizessem a limpeza. Um pouco antes desse horário ele parava de escrever, saía da pousada e caminhava tranquilamente até a lanchonete da estação para tomar um café. De vez em quando, pedia um sanduíche leve, mas geralmente não comia nada. Pegava o jornal matutino disponível no estabelecimento e verificava atentamente se não havia algum artigo relacionado a ele. Mas não encontrou nenhum. A *Crisálida de ar* havia desaparecido da lista de mais vendidos havia muito tempo. O livro que ocupava o primeiro lugar naquele momento era um de dieta intitulado *Emagreça comendo à vontade o que você gosta de comer*. Um título de tal magnitude devia vender bem mesmo com as páginas em branco.

Após beber o café e passar os olhos no jornal, Tengo pegava um ônibus até a casa de repouso. Ele costumava chegar entre uma e meia e duas da tarde. Assim que chegava, conversava brevemente algum assunto trivial com a enfermeira que o atendia na recepção. Desde que ele se hospedara na cidade e passara a visitar diariamente o pai, as enfermeiras começaram a tratá-lo de modo muito mais amistoso do que antes, como uma família que acolhe carinhosamente o filho pródigo.

Uma jovem enfermeira sempre sorria timidamente toda vez que via Tengo. Ela parecia gostar dele. Era pequena, tinha os cabelos presos num rabo de cavalo, os olhos grandes e as maçãs do rosto coradas. Devia ter pouco mais de vinte anos. Mas, desde que Tengo viu aquela menina dormindo dentro da crisálida de ar, ele só conseguia pensar em Aomame. As mulheres que passavam por ele não eram mais que uma tênue sombra. A imagem de Aomame estava sempre presente em algum canto de sua memória. Ele sentia que ela estava viva em algum lugar deste mundo, e intuía que ela o procurava. Foi por isso que, naquela tarde, ela veio ao encontro dele, usando uma passagem especial. Ela tampouco havia se esquecido dele.

Isso se o que viu não fora o fruto de uma alucinação.

De vez em quando, sem querer, ele se lembrava da namorada mais velha. O que será que ela está fazendo agora? "Ela está *completamente perdida*", dissera o marido ao telefone. "Por isso, vocês não poderão se encontrar novamente." Ela está perdida. Aquelas palavras ainda o deixavam inquieto e apreensivo. Eram palavras que, sem dúvida, traziam uma carga de mau agouro.

Mas, com o passar do tempo, a existência dela foi se tornando cada vez mais tênue. As tardes que passaram juntos tornaram-se apenas uma coisa do passado, cumprindo plenamente o seu objetivo. Tengo se sentia culpado em pensar desse modo. Mas o fato é que, em algum momento, houve uma mudança no campo gravitacional e o centro de gravidade se deslocou. E nada voltaria a ser como antes.

Ao entrar no quarto do pai, Tengo sentava na cadeira ao lado da cama e o cumprimentava brevemente. Depois, começava a contar ordenadamente o que havia feito desde o final da tarde do dia anterior até aquele exato momento. Obviamente, não havia muita coisa a contar: pegou um ônibus para voltar à cidade, foi para um restaurante, fez uma refeição leve, bebeu uma cerveja, voltou para a pousada e leu um livro. Às dez foi dormir. Ao despertar, caminhou pela cidade, tomou o desjejum e, durante cerca de duas horas, escreveu seu romance. Todos os dias eram a mesma coisa. Mesmo assim, Tengo contava em detalhes suas atividades rotineiras para o pai inconsciente. Não havia nenhuma reação por parte de seu interlocutor. Era como se estivesse conversando com uma parede. Tudo não passava de uma mera e corriqueira formalidade. Mas, às vezes, a simples repetição pode significar algo, ainda que minimamente.

Em seguida, Tengo começava a ler o livro que trazia consigo. Não havia um livro predeterminado. Recitava em voz alta trechos do livro que porventura estivesse lendo. Se tivesse em mãos o manual de instruções de um cortador de grama elétrico, ele o leria. Tengo procurava ler com uma dicção clara e sem pressa, para que o seu ouvinte não tivesse dificuldade de entendê-lo. Esse era o único cuidado que ele fazia questão de ter.

Lá fora, os relâmpagos foram se intensificando e a claridade azulada iluminou durante um tempo a estrada, sem que se ouvisse o ribombar dos trovões. Era possível que trovejasse, mas o pavor o impedia de ouvi-los. Nas ruas, a enxurrada precipitava-se formando depressões no terreno, tornando sua superfície rugosa. As pessoas caminhavam por essas ruas e, uma após a outra, entravam na loja.

Estranhei a atitude de meu amigo que fitava o rosto dessas pessoas, mantendo-se calado há algum tempo. Um alvoroço no entorno fez com que alguns levantassem de seus assentos e no empurra--empurra começassem a se aglomerar para o lado de cá, dificultando a respiração.

Alguém parecia ter tossido ou se engasgado com a comida, mas o som era por demais estranho, semelhante ao de um cachorro fungando.

De repente, o clarão azulado de um intenso relâmpago iluminou o interior do recinto e o rosto das pessoas que se apinhavam sobre o chão de terra batida. Nesse mesmo instante, ouviu-se o ribombar de um trovão que parecia ter rachado o telhado. Quando me levantei assustadíssimo, vi que os que estavam no chão olhavam para nós. Não pude discernir se eram rostos de cachorros ou de raposas, mas o fato é que todas as feras estavam vestidas e, dentre elas, havia algumas que lambiam os beiços com a língua comprida.

Ao ler este trecho, Tengo olhou para o rosto do pai e disse: "Fim." A história terminava ali.

Nenhuma reação.

— O que achou?

Como era de se esperar, seu pai não respondeu.

Às vezes, Tengo lia alguns trechos do romance que escrevera no período da manhã. Após lê-los, corrigia com a caneta as partes que não lhe agradaram e relia o trecho revisado. Caso ainda não ficasse satisfeito com o tom da frase, novamente reescrevia o trecho. E mais uma vez o relia.

— O trecho revisado ficou melhor — disse Tengo, voltando-se para o pai como se quisesse obter seu consentimento. Mas o pai obviamente não revelava sua opinião. Não opinava se ficara melhor, ou se antes estava melhor, ou que não via muita diferença entre o antes e o depois. Ele mantinha as pálpebras fechadas sobre os olhos encovados, como persianas cobrindo pesadamente as janelas de uma casa triste.

Vez ou outra, Tengo se levantava, esticava o corpo e se aproximava da janela para observar a paisagem. Há alguns dias o tempo andava nublado, e agora chovia. A chuva que caía incessantemente durante todo o período da tarde molhava os pinheiros quebra-ventos, tornando-os enegrecidos e pesarosos. Em dias assim, não se ouviam as ondas do mar. Com a ausência de ventos, a chuva caía verticalmente e um bando de pássaros pretos voava sob a tempestade. Os corações desses pássaros também se tornavam enegrecidos e úmidos. O quarto do hospital também ficava úmido. Travesseiro, livro, mesa, tudo o que havia ali umedecia. Mas, independente do tempo, da umidade, do vento e do barulho das ondas, seu pai continuava em coma. O estado de inconsciência envolvia todo o seu corpo como um manto misericordioso. Após descansar um pouco, Tengo continuava a ler em voz alta. Era a única coisa que ele podia fazer naquele quarto pequeno e úmido.

Quando se entediava de ler em voz alta, Tengo permanecia sentado em silêncio observando o rosto do pai adormecido, e tentava imaginar o que se passava em sua mente. Que tipo e forma de consciência estaria escondida lá dentro — no interior daquele crânio rígido como uma bigorna velha? Será que lá dentro não existia mais nada? Será que, tal qual uma casa abandonada, a mobília e os objetos foram transportados e não existia mais nenhum indício das pessoas que moravam lá? Mas, mesmo assim, as paredes e o teto deveriam conter algumas das lembranças e das cenas vividas. O vazio não consegue se apoderar tão facilmente das coisas cultivadas durante tanto tempo. Enquanto seu pai continua deitado nessa cama simples de uma casa de saúde na beira da praia, internamente ele pode estar numa silenciosa escuridão de uma casa vazia repleta de cenas e lembranças que não podem ser acessadas por terceiros.

Um tempo depois, a enfermeira jovem de face rosada veio até o quarto, sorriu para Tengo e, em seguida, mediu a temperatura de seu pai, checou a quantidade de soro que restava na bolsa plástica e o volume de urina acumulado no coletor. Pegou uma caneta e preencheu alguns números no formulário preso à prancheta. Agia de modo automático e rápido, como num manual. Enquanto observava essa série de movimentos, Tengo tentava imaginar como ela devia se sentir trabalhando numa casa de saúde de uma pequena cidade litorânea, cuidando de idosos com problemas cognitivos e sem perspectiva de cura. Ela era jovem e aparentava ser uma pessoa saudável. Sob o uniforme branco impecavelmente engomado, seus seios e o quadril eram pequenos, mas tinham um volume adequado. Uma penugem dourada brilhava em seu pescoço liso. No crachá de plástico preso ao peito estava escrito: Adachi.

O que a trouxe para um local tão distante, impregnado pelo esquecimento e dominado pela morte lenta? Tengo sabia que ela era uma enfermeira eficiente e zelosa. Ainda era jovem e de notável desempenho. Se ela assim desejasse, certamente poderia trabalhar em clínicas de outras especialidades. Um lugar mais divertido e muito mais interessante. Por que ela escolheu trabalhar justamente naquele lugar tão triste? Tengo queria saber os motivos e as circunstâncias que a levaram a estar ali. Caso perguntasse, certamente ela lhe responderia sem rodeios. Pelo menos essa era a impressão de Tengo. Mas, achou melhor não se envolver além do necessário. Ainda por cima, aquela era a cidade dos gatos. Algum dia, ele teria de pegar o trem e retornar para o seu mundo.

Ao concluir as tarefas, a enfermeira recolocou a prancheta no lugar e, voltando-se para Tengo, esboçou um sorriso acanhado.

— Não há alterações. Seu estado continua o mesmo.

— Estável — disse Tengo, num tom de voz alegre e jovial. — No bom sentido.

A enfermeira esboçou um sorriso meio lastimoso e inclinou levemente a cabeça. Ao ver o livro fechado sobre o colo de Tengo, indagou: — Está lendo esse livro para ele?

Tengo assentiu:

— Mas é difícil saber se ele está escutando.

— Mesmo assim, acho que isso é bom — disse a enfermeira.

— Bem ou mal, não me ocorre mais nada que possa fazer por ele.

— Nem todos conseguem fazer o que desejam.

— A maior parte das pessoas, ao contrário de mim, possui uma vida cheia de afazeres — disse Tengo.

A enfermeira pensou em dizer algo, mas hesitou. No final, decidiu por não falar nada. Ela olhou para o pai que dormia e, em seguida, para Tengo.

— Espero que ele melhore — ela disse.

— Obrigado — disse Tengo.

Assim que a enfermeira Adachi deixou o quarto, Tengo fez um longo intervalo antes de recomeçar a leitura.

No final da tarde, quando levaram o pai à sala de exames na maca, Tengo foi para o refeitório tomar um chá e ligar para Fukaeri do telefone público que havia no local.

— Alguma novidade? — Tengo perguntou para Fukaeri.

— Nenhuma em especial — ela respondeu. — É o mesmo de sempre.

— Também não tenho nenhuma. Todos os dias faço a mesma coisa.

— Mas o tempo não para.

— Isso mesmo — disse Tengo. — O tempo avança um dia, todos os dias.

E o que avançou não se pode retroceder, pensou.

— O corvo novamente passou por aqui — disse Fukaeri. — Um corvo grande.

— Esse corvo sempre aparece na janela ao entardecer.

— Ele faz a mesma coisa todos os dias.

— Isso mesmo — respondeu Tengo. — Como nós.

— Mas não se importa com o tempo.

— Acho que o corvo não se preocupa com a questão do tempo. O conceito de tempo só serve para os homens.

— Por quê.

— Os homens concebem o tempo como uma linha reta. É como marcar uma haste de madeira reta e comprida e definir que o que está do lado de cá é o passado e do de lá é o futuro. E que aqui e agora é o presente. Algo assim. Entende?

— Acho que sim.

— Na prática, porém, o tempo não é linear. No amplo sentido da palavra, o tempo não possui forma. Mas, diante da dificuldade de imaginar algo que não possui forma, por conveniência passamos a percebê-lo como uma linha reta. Até onde se sabe, somente o homem é capaz de fazer essa substituição conceitual.

— Mas nós é que podemos estar errados.

Tengo refletiu sobre isso.

— Está dizendo que o fato de considerar o tempo como uma linha reta e contínua pode estar errado?

Não houve resposta.

— Essa possibilidade existe, é claro. Podemos estar errados e o corvo é que está certo. Talvez o tempo não seja linear como supomos ser. Pode ser que ele tenha o formato de uma rosca trançada — disse Tengo. — Mas o homem provavelmente vive há dez milhões de anos tendo como base a ideia de que o tempo é uma linha reta e contínua, e suas ações foram pautadas nesse conceito. E até hoje ele não encontrou nenhuma inconveniência ou contradição nisso. Portanto, como modelo experimental, esta ideia pode ser considerada correta.

— Modelo experimental — disse Fukaeri.

— Através de inúmeras amostragens, uma hipótese pode ser considerada fundamentalmente correta.

Fukaeri permaneceu calada por um tempo. Tengo não sabia se ela entendera ou não o que ele acabara de dizer.

— Alô? — disse Tengo, para verificar se ela ainda estava na linha.

— Até quando você pretende ficar aí — perguntou Fukaeri, sem o tom de interrogação.

— Quer saber até quando pretendo ficar em Chikura?

— É.

— Não sei — disse Tengo, com sinceridade. — No momento, só posso dizer que pretendo ficar aqui até me convencer de certas coisas. Há coisas que eu ainda não consigo entender. Quero ficar mais um tempo e ver o que acontece.

Fukaeri novamente se calou do outro lado da linha. Quando se calava, era como se todo o seu ser deixasse de existir.

— Alô? — disse Tengo novamente.

— Não perca o trem — disse Fukaeri.

51

— Vou me cuidar — respondeu Tengo. — Tomarei cuidado para não perder a hora do trem. Está tudo bem por aí?

— Uma pessoa veio aqui, agora há pouco.

— Que tipo de pessoa?

— Um homem da Eneagá-cá.

— Um cobrador da NHK?

— Co-bra-dor — perguntou Fukaeri sem entonação.

— Você conversou com ele? — indagou Tengo.

— Não entendi o que ele estava dizendo.

Pelo visto, ela não sabia o que era NHK. Faltava-lhe alguns conhecimentos básicos da sociedade.

— Não vou poder te explicar por telefone, pois a conversa vai ficar longa, mas, em linhas gerais, trata-se de uma organização grande que emprega muitos trabalhadores. Eles visitam as casas de todo o Japão e mensalmente recolhem dinheiro. Mas eu e você não precisamos pagá-los, pois não recebemos nada. Em todo caso, você não abriu a porta, não é?

— Não abri a porta. Como você me pediu.

— Ótimo.

— Mas ele disse que eu era uma ladra.

— Não ligue pra isso — disse Tengo.

— Não roubamos nada.

— Claro que não. Você e eu não fizemos nada de errado.

Fukaeri novamente se calou do outro lado da linha.

— Alô? — disse Tengo.

Fukaeri não respondeu. Ela devia ter desligado o telefone, apesar de ele não ter escutado o som do aparelho ser colocado no gancho.

— Alô? — disse novamente Tengo, desta vez com a voz um pouco mais alta.

Fukaeri deu uma leve tossida. — Essa pessoa disse que conhecia você muito bem.

— Esse cobrador?

— É. O homem da Eneagá-cá.

— Ele te chamou de ladra.

— Ele não estava se referindo a mim.

— Era de mim?

Fukaeri não respondeu.

— De qualquer modo, não tenho televisão e não estou roubando nada da NHK.

— Ele ficou bravo por eu não abrir a porta.

— Isso é o de menos. Deixe ele ficar bravo. Não importa o que diga, jamais abra a porta, está bem?

— Não vou abrir a porta.

Ao dizer isso, Fukaeri desligou o telefone abruptamente. Mas talvez não tenha sido abrupto. Para ela, desligar naquele ponto da conversa era algo mais que natural e lógico. Aos ouvidos de Tengo, porém, soava abrupto. Afinal de contas, Tengo sabia muito bem que de nada adiantaria tentar imaginar o que Fukaeri estava pensando ou sentindo. Como um modelo experimental.

Tengo desligou o telefone e voltou para o quarto do pai.

Seu pai ainda não havia voltado para o quarto. O lençol da cama marcava uma depressão com o formato de seu corpo. E, como era de se esperar, não encontrou nenhuma crisálida de ar. No quarto que se tingia de um tom crepuscular tênue e frio havia somente um pequeno vestígio da pessoa que o ocupava havia pouco.

Tengo suspirou e se sentou na cadeira. Com as mãos no colo observou longamente a depressão no lençol. Depois, levantou-se e foi até a janela observar a paisagem. A chuva havia parado. Por sobre a fileira de pinheiros, as nuvens de final de outono pairavam numa faixa homogênea. Há tempos não contemplava tão belo entardecer.

Tengo não entendia por que o cobrador da NHK dissera que o "conhecia muito bem". A última vez que um cobrador da NHK veio até a sua casa foi cerca de um ano atrás. Naquela ocasião, ele atendeu o cobrador na porta e explicou-lhe educadamente que não possuía televisão. Explicou que jamais assistia à TV. O cobrador não se convenceu disso, mas, após murmurar seu desagrado, não disse mais nada e se foi.

Será que era o mesmo cobrador daquela vez? Se não lhe falhava a memória, ele também o chamara de "ladrão". Mas é um tanto estranho o mesmo cobrador voltar um ano depois e dizer que "o conhecia muito bem". Eles conversaram somente cinco minutos diante da porta.

"Deixe estar", pensou Tengo. O importante é que Fukaeri não abriu a porta. Esse cobrador não deve voltar. Eles precisam cumprir uma cota e estão cansados de enfrentar as desagradáveis discussões com aqueles que se recusam a pagar. Por isso, para evitar um desgaste desnecessário, eles percorrem os locais de cobrança fácil e evitam os de difícil arrecadação.

Tengo olhou novamente a depressão que seu pai deixara na cama e lembrou dos vários pares de sapatos usados por ele. Os pares que seu pai gastou para percorrer as rotas de cobrança diariamente, durante vários anos, eram de perder a conta. Todos os sapatos aparentemente eram idênticos. Pretos, de sola resistente, extremamente práticos e de couro barato. Ele os usava até o couro rasgar, o calcanhar deformar e o calçado ficar totalmente imprestável. Toda vez que o menino Tengo via aqueles sapatos completamente gastos e deformados, ele sentia muita pena. O sentimento de comiseração não era em relação ao pai, mas aos sapatos. Eles o faziam lembrar aqueles pobres animais de carga à beira da morte, após serem usados até não aguentarem mais.

Mas, pensando bem, o seu pai de hoje também não seria como um animal de carga à beira da morte? Não seria o mesmo que um sapato de couro gasto?

Tengo desviou o olhar e novamente observou a paisagem pela janela. As cores avermelhadas da tarde escureciam gradativamente o céu poente. Lembrou-se da tênue luz azulada que a crisálida de ar emitia e da menina Aomame, deitada e dormindo no interior dela.

Será que aquela crisálida de ar vai surgir novamente aqui?

Será que o tempo realmente possui o formato de uma linha reta?

— Estou num beco sem saída — disse Tengo, olhando a parede. — Existem muitas variáveis. Por mais que eu tenha sido uma criança prodígio, é impossível encontrar respostas.

Obviamente, a parede não lhe respondeu e tampouco expressou qualquer opinião. Ela apenas refletia silenciosamente as cores do entardecer.

Capítulo 4
Ushikawa
A navalha de Occam

Ushikawa não conseguia se livrar da ideia de que aquela velha senhora que morava na mansão de Azabu estava, de alguma maneira, envolvida no assassinato do Líder. Ele havia recolhido informações sobre a vida dela. Tarefa relativamente fácil por ser ela uma pessoa famosa na alta sociedade. O marido fora uma figura de destaque no mundo empresarial do pós-guerra e desfrutara de considerável poder de influência nas esferas políticas. Atuara principalmente no setor de investimentos e no ramo imobiliário, estendendo os negócios inclusive nas áreas relacionadas ao comércio atacadista e varejista e no de transportes. Com o falecimento do marido, em meados da década de 50, ela assumira os negócios. Além de possuir um talento ímpar para administrá-los, era dotada de uma afortunada capacidade de pressentir o perigo iminente. Em meados da década de 60, ao sentir que a empresa estava envolvida em negócios demais, estrategicamente vendeu as ações de alguns setores a preços bem altos, enxugando gradativamente seu portfólio. E concentrou todos os esforços nas áreas que lhe restaram. Graças a essa estratégia, suas empresas foram minimamente afetadas durante a crise do petróleo e, superada esta, obtiveram um considerável aumento de capital. Possuía o dom de transformar o risco dos outros em uma boa oportunidade para ela.

Atualmente, ela tem mais de setenta anos e não está mais à frente dos negócios. Possui um imenso patrimônio em bens e capital e vive confortavelmente numa mansão, sem ninguém para importuná-la. Nascida em berço de ouro, casou-se com um homem rico e, após enviuvar, tornou-se ainda mais rica. Por que uma mulher assim planejaria matar alguém?

No entanto, Ushikawa achou melhor investigar a fundo a vida dessa velha senhora. Em primeiro lugar, por não ter outra pista realmente plausível e, em segundo, porque estava cismado com o abrigo que ela administrava. O fato de ela oferecer gratuitamente um local seguro para abrigar mulheres, vítimas da violência doméstica, não era algo especialmente estranho. Era uma atitude saudável e benéfica, um serviço em prol da sociedade. Ela possuía recursos financeiros e as mulheres que ela generosamente auxiliava sentiam uma imensa gratidão por esse ato. Mas os apartamentos que serviam de abrigo possuíam um esquema de segurança exagerado: o portão de entrada reforçado com inúmeros cadeados, o pastor-alemão e as câmeras de monitoramento. Ushikawa não podia deixar de considerar que o local era seguro demais.

A primeira coisa que Ushikawa verificou foi o nome do proprietário do terreno e da casa em que a velha senhora morava. Essas informações eram públicas e bastava ir à prefeitura para rapidamente obtê-las. Tanto o terreno quanto a casa estavam registrados no nome dela. Não estavam hipotecadas. Estava tudo às claras. Por se tratar de um patrimônio pessoal, o imposto anual sobre bens imóveis era alto, mas isso era o de menos para uma pessoa como ela. O imposto sucessório sobre a herança era igualmente exorbitante, mas isso também não parecia ser um problema. Uma postura rara entre os ricos. A experiência de Ushikawa ensinou-lhe que não existe gente que mais odeia e evita pagar impostos do que os ricos.

Após a morte do marido, ela continuou a viver sozinha naquela enorme mansão. Não morava exatamente sozinha, pois era presumível que houvesse alguns empregados vivendo no local. Ela teve dois filhos. O mais velho assumiu os negócios da família e tinha três filhos. A filha foi casada, mas morreu de uma doença havia quinze anos, e não deixou filhos.

Reunir esse tipo de informação era relativamente fácil. Mas, ao tentar descobrir dados mais pessoais, subitamente surgia uma parede maciça bloqueando o caminho. Todos os caminhos possíveis e imagináveis estavam bloqueados. Deparava-se com um muro alto e com inúmeras trancas nas portas. Ushikawa se deu conta de que a mulher não tinha nenhuma intenção de expor sua vida particular. E que não media esforços nem dinheiro para se resguardar. Ela não dava entrevistas e tampouco se pronunciava. Não conseguiu sequer encontrar uma foto dela, mesmo nas fontes mais variadas.

O nome dela constava na lista telefônica do distrito de Minato. Ushikawa telefonou para o número indicado. Seu *modus fa-*

ciendi era sempre o de "ver para crer", independentemente do que fosse. Antes do segundo toque, um homem atendeu o telefone. Ushikawa identificou-se com um nome fictício e, dizendo trabalhar numa dessas empresas de investimentos, explicou que "gostaria de conversar com a proprietária sobre um fundo de investimento que ela possui". O homem respondeu: "A senhora não pode atender o telefone. Diga-me do que se trata que eu me encarrego de transmitir a informação." O tom de sua voz denotava uma seriedade convincente, como daquelas vozes sintetizadas mecanicamente. Ushikawa explicou que a norma da empresa não permitia tratar do assunto a não ser diretamente com a pessoa e que, nesse caso, ele precisaria de alguns dias para providenciar o envio dos documentos pelo correio. O homem solicitou que assim o fizesse e desligou o telefone.

Ushikawa não ficou particularmente decepcionado por não ter conseguido falar com a velha senhora. Desde o início ele não tinha essa expectativa. O que realmente queria averiguar era o quanto ela se preocupava em preservar a privacidade. E, pelo que constatou, a preocupação era excessiva. Algumas pessoas cuidavam e zelavam pela sua proteção. Foi a impressão de Ushikawa ao escutar o tom do homem que o atendeu, possivelmente o secretário particular dela. O nome dela aparecia na lista telefônica, mas as pessoas que têm acesso direto são restritas. As que não possuem acesso são imediatamente agarradas e expulsas como formigas que tentam entrar no açucareiro.

Com a desculpa de estar procurando algum imóvel para alugar, Ushikawa percorreu as imobiliárias das redondezas com o intuito de discretamente obter informações sobre o abrigo. Os corretores, em geral, nem mesmo tinham conhecimento da existência daqueles apartamentos. Aquela região era um dos poucos e raros bairros residenciais de alto padrão existentes em Tóquio. As imobiliárias basicamente trabalham com imóveis caros e não estão interessadas em aluguéis de apartamentos de um sobrado de madeira. Os corretores praticamente ignoraram Ushikawa só de passarem o olho no rosto e nas roupas que usava, a ponto de ele achar que, se um cachorro sarnento, sem rabo e molhado pela chuva entrasse pela fresta da porta, seria tratado de modo um pouco mais afetuoso.

Quando pensava em desistir, uma pequena imobiliária, que parecia ser bem antiga naquela região, chamou-lhe a atenção. Um velho de rosto amarelado, que tomava conta do estabelecimento, espontaneamente começou a dar informações dizendo "Ah! Aquela casa...". O rosto dele era todo enrugado, como uma múmia de segunda classe. Ele conhecia tudo daquela área e queria alguém, não importa quem, para conversar.

— Aquele imóvel era da esposa do senhor Ogata e, se não me engano, antigamente os apartamentos eram alugados. Não sei por que ela mantinha aquele imóvel. Afinal, não era uma pessoa que tivesse de administrar aluguéis de apartamentos. Acho que o mais provável é que o imóvel fosse usado como alojamento de seus funcionários. Hoje em dia, eu não sei, mas acho que virou uma espécie de *kakekomidera*. Lembra aqueles templos budistas que nos tempos feudais davam asilo às esposas que fugiam dos maridos para desfazer o vínculo matrimonial? De qualquer modo, isso não serve de ganha-pão para as imobiliárias.

Após dizer isso, o velho deu uma risada sem abrir a boca. Uma risada que lembrava o tamborilar de um pica-pau.

— É mesmo? Uma espécie de *kakekomidera*? — disse Ushikawa, oferecendo-lhe um Seven Stars. O velho aceitou um cigarro e, após Ushikawa acendê-lo com seu isqueiro, pôs-se a tragar prazerosamente. Uma tragada que lhe deu tanta satisfação que até o Seven Stars deve ter sentido o deleite de ser devidamente apreciado, pensou Ushikawa.

— Eles abrigam as mulheres que fogem dos maridos, com os rostos inchados, após terem levado uma surra deles. Certamente o abrigo não deve cobrar aluguel.

— É um tipo de serviço público?

— Creio que sim. Como ela tinha apartamentos sobrando, resolveu abrigar essas pessoas necessitadas. Digamos que, por ser podre de rica, ela pode fazer o que bem entende, sem se preocupar em obter lucros. Uma situação muito diferente da nossa, que somos do povo.

— Mas por que será que a esposa do senhor Ogata resolveu fazer isso? Teria algum motivo em especial?

— Não sei, mas como é rica, pode ser um passatempo.

— Mesmo que seja um passatempo, se dispor a ajudar as pessoas é muito bom, não acha? — disse Ushikawa, sorridente. — Nem todos os que têm dinheiro de sobra costumam tomar esse tipo de iniciativa.

— Não há dúvidas de que isso é realmente uma coisa boa. Antigamente, eu vivia batendo na minha esposa e, por isso, não posso falar muito — disse o velho, abrindo exageradamente a boca sem um dos dentes, numa sonora gargalhada. Era como se o fato de bater na esposa fosse digno de uma menção honrosa.

— Hoje, quantas pessoas moram lá? — perguntou Ushikawa.

— Todas as manhãs, ao caminhar, costumo passar na frente daquela casa. De fora, não dá para ver nada. Mas creio que sempre há pessoas morando lá. Parece que no mundo existem muitos homens que batem nas mulheres.

— A quantidade de pessoas que praticam o mal é bem maior do que as que praticam o bem.

O velho novamente soltou uma gargalhada com a boca escancarada. — É isso mesmo. No mundo existem muito mais pessoas que fazem coisas ruins do que aquelas que fazem coisas boas.

De certa forma, o velho parecia ter gostado de Ushikawa. E isso o deixou desconfortável.

— Por falar nisso, como é a esposa do senhor Ogata? — perguntou Ushikawa, num tom casual.

— Para ser sincero, não sei quase nada sobre ela — disse o velho, franzindo veementemente as sobrancelhas, como o espírito de uma árvore seca. — Ela é uma pessoa extremamente reservada. Tenho o meu negócio aqui há tempos, mas só a vejo de vez em quando, de relance, e sempre a uma certa distância. Ela sai de carro com chofer e as empregadas é que fazem todas as compras. Tem também um homem, que deve ser o seu secretário particular, e que, em geral, se encarrega de resolver quase tudo. De qualquer modo, ela teve uma boa educação e veio de uma família rica, por isso jamais conversaria diretamente com gente do povão como nós — o velho franziu as sobrancelhas e, emoldurado pelas acentuadas rugas da face, piscou para Ushikawa.

Segundo o velho de cara amarela, o grupo que ele denominava "gente do povo" era constituído principalmente por pessoas como ele e Ushikawa.

Ushikawa indagou:

— Há quanto tempo a senhora Ogata acolhe essas vítimas da violência doméstica?

— Hum... Não tenho certeza. Eu soube por terceiros que aquele lugar era como um *kakekomidera*. Não sei quando se tornou um abrigo. Só sei que, nesses últimos quatro anos, a frequência de pessoas entrando e saindo é bem maior. Pensando bem, acho que foi nesses últimos quatro ou cinco anos — disse o velho pegando a xícara e tomando um gole do chá que esfriara. — Foi nessa época que instalaram um portão novo e, de uma hora para outra, reforçaram a segurança. Mas isso é esperado, por se tratar de um abrigo. Se qualquer um pudesse entrar a torto e a direito, as pessoas que vivem no local não ficariam sossegadas.

Após dizer isso, como que voltando para a realidade, o velho lançou um olhar inquiridor a Ushikawa: — Então, você está procurando uma casa com um aluguel acessível, não é?

— Isso mesmo.

— Então é melhor procurar em outra região. Por aqui só existem mansões e, mesmo que encontre algum imóvel para alugar, o preço do aluguel é exorbitante, pois os principais clientes são os diplomatas estrangeiros que trabalham nas embaixadas. Antigamente, as pessoas comuns, mesmo não sendo ricas, moravam aqui. Iniciei o meu negócio naquela época para justamente atender esse tipo de público. Mas hoje não existem imóveis acessíveis como naquela época e, por isso, estou pensando em fechar a firma. Os preços dos terrenos em Tóquio subiram vertiginosamente e, para microempresas como a minha, competir nesse mercado imobiliário tornou-se impossível. Se você não tem dinheiro sobrando, acho melhor procurar em outro lugar.

— Farei isso — disse Ushikawa. — Realmente, não tenho dinheiro sobrando. Vou procurar em outra área.

O velho suspirou e ao mesmo tempo soltou a fumaça do cigarro.

— Mas, se a esposa do senhor Ogata vier a falecer, aquela mansão deixará de existir. O filho dela é um típico empreendedor e não vai deixar um terreno localizado numa área nobre à toa. Sem perda de tempo, ele vai mandar derrubar aquela mansão para construir apartamentos de luxo. É capaz até já tenha um pré-projeto guardado na gaveta.

— Se isso acontecer, a atmosfera calma e tranquila desta região também deixará de existir.

— Ah! Sem dúvida, mudará da água para o vinho.

— O filho atua em que tipo de negócio?

— Basicamente, ele é do ramo imobiliário. Digamos que é do mesmo ramo que eu. Mas a diferença entre nós é como a do dia e da noite. É como comparar um Rolls-Royce a uma *bicicleta* velha. Ele possui capital e constrói edifícios enormes, um após o outro. A estrutura empresarial é tão aprimorada que ele consegue sugar todo o lucro para si. Não deixa *sobrar* nenhuma gota para nós. O mundo se tornou cruel demais.

— Estive caminhando pelas redondezas e, realmente, fiquei admirado. A mansão da senhora Ogata é magnífica.

— Ah! É a residência mais bonita desta área. Só de pensar que um dia aquele belíssimo salgueiro poderá ser cortado e vir abaixo me dói o coração — disse o velho, balançando a cabeça, demonstrando estar realmente entristecido. — Espero que a esposa do senhor Ogata continue a viver por mais tempo.

— Tem razão — concordou Ushikawa.

Ushikawa entrou em contato com o Centro de Apoio às Mulheres Vítimas de Violência Doméstica. Para sua surpresa, esse grupo de apoio constava da lista telefônica exatamente com esse nome. Era uma organização sem fins lucrativos, administrada por uma equipe de advogados voluntários que se revezavam no atendimento às mulheres. O abrigo da velha senhora colaborava com essa instituição e acolhia as mulheres que não tinham para onde ir. Ushikawa agendou uma visita em nome de sua empresa. Aquela intitulada "Nova Fundação Japão para a Promoção das Ciências e das Artes". Ushikawa sutilmente deu a entender que a instituição poderia receber um auxílio financeiro e, com isso, conseguiu agendar um horário para a visita.

Ushikawa entregou o cartão de visitas (igual ao que ele entregara a Tengo) e explicou que um dos objetivos da Fundação era selecionar anualmente uma organização sem fins lucrativos que notoriamente vinha contribuindo para o bem da sociedade, oferecendo-lhe um auxílio financeiro. O Centro de Apoio às Mulheres era uma das candidatas. Disse também que não poderia revelar quem era o responsável pela oferta, mas deixou claro que o auxílio poderia ser usado como bem entendessem e que a única obrigação era a de entregar um relatório bem simples no final do ano.

A primeira impressão que o jovem advogado teve de Ushikawa, a contar pela sua aparência, não parecia ter sido boa nem inspirado confiança, mas, como a situação financeira da instituição encontrava-se cronicamente debilitada, qualquer auxílio seria bem-vindo. Por isso, deixando de lado as suspeitas, o advogado resolveu dar atenção à sua conversa.

Ushikawa disse que gostaria de conhecer alguns detalhes sobre as atividades realizadas pela organização. O advogado apresentou o histórico de sua fundação. Ushikawa achou essa conversa entediante, mas fingiu prestar atenção na explicação, esboçando uma expressão de real interesse. De modo preciso, soltava interjeições condizentes com os fatos narrados e, ao concordar com a opinião do interlocutor, seu rosto demonstrava candura. Com o decorrer da conversa, o jovem advogado começou a gostar de Ushikawa e parecia ter reavaliado a primeira impressão que de suspeita, influenciado pela sua aparência. Ushikawa era um ouvinte treinado, e o modo sincero e atento de ouvir deixava o interlocutor à vontade.

Oportunamente, ele mudou o assunto de modo espontâneo para falar sobre o abrigo. Indagou para onde eles encaminhavam as mulheres, que lamentavelmente eram vítimas da violência doméstica, quando elas não tinham um local seguro onde ficar. Ao fazer essa pergunta, Ushikawa esboçou uma expressão de quem realmente se condoía pelo destino dessas mulheres que tiveram suas vidas destruídas, como as folhas das árvores quando arrancadas à força por um intenso vendaval.

— Nesses casos, temos alguns abrigos disponíveis — disse o jovem advogado.

— Como são esses abrigos?

— São uma espécie de refúgio temporário. Não temos muitos locais de refúgio, mas algumas pessoas caridosas nos oferecem alguns. Um dos nossos colaboradores ofereceu um prédio inteiro de apartamentos, por exemplo.

— Um prédio inteiro — disse Ushikawa, fingindo surpresa. — Quer dizer que realmente existem pessoas generosas no mundo.

— Existem sim. Quando as nossas atividades são divulgadas nos jornais e nas revistas, algumas pessoas entram em contato e querem de algum modo colaborar conosco. Sem o auxílio delas, não temos como administrar essa entidade. Funcionamos numa situação em que praticamente temos de arcar com as despesas usando dinheiro de nossos próprios bolsos.

— O que os senhores estão fazendo é uma atividade muito significativa — disse Ushikawa.

O advogado esboçou um sorriso ingênuo. Ushikawa novamente se convenceu de que não existe pessoa tão fácil de enganar quanto aquela que está convencida de estar fazendo a coisa certa.

— Quantas mulheres vivem hoje nesses apartamentos?

— Varia de acordo com a época, mas, vejamos, hoje deve ter umas quatro ou cinco mulheres — respondeu o advogado.

— Sobre essa pessoa generosa que ofereceu os apartamentos — disse Ushikawa —, o que será que aconteceu para que se envolvesse nessa causa? Deve ter algum motivo.

O advogado inclinou a cabeça. — Isso eu não saberia responder. O que se sabe é que ela já auxiliava algumas vítimas, de modo privado. De nossa parte, só podemos aceitar essa gentil colaboração com gratidão. Se a pessoa não quer explicar os motivos, nós também não fazemos questão de saber.

— É claro — concordou Ushikawa. — Por falar nisso, a localização do abrigo é mantida em segredo, não é?

— Sim. As mulheres precisam estar seguras e protegidas, e a maioria dos nossos mantenedores quer preservar o anonimato. Afinal de contas, estamos lidando com casos que envolvem atos de violência.

A conversa se estendeu durante um tempo, mas Ushikawa não obteve nenhuma informação concreta além das que já havia conseguido. Ele tomou conhecimento de que o Centro iniciara suas atividades havia quatro anos e que, logo no início, um benfeitor entrou em contato oferecendo um prédio de apartamentos para servir de abrigo, uma vez que não estava fazendo uso desse imóvel. Essa pessoa soube deles por meio de um artigo veiculado no jornal. A única condição exigida foi a de não revelar o seu nome. Mas, a partir da conversa com o advogado, Ushikawa deduziu que não havia dúvidas de que esse benfeitor era a velha senhora de Azabu, e que o abrigo mencionado era o prédio de madeira, em sua propriedade.

— Desculpe-me tomar o seu tempo — disse Ushikawa, demonstrando respeito cordial ao jovem advogado idealista. — A atividade que vocês estão realizando é de valorosa contribuição para a sociedade. Transmitirei as informações, e estas serão submetidas à apreciação na próxima reunião do Conselho. Em breve, entrarei em contato. Meus sinceros votos para a contínua prosperidade de suas atividades.

O próximo passo de Ushikawa foi investigar as circunstâncias da morte da filha da velha senhora. A moça se casara com um alto funcionário do Ministério dos Transportes e Correios e faleceu aos 36 anos de causas que Ushikawa não conseguiu descobrir. O marido deixou o emprego logo após a morte da esposa. As únicas informações obtidas eram essas. O motivo de ele deixar o emprego e o que estaria fazendo da vida também eram desconhecidos. O fato de ele pedir demissão poderia estar relacionado à morte da esposa, ou não. O Ministério dos Transportes e Correios não era uma repartição que prontamente revelava informações internas para um cidadão comum. No entanto, Ushikawa possuía um olfato apurado. Ele farejava que ali *havia algo de suspeito*. Ushikawa não conseguia se convencer de que o marido, inconformado e entristecido com a perda da esposa, tivesse abandonado a carreira, o emprego e optasse por viver longe da sociedade.

Do ponto de vista de Ushikawa, a morte de uma mulher de 36 anos por motivo de doença não era muito comum. Obviamente, havia exceções. Afinal, independentemente da idade, e por mais que a pessoa viva em condições satisfatórias, ela pode repentinamente vir a ficar doente e morrer de câncer, tumor cerebral, peritonite ou pneumonia aguda. O corpo é frágil e vulnerável. Mas, se não há uma causa natural, o mais provável é que uma mulher rica de 36 anos venha a falecer somente por motivo de acidente ou suicídio.

"*Vamos levantar uma hipótese*", pensou Ushikawa. Vamos seguir o famoso princípio da "Navalha de Occam" e levantar a hipótese mais simples. Devem-se eliminar todas as premissas desnecessárias e assumir uma única linha de raciocínio.

"Vamos seguir a premissa de que a filha da velha senhora não tenha morrido por doença, mas que tenha se suicidado." Ushikawa esfregou as palmas das mãos enquanto cogitava essa hipótese. "Mentir publicamente que a filha morrera de doença, de modo a ocultar o suicídio, não seria algo tão difícil. Ainda mais sendo uma pessoa influente e rica. Seguindo esse raciocínio, podemos supor que a filha tenha sido vítima de violência doméstica e, sem motivação para viver, decidiu acabar com a própria vida. Isso não deixa de ser uma possibilidade plausível. É certo que muitas pessoas da chamada elite possuem um caráter repugnante e uma personalidade distorcida.

"Neste caso, que tipo de atitude a velha senhora tomaria como mãe? Será que ela se conformaria, como sendo coisa do destino, e deixaria as coisas como estão? Não. Creio que não. O mais provável era tentar descobrir o que levou a filha a cometer o suicídio e tratar de se vingar da melhor forma." A essa altura, Ushikawa já tinha uma ideia de que tipo de pessoa era a velha senhora: uma mulher corajosa e inteligente, com um raciocínio claro e preciso e que, uma vez decidida, agia imediatamente, sem titubear. Para isso, ela usaria todo o seu poder e sua influência. Ela não deixaria de se vingar da pessoa que a machucou, prejudicou e que, por fim, tirou a vida de alguém que lhe era tão querida.

Ushikawa não tinha como saber que tipo de vingança ela teria praticado com o marido da filha. As pistas desse marido haviam desaparecido no ar. Ushikawa não achava verossímil que ela o tivesse matado. Era uma mulher serena e extremamente cautelosa, com uma ampla visão do mundo. Uma pessoa assim certamente não tomaria uma atitude tão drástica. Por outro lado, agiria implacavelmente, até com crueldade. Independentemente do que tenha feito, é difícil imaginar que tenha deixado algum vestígio comprometedor de seu ato.

Mas a raiva e o desespero de uma mãe que perdeu a filha não se limitam a uma vingança pessoal. Ao tomar conhecimento pelo jornal das atividades do Centro de Apoio às Vítimas da Violência Doméstica, ela entra em contato e diz que gostaria de colaborar. Explica que possui um imóvel na cidade e que, por não estar sendo utilizado, poderia disponibilizá-lo para acolher gratuitamente essas mulheres. Explica que o imóvel já foi utilizado com o mesmo objetivo e que o único pedido é que seu nome jamais seja revelado publicamente. Os advogados ficam imensamente gratos com essa oferta. O fato de ela colaborar com uma entidade pública torna a sua vingança maior e mais eficiente e, reconhecidamente, um gesto sublime. Essa sua atitude é a prova de que ela soube aproveitar as oportunidades e a motivação para tomar medidas construtivas.

Até este ponto, a hipótese fazia sentido. Ele só não tinha como prová-la. Esse tipo de teoria eliminava inúmeras dúvidas. Ushikawa lambeu os lábios e esfregou as mãos num gesto vigoroso. No entanto, a partir desse ponto, as coisas começavam a ficar um pouco mais nebulosas.

A velha senhora conheceu uma jovem instrutora chamada Aomame, que trabalhava num clube esportivo que costumava frequentar e, por algum motivo, as duas fizeram um pacto secreto. Elaboraram um minucioso plano e Aomame foi enviada para o quarto no hotel Ôkura, com o objetivo de matar o líder de Sakigake. O método utilizado é desconhecido. Ou talvez Aomame possua uma técnica especial para matar. Por isso, a despeito de o Líder estar cercado de guarda-costas leais e competentes, ele acaba sendo morto.

Até este ponto, apesar de ser uma hipótese intrigante, havia uma linha de raciocínio. Mas, ao tentar estabelecer a relação entre o líder de Sakigake e a organização de apoio às vítimas da violência doméstica, Ushikawa ficava confuso. Ele se sentia encurralado e, de repente, a linha de raciocínio era cortada com uma navalha bem afiada.

O que o grupo religioso queria de Ushikawa naquele momento eram duas coisas: a primeira, descobrir quem planejou o assassinato do Líder; e a segunda, o paradeiro de Aomame.

Ushikawa foi o responsável por descobrir os antecedentes de Aomame. Ele estava acostumado a fazer esse tipo de levantamento e, de fato, já realizara inúmeras investigações desse tipo. Ela tinha a ficha limpa. Sob os mais diversos aspectos, ele não encontrou nenhum ponto que a desabonasse. Isso foi comunicado ao grupo. Aomame foi chamada a comparecer na suíte do hotel Ôkura e fez uma sessão de alongamento muscular. Quando ela deixou o hotel, o Líder estava morto e ela desapareceu, como fumaça ao vento. Diante dessa ocorrência, o grupo ficou muito descontente com ele. Do ponto de vista deles, a investigação de Ushikawa não fora satisfatória.

Mas, na verdade, Ushikawa seguira os passos de sua investigação como sempre costumava fazer, de modo a não deixar lacunas. Como ele próprio dissera ao rapaz de cabelo rente, nunca havia falhado nesse tipo de serviço. Reconhecia que o lapso foi não ter examinado o registro de ligações telefônicas, mas, a não ser em casos complexos, normalmente não era necessário fazer esse tipo de checagem. Diante do que investigou sobre Aomame, não havia um único ponto que levantasse alguma suspeita sobre ela.

De qualquer modo, Ushikawa não podia permitir que eles continuassem insatisfeitos. Eles o pagavam bem, mas eram pessoas perigosas. Só o fato de Ushikawa saber que haviam secretamente sumido com o corpo do Líder já o colocava em perigo. Era preciso provar para o grupo que valia a pena deixá-lo, vivo; que, vivo, ele seria mais útil.

Não havia provas de que a velha senhora de Azabu estivesse envolvida com o assassinato do Líder. Até aquele momento, tudo não passava de uma hipótese. Mas o faro de Ushikawa o fazia intuir que havia algum segredo muito importante escondido naquela enorme mansão, repleta de belos salgueiros. Ele precisava revelar a verdade; uma tarefa nada fácil. O suspeito estava bem protegido e não havia dúvidas de que contava com a ajuda de profissionais.

Seria a *yakuza*?

Talvez. No mundo dos negócios, especialmente no setor imobiliário, é comum existirem negociações entre as empresas e a *yakuza*, sem o conhecimento da sociedade. O serviço sujo fica sob a responsabilidade dessas gangues. Não seria de estranhar que a velha senhora usasse esse subterfúgio. Mas Ushikawa não aceitava essa hipótese. A velha senhora era uma pessoa de berço, e por demais bem educada para se envolver com esse tipo de gente. Era difícil aceitar a ideia de que ela estaria usando o poder da máfia japonesa para proteger as vítimas da violência doméstica. O mais provável era que ela própria tivesse um sistema de segurança. Uma estrutura particular, refinada. Devia ser oneroso manter esse tipo de segurança, mas ela não tinha problemas financeiros. Um sistema que, quando necessário, poderia se tornar violento.

Se a hipótese de Ushikawa estivesse correta, Aomame, à essa altura, estaria bem longe, escondida em algum lugar. Todas as pistas teriam sido eliminadas e, inclusive, ela deveria estar com uma nova identidade e um nome novo. Quem sabe até com uma aparência totalmente nova. Nesse caso, com os recursos de investigação de que dispunha, Ushikawa não conseguiria encontrar seu rastro.

De qualquer modo, a única alternativa era seguir essa linha de investigação em torno da velha senhora de Azabu. "Preciso descobrir alguma ponta solta e, a partir daí, seguir os passos de Aomame. Isso tanto pode dar certo, como não dar em nada." O mérito de Ushikawa era possuir olfato apurado e extrema perseverança. Uma vez que ele agarrava algo, jamais soltava. "Além disso, o que mais eu tenho que vale a pena mencionar?", se perguntou Ushikawa. "Será que tenho alguma outra capacidade de que eu possa me gabar?"

"Não tenho mais nenhuma", respondeu Ushikawa, com extrema convicção.

Capítulo 5
Aomame
Por mais que se contenha a respiração

Levar uma vida monótona e solitária, confinada num único lugar, não chegava a ser motivo de sofrimento para Aomame. Sua rotina era acordar às seis e meia e tomar um café da manhã bem simples. Depois, levava cerca de uma hora para lavar e passar as roupas ou limpar o chão. Uma hora e meia antes do almoço, exercitava vigorosamente o corpo de modo eficiente e concentrado, utilizando os aparelhos enviados por Tamaru. A experiência adquirida como instrutora profissional lhe permitia discernir quais músculos deveriam ser trabalhados diariamente, adequando o tipo de exercício e dosando sua intensidade e carga, sem o perigo de se exceder.

O almoço consistia basicamente de saladas, legumes e frutas. Após a refeição, geralmente sentava-se no sofá para ler e tirar um pequeno cochilo. Ao entardecer, levava cerca de uma hora para preparar a refeição e jantava antes das seis. Quando escurecia, ia para a varanda, sentava-se na cadeira de jardim e observava o parque infantil. E, às dez e meia, ia para a cama dormir. Essa era sua rotina. Mas isso não a deixava entediada.

Para início de conversa, ela não era uma pessoa muito sociável. Nesse sentido, ela não se importava de não poder se encontrar nem conversar com ninguém. Na escola primária ela praticamente não conversava com nenhum de seus colegas de classe. Ou melhor, ninguém costumava falar com ela, a não ser quando estritamente necessário. Consideravam-na um elemento estranho, "um nada" que deveria ser excluído e ignorado. Aomame sabia que essa atitude não era de todo imparcial. Se o problema ou a culpa fossem exclusivamente dela, ser excluída seria inevitável, mas esse não era o seu caso. A única maneira de uma criança pequena conseguir sobreviver é aceitar as ordens impostas pelos pais, de boca fechada. Por isso ela nunca reclamou de ter de rezar em voz alta antes das refeições e, aos domingos, acompanhar a mãe nas andanças pela cidade em busca de fiéis. Também nunca se queixou de, por motivos religiosos, não poder participar das excursões escolares aos templos budistas nem de não poder participar das festas natalinas; nem de ter de vestir roupas de segunda mão. Mas as crianças que estudavam com ela não sabiam dessa sua situação e tampouco estavam interessadas em saber. Elas apenas sentiam aversão por ela. Os próprios professores também manifestavam claramente o quanto a presença dela era inconveniente.

Claro, havia a possibilidade de Aomame mentir para os pais. Poderia dizer-lhes que rezava antes das refeições e não fazê-lo. Mas isso era algo que ela não queria. Em primeiro lugar, não queria mentir para Deus — independentemente de Ele existir ou não —, e, em segundo, tinha raiva dos colegas de classe. "Se a minha presença é tão inconveniente, que continuem achando o que quiserem", pensou Aomame. Rezar antes das refeições tornou-se uma provocação. "Estou sendo imparcial."

De manhã, ao acordar, era um sofrimento ter de trocar de roupa e ir à escola. Não raro, o nervosismo lhe causava diarreia e, vez por outra, vômitos. Às vezes, tinha febre, dor de cabeça e sentia dormência nos braços e nas pernas. Mesmo assim, nunca deixou de ir à escola. Se faltasse um dia, certamente teria vontade de continuar faltando e, com o tempo, passaria a não mais frequentar a escola. Isso era o mesmo que assumir a derrota diante dos colegas e dos professores. Não havia dúvidas de que, sem a presença dela, todos se sentiriam aliviados. Aomame, porém, não queria proporcionar esse alívio, não para eles. Por isso, por mais que fosse penoso, ela ia para a escola, ainda que rastejando. E suportou tudo calada.

Comparado com aquela situação *cruel* da infância, ficar sozinha, sem falar com ninguém, e escondida num apartamento bonito, limpo e bem arrumado, era o de menos. Em comparação com a agrura de se manter calada, quando todos ao redor conversavam animadamente, estar sozinha e em silêncio era muito mais fácil e natural. E havia alguns livros que precisava ler. Começara pelo Proust que Tamaru lhe enviara. Ela lia, no máximo, vinte páginas por dia. Uma leitura cuidadosa e sem pressa, palavra por palavra, sem perder o enredo da história. Após essas vinte páginas, ela pegava outro livro. E, antes de dormir, sempre lia algumas páginas da *Crisálida de ar*. Era um livro que fora escrito por Tengo e, num certo sentido, servia como um manual para viver em 1Q84.

Ela também ouvia música. A velha senhora havia lhe mandado uma caixa cheia de fitas-cassete de músicas clássicas, de variados tipos e gêneros: sinfonias de Mahler, música de câmara de Haydn, músicas de solo para teclado de Bach. Entre elas havia também a *Sinfonietta* de Janáček, que ela havia solicitado. Uma vez por dia ela ouvia a *Sinfonietta*, enquanto praticava em silêncio seus exercícios físicos.

O outono serenamente se instalava. A impressão que tinha era de que seu corpo se tornava mais transparente com o decorrer dos dias. Ela procurava, na medida do possível, não pensar em nada, mas era impossível. Se existe um vazio, algo irá preenchê-lo. Mas, pelo menos naquele momento, ela não sentia a necessidade de nutrir algum tipo de ódio. Não havia mais a necessidade de sentir ódio dos seus colegas de classe nem dos professores. Ela não era mais uma criança indefesa e ninguém a obrigava a ter de seguir uma religião. Não precisava mais odiar os homens que batiam e machucavam as mulheres. Aquele ódio que até então invadia o seu corpo como uma maré alta — aquele sentimento de intensa irritação que fazia com que tivesse vontade de socar a parede — desaparecera por completo, sem que percebesse. Ela não sabia o por quê, mas o fato é que esse sentimento jamais voltou. Para Aomame isso era gratificante. Na medida do possível, não queria mais machucar ninguém. Assim como não queria que ninguém a machucasse.

Nas noites em que não conseguia dormir, Aomame pensava em Tamaki Ôtsuka e em Ayumi Nakano. Ao fechar os olhos, lembrava-se vividamente do contato de seus corpos ao abraçá-las. Elas possuíam uma tez macia, sedosa e quente. Corpos delicados, pungentes, por onde o sangue, bombeado pelo coração, circulava numa cadência ritmicamente regular e sonoramente benevolente. Suspiros breves e risadinhas entrecortadas. Dedos delgados, bicos dos seios duros, coxas macias... Mas elas não estão mais neste mundo.

E como água, fluida e turva, a tristeza preenchia o coração de Aomame, silenciosa, sorrateira. Nessas horas, ela procurava mudar a posição do disjuntor de suas lembranças e canalizava o pensamento em Tengo. Recordava o breve toque da mão do Tengo de dez anos quando estavam naquela sala, após as aulas. Em seguida, lembrava a imagem recente do Tengo de trinta anos, sentado no topo do escorregador. E imaginava aqueles braços grandes e fortes a envolvê-la.

"Ele estava quase ao alcance de minhas mãos. Da próxima vez, talvez eu consiga esticar os braços e possa realmente alcançá-lo."

Aomame cerrava os olhos em meio à escuridão e se entregava confiante a essa possibilidade. Dava um voto ao seu desejo.

"Mas e se eu nunca mais encontrá-lo. *O que devo fazer?*" Seu coração estremeceu. Antes de existir um ponto real de conexão com Tengo, a história era bem mais simples. Até então, encontrar-se com o Tengo adulto não passava de um sonho, uma hipótese abstrata. Mas, no momento em que Aomame o viu *de verdade*, a existência dele se tornou incomparavelmente mais real e poderosa do que antes. Aomame desejava a todo custo reencontrá-lo. Queria ser abraçada e que ele a acariciasse. Seu corpo e sua mente pareciam romper em duas partes só de imaginar que isso poderia não acontecer.

"Quando estive na frente daquele outdoor do tigre da Esso, talvez o melhor seria ter dado um tiro na minha cabeça com uma bala de 9 milímetros. Se assim o tivesse feito, certamente não estaria viva e passando por esse sofrimento." Mas, naquela ocasião, ela não conseguiu apertar o gatilho. Ela escutou uma voz. De algum lugar distante, alguém a chamava pelo nome. *"Talvez eu possa me encontrar de novo com Tengo"*, pensou e, uma vez que essa ideia lhe veio à mente, ela não poderia deixar de querer viver. Por mais que o Líder houvesse dito que o fato de ela viver colocaria em risco a vida de Tengo, ela não tinha como escolher outra opção. Ela sentiu surgir uma intensa energia vital, destituída de qualquer lógica. "Por isso é que me sinto apaixonada por esse intenso desejo de rever Tengo. Um desejo insaciável e um intuitivo desespero."

"Este é o significado de viver", foi o que Aomame descobriu, numa inspiração. "As pessoas possuem um desejo que se transforma em combustível, e este se torna a principal razão de viver. É impossível viver sem desejo. Mas é como tirar a sorte jogando uma moeda para o alto. Nunca se sabe se o resultado será cara ou coroa, até que ela caia ao chão." Ao pensar nisso, Aomame sentiu um aperto no coração. Todos os ossos de seu corpo pareciam ranger e soltar um intenso gemido de dor.

Ela sentou-se à mesa da cozinha e pegou a pistola automática. Puxou o ferrolho, posicionou a bala na câmara e, com o polegar, levantou a alavanca da trava de segurança do lado esquerdo da arma, e levou o cano à boca. Se o dedo indicador da mão direita apertasse um pouco mais forte o gatilho, todo o seu sofrimento desapareceria instantaneamente. Faltava apertar mais um pouquinho. Um centímetro. Não. Bastava apertar uns cinco milímetros para ela ser transferida para um mundo de silêncio, isento de sofrimentos. A dor era uma questão de segundos, antes de ser recebida pelo misericordioso e profundo vazio. Ela fecha os olhos. O tigre do outdoor da Esso sorri com o bico da bomba de combustível. *Ponha um tigre no seu tanque.*

Ela retirou o cano rígido da boca e balançou lentamente a cabeça.

"Não posso morrer. De frente à minha varanda existe um parque e nele há um escorregador. Enquanto eu nutrir a esperança e o desejo de que Tengo retorne a esse parque, não posso puxar o gatilho." Essa possibilidade é que a impedia de tirar a própria vida. É como se uma porta se fechasse e outra se abrisse em seu coração. Calmamente, sem barulho. Aomame puxou o ferrolho, tirou a bala da câmara, acionou o dispositivo de segurança e recolocou a pistola sobre a mesa. Ao fechar os olhos sentiu que, em meio à escuridão, havia alguma coisa que emitia uma minúscula e tênue luz que desaparecia gradativamente. Algo bem pequenino, como partículas de poeira de luz. Algo que ela não tinha ideia do que poderia ser.

Ela sentou no sofá e concentrou-se na leitura de *No caminho de Swann*. Imaginava as cenas descritas na história, esforçando-se para não deixar que outros pensamentos invadissem sorrateiramente o seu cérebro. Lá fora começava a cair uma chuva gelada. A previsão meteorológica divulgada pelo rádio informava que uma chuva leve persistiria até a manhã do dia seguinte. A frente fria de outono que vinha do oceano Pacífico havia estacionado, como uma pessoa que esquece o tempo e se entrega a pensamentos de solidão.

"Tengo não deve vir." O céu estava todo coberto de nuvens densas e não dava para ver a lua. Mesmo assim, Aomame fica na varanda a observar o parque, tomando chocolate quente. O binóculo e a pistola estão ao seu alcance e, vestida de modo a poder sair para a rua a qualquer momento, ela continuará a observar atentamente o escorregador que se molha com a água da chuva. Essa era a única coisa que fazia sentido para ela.

Às três da tarde alguém, na entrada do edifício, tocou a campainha de seu apartamento. Alguém queria entrar no prédio. Aomame não deu atenção a isso. A possibilidade de alguém visitá-la era impensável. Aomame estava esquentando água para o chá, mas, por precaução, desligou o fogo e aguardou. A campainha tocou três, quatro vezes e silenciou.

Decorridos cinco minutos, tocou novamente. Desta vez era a campainha da porta de seu apartamento. Essa *pessoa* estava dentro do prédio e diante de sua porta. Deve ter aproveitado alguém que entrava no prédio e seguiu junto pelo hall. Ou talvez tenha tocado a campainha de outro apartamento e, após dar alguma desculpa convincente, o deixaram entrar no prédio. Aomame permaneceu em silêncio. A orientação de Tamaru era, "não importa quem seja, jamais responda. Deixe a porta sempre trancada por dentro e contenha a respiração".

A campainha da porta deve ter tocado umas dez vezes. Insistente demais para um vendedor. Eles costumam tocar umas três vezes, no máximo. Aomame continuava em silêncio quando essa pessoa começou a bater na porta com a mão fechada. As batidas não eram muitos fortes, mas nelas havia um sentimento enraizado de impaciência e ódio.

— Senhorita Takai — era a voz grossa de um homem de meia-idade. Uma voz um pouco rouca. — Boa tarde. Por gentileza, será que a senhorita poderia me atender?

Takai era o sobrenome falso escrito na caixa de correio do prédio.

— Senhorita Takai, sei que estou incomodando, mas poderia atender a porta? Por favor.

O homem fez uma pausa para aguardar alguma reação. Ao se dar conta de que não havia resposta, recomeçou a bater. Desta vez, um pouco mais forte.

— Senhorita Takai, sei que está aí dentro, por isso não vamos complicar as coisas. Abra a porta, por favor. Você está aí e sei que está escutando a minha voz.

Aomame pegou a pistola que estava sobre a mesa da cozinha e liberou a trava de segurança. Envolveu-a com uma toalha de mão e segurou a coronha.

Ela não tinha ideia de quem era aquele homem, nem o que queria. De qualquer modo, o sujeito parecia hostil e estava decidido a fazê-la abrir a porta. Desnecessário dizer que, naquele momento, aquela era uma situação que ela estava longe de desejar.

Finalmente, o homem parou de bater e sua voz novamente ecoou pelos corredores.

— Senhorita Takai, estou aqui para cobrar a taxa de recepção da NHK. É isso mesmo. A NHK de todos nós. Sei que está aí. Trabalho há muito tempo como cobrador e sei distinguir quem realmente está ausente e quem está se passando por ausente. Por mais que você não faça barulho, as pessoas deixam um sinal de presença. As pessoas respiram, o coração bate, o estômago faz a digestão. Por isso, senhorita Takai, eu sei que, neste momento, você está aí, dentro do apartamento. Está aguardando que eu desista e vá embora. Não tem intenção de abrir a porta nem de me atender. Porque você não quer pagar a taxa de recepção.

O homem falava em voz exageradamente alta. Uma voz que ecoava por todo o corredor. Algo que, sem dúvida, era premeditado. O intuito era o de chamar o nome da pessoa em voz alta, ridicularizá-la e fazê-la se sentir envergonhada. E servia de lição para os vizinhos. Aomame permaneceu em silêncio. Ela não precisava dar atenção a isso. Colocou de volta a pistola sobre a mesa. Por precaução, manteve a trava de segurança solta. Havia a possibilidade de alguém estar disfarçado de cobrador da NHK. Sentada na mesa da cozinha, continuou a olhar fixamente a porta da frente.

Um tempo depois, teve vontade de ir até a porta, pé ante pé, e dar uma espiada pelo olho mágico. Queria saber quem era o homem do lado de fora. Mas não conseguia se levantar da cadeira. Achou melhor não fazer coisas desnecessárias. Uma hora ele vai desistir e irá embora.

No entanto, o homem estava decidido a fazer um discurso diante da porta dela.

— Senhorita Takai. Vamos parar com essa brincadeira de esconde-esconde. Eu não faço isso porque gosto. Saiba que pode não parecer, mas sou uma pessoa muito ocupada. Senhorita Takai, você assiste televisão, não é mesmo? Todos que assistem televisão precisam pagar a taxa de recepção da NHK. Pode ser que não goste, mas isso está previsto em Lei. Quem se recusa a pagar a taxa está agindo como um ladrão. Creio que a senhorita não quer ser tratada como ladra por algo tão insignificante. Para quem mora num apartamento tão bonito como o seu, a taxa de recepção da TV não deve ser algo tão difícil de pagar. Não é mesmo? O fato de eu ter de declarar essas coisas em voz alta para que todos ouçam não deve ser nada agradável, não é?

Aomame normalmente não se importaria com a declaração em voz alta de um cobrador da NHK. Mas, naquele momento, ela estava numa situação em que deveria evitar se expor e ficar bem escondida. Não importava de que maneira, mas chamar a atenção dos vizinhos para o apartamento em que ela se encontrava não era nada bom. No entanto, não podia fazer nada. A não ser conter a respiração e aguardar que o homem partisse.

— Senhorita Takai, sei que estou sendo redundante, mas sei muito bem que está no apartamento e que está me ouvindo atentamente. E deve estar questionando o motivo de eu estar justamente na frente de sua porta, fazendo esse escândalo. Por que será, hein, senhorita Takai? É porque eu não gosto de pessoas que fingem estar ausentes. Não acha que esse subterfúgio é só um paliativo? Não acha melhor abrir a porta e dizer frente a frente que não quer pagar a taxa de recepção? Vai se sentir bem melhor e eu também, prefiro que seja assim, é bem melhor. Pelo menos temos uma chance, ainda que pequena, de manter um diálogo. Mas fingir não estar em casa é inadmissível. É como um rato mesquinho que se esconde no quarto escuro dos fundos da casa. E, quando não tem ninguém, sai de mansinho do esconderijo. Que vida miserável.

"Este homem está mentindo", pensou Aomame. "Está na cara que ele não tem como saber se uma pessoa está ou não dentro de casa. Não estou fazendo nenhum barulho e a minha respiração está controlada. O objetivo principal desse homem é ficar plantado em frente à porta do apartamento, fazer um belo escândalo e intimidar os moradores da vizinhança. Ele quer que esses vizinhos pensem que é melhor pagar logo a taxa em vez de aguentar esse tipo de escândalo. Esse homem possivelmente deve estar fazendo isso em vários lugares e, de algum modo, deve obter bons resultados."

— Senhorita Takai, sei que me acha uma pessoa desagradável. Sei exatamente o que está pensando. Sim. Você tem razão, sou uma pessoa desagradável. Sei muito bem disso. Uma pessoa agradável não conseguiria fazer a cobrança. Sabe por quê? Porque neste mundo existem muitas pessoas que decidiram não pagar a taxa de recepção da NHK. Quando se vai cobrar esse tipo de gente, não se pode ser uma pessoa agradável. Por mim, eu bem que gostaria de dizer "É mesmo? Não quer pagar a taxa de recepção? Tudo bem. Desculpe-me o incômodo", e ir embora. Mas não é bem assim. O meu trabalho é recolher a taxa de recepção e, pessoalmente, não consigo gostar de pessoas que fingem estar ausentes.

Após dizer isso, o homem se calou e fez uma pausa. Seguiram-se mais dez batidas na porta.

— Senhorita Takai, será que você não está começando a se sentir desconfortável? Não está sentindo como se fosse uma ladra de verdade? Pense bem. Não estamos tratando de uma soma enorme de dinheiro. Estamos falando de um valor equivalente a um jantar modesto num desses restaurantes familiares da vizinhança. Se você pagar essa quantia irrisória, não será mais chamada de ladra. Não será mais importunada com discursos difamatórios e não baterão mais insistentemente na sua porta. Senhorita Takai, sei que está escondida atrás dessa porta. Você está pensando que sempre conseguirá se esconder e escapar, não é mesmo? Tudo bem. Fique escondida. Mas, por mais que você tente conter a respiração, alguém com certeza irá encontrá-la. A desonestidade não dura para sempre. Pense bem. Em todo o Japão existem pessoas que possuem uma vida bem mais modesta que a sua e elas pagam todo mês, honestamente, a taxa de recepção. Diante disso, a sua atitude não seria injusta?

Seguiram-se mais quinze batidas na porta. Aomame se pôs a contá-las.

— Entendi, senhorita Takai. Você parece ser uma pessoa muito teimosa. Não tem problema. Por hoje, vou embora. Não posso ficar somente aqui. Mas voltarei. Está ouvindo, senhorita Takai? Uma vez que estou decidido, não desisto com facilidade. E não gosto de pessoas que fingem estar ausentes. Voltarei. E baterei novamente nesta porta. Vou bater até que o mundo todo possa escutar. É uma promessa. Uma promessa selada entre mim e você. Estamos entendidos? Então nos encontraremos novamente, em breve.

Não se ouviram passos. Provavelmente ele calçava sapatos com solas de borracha. Aomame aguardou cinco minutos, com a respiração contida e olhando para a porta. O corredor estava novamente silencioso e não se ouvia nenhum barulho. Ela se aproximou da porta cuidando para abafar os passos e, sem pestanejar, olhou pelo olho mágico. Não havia ninguém do outro lado.

Aomame acionou a trava de segurança da arma. Respirou profundamente para que as batidas de seu coração voltassem ao ritmo normal. Acendeu o fogo, esquentou a água para fazer o chá e o bebeu. "Era apenas um cobrador da NHK", tentou se convencer. Mas a voz do homem tinha algo de malévolo e doentio. Aomame não conseguiu discernir se as palavras daquele homem eram para ela ou para essa pessoa imaginária que, por acaso, se chamava Takai. No entanto, aquela voz rouca e as batidas insistentes deixavam uma sensação desagradável. Uma sensação como se algo pegajoso se aderisse na pele exposta.

Aomame tomou um banho quente e se ensaboou com cuidado para lavar bem o corpo. Ao sair do banho e vestir uma roupa nova, sentiu-se um pouco melhor. A sensação ruim também havia sumido. Sentou-se no sofá e tomou o restante do chá. Tentou prosseguir no livro, mas não conseguia se concentrar. Seus ouvidos recordavam frações da voz daquele homem.

"Você está pensando que sempre conseguirá se esconder e escapar, não é mesmo? Tudo bem. Fique escondida. Mas, por mais que você tente conter a respiração, alguém com certeza irá encontrá-la."

Aomame balançou a cabeça. "Não. Aquele homem está apenas blefando. Diz aquilo em voz alta para que as pessoas se sintam desconfortáveis. Ele não sabe nada de mim. Não sabe o que fiz e por que estou aqui." Apesar disso, seu coração não conseguia se acalmar.

Por mais que você tente conter a respiração, alguém com certeza irá encontrá-la.

"As palavras daquele cobrador soaram como se carregassem um significado implícito. Poderia ter sido mera coincidência, mas era como se ele soubesse exatamente o que dizer para me deixar perturbada." Aomame desistiu de ler o livro e fechou os olhos no sofá.

"Tengo, onde você está?", pensou ela, para em seguida dizê-lo em voz alta:

— *Tengo, onde você está?* Encontre-me logo. Antes que outra pessoa o faça.

Capítulo 6
Tengo
Pinica meu polegar

Tengo levava uma vida regrada na pequena cidade litorânea. E, na medida do possível, procurava manter aquela vida metódica. Ele próprio não sabia dizer por quê, mas a impressão que tinha era de que manter a rotina era algo fundamental naquele momento. De manhã saía para caminhar, escrevia seu romance, ia à casa de repouso, lia algum livro para o seu pai em coma, voltava à pousada e dormia. Uma rotina que lembrava o ritmo daquelas monótonas e repetitivas canções folclóricas da época do plantio de arroz.

Após algumas noites quentes, seguiram-se outras extremamente frias. Mas, independentemente dessa variação climática que anunciava a mudança de estação, Tengo seguia subserviente as mesmas atividades realizadas no dia anterior. E, dentro do possível, empenhava-se em viver como um espectador invisível. Controlava a respiração e minimizava ao máximo quaisquer indícios de sua presença, aguardando, em silenciosa expectativa, *aquele momento*. A diferença entre um dia e o outro gradativamente se diluía. Uma semana, dez dias se passaram. E nada de a crisálida de ar novamente se materializar. No final da tarde, quando seu pai era levado para a sala de exames, a única coisa que ficava sobre a cama era a depressão deixada por seu corpo pequeno e digno de compaixão.

"Será que *aquilo* teria sido um acontecimento único?", pensou Tengo, mordiscando os lábios naquele pequeno quarto de hospital iluminado pela luz crepuscular. "Teria sido uma espécie de revelação especial que jamais ocorrerá de novo? Ou só um mero capricho da imaginação?" Não houve resposta. Os únicos sons que seus ouvidos captavam eram o distante bramido do mar e o sibilar dos ventos por entre a barreira de pinheiros.

Tengo não tinha como averiguar se sua conduta era correta. Ficar naquele quarto de hospital numa cidade litorânea, longe de Tóquio e afastado da realidade efetiva, poderia ser apenas uma grande perda de tempo. Mas, apesar da incerteza, Tengo não queria deixar aquilo tudo para trás. Foi naquele quarto que ele viu a pequena Aomame dormindo dentro da crisálida de ar, envolta numa tênue claridade. Ele chegou a tocar sua mão. Ainda que aquilo tenha sido um acontecimento único ou fruto de sua imaginação, seu desejo era permanecer ali o máximo de tempo que lhe fosse permitido, reproduzindo incessantemente aquela cena e tocando-a com os dedos do coração.

Ao tomarem conhecimento de que Tengo se hospedava naquela cidade litorânea, sem voltar para Tóquio, as enfermeiras passaram a tratá-lo com simpatia. Conversavam com ele no intervalo do serviço e, quando tinham tempo, faziam questão de ir até o quarto. Não raro, traziam chá e doces. A enfermeira Ômura, que espetava a caneta no coque e aparentava uns 35 anos, e a enfermeira Adachi, que tinha a face rosada e usava rabo de cavalo, eram as que se revezavam no atendimento a seu pai. A enfermeira Tamura, a de meia-idade que usava óculos de aro dourado, costumava ficar a maior parte do tempo no balcão da recepção, mas, quando o serviço apertava por falta de funcionários, ela também assumia as tarefas de cuidar de seu pai. As três pareciam ter uma afeição especial por Tengo.

Ele, por sua vez, tinha tempo de sobra — a não ser naquele momento especial de fim de tarde — e, por isso, podia conversar à vontade sobre vários assuntos. Ou melhor, Tengo procurava, na medida do possível, responder com sinceridade o que elas lhe perguntavam. Contou que era professor de matemática de uma escola preparatória e que, quando solicitado, escrevia textos sobre diversos assuntos. Que o pai trabalhara por anos a fio como cobrador da NHK. Disse também que praticava judô desde criança e que, no colegial, chegou a competir nas finais do campeonato regional. Mas não falou sobre a desavença de longos anos existente entre ele e o pai, nem sobre sua mãe que, apesar de considerada morta, muito provavelmente tenha fugido com outro homem, largando o marido e o filho pequeno. Esses assuntos tornariam a conversa por demais complexa. Obviamente, não podia revelar que havia reescrito o best-seller *Crisálida de ar* e, tampouco, que via duas luas no céu.

As enfermeiras também contaram coisas sobre suas respectivas vidas. As três nasceram naquela região e, após concluir o colegial, ingressaram numa escola profissionalizante e se tornaram enfermeiras. O trabalho na casa de repouso era monótono, entediante, e o horário de expediente longo e irregular, mas, em compensação, elas achavam gratificante trabalhar naquela cidade e consideravam o trabalho na casa de repouso muito menos estressante do que em hospitais, onde todos os dias há situações de vida e morte. A perda de memória dos idosos era gradativa e, alheios ao próprio estado, a morte lhes era tranquila. Raramente ocorria derramamento de sangue, e o controle da dor minimizava-lhes o sofrimento. Não havia o corre-corre de pacientes chegando de ambulância durante a madrugada nem cenas de familiares desesperados e aos prantos. O custo de vida era baixo e, a despeito de a remuneração não ser das melhores, era possível viver bem. A enfermeira Tamura, que usava óculos, perdera o marido num acidente de trânsito havia cinco anos e, desde então, morava com a mãe numa cidade próxima. A enfermeira Ômura, que espetava a caneta no coque e era a mais alta entre elas, tinha dois filhos pequenos, e o marido trabalhava como motorista de táxi. A jovem enfermeira Adachi morava com a irmã cabeleireira, três anos mais velha que ela, num apartamento alugado na periferia da cidade.

— Você é uma pessoa bondosa, Tengo — disse a enfermeira Ômura enquanto substituía a bolsa plástica de soro. — Não conheço nenhum familiar que visite diariamente o paciente e leia livros para alguém que está inconsciente.

Esse comentário fez com que Tengo se sentisse desconfortável.

— É que eu consegui tirar umas férias. Mas creio que não poderei ficar por muito tempo.

— Por mais que se tenha tempo, ninguém vem aqui por gostar — disse ela. — Sei que não devia dizer isso, mas esse tipo de doença não tem cura. Com o passar do tempo, as pessoas só tendem a ficar mais deprimidas.

— Meu pai me pediu para ler um livro, disse que podia ser qualquer um. Me disse isso quando ainda estava consciente. Fora isso, não tenho o que fazer.

— O que você costuma ler para ele?

— Várias coisas. Basicamente, recito em voz alta o que eu estiver lendo.

— E o que você está lendo agora?

— *A fazenda africana*, de Isak Dinesen.

A enfermeira balançou a cabeça:

— Nunca ouvi falar.

— O livro foi escrito em 1937 e Dinesen é uma escritora dinamarquesa. Ela se casou com um aristocrata suíço e, antes de eclodir a Primeira Guerra Mundial, o casal foi para a África administrar uma fazenda. Um tempo depois, eles se divorciaram e ela passou a cuidar da fazenda sozinha. O livro fala sobre a vida dela durante esse período.

A enfermeira mediu a temperatura de seu pai, anotou alguns dados no caderno de registros, enfiou a caneta de volta no coque e jogou a franja para o lado: — Posso ficar aqui e escutar um pouquinho?

— Não sei se você vai gostar — disse Tengo.

Ela se sentou no tamborete e cruzou as pernas. Suas pernas eram bonitas e bem torneadas, levemente musculosas.

— Vamos lá, pode começar.

Tengo começou a ler devagar, sem pressa, a partir do ponto em que havia parado. Era um tipo de texto que exigia uma leitura lenta, como o tempo a fluir sobre o continente africano.

Na África, quando começam as longas chuvas em março, após quatro meses de tempo quente e seco, a abundância da vegetação e o frescor e a fragrância por toda parte são avassaladores.

Mas o fazendeiro contém seu coração e não ousa confiar na generosidade da natureza: ele fica de orelhas em pé, temendo notar qualquer diminuição no barulho da chuva que cai. A água que agora refresca a terra deve permitir que a fazenda, e toda a sua vida vegetal, animal e humana, enfrentem os quatro meses sem chuva que virão a seguir.

É uma visão maravilhosa quando todos os caminhos da fazenda viram córregos, e o fazendeiro chapinha no barro com o coração alegre, ao seguir para os cafezais florescentes e molhados. Todavia, no meio da estação de chuvas, às vezes as estrelas ficam encobertas por nuvens esgarçadas; então ele sai de casa e ergue os olhos, como se quisesse se pendurar no firmamento a fim de ordenhar mais chuva. É aí que ele clama aos céus:

— Dê-me o suficiente e mais do que o suficiente. Meu coração se desnuda diante de ti e não te deixarei ir se não me abençoares. Inunda-me se quiseres, mas poupa-me de teus caprichos. Céu, ó céu, nada de *coitus interruptus*.

— *Coitus interruptus*? — indagou a enfermeira, franzindo as sobrancelhas.

— Ela é uma pessoa que não mede as palavras.

— Mesmo assim, são palavras fortes demais para se dirigir aos céus.

— Tem razão — concordou Tengo.

Por vezes, basta um dia mais frio e cinzento nos meses seguintes à estação das chuvas para que volte à lembrança o *marka mbaia*, o ano ruim, o ano da seca. Naquela época, os quicuios costumavam levar o gado para pastar perto de casa e um dos pastores, que possuía uma flauta, de tempos em tempos tocava uma breve melodia. Quando ouvi de novo essa melodia, veio-me de golpe a lembrança de toda a angústia e o desespero do passado. Havia nela o gosto salgado das lágrimas. Mas ao mesmo tempo percebi na melodia, de modo inesperado e surpreendente, um vigor, uma curiosa doçura, um cântico. Será que aqueles tempos tão duros também tinham tudo isso? Na época éramos jovens, com uma esperança indomável. Durante aqueles dias todos nos fundimos em uma unidade, a tal ponto que mesmo em outro planeta somos capazes de nos reconhecer, assim como todas as coisas saudando-se umas às outras, o relógio-cuco e os meus livros dirigindo-se às vacas esqueléticas nos campos e aos velhos quicuios pesarosos: "Vocês também estavam lá. Vocês também eram parte da fazenda em Ngong." Aquela época ruim nos abençoou e foi embora.

— Que texto cheio de vida! — disse a enfermeira. — O cenário parece estar diante dos meus olhos. *A fazenda africana*, de Isak Dinesen.

— Isso mesmo.

— A sua voz é ótima. Profunda e cheia de emoção. Boa para a leitura.

— Muito obrigado.

A enfermeira permaneceu sentada no tamborete respirando serenamente, de olhos fechados, apreciando a expressiva ressonância das palavras. Os seus seios, salientes sob o uniforme branco, movimentavam-se para cima e para baixo, acompanhando o ritmo de sua respiração. Enquanto a observava, Tengo lembrou-se de sua namorada mais velha. Nas tardes de sexta-feira, ele a despia e acariciava os bicos duros de seus seios. A respiração ficava ofegante, e seus órgãos genitais, úmidos. Pela janela encortinada, a chuva caía discretamente. Ela sentia nas mãos o peso de seus testículos. Mas essa lembrança não o excitou a ponto de despertar-lhe o desejo sexual. A cena e a sensação eram vagas e distantes, como se uma película as envolvesse.

Um tempo depois, a enfermeira abriu os olhos e fitou Tengo. Um olhar que parecia ler seus pensamentos. Mas esse olhar não era de reprovação. Ela se levantou com um sorriso no rosto e mirou Tengo, que permanecia sentado.

— Preciso ir — disse a enfermeira. Após tocar o coque e verificar que a caneta estava espetada nele, deu meia-volta e deixou o quarto.

Tengo costumava telefonar para Fukaeri no final da tarde. E ela sempre lhe dizia que não havia acontecido nada de novo. Segundo ela, o telefone tocou, mas, conforme o combinado, ela não atendeu. "Isso mesmo", disse Tengo. "Deixe-o tocar."

Quando Tengo telefonava para Fukaeri, o combinado era dar três toques, desligar uma vez e, imediatamente, ligar de novo, mas ela dificilmente cumpria esse acordo. Quase sempre atendia no primeiro toque.

— Você precisa seguir o combinado. — Tengo costumava chamar-lhe a atenção toda vez que isso acontecia.

— Não se preocupe. Sei quando é você — respondia Fukaeri.

— Você sabe quando sou eu que telefona?

— Outras ligações eu não atendo.

"Realmente, acho que isso é possível", pensou Tengo. Ele próprio, de algum modo, também sabia quando o telefonema era de Komatsu. O tom era impaciente e nervoso, como o toque irritante de alguém batendo os dedos no tampo de uma mesa. Mas isso, *de algum modo*, não passava de uma intuição. De modo algum ele atendia a ligação tendo certeza absoluta de ser Komatsu.

Os dias de Fukaeri eram monótonos como os de Tengo. Ela não dava um passo sequer para fora do apartamento e ficava sozinha, quietinha em seu canto. Não havia televisão e ela não lia livros. Quase não se alimentava e, por isso, não precisava sair para fazer compras.

— Não me mexo muito, por isso não preciso comer muito — disse Fukaeri.

— O que você fica fazendo sozinha todos os dias?

— Pensando.

— Você pensa em quê?

Em vez de responder, ela disse: — O corvo sempre vem aqui.

— Uma vez por dia o corvo sempre aparece.

— Ele não vem só uma vez, tem vindo várias — disse ela.

— O mesmo corvo?

— É.

— Tem vindo mais alguém?

— O homem da Eneagá-cá veio de novo.

— O mesmo da vez anterior?

— Ele ficou berrando que o Kawana era um ladrão.

— Ele ficou gritando isso na frente da porta?

— Para que todos pudessem ouvir.

Tengo deu um tempo para pensar no assunto. — Não se preocupe. Você não tem nada a ver com isso e ele não vai lhe causar nenhum mal.

— Ele disse que sabia que você estava escondido.

— Não se preocupe — disse Tengo. — Ele não tem como saber. É um blefe com o intuito de amedrontar. O pessoal da Eneagá-cá costuma usar esse tipo de ardil para intimidar a pessoa.

Tengo presenciou inúmeras vezes seu pai usando esse mesmo subterfúgio. Nas tardes de domingo, sua voz malevolente ecoava pelos corredores dos conjuntos residenciais. Ameaças e zombarias. Tengo apertou levemente as têmporas com as pontas dos dedos. As lembranças trazem consigo bagagens extras e pesadas.

Como se intuísse algo em meio ao silêncio, Fukaeri perguntou:

— Você está bem.

— Estou. Não ligue para esse homem da Eneagá-cá.

— O corvo também disse a mesma coisa.

— Que bom — falou Tengo.

Depois de ver duas luas no céu e a crisálida de ar no quarto do pai na casa de saúde, Tengo não ficava mais surpreso com nada. Não via nenhum inconveniente de Fukaeri trocar ideias diariamente com o corvo no parapeito da janela.

— Estou pensando em ficar mais um tempo por aqui. Não posso voltar agora para Tóquio. Tudo bem?

— Melhor ficar o quanto achar necessário.

Após dizer isso, Fukaeri desligou o telefone. Numa fração de segundo, a conversa foi interrompida, como se alguém cortasse abruptamente a linha telefônica com um machado de lâmina bem afiada.

Em seguida, Tengo telefonou para a editora em que Komatsu trabalhava. Ele não estava. O atendente disse que ele havia passado rapidamente por lá, por volta da uma da tarde, mas depois sumira e ele não sabia informar para onde Komatsu teria ido ou se ele ainda retornaria à empresa. Em se tratando de Komatsu, não era de estranhar. Tengo deixou o telefone da casa de saúde, dizendo que ele estaria nesse número no período da tarde e, se possível, gostaria que Komatsu retornasse a ligação. Se deixasse o número da pousada seria um transtorno caso Komatsu resolvesse telefonar no meio da madrugada.

A última vez em que Tengo conversou com Komatsu foi quase no final de setembro. Uma conversa bem rápida. Depois disso, nenhum dos dois entrou em contato com o outro. Desde o final de agosto, Komatsu sumiu durante três semanas. "Não estou me sentindo bem; quero um tempo para descansar", foi a satisfação que ele deu à empresa por telefonema e, desde então, não dera mais notícias. Era como se tivesse desaparecido. Obviamente, Tengo ficou intrigado, mas não a ponto da real preocupação. Komatsu era do tipo insolente e, basicamente, só agia movido por sua própria comodidade. Para Tengo, era só uma questão de tempo para ele retornar ao serviço, como se nada tivesse acontecido.

Numa organização empresarial, é claro, não se permite esse tipo de capricho. Mas, no caso de Komatsu, ele sempre tinha algum colega que dava um jeito de resolver a situação a fim de evitar futuros transtornos. Não que ele fosse uma pessoa popular, mas o incrível era que ele sempre tinha alguém bondoso, que fazia questão de segurar as pontas por ele. A empresa também fazia vista grossa. Apesar de ele ser uma pessoa egoísta, arrogante e sem espírito de cooperação, era considerado competente, sem contar que, recentemente, fora o editor responsável pelo best-seller *Crisálida de ar*. Não era uma pessoa que se podia simplesmente mandar embora.

Como Tengo já havia presumido, um certo dia Komatsu apareceu na empresa sem avisar e, sem dar qualquer satisfação ou mesmo se desculpar pela ausência, voltou a trabalhar. Tengo soube disso por meio de outro editor, quando este o procurou para tratar de outro assunto.

— Então, Komatsu já está melhor? — perguntou Tengo a esse editor.

— Ah, ele parece estar bem — disse ele. — Mas anda meio quieto.

— Meio quieto? — disse Tengo, um pouco surpreso.

— Bem, como posso dizer... Ele parece *um pouco menos* sociável do que antes.

— Ele realmente estava doente?

— Eu não saberia dizer — respondeu o editor, indiferente. — Se ele diz que estava, só nos resta acreditar. Mas, com ele de volta, os assuntos pendentes que estavam acumulados estão sendo resolvidos e isso, para nós, é uma bênção. Enquanto ele esteve ausente, ocorreram inúmeros problemas relacionados à *Crisálida de ar*, e você não imagina a dor de cabeça que isso nos deu.

— Por falar em *Crisálida de ar*, como ficou o caso do desaparecimento de Fukaeri?

— Não ficou. Está do mesmo jeito. O caso está parado e ainda não se sabe o paradeiro da jovem escritora. Todos os envolvidos no caso estão perplexos, sem saber o que fazer.

— Leio os jornais, mas ultimamente não se fala nada a respeito disso.

— A imprensa evita tocar nesse assunto ou se mantém a uma distância segura. A polícia também não age ostensivamente. Sobre esse assunto, acho melhor você pegar os detalhes com o próprio Komatsu. Mas, como te disse anteriormente, ele não está tão comunicativo quanto antes. Ou melhor, ele não parece ser o mesmo. Aquela incrível autoconfiança parece ter desaparecido e, como ele anda introspectivo, vira e mexe fica sozinho, pensando. E também ficou rabugento. Às vezes, parece até que ele se esquece de que há outras pessoas ao redor dele. É como se estivesse sozinho dentro de um buraco.

— Introspectivo — disse Tengo.

— Assim que você conversar com ele, vai entender o que eu digo.

Tengo agradeceu e desligou o telefone.

Decorridos alguns dias, Tengo telefonou para Komatsu, já no final da tarde. Ele se encontrava na editora. Conforme dissera o outro editor, o jeito de Komatsu falar não era o de sempre. O normal seria algo ininterrupto, mas nesse dia sua fala era entrecortada e, enquanto conversava com Tengo, parecia que uma parte dele estava constantemente pensando em outra coisa. Tengo achou que ele estivesse enfrentando algum tipo de problema. De qualquer modo, não parecia ser aquele sujeito de sempre, cheio de si. Ele antes agia de acordo com seu estilo e ritmo, sem se deixar acuar e, independentemente de estar triste ou enfrentando graves problemas, jamais deixava transparecer nada no rosto.

— Você está bem de saúde? — perguntou Tengo.

— De saúde?

— Você não estava afastado por motivo de saúde?

— Ah! Tem razão — disse Komatsu, como se acabasse de se lembrar disso. Houve um breve silêncio. — Isso já passou. Em breve, numa outra ocasião, te conto a respeito. Agora não é uma hora conveniente.

"Em breve, numa outra ocasião", pensou Tengo. Havia algo de estranho nesse seu jeito de falar que intrigou Tengo. Era como se não houvesse entre eles um distanciamento. E suas palavras pareciam superficiais e sem profundidade.

Tengo tratou de mudar de assunto e tomou a iniciativa de desligar. Evitou falar sobre a *Crisálida de ar* e, igualmente, sobre Fukaeri. Ele percebeu, pelo tom de voz de Komatsu, que ele estava evitando tocar nesses assuntos. Será que alguma vez Komatsu *deixou de falar algo por não ser conveniente?*

Seja como for, essa foi a última vez que Tengo conversou com Komatsu. Era final de setembro. Desde então, haviam se passado mais de dois meses. Komatsu era um homem que gostava de falar longamente ao telefone. Obviamente, ele não fazia isso com qualquer um, mas era de seu feitio falar de vários assuntos, um após o outro, de modo a organizar seus próprios pensamentos. Nessas ocasiões, a função de Tengo era, por assim dizer, a de uma parede contra a qual Komatsu arremessava sua bola de tênis. Às vezes, Komatsu telefonava mesmo sem necessidade. Quase sempre num horário inconveniente. Se não quisesse, ficava um tempão sem dar notícias. No entanto, sumir por mais de dois meses era inusitado.

"Talvez ele não queira falar com ninguém", pensou Tengo. Todo mundo passa por momentos assim. Inclusive Komatsu. Tengo, por outro lado, não tinha nenhum assunto urgente para tratar com ele. As vendas da *Crisálida de ar* estavam paradas, o livro deixara de ser o assunto do momento, e Tengo sabia exatamente onde Fukaeri estava, a jovem escritora supostamente desaparecida. Se Komatsu tiver algum assunto a tratar, certamente entrará em contato. Não ligar era sinal de que não havia nenhum.

Porém, Tengo achou que já estava na hora de telefonar para ele. As palavras de Komatsu, *em breve, numa outra ocasião, te conto a respeito. Agora não é uma hora conveniente,* martelavam estranhamente um canto de seu cérebro, deixando-o preocupado.

Tengo ligou para o amigo que o substituía nas aulas da escola preparatória e perguntou como estavam as coisas. O amigo disse que tudo corria bem e indagou sobre o estado de saúde de seu pai.

— Continua em coma — disse Tengo. — Está respirando e, apesar de a temperatura do corpo e a pressão sanguínea permanecerem em nível baixo, o estado de saúde dele é estável. Mas está inconsciente. Possivelmente, não sente dores. É como estar no mundo dos sonhos.

— Talvez não seja um jeito ruim de morrer — comentou o amigo, sem emoção na voz. O que ele tentava dizer era, "Sei que pode soar um pouco insensível da minha parte, mas, dependendo do ponto de vista, talvez não seja um jeito ruim de morrer". O que faltava em sua mensagem era a parte introdutória. Um estudante de matemática de longa data costuma falar de modo sucinto.

— Você tem visto a lua ultimamente? — perguntou de repente Tengo. Esse seu amigo era provavelmente a única pessoa a quem Tengo poderia indagar sobre a lua sem gerar algum tipo de desconfiança. Após pensar a respeito, o amigo respondeu:

— Já que tocou no assunto, não me lembro de ter olhado para ela recentemente. Há algo de errado?

— Quando tiver um tempinho, você poderia dar uma olhada? Gostaria de ouvir as suas impressões sobre a lua.

— Impressões. Sob que ponto de vista?

— Qualquer um. Apenas quero que me diga o que lhe veio à mente ao vê-la.

Houve um breve silêncio. — Não sei se vou conseguir expressar direito o que penso.

— Não se preocupe. O importante é dizer francamente o que a lua possui de mais característico para você.

— Você quer que eu olhe para a lua e aponte o que eu acho que ela tem *de mais característico*?

— Isso mesmo — disse Tengo. — Se não achar nada, tudo bem, mesmo assim.

— Hoje o céu está nublado e creio que não vai dar para ver a lua, mas assim que o tempo melhorar darei uma olhada. Se eu me lembrar, é claro.

Tengo agradeceu e desligou o telefone. "Se ele se lembrar". Esse é um dos problemas dos matemáticos de plantão. As questões que não lhes interessam são rapidamente esquecidas.

Ao encerrar o horário de visitas, Tengo se despediu da enfermeira Tamura, no balcão da recepção: — Obrigado. Boa noite.

— Tengo, você ainda ficará quantos dias por aqui? — perguntou a enfermeira, ajustando os óculos sobre o nariz. O expediente dela havia terminado e, em vez do uniforme, vestia uma saia de pregas cor de vinho, blusa branca e cardigã cinza.

Tengo ficou parado, pensando a respeito.

— Ainda não sei. Creio que vai depender das circunstâncias.

— Você pode esticar as suas férias?

— Como tem uma pessoa me substituindo, acho que sim.

— Onde você costuma comer? — perguntou a enfermeira.

— Nos restaurantes da cidade — respondeu Tengo. — A pousada só serve o café da manhã, por isso vou a algum restaurante das redondezas e peço a refeição do dia, ou uma tigela grande de arroz com alguma mistura, enfim, coisas desse tipo.

— É gostoso?

— Não é exatamente gostoso, mas eu não ligo.

— Isso não é bom — disse a enfermeira, com um ar de preocupação. — Você precisa se alimentar bem, comer alimentos nutritivos. Sabia que ultimamente você está com cara de cavalo que dorme em pé?

— Cavalo que dorme em pé? — indagou Tengo, surpreso.

— Você nunca viu um cavalo dormindo em pé?

Tengo balançou a cabeça. — Ainda não.

— A cara dele fica exatamente como essa sua cara de agora — disse a enfermeira de meia-idade. — Acho melhor você ir até o banheiro e se olhar no espelho. De relance, não dá para perceber, mas, se olhar atentamente, você verá. Os olhos estão abertos, mas não enxergam nada.

— Os cavalos dormem de olhos abertos?

A enfermeira deu um longo suspiro. — Exatamente como você.

Por alguns instantes, Tengo até pensou em ir ao banheiro se olhar no espelho, mas optou por não ir.

— Entendi. Vou procurar comer alimentos mais nutritivos.

— Pois então, você não quer sair para comer *yakiniku*?

— *Yakiniku*? — Tengo não costumava comer carne vermelha. Não que não gostasse, mas no dia a dia não sentia vontade. Mas, ao receber o convite, achou que não seria nada mal comer espetinho de carne, depois de tanto tempo. E seu corpo precisava de nutrientes.

— Combinamos de sair à noite para comer *yakinuku*. Venha conosco.

— Combinaram?

— Vamos nos encontrar às seis e meia, após o expediente. Somos três. Que tal?

As outras duas eram a enfermeira Ômura, que tinha um filho e espetava a caneta no coque, e a jovem e pequenina enfermeira Adachi. As três também cultivavam a amizade fora do ambiente de trabalho. Tengo refletiu sobre a possibilidade de acompanhá-las. No fundo, não queria bagunçar sua rotina, mas não conseguiu pensar em algum pretexto para recusar o convite. Elas sabiam que ele tinha tempo de sobra.

— Se não for atrapalhar... — disse Tengo.

— De jeito nenhum — disse a enfermeira. — Jamais convidaria alguém só por obrigação, ainda mais se fosse uma pessoa inconveniente. Não faça cerimônia e junte-se a nós. De vez em quando, é bom ter a companhia de um homem jovem e saudável.

— Saudável é algo que posso garantir — disse Tengo, com pouca convicção.

— Isso é o que importa — afirmou categoricamente a enfermeira, como uma profissional.

Elas trabalhavam no mesmo local, mas era difícil que o horário de saída das três enfermeiras coincidisse. No entanto elas faziam de tudo para que ao menos uma vez por mês saíssem na mesma hora. Quando isso acontecia, iam para a cidade, comiam "algo nutritivo", bebiam, cantavam no karaokê e, de certa forma, era como que descarregavam — por assim dizer — as energias represadas. Certamente, elas precisavam disso para espairecer. A vida nas cidades do interior era monótona e, no serviço, além dos médicos e demais enfermeiras, as únicas pessoas que elas viam eram os pacientes idosos, sem vitalidade e sem memória.

As três enfermeiras comiam e bebiam muito; Tengo não conseguiu acompanhar o ritmo delas. Sentado ao lado das superanimadas enfermeiras, Tengo conversava de modo tranquilo, apreciando a carne assada no espeto e tomando cerveja aos poucos, para não ficar bêbado. Após deixar o restaurante de *yakiniku*, resolveram ir para outro bar das proximidades. Pediram uma garrafa de uísque e começaram a cantar no karaokê. As enfermeiras cantaram suas músicas preferidas e, para finalizar, as três cantaram em conjunto uma música das Candies com direito à coreografia e tudo. Coreografia que, certamente, havia sido previamente ensaiada, pois a performance era simplesmente impecável. Tengo não era muito bom de karaokê, mas resolveu cantar pelo menos uma música de Yosui Inoue, de que se lembrava vagamente.

Após algumas doses, a jovem enfermeira Adachi, que não era de falar muito, começou a se soltar, ficando alegre e atrevida. Com o efeito do álcool, as bochechas coradas ganharam uma coloração bronzeada, dando-lhe uma aparência ainda mais saudável. Ria à toa até com piadas bobas e sem graça e, com o tempo, foi se apoiando de forma insinuante no ombro de Tengo. A enfermeira Ômura, que era alta e sempre andava com uma caneta espetada no coque, havia trocado de roupa — estava de vestido azul num tom um pouco abaixo do marinho — e soltara o coque. Os cabelos soltos a deixavam com uma aparência três ou quatro anos mais nova, e sua voz estava uma oitava mais baixa. A postura de profissional ágil e eficiente era substituída por uma mais tranquila. Era como se ela ganhasse uma personalidade diferente. A única que praticamente continuou sendo a mesma, tanto na aparência quanto na personalidade, era a enfermeira Tamura, com seus óculos de aro dourado.

— Esta noite, as crianças estão sob os cuidados de uma vizinha — disse a enfermeira Ômura, voltando-se para Tengo. — Meu marido está trabalhando no turno da noite e não está em casa. É nessas horas que a gente precisa sair e se divertir à vontade, sem preocupações. É importante espairecer. Não acha, Tengo?

Elas agora o chamavam de Tengo, e não mais formalmente — senhor Kawana ou senhor Tengo. Geralmente, as pessoas que o conheciam costumavam chamá-lo espontaneamente de Tengo. Até mesmo entre os seus alunos do cursinho ele era chamado pelo primeiro nome.

— Sem dúvida. É isso mesmo — concordou Tengo.

— Precisamos desses momentos de descontração — disse a enfermeira Tamura, bebendo uma dose de uísque Suntory Old com água. — Afinal, somos de carne e osso.

— Sem o uniforme, somos apenas mulheres — disse a enfermeira Adachi, dando risadinhas como se tivesse falado algo profundo.

— Então, Tengo — disse a enfermeira Ômura —, será que posso fazer uma pergunta indiscreta?

— Qual?

— Você é comprometido?

— Boa pergunta. Também quero saber — disse a enfermeira Adachi, mastigando ruidosamente os petiscos de milho com seus dentes grandes e brancos.

— É uma história meio complicada, difícil de contar — disse Tengo.

— Histórias assim são ótimas — disse a experiente enfermeira Tamura. — Temos tempo de sobra, será um prazer escutá-la. Vamos, conte-nos essa sua história meio complicada e difícil de contar.

— Conte, conte — disse a enfermeira Adachi, batendo palminhas e rindo.

— Não é uma história interessante — disse Tengo. — É bem banal e sem nexo.

— Então pelo menos nos conte como ela termina — disse a enfermeira Ômura. — Afinal, você tem namorada ou não?

Tengo acabou cedendo:

— Agora, no final das contas, acho que estou sem namorada.

— É mesmo? — disse a enfermeira Tamura. E, após mexer com o dedo o gelo do copo e lambê-lo, comentou — Isso não é bom. Não é bom mesmo. É um desperdício um rapaz jovem e saudável como você não ter um relacionamento mais íntimo com alguém.

— Não faz bem para o corpo — disse a enfermeira Ômura. — Guardar aquilo para si durante muito tempo pode deixar a pessoa de miolo mole.

A enfermeira Adachi deu sua risadinha de costume. — De miolo mole — disse ela, e bateu na têmpora com a ponta do dedo.

— Mas até um tempo atrás eu tinha alguém — disse Tengo, tentando se justificar.

— Mas *um tempo atrás* ela te deixou, não é? — disse a enfermeira Tamura, acertando os óculos.

Tengo confirmou com a cabeça.

— Foi ela que te deixou? — indagou a enfermeira Ômura.

— Não sei — disse Tengo, inclinando a cabeça. — Acho que sim. O mais provável é que ela tenha me deixado.

— Por acaso essa pessoa era bem mais velha que você? — perguntou a enfermeira Tamura, estreitando os olhos.

— Sim. Ela era mais velha — respondeu Tengo, surpreso de ela saber disso.

— Não disse? — a enfermeira Tamura olhou para as outras com ares de orgulho. As duas concordaram.

— Eu disse para essas duas — disse a enfermeira Tamura. — O Tengo provavelmente tem uma namorada mais velha. Isso é um tipo de coisa que uma mulher consegue sentir pelo faro.

A enfermeira Adachi começou a fungar ruidosamente.

— E, além de tudo, ela deve ser casada — disse a enfermeira Ômura num tom de voz lânguido. — Estou certa?

Tengo hesitou antes de concordar. Mas, àquela altura, não adiantava mentir.

— Você é malvado — disse a enfermeira Adachi, cutucando com a ponta dos dedos as coxas de Tengo.

— Quantos anos mais velha?

— Dez — respondeu Tengo.

— Uau! — exclamou a enfermeira Tamura.

— Então é isso. Essa mulher madura e casada deve ter te mimado muito — disse a enfermeira Ômura, que já era mãe. — Isso sim é que é bom. Será que tenho alguma chance? Saiba que eu também posso confortar o solitário e gentil Tengo. Pode não parecer, mas meu corpo não é de se jogar fora.

Ela pegou a mão de Tengo e tentou pressioná-la em seu seio. As outras duas tentaram impedi-la. A despeito de ela estar bêbada e fazer esse tipo de gracinha, as duas queriam preservar a linha divisória entre as enfermeiras e os familiares dos pacientes. Ou então temiam que alguém visse aquela cena. Era uma cidade pequena, e os boatos corriam à solta. E o marido da enfermeira Ômura poderia ser uma pessoa ciumenta. Tengo, por sua vez, queria evitar mais problemas do que já tinha.

— Saiba que você é um homem e tanto! — disse a enfermeira Tamura, mudando de assunto. — Veio de tão longe e todos os dias fica horas a fio sentado ao lado do seu pai, lendo para ele. Nem todo mundo é capaz de fazer isso.

A jovem enfermeira Adachi inclinou levemente a cabeça e concordou:

— Realmente, é de se admirar. Uma atitude que merece o nosso respeito.

— Estamos sempre te elogiando — disse a enfermeira Tamura.

Tengo, sem querer, ruborizou. Ele não estava na cidade para cuidar do pai. A sua intenção era ver novamente Aomame dormindo dentro daquela crisálida de ar, envolta numa luz tênue. Essa era sua principal motivação para estar lá. Cuidar do pai era um mero pretexto. Mas não poderia revelar sua motivação, pois teria também de explicar o que era uma crisálida de ar.

— É que até hoje não pude fazer nada por ele — disse Tengo, meio sem graça, sentado de modo desengonçado na apertada cadeira de madeira que, para encaixar seu corpo grande, o deixava todo exprimido. Mas sua atitude foi interpretada pelas enfermeiras como um gesto de humildade.

Tengo pensou em se retirar dizendo que estava com sono e que voltaria sozinho para a hospedaria, mas não conseguiu encontrar uma oportunidade para se despedir. Ele não era uma pessoa que agia de modo impositivo.

— Mas então... — disse a enfermeira Ômura e, após tossir para limpar a garganta, prosseguiu. — Voltando àquele assunto, por que você se separou dessa mulher casada, dez anos mais velha? Vocês se davam bem, não davam? Foi porque o marido dela descobriu? É isso?

— Não sei dizer o motivo — respondeu Tengo. — Um dia ela simplesmente deixou de dar notícias e, desde então, não a vejo mais.

— Hum — disse a enfermeira Adachi. — Será que ela enjoou de você?

Ômura, a enfermeira alta e com filhos, meneou a cabeça, discordando, e ergueu o indicador. Disse, voltando-se para Adachi — Você ainda não sabe nada sobre o mundo. Não sabe nada. É impossível que uma mulher casada, de quarenta anos, largue um rapaz saudável e gostoso dizendo simplesmente "Muito obrigada. Foi ótimo! Adeus". Só o contrário é possível.

— Será mesmo? — disse a enfermeira Adachi, inclinando levemente a cabeça. — Taí uma coisa que não entendo.

— Mas é isso mesmo — afirmou categoricamente a enfermeira Ômura, fixando seus olhos em Tengo por alguns instantes, como se conferisse as letras de uma lápide talhadas com cinzel. Um tempo depois, Ômura balançou a cabeça, concordando consigo mesma. — Quando você ficar mais velha, vai entender.

— Ah! Estou à míngua há muito tempo — disse a enfermeira Tamura, recostada na cadeira.

Durante algum tempo, elas fofocaram sobre as aventuras sexuais de uma pessoa que Tengo não conhecia, mas que supostamente devia ser alguma enfermeira que trabalhava com elas. Segurando o copo de uísque com água, Tengo as observava conversando e se lembrou das três bruxas de *Macbeth*. "Bom é mau e mau é bom", foram as palavras mágicas que as bruxas entoaram para incutir ambições más no coração de Macbeth. Tengo não considerava as três enfermeiras seres malévolos. Elas eram gentis e sinceras. Dedicavam-se ao trabalho com afinco e cuidavam muito bem de seu pai. Eram obrigadas a trabalhar duro, e suas vidas estavam longe de ser empolgantes naquela cidadezinha em que a atividade econômica principal era a indústria pesqueira. Só o que elas faziam era dar-se ao direito de, uma vez por mês, descarregar o estresse. Mas, quando Tengo viu a junção das energias daquelas três mulheres de diferentes gerações, não pôde deixar de pensar nos ventos que cortam a expansão da Escócia. Os ventos gelados que junto com a chuva cortam a charneca sob o céu nublado.

Tengo leu *Macbeth* nas aulas de inglês da faculdade, mas estranhamente lembrava-se do seguinte trecho:

> *By the pricking of my thumbs,*
> *Something wicked this way comes,*
> *Open, locks,*
> *Whoever knocks.*

> Pinica meu polegar:
> Algo mau está pra chegar
> Abre logo a fechadura
> Pra quem bate e nos procura.

"Por que será que ainda hoje consigo me lembrar claramente desse trecho? Um trecho que nem se ao certo quem falava na peça?" No entanto, esse trecho em especial lembrava o cobrador da NHK que insistentemente batia na porta de seu apartamento em Kôenji. Tengo olhou seu polegar. Não sentiu nenhuma pinicada. Mas, mesmo assim, a sonoridade que Shakespeare habilmente criava com suas rimas reverberava um sinistro eco.

Something wicked this way comes...

"Tomara que Fukaeri não abra a porta", pensou Tengo.

Capítulo 7
Ushikawa
Estou caminhando em sua direção

Por um tempo, Ushikawa achou melhor desistir de tentar obter informações sobre a velha senhora de Azabu. Em parte por constatar que, independentemente de seus esforços, o grau de proteção e segurança em torno dela sempre o levava a esbarrar num muro bem alto. Pretendia inclusive investigar um pouco mais sobre o abrigo, mas achou arriscado continuar a zanzar naquela área. Havia câmeras de segurança espalhadas no local e, querendo ou não, Ushikawa era um tipo que naturalmente atraía a atenção. Se sua presença levantasse suspeitas, prejudicaria ainda mais o andamento das investigações. Sendo assim, por ora, achou melhor se afastar da Mansão dos Salgueiros e tentar outras linhas de investigação.

A "alternativa" que cogitou foi reinvestigar o histórico de Aomame. Na vez anterior, ele havia solicitado informações sobre ela a uma empresa de investigações que costumava contratar, além de ele próprio sair em busca de dados. Ushikawa chegou a elaborar um arquivo detalhado sobre Aomame, e a investigação, analisada sob vários pontos de vista, concluiu que ela não representava nenhum perigo. Era considerada uma excelente instrutora, e sua reputação era muito boa no clube esportivo em que trabalhava. Quando criança, era Testemunha de Jeová, mas aos dez anos largara a religião. Concluiu a faculdade de educação física como uma das melhores alunas do curso, trabalhou numa empresa de porte médio, fabricante de bebidas esportivas e alimentos saudáveis, e destacou-se como jogadora do time de softball feminino da empresa. Os colegas daquela época disseram que ela era excelente tanto nos esportes quanto no trabalho. Era ousada e muito inteligente. As pessoas que a conheciam tinham uma boa impressão dela. Mas era de poucas palavras e de poucos amigos.

Alguns anos atrás, inesperadamente, ela largou o softball, pediu as contas na empresa e começou a trabalhar como instrutora num clube esportivo de luxo, localizado em Hiroo. Com a mudança de emprego, sua remuneração aumentou em cerca de trinta por cento. Era solteira e morava sozinha. Naquela época, não tinha namorado. De qualquer modo, não havia ponto obscuro em sua vida, nem nada que a desabonasse. Ushikawa franziu a testa, deu um longo suspiro e jogou sobre a mesa o arquivo que acabara de ler. "Deixei escapar alguma coisa. Algum ponto de extrema importância que não deveria ter deixado escapar", pensou.

Ushikawa tirou da gaveta de sua escrivaninha uma agenda de endereços e discou um número. Quando precisava obter informações de modo ilícito, ele sempre ligava para lá. A pessoa para quem ligava vivia num mundo muito mais sombrio que o dele. Pagando-lhe o preço, essa pessoa conseguia obter qualquer tipo de informação. Quanto mais rigoroso fosse o grau de segurança do investigado, mais caro se tornava o serviço.

Ushikawa queria obter dois tipos de informação. O primeiro era sobre os pais de Aomame, que ainda eram adeptos fervorosos das Testemunhas de Jeová. Ushikawa sabia que todas as Testemunhas de Jeová em nível nacional eram controladas por uma central. No Japão, a quantidade de adeptos era enorme, e a circulação de pessoas entre a matriz e as filiais era grande. Se não houvesse uma central para armazenar as informações, o sistema não funcionaria de modo harmonioso. A matriz das Testemunhas de Jeová localiza-se nos arredores da cidade de Odawara. Num imenso terreno há um suntuoso prédio, uma fábrica onde se imprimem panfletos, um auditório e acomodações para acolher os adeptos vindos de todas as partes do país. Todas as informações são armazenadas ali e com certeza são rigorosamente controladas.

A outra informação era o registro de aulas do clube esportivo em que Aomame trabalhava. Ushikawa queria saber que tipo de trabalho ela desenvolvia, e quando e para quem ela dava aulas particulares. As informações do clube não devem ser tão bem protegidas quanto as das Testemunhas de Jeová. Mas isso não significava que Ushikawa poderia chegar lá e pedir "Por favor, será que vocês poderiam me mostrar os registros de aula de Aomame?" e ser atendido de modo solícito.

Ushikawa deixou o nome e o telefone registrado na secretária eletrônica. Decorridos trinta minutos, a pessoa retornou a ligação.

— Senhor Ushikawa — disse uma voz rouca.

Ushikawa explicou detalhadamente quais informações necessitava obter. Ele nunca vira aquele homem. As negociações sempre ocorriam por telefone. O material solicitado era entregue por correio expresso. A voz era um pouco rouca e, de vez em quando, ele costumava dar uma leve tossida para limpar a garganta. Provavelmente deve ter algum problema de saúde. Do outro lado da linha, o silêncio era total. Parecia vir de uma sala à prova de som. Os únicos sons audíveis eram a voz do interlocutor e uma desagradável respiração ofegante. Nada mais. E a potência desses sons aos poucos se tornava exageradamente alta. "Que homem sinistro", pensava Ushikawa, sempre que falava com ele. "Parece que no mundo existem muitas pessoas sinistras (e, de certa forma, eu também não deixo de ser uma)". Ushikawa secretamente batizou-o de Morcego.

— Nos dois casos, devo colher todas as informações relativas a Aomame, é isso? — indagou a voz rouca, pondo-se a tossir.

— Isso mesmo. Não é um nome comum.

— Você quer todas as informações possíveis sobre ela, não é?

— Desde que o nome dela esteja envolvido, quero saber de tudo. Se possível, quero que me consiga uma foto dela para que eu possa identificá-la.

— O clube esportivo vai ser fácil. Eles não devem sequer cogitar que alguém possa querer roubar informações. Mas em relação às Testemunhas de Jeová não vai ser fácil. Trata-se de uma organização grande e que, por ter muito dinheiro, deve se proteger bem. As organizações religiosas são as mais difíceis de se aproximar. Há em jogo o interesse de proteger os dados pessoais de seus membros, além de questões relacionadas aos impostos.

— Acha que consegue?

— Não custa tentar. Tenho meios de fazê-los abrir as portas. O que realmente é difícil é fechar as portas após tê-las aberto. Se não fechá-las, certamente seremos perseguidos por um míssil.

— É como uma guerra.

— É uma guerra. Pode surgir algo amedrontador — disse o homem de voz rouca. Pelo seu tom, parecia se divertir com essa ideia de guerra.

— Você aceita fazer o serviço?

O homem tossiu para limpar a garganta. — Aceito, mas saiba que não vai sair barato.

— Mais ou menos, quanto vai custar?

O homem deu um preço aproximado. Ushikawa ficou boquiaberto, antes de aceitar. Apesar dos pesares, era um dinheiro que ele próprio podia juntar e, se obtivesse resultados, seria ressarcido.

— Vai levar muito tempo?

— Você tem uma certa pressa, não é?

— Tenho.

— Não posso dar uma data exata, mas a previsão é de sete a dez dias.

— Está ótimo — disse Ushikawa. A única alternativa que lhe cabia era a de aceitar o prazo estipulado.

— Entrarei em contato assim que tiver o material em mãos. Dentro de dez dias, sem falta.

— Se um míssil não estiver no seu encalço — disse Ushikawa.

— Isso mesmo — respondeu Morcego, num tom de voz isento de preocupação.

Ao desligar o telefone, Ushikawa debruçou-se sobre a mesa e parou para refletir. Ele desconhecia os métodos que Morcego utilizava para obter as informações. Ele sabia que essa era uma pergunta que não teria resposta. Em todo caso, era de supor que lançasse mão de métodos ilegais. Possivelmente subornava funcionários ou, em último caso, apelava para a invasão. Se a investigação envolver a necessidade de acessar computadores, a situação se torna ainda mais complexa.

Ainda são poucas as repartições públicas e empresas privadas que utilizam o computador para armazenar dados. É caro e trabalhoso. Mas as organizações religiosas que atuam em nível nacional certamente possuem recursos para implantá-los. Ushikawa não sabe quase nada de computadores, mas está ciente de que estão se tornando ferramentas imprescindíveis para armazenar informações. Frequentar a Biblioteca Nacional da Dieta e ficar o dia inteiro procurando informações em microfilmes de jornais e anuários será coisa do passado. O mundo se tornará um sangrento campo de batalha entre o gerente de computação e o hacker. Não. O termo correto não é exatamente *sangrento*. Apesar de, no campo de batalha, sempre se derramar um pouco de sangue. Mas, neste caso, o sangue não tem cheiro. Um mundo estranho. Ushikawa preferia um mundo em que a existência de cheiros e da dor fossem perceptíveis. Ainda que, em determinadas situações, elas se tornem insuportáveis. Mas um tipo como Ushikawa, sem dúvida, muito em breve se tornaria obsoleto.

Mesmo ciente disso, Ushikawa não era pessimista. Ele sabia que possuía uma intuição inata. Graças ao seu órgão olfativo especial, era capaz de discernir os vários odores à sua volta e, através da dor que sentia na pele, compreender o rumo dos acontecimentos. Uma tarefa que o computador jamais conseguiria realizar. Uma capacidade que não permite ser quantificada ou sistematizada. O trabalho do hacker consistirá em obter informações acessando habilmente um computador rigorosamente protegido. Mas somente o ser humano, de carne e osso, estará apto a decidir que tipo de informação e quais, dentre várias, são realmente relevantes.

"Sei que devo ser um homem de meia-idade desagradável e obsoleto", pensou Ushikawa. "Não. Não se trata de *devo ser*. Sou, sem sombra de dúvida, um homem de meia-idade, desagradável e obsoleto. Mas possuo alguns dons naturais que a maioria das pessoas não tem. Uma capacidade olfativa ímpar e uma *firme determinação* de agarrar com força uma coisa e não largá-la de jeito nenhum. Foi graças a esses dons que consegui sobreviver até hoje. Enquanto eu possuir essa capacidade, independentemente de o mundo se tornar cada vez mais estranho, seja onde for, certamente conseguirei sobreviver.

"Eu vou te pegar, Aomame. Sei que você é inteligente. É hábil e cautelosa. Mas fique sabendo que ainda vou te achar. Me aguarde. Estou caminhando em sua direção. Você está escutando os meus passos? Creio que não. Meus passos são lentos e silenciosos, como os da tartaruga. Mas, passo a passo, estou chegando cada vez mais perto de você."

No entanto, Ushikawa também sentia que algo o perseguia. Era o tempo. Para Ushikawa, encontrar o paradeiro de Aomame era o mesmo que se libertar dessa perseguição. Precisava urgentemente encontrá-la, esclarecer todas as ligações existentes e colocar o resultado das investigações numa bandeja, oferecendo-a aos membros do grupo religioso: "Por favor, queiram receber essa bandeja." O tempo que eles haviam dado era limitado. Possivelmente seria tarde demais se levasse três meses para anunciar que finalmente conseguira concluir o caso. Até então, Ushikawa era uma pessoa útil para eles. Competente, possuía aptidão para se adaptar às circunstâncias, era entendido em leis e sabia guardar segredos. Era capaz de agir fora do sistema. Mas, em todo caso, ele não passava de um "faz-tudo" remunerado. Ele não era parente nem amigo deles, tampouco nutria alguma devoção religiosa. Se ele se tornasse uma ameaça para o grupo religioso, não havia dúvidas de que seria rapidamente eliminado.

Enquanto aguardava o telefonema de Morcego, Ushikawa foi até a biblioteca levantar informações detalhadas sobre a história das Testemunhas de Jeová e a situação atual dessa religião. Fez algumas anotações em seu caderno e providenciou cópias de alguns documentos relevantes. Ele não se importava de ir até a biblioteca fazer esse tipo de pesquisa. Gostava de sentir o cérebro armazenando conhecimentos. Um hábito adquirido na infância.

Após levantar as informações na biblioteca, Ushikawa foi até o bairro de Jiyûgaoka ver o apartamento que Aomame alugava e novamente se certificar de que continuava vazio. Na caixa de correio ainda constava o nome da Aomame, mas não parecia que alguém estivesse morando no apartamento. Em seguida, Ushikawa resolveu ir até a imobiliária que administrava o imóvel.

— Ouvi dizer que havia um apartamento vago nesse prédio. Será que posso alugá-lo? — indagou Ushikawa.

— Que existe um apartamento vago, existe, mas não posso alugá-lo até o início de fevereiro — respondeu o corretor. O contrato de aluguel firmado com a atual moradora termina no final de janeiro e o valor do aluguel está sendo mensalmente depositado. Todas as coisas já foram retiradas e a eletricidade, o gás e a água também foram desligados. Mas o aluguel continua a ser pago.

— Quer dizer que, mesmo vazio, o aluguel será pago até janeiro.

— Isso mesmo — disse o corretor. — Eles disseram que pagariam o valor integral do aluguel e pediram para que o deixasse como está. Se eles estão pagando o aluguel, não temos do que reclamar.

— Mas é estranho. É um desperdício pagar aluguel sem ninguém morando.

— Eu também fiquei desconfiado e fui com o proprietário dar uma olhada no apartamento. Estava com medo de encontrar um cadáver mumificado no armário. Mas felizmente não havia nada. O apartamento estava limpo. E vazio. Não saberia dizer o que se passa.

Era evidente que Aomame não morava mais lá. Mas, por algum motivo, eles a mantinham como locatária. Para isso, estavam pagando quatro meses de aluguel à toa. Esse pessoal era muito cauteloso e, pelo visto, dinheiro não era problema.

Decorridos exatos dez dias, um pouco depois do meio-dia, Morcego telefonou para o escritório de Ushikawa, em Kôjimachi.

— Senhor Ushikawa — disse a voz rouca. O silêncio, como sempre, imperava ao fundo.

— Eu mesmo.

— Podemos conversar agora?

Ushikawa respondeu que sim.

— A segurança das Testemunhas de Jeová é realmente rigorosa. Mas isso era algo que já prevíamos. De qualquer modo, conseguimos obter todas as informações sobre Aomame.

— E o míssil?

— No momento, nem sinal dele.

— Que bom.

— Senhor Ushikawa — disse o interlocutor. Em seguida, deu várias tossidas. — Desculpe-me, mas será que o senhor poderia apagar o cigarro?

— Cigarro? — disse Ushikawa, olhando o Seven Stars entre os dedos. A fumaça subia em direção ao teto. — Realmente estou fumando, mas estamos ao telefone. Como você sabe?

— É claro que o cheiro não vem até aqui, mas só de ouvir sua respiração me sinto sufocado. Sou extremamente alérgico.

— Entendo. Me desculpe por não ter percebido antes.

O homem tossiu várias vezes.

— O senhor não tem culpa. É natural que não tenha percebido.

Ushikawa apertou o cigarro no cinzeiro e jogou o resto de chá sobre ele. Em seguida, levantou-se, foi até a janela e a abriu completamente.

— Apaguei o cigarro e abri a janela para arejar o ambiente. Apesar de não dar para dizer que lá fora o ar seja mais limpo.

— Desculpe-me o incômodo.

O silêncio prevaleceu por dez segundos. Absoluto e plácido.

— Então... Conseguiu obter as informações sobre as Testemunhas de Jeová?— indagou Ushikawa.

— Sim. O volume é grande. A família dela é devota há muito tempo e existe muita coisa sobre eles. A seleção do que serve ou não deixarei a seu cargo.

Ushikawa concordou. Era exatamente o que ele desejava.

— Quanto ao clube, não tivemos nenhum problema. Abrimos a porta, pegamos o que precisávamos, saímos e fechamos a porta. Como o tempo era escasso, pegamos tudo sem selecionar o material, por isso o volume também ficou grande. De qualquer modo, encaminharei tudo, do jeito que está. E, como sempre, a entrega será mediante o pagamento em dinheiro.

Ushikawa anotou o valor ditado pelo Morcego. O preço ficou vinte por cento mais caro do que o orçado. Ushikawa, porém, não tinha escolha, a não ser aceitá-lo.

— Desta vez não quero usar o correio, por isso, amanhã, por volta dessa hora, vou mandar um mensageiro entregar-lhe o material em mãos. Providencie o dinheiro. Como sempre, não espere um recibo.

Ushikawa concordou, dizendo estar ciente disso.

— Eu já mencionei isso antes, mas vou repetir, só para me certificar. Consegui obter toda a informação disponível sobre este assunto que você me pediu para pesquisar. Mas, se você não ficar satisfeito, não é minha responsabilidade. Eu fiz tudo o que era tecnicamente possível. O pagamento é pelo tempo e pelo esforço dispensado, não pelos resultados. Então, por favor, não me peça para devolver o dinheiro caso você não encontre a informação que está procurando. Gostaria de confirmar se você concorda com esse ponto.

— Concordo — respondeu Ushikawa.

— Outra coisa que gostaria de dizer é que não consegui obter nenhuma foto de Aomame — disse Morcego. — Elas foram cuidadosamente removidas de todos os documentos.

— Tudo bem — disse Ushikawa.

— De todo modo, ela já deve ter mudado de rosto a essa altura — disse Morcego.

— Pode ser — disse Ushikawa.

Morcego tossiu várias vezes. — É isso — disse ele, e desligou.

Ushikawa pôs o fone no gancho, suspirou e colocou um novo cigarro na boca. Acendeu-o com o isqueiro e soltou lentamente a fumaça na direção do telefone.

Na tarde do dia seguinte, uma jovem veio até o escritório de Ushikawa. Aparentava ter menos de vinte anos. O vestido branco e curto realçava os contornos de seu corpo e, combinando com o vestido, usava um lustroso par de sapatos brancos de salto alto e brincos de pérolas. Suas orelhas eram relativamente grandes em relação ao seu corpo miúdo. Ela media pouco mais de um metro e meio. Os cabelos eram compridos, retos, e os olhos grandes e límpidos. Parecia uma fada aprendiz. Ela encarou Ushikawa de frente e abriu um sorriso simpático e afetuoso, como a contemplar algo importante, inesquecível. Entre os lábios pequenos, dentes brancos e belamente alinhados exibiam-se contentes. Era, provavelmente, apenas um sorriso de negócios. Mesmo assim, era raro encontrar uma pessoa que não demonstrasse aversão ao vê-lo pela primeira vez.

— Trouxe o material solicitado — disse a jovem, tirando dois envelopes enormes da bolsa de pano que trazia a tiracolo. Como uma virgem dos santuários xintoístas que leva nas mãos uma pedra litográfica antiga, ela ergueu os envelopes com cuidado diante de si e os colocou sobre a mesa de Ushikawa.

Ele puxou um envelope da gaveta e o entregou à jovem. Ela o abriu, tirou um maço de notas de dez mil ienes e contou ali mesmo, em pé. Ela manuseava o dinheiro com destreza. Seus dedos finos e bonitos movimentavam-se rápida e agilmente. Após conferir o valor, devolveu o maço ao envelope e o colocou dentro da bolsa de tecido. Em seguida, olhou novamente Ushikawa e, desta vez, abriu um sorriso ainda mais simpático e afetuoso que o da vez anterior. Parecia expressar o quão feliz estava por tê-lo conhecido.

Ushikawa tentou imaginar que tipo de relação ela tinha com o Morcego. Mas ele, é claro, nada tinha a ver com isso. Ela devia ser apenas uma garota de recados. Aquela que entrega o "material" e, em troca, recebe o dinheiro. Essa deveria ser sua única função.

Após a pequenina jovem deixar o escritório, Ushikawa permaneceu um bom tempo olhando a porta, com um crescente sentimento de desânimo. Olhava a porta que a jovem acabara de fechar atrás de si. O escritório muito preservava os indícios de sua presença. Talvez essa garota tenha levado uma parte da alma de Ushikawa em troca. Ele conseguia sentir, no fundo de seu coração, aquele novo vazio. "Por que será que isso acontece", estranhou Ushikawa. "O que será que isso significa?"

Decorridos dez minutos, Ushikawa finalmente se recuperou e tomou coragem de abrir os envelopes. Eles estavam lacrados com várias camadas de fita adesiva. Estavam abarrotados de folhas impressas, materiais fotocopiados e documentos originais. Ushikawa não tinha ideia de como o Morcego conseguia juntar tamanha quantidade de material em tão pouco tempo. Como sempre, precisava tirar o chapéu e reconhecer a competência dele. Por outro lado, ele não pôde deixar de sentir um profundo desânimo diante de tamanha quantidade de documentos. "Por mais que eu busque nessas pilhas de papéis, será que realmente encontrarei algo? Será que paguei um dinheirão em troca de um monte de papéis inúteis? O que sinto é uma profunda impotência, como alguém que esfrega os olhos para enxergar o fundo do poço, em vão. A única coisa que se vê é o crepúsculo envolto em semiescuridão, como o prenúncio de morte iminente. Isso também pode ter sido *algo* que aquela garota deixou para trás. Ou quem sabe era *algo* que ela levou de mim", pensou Ushikawa.

Mas, de algum jeito, Ushikawa conseguiu recuperar a energia. Ficou até o final da tarde olhando pacientemente o material e anotando no caderno, item por item, as informações mais relevantes, separadas por assunto. Ao se concentrar nessa tarefa, ele finalmente conseguiu expulsar aquele sentimento de indefinida impotência. O escritório começou a ficar escuro e, quando Ushikawa acendeu o abajur, ele já começava a achar que havia valido a pena desembolsar um valor tão alto para adquirir aquele material.

Ushikawa começou pelo "material" coletado no clube esportivo. Aomame passara a trabalhar no clube quatro anos antes, e dava basicamente aulas de musculação e artes marciais. Tinha algumas turmas regulares que ela acompanhava e orientava. O material coletado revelava que ela era uma instrutora competente e bem conceituada entre os associados. Ao mesmo tempo em que dava aulas regulares, também aceitava dar aulas particulares. O preço dessas aulas era evidentemente mais caro, mas, para os que não podiam frequentar as aulas convencionais, ou que preferiam um ambiente mais privado, elas eram muito convenientes. Nesse sentido, Aomame possuía muitos "clientes particulares".

O histórico contendo informações sobre quando, onde e como ela conduzia essas aulas particulares constava na programação diária de atividades que havia sido devidamente xerocado. Às vezes, ela dava aulas particulares no próprio clube ou se deslocava até a residência do cliente. Entre os seus inúmeros clientes havia artistas famosos e políticos. A velha senhora da Mansão dos Salgueiros, Shizue Ogata, era a mais idosa dentre eles.

Shizue Ogata conheceu Aomame um pouco depois de ela começar a trabalhar no clube, e essa conexão se estendeu até um pouco antes de ela desaparecer. Foi no mesmo período em que os quartos do sobrado da Mansão dos Salgueiros tornaram-se oficialmente um local para abrigar as vítimas da violência doméstica. Isso poderia ter sido uma coincidência, ou não. De qualquer modo, os registros indicavam que o relacionamento entre as duas foi se tornando cada vez mais íntimo com o decorrer do tempo.

É possível que um vínculo pessoal tenha se estabelecido entre Aomame e a velha senhora. A intuição de Ushikawa pressentia isso. Uma relação entre instrutora e cliente que começara no clube esportivo e que, a partir de um certo momento, mudara de natureza. Ushikawa empenhou-se em identificar em que "momento" teria ocorrido essa mudança observando atentamente o registro administrativo cronológico e descritivo das aulas. Algo teria acontecido ou se tornado evidente, e foi a partir desse momento que a relação entre elas deixou de ser apenas a de instrutora e cliente. Um relacionamento que transcendia as diferenças de idade e de posição social. Um relacionamento que se tornou extremamente pessoal e íntimo. Possivelmente, estabeleceu-se entre elas um acordo secreto, estritamente emocional. Um acordo secreto que culminou no assassinato do Líder no Hotel Ôkura. Ushikawa farejava isso.

Qual teria sido o histórico? E que tipo de pacto secreto elas tinham?

Ushikawa não conseguia encontrar respostas a essas perguntas.

Provavelmente o elo entre elas devia ser o da "violência doméstica". À primeira vista, a velha senhora possuía um interesse pessoal sobre o assunto. Segundo os registros, a primeira vez em que Shizue Ogata entrou em contato com Aomame foi na aula de "defesa pessoal". Era inusitado que uma mulher com mais de setenta anos frequentasse aulas de defesa pessoal. Algo *relacionado à violência* deve ter sido o que aproximou a velha senhora e Aomame.

Ou, quem sabe, a própria Aomame tenha sido vítima da violência doméstica. E o Líder poderia ter agredido alguém. Cientes disso, elas resolveram castigá-lo. No entanto, tudo isso não passava de suposição baseada no "talvez". Uma hipótese que não condizia com a imagem do Líder que Ushikawa conhecera. É claro que nunca se sabe o que se passa no âmago de uma pessoa, seja ela quem for, mas, independente disso, o Líder era uma pessoa extremamente carismática. Afinal, era o líder de um grupo religioso. Era perspicaz e inteligente, mas também possuía algo de enigmático. Mesmo que o Líder fosse hipoteticamente capaz de praticar atos de extrema violência doméstica, ele teria feito isso? E o que ele teria feito para que, além de as duas mulheres planejarem meticulosamente o assassinato, com uma delas renunciando a própria identidade e a outra pondo em risco a sua posição social, elas chegassem às últimas consequências?

Seja como for, uma coisa era certa: o assassinato do Líder não fora algo impensado, resultado de um impulso repentino. Por trás dele havia uma ação fundamentada num inabalável desejo, despertada por uma clara e distinta motivação que as isentava da culpa, e um complexo e bem elaborado sistema. Um sistema cautelosamente arquitetado, que consumiu muito tempo e dinheiro.

No entanto, Ushikawa não possuía provas concretas para legitimar essa hipótese. A única coisa que ele possuía era uma suposição fundamentada em uma prova circunstancial. Uma prova que a navalha de Occam facilmente deceparia com a sua lâmina. Nesse estágio, ele nada teria a informar aos membros de Sakigake. Mas Ushikawa *sabia*. Ele sentia o cheiro e o toque de sua textura. Todas as pistas apontavam para uma única direção. A velha senhora, por motivos que envolvem a violência doméstica, instruiu Aomame para que ela matasse o Líder e fugisse para um local seguro. Indiretamente, as informações reunidas pelo Morcego corroboravam essa hipótese.

Para organizar o material sobre as Testemunhas de Jeová, Ushikawa gastou muito tempo. Além de o volume ser grande, a maior parte não era útil. Consistia de relatórios quantitativos das contribuições que os familiares de Aomame fizeram em prol das atividades religiosas. Através desses relatórios, não havia dúvidas de que eram fiéis zelosos e dedicados. Eles passaram a maior parte de suas vidas propagando os ensinamentos das Testemunhas de Jeová. O atual endereço dos pais de Aomame estava registrado na cidade de Ichikawa, província de Chiba. Em trinta e cinco anos, eles mudaram de casa duas vezes, mas em ambos os casos o endereço constava como sendo na mesma cidade. O pai, Takayuki Aomame (58), trabalhava numa empresa de engenharia e a mãe, Keiko Aomame (56), não tinha ocupação. O primogênito, Keiichi Aomame (34), trabalhou numa pequena gráfica na cidade de Tóquio após se formar na escola secundária da prefeitura de Ichikawa, mas após três anos saiu do emprego e começou a trabalhar no centro das Testemunhas de Jeová em Odawara. Na matriz, trabalhou no setor da gráfica, imprimindo panfletos religiosos e, atualmente, ocupava um cargo de direção. Cinco anos atrás, casou-se com uma das adeptas e tiveram dois filhos. Morava num apartamento alugado em Odawara.

O histórico da filha mais velha, Massami Aomame, terminava aos onze anos. Época em que ela abandonou a religião. As Testemunhas de Jeová perdem totalmente o interesse de quem deixa a fé. Para a seita, era como se Massami Aomame tivesse morrido aos onze anos. Não existia um só registro — nem uma linha sequer — sobre o destino de Aomame; se estava viva ou morta — após abandonar a religião.

"Nesse caso, o jeito é procurar os pais ou o irmão para perguntar a respeito dela", pensou Ushikawa. "Indo até lá, quem sabe consiga ter uma ideia." Mas, pelo que constatou vendo o material que tinha em mãos, Ushikawa sabia que não responderiam de bom grado às suas indagações. Os familiares de Aomame — sob o ponto de vista de Ushikawa — eram pessoas intolerantes, com uma vida de intolerância; e eram pessoas que acreditavam piamente que, quanto mais intolerantes, mais se aproximavam do Reino dos Céus. Para eles, uma pessoa que abandonou a fé, ainda que um familiar, é considerada uma pessoa que tomou o caminho errado e sujo. Não. Para eles ela deixa de ser parte da família.

"Será que a Aomame foi vítima de violência doméstica?", pensou Ushikawa.

Pode ser que sim, pode ser que não. Caso tenha sido vítima, seus pais não devem considerar o fato como violência doméstica. Ushikawa sabia que as Testemunhas de Jeová costumavam educar suas crianças com severidade. Não raro, eram vítimas de castigo físico.

Será que uma criança, com esse tipo de infância, guardaria tamanho ódio em seu coração a ponto de, quando adulta, matar alguém? Não era de todo impossível, mas Ushikawa achava essa hipótese extremista demais. Planejar sozinha a morte de uma pessoa era difícil e trabalhoso. Sem contar o risco e a enorme carga emocional que a pessoa precisaria suportar. Se capturada, a pena era pesada. Ushikawa era da opinião de que havia uma motivação mais forte por trás disso.

Ele pegou novamente o material para reler atentamente o histórico de Massami Aomame até os onze anos. Assim que ela começou a andar, acompanhava a mãe no trabalho missionário. Distribuíam panfletos de porta em porta, pregavam o inexorável fim do mundo e convidavam as pessoas a participarem dos encontros. Os seguidores seriam salvos e sobreviveriam ao fim do mundo e, posteriormente, viveriam no Reino de Cristo. O próprio Ushikawa recebeu vários convites para participar desses encontros. As devotas eram normalmente mulheres de meia-idade, andavam de chapéu e sombrinha na mão. Muitas usavam óculos e lançavam um olhar duro e fixo como o de um peixe. Era comum vê-las em companhia de crianças. Ushikawa imaginou a pequena Aomame seguindo a mãe de casa em casa.

Aomame ingressou na escola municipal de primeiro grau perto de sua casa sem cursar o jardim de infância. Na quinta série, decidiu largar a religião. O motivo que a levou a abandonar as Testemunhas de Jeová era desconhecido, e o grupo religioso também parecia não fazer nenhuma questão de registrar esse tipo de informação. Quem caiu nas garras do demônio a ele passou a pertencer. As devotas das Testemunhas de Jeová estavam ocupadas em pregar a existência do Paraíso e a ensinar o caminho que conduzia a ele. Aos justos cabe fazer o que é justo, e aos demônios, fazer o mal que lhes convêm. Havia uma espécie de divisão do trabalho.

Dentro da cabeça de Ushikawa, alguém batia na divisória de madeira de uma construção barata e o chamava:

— Senhor Ushikawa, senhor Ushikawa — Ushikawa fechou os olhos e pôs-se a escutar atentamente essa voz. Uma voz baixa, mas insistente. "Estou deixando escapar alguma coisa", pensou ele. "Algo de muito importante deve estar registrado num desses documentos. Mas não consigo enxergar. As batidas na madeira estão tentando me avisar isso."

Ushikawa resolveu olhar novamente a pilha de documentos. Não só leu as informações como também imaginou as cenas. Aomame de três anos seguindo a mãe em pregação e, não raro, ambas sendo dispensadas de forma rude na porta de alguma casa. Ela cursando a escola primária e continuando as atividades missionárias. Os fins de semana eram reservados para esse fim. Ela não tinha tempo para brincar com os colegas. Não. Melhor dizer que ela não tinha tempo para fazer amigos. Normalmente, as crianças das Testemunhas de Jeová eram maltratadas e rejeitadas na escola. Ushikawa havia lido um livro sobre as Testemunhas de Jeová e estava ciente disso. Aos onze anos, Aomame largou a religião. Para tomar essa decisão, ela deve ter nutrido uma forte convicção. Desde que nasceu, a religião foi martelada na cabeça dela. Ela cresceu com essa fé a penetrar-lhe fundo até deitar raízes em seu âmago. Não era tão simples arrancar isso tudo. Não era simples como trocar de roupa. Isso significava que teria de viver isolada da família. Uma família extremamente religiosa como a dela jamais aceitaria uma filha que abandonou as Testemunhas de Jeová. Negar a fé era o mesmo que negar a família.

O que teria acontecido com Aomame aos onze anos? O que será que aconteceu para ela decidir fazer isso?

"Escola municipal de primeiro grau ** da cidade de Ichikawa, província de Chiba", pensou Ushikawa. Em seguida, falou em voz alta o nome dessa escola. Deve ter acontecido alguma coisa. Sem dúvida, aconteceu algo... E Ushikawa conteve brevemente a respiração. "Se não me engano, eu já ouvi esse nome em algum lugar", pensou ele.

"Onde será?" Ushikawa não tinha nenhum vínculo com a província de Chiba. Ele era natural da cidade de Urawa, província de Saitama. Mudou-se para Tóquio assim que ingressou na faculdade e, desde então, exceto no período em que morou em Chûôrinkan, sempre viveu na área que engloba os vinte e três distritos de Tóquio. Quase nunca precisou ir para Chiba, a não ser uma única vez quando foi à praia de Futtsu. Sendo assim, por que será que o nome daquela escola primária de Ichikawa não lhe era estranho?

Ushikawa levou um tempo até conseguir se lembrar. Enquanto coçava com a palma da mão a sua cabeça deformada, se concentrou. Procurou tatear as profundezas da memória como se estivesse colocando a mão num buraco fundo cheio de lama. Não fazia muito tempo que ele havia escutado aquele nome. Isso teria sido algo recente. Província de Chiba... Cidade de Ichikawa... Escola primária. Foi então que sua mão finalmente agarrou a ponta de uma corda fina.

"Tengo Kawana", pensou Ushikawa. "É isso! Tengo Kawana era de Chiba. E, se não me engano, ele também estudou na escola pública municipal daquela região."

Ushikawa pegou o arquivo contendo informações pessoais sobre Tengo no armário de documentos. Meses atrás, por solicitação de Sakigake, ele havia coletado informações sobre Tengo. Ushikawa folheou os arquivos e encontrou o histórico escolar dele. Os dedos gordos logo encontraram a informação que precisava. Era o que pensava. Massami Aomame e Tengo Kawana frequentaram a mesma escola. A contar pela data de nascimento, provavelmente estudaram na mesma série. Se eram da mesma turma ou não, era algo que ainda precisava verificar. Mas as chances de se conhecerem era grande.

Ushikawa levou o Seven Stars à boca e o acendeu. Sentiu na pele que as coisas estavam começando a fazer sentido. Entre um ponto e o outro as linhas estavam sendo devidamente traçadas. Ushikawa não sabia que tipo de desenho se formaria, mas, com o tempo, conseguiria identificar o seu esboço.

"Aomame, você está escutando os meus passos? Creio que não, pois estou caminhando sem fazer barulho. Mas saiba que, passo a passo, estou cada vez mais próximo de você. Posso ser apenas uma estúpida tartaruga, mas saiba que estou definitivamente avançando em sua direção. Muito em breve estarei vendo as costas do coelho. Me aguarde com expectativa."

Ushikawa esticou as costas contra o encosto da cadeira, olhou para o teto e soltou lentamente a fumaça.

Capítulo 8
Aomame
A porta não é das piores

Nas duas semanas seguintes, ninguém visitou Aomame, com exceção daquele pessoal silencioso que fazia a reposição nas terças-feiras à tarde. Mesmo aquele homem que dizia ser o cobrador da NHK, e que prometera "voltar sem falta", não apareceu mais, a despeito de, naquela ocasião, sua voz delatar uma resoluta animosidade. Ao menos foi assim que aquela voz ecoou aos ouvidos de Aomame. No mínimo, ele devia estar ocupado fazendo outra rota.

Aparentemente, os dias transcorreram tranquilos e sossegados. Nada aconteceu, ninguém apareceu nem telefonou. Por uma questão de segurança, Tamaru restringia ao máximo as ligações. Aomame sempre mantinha as cortinas fechadas, procurava não dar sinais de sua presença e ficava quieta em seu canto, evitando chamar a atenção das pessoas. Ao anoitecer, acendia poucas luzes, apenas o mínimo necessário.

Tomava também o máximo de cuidado para não fazer barulho enquanto se exercitava com cargas pesadas nos aparelhos e, diariamente, além de limpar o chão com esfregão, dedicava um bom tempo para preparar as refeições. Praticava espanhol em voz alta, com fitas-cassetes de conversação nesta língua (ela pediu para Tamaru que as mandasse junto com os demais objetos de reposição). Os músculos ao redor da boca começam a atrofiar quando se fica muito tempo sem conversar. Para evitar isso, é necessário movimentar exageradamente a boca e, nesse sentido, nada melhor que treinar uma língua estrangeira. Aomame nutria havia tempo uma fantasia romântica em relação à América Latina. Se pudesse escolher um destino qualquer, ela optaria por viver num pequeno e pacífico país como a Costa Rica. Alugaria uma pequena cabana na praia e passaria o dia todo nadando e lendo livros. Desde que não esbanjasse dinheiro em coisas supérfluas, com o montante que levava em sua mala poderia viver por uns dez anos. Eles provavelmente não se dariam ao trabalho de persegui-la até a Costa Rica.

Enquanto praticava espanhol, Aomame imaginava como seria levar uma vida tranquila e sossegada nas praias da Costa Rica. Será que Tengo fazia parte desse seu sonho? Ela fechava os olhos e imaginava os dois tomando sol nas praias do Caribe. Ela com um minúsculo biquíni preto, óculos de sol e de mãos dadas com Tengo. Mas essa cena carecia do senso de realidade capaz de fazer o coração palpitar de emoção. Era apenas uma cena típica das fotos de propaganda turística.

Quando não lhe ocorria nada para fazer, Aomame limpava a arma. Conforme instruções do manual, desmontava a Heckler & Koch em várias partes, limpava cada peça com um pano e uma escova, passava óleo e a remontava. Por fim, verificava se todos os mecanismos estavam em perfeito estado de uso. Uma tarefa que ela realizava com destreza. A arma era como parte de seu corpo.

Por volta das dez horas, costumava ir para a cama, lia algumas páginas e dormia. Desde que se entende por gente, ela nunca sentiu dificuldades para dormir. Enquanto seus olhos acompanhavam as letras impressas, naturalmente começava a sentir sonolência. Apagava a luz da cabeceira, apoiava o rosto no travesseiro e fechava os olhos. A não ser em casos excepcionais, seus olhos somente reabriam na manhã do dia seguinte.

Ela não sonhava muito. Quando sonhava, não se lembrava de quase nada ao acordar. Às vezes, algumas cenas ficavam enroscadas na parede de sua consciência, mas, de tão vagas e fragmentadas, era impossível resgatar o fio condutor do sonho, a não ser de forma desconexa. O seu sono era profundo, e os sonhos jaziam num local igualmente profundo, como os peixes que habitam o fundo dos oceanos, impossibilitados de vir à superfície. E, mesmo que consigam emergir, com a pressão da água, perdem as suas formas originais.

Mas, desde que passara a viver naquele esconderijo, ela sonhava praticamente todas as noites. Os sonhos eram nítidos, cheios de realidade. Ao acordar no meio da noite, durante um bom tempo não conseguia discernir se estava no mundo real ou sonhando. Até então, Aomame nunca tivera uma experiência como aquela. Ela olhava o relógio digital da cabeceira. Os números indicavam 1:15, 2:37 ou 4:07. Fechava os olhos e tentava dormir novamente, mas o sono custava a chegar. Dois mundos diferentes disputavam silenciosamente sua consciência, como no estuário em que ocorre o confronto entre o fluxo das águas do mar e o curso das águas do rio.

"Não há o que fazer", pensava Aomame. "Se nem consigo assegurar que este mundo com duas luas em que vivo é *de fato* real, qual o problema de dormir, sonhar e não conseguir discernir se o sonho é ou não real? Matei vários homens com as minhas próprias mãos, um bando de fanáticos está a minha procura e preciso ficar escondida. É natural que eu me sinta tensa e com medo. Minha mão ainda sente os resquícios de ter matado alguém. Talvez eu nunca mais durma tranquilamente. Uma responsabilidade que devo assumir; é o preço a pagar."

Os sonhos que tinha, e que conseguia se lembrar, podiam ser classificados em três categorias.

O primeiro era um sonho com trovoadas. O quarto está envolto na escuridão e os trovões ribombam incessantemente. Mas sem relâmpagos. Era como naquela noite em que matou o Líder. Alguém está no quarto. Aomame está nua, deitada sobre a cama, e alguma coisa está vagando ao seu redor. Essa coisa se move devagar e cautelosamente. O carpete é grosso e o ar está denso e estagnado. Os vidros da janela vibram com a trovoada. Ela sente medo. Ela não sabe o que pode estar lá. Pode ser uma pessoa. Ou um animal. Ou algo que não seja nem homem nem animal. Mas, um tempo depois, essa coisa finalmente deixa o quarto. Não pela porta nem pela janela. Independentemente de como tenha saído, os indícios dessa presença vão se atenuando até desaparecerem por completo. No quarto, não existe mais ninguém, a não ser ela.

Tateando, ela acende a luz da cabeceira. Levanta-se da cama ainda nua para averiguar o quarto. Na parede oposta há um buraco. Um buraco de tamanho suficiente para uma pessoa passar por ele, ainda que com certa dificuldade. Mas esse buraco não era estável. Ele mudava de forma e girava. Tremia, mudava de lugar, aumentava e diminuía. Parecia ter vida. *Alguma coisa* deixou o quarto através desse buraco. Ela dá uma espiada nele. Parece ser uma passagem para outro lugar. Mas a única coisa que ela consegue enxergar é a mais completa escuridão. Uma escuridão densa a ponto de poder ser cortada em pedaços e tomada na mão. No entanto, ao mesmo tempo, Aomame sente medo. Seu coração bate seco, emitindo um som frio e indiferente. O sonho termina aí.

No segundo tipo de sonho, ela está em pé à margem da Rodovia Metropolitana. Ela também está nua. As pessoas, presas no congestionamento, observam-na de seus carros, sem cerimônia. Homens na maioria. Mas também há mulheres. Eles olham seus seios pequenos e seus pelos pubianos desgrenhados, e parecem avaliá-los rigorosa e detalhadamente. Uns franzem a sobrancelha, outros esboçam um sorriso forçado e há os que bocejam. Ou olham fixamente para ela de maneira inexpressiva. Ela quer cobrir o corpo com alguma coisa. Quer tampar pelo menos os seios e os pelos pubianos. Cobri-los nem que seja com um pano ou um jornal. Mas não encontra nada ao redor. Para piorar, por algum motivo (não se sabe qual), ela não consegue mover livremente os braços. De vez em quando, um vento resolve soprar estimulando seus mamilos e balançando seus pelos pubianos.

Como se não bastasse, ela está para menstruar. Seus quadris estão moles e pesados, ela sente uma espécie de calor no ventre. "O que devo fazer se eu começar a sangrar no meio dessa gente toda?"

Então, a porta do motorista de um Mercedes-Benz coupé prateado se abre e uma mulher de meia-idade, distinta e elegante, desce do carro. Ela usa sapatos de salto alto de cor clara, está de óculos escuros e brincos prateados. É magra e tem a mesma altura de Aomame. Ela passa por entre os carros e, aproximando-se dela, tira o casaco e o coloca sobre o corpo de Aomame. É um casaco de meia-estação cor de gema de ovo, que vai até o joelho. É leve como asas. O modelo é simples, mas parece ser bem caro. O tamanho é perfeito, como se feito sob medida para Aomame. A mulher gentilmente abotoa o casaco até o alto.

— Não sei quando poderei devolvê-lo, e tenho medo de sujá-lo com a menstruação — Aomame diz.

Sem uma palavra, a mulher apenas balança discretamente a cabeça e, passando por entre os carros, retorna para o Mercedes coupé prateado. Do banco do motorista, ela parece acenar discretamente para Aomame. Mas isso pode ser uma ilusão de ótica. Aomame sente-se protegida, envolta no leve e macio casaco de meia-estação. Ela não precisava mais expor seu corpo aos olhares alheios. E um fio de sangue, como que aguardando impacientemente por esse momento, escorre pela sua coxa. Um fio de sangue quente, espesso e pesado.

O terceiro tipo de sonho é daqueles difíceis de explicar com palavras. É um sonho sem nexo, sem enredo e sem cenário. Trata-se apenas de uma sensação de estar em movimento. Aomame transita incessantemente, indo e vindo no tempo e no espaço. Neste tipo de sonho o importante não é quando nem onde, mas o fato de transitar pelo tempo e pelo espaço. Tudo é instável, e é nessa instabilidade que se apreende o real significado do sonho. Quando ela se encontra assim, sua pele se torna invisível. A palma de sua mão se torna translúcida e ela vê através dela. Enxerga os ossos, os órgãos, o útero. "Se continuar assim, vou deixar de existir. Se eu ficar invisível, o que vai acontecer?", ela se pergunta. Não há resposta.

Às duas da tarde, o telefone tocou, assustando Aomame que cochilava no sofá.

— Alguma novidade? — perguntou Tamaru.

— Nenhuma em especial — respondeu Aomame.

— E o cobrador da NHK?

— Não apareceu mais. Aquilo de dizer que voltaria deve ter sido apenas da boca pra fora.

— Talvez — disse Tamaru. — Colocamos o pagamento da taxa de recepção da NHK em débito automático e afixamos uma nota na porta informando isso. Qualquer cobrador certamente prestará atenção nela. Entrei em contato com a NHK e eles disseram que, provavelmente, trata-se de um equívoco do cobrador.

— Basta não dar atenção a ele.

— Não é bem assim. Queremos evitar qualquer coisa que possa chamar a atenção dos vizinhos. Além do mais, sou do tipo que se preocupa com um equívoco.

— O mundo está cheio de pequenos equívocos.

— O mundo é o mundo; eu sou eu — disse Tamaru. — Se algo a preocupar, não importa o quão insignificante você ache que seja, quero que me mantenha informado.

— Alguma novidade sobre Sakigake?

— Está tudo muito quieto. É como se nada tivesse acontecido. Mas creio que algo deve estar ocorrendo sob a superfície; algo que, de fora, não temos como saber.

— Ouvi dizer que existem informantes infiltrados na organização.

— Temos acesso a algumas informações, mas elas não passam de informações periféricas, de menor importância. Parece que a pressão é grande e eles estão extremamente cuidadosos. A torneira está bem fechada.

— Mas que continuam atrás de mim, disso não há dúvidas, não é?

— Após a morte do Líder, certamente existe uma grande lacuna na organização. E, pelo visto, eles ainda não decidiram quem será o sucessor e nem a diretriz que a organização deverá seguir daqui para frente. Mesmo assim, uma coisa é certa. No que concerne à questão de achar você, a opinião deve ser unânime. Isso é o que sabemos por ora.

— Um fato nada estimulante.

— O que realmente importa em um fato é sua relevância e sua exatidão. Estímulo é secundário.

— Seja como for — disse Aomame —, se eu for capturada e os fatos forem esclarecidos, isso vai causar transtornos a vocês.

— É por isso que queremos mandar você o mais rápido possível para um lugar em que eles não possam te pegar.

— Sei disso. Mas, por favor, aguarde mais um pouco.

— *Ela* disse que vai esperar até o final do ano. Sendo assim, eu também vou aguardar.

— Obrigada.

— Não é a mim que você deve agradecer.

— Mas, em todo caso — disse Aomame —, tem uma coisa que eu gostaria que você me arrumasse na próxima reposição. É algo constrangedor para pedir a um homem.

— Sou como um muro de pedra — disse Tamaru. — E, ainda por cima, gay assumido.

— Preciso de um teste de gravidez.

Houve um silêncio. Um tempo depois, Tamaru disse: — Você acha que há um motivo para fazer esse teste.

Não se tratava de um pergunta. Por isso, Aomame não respondeu.

— Você acha que está grávida? — indagou Tamaru.

— Não é bem isso.

Algo girava rapidamente dentro da mente de Tamaru. Se prestasse atenção, o som poderia ser captado.

— Você não acha que esteja grávida, mas precisa do teste de gravidez.

— Isso mesmo.

— Para mim, soa enigmático.

— Desculpe, mas por enquanto só posso dizer isso. Pode ser daqueles testes bem simples, vendidos em farmácias. Se puder me mandar um livro sobre o corpo da mulher e o ciclo menstrual, agradeceria muito.

Tamaru manteve-se novamente em silêncio. Um silêncio denso.

— Pelo jeito, acho melhor telefonar novamente mais tarde — disse Tamaru. — Tudo bem?

— Tudo bem.

Ele emitiu um pequeno som no fundo da garganta. E desligou o telefone.

O telefone tocou após quinze minutos. Fazia tempo que Aomame não escutava a voz da velha senhora de Azabu. Aomame sentiu como que voltando àquela época em que estiveram na estufa. Um espaço quente e úmido onde exóticas borboletas voavam e o tempo fluía lentamente.

— Tudo bem com você?

Aomame respondeu que mantinha uma rotina. A velha senhora quis saber um pouco mais sobre essa rotina e Aomame contou-lhe resumidamente o seu dia a dia, que incluía a ginástica e o cuidado em preparar as refeições.

A velha senhora disse:

— Sei que não deve ser fácil ficar confinada no apartamento, mas, como você é uma pessoa determinada, não estou preocupada. Sendo você, sei que conseguirá superar isso tudo. Gostaria que saísse o quanto antes daí, mudando-se para um local mais seguro. Mas se você insiste em ficar, ainda que não saibamos o motivo, de nossa parte, na medida do possível, respeitaremos sua vontade.

— Sou grata por isso.

— Não. Eu é que devo agradecer. Você realizou um excelente trabalho. — Houve um breve silêncio antes de a velha senhora prosseguir. — Soube que você solicitou um teste de gravidez.

— Faz três semanas que a minha menstruação está atrasada.

— O ciclo sempre foi regular?

— Desde que começou, aos dez anos, a cada vinte e nove dias sem falhar. É regular como as fases da lua. Nunca falhou um mês sequer.

— A situação em que você se encontra não é comum. Em casos assim, o equilíbrio emocional e o ritmo do corpo podem sofrer alterações. A possibilidade de o ciclo se interromper temporariamente e vir a falhar não seria plausível?

— Nunca me aconteceu antes, mas é possível.

— Segundo Tamaru, você não sabe como poderia ter engravidado.

— A última relação sexual que tive foi em meados de junho. Depois disso, nunca mais.

— Mesmo assim, você acha que há uma chance de estar grávida. Há alguma evidência para levantar essa hipótese? Algo além da menstruação atrasada?

— Eu apenas *sinto*.

— Apenas sente?

— É algo que sinto dentro de mim.

— Você sente que está grávida?

Aomame disse: — Uma vez a senhora comentou sobre os óvulos. Foi naquela tarde em que fomos visitar Tsubasa, lembra-se?

A senhora disse que a mulher nasce com uma quantidade fixa de óvulos.

— Lembro. Se não me engano, comentei que uma mulher possui cerca de quatrocentos óvulos e que, mensalmente, libera um.

— Pois então, tenho a nítida *sensação* de que um de meus óvulos foi fecundado. Não sei se essa palavra, sensação, é a mais adequada para expressar o que sinto.

A velha senhora fez uma pausa para refletir sobre o assunto.
— Eu tive dois filhos, por isso, de certa forma, entendo essa *sensação* que você diz ter. Mas você está dizendo que, apesar de não ter tido relação sexual há algum tempo, o óvulo foi fecundado e você está grávida. É um argumento difícil de aceitar com facilidade.

— Sei disso, e eu também concordo que é algo difícil de aceitar.

— Desculpe-me a indelicadeza, mas existe alguma possibilidade de alguém ter feito sexo com você enquanto estava inconsciente?

— De jeito nenhum. A minha consciência sempre esteve desperta.

A velha senhora escolheu cuidadosamente as palavras.
— Sempre considerei você uma pessoa calma e coerente.

— Pelo menos é assim que tento ser — disse Aomame.

— Mesmo assim, você acha que pode estar grávida, sem ter tido relação sexual?

— *Acho que existe essa possibilidade.* Concretamente falando — disse Aomame. — É claro que o fato em si não faz nenhum sentido.

— Entendi — disse a velha senhora. — De qualquer modo, vamos aguardar o resultado. O teste de gravidez será entregue amanhã junto com os produtos de reposição, no horário combinado. Por precaução, mandarei vários tipos de teste.

— Muito obrigada — disse Aomame.

— Caso você esteja grávida, quando você acha que aconteceu?

— Creio que foi naquela noite. Naquela noite tempestuosa em que fui ao hotel Ôkura.

A velha senhora deu um leve suspiro. — Você consegue determinar o dia?

— Consigo. Fazendo os cálculos, naquele dia eu estava no meu período mais fértil.

— Nesse caso, você estaria grávida de dois meses?

— Creio que sim — respondeu Aomame.

— Você sente náuseas pela manhã? Esse costuma ser o período mais difícil da gestação.

— Não sinto náuseas. Não sei por quê.

A velha senhora levou um tempo para escolher cuidadosamente as palavras: — Se você fizer o teste e comprovar que está grávida, como você vai reagir?

— Acho que a primeira coisa que vou pensar é quem é o pai biológico da criança. Seria uma questão de extrema importância para mim.

— E você não tem ideia de quem possa ser.

— No momento, não.

— Entendi — disse a velha senhora com a voz serena. — Haja o que houver, sempre estarei do seu lado. Farei de tudo para protegê-la. Quero que saiba disso.

— Sinto muito incomodá-la com esse assunto num momento como esse — disse Aomame.

— Não diga isso. Não é um assunto incômodo. Trata-se de algo muito importante para a mulher. Vamos aguardar o resultado do teste e depois pensamos no que fazer — disse a velha senhora.

E desligou delicadamente o telefone.

Alguém bateu a porta. Aomame, que fazia ioga no chão do quarto, interrompeu o exercício e prestou atenção nas batidas. Fortes e insistentes. Um som familiar.

Ela pegou a pistola automática da gaveta da cômoda e desativou a trava de segurança. Puxou o ferrolho e, rapidamente, posicionou a bala na câmara. Colocou a pistola na cintura, na parte de trás do agasalho e, sem fazer barulho, foi até a sala de jantar. Pegou o bastão de softball com as mãos e encarou a porta da sala posicionando-se de frente a ela.

— Senhorita Takai — disse uma voz rouca e grossa. — A senhorita está aí? Somos a sua NHK e estou aqui para receber a taxa de recepção.

Havia uma fita adesiva antiderrapante no cabo do bastão.

— Senhorita Takai, sei que estou sendo repetitivo, mas saiba que eu sei que está aí dentro. Por isso, chega de brincar de esconde--esconde. Sei que a senhorita está aí e está escutando o que digo.

O homem repetiu as mesmas palavras ditas na vez anterior, como se reproduzindo uma gravação.

— A senhorita achou que eu estava apenas blefando quando disse que voltaria, não é? Não, não mesmo. Eu sempre cumpro o que digo. Se eu preciso arrecadar a taxa, sempre consigo recebê-la. Sei que a senhorita está aí e está me escutando atentamente. E está pensando: se eu ficar aqui quietinha, esse cobrador vai desistir e ir embora. Não é mesmo?

Durante algum tempo, ele continuou batendo na porta com força. Umas vinte a vinte e cinco vezes. "Como será que é a mão desse homem?", pensou Aomame. "Por que não toca a campainha?"

— E também deve estar pensando — disse o cobrador, como que lendo os pensamentos de Aomame —, esse homem deve ter uma mão muito forte. Será que ela não dói de tanto bater na porta? Deve também estar se perguntando por que bato na porta em vez de apertar a campainha, não é?

Aomame, sem querer, esboçou uma careta.

O cobrador prosseguiu:

— Pois então, eu prefiro não ter de tocar a campainha. Se eu tocar a campainha, o único som que sai é o do dim-dom. Não importa quem a toque, o som produzido é sempre o mesmo, padronizado e inofensivo. Já a batida tem personalidade. Como a pessoa usa força física para bater na porta, o ato em si está impregnado de emoção. É claro que a mão chega a doer. Afinal, não sou o *Iron man 28*. Mas isso não tem jeito. Essa é a minha profissão. E uma profissão, não importa qual, deve ser respeitada, sem distinção. Não é mesmo, senhorita Takai?

Novamente, ouvem-se batidas fortes na porta. Ao todo são vinte e sete batidas fortes, a intervalos regulares. O suor começa a brotar na palma das mãos de Aomame, segurando firmemente o bastão metálico.

— Senhorita Takai, a lei determina que as pessoas que recebem o sinal de transmissão da NHK precisam pagar a taxa de recepção. Não tem jeito. São as regras deste mundo. Poderia, por favor, fazer o obséquio de pagá-la? Eu não fico batendo na porta porque gosto, e creio que a senhorita também não quer continuar passando por essa situação desagradável, não é? Em algum momento, a senhorita deve ficar indignada e se perguntar "Por que eu? Por que tenho de passar por todo esse constrangimento?" Por isso, que tal fazer o obséquio de pagar a taxa de recepção? Se assim o fizer, sua vida voltará a ser tranquila como antes.

A voz do homem ecoava pelo corredor, alta e nítida. "Ele parece se divertir com a própria tagarelice", pensou Aomame. "Ele se diverte ridicularizando, caçoando e insultando as pessoas que não pagam a taxa de recepção." No jeito loquaz de ele falar, Aomame percebeu um nítido e perverso prazer.

— Senhorita Takai, devo admitir que a senhora é uma pessoa realmente teimosa. Confesso que estou admirado. A senhorita consegue se manter em silêncio, como uma ostra incrustada nas profundezas do mar. Mas eu sei que a senhorita está aí. Está do outro lado da porta, quietinha e olhando fixamente para o lado de cá. Está tensa e com o suor a brotar nas axilas. Não é?

Seguiram-se treze batidas na porta. De repente, as batidas cessaram. Aomame sentia o suor brotando das axilas.

— Muito bem. Por hoje chega. Mas saiba que voltarei em breve. Confesso que estou gostando cada vez mais desta porta. Há diversos tipos de porta, e esta não é das piores. A sensação de bater nela é muito boa. Desse jeito acho que vou ter de vir aqui periodicamente bater nela, senão não vou ficar tranquilo. Até breve, senhorita Takai.

Após dizer isso, o silêncio passou a reinar. O cobrador parecia ter ido embora, mas não se ouviam passos. Pode ser que ele esteja fingindo e ainda continue em pé diante da porta. Aomame segurou o bastão com mais força. E decidiu aguardar mais dois minutos.

— Ainda estou aqui — disse o cobrador. — Ha, ha, ha! Achou que eu já tinha ido embora? Pois então, ainda não fui. Menti. Desculpe-me, senhorita Takai, mas é que eu sou assim.

Ouviu-se um pigarro para limpar a garganta. Um desagradável som de tosse forçada.

— Trabalho neste ramo há muito tempo e, com os anos, passamos a enxergar a pessoa que está do outro lado da porta. Não pense que estou mentindo. Muitas pessoas se escondem atrás da porta para não ter de pagar a taxa de recepção da NHK. Eu lido com esse tipo de gente há dezenas de anos. Sabe de uma coisa, senhorita Takai...

Pela terceira vez, ele bateu na porta. Desta vez bem mais forte que das outras vezes.

— A senhorita sabe se esconder muito bem, como uma solha que se cobre de areia no fundo do mar. Isso se chama mimetismo. Mas não adianta fazer isso, pois não conseguirá fugir para sempre. Com certeza, alguém vai chegar aqui e abrir a porta. É verdade. Posso lhe garantir isso, como cobrador veterano da NHK. Por mais que a senhorita consiga se esconder habilmente, o mimetismo é apenas uma enganação. Não resolve nada. De verdade, senhorita Takai. Bem, agora está na hora de eu ir. Não se preocupe, agora estou dizendo a verdade. Realmente, vou embora. Mas em breve estarei de volta. Se ouvir batidas na porta, saiba que sou eu. Passe bem, senhorita Takai.

Como sempre, não se ouviram passos. Ela aguardou cinco minutos. Em seguida, foi até a porta e apurou os ouvidos. Espiou pelo olho mágico e não viu ninguém no corredor. O cobrador realmente tinha ido embora.

Aomame apoiou o bastão metálico no balcão da cozinha. Tirou a bala da câmara, acionou a trava de segurança, embrulhou a arma numa malha de ginástica e a guardou na gaveta. Deitou-se no sofá e fechou os olhos. A voz do cobrador ainda ecoava em seus ouvidos.

Mas não adianta fazer isso, pois não conseguirá fugir para sempre. Com certeza, alguém vai chegar aqui e abrir a porta. É verdade.

Aquele homem não deve ser de Sakigake. Eles são discretos e agem mantendo uma distância segura. Eles jamais berrariam no corredor de um prédio e fariam insinuações para que o outro fique em estado de alerta. O jeito de eles agirem não era assim. Aomame lembrou-se do rapaz de cabelo rente e do de rabo de cavalo. Eles chegarão de mansinho, sem fazer barulho. Ao se dar conta, eles estarão de pé, bem atrás dela.

Aomame balançou a cabeça, mantendo a respiração calma:

"Aquele homem deve ser realmente um cobrador da NHK. Mas o estranho é que ele não percebeu que existe um bilhete na porta informando que o pagamento é realizado via débito automático. Aomame verificara a existência dessa nota no canto da porta. Pode ser que esse homem possua algum problema mental. Mas, mesmo assim, o que ele falava tinha um estranho senso de realidade. Ele parecia conseguir sentir a minha presença do outro lado da porta. Era como se farejasse habilmente o meu segredo ou parte dele. Mas ele não pode abrir a porta e entrar no apartamento. A porta precisa ser aberta pelo lado de dentro. E não pretendo abri-la. Não. Não posso afirmar categoricamente isso. Pode ser que eu tenha de abrir a porta em algum momento. Se Tengo aparecer no parque infantil, certamente abrirei a porta sem hesitar e sairei correndo até lá. Independentemente do que esteja me aguardando."

Aomame afundou o corpo na cadeira de jardim da varanda e, como sempre, observou o parque infantil por entre os vãos do parapeito. Sentados no banco, sob o pé da zelkova, um casal de colegiais uniformizados discutia algum assunto aparentemente sério. Duas jovens mães cuidavam de seus filhos que brincavam na caixa de areia, crianças ainda em idade pré-escolar. Elas praticamente não tiravam os olhos das crianças e, mesmo assim, conversavam entretidas. Uma cena comum de um fim de tarde no parque. Aomame observou durante um longo tempo o topo do escorregador, onde não havia ninguém.

Depois, colocou a palma da mão sobre o ventre. Fechou os olhos e tentou ouvir atentamente a voz. Não há dúvidas de que existe alguma coisa dentro de mim. Alguma coisa pequena e com vida. Ela sabia disso.

— *Dohta* — ela diz em voz baixa.
— *Maza* — alguma coisa responde.

Capítulo 9
Tengo
Antes de a saída se fechar

Após comerem *yakinuku*, os quatro foram para outro local cantar karaokê e beberam uma garrafa de uísque. O pequeno banquete simples, mas de certa forma animado, terminou um pouco antes das dez. Ao deixarem o bar, Tengo ficou de acompanhar a jovem enfermeira Adachi até o apartamento dela. Em parte, porque as outras duas pegariam o ônibus até a estação, num ponto próximo de onde estavam e, também, porque elas meio que o fizeram acompanhá-la. Tengo e a enfermeira Adachi caminharam, lado a lado, por uma rua deserta cerca de quinze minutos.

— Tengo, Tengo, Tengo — disse a enfermeira, cantarolando. — Tengo é um nome bonito. Fácil de chamar.

A enfermeira Adachi tinha bebido bastante, mas, como suas bochechas eram naturalmente coradas, não se percebia o quanto estava alta. As palavras eram pronunciadas de forma clara, e seus passos eram firmes. Não parecia estar bêbada. Realmente, há diversas maneiras de as pessoas ficarem bêbadas.

— Sempre achei o meu nome esquisito — disse Tengo.

— De jeito nenhum. Tengo. Soa bem e é fácil de gravar. É um nome muito bonito.

— Por falar nisso, ainda não sei o seu primeiro nome. Notei que te chamam de Kuu.

— É o meu apelido. O meu nome verdadeiro é Kumi Adachi. Você não acha que é um nome sem graça?

— Kumi Adachi — Tengo falou em voz alta. — Nada mal. Simples e compacto.

— Obrigada — disse Kumi Adachi. — Desse jeito eu me sinto como um Honda Civic.

— Foi um elogio.

— Eu sei. Tenho uma boa milhagem — disse ela, e segurou a mão de Tengo. — Posso segurar a sua mão? Assim fica mais divertido caminhar junto, e me sinto mais segura.

— É claro que pode — respondeu Tengo. Ao estar de mãos dadas com Kumi Adachi, Tengo lembrou-se da sala da escola primária e de Aomame. O toque era diferente. Mas, ao mesmo tempo, havia algo em comum.

— Acho que estou bêbada — disse Kumi Adachi.

— Acha mesmo?

— Acho.

Tengo olhou para o rosto dela de perfil. — Não parece estar bêbada.

— Não aparento. É da minha natureza. Mas acho que estou bem alta.

— Não é para menos. Você bebeu muito.

— Realmente, eu exagerei. Faz muito tempo que não bebia tanto assim.

— Às vezes é bom ter momentos de descontração — disse Tengo, repetindo as palavras da enfermeira Tamura.

— Tem razão — disse Kumi Adachi, concordando enfaticamente com a cabeça. — De vez em quando, as pessoas precisam se descontrair: comer algo gostoso até se saciar, beber, cantar em voz alta, jogar conversa fora... Você também costuma fazer isso? Você consegue se soltar e deixar o cérebro espairecer? É que você parece sempre tão calmo e comedido.

Tengo parou para refletir sobre isso. Será que ultimamente havia feito algo para se distrair? Não conseguia se lembrar. E, se não conseguia se lembrar, era porque não tinha feito nada. O próprio conceito de *se soltar e deixar o cérebro espairecer* parecia inexistente para ele.

— Acho que não muito — admitiu Tengo.

— As pessoas são diferentes umas das outras.

— Há diversas maneiras de pensar e de sentir.

— Assim como há diversas maneiras de se embriagar — disse a enfermeira, dando risadinhas. — Mas acho que você também precisa espairecer, Tengo.

— Acho que você está certa — disse Tengo.

Os dois continuaram a caminhada noturna durante um tempo, de mãos dadas e em silêncio. Tengo estava um pouco incomodado com a mudança de como ela falava com ele. Quando ela usava o traje de enfermeira, sua linguagem era evidentemente polida e formal. Mas, com roupas comuns, e possivelmente por estar alcoolizada, passara a dizer tudo o que pensava, sem travas na língua. Esse seu jeito informal de falar era familiar para Tengo. Alguém falava desse mesmo jeito. Alguém que ele encontrara havia pouco tempo.

— Tengo, por acaso você já experimentou haxixe?

— Haxixe?

— A resina do cânhamo.

Tengo respirou fundo o ar noturno em seus pulmões e expirou. — Não, ainda não.

— Pois então, você não quer dar uma experimentadinha? — indagou Kumi Adachi. — Vamos fumar juntos? Tenho no meu quarto.

— Você tem haxixe?

— Tenho sim. As aparências enganam, não é?

— Realmente — disse Tengo, hesitante. Uma enfermeira jovem, saudável, de bochechas rosadas, que morava numa pequena cidade litorânea de Bôsô, tinha haxixe no quarto de seu apartamento. E convidava Tengo a fumar com ela.

— Onde foi que você conseguiu isso? — perguntou Tengo.

— Uma amiga dos tempos do colegial me deu de presente de aniversário no mês passado. Ela foi para a Índia e trouxe de lá dizendo que era uma lembrancinha — disse Kumi Adachi, e começou a balançar energicamente, em grandes arcos, a mão que segurava a de Tengo.

— A pena é pesada se descobrirem alguém traficando drogas. A polícia japonesa é muito rigorosa quanto a isso. Eles têm cães farejadores nos aeroportos.

— Ela não é de ficar se preocupando com detalhes — disse Kumi Adachi. — Mas o fato é que ela conseguiu passar pela alfândega. Pois então, vamos curtir juntos? O grau de pureza é alto, e o efeito é ótimo. Andei pesquisando sobre o assunto e descobri que, na questão da saúde, o risco é praticamente nulo. Não digo que não cause o vício, mas o grau de dependência é bem menor que o do cigarro, da bebida e da cocaína. As autoridades insistem em enfatizar o perigo de a pessoa se tornar dependente, mas isso é balela. Se o argumento for esse, os jogos eletrônicos dos *pachinkos* são muito mais nocivos. Tampouco dá ressaca, e creio que você vai conseguir espairecer um pouco.

— Você já experimentou.

— Claro que já. E é bem divertido.

— Divertido — disse Tengo.

— Você vai entender assim que provar — disse Kumi Adachi, soltando risadinhas. — Você sabia que a rainha Vitória da Inglaterra sempre fumava haxixe, como se fosse um analgésico, quando sofria de cólicas menstruais? O haxixe era uma prescrição oficial de seu médico particular.

— Verdade?

— É sério. Estava escrito num livro.

Tengo pensou em perguntar em que livro, mas desistiu para não complicar a conversa. Ele não queria aprofundar seus conhecimentos sobre as cólicas menstruais da rainha Vitória.

— Quantos anos você fez no mês passado? — perguntou Tengo, para mudar de assunto.

— Vinte e três. Já sou adulta.

— Certamente — disse Tengo. Ele tinha trinta, mas nunca se vira como adulto. Para ele, significava apenas que fazia trinta anos que estava vivendo neste mundo.

— Hoje, a minha irmã mais velha não está em casa; ela vai dormir na casa do namorado, por isso não precisa fazer cerimônia. Amanhã é a minha folga e posso relaxar.

Tengo não conseguiu encontrar palavras para lhe responder. Ele nutria uma espontânea simpatia por ela. E ela aparentemente sentia o mesmo por ele. Ela estava convidando-o a entrar. Tengo olhou para o céu, mas ele estava coberto por espessas nuvens em tons de cinza. Não era possível ver a lua.

— Outro dia, eu e essa minha amiga fumamos haxixe juntas — disse Kumi Adachi. — Era a primeira vez que eu fumava e senti como se o meu corpo estivesse flutuando no ar. Não nas alturas, mas a uns cinco ou seis centímetros do chão. E quer saber? Flutuar a essa distância foi uma experiência muito boa. Uma distância ideal.

— Nessa altura, se cair não machuca.

— Isso mesmo. É uma distância ideal para se sentir segura. A gente se sente protegida, como estar dentro de uma crisálida de ar.

Eu sou a *dohta*, totalmente envolta pela crisálida de ar, e enxergo vagamente a *maza* do lado de fora.

— *Dohta*? — indagou Tengo. Sua voz era baixa e dura. — *Maza*?

A jovem enfermeira assobiava alguma canção enquanto balançava a mão que segurava a de Tengo, caminhando pela estrada deserta. A diferença de altura entre os dois era grande, mas Kumi Adachi não se importava. De vez em quando, um carro passava por eles.

— *Maza* e *dohta*. É do livro *Crisálida de ar*. Não conhece? — disse ela.

— Conheço.

— Leu o livro?

Tengo assentiu, balançando a cabeça.

— Que bom. Isso facilita a conversa. Eu *A-DO-RO* aquele livro. Comprei no verão e já li umas três vezes. Saiba que é muito raro eu ler um livro três vezes. Pois então, enquanto eu fumava haxixe pela primeira vez, senti como se eu estivesse dentro da crisálida de ar. Eu estava dentro da crisálida de ar aguardando o meu aniversário. E a *maza* observava atentamente a chegada desse momento.

— Você consegue ver a *maza*? — perguntou Tengo.

— Sim. Eu consigo ver a *maza*. De dentro da crisálida de ar consegue-se ver vagamente o lado de fora. Se bem que do lado de fora não dá para se ver dentro da crisálida de ar. É assim que funciona. Mas não dá para ver o rosto da *maza*. Apenas o seu contorno, ainda que vagamente. Mas eu sei que é a minha *maza*. Sei que ela é a minha *maza*.

— Será que se pode dizer que a crisálida de ar é como uma espécie de útero?

— Acho que sim. Mas não posso comparar de verdade, pois não me lembro do que aconteceu no útero — e Kumi Adachi deu suas costumeiras risadinhas.

O apartamento ficava num prédio de dois andares de acabamento simples, comum nos subúrbios de uma cidade provinciana. Parecia recém construído, mas já apresentava sinais de deterioração. As escadas externas rangiam e as portas eram mal encaixadas. Os vidros das janelas vibravam toda vez que um caminhão pesado passava na rua. As paredes eram finas e, se alguém tocasse guitarra num dos quartos, o prédio todo se transformaria numa enorme caixa acústica.

Tengo não estava muito entusiasmado em experimentar haxixe. Ele mantinha a cabeça lúcida e vivia num mundo com duas luas. Para que distorcer ainda mais esse mundo? Ele também não nutria nenhum desejo sexual por Kumi Adachi, apesar de admitir que sentia uma afeição por essa enfermeira de vinte e três anos. Porém, afeição e desejo sexual eram coisas diferentes. Pelo menos para Tengo. Por isso, se ela não tivesse comentado sobre a *dohta* e a *maza*, ele certamente teria dado uma desculpa qualquer e recusaria o convite de subir até o apartamento dela. Ele pegaria um ônibus no meio do caminho ou, caso não houvesse mais, chamaria um táxi para levá-lo até a pousada. Pois aquela era a "cidade dos gatos". Na medida do possível, era melhor evitar lugares perigosos. Mas, assim que ouviu as palavras *maza* e *dohta*, Tengo foi simplesmente incapaz de recusar o convite. Ele tinha a esperança de que Kumi Adachi conseguisse desvendar o porquê de a crisálida de ar aparecer naquele quarto de hospital com a menina Aomame dentro dela.

O apartamento era condizente com uma moradia de duas irmãs na faixa dos vinte anos. Havia dois quartos pequenos, copa e cozinha conjugada e contígua a uma pequena sala. A mobília parecia uma miscelânea de objetos trazidos de vários lugares, sem estilo próprio. Sobre a mesa laminada da cozinha havia uma imitação de luminária chamativa da Tiffany que destoava do lugar. Ao abrir a cortina de pequenas estampas florais, via-se através da janela uma plantação indistinta e, mais adiante, uma mata escura. A visão era boa e não havia nada que a bloqueasse. Mas o que se via não era uma paisagem enternecedora.

Kumi Adachi indicou o sofá de dois lugares da sala para Tengo se sentar. Era um sofá vermelho, bem chamativo, do tipo *love chair*, posicionado de frente à TV. Ela tirou da geladeira uma lata de cerveja Sapporo e a colocou diante dele, acompanhada de um copo.

— Vou colocar uma roupa mais confortável, espere um pouquinho que não demoro.

Mas ela nunca voltava. Do outro lado da porta, que ficava no fim do corredor estreito, vez por outra ouviam-se alguns barulhos, como o de gavetas emperradas abrindo e fechando ruidosamente e de coisas caindo no chão. Toda vez que isso acontecia, Tengo não podia deixar de olhar na direção da porta. Realmente, ela deve estar bem mais bêbada do que aparenta. As paredes finas deixavam passar o som da TV do vizinho. Não dava para ouvir detalhadamente as falas, mas, em compensação, como parecia ser um programa humorístico, dava para escutar claramente as risadas da plateia a cada dez ou quinze segundos. Tengo se arrependeu de não ter prontamente recusado o convite. Ao mesmo tempo, lá no fundo de seu coração, admitia que queria estar lá.

A poltrona em que se sentava era de um material vagabundo, e o estofado de pano pinicava em contato com a pele. O formato também era problemático e, por mais que ele tentasse diversas posições, não conseguia se assentar bem. Isso piorou ainda mais o desconforto que sentia ali. Tengo tomou um gole de cerveja e pegou o controle remoto sobre a mesa de centro. Após observá-lo durante um tempo, como se fosse um objeto estranho, finalmente ligou a TV. Mudou de canal várias vezes e, por fim, resolveu assistir a um programa de viagens da NHK sobre as ferrovias australianas. Escolheu esse programa porque seu som era mais tranquilo que o dos demais canais. Havia um oboé como música de fundo e a apresentadora comentava sobre os requintados carros-leito dos trens da Ferrovia Transcontinental.

Sentado desconfortavelmente na poltrona desengonçada, Tengo acompanhava o programa enquanto pensava sobre a crisálida de ar. Kumi Adachi não sabia que quem realmente escrevera o texto fora ele. Mas isso era o de menos. O problema era que, a despeito de ele ter descrito detalhadamente a crisálida de ar, ele próprio não sabia quase nada do que escrevera. Não sabia o que era a crisálida de ar e, mesmo enquanto escrevia, não sabia o significado de *dohta* e *maza*. E, mesmo agora, ainda não as compreendia. Apesar disso, Kumi Adachi gostava desse livro e o lera três vezes. Como era possível?

Kumi Adachi voltou à sala no momento em que apresentavam o cardápio do café da manhã servido no vagão restaurante do trem. Ela sentou na poltrona ao lado de Tengo. Por ser pequena, os dois ficaram com os ombros encostados. Ela estava com uma camiseta larga de mangas compridas e uma calça de agasalho de cor clara. A camiseta tinha uma estampa enorme de *smiley face*. A última vez que Tengo viu uma camiseta com esse sorriso foi no início dos anos setenta. Na época em que Grand Funk Railroad estremecia as juke-boxes com suas músicas extremamente barulhentas. Mas a camiseta não parecia ser velha. Será que, em algum lugar, as pessoas ainda fabricavam essas camisetas com sorriso?

Kumi Adachi pegou outra lata de cerveja, abriu a tampa fazendo barulho, serviu um pouco em seu copo e tomou cerca de um terço em um só gole. Estreitou os olhos como um gato satisfeito. Em seguida, apontou para a tela da TV. O trem percorria os trilhos em linha reta, passando por entre enormes penhascos vermelhos.

— Onde é isso?

— Austrália — respondeu Tengo.

— Austrália — disse Kumi Adachi, e sua voz parecia buscar algo no fundo de sua memória. — A Austrália no Hemisfério Sul?

— Isso mesmo. Austrália dos cangurus.

— Conheço uma pessoa que foi para a Austrália — disse Kumi Adachi, coçando o canto do olho. — Ela foi bem na época do acasalamento dos cangurus e, quando chegou a uma certa cidade, havia cangurus *trepando a torto e a direito*. No parque, na rua, em todos os lugares.

Tengo achou que deveria comentar algo a respeito, mas faltaram-lhe palavras. Foi então que pegou o controle remoto e desligou a TV. Ao desligá-la, o local ficou repentinamente silencioso. Não se ouvia mais o som da TV do vizinho. Vez por outra, um caminhão parecia fazer questão de passar na rua, mas, fora isso, a noite estava silenciosa. A única coisa que se podia ouvir, ao prestar atenção, era um som baixo e abafado vindo de longe. Não dava para identificar o que era, mas era regular e rítmico. De vez em quando parava, dava um tempo e recomeçava.

— É a dona coruja. Ela mora num bosque próximo daqui e toda noite ela canta — disse a enfermeira.

Kumi Adachi inclinou a cabeça, apoiou-a no ombro de Tengo e, sem dizer nada, pegou sua mão e a segurou. Os cabelos dela roçavam o pescoço de Tengo. A poltrona continuava desconfortável. A coruja continuava cantando no bosque como se estivesse dizendo importante. O seu canto soou aos ouvidos de Tengo tanto como um toque de encorajamento quanto de advertência. Também como uma advertência com toque de encorajamento. Um som ambíguo, polissêmico.

— Você acha que eu sou muito atirada? — indagou Kumi Adachi.

Tengo respondeu com outra pergunta. — Você não tem namorado?

— É uma questão difícil — disse Kumi Adachi, com uma expressão séria. — Um rapaz esperto geralmente vai para Tóquio ao concluir o colegial. Por aqui não há boas escolas, e os empregos bons não são muitos. Não é pra menos.

— Mas você está aqui.

— Sim. O salário não é grande coisa, apesar de o trabalho ser árduo, mas eu gosto de viver aqui. O único problema é que é difícil encontrar um namorado, mas quando encontro algum eu namoro. Só que ainda não encontrei aquele que eu possa dizer "é este".

Os ponteiros do relógio indicavam que eram quase onze. Às onze horas a pousada fechava e ele não poderia mais entrar. Mas Tengo não conseguia se levantar daquele sofá desconfortável. Seu corpo não o obedecia. Talvez fosse o formato da poltrona. Talvez estivesse mais bêbado do que pensava. Ele escutava o canto da coruja à toa e, sentindo os cabelos de Kumi Adachi roçando seu pescoço, olhava para a luminária falsa da Tiffany.

Kumi Adachi preparou o haxixe assobiando uma música alegre. Ela cortou com um estilete um bloco de resina de cânhamo em lascas bem finas, encheu a boca de um cachimbo especial, pequeno e reto e, com o olhar sério, riscou um fósforo. Uma fumaça característica, de cheiro adocicado, pairou delicadamente no ar. Kumi Adachi foi a primeira. Tragou fundo a fumaça, prendendo-a durante um tempo nos pulmões, e a soltou lentamente. Ela indicou com um gesto para que Tengo fizesse o mesmo. Ele pegou o cachimbo e a imitou. Procurou manter ao máximo a fumaça em seus pulmões para depois soltá-la lentamente.

Durante um bom tempo, eles revezaram o cachimbo em silêncio. O morador do apartamento vizinho ligou novamente a TV e as risadas do programa humorístico ressoaram através das paredes. O volume estava um pouco mais alto que da vez anterior. De súbito, a plateia começava a rir animadamente, e essas risadas só paravam quando entrava o comercial.

Tengo e a enfermeira revezaram o cachimbo durante cinco minutos, mas nada acontecia. O mundo ao redor não parecia diferente. As cores, os formatos e os cheiros eram os mesmos de sempre. A coruja continuava a dizer *ho-ho* no meio da mata, e os cabelos de Kumi Adachi continuavam a espetar-lhe a nuca. O sofá de dois lugares continuava desconfortável. Os ponteiros do relógio que marcavam os segundos continuavam ritmicamente a marcar o tempo e a plateia se esborrachava de rir com alguma piada. Era uma risada do tipo que, por mais que se risse, não trazia felicidade para ninguém.

— Não acontece nada — disse Tengo. — Acho que, para mim, não faz efeito.

Kumi Adachi deu duas leves batidas no joelho de Tengo. — Não se preocupe. Demora um pouquinho.

Ela tinha razão. Realmente, aconteceu. Ele escutou um clique no pé do ouvido, como se um interruptor secreto fosse acionado e, em seguida, algo *pastoso* balançou dentro de seu cérebro. A mesma sensação de inclinar uma tigela com papa de arroz. "Meu cérebro está balançando", pensou Tengo. Era a primeira vez que sentia isso. O cérebro parecia um objeto viscoso. O som profundo emitido pela coruja penetrava em sua cabeça, mesclando-se com a papa de arroz em completa fusão.

— A coruja está dentro de mim — disse Tengo. Naquele momento, a coruja era parte de sua consciência. Uma parte importante e inseparável.

— A coruja é a protetora da floresta e ela sabe tudo, por isso ela nos oferece a sabedoria da noite — disse Kumi Adachi.

Onde e como Tengo poderia adquirir essa sabedoria? A coruja está em toda parte e ao mesmo tempo em lugar nenhum: — Não consigo pensar numa pergunta — disse Tengo.

Kumi Adachi segurou a mão de Tengo. — Em vez de perguntar, vá até a floresta. É bem mais fácil.

Tengo ouviu novamente as risadas do programa humorístico e, de súbito, aplausos efusivos. Um assistente deve estar escondido atrás da câmera mostrando para a plateia cartazes indicando "risos" e "aplausos". Tengo fechou os olhos e pensou na floresta. Resolveu ele próprio adentrá-la. As profundezas da floresta são território do Povo Pequenino. Mas a coruja também está lá. A coruja sabe tudo e nos oferece a sabedoria da noite.

De repente, não se ouvia mais nenhum som. Era como se alguém desse a volta por trás dele e tampasse seus ouvidos. Em algum lugar alguém fechou uma tampa e, em outro lugar, outra se abriu. A saída e a entrada foram trocadas.

Quando recobrou os sentidos, Tengo estava na sala de aula da escola primária.

As janelas estavam completamente abertas e as vozes das crianças, vindas do pátio do colégio, invadiam a sala. As cortinas brancas balançavam ao ritmo dos ventos. Aomame estava ao seu lado segurando firmemente sua mão. A mesma cena de sempre, mas, desta vez, alguma coisa estava diferente. Tudo o que via era tão nítido a ponto de se tornar irreconhecível e, de tão vívidas, as coisas pareciam ter a superfície granulada. Os contornos e as formas podiam ser vistos claramente em seus mínimos detalhes. Se esticasse o braço, podia realmente tocá-los. O cheiro das tardes do início do inverno invadia as suas narinas. Era como se tirassem, de uma só vez, algo que até então o impedia de sentir todos esses cheiros. Era um odor autêntico. Aquele que define uma determinada estação. O cheiro do apagador de lousa, dos produtos de limpeza, da queima das folhas secas no canto do pátio do colégio. Eles se mesclavam em um cheiro único, impossível de discernir. Tengo o tragou para dentro dos pulmões. Isso fez com que sentisse seu coração crescer em largura e profundidade. Seu corpo, silenciosamente, foi se reorganizando. A pulsação deixou de ser uma mera pulsação.

Por um segundo, o portal do tempo se abriu para dentro de si. Uma luz antiga mesclou-se com a luz nova. O ar velho mesclou-se com o ar novo. "*Esta* é a luz e *este* é o ar", pensou Tengo. Com isso, podia entender tudo. *Quase* tudo. "Por que será que eu não conseguia me lembrar desse cheiro? Era algo tão simples!" Um mundo em que as coisas são vistas como elas são.

— Queria te encontrar — disse Tengo para Aomame. Sua voz soava distante e hesitante. Mas não havia dúvidas de que era sua voz.

— Eu também queria te encontrar — disse a menina. Essa voz parecia a de Kumi Adachi. Ele não conseguia distinguir a realidade e a imaginação. Quando tentava definir a linha divisória entre elas, a tigela se inclinava e o cérebro pastoso balançava.

Tengo disse: — Eu devia ter te procurado antes, mas não consegui fazer isso.

— Ainda não é tarde. Você consegue me encontrar — disse a menina.

— O que devo fazer para te encontrar?

Não houve resposta. Ela não seria dita em palavras.

— Mas eu sei que vou te encontrar — disse Tengo.

A menina disse: — Saiba que eu consegui te encontrar.

— Você me encontrou?

— Me encontre — disse a menina. — Enquanto ainda houver tempo.

A cortina branca balançou silenciosamente em movimentos amplos, como um espírito que não conseguiu fugir a tempo. Foi a última cena que Tengo viu.

Quando voltou a si, Tengo estava deitado numa cama estreita. A luz estava apagada e, por entre as cortinas, a lâmpada da rua iluminava discretamente o quarto. Ele estava de camiseta e cueca. Kumi Adachi estava somente com a camiseta larga estampada com o sorriso. Sem as roupas íntimas. Seus seios macios haviam encostado no braço de Tengo. E a coruja continuava a cantar dentro de seu cérebro. Agora até a floresta estava dentro de sua mente. Ele carregava dentro de si toda a floresta noturna.

Mesmo estando na cama com a jovem enfermeira, Tengo não se sentiu atraído por ela. Kumi Adachi também não parecia sentir desejo sexual por ele. Ela abraçava Tengo e apenas dava suas risadinhas. Ele não entendia o que era tão engraçado. Quem sabe alguém, de algum lugar, esteja mostrando uma placa indicando "risos".

"Que horas são?", Tengo levantou a cabeça para ver o relógio, mas não encontrou nenhum. De repente, Kumi Adachi parou de rir e envolveu o pescoço dele com os braços.

— Renasci — Tengo sentiu a respiração quente de Kumi Adachi em seus ouvidos.

— Renasceu — disse Tengo.

— É que morri uma vez.

— Você morreu uma vez — repetiu Tengo.

— Numa noite de chuva fria — disse ela.

— Por que você morreu?

— Para poder renascer, como agora.

— Você renasce — disse Tengo.

— De um jeito ou de outro — disse ela sussurrando bem devagarzinho — há várias maneiras de renascer.

Tengo refletiu sobre o que acabara de ouvir. O que será que ela quis dizer com *de um jeito ou de outro há várias maneiras de renascer*? Seu cérebro estava pastoso e denso, como um oceano primitivo repleto de vida a germinar. Mas isso não o levava a lugar nenhum.

— De onde vem a crisálida de ar?

— Pergunta errada — disse Kumi Adachi. — Ho, ho.

Ela se virou sobre o corpo dele e Tengo sentiu sobre suas coxas os pelos pubianos. Pelos espessos e abundantes. Pelos que pareciam fazer parte dos pensamentos dela.

— O que é preciso fazer para renascer? — indagou Tengo.

— O mais difícil para renascer — disse a pequena enfermeira, como a revelar um segredo — é que a pessoa não consegue renascer para si mesma. A não ser que seja por alguém.

— É isso que significa *de um jeito ou de outro há várias maneiras.*

— Ao amanhecer, você deve ir embora. Antes de a saída se fechar.

— Ao amanhecer, devo ir embora — Tengo repetiu as palavras da enfermeira.

Ela esfregou novamente os pelos pubianos na coxa de Tengo, como a deixar um sinal. — A crisálida de ar não é algo que vem de algum lugar. Por mais que você espere, ela não virá.

— Você sabe disso.

— É porque eu morri uma vez — disse ela. — É penoso morrer. Muito mais do que você possa imaginar, Tengo. Você se sente infinitamente solitário. É surpreendente que uma pessoa possa se sentir tão solitária. Não se esqueça disso. Mas, quer saber? No final das contas, se você não morrer, não há como renascer.

— Sem morrer, não há como renascer — assentiu Tengo.

— Mas a pessoa pode ser forçada a morrer durante a vida.

— Forçada a morrer durante a vida — repetiu Tengo, sem ainda conseguir entender o que isso significava.

A cortina branca balançava com o vento. O ar da sala de aula estava impregnado com o cheiro do apagador de lousa misturado com o de detergente. Cheiro da fumaça queimando as folhas secas. Alguém está treinando flauta. Uma menina está segurando sua mão com força. Ele sentia uma leve pontada na parte inferior do corpo, mas não havia ereção. Isso aconteceria muito tempo depois. As palavras *muito tempo depois* selavam com ele um compromisso eterno. A eternidade era uma linha comprida que se estendia até o infinito. A tigela novamente se inclinou fazendo seu cérebro pastoso balançar.

Ao acordar, Tengo ficou um bom tempo sem saber onde estava. Demorou até se lembrar o que havia feito na noite anterior. A luz ofuscante do sol da manhã entrava por entre as cortinas de estampas florais e os pássaros cantavam alegremente. Ele havia dormido numa cama pequena com o corpo todo apertado e em posição totalmente desconfortável. Admirou ter conseguido dormir a noite toda desse jeito. Ao seu lado havia uma mulher. Ela estava de lado, com o rosto apoiado no travesseiro, dormindo profundamente. Os cabelos cobriam parte de sua bochecha como um viçoso gramado de verão, úmido com o orvalho da manhã. "Kumi Adachi", pensou Tengo. "Uma jovem enfermeira que acabou de completar vinte e três anos." O relógio de Tengo estava caído no chão, no canto do pé da cama. Os ponteiros indicavam 7h20. 7h20 da manhã.

Tengo se levantou da cama bem devagar, tomando o cuidado de não acordá-la, e foi até a janela observar a paisagem por entre as cortinas. Havia uma plantação de repolho. Sobre a terra preta, os repolhos enfileirados mantinham-se agachados e, cada qual, firmemente enrodilhado. Adiante, havia uma mata. Tengo se lembrou do canto da coruja. Na noite anterior, era de lá que a coruja cantava. A sábia da noite. Tengo e a enfermeira fumavam haxixe enquanto ouviam seu canto. Ele ainda sentia em suas coxas os rijos pelos pubianos dela.

Tengo foi para a cozinha e tomou água da torneira com as mãos. A sede era tanta que, por mais que bebesse, parecia nunca se saciar. Fora isso, não sentia nada de diferente. Não tinha dor de cabeça nem sentia o corpo mole. A consciência estava lúcida. Mas algo o fazia sentir que, dentro dele, as coisas circulavam bem demais. Era como se um técnico tivesse feito uma hábil limpeza na tubulação. Ele foi para o banheiro de camiseta e cueca e urinou longamente. O rosto refletido no espelho desconhecido não parecia o seu. Alguns fios de cabelo estavam espetados. Precisava fazer a barba.

Voltou para o quarto e juntou suas roupas. Elas estavam misturadas com as de Kumi Adachi e espalhadas pelo chão. Ele não se lembrava quando e como as tirou. Encontrou o par de meias, calçou o jeans e a camisa. Enquanto procurava suas roupas, pisou num anel grande e barato. Ele o colocou sobre a mesinha ao lado da cama. Vestiu uma malha de gola redonda e pegou seu blusão. Verificou se a carteira e a chave estavam no bolso. A enfermeira estava embrulhada no cobertor até o pescoço e dormia profundamente. Não dava nem para ouvir sua respiração. "Será que devo acordá-la? Acho que não fiz nada. Apenas dividimos a cama para dormir. Sei que é falta de educação ir embora sem ao menos me despedir. Mas ela está dormindo profundamente e hoje é o seu dia de folga. O que faríamos, caso ela acordasse?", pensou Tengo.

Tengo encontrou um bloco de anotações e uma caneta ao lado do telefone. Deixou um bilhete: "Muito obrigado pela noite de ontem. Foi divertido. Vou voltar para a pousada. Tengo." E anotou a hora. Deixou o bilhete sobre a mesinha de cabeceira e colocou o anel encontrado no chão sobre ele, como peso de papel. Depois, calçou os tênis surrados e foi embora.

Após andar um pouco, encontrou um ponto e, cinco minutos depois, passou um ônibus que ia para a estação. Ele subiu com um grupo animado de estudantes e todos desceram na parada final. O pessoal da pousada não comentou nada ao vê-lo chegar após as oito horas e com a barba por fazer. Não pareciam estar nem um pouco surpresos e, sem dizer nada, prontamente serviram a refeição matinal.

Tengo comeu a refeição quentinha e, enquanto tomava o chá, rememorou o que aconteceu na noite anterior. As três enfermeiras o convidaram para sair e foram comer *yakiniku*. Depois, foram a um bar e cantaram karaokê. Ele seguiu para o apartamento de Kumi Adachi e, enquanto ouviam o canto da coruja, fumaram haxixe indiano. Sentiu o cérebro como se fosse uma papa de arroz, quente e pastosa. E, de repente, ele estava na sala de aula da escola primária, no inverno, onde sentiu o cheiro do ar e conversou com Aomame. Na sequência, Kumi Adachi, deitada na cama, falou sobre a morte e o renascimento. A pergunta errada gerou respostas ambíguas. A coruja continuava a cantar na mata e as pessoas que participavam do programa de televisão davam risadas.

As lembranças saltavam, deixando algumas lacunas. Faltavam algumas *conexões* para preencher essas lacunas. Em compensação, as partes de que conseguia se lembrar eram extremamente nítidas. Conseguia resgatar todas as palavras, uma por uma. Tengo lembrou as últimas palavras ditas por Kumi Adachi. Eram um aviso, uma advertência.

— Ao amanhecer, você deve ir embora. Antes de a saída se fechar.

Realmente, já estava na hora de ir embora. Ele tirou férias do trabalho e veio até esta cidade para tentar reencontrar a Aomame de dez anos dentro da crisálida de ar. E todos os dias, durante quase duas semanas, ele visitava o pai na casa de saúde e lia em voz alta um livro. Mas a crisálida de ar não apareceu. Em compensação, quando ele estava pensando em desistir, Kumi Adachi preparou para ele um jeito diferente de lidar com o poder da imaginação. E com isso ele reencontrou a menina Aomame e conversou com ela. "Me encontre, enquanto ainda houver tempo", foi o que ela disse. Não. Quem realmente disse isso pode ter sido Kumi Adachi. Ele não sabia. Mas isso era o de menos. Kumi Adachi morreu uma vez e renasceu. Não para ela, mas para alguém. Após ela dizer isso é que ele passou a acreditar no que escutava. Isso é que devia ser importante. Provavelmente.

Essa é a cidade dos gatos. Há uma coisa que só se pode obter aqui. Foi por isso que ele pegou o trem e veio. Mas, para tudo o que se obtém aqui, há um risco. Se ele confiar na sugestão de Kumi Adachi, esse risco pode ser fatal. Seu polegar pinica e lhe diz que algo ruim está se aproximando.

"Preciso voltar para Tóquio. Antes de a saída se fechar. Enquanto o trem ainda para na estação", pensou Tengo. Mas, antes, ele precisava passar na casa de saúde. Precisava encontrar o pai e se despedir dele. Havia também mais uma coisa que ele precisava verificar.

Capítulo 10
Ushikawa
Reunir provas concretas

Ushikawa foi para Ichikawa com o sentimento de sair em excursão, mas, na verdade, Ichikawa era uma das primeiras cidades da província de Chiba ao atravessar o rio e, portanto, não era tão distante do centro da capital. Ele pegou um táxi em frente à estação e informou o nome da escola primária. Passava da uma da tarde quando chegou à escola. O horário de almoço tinha acabado e as aulas da tarde haviam começado. Da sala de música ouviam-se vozes cantando em coro e, na quadra, os alunos jogavam futebol na aula de educação física. Crianças gritavam correndo atrás da bola.

Ushikawa não tinha boas recordações de seu tempo de escola. As aulas de educação física eram o seu ponto fraco, sobretudo quando a atividade envolvia jogos com bola. Ele era baixo, corria pouco e tinha astigmatismo. Era como se tivesse nascido sem coordenação motora. Educação física era realmente um pesadelo. Mas, em compensação, nas demais matérias suas notas eram excelentes. Era inteligente e muito estudioso (tanto que, aos vinte e cinco anos, foi aprovado no exame para o magistrado estatal). Mas as pessoas de seu convívio não gostavam dele nem o tratavam com respeito. Talvez o fato de ele também não ser bom nos esportes pode ter sido um agravante para que o tratassem assim. Suas feições também não ajudavam. Desde criança, seu rosto era grande e sua cabeça, disforme. Os lábios grossos arqueados para baixo davam a impressão de que, a qualquer momento, um fio de baba escorreria dos cantos (era apenas uma impressão, isso nunca chegou a acontecer). Os cabelos eram crespos e desajeitados. Definitivamente, não tinha uma aparência que despertasse qualquer tipo de atração.

Na época em que frequentava o primário, ele praticamente não falava. Sabia, porém, que, se a situação exigisse, seria capaz de se expressar com eloquência. Mas não tinha amigos para conversar ou oportunidade para falar diante de um público. Por isso, sempre ficava de boca fechada. E tomou por hábito prestar muita atenção em tudo que as pessoas falavam — independentemente do assunto — obtendo e assimilando informações do que escutava. Um hábito que, posteriormente, iria se tornar uma ferramenta útil para desvendar fatos muito importantes como, por exemplo, que a maior parte das pessoas não era capaz de usar a própria cabeça para pensar. E as pessoas que não sabem pensar são justamente as que não sabem escutar o que os outros têm a dizer.

De qualquer modo, o tempo do primário não era exatamente uma fase da vida de Ushikawa que ele tinha vontade de relembrar. Só de pensar que naquele dia ele precisava visitar uma escola primária já ficava desanimado. Havia algumas diferenças entre as escolas da província de Saitama e as de Chiba, mas na prática as escolas primárias do território japonês eram todas iguais. Todas do mesmo jeito, seguindo as mesmas regras. Mesmo ciente disso, Ushikawa resolveu visitar a escola primária de Ichikawa. Era de suma importância fazê-lo pessoalmente. Ele havia telefonado para a secretaria e agendado com uma das responsáveis um encontro à uma e meia.

A vice-diretora era uma mulher miúda, com cerca de quarenta e cinco anos. Era magra, bonita e se vestia bem. Vice-diretora? Ushikawa hesitou. Até então ele nunca ouvira falar desse cargo. Fazia muito tempo que ele havia se formado na escola primária e, desde então, muitas coisas haviam mudado. Ela parecia estar acostumada a lidar com diferentes tipos de pessoas e, a despeito da aparência incomum de Ushikawa, não se mostrou surpresa ao conhecê-lo pessoalmente. Ou simplesmente era uma pessoa muito educada. Ela acompanhou Ushikawa até a sala de visitas limpa e bem arrumada, e convidou-o a se sentar. Ela então se sentou de frente para ele e sorriu, como que ansiosa em saber que tipo de conversa agradável desfrutariam juntos.

Ela o fez se lembrar de uma garota que estudara com ele no primário. Era bonita, inteligente, simpática e responsável. Teve uma boa educação e tocava piano muito bem. Era a queridinha dos professores. Durante as aulas, Ushikawa sempre olhava para ela. Principalmente as suas costas. Mas nunca chegou sequer a conversar com ela.

— O senhor está fazendo um levantamento sobre um de nossos formandos? — perguntou a vice-diretora.

— Desculpe-me a indelicadeza — disse Ushikawa, entregando-lhe o cartão de visitas. Era o mesmo que entregara a Tengo e que especificava o seu cargo: "Diretor Efetivo, Nova Fundação Japão para a Promoção das Ciências e das Artes." Ushikawa contou a mesma história que inventara para Tengo. Disse que Tengo Kawana, ex-formando daquela escola, era um forte candidato como escritor a receber um auxílio financeiro da Fundação. E que, por isso, precisava checar algumas informações básicas a respeito dele.

— Que notícia maravilhosa! — disse a vice-diretora, sorridente. — É uma honra para a nossa escola. Teremos satisfação de ajudá-lo no que for preciso.

— Será que posso conversar com a professora responsável pela turma dele? — perguntou Ushikawa.

— Vou verificar. Como já se passaram vinte anos, ela pode ter se aposentado.

— Muito obrigado — falou Ushikawa. — Se possível, gostaria de checar mais uma coisa.

— O quê?

— Talvez uma menina chamada Massami Aomame tenha estudado na mesma série que a do senhor Kawana. Poderia, por favor, verificar se os dois estudaram na mesma classe?

A vice-diretora esboçou no rosto uma expressão de ligeira desconfiança. — Existe alguma relação entre a senhorita Aomame e o fato de o senhor Kawana receber o auxílio financeiro?

— Não. Não se trata disso. É que na obra literária escrita pelo senhor Kawana parece haver uma personagem com as características da senhorita Aomame e, nesse sentido, nós da comissão sentimos a necessidade de verificar e esclarecer alguns pontos que ficaram dúbios. Não é nada de mais. Apenas uma formalidade.

— Entendo — disse a vice-diretora, levantando discretamente os cantos de seus lábios bem definidos. — O senhor deve saber que, dependendo do caso, não podemos fornecer informações pessoais como, por exemplo, o boletim escolar, ou revelar questões que envolvem o ambiente familiar do aluno.

— Estou perfeitamente ciente disso. A única coisa que nós queremos saber é se eles estudaram ou não na mesma classe. E, no caso de terem estudado juntos, gostaríamos de saber o nome e o endereço da professora responsável.

— Está bem. Se a questão é essa, creio que não haverá problemas. O senhor disse Aomame?

— Isso mesmo. Os ideogramas são "ervilha" e "verde". É um nome diferente.

Ushikawa pegou uma folha do seu bloco de anotações e escreveu a caneta: "Massami Aomame", e a entregou para a vice-diretora. Ela pegou a folha e, após olhar por alguns segundos, guardou-a numa das divisões da pasta sobre a mesa.

— Por favor, poderia aguardar aqui? Vou verificar nos registros administrativos. Enquanto isso, minha assistente providenciará as cópias dos arquivos públicos.

— Desculpe-me o incômodo, sei que a senhora deve estar muito ocupada — disse Ushikawa, demonstrando gratidão.

A vice-diretora deu meia-volta, fazendo a saia dar um giro gracioso, e saiu da sala. Sua postura era bela, e ela caminhava com elegância. O corte de cabelo também era bonito e o jeito de prendê-lo combinava com sua idade. Ushikawa sentou-se novamente e, enquanto aguardava, leu o livro que trouxera consigo.

Passados quinze minutos, a vice-diretora retornou. Trazia consigo um envelope pardo junto ao peito.

— O senhor Kawana foi realmente um ótimo aluno. Suas notas sempre foram as melhores da classe e também se destacou como um excelente atleta. Era muito bom em cálculos, ou melhor, em matemática e, desde o primário, conseguia resolver questões do colegial. Ganhou concursos e chegou a sair no jornal como um menino prodígio.

— Isso é formidável — disse Ushikawa.

A vice-diretora prosseguiu:

— Mas, realmente, estou surpresa. Uma pessoa que, naquela época, foi considerada um prodígio da matemática, agora, depois de adulto, está se destacando no mundo da literatura.

— Quem possui um grande talento encontra várias maneiras de desenvolver suas potencialidades. É como um abundante veio de água que encontra vários caminhos a percorrer. Atualmente ele dá aulas de matemática e escreve romances.

— Tem razão — disse a vice-diretora, erguendo as sobrancelhas num belo arco. — Mas, em compensação, não consegui encontrar quase nada sobre Massami Aomame. Ela foi transferida de escola na quinta série. Foi morar com parentes em Tóquio, no distrito de Adachi, e transferida para a escola de lá. Ela estudou na mesma sala que Tengo Kawana na terceira e quarta séries.

"Foi o que imaginei", pensou Ushikawa. Realmente, há uma ligação entre os dois.

— A professora Ôta foi a responsável pelas classes do terceiro e quarto anos. Professora Toshie Ôta. Atualmente ela leciona na escola primária municipal da cidade de Narashino.

— Telefonando para a escola, talvez ela possa me atender.

— Já entrei em contato — disse a vice-diretora, esboçando um leve sorriso. — Ela disse que, se o assunto for esse, terá o maior prazer em recebê-lo.

— Muito obrigado — agradeceu Ushikawa. Além de ser bonita, ela também era uma excelente profissional.

A vice-diretora escreveu o nome da professora e o telefone da Escola Primária Tsudanuma no verso do cartão pessoal e o entregou a Ushikawa, que o guardou cuidadosamente em sua carteira.

— Soube que a senhorita Aomame era seguidora de uma religião — disse Ushikawa. — Esse é um ponto que nos preocupa e que gostaríamos de esclarecer.

A vice-diretora franziu as sobrancelhas, fazendo surgir pequenas rugas nos cantos de seus olhos. Somente uma mulher madura e com vasta experiência pessoal conquista aquelas delicadas rugas, charmosas e inteligentes.

— Desculpe-me, mas esse é um assunto que não cabe discutirmos aqui — disse ela.

— É porque envolve questões pessoais, não é? — perguntou Ushikawa.

— Isso mesmo. Principalmente por envolver questões religiosas.

— Mas, se eu conversar com a professora Ôta, pode ser que eu consiga obter algumas informações.

A vice-diretora arqueou levemente sua delicada sobrancelha esquerda e sorriu de modo significativo: — Se a professora Ôta quiser comentar o assunto *do ponto de vista pessoal*, não teremos nada a ver com isso.

Ushikawa se levantou e agradeceu de modo respeitoso. A vice-diretora entregou o envelope. — Aqui estão as cópias dos documentos. Alguns arquivos sobre Tengo Kawana. Há também algumas coisas, se bem que poucas, sobre a senhorita Aomame. Espero que o ajude.

— Com certeza será de grande ajuda. Muito obrigado pela gentileza.

— Por favor, nos avise quando sair o resultado dessa ajuda financeira. Será uma grande honra para a nossa escola.

— Estou confiante de que o resultado será positivo — disse Ushikawa. — Tive a oportunidade de encontrá-lo algumas vezes e, com certeza, ele é um rapaz talentoso, com futuro promissor.

Ushikawa entrou num restaurante em frente à estação Ichikawa e almoçou uma refeição simples. Enquanto aguardava a comida, passou rapidamente os olhos no material do envelope. Havia um resumo do histórico escolar de Tengo e Aomame, e os registros informando as distinções honrosas que Tengo obteve por se destacar nos estudos e nos esportes. Realmente, ele fora um aluno exemplar, fora do comum. A escola não deve ter sido um pesadelo para ele. Havia também a cópia de um artigo de jornal de quando ele ganhou o concurso de matemática. Por ser um material antigo, a nitidez era sofrível, mas havia até uma foto de Tengo quando jovem.

Após o almoço, Ushikawa telefonou para a escola primária de Tsudanuma. Conversou com a professora Toshie Ôta e combinou de se encontrarem na escola às quatro. Ela lhe disse que, a partir daquele horário, poderiam conversar com calma.

"Sei que isso faz parte do meu trabalho, mas visitar duas escolas primárias num só dia é demais", pensou Ushikawa, soltando um suspiro. "Fico deprimido só de pensar que preciso fazer isso."

Mas, até aquele momento, havia valido a pena ir pessoalmente até lá. Ele descobriu que Tengo e Aomame estudaram na mesma classe durante dois anos. Um grande avanço.

Tengo ajudou Eriko Fukada a transformar a *Crisálida de ar* em uma obra literária que se tornou um best-seller. Aomame matou secretamente o pai de Eriko, Tamotsu Fukada, na suíte do Hotel Ôkura. Parece que o objetivo dos dois é atacar o grupo religioso Sakigake, cada qual a seu modo. Eles podem estar agindo juntos. Qualquer um chegaria a essa conclusão mais que óbvia.

No entanto, seria precipitado revelar isso para aqueles dois de Sakigake. Ushikawa não gostava de passar as informações a conta-gotas. Ele preferia obter o máximo delas, confirmar meticulosamente uma série de evidências circunstanciais e, após agrupar todas as provas concretas, é que revelaria o resultado, dizendo "Bem, a verdade é que...". Fazer esse tipo de encenação teatral era um hábito adquirido desde os tempos em que ele atuava como advogado. Ele se rebaixava para fazer o outro se descuidar e, momentos antes de o caso se encerrar, revelava as provas *incontestáveis* e dava a volta por cima.

Durante o trajeto de trem até Tsudanuma, Ushikawa levantou mentalmente algumas hipóteses.

Tengo e Aomame podem ser namorados. Isso não significava que estivessem juntos desde os dez anos, mas podiam ter se reencontrado em algum lugar após se formarem no primário e, desde então, passaram a ter um relacionamento mais íntimo. Por algum motivo — cujas razões ainda eram desconhecidas — eles resolveram unir forças para esmagar Sakigake. Essa seria uma das hipóteses.

Mas, até onde Ushikawa podia constatar, não havia nenhuma evidência de que Tengo e Aomame estivessem juntos. Tengo mantinha relações sexuais periódicas com uma mulher casada, dez anos mais velha. Pelo tipo de personalidade de Tengo, caso estivesse envolvido com Aomame, dificilmente teria um caso regular com outra mulher. Ele não era o tipo de homem capaz de realizar tamanha proeza. Ushikawa já havia investigado a rotina de Tengo durante duas semanas. Três dias por semana ele dava aulas de matemática numa escola preparatória e, nos demais, costumava ficar sozinho, enfurnado no apartamento. Possivelmente, passava o dia escrevendo seu romance. De vez em quando, saía para fazer compras ou para caminhar. Uma vida modesta e monótona. Simples e sem mistérios. Ushikawa achava improvável que uma pessoa como Tengo estivesse envolvida numa conspiração para matar o Líder.

Ushikawa tinha um apreço pessoal por Tengo. Ele era um rapaz humilde e honesto. Independente e autoconfiante. E, como normalmente se nota em pessoas de grande porte, às vezes faltava-lhe a disposição de tomar alguma iniciativa, mas não era de agir furtiva e traiçoeiramente. Era um tipo que, uma vez decidido, seguia em frente, firme e de cabeça erguida. Um perfil que nunca daria certo como advogado ou corretor da bolsa de valores. Seria uma questão de tempo até alguém puxar o seu tapete para derrubá-lo num momento crucial. Mas, como professor de matemática e escritor, tinha grandes chances de se sair bem. Tengo não era uma pessoa social e eloquente, mas atraía a atenção de um certo tipo de mulher. Em outras palavras, Tengo era o oposto de Ushikawa.

Por outro lado, Ushikawa pouco sabia a respeito de Aomame. As únicas informações eram que a família dela era fiel devota das Testemunhas de Jeová e que, desde que se entendia por gente, era obrigada a acompanhar a mãe nas pregações. Na quinta série abandonou a religião e foi morar na casa de parentes no distrito de Adachi. Possivelmente, ela não aguentava mais aquela vida. Por sorte, possuía uma grande aptidão física e, do ginásio ao colegial, destacou-se como uma exímia jogadora de softball, chamando a atenção das pessoas. Conseguiu obter uma bolsa de estudos e cursou a faculdade de educação física. Essas eram as informações que Ushikawa possuía. Mas ele não tinha ideia de como era sua personalidade, seu raciocínio, seus pontos fortes e fracos, e tampouco sabia o tipo de vida que levava. O que ele tinha era só uma série de informações curriculares.

Enquanto Ushikawa tentava estabelecer uma relação entre os currículos de Tengo e Aomame, ele descobriu alguns pontos em comum. O primeiro era que a infância de ambos não fora muito boa. Aomame precisava acompanhar a mãe pela cidade para divulgar a religião. Iam de casa em casa tocando a campainha. Todas as crianças das Testemunhas de Jeová são obrigadas a fazer isso. O pai de Tengo era cobrador da NHK. Neste caso, também precisava andar de porta em porta. Será que ele também levava o filho, como as Testemunhas de Jeová? É provável que sim. Se Ushikawa fosse o pai de Tengo, ele certamente levaria o filho consigo. As cobranças são mais eficazes se o cobrador estiver com uma criança e, ainda por cima, não precisaria contratar uma babá. É como matar dois coelhos com uma cajadada só. Mas, para Tengo, essa experiência não deve ter sido boa. Talvez aquelas duas crianças tenham se cruzado em suas andanças pelas ruas de Ichikawa.

O segundo ponto em comum é que os dois, assim que cresceram e começaram a entender as coisas, se esforçaram em ganhar bolsas de estudo e ficar o mais distante possível de seus pais. Os dois realmente se destacaram como atletas. O fato de possuírem um talento nato para os esportes contribuiu para que conquistassem essa autonomia. Mas, na situação em que estavam, eles *precisavam veementemente se destacar em alguma coisa*. Para eles o único meio plausível para conquistar a própria independência era se destacarem como atletas e, como estudantes, precisavam tirar boas notas, de modo a obterem o reconhecimento das pessoas. Era um passaporte importante para a sobrevivência e a autoproteção. Eles não pensavam como as demais crianças de dez anos, e o modo de os dois enfrentarem o mundo era diferente.

Pensando bem, a situação de Ushikawa também não diferia tanto da deles. No caso de Ushikawa, ele não precisou obter bolsas de estudo nem passou por dificuldades financeiras, pois sua família era abastada. Mas, para ingressar numa faculdade conceituada e passar no exame de magistratura, precisou estudar muito. Assim como Tengo e Aomame. Não tinha tempo para se divertir como faziam os demais colegas de sala. Deixou de lado todos os prazeres mundanos — sabia que não seria fácil obtê-los, mesmo que os desejasse — e dedicou-se exclusivamente aos estudos. Seus sentimentos sempre oscilaram entre o complexo de inferioridade e o de superioridade. "Sou um Raskolnikov que jamais encontrou sua Sonia", era o que Ushikawa costumava pensar. "Vamos deixar esse assunto de lado. Não adianta nada pensar nisso agora. Preciso voltar para o caso Tengo e Aomame."

Se, por acaso, os dois se reencontraram em algum lugar após completarem vinte anos, devem ter ficado surpresos em constatar que tinham muitas coisas em comum, e a conversa certamente foi longa. Naquele momento, sentiram uma forte atração um pelo outro. Ushikawa conseguia imaginar vividamente essa cena. Um encontro decisivo. Extremamente romântico.

Será que realmente se reencontraram? Houve um romance entre eles? Ushikawa não tinha como saber. Mas pensar nessa hipótese do reencontro fazia sentido. E, consequentemente, fazia sentido os dois terem se unido para atacar Sakigake. Cada qual a seu modo: Tengo utilizou sua caneta e Aomame, provavelmente, alguma habilidade específica. No entanto, essa hipótese não convencia Ushikawa. A história, de certa forma, fazia sentido, mas algo não se encaixava.

Se Tengo e Aomame estavam intimamente ligados, era estranho que isso não pudesse ser detectado de forma clara. Um encontro decisivo resultaria em algo igualmente decisivo e, aos olhos experientes de Ushikawa, não passaria despercebido. Aomame poderia ser capaz de esconder isso, mas Tengo não.

Ushikawa era um homem movido pela razão. Sem obter provas, não conseguia seguir em frente. Ao mesmo tempo, confiava em sua intuição. E sua intuição discordava toda vez que ele imaginava Tengo e Aomame conspirando e agindo juntos. Sua intuição negava de modo discreto, porém insistente. Talvez os dois ainda não soubessem da existência um do outro. O envolvimento de ambos com Sakigake poderia ter sido obra *do acaso*, e foram impelidos a agir à mercê dos acontecimentos.

Por mais que fosse difícil acreditar nessa suposta casualidade, essa era a hipótese que sua intuição aceitava mais do que a da teoria da conspiração. Juntos, eles conseguiram abalar a estrutura de Sakigake *ao acaso*, cada qual com seus próprios objetivos, suas próprias motivações e meios. Duas histórias originalmente diferentes que caminhavam lado a lado.

Mas será que Sakigake aceitaria uma hipótese baseada na intuição? Ushikawa sabia que não. O que eles com certeza aceitariam seria a teoria da conspiração. Afinal, gostavam de fazer intrigas e jogos secretos. Antes de revelar as informações, ele precisava obter provas concretas. Caso contrário, havia o perigo de incorrer em um erro e isso poderia se reverter em algo prejudicial para o próprio Ushikawa.

Ushikawa ficou ruminando essas coisas durante todo o trajeto de Ichikawa a Tsudanuma. Enquanto repassava essas ideias, deve ter feito caretas, suspirado ou encarado o vazio. Algumas meninas da escola primária que sentavam na sua frente olhavam para ele de forma espantada. Para tentar disfarçar a vergonha, Ushikawa relaxou a expressão do rosto e passou a mão em sua cabeça calva e deformada. Mas, ao contrário do que esperava, esse seu gesto as deixou mais assustadas. Todas se levantaram um pouco antes da estação Nishi-Funabashi e, tão logo saltaram do trem, saíram em disparada.

A professora Toshie Ôta recebeu Ushikawa numa das salas de aula, após a saída dos alunos. Tinha cerca de cinquenta anos. Sua aparência contrastava com a da vice-diretora refinada da escola primária de Ichikawa. A professora Ôta era baixa, gorda e seu jeito de andar era tão esquisito que, vendo-a de costas, parecia um crustáceo. Ela usava óculos pequenos de aro dourado, mas, como a distância entre as sobrancelhas era grande, nesse intervalo brotavam pequenas penugens. Vestia um blazer que parecia ser de lã, de idade indeterminada, mas que certamente já estava fora de moda na época em que fora confeccionado. Exalava um leve cheiro de naftalina e era cor-de-rosa, mas de um tom estranho de rosa, como se outra cor houvesse sido misturada a ele por acidente. Provavelmente a intenção era obter uma cor distinta e elegante, mas, no final, o rosa resultou numa cor tímida, enrustida e conformada. Em contraste, a blusa branca e nova sob o blazer parecia uma pessoa indiscreta infiltrada num velório. Os cabelos secos com alguns fios brancos estavam presos com uma presilha de plástico escolhida ao acaso. Três rugas finas marcavam nitidamente o seu pescoço, como se fossem entalhes dos anéis da vida. Ou, quem sabe, eram o sinal de que três de seus desejos haviam sido concretizados. Mas Ushikawa achou improvável que essa última hipótese tivesse realmente acontecido.

Ela fora professora de Tengo da terceira série até o último ano do primário. Normalmente os professores mudavam de turma a cada dois anos, mas ela o acompanhara durante quatro anos consecutivos. No caso de Aomame, foram somente dois, a terceira e a quarta séries.

— Lembro-me muito bem do senhor Kawana — disse ela.

Em contraste com o jeito pacato, sua voz era clara e jovial. Uma voz firme, que alcançava todos os cantos de uma sala de aula barulhenta. "A profissão molda a pessoa", admirou-se Ushikawa. "Ela deve ser uma professora competente."

— Ele era um aluno excelente em todos os sentidos. Leciono há mais de vinte e cinco anos e dei aulas para inúmeros alunos em diversas escolas, mas nunca encontrei alguém tão bom quanto ele. Ele se destacava em tudo o que fazia. Era uma pessoa boa e com espírito de liderança. Sempre achei que seria capaz de se sair bem em qualquer área que escolhesse seguir. No primário se destacou pela capacidade de lidar com a matemática, mas não me surpreende que tenha seguido a carreira literária.

— Se não me engano, o pai dele era cobrador da NHK, não era?

— Isso mesmo — disse a professora.

— O próprio senhor Kawana comentou que o pai era bem rigoroso — disse Ushikawa. Era um tiro no escuro.

— Era mesmo — disse a professora, sem titubear. — Era um pai muito rigoroso em certos aspectos. Tinha um grande orgulho de seu trabalho, o que não deixa de ser maravilhoso, mas isso, às vezes, era um fardo para Tengo.

Ushikawa puxou habilmente o assunto para colher informações mais detalhadas. Essa era uma de suas melhores técnicas. Deixar o outro à vontade para que falasse espontaneamente das coisas. A professora contou que Tengo detestava acompanhar o pai nas cobranças e que, na quinta série, resolveu sair de casa. — Não foi exatamente sair de casa; na prática, foi como ser expulso — disse a professora. "Tengo realmente era obrigado a acompanhar o pai nas cobranças", pensou Ushikawa. "Isso deve ter afetado muito seu lado emocional quando criança. Foi o que imaginei."

A professora acolheu Tengo durante uma noite, pois ele não tinha para onde ir. Ela lhe deu um cobertor e preparou o café da manhã. No dia seguinte, ao anoitecer, foi conversar com o pai de Tengo, e o convenceu a aceitá-lo de volta. A professora contou essa história como se fosse um dos capítulos mais lindos de sua vida. Ela também contou o dia em que reencontrou Tengo num concurso musical e como ele tocara maravilhosamente bem o tímpano.

— A *Sinfonietta* de Janáček. Não é uma música fácil. Algumas semanas antes, ele sequer sabia tocar tímpano. Mas subiu ao palco para substituir um músico e tocou magnificamente bem aquele instrumento. Só pode ter sido um milagre.

"Essa mulher realmente gostava de Tengo", admirou-se Ushikawa. "É um sentimento quase incondicional. Como será que se sente uma pessoa ao saber que alguém gosta tanto assim dela?"

— A senhora se lembra de Massami Aomame? — perguntou Ushikawa.

— Também me lembro muito bem dela — disse a professora, com a voz neutra, totalmente diferente de quando falava de Tengo. O tom havia caído dois níveis.

— É um sobrenome diferente.

— Sim. Bem diferente. Mas não é por causa disso que eu me lembro dela.

Houve um breve silêncio.

— Ouvi dizer que a família dela era fiel seguidora das Testemunhas de Jeová, é verdade? — indagou Ushikawa, para sondá-la.

— Gostaria que esse assunto ficasse somente entre nós — disse a professora.

— É claro. Não vou comentar com ninguém.

Ela concordou. — Existe uma grande filial das Testemunhas de Jeová na cidade de Ichikawa. Por isso, tive contato com muitas dessas crianças ao longo dos anos. Do ponto de vista do professor, lidar com essas crianças sempre foi um problema delicado, que requeria um certo cuidado. Mas até hoje não conheci nenhuma família tão fiel às Testemunhas de Jeová quanto a de Aomame.

— Está querendo me dizer que são pessoas intolerantes?

A professora mordiscou levemente os lábios, como se voltasse no tempo. — Isso mesmo. Eram pessoas extremamente rigorosas com as regras e exigiam o mesmo rigor de suas crianças. Por isso, Aomame sempre ficava sozinha na classe.

— Aomame, de certo modo, era uma pessoa especial, não era?

— Era uma pessoa especial — a professora admitiu. — É claro que a criança não pode ser responsabilizada por isso. Se fosse necessário apontar o culpado disso, seria a intolerância que domina o coração das pessoas.

A professora falou sobre Aomame. Contou que era ignorada pelas demais crianças. Costumavam fingir que ela *não existia*. Ela era como um elemento estranho à sociedade e que incomodava as outras pessoas, propalando seus ensinamentos esquisitos. Essa era a opinião geral da classe. Para se proteger dessa hostilidade, Aomame procurava ao máximo apagar a sua presença.

— Confesso que tentei ajudá-la, mas a união das crianças era muito mais forte do que se podia imaginar e, por isso, Aomame vivia como um fantasma. Hoje em dia, casos assim podem ser encaminhados aos conselhos educacionais, mas, naquela época, isso não existia. Eu também era jovem, e só ter de manter os alunos na classe já era uma tarefa desgastante e ocupava praticamente todo o meu tempo. Creio que isso deve parecer uma desculpa.

Ushikawa compreendia o que ela estava querendo dizer. O trabalho de um professor de escola primária é árduo. De certa forma, às vezes o jeito é deixar que as próprias crianças resolvam as coisas entre si.

— A fé e a intolerância são faces de uma mesma moeda. Nem sempre é possível lidar com isso — disse Ushikawa.

— O senhor tem razão — disse ela. — Mas creio que eu podia ter encontrado outros meios para ajudá-la. Tentei conversar várias vezes com Aomame. Mas ela não me ouvia. Era teimosa e, uma vez decidida, jamais mudava de ideia. Era inteligente, possuía uma grande capacidade de aprendizado e gostava de estudar. Mas, para não demonstrar isso abertamente, ela procurava controlar e reprimir essa sua capacidade. O único meio de se proteger talvez tenha sido o de *não chamar a atenção*. Se ela vivesse num ambiente normal, certamente teria sido uma excelente aluna. Quando me lembro disso, sinto realmente muita pena.

— A senhora chegou a conversar com os pais dela?

A professora assentiu. — Várias vezes. Os pais dela frequentemente iam à escola reclamar que a filha estava sendo perseguida por questões religiosas. Nessas ocasiões, eu solicitava a eles que ajudassem Aomame a se enturmar mais com os colegas. Tentar ser um pouco mais flexível em relação aos preceitos religiosos. Mas foi em vão. Para os pais dela, obedecer rigorosamente as crenças religiosas era fundamental. Para eles, a felicidade era alcançar o Reino dos Céus, e a vida na Terra era algo transitório. Mas essa era a lógica dos adultos. Eles não entendiam como é terrível para uma criança ser ignorada e repelida pelos demais colegas; e como isso pode causar uma ferida fatal.

Ushikawa informou que Aomame fora atleta tanto no time de softball da faculdade quanto no da empresa em que trabalhava e que, atualmente, era uma ótima instrutora num clube esportivo de luxo. O correto seria dizer que *estava* trabalhando nesse clube até pouco tempo atrás, mas não precisava ser tão detalhista.

— Que bom — disse a professora, corando levemente. — Ela cresceu bem, tornou-se independente e está com saúde. Saber disso me deixa com menos remorso.

— Há uma coisa que eu não consigo entender — disse Ushikawa, esboçando um sorriso inocente. — Será que no primário Tengo e Aomame não tiveram alguma relação mais próxima?

A professora entrelaçou os dedos e pensou por um tempo. — Pode ser que sim. Mas eu nunca presenciei nada nem ouvi comentários a respeito. A única coisa que posso dizer é que acho difícil imaginar que alguém daquela classe tenha tido algum tipo de relacionamento mais próximo com ela. Tengo pode ter lhe estendido a mão. Ele era uma criança muito gentil e responsável. Mas, mesmo que isso tenha acontecido, Aomame não era uma criança que facilmente abriria o seu coração, assim como uma ostra grudada na rocha dificilmente abre a concha.

A professora calou-se por um tempo e depois prosseguiu:

— Lamento ter de dizer isso, mas, naquela época, confesso que não pude fazer nada. Como já disse, eu era inexperiente e não tinha segurança para enfrentar a situação.

— Se o senhor Kawana e a senhorita Aomame tivessem tido algum relacionamento mais próximo, isso teria uma grande repercussão na sala, e a história com certeza chegaria aos seus ouvidos, não é?

A professora concordou:

— A intolerância era comum em ambos os lados.

Ushikawa agradeceu:

— Esta conversa com a senhora será de grande importância.

— Espero que a conversa que tivemos sobre Aomame não seja um obstáculo para que ele receba o auxílio financeiro — disse a professora, preocupada. — Os problemas que ocorreram na sala de aula são de minha responsabilidade. Não é culpa de Tengo nem de Aomame.

Ushikawa balançou a cabeça:

— Não se preocupe. Estou apenas verificando os fatos que podem estar por trás de sua obra literária. Como a senhora já deve saber, as questões que envolvem religião são sempre muito complicadas. O senhor Kawana possui um grande talento e, em breve, se tornará conhecido.

Ao ouvir isso, a professora sorriu satisfeita. Suas pequenas pupilas cintilaram como se tivessem captado os raios solares; uma luminosidade como o brilho da geleira no cume de uma distante montanha. Ushikawa achou que ela estivesse se recordando do menino Tengo. Já haviam se passado mais de vinte anos, mas, para ela, era como se tivesse acontecido ontem.

Enquanto aguardava o ônibus que o levaria até a estação Tsudanuma, num ponto próximo à escola, Ushikawa pensou nas professoras da escola em que estudou. Será que elas ainda se lembram dele? Caso se lembrem, certamente seus olhos não refletiriam um brilho tão carinhoso ao pensar nele.

O que Ushikawa conseguiu verificar e esclarecer era algo muito próximo ao que ele havia imaginado. Tengo era o melhor aluno da classe. E também era um garoto popular. Aomame, ao contrário, era solitária e ignorada por todos. Não havia possibilidade de eles se aproximarem nesse tipo de ambiente. A posição deles era oposta. E Aomame mudou-se de Ichikawa e foi transferida para outra escola. A ligação entre eles foi cortada nesse momento.

Se havia algum ponto em comum entre os dois nesse período, era o fato de terem de obedecer aos seus pais a contragosto. Os fins da pregação e da cobrança eram diferentes, mas ambos eram obrigados a acompanhar os pais nas andanças pela cidade. A situação deles na sala de aula era diametralmente oposta, mas eram igualmente solitários e buscavam desesperadamente *algo*. Algo que os aceitasse incondicionalmente e que os protegesse em seus braços.

Ushikawa conseguia imaginar os sentimentos dos dois. Em certo sentido, ele sentia o mesmo.

"Pois então", pensou Ushikawa, sentado de braços cruzados no assento do trem expresso de Tsudanuma rumo a Tóquio. "Pois então, e agora? O que devo fazer? Por ora, descobri algumas conexões entre Tengo e Aomame. Conexões interessantes. Mas, infelizmente, elas não podem ser comprovadas.

"Estou diante de um muro de pedra. Um muro com três portas. Preciso escolher uma. Cada porta possui uma placa com um nome. A primeira está escrito *Tengo*, a segunda, *Aomame*, e a terceira, *Velha senhora de Azabu*. Aomame sumiu feito fumaça, sem deixar pistas. A Mansão dos Salgueiros de Azabu está muito bem protegida, como um cofre-forte. Não há como entrar nela. Sendo assim, resta uma única porta.

"De agora em diante, devo ficar grudado em Tengo por algum tempo", pensou Ushikawa. "Não há alternativa. Eis um exemplo perfeito de como realizar um método de eliminação. Tão perfeito que dá vontade de imprimi-lo em forma de panfleto e distribuir às pessoas. E aí, tudo bem? Venham conhecer um belo exemplo de método de eliminação.

"Tengo sempre foi um jovem adorável. Matemático e escritor. Campeão de judô e o queridinho das professoras do primário. O jeito é usá-lo para conseguir desembaraçar os fios dessa situação complexa. Uma situação extremamente confusa. Quanto mais se pensa no assunto, mais difícil se torna resolvê-lo. Meu cérebro parece um tofu com a validade vencida.

"E Tengo? Será que ele já consegue ver a situação como um todo? Creio que não." Ushikawa achava que Tengo devia estar lidando com a situação na base da tentativa e erro, apenas indo de um lado para outro. "Ele também deve estar confuso, formulando inúmeras hipóteses. Afinal, é um matemático nato. Um perito em juntar peças e montar quebra-cabeças. Como Tengo está diretamente envolvido nisso, deve ter muito mais peças do que eu.

"Vou vigiar seus movimentos por um tempo. Ele certamente me conduzirá *para algum lugar*. Se tudo der certo, vai me levar até o esconderijo de Aomame." Ushikawa se gabava de ser como uma rêmora que, uma vez grudada na rocha, jamais se solta. Uma vez decidido a ficar, ninguém era capaz de arrancá-lo de lá.

Ao decidir vigiar Tengo, Ushikawa fechou os olhos e desligou o interruptor do pensamento. "Vou descansar um pouco. Hoje visitei duas escolas e conversei com duas professoras de meia-idade. A bela vice-diretora e a professora que andava como caranguejo. Preciso relaxar os nervos." Um tempo depois, sua cabeça enorme e deformada começou a balançar lentamente, para cima e para baixo, acompanhando o movimento do trem. Parecia um boneco em tamanho natural que, a qualquer momento, soltaria pela boca um oráculo de mau agouro.

O trem estava lotado, mas nenhum passageiro quis sentar ao seu lado.

Capítulo 11
Aomame
Não há coerência nem bondade

Na manhã de terça, Aomame escreveu um bilhete para Tamaru, informando que aquele homem que dizia ser cobrador da NHK havia aparecido novamente e batera insistentemente na porta, xingando-a e a insultando aos berros (ou melhor, ameaçando a senhorita Takai, suposta moradora do apartamento). Havia nessa conduta algo de muito estranho. Era necessário tomar cuidado.

Aomame colocou o bilhete dentro de um envelope, lacrou-o e o deixou sobre a mesa da cozinha. No envelope escreveu apenas a inicial T. Os homens que repunham os mantimentos se encarregariam de entregá-lo a Tamaru.

Um pouco antes da uma da tarde, Aomame foi para o quarto, trancou a porta, deitou-se na cama e retomou sua leitura de Proust. Pontualmente à uma, a campainha tocou uma única vez. Um tempo depois, alguém abriu a porta e a equipe de reposição entrou no apartamento. Como de costume, colocaram agilmente os alimentos na geladeira, recolheram o lixo e verificaram os mantimentos do armário. Em quinze minutos a equipe concluiu todas as tarefas predeterminadas, deixou o apartamento e fechou a porta, trancando-a pelo lado de fora. E, novamente, tocaram uma única vez a campainha. O mesmo procedimento de sempre.

Por precaução, Aomame aguardava os ponteiros do relógio marcarem uma e meia para sair do quarto e ir à cozinha. O envelope não estava mais sobre a mesa e, no lugar, havia um saco de papel com o nome de uma drogaria estampado e um livro grosso intitulado *Enciclopédia do corpo feminino*, que Tamaru havia ficado de providenciar. Dentro do saquinho havia três tipos de teste de gravidez facilmente adquiridos em qualquer farmácia. Aomame abriu as embalagens e leu as respectivas bulas, com as instruções do passo a passo, comparando os três tipos de teste. As informações eram as mesmas. O teste poderia ser realizado a partir de uma semana após o dia em que a menstruação deveria descer. Possuía uma eficácia de 95 por cento, mas, se o resultado desse positivo, isto é, se a pessoa estivesse grávida, a primeira recomendação era marcar logo uma consulta com um médico especialista. As bulas ressaltavam, também, que o resultado indicava apenas a *possibilidade* de gravidez e, portanto, não devia ser considerado conclusivo.

O teste era simples. Bastava coletar a urina num recipiente e colocar uma fita de papel em contato com o líquido. Ou, então, urinar diretamente num bastão e aguardar alguns minutos. Se a cor ficar azul, você está grávida. Se não houver nenhuma alteração, você não está. Ou, se aparecerem dois riscos verticais numa das janelas, você está grávida; se aparecer um único, você não está. Apesar de esses métodos possuírem diferenças mínimas entre eles, o princípio era o mesmo. A indicação de gravidez estava diretamente relacionada à presença ou ausência de gonadotrofina coriônica humana na urina.

"Gonadotrofina coriônica humana?", pensou Aomame, e franziu as sobrancelhas. Ela era uma mulher de trinta anos e nunca tinha escutado esse termo antes. "Será que, durante todo esse tempo, essa coisa estranha é que estimulava os meus órgãos reprodutores?"

Aomame folheou algumas páginas da *Enciclopédia do corpo feminino* e encontrou a seguinte explicação: a gonadotrofina coriônica humana é um hormônio produzido logo no início da gestação e serve para garantir e proteger o corpo lúteo no ovário. O corpo lúteo produz a progesterona e o estrógeno protege a membrana interna do útero, inibindo a menstruação. Durante essa fase, a placenta vai se formando gradativamente dentro do útero. Entre a sétima e a nona semana de gestação, quando a placenta está completamente formada, o corpo lúteo perde a sua função e, em consequência, a gonadotrofina coriônica humana também deixa de ser produzida.

Em outras palavras, esse hormônio é produzido de sete a nove semanas desde o momento da fecundação. Se considerarmos o tempo de gestação provável, ela estaria num período delicado para a detecção desse hormônio, mas ainda havia a possibilidade de ele ser detectado. Uma coisa era certa: se o resultado desse positivo, ela certamente estaria grávida. Se fosse negativo, o resultado seria incerto, pois havia o risco de o hormônio não estar mais sendo produzido.

Aomame não estava com vontade de urinar. Ela pegou uma garrafa de água mineral na geladeira e bebeu dois copos. Mesmo assim, continuou sem vontade. "Tubo bem", pensou. "Não preciso me afobar." Resolveu, então, deixar de lado o teste de gravidez e, sentada no sofá, concentrou-se na leitura de Proust.

Passava das três da tarde quando finalmente sentiu vontade de urinar. Recolheu a urina num recipiente qualquer e mergulhou a tira de papel dentro dele. A cor começou a mudar gradativamente diante de seus olhos e, por fim, tingiu-se de um azul vívido. Uma tonalidade linda, que serviria muito bem como cor de carro. Um conversível pequeno, azul com capota creme. Seria uma delícia conduzi-lo pela orla da praia sentindo os ventos do início do verão. Entretanto, o que esse azul anunciava no banheiro de um apartamento na cidade de Tóquio, numa tarde em plena estação de outono, era o fato de ela estar grávida — ou que as chances eram de 95 por cento. Aomame ficou em pé diante do espelho observando em silêncio a tira azul. Por mais que se detivesse em olhá-la, a cor não se alteraria.

Por precaução, resolveu testar a outra marca. Desta vez, tinha de urinar na extremidade do bastão. Como levaria tempo para ter vontade de urinar, ela mergulhou o bastão no recipiente. A urina era fresca, recém-colhida, e não haveria tanta diferença entre fazer na hora ou mergulhar o bastão no líquido. O resultado seria o mesmo. Na janela redonda do bastão plástico surgiram nitidamente duas linhas verticais. Também significava que ela "poderia estar grávida".

Aomame jogou a urina no vaso sanitário e deu descarga. Embrulhou a tira e o bastão com papel higiênico e, os jogou no lixo e lavou o recipiente no banheiro. Depois, foi para a cozinha e tomou mais dois copos de água. "Amanhã, farei o terceiro teste", pensou. "O número três era um bom número. Primeiro arremesso, segundo arremesso. E, contendo a respiração, vou aguardar o último."

Colocou água para ferver, preparou um chá preto e, sentada no sofá, retomou a leitura de Proust. Colocou cinco bolachas de queijo no prato para ir mordiscando enquanto bebia o chá. Era uma tarde tranquila. Ideal para leitura. Mas, a despeito de seus olhos seguirem as letras impressas, não conseguia prestar atenção no conteúdo. Precisava ler e reler várias vezes o mesmo trecho. Às vezes desistia e fechava os olhos, imaginando dirigir um conversível azul na orla da praia, a capota aberta. Sentir a brisa com o aroma do mar a balançar-lhe os cabelos. Havia dois riscos verticais na placa da beira da estrada. Eles avisavam: "Atenção. Você pode estar grávida."

Aomame suspirou e largou o livro no sofá.

Ela sabia muito bem que não era necessário fazer um terceiro teste. Mesmo que o fizesse, o resultado seria o mesmo. Era uma total perda de tempo. "A minha gonadotrofina coriônica está agindo sobre o meu útero: ela está preservando e protegendo o corpo lúteo, inibindo a menstruação e formando a placenta. Estou grávida. A gonadotrofina coriônica humana está ciente disso. Eu também. Sinto claramente essa presença num ponto na parte inferior do ventre. Por enquanto ele ainda é pequeno. Não passa de um pontinho. Mas, com o tempo, a placenta vai se formar em torno dele e aumentar de tamanho. Ele vai receber de mim os nutrientes e crescer gradativamente, imerso num líquido escuro e denso, sem descanso."

Era sua primeira gravidez. Ela era uma pessoa cuidadosa, e só acreditava no que via com os próprios olhos. Ao fazer sexo, sempre se certificava de que o parceiro usasse camisinha. Mesmo bêbada, nunca se descuidava. Conforme havia dito à velha senhora de Azabu, desde que menstruou pela primeira vez, aos dez anos, nunca falhou nem atrasou sequer dois dias. Suas cólicas eram leves durante o fluxo, que costumava durar alguns dias. A menstruação nunca foi um obstáculo para realizar suas atividades físicas.

Sua primeira menstruação ocorreu meses depois de ter segurado a mão de Tengo na sala da escola primária. Ela sabia que havia uma relação entre os dois acontecimentos. O toque da mão de Tengo teria estimulado internamente seu corpo. Quando informou a mãe que estava menstruando, ela fez uma careta, como se aquilo fosse mais um incômodo que tivesse de suportar. "Veio cedo demais, não?", disse ela na ocasião. Aomame, no entanto, não se importou com esse comentário. Aquilo era problema dela, e não de sua mãe ou de qualquer outra pessoa. Ela havia dado seu primeiro passo, sozinha, num mundo novo.

Agora estava grávida.

Ela pensou em seu óvulo. "Um de meus quatrocentos óvulos pré-programados — quem sabe um do meio da série — foi fecundado. Isso deve ter ocorrido em setembro, naquela noite do intenso temporal com trovoadas. Naquele dia, matei um homem num quarto escuro, enfiando uma agulha fina e pontuda na altura da nuca em direção à parte inferior de sua cabeça. Mas aquele homem era diferente de todos os outros que matei anteriormente. Ele não só sabia que seria morto, como também queria que isso acontecesse. E eu ofereci o que ele desejava. Não como uma punição, mas como um gesto de compaixão. Em troca, recebi o que queria. Uma troca ocorrida num quarto escuro. Foi naquela noite que, em segredo, deve ter ocorrido a fecundação. *Eu sei disso.*

"Enquanto eu tirava a vida de um homem com as minhas próprias mãos, uma vida passou a existir dentro de mim. Será que isso também fazia parte do acordo?"

Aomame fechou os olhos e parou de pensar. Ao esvaziar a mente, algo parecia fluir silenciosamente dentro dela. Sem querer, percebeu que estava orando:

> Pai nosso que estais no Céu, santificado seja o Vosso Nome; venha a nós o Vosso Reino. Perdoai nossos pecados. Conceda-nos a Vossa bênção em nossa humilde caminhada. Amém.

"Por que estou orando numa hora dessas, se não acredito no Céu, no Paraíso ou em Deus? Mas essa oração parece esculpida em minha mente. Desde quando eu tinha três, quatro anos, antes de eu entender o significado dessas palavras, fui obrigada a decorá-la. Se eu errasse uma única palavra, eles batiam bem forte na minha mão. Mesmo que normalmente isso não fosse dito, quando acontecia algo, essa oração surgia como uma tatuagem secreta."

"O que minha mãe diria se soubesse que fiquei grávida sem ter tido relação sexual? Para ela, seria um tremendo sacrilégio contra sua fé." Afinal, isso não deixava de ser um tipo de gravidez imaculada. Obviamente, Aomame não era mais virgem, mas, mesmo assim... Ou, quem sabe, sua mãe nem se desse ao trabalho de prestar atenção ou dar ouvidos àquilo. "Para ela, eu sou uma tola; um ser humano imperfeito que despencou de seu mundo."

Aomame tentou pensar na questão de outro modo. Em vez de buscar uma explicação plausível para algo implausível, procurou olhar o fenômeno sob outro ponto de vista, considerando-o como algo por si só enigmático.

Será que considero essa gravidez como uma coisa boa, que merece ser celebrada? Ou será que ela é ruim e indesejada?

Por mais que pensasse, não conseguia chegar a uma conclusão. "Estou numa fase em que o medo me assombra. Estou hesitante e confusa. Dividida. Ainda não consegui enfrentar e digerir essa nova situação." Ao mesmo tempo, ela não podia deixar de admitir sua vontade de proteger essa pequena fonte de energia. Independentemente do que fosse, Aomame se sentia zelosa e queria acompanhar o seu crescimento. É claro que havia insegurança e medo. *Isso* era algo que ia além de sua imaginação. Um corpo estranho e hostil, que a devoraria internamente. Algumas possibilidades negativas espocavam em sua mente. Mesmo assim, ela tinha uma curiosidade saudável. E, por fim, um pensamento lhe ocorreu, lançando um raio de luz na escuridão.

O ser que está dentro do meu útero pode ser o filho de Tengo.

Aomame franziu levemente as sobrancelhas e, durante um tempo, pensou nessa possibilidade. "Por que tenho de conceber o filho de Tengo?

"Vamos tentar pensar na seguinte hipótese: Naquela noite turbulenta, em que vários fatos ocorreram sucessivamente, alguma coisa deve ter acontecido neste mundo, e o sêmen de Tengo alcançou o meu útero. Uma passagem especial — impossível saber por que razão — foi aberta entre os trovões, a chuva intensa, a escuridão e o assassinato. Possivelmente, um fenômeno momentâneo. E nós utilizamos eficazmente essa passagem. Meu corpo aproveitou essa oportunidade para avidamente receber Tengo e, assim, engravidei. Meu óvulo de número 201 ou, quem sabe, o de número 202, acolheu um de seus milhares de espermatozoides. Um único espermatozoide saudável, inteligente e sincero, como quem o produziu.

"É sem dúvida uma ideia disparatada. Sem nenhum fundamento. Por mais que eu tente explicar, ninguém irá acreditar em mim. *Mas minha gravidez é algo inacreditável.* É preciso levar em conta que estou em 1Q84; um mundo onde coisas estranhas podem acontecer.

"E se for realmente o filho de Tengo?", pensou Aomame.

"Naquela manhã, no acostamento da Rota 3 da Rodovia Metropolitana, eu não consegui puxar o gatilho. Eu estava decidida a me matar e, por isso, fui até lá e coloquei o cano da arma dentro da minha boca. Eu não temia a morte e estava prestes a tirar a minha vida para salvar a de Tengo. Mas alguma força agiu em mim, fazendo com que eu desistisse de morrer. Uma voz longínqua chamava o meu nome. Será que era porque eu estava grávida? Será que alguém estava me avisando que uma nova vida estava dentro de mim?"

Aomame lembrou-se do sonho em que uma mulher elegante, de meia-idade, cobria o seu corpo nu com um casaco. Ela desceu do Mercedes-Benz prateado e trouxe um casaco leve e macio cor de gema de ovo. Ela sabia. Ela sabia que eu estava grávida. E com esse gesto ela carinhosamente me protegeu dos olhares indiscretos, do vento gelado e de todas as outras coisas ruins.

Era um sinal positivo.

Aomame relaxou os músculos faciais e sua expressão voltou ao normal. "Alguém está cuidando de mim, está me protegendo", pensou Aomame. Mesmo neste mundo de 1Q84, não estou completamente só. Talvez não.

Aomame foi até a janela com a xícara de chá preto já frio. Saiu para a varanda, afundou-se na cadeira de jardim para não ser vista e ficou observando o parque infantil por entre os vãos do parapeito. Queria pensar em Tengo, mas, naquele dia em especial, não conseguia. A única imagem que lhe vinha à mente era a de Ayumi Nakano. Ela estava feliz e sorrindo. Um sorriso espontâneo, sem segundas intenções. Elas estão no restaurante, sentadas frente a frente, bebendo uma taça de vinho. Estão levemente embriagadas. O excelente Borgonha se misturava ao sangue e suavemente circulava pelo corpo, e o mundo ao redor tingia-se de uma suave tonalidade cor de vinho.

— Pois é, Aomame — disse Ayumi, passando o dedo na borda da taça. — Acho que não existe nenhuma lógica neste mundo, muito menos bondade.

— Acho que sim. Mas tudo bem. Num piscar de olhos, este mundo irá se acabar — disse Aomame. — E virá o Reino dos Céus.

— Não vejo a hora — disse Ayumi.

"Por que será que disse aquilo?", pensou Aomame, intrigada. "Por que fui falar aquilo se nem acredito no Reino dos Céus?" Pouco depois, Ayumi morreu.

"Quando aquelas palavras saíram de minha boca, o Reino dos Céus que eu imaginava não era o mesmo que o das Testemunhas de Jeová. Talvez eu tenha dito Reino dos Céus com um significado mais pessoal, e isso explica por que eu disse aquilo de modo tão espontâneo. Mas, afinal, o que é o Reino dos Céus para mim? Que tipo de reino eu acho que vai surgir após a destruição do mundo?"

Aomame apoiou delicadamente a mão sobre o ventre e tentou escutá-lo. Mas, por mais que prestasse atenção, não conseguia ouvir nada.

"Seja como for, Ayumi Nakano foi lançada para fora deste mundo. Ela foi morta num hotel de Shibuya com algemas frias e rígidas a prender-lhe os pulsos, e estrangulada com um cinto de roupão (até onde Aomame sabia, ainda não haviam encontrado o criminoso). Após a autópsia, o corpo de Ayumi foi novamente costurado, levado para o crematório e incinerado. Neste mundo não existe mais o ser humano chamado Ayumi Nakano. Sua carne e seu sangue deixaram de existir. Ela passou a viver apenas na forma de documentos e lembranças.

"Não. Pode não ser nada disso. Ela pode estar viva e saudável no mundo de 1984. Ela ainda reclama que não a deixam andar armada e continua a colocar as multas de infração de trânsito nos para-brisas dos carros. Deve continuar a visitar as escolas secundárias do distrito para ensinar às alunas os métodos contraceptivos: *Garotas, não se esqueçam: sem camisinha, sem penetração*."

Aomame queria encontrar Ayumi. Talvez, se subisse a escada de emergência da Rodovia Metropolitana, poderia retornar para o mundo de 1984 e revê-la. "Naquele mundo, Ayumi pode ainda estar viva e saudável, e os caras de Sakigake não estarão me perseguindo. Poderíamos ir novamente àquele pequeno restaurante de Nogizaka e tomar uma garrafa de Borgonha. Talvez."

Subir a escada de emergência da Rodovia Metropolitana?

Aomame voltou o pensamento, como se rebobinasse uma fita-cassete. "Por que não pensei nisso antes? Minha intenção era descer novamente a escada de emergência, mas não consegui encontrá-la. A escada que deveria estar em frente ao outdoor da Esso havia desaparecido. Talvez, se eu tivesse feito o contrário, poderia ter dado certo. Em vez de descer, deveria ter subido. Deveria ter entrado naquela área embaixo da rodovia, que funcionava como depósito de materiais, e subir até a Rota 3. Devia ter feito o caminho inverso. Era isso que eu devia ter feito."

Ao pensar nisso, Aomame teve ímpetos de sair imediatamente e ir até a Sangenjaya tentar essa possibilidade. Podia dar certo. Ou não. De qualquer forma, valia a pena tentar. Vestiria o mesmo conjunto de blazer e saia, os sapatos de salto alto e subiria as escadas cheias de teias de aranha.

Mas ela tratou de conter esse ímpeto.

"Não. Não posso fazer isso. Foi por eu estar aqui no mundo de 1Q84 que pude reencontrar Tengo e, provavelmente, estou grávida do filho dele. Não importa o que aconteça, preciso reencontrá-lo neste novo mundo. Quero ficar frente a frente com ele. Até lá não posso deixar este mundo. Aconteça o que acontecer."

Na tarde do dia seguinte, Tamaru telefonou.

— É sobre o cobrador da NHK — disse Tamaru. — Liguei para a central administrativa da NHK atrás de informações. O encarregado pela cobrança da área de Kôenji diz que não se lembra de ter batido na porta do apartamento 303. Ele disse que já sabia que o pagamento da taxa de recepção era feito por débito automático e que viu o bilhete colado na porta. Disse também que jamais ficaria batendo na porta se existe campainha. E que bater só machucaria sua mão. No dia em que bateram na porta, ele estava fazendo a cobrança em outro distrito. Pela conversa que tivemos, creio que não deve estar mentindo. É um veterano que trabalha há quinze anos no setor, e tem a reputação de ser um homem paciente e gentil.

— Isso quer dizer que... — disse Aomame.

— Isso quer dizer que há uma grande probabilidade de a pessoa que esteve aí não ser um cobrador oficial. Alguém está fingindo ser cobrador da NHK e indo bater na sua porta. A pessoa que falou comigo pelo telefone também estava desconfiada. Se existe alguém se passando por cobrador, é um problema da empresa. O encarregado disse que gostaria de agendar uma visita e verificar o caso pessoalmente. Obviamente, recusei, alegando que, por não ter ocorrido nenhum prejuízo, preferia que o assunto não tomasse grandes proporções.

— Pode ser um psicopata, ou alguém que está me perseguindo.

— Não creio que seja alguém te perseguindo. Fazer aquilo não leva a nada. Muito pelo contrário, faria você se precaver ainda mais.

— Se for um psicopata, por que será que ele escolheu justamente esta porta? Há tantas outras. Estou tomando os devidos cuidados para que a luz, quando estiver acesa, não possa ser vista de fora, e evito fazer barulho. Mantenho as cortinas sempre fechadas e jamais penduro roupas do lado de fora. Ele parece saber que estou escondida aqui ou, pelo menos, faz questão de insistir que sabe que estou aqui. Faz de tudo para que eu abra a porta.

— Você acha que ele vai voltar?

— Não sei. Se a intenção dele é fazer com que eu abra a porta, creio que vai continuar vindo.

— Isso está te deixando emocionalmente abalada?

— Não estou abalada — disse Aomame. — Mas não é uma situação que me agrada.

— Eu também não estou gostando nem um pouco disso. Realmente, é muito desagradável. Mas o fato é que, mesmo que esse falso cobrador apareça novamente, não podemos chamar a NHK e tampouco a polícia. Mesmo que você consiga me avisar, até eu conseguir chegar aí pode ser que ele já tenha ido embora.

— Acho que consigo resolver isso sozinha — disse Aomame. — Por mais que ele me provoque, eu não pretendo abrir a porta.

— Ele vai usar vários subterfúgios para te provocar.

— Acho que sim — disse Aomame.

Tamaru deu uma leve tossida e mudou de assunto.

— Você recebeu os kits para teste?

— Estou grávida — respondeu Aomame sucintamente.

— Significa que você tinha razão.

— Isso mesmo. Fiz dois testes e os dois deram o mesmo resultado.

Houve um silêncio. Um silêncio como o de uma pedra litográfica em que as letras ainda não foram totalmente esculpidas.

— Não há margem para erros? — indagou Tamaru.

— Eu já sabia disso desde o começo. Os testes apenas comprovaram.

Durante um tempo, Tamaru acariciou a silenciosa pedra litográfica com a ponta dos dedos.

— Preciso perguntar uma coisa, sem rodeios — disse Tamaru. — Você pretende ter essa criança? Ou pretende se desfazer dela?

— Não pretendo me *desfazer*.

— Quer dizer que você vai ter essa criança.

— Se tudo correr bem, ela deve nascer entre junho e julho.

Tamaru calculou mentalmente. — Isso significa que precisamos tomar algumas providências.

— Sinto muito.

— Não precisa se desculpar — disse Tamaru. — Toda mulher possui o direito de gerar o seu filho, e temos de garantir esse direito.

— Parece uma declaração universal dos direitos humanos — disse Aomame.

— Vou te perguntar novamente, para evitar quaisquer dúvidas. Você disse que não tem ideia de quem é o pai, certo?

— Desde junho, não tive nenhuma relação sexual.

— Então seria uma espécie de gravidez imaculada?

— Os religiosos vão ficar bravos se ouvirem isso.

— Se você fizer algo incomum, não importa o que seja, alguém sempre vai ficar bravo — disse Tamaru. — Mas, se você está grávida, deve ser examinada o quanto antes por um médico. Não vai poder ficar enfurnada nesse apartamento durante todo o período da gestação.

Aomame suspirou. — Me deixe ficar aqui até o final do ano. Prometo que não vou mais causar nenhum incômodo.

Tamaru fez um breve silêncio antes de prosseguir.

— Até o final do ano você pode ficar aí. Conforme o combinado. Mas, assim que virar o ano, vamos te transferir para um local menos perigoso, onde você poderá receber os tratamentos adequados. Estamos entendidos?

— Sim — disse Aomame. Mas ela ainda não tinha tanta certeza. Será que teria coragem de deixar aquele local, caso não conseguisse reencontrar Tengo?

— Eu já engravidei uma mulher — disse Tamaru.

Aomame ficou muda durante um tempo. — Você? Mas você é...

— Isso mesmo. Sou gay. Incontestavelmente gay. Desde sempre fui, ainda sou e creio que sempre serei.

— Mas você engravidou uma mulher.

— Todos nós erramos — disse Tamaru, sem nenhuma carga de humor. — Não vou entrar em detalhes, mas aconteceu quando eu ainda era jovem. Foi uma única vez, um tiro direto e certeiro.

— O que aconteceu com ela?

— Não sei — disse Tamaru.

— Não sabe?

— Acompanhei até o sexto mês de gravidez. Depois, não sei.

— Se ela estava com seis meses, não deve ter abortado.

— Também acho.

— Há uma grande possibilidade de a criança ter nascido.

— Provavelmente.

— Se a criança nasceu, gostaria de conhecê-la?

— Não faço questão — disse Tamaru, sem hesitar. — Não é o meu tipo de vida. E você? Ia querer conhecê-la?

Aomame pensou a respeito. — Eu também fui uma criança abandonada pelos meus pais, por isso não consigo imaginar como seria ter o meu próprio filho. Não tenho um modelo correto a seguir.

— Seja como for, você está pensando em trazer essa criança ao mundo. Neste mundo repleto de violência e contradições.

— É porque estou à procura do amor — disse Aomame. — Mas não é um amor entre mim e a criança. Ainda não estou nesse estágio.

— Mas a criança faz parte desse amor.

177

— Acho que sim. De certa forma.

— Mas se isso tudo for um engano e você descobrir que essa criança não pertence a esse amor, ela certamente vai se machucar. Como nós.

— Existe essa possibilidade. Mas sinto que não é isso. É uma intuição.

— Respeito a intuição — disse Tamaru. — Mas, quando o ego nasce neste mundo, ele tem de sustentar a moralidade. É bom estar ciente disso.

— Quem foi que disse isso?

— Wittgenstein.

— Vou me lembrar disso — disse Aomame. — Se a criança tiver nascido, quantos anos ela teria hoje?

Tamaru calculou mentalmente: — Dezessete.

— Dezessete anos? — Aomame imaginou uma garota de dezessete anos sustentando a moralidade.

— Vou levar o assunto para a Madame — disse Tamaru. — Ela quer falar diretamente com você. Mas, como sempre costumo dizer, sob o ponto de vista da segurança, não estou muito alegre com essa notícia. Estamos tomando todas as medidas técnicas cabíveis, mas, mesmo assim, o telefone é um meio de comunicação muito arriscado.

— Sei disso.

— Ela está muito apreensiva com o desenrolar dos fatos e se preocupa muito com você.

— Também sei disso. Sinto-me grata.

— Seja prudente. Confie nela e ouça o que ela tem a lhe dizer. Ela é uma pessoa extremamente sábia.

— Farei isso — respondeu Aomame.

"Mas, independentemente disso, preciso aguçar a minha consciência e me proteger", pensou Aomame. "Não há dúvidas de que a velha senhora de Azabu é uma pessoa sábia. Ela realmente possui um poder imensurável. Entretanto, há coisas que ela não tem como saber. Possivelmente, ela não sabe como funcionam as regras de 1Q84. Ela ainda não deve ter notado que existem duas luas no céu."

* * *

Após desligar o telefone, Aomame deitou-se no sofá e pegou no sono durante trinta minutos. Um sono curto e profundo. Sonhou, mas o sonho era um espaço vazio. Nesse vazio ela pensava sobre várias coisas. Era como estar diante de um caderno em branco escrevendo com tinta invisível. Ao despertar, sua mente guardava uma imagem vaga, e ao mesmo tempo estranhamente nítida: "Eu vou ter esta criança. Esse pequeno ser nascerá com segurança neste mundo." Um mundo em que, segundo Tamaru, as pessoas devem sustentar a moralidade.

Aomame colocou a palma da mão no ventre e escutou atentamente. Ainda não conseguia escutar nada. Por enquanto.

Capítulo 12
Tengo
As regras do mundo estão se afrouxando

Após o café da manhã, Tengo tomou um banho de chuveiro. Lavou os cabelos e fez a barba. Vestiu as roupas que estavam lavadas e passadas. Depois, foi até a estação comprar o jornal matinal na banca e, em seguida, entrou num bar nas redondezas para tomar um café.

Ao passar os olhos no jornal, nenhuma notícia lhe chamou atenção. O mundo era um local monótono e sem graça. O jornal era daquele dia, mas a impressão era de estar lendo o da semana passada. Assim que terminou, Tengo dobrou o jornal e olhou o relógio de pulso. Eram nove e meia da manhã, e o horário de visitas da casa de saúde começava às dez.

Arrumar as coisas para ir embora era uma tarefa simples. Não trouxera muito: algumas roupas, objetos de higiene pessoal, alguns livros, blocos de papel. Coisas que cabiam numa bolsa de lona. Ele carregou a bolsa no ombro, pagou a conta da pousada e foi à estação pegar um ônibus até a casa de saúde. Era início de inverno. Poucas pessoas iam para a praia logo pela manhã. Ele foi o único que desceu no ponto em frente à casa de saúde.

Como de costume, assim que chegou na recepção, ele anotou o nome e o horário no caderno de registro de visitas. No balcão havia uma mocinha que Tengo via de vez em quando. Seus braços e suas pernas eram exageradamente finos e longos e seus lábios esboçavam um permanente sorriso, como uma aranha bem comportada que orienta os caminhos da floresta. Normalmente, quem ficava na recepção era a enfermeira Tamura, de meia-idade e óculos, mas naquele dia ela não estava. O fato de ela não estar deixou Tengo aliviado. Ele temia que ela insinuasse algo sobre a noite anterior, por ele ter acompanhado Kumi Adachi até a casa dela. A enfermeira Ômura, que costumava espetar a caneta no coque, também não estava. Talvez elas tenham desaparecido, tragadas pela terra. Como as três feiticeiras em *Macbeth*.

Mas isso era impossível. No caso da Kumi Adachi, era o seu dia de folga, mas as outras duas disseram que viriam trabalhar normalmente. Elas provavelmente estariam em algum outro setor.

Tengo subiu as escadas e foi até o quarto de seu pai no primeiro andar. Deu duas batidas de leve na porta e entrou. Seu pai estava deitado na cama e dormia na mesma posição de sempre. No braço havia o soro e, na uretra, um cateter. Nenhuma mudança desde o dia anterior. A janela e as cortinas estavam fechadas. O ar do quarto estava denso e estagnado. Um misto de medicamentos, flores no vaso, respiração do paciente, excreções e demais cheiros que a vida exala estavam todos concentrados num odor único, indistinto. O fato de estar fraco, com a vida por um fio e inconsciente não alterava o funcionamento de seu metabolismo. O pai continuava do lado de cá da linha divisória que separa a vida da morte e, nesse caso, estar vivo era o mesmo que dizer que ele exalava vários cheiros.

A primeira coisa que Tengo fez ao entrar no quarto foi abrir as cortinas e as janelas. Era uma manhã agradável. Precisava arejar o quarto. O ar estava frio, mas não gelado. Os raios de sol adentravam o quarto e a brisa do mar balançava as cortinas. Uma gaivota, embalada pelo vento, com as pernas elegantemente dobradas, planava sobre os pinheiros. Um bando de pardais pousados em desalinho nos fios de eletricidade mudava constantemente de posição, como se estivesse reordenando notas musicais. Um corvo de bico grande pousou no topo de uma lâmpada de mercúrio e, olhando atentamente ao redor, parecia estar pensando no que faria a seguir. Alguns filamentos de nuvens flutuavam bem alto no céu. De tão distantes e altas davam a impressão de serem elementos abstratos, alheios à vida dos homens.

De costas para o paciente, Tengo observava essa paisagem. Coisas que possuem vida e coisas que não possuem vida. Coisas que se movem e coisas que não se movem. A paisagem que ele contemplava pela janela era a mesma de sempre. Não havia nada de novo. O mundo seguia adiante, pois era preciso avançar. Cumpria sofrivelmente a sua função predeterminada, como um despertador barato. Tengo observava ao acaso aquela paisagem apenas para protelar um pouco mais o momento de estar de frente para o seu pai e ter de encará-lo. Mas não podia protelar indefinidamente.

Finalmente, criou coragem e sentou na cadeira ao lado da cama. Seu pai estava deitado com o rosto voltado para o teto e os olhos fechados. O acolchoado, que lhe cobria o corpo até o pescoço, continuava intacto. Os olhos estavam profundamente encovados. Era como se tivesse perdido uma peça e o globo ocular, não podendo ser sustentado pela órbita, acabasse por afundar dentro de uma cova profunda. Mesmo que seu pai abrisse os olhos, ele certamente só conseguiria ver o mundo como se estivesse no fundo de um buraco.

— Pai — Tengo dirigiu-lhe a palavra.

Seu pai não respondeu. O vento que entrava no quarto repentinamente parou de soprar e as cortinas penderam, como uma pessoa que, de súbito, interrompe o trabalho ao se lembrar de algo importante a fazer. Um tempo depois, como que voltando a si, o vento recomeçou a soprar suavemente.

— Vou voltar para Tóquio — disse Tengo. — Não posso ficar aqui para sempre. Não posso prolongar as férias. Minha vida não é grande coisa, mas tenho minhas coisas para fazer.

Havia uma barba rala nas bochechas de seu pai. Uma barba de dois ou três dias. A enfermeira o barbeava, mas não todos os dias. Fios brancos e pretos se mesclavam. Ele tinha apenas 64 anos, mas aparentava muito mais. Era como se alguém, por engano, avançasse o filme da vida daquele homem.

— Enquanto estive aqui, o senhor não acordou. Segundo o médico, a resistência do seu corpo não diminuiu e, por mais estranho que possa parecer, seu estado de saúde está muito próximo do normal.

Tengo fez uma pausa e aguardou um tempo para que suas palavras penetrassem em seu interlocutor.

— Não sei se o senhor consegue ouvir a minha voz. Mesmo que ela faça vibrar seu tímpano, pode ser que nesse ponto o circuito esteja interrompido. Ou pode ser que a minha voz alcance a sua consciência, mas o senhor não possa reagir. Isso é algo que jamais saberei dizer. Até agora, conversei com o senhor e li em voz alta porque acho que, de alguma maneira, o senhor pode me ouvir. Se eu não partisse desse princípio, não faria sentido eu ficar aqui conversando com o senhor e, se eu não pudesse ter essa conversa, não faria sentido eu estar aqui. Não sei explicar direito, mas tenho uma leve impressão de que o senhor está me ouvindo. Não digo que totalmente, mas ao menos captando os pontos mais importantes do que digo.

Não houve reação.

— O que vou dizer pode parecer bobagem, mas, como vou voltar para Tóquio e não sei quando retornarei, quero dizer o que penso. Se achar absurdo o que vou dizer, pode rir a vontade. É claro, se o senhor puder rir.

Tengo fez uma pausa e observou o rosto do pai. Continuava sem esboçar nada.

— O senhor está em coma. Perdeu a consciência e os sentidos e está sendo mantido vivo por meio de aparelhos. O médico disse que o senhor era como um cadáver vivo. Logicamente, ele disse isso de um modo indireto. Mas, em termos médicos, o estado em que o senhor se encontra pode ser descrito assim. Mas será que isso não é apenas um *disfarce*? Acho que a sua consciência pode não estar perdida de *verdade*. O senhor está deixando o seu corpo em coma e, enquanto isso, sua consciência está vivendo em outro lugar. Não é de hoje que penso nessa possibilidade. Mas isso não passa de *um pressentimento*.

Silêncio.

— Sei que isso tudo é um tremendo absurdo, talvez, fruto da imaginação. Sei que se eu disser isso para alguém, essa pessoa achará que estou tendo alucinações. Mas não consigo deixar de pensar nisso. O senhor, provavelmente, perdeu o interesse neste mundo. Ficou desiludido e decepcionado e perdeu a razão de viver. Por isso, abandonou seu corpo físico e resolveu viver em algum local diferente. Talvez em seu mundo interior.

Um silêncio ainda mais profundo.

— Tirei férias do serviço, vim até esta cidade, aluguei um quarto numa pousada e diariamente visitei e conversei com o senhor. Já faz quase duas semanas. Mas o objetivo de eu ter feito isso não foi apenas para visitá-lo ou cuidar do senhor. Houve uma época em que eu queria saber de onde eu vim e quem são os meus pais biológicos. Mas, hoje, isso não tem a mínima importância. Eu sou eu, independentemente de possuir ou não alguma relação de consanguinidade com alguém. É o senhor que *considero ser o meu pai*. E é assim que acho que deve ser. Não sei se posso chamar o que sinto como uma reconciliação. Talvez o mais certo seja dizer que eu me reconciliei comigo mesmo.

Tengo respirou fundo, e abaixou o tom de voz.

— No verão, o senhor ainda estava consciente. Ainda que de modo confuso, sua consciência cumpria a sua função. Naquela época, reencontrei uma menina neste quarto. Ela apareceu *aqui* enquanto o senhor estava na sala de exames. Creio que tenha sido o alter ego dela. Desta vez, o motivo de eu voltar para esta cidade e alongar a minha estadia foi porque achei que poderia reencontrá-la. Esse foi o meu verdadeiro motivo de estar aqui.

Tengo suspirou e colocou as mãos sobre o colo.

— Mas ela não apareceu. Ela foi transportada até aqui por uma coisa que se chama crisálida de ar, uma espécie de cápsula que a protege. Se eu for explicar isso, a conversa vai ficar longa, mas digamos que a crisálida de ar é um produto da imaginação, um objeto da ficção. Mas, agora, ela deixou de ser um objeto da ficção. A linha entre o mundo real e o da imaginação tornou-se imprecisa. Duas luas pairam no céu. E elas também foram trazidas do mundo da ficção.

Tengo olhou o rosto do pai. "Será que ele acompanhava o fio da conversa?"

— Seguindo essa linha de raciocínio, não seria nada estranho se sua consciência tivesse se separado do corpo e passasse a viver livremente em algum outro mundo. Em outras palavras, as regras do mundo que nos cerca estão se afrouxando. Como eu disse anteriormente, tenho um estranho pressentimento. Um pressentimento de que você *realmente esteja fazendo isso*. Como, por exemplo, ir até o meu apartamento em Kôenji e ficar batendo na minha porta. O senhor sabe o que digo, não? O senhor diz que é cobrador da NHK, bate insistentemente na porta, faz ameaças e fica berrando no corredor. Era o que o senhor costumava fazer na época em que fazíamos cobranças em Ichikawa.

Tengo sentiu uma leve alteração na pressão do ar no quarto. As janelas estavam totalmente abertas, mas, de fora, nada que pudesse ser reconhecido como som chegava até ali. A não ser o dos pardais que, vez por outra, pareciam se lembrar de trinar.

— Uma garota está morando no meu apartamento em Tóquio. Ela não é minha namorada ou coisa do gênero. Circunstâncias fizeram com que ela viesse morar temporariamente comigo. Dias atrás, ela me disse ao telefone sobre um cobrador da NHK. Ela contou que ele bateu na porta e ficou gritando no corredor. Fiquei surpreso em constatar que esse cobrador agia do mesmo jeito que o senhor. Ela ouviu exatamente as mesmas palavras de que eu ainda me lembro. São palavras que eu gostaria de esquecer para sempre. Sabe de uma coisa, acho que esse cobrador é o senhor. Estou errado?

Tengo ficou em silêncio durante trinta segundos e, nesse ínterim, seu pai não mexeu nem um cílio.

— A única coisa que lhe peço é que nunca mais bata na minha porta. Eu não tenho televisão em casa. Aqueles dias que saíamos juntos para fazer as cobranças das taxas de recepção terminaram, fazem parte de um passado remoto. Quanto a isso, creio que fizemos um acordo, na presença da professora, lembra? Não consigo me lembrar do nome dela, mas era uma professora baixinha, de óculos, responsável pela classe. Você deve se lembrar disso, não? Por isso, pare de bater na minha porta. Não só na minha como de qualquer outra. O senhor não é mais cobrador da NHK e, portanto, não tem mais o direito de incomodar as pessoas.

Tengo se levantou, foi até a janela e contemplou a paisagem. Um idoso vestindo um suéter grosso andava com sua bengala em frente à barreira de pinheiros. Devia estar caminhando. Os cabelos eram grisalhos, ele era alto e de boa postura. Mas seus passos eram desengonçados. Esforçava-se para dar um passo de cada vez, com muita dificuldade, como se tivesse esquecido como se anda. Tengo observou essa cena durante um bom tempo. O velho levou um tempão para atravessar o jardim e desapareceu ao contornar o edifício. Durante todo o trajeto ele parecia sentir muita dificuldade para se locomover. Tengo voltou-se para o pai.

— Não estou te censurando. O senhor tem todo o direito de levar a sua consciência para onde quiser. É a sua vida, a sua consciência. O senhor deve estar agindo conforme o que considera ser o certo, por isso, sei que não tenho o direito de reclamar. Mas o senhor *não é mais cobrador da NHK*. Por isso, pare de bancar o cobrador. Isso não lhe trará a remição.

Tengo sentou no peitoril da janela e tentou encontrar as palavras no pequeno espaço do quarto.

— Não sei como foi a sua vida; quais foram suas alegrias e tristezas. Mas, mesmo que não tenha conseguido realizar algo que gostaria de ter feito, não cabe ao senhor pleiteá-lo batendo na porta dos outros. Ainda que o local lhe seja familiar e que isso é o que de melhor o senhor saiba fazer, entendeu?

Tengo se calou e olhou para o rosto do pai.

— Não é para bater na porta de mais ninguém. É a única coisa que lhe peço. Eu preciso ir. Estive aqui diariamente conversando e lendo livros para o senhor, que está em coma. Creio que, de certa forma, conseguimos nos reconciliar. Isso foi algo que, de fato, aconteceu neste mundo real. Sei que isso não vai lhe agradar, mas acho melhor o senhor voltar novamente para o *lado de cá*. Aqui é o lugar a que você pertence.

Tengo colocou a bolsa no ombro. — Bem, estou indo.

Seu pai continuou com os olhos fechados, em silêncio, e não mexeu o corpo, nem milimetricamente. O mesmo estado de sempre. Mas dava a impressão de estar pensando em alguma coisa. Tengo conteve a respiração e se ateve a observá-lo. Quem sabe ele poderia abrir de repente os olhos e se levantar. Mas isso não aconteceu.

A enfermeira, que tinha os braços e as pernas compridas como as de uma aranha, continuava sentada no balcão de recepção. No peito havia um crachá plastificado escrito "Tamaki".

— Vou voltar para Tóquio — disse Tengo para a enfermeira Tamaki.

— Sinto muito que seu pai não recobrou a consciência enquanto esteve aqui — disse ela, tentando reconfortá-lo. — Mas ele deve estar contente de você ter ficado tanto tempo com ele.

Tengo não conseguiu encontrar palavras adequadas para responder a esse comentário. — Por favor, mande lembranças para as demais enfermeiras e diga-lhes que sou muito grato.

Ele acabou não encontrando a enfermeira Tamura, que usava óculos, nem a enfermeira Ômura, de peitos grandes e que enfiava a caneta no coque. Isso o fez se sentir um pouco triste. Elas eram enfermeiras competentes e muito atenciosas com Tengo. Mas talvez tenha sido melhor assim. Afinal, ele estava fugindo sozinho da cidade dos gatos.

Quando o trem partiu da estação de Chikura, Tengo lembrou-se da noite em que passara no apartamento de Kumi Adachi. Havia acontecido apenas um dia antes. A luminária chamativa da Tiffany, o desconfortável sofá do tipo *love chair* e as risadas do programa humorístico do apartamento vizinho. O canto da coruja no bosque, a fumaça do haxixe, a camiseta estampada com o sorriso, o cobertor grosso colocado sobre suas pernas. Nem um dia se passara, mas parecia que essas coisas pertenciam a um longínquo passado. Ele não conseguia entender a perspectiva temporal de sua consciência. Como uma balança instável, as coisas não se acalmavam em nenhum canto de sua memória.

De repente, Tengo se inquietou e olhou ao redor. Será que este é o mundo *real*? Será que eu novamente embarquei numa realidade errada? Tengo perguntou para um passageiro próximo para se certificar de que aquele trem ia para Tateyama. Não havia erro, era o trem certo. Da estação Tateyama ele faria a baldeação para Tóquio, pegando o trem expresso. Estava deixando a cidade litorânea dos gatos.

Ao fazer a baldeação e se acomodar no trem expresso, o sono se apoderou dele, como se já estivesse à espreita. Tengo caiu num sono profundo, como se tivesse pisado em falso em um abismo escuro. As pálpebras fecharam-se naturalmente e sua consciência rapidamente se desligou. Quando despertou, o trem já havia passado a estação Makuhari. Não estava muito quente dentro do trem, mas suas axilas e costas estavam molhadas de suor. Sentiu um gosto desagradável na boca. Um odor parecido com o daquele ar estagnado que ele sentia no quarto de seu pai. Tirou do bolso um chiclete e mascou-o.

"Não voltarei mais àquela cidade", pensou Tengo. "Pelo menos enquanto meu pai estiver vivo. Mas neste mundo não se pode afirmar nada com total segurança. Pelo menos sei que não há mais nada a fazer naquela cidade litorânea."

* * *

Quando retornou ao apartamento, Fukaeri não estava mais lá. Ele bateu três vezes na porta, aguardou um tempo, e bateu mais duas. Só depois é que virou a chave e abriu a porta. O apartamento estava silencioso e surpreendentemente limpo. As louças estavam guardadas no armário, as mesas e as prateleiras estavam impecavelmente arrumadas e o lixo devidamente recolhido. Havia indícios de que o chão fora aspirado. A cama estava arrumada e não se via nenhum livro ou disco fora do lugar. As roupas lavadas e secas estavam dobradas sobre a cama.

A bolsa grande de Fukaeri também não estava mais lá. Aparentemente, ela não deixara o local às pressas, para resolver algum imprevisto. Tampouco parecia ter dado uma saída momentânea. Ela resolvera ir embora e, sem se afobar, limpou e arrumou o apartamento com capricho antes de partir. Tengo imaginou Fukaeri sozinha, passando aspirador de pó e limpando os móveis com um pano. Uma cena tão inusitada que era difícil de associar com a imagem que ele fazia dela.

Ao abrir a caixa de correio do hall, encontrou a cópia da chave do apartamento. A contar pelo volume da correspondência, ela havia partido um ou dois dia antes. Fazia dois dias que ele telefonara pela última vez. Fora no período da manhã, e ela ainda estava no apartamento. Na noite anterior ele jantou com as enfermeiras e, depois, aceitou o convite de passar a noite no apartamento de Kumi Adachi. Acabara não telefonando para Fukaeri.

Ele esperava que Fukaeri tivesse deixado alguma mensagem escrita com sua peculiar letra cuneiforme. Mas Tengo não encontrou nada. Ela simplesmente se fora, sem dizer nada. No entanto, ele não ficou surpreso ou chateado com essa atitude. Afinal, ninguém seria capaz de prever seus pensamentos ou ações. Se ela queria vir, vinha, se quisesse ir embora, ia. Era como um gato caprichoso e com forte senso de independência, que age conforme os seus instintos. O que se devia estranhar era o fato de ela permanecer tanto tempo num mesmo lugar.

Na geladeira havia muito mais comida do que ele esperava. Alguns dias antes, ela devia ter saído para fazer compras. Havia um monte de couve-flor cozida. Aparentemente, não fazia muito tempo que havia sido feita. Será que ela sabia que, dentro de um ou dois dias, ele estaria de volta a Tóquio? Tengo sentiu fome e preparou um ovo frito para acompanhar a couve-flor. Tostou o pão, fez um café e tomou duas xícaras.

Em seguida, telefonou para o amigo que assumira as aulas durante sua ausência e lhe disse que as retomaria a partir do início da semana seguinte. O amigo informou-lhe até onde avançara na apostila.

— Você me ajudou muito. Estou te devendo essa — agradeceu Tengo.

— Até que gosto de ensinar. Às vezes até me divirto. Mas, quando ensinamos por muito tempo, a gente começa a se sentir um completo estranho para si mesmo.

Isso era algo que o próprio Tengo sentia, ainda que vagamente.

— Enquanto estive fora, aconteceu algo de diferente?

— Nada de mais. Ah! recebi uma carta para ser entregue a você e a deixei dentro da sua gaveta.

— Carta? — indagou Tengo. — De quem?

— Era uma garota magra, de cabelos lisos e retos na altura do ombro. Ela me procurou e pediu para te entregar a carta. O jeito de ela falar era meio estranho. Acho que é estrangeira.

— Ela estava com uma bolsa grande?

— Estava. Uma bolsa verde. E bem cheia.

Fukaeri ficou com receio de deixar a carta no apartamento. Alguém podia lê-la. Ou roubá-la. Por isso, foi até a escola e a entregou nas mãos do amigo de Tengo.

Tengo agradeceu novamente e desligou o telefone. Já era tarde e não se animou a tomar o trem até Yoyogi para pegar a carta. Faria isso no dia seguinte.

Um tempo depois, lembrou-se de que esquecera de perguntar ao amigo sobre a lua. Começou a discar o número, mas acabou desistindo. Ele já deve ter esquecido isso. No final das contas, Tengo é que deveria resolver isso, sozinho.

Tengo saiu para caminhar a esmo na cidade que anoitecia. O apartamento estava estranhamente quieto com a ausência de Fukaeri, e isso o deixava incomodado. Quando moravam juntos, ele não sentia sua presença. Ele mantinha sua rotina de sempre e ela seguia a dela. Mas o fato de ela não estar mais lá fez com que Tengo percebesse a existência de um vazio em forma humana.

Não significava que ele nutrisse uma atração por ela. Ela era uma garota bonita e encantadora, mas ele nunca sentiu um desejo sexual por ela. O fato de terem morado juntos durante vários dias não o excitava. Por quê? Será que havia algum motivo para ele não sentir desejo por ela? Naquela noite de trovoadas, Fukaeri tivera uma relação sexual com Tengo. Não que ele quisesse, mas ela sim.

O termo exato para descrever o ato que praticaram era "relação sexual". Ela ficou em cima do corpo adormecido e imobilizado de Tengo e colocou o pênis enrijecido dentro dela. Fukaeri parecia estar fora de si, como uma fada possuída por um sonho obsceno.

Depois disso, continuaram a viver naquele pequeno apartamento como se nada tivesse acontecido. A chuva torrencial parou e, quando amanheceu, Fukaeri parecia ter esquecido o que havia ocorrido na noite anterior. Tengo também não fez questão de tocar no assunto. Ele achou que, caso ela houvesse esquecido, era melhor assim. Tengo também achou que deveria esquecer aquilo. Mas uma dúvida pairava em seu íntimo. Por que Fukaeri fez aquilo? Teria havido algum motivo? Ou foi um tipo de possessão diabólica temporária?

A única certeza de Tengo era que *aquilo não fora um ato de amor*. Fukaeri nutria um carinho espontâneo por Tengo, não havia dúvidas. Mas sentir amor ou desejo sexual era improvável. *Ela não sentia desejo sexual por ninguém*. Tengo não podia afirmar categoricamente, apenas com base em sua capacidade de observação, mas, mesmo assim, ele não conseguia nem imaginá-la ofegante, transando de forma ardente com um homem. Não. Não conseguia nem mesmo imaginá-la praticando um *simples* ato sexual. Era algo que não condizia com a natureza dela.

Tengo caminhou pelo bairro de Kôenji. O dia estava escurecendo e soprava um vento gelado, mas isso não o incomodava. Gostava de pensar enquanto caminhava. E então se sentar diante da mesa e dar forma a essas ideias. Fazia parte de sua rotina. Por isso, não se importava em caminhar na chuva ou no vento. Chegou em frente ao bar Muguiatama. Como não lhe ocorreu nada para fazer, resolveu entrar e pediu um chope Carlsberg. O bar tinha acabado de abrir, e não havia nenhum cliente. Tengo parou de pensar, esvaziou a mente e tomou tranquilamente a sua bebida.

Mas ficar com a mente vazia era um capricho que Tengo não conseguia manter por muito tempo. Esvaziar a mente era algo tão impossível quanto criar um vácuo na natureza. Ele não podia deixar de pensar em Fukaeri. Ela estava presente em sua consciência como um fragmento de sonho.

Pode ser que ela esteja bem perto. Um lugar que dá para ir andando.

Foram as palavras de Fukaeri. Por isso, naquele dia, ele resolveu sair pela cidade à procura de Aomame. E, naquele dia, ele também entrou neste mesmo bar. O que mais ela lhe disse?

Não precisa se preocupar. Se você não encontrá-la, ela é que vai te encontrar.

Assim como Tengo estava procurando Aomame, ela também o procurava. Tengo relutou em acreditar nisso. Ele estava aflito tentando encontrá-la e, por isso, nem lhe passou pela cabeça que ela também estaria à procura dele.

Eu percebo e você recebe.

Foi o que Fukaeri lhe disse naquela ocasião. Ela possuía a sensibilidade de perceber as coisas e Tengo tinha a função de receptor. No entanto, Fukaeri contava o que percebia somente quando ela achava que devia. Tengo não sabia ao certo se isso era uma questão de regra ou mero capricho.

Tengo se lembrou novamente da relação sexual entre eles. Uma garota bonita de dezessete anos ficou sobre ele, tomou seu pênis ereto e o enfiou bem fundo dentro dela. Seus seios balançavam graciosamente, como um par de frutas maduras. Ela fechou os olhos em êxtase e suas narinas se dilataram excitadas. Seus lábios esboçavam algo que não chegava a se expressar em palavras. Vez por outra, entre seus dentes brancos despontava a ponta da língua rosada. Tengo lembrava com clareza dessa imagem. Seu corpo estava dormente, mas sua consciência, desperta. A ejaculação foi intensa.

Mas, a despeito de ele se lembrar claramente dessa cena, isso não o excitava. Não desejava fazer sexo com ela novamente. Depois daquilo, já haviam se passado três meses sem sexo. Nem ao menos havia ejaculado nesse período. Era algo realmente estranho de acontecer com ele. Era um homem saudável, de trinta anos, solteiro e sexualmente ativo, com desejos que acabavam sendo saciados de alguma forma.

Quando esteve no apartamento de Kumi Adachi e deitou-se na mesma cama que ela, mesmo sentindo os pelos pubianos roçando-lhe a perna, não sentiu desejo sexual. Seu pênis permaneceu mole o tempo todo. Talvez a culpa tenha sido do haxixe, mas, no fundo, sabia que não era isso. Naquela noite de trovoadas, quando ele e Fukaeri fizeram sexo, ela levou *algo* importante de seu coração. Era como se tivesse levado algum móvel do apartamento. Era a impressão que tinha.

Como o quê, por exemplo?

Tengo meneou a cabeça.

Após beber a cerveja, pediu uma dose do bourbon Four Roses e uma porção de castanhas. Como da outra vez.

A ereção daquela noite tempestuosa deve ter sido perfeita demais. Seu pênis estava muito mais duro e maior que o normal. Nem parecia ser o seu pênis de sempre. Era liso, brilhante e, mais que um pênis de verdade, parecia um símbolo conceitual. A ejaculação que se seguiu à ereção foi intensa, viril, e o sêmen jorrou abundante e denso. Com certeza aquele jato atingiu o âmago do útero dela. Talvez tenha atingido um local bem mais profundo. Uma ejaculação perfeita.

Mas, quando alguma coisa sai perfeita demais, sempre existe uma reação. A vida é assim. "Como me senti ao ejacular, após ter tido aquela experiência?" Tengo não conseguia se lembrar. Talvez não tenha ejaculado nenhuma vez desde então. O fato de não se lembrar significava que, caso tivesse ejaculado, teria sido algo de proporção bem menor. Seria como um curta-metragem que passa antes do filme principal. Não havia sentido em comentar uma ejaculação desse tipo. Talvez.

Tengo se perguntava se ele passaria o resto da vida tendo uma ereção de segunda categoria, ou se ainda teria alguma. Com certeza, sua vida seria triste como um longo anoitecer. Por outro lado, poderia ser algo inevitável. Bem, pelo menos ele tivera uma perfeita ereção e uma perfeita ejaculação. Como disse a escritora de *E o vento levou*: se você alguma vez realizou algo de grandioso, já é um *bom* motivo para festejar.

Após beber o uísque, Tengo pagou a conta e saiu novamente pelas ruas. O vento estava forte e o ar ainda mais frio. "Preciso encontrar Aomame antes que as regras do mundo se afrouxem e ele perca grande parte de sua lógica." O que Tengo mais desejava naquele momento era reencontrá-la. "Se eu não conseguir, que valor teria a minha vida? Ela estava em algum lugar de Kôenji. Isso foi em setembro. Se a sorte ajudar, ela ainda deve estar no mesmo lugar." Não havia nenhuma prova concreta. Mas, para Tengo, só lhe restava seguir essa possibilidade. Aomame devia estar *em algum lugar* perto dali. E também devia estar tentando encontrá-lo. Como uma moeda dividida em duas partes, cada qual buscando sua cara metade.

Tengo olhou para o céu, mas não viu as luas. "Preciso ir a algum lugar onde eu possa vê-las", pensou.

Capítulo 13
Ushikawa
É isso o que significa voltar à estaca zero?

A aparência de Ushikawa chamava muita atenção. Era inadequada para espionar ou seguir pessoas. Mesmo que tentasse passar despercebido na multidão, ele se destacava como uma centopeia dentro de um pote de iogurte.

Os demais membros de sua família não eram como ele: além dos pais, tinha dois irmãos — um mais velho e outro mais novo — e uma irmã caçula. O pai administrava uma clínica, e a mãe se encarregava da contabilidade. Tanto o irmão mais velho quanto o mais novo ingressaram na faculdade com notas excelentes e se tornaram médicos. O mais velho trabalhava num hospital de Tóquio, e o mais moço seguiu carreira de pesquisador na mesma faculdade em que se formou. O irmão mais velho assumiria a administração da clínica da família, na cidade de Urawa, quando o pai se aposentasse. Seus dois irmãos eram casados e cada um tinha um filho. A irmã caçula estudou no exterior, formou-se numa faculdade americana e, de volta ao Japão, trabalhava como tradutora e intérprete. Tinha trinta e cinco anos, mas continuava solteira. Todos eram magros, altos e possuíam um rosto oval, de bonita feição.

Dentre os familiares, Ushikawa era, sem dúvida, uma exceção em todos os sentidos, sobretudo na aparência. Era baixo, tinha a cabeça grande e deformada, os cabelos crespos e encaracolados. Suas pernas eram curtas e vergadas como um pepino. O globo ocular era saltado como se estivesse assustado e, em torno do pescoço, havia um estranho, denso e excessivo volume de pele. As sobrancelhas eram enormes e grossas, faltando pouco para se juntarem em um único traço. Pareciam duas enormes taturanas com desejo de se acasalarem. As notas na escola eram geralmente excelentes, mas oscilavam conforme a matéria e eram especialmente ruins quando envolviam atividade física.

Ele sempre foi um "corpo estranho" nessa presunçosa família abastada e orgulhosa de pertencer à elite. Um elemento que perturbava a harmonia familiar; uma nota musical dissonante. Nas fotos em família, ele era o único que claramente destoava. Parecia um intruso inconveniente que entrara de penetra no grupo e casualmente acabara saindo na foto.

A família não se conformava que uma pessoa de aparência tão diferente houvesse surgido entre eles. Mas não havia dúvidas de que ele nascera do ventre de sua mãe (ela se lembrava vivamente das intensas e sofridas dores do parto). Ele não havia sido colocado num cesto e abandonado na frente da porta. Certo dia, alguém mencionou que havia um parente da parte de seu pai que tinha uma cabeça desproporcional que lembrava o boneco da felicidade, o *fukusuke ningyô*. Esse homem era o primo do avô paterno de Ushikawa. Durante a guerra, esse primo-avô trabalhara numa metalúrgica no distrito de Kôto, mas, na primavera de 1945, morreu num ataque aéreo em Tóquio. Seu pai não o conhecera pessoalmente, mas havia uma foto dele num álbum antigo. Ao verem a foto, todos da família exclamaram em uníssono: "Nossa! É parecido mesmo...", e foi após essa constatação que, finalmente, eles se convenceram de que Ushikawa pertencia à família. Esse primo-avô era incrível e assustadoramente parecido com ele. Desconfiaram até que um fosse a reencarnação do outro, tamanha a semelhança. Os genes desse tio pareciam ter dado novamente o ar de sua graça.

Se Ushikawa não existisse, a família Ushikawa, da cidade de Urawa, província de Saitama, seria considerada perfeita tanto na aparência quanto em termos curriculares e profissionais. Qualquer um teria inveja dessa família exemplar e fotogênica. Mas, quando Ushikawa saía na foto, as pessoas costumavam franzir levemente as sobrancelhas e inclinar a cabeça. Achavam que aquilo era uma brincadeira do destino, que puxara com satisfação o tapete da deusa da beleza. Ou era assim que os seus pais achavam que os outros *certamente pensariam*. Por isso, faziam de tudo para não expô-lo em público e, se isso fosse inevitável, cuidavam para que ele não chamasse a atenção (apesar de ser uma tentativa inútil).

Ushikawa, no entanto, não se sentia particularmente insatisfeito, triste ou solitário com essa situação. Muito pelo contrário.

Como ele próprio detestava sair em público, adorava o cuidado que tinham de deixá-lo à sombra. Para os irmãos, era como se ele não existisse, mas o fato de eles o ignorarem também não o afetava. Ele próprio não sentia nenhuma afeição especial por eles. Seus irmãos eram bonitos, sempre tiravam notas altas na escola e, ainda por cima, eram os deuses do esporte e sempre estavam rodeados de amigos. Mas, do ponto de vista de Ushikawa, eles eram indivíduos de natureza irremediavelmente superficial. Medíocres, com estreita visão de mundo, desprovidos de imaginação e preocupados somente com a opinião alheia. Não possuíam o saudável ceticismo necessário para atingir um nível mais elevado de sabedoria.

Como médico de uma clínica do interior, seu pai era razoavelmente bem-sucedido, mas era uma pessoa tão enfadonha a ponto de doer o peito. Assim como naquela lenda em que tudo o que o rei tocava se transformava em ouro, tudo o que seu pai falava se transformava em uma conversa insípida como grãos de areia. Mas o fato de seu pai ser uma pessoa de poucas palavras — muito provavelmente, algo involuntário — dissimulava aos olhos da sociedade sua real ignorância, quanto ele era entediante. Sua mãe, ao contrário, era uma tagarela esnobe de marca maior. Era rigorosa em questão de dinheiro, mimada, extremamente egoísta, adorava coisas vistosas e, quando tinha oportunidade, falava mal das pessoas em alto e bom som. O irmão mais velho puxara o jeito do pai, e o mais novo, o da mãe. A irmã caçula era independente, mas era irresponsável e não tinha nenhuma consideração pelas pessoas. Só pensava em garantir o seu próprio bem-estar. Por ser a caçula, os pais a mimaram em demasia e acabaram por estragá-la.

Não foi sem motivo que Ushikawa passou a juventude praticamente sozinho. Voltava da escola, enfurnava-se no quarto e entregava-se à leitura. Como não tinha amigos a não ser o seu cachorro, ele não tinha ninguém com quem conversar sobre o que aprendia e tampouco oportunidade de discutir algum assunto. Mas Ushikawa tinha plena consciência de que era uma pessoa racional, com uma lúcida capacidade intelectual, e que se exprimia de modo eloquente. Empenhou-se para lapidar sozinho suas aptidões. Por exemplo, ele lançava uma proposição e a debatia, posicionando-se de ambos os lados. Primeiro, ele argumentava exaustivamente a favor e, depois, passava a negar a proposição, criticando-a e argumentando contra. Em ambos os casos, se dedicava à causa com o mesmo desempenho — em certo sentido, com íntegra sinceridade —, a ponto de conseguir assimilar e se envolver de corpo e alma no debate. Desse modo, sem se dar conta, ele desenvolveu a capacidade de se tornar cético consigo mesmo. O que para a grande maioria era uma verdade absoluta, para ele não passava de uma verdade relativa. E ele aprendeu. Aprendeu que não há uma distinção nítida entre os valores subjetivos e objetivos, como a maioria acredita existir, e que, se a linha divisória entre eles não é clara, não seria tarefa difícil deslocar intencionalmente esses valores.

Para tornar a lógica e a retórica instrumentos persuasivos e eficazes, ele foi adquirindo todo e qualquer conhecimento. Não importava se o conhecimento seria útil ou não; ou se, naquele momento, ele concordava com o que aprendia. O conhecimento por ele adquirido não se restringia ao que se costuma denominar cultura geral. Ele buscava sempre informações concretas, com forma, peso e passíveis de serem constatadas objetivamente.

Sua enorme cabeça disforme, que lembrava o boneco da felicidade, tornou-se um excepcional receptáculo de informações importantes. Um receptáculo aparentemente feio, mas de grande utilidade. Ele adquiriu um vasto conhecimento, muito superior à média de sua faixa etária. Se desejasse, desbancaria facilmente qualquer um. Não somente seus irmãos e colegas de classe, como também os professores e, inclusive, seus pais. Mas Ushikawa evitava mostrar publicamente seu dom. O conhecimento e a capacidade eram apenas ferramentas e, portanto, não cabia a ele usá-los para se gabar.

O próprio Ushikawa admitia ser como um animal de vida noturna que se oculta na escuridão da floresta à espreita da presa. Sabia aguardar pacientemente o momento certo para atacar. Antes do bote, cuidava em não deixar nenhum vestígio de sua existência. O importante era se ocultar e saber distrair o outro. Desde o tempo do primário ele agia dessa maneira. Nunca dependia dos outros, e tampouco demonstrava seus sentimentos.

Às vezes ele pensava em como seria sua vida caso tivesse nascido com uma aparência um pouco melhor. Não precisava ser bonito nem admirado pela beleza. Bastaria ter uma aparência normal. Uma aparência que não fosse tão feia a ponto de as pessoas que passassem por ele se voltassem para olhá-lo. "Como seria minha vida se eu tivesse nascido com uma aparência normal?", pensava Ushikawa. Mas o condicional *se* exigia uma resposta que ultrapassava os limites de sua imaginação. Ushikawa era Ushikawa *demais* para poder especular sobre suposições. A cabeça grande e deformada, as órbitas saltadas e as pernas curtas e arqueadas eram o que o tornava a pessoa chamada Ushikawa: um homem cético, com sede de conhecimento, quieto e, ao mesmo tempo, eloquente.

O menino feio, com o decorrer do tempo, cresceu e se tornou um rapaz feio e, sem se dar conta, tornou-se um homem de meia-idade feio. Em todas as fases de sua vida, as pessoas que passavam por ele na rua frequentemente olhavam para trás para vê-lo. As crianças, porém, olhavam-no descaradamente de frente. Às vezes, Ushikawa achava que deixaria de chamar tanta atenção quando se tornasse um velho feio. Os velhos normalmente são feios e, sendo assim, sua feiura original chamaria menos atenção do que quando era jovem. Mas isso era algo que ele só constataria quando ficasse velho. Por outro lado, havia a possibilidade de ele se tornar o velho mais feio do mundo.

De qualquer modo, fundir-se com a paisagem era algo impossível para ele. Ainda mais que Tengo já o conhecia. Se Ushikawa circulasse perto do apartamento dele e fosse reconhecido, tudo iria pelo ralo.

Em casos assim, Ushikawa costumava contratar um investigador. Desde o tempo em que atuava como advogado, ele mantinha contato com esse tipo de profissional e os contratava de acordo com as necessidades. Muitos desses agentes haviam sido policiais e eram peritos em técnicas de investigação, perseguição e vigilância. Mas, neste caso em particular, Ushikawa preferia não envolver pessoas externas. O problema era delicado demais e envolvia um homicídio, um crime de extrema gravidade. Para falar a verdade, o próprio Ushikawa não sabia ao certo por que tinha de vigiar Tengo.

O que Ushikawa tinha em mente era comprovar a "ligação" entre Tengo e Aomame, mas ele sequer sabia como era o rosto dela.

Tentara obter, por vários meios, uma foto, mas fora em vão. Nem mesmo aquele tal de Morcego conseguira obtê-la. Ushikawa chegou a dar uma olhada no álbum de formatura do colegial, mas, na foto tirada com a turma, o rosto dela aparecia pequeno, e a expressão não era nem um pouco espontânea, como se estivesse de máscara. Numa outra fotografia, tirada junto com o time de softball da empresa, ela estava com um boné de aba larga que fazia sombra no rosto. Por isso, caso Aomame passasse por ele, não teria como identificá-la. O que ele sabia era que ela media cerca de um metro e setenta e tinha um porte atlético. Os olhos e as maçãs do rosto possuíam uma característica peculiar. Os cabelos caíam na altura dos ombros. E era esbelta. Mas mulheres com essas características existiam aos montes no mundo.

De qualquer modo, a missão de vigiar Tengo só poderia ser feita por ele próprio. Precisava observá-lo atenta e pacientemente e aguardar que algo acontecesse. E, então, decidir imediatamente como agir. Esse tipo de tarefa, que exigia uma destreza sutil, não podia ser delegada a outro.

Tengo morava no terceiro pavimento de um prédio de concreto armado, bem antigo. No hall de entrada ficavam as caixas de correio dos moradores e, dentre elas, havia uma com o nome de Tengo Kawana. As caixas tinham partes oxidadas e a pintura descascada. Todas possuíam fechadura, mas a maioria ficava destrancada. Como a porta de entrada não tinha chave, qualquer um podia entrar e sair livremente do prédio.

O corredor escuro exalava um odor característico dos prédios antigos. Uma mistura peculiar de umidade, resultante de uma constante e irreparável infiltração, de lençóis velhos lavados com sabão em pó barato, de óleo rançoso de fritura, de folhas de bico-de-papagaio secas e urina de gato proveniente do jardim de ervas daninhas que cresciam na frente do prédio. Quem morava havia muito tempo nesse lugar devia estar acostumado a esse odor, mas, por mais que estivesse habituado, aquilo jamais representaria algum tipo de conforto.

O apartamento de Tengo tinha vista para a rua. Não era exatamente uma rua movimentada, mas não eram poucos os transeuntes que passavam por ela. Havia uma escola primária nas proximidades e, dependendo do horário, a circulação de crianças era grande. Em frente ao prédio havia algumas residências pequenas coladas uma na outra. Eram construções de dois pavimentos, sem jardim. Um pouco adiante havia um bar e uma papelaria para atender principalmente os estudantes do primário. Dois quarteirões à frente havia um pequeno posto policial. Nas redondezas, não havia lugares para se esconder e, caso Ushikawa ficasse parado em frente ao apartamento de Tengo, ainda que ele tivesse a sorte de não ser visto por ele, havia o risco de os vizinhos suspeitarem. Uma pessoa com aparência "incomum" como a dele aumentaria em dois graus o nível de alerta. Poderiam inclusive desconfiar de que ele era um tarado à espreita de crianças, e a possibilidade de chamarem os guardas do posto policial era grande.

Para vigiar uma pessoa, antes de mais nada era preciso encontrar um local adequado. Um local de onde se pudesse observar as atividades da pessoa sem chamar a atenção, e onde houvesse acesso a água e alimentos. O ideal então seria encontrar esse local e, com uma câmera com lente telescópica apoiada num tripé, vigiar o apartamento de Tengo e as pessoas que entravam e saíam dele. Como Ushikawa estava sozinho, era impossível manter a vigilância durante vinte e quatro horas ininterruptas, mas ele daria conta de trabalhar por cerca de dez horas por dia. Porém, encontrar o lugar ideal era uma tarefa difícil.

Mesmo assim, Ushikawa saiu à procura de um, andando pelas redondezas. Ele era um homem que não desistia facilmente. Caminhou até onde seus pés aguentaram, sem descartar nenhuma possibilidade, por mínima que fosse. A persistência era o seu ponto forte. Mas, após caminhar metade do dia de um lado para outro, ele finalmente desistiu. No bairro residencial de Kôenji havia uma grande concentração de prédios baixos espalhados num terreno plano, mas nenhum ponto de observação mais alto. Havia pouquíssimos locais apropriados, e nenhum deles disponível para que Ushikawa pudesse utilizá-lo.

Quando Ushikawa não conseguia encontrar uma solução, ele costumava tomar um demorado banho morno de ofurô. Ao voltar para casa, portanto, a primeira coisa que fez foi esquentar a água. Uma vez dentro da banheira de polietileno, pôs-se a relaxar enquanto, pelo rádio, escutava o concerto para violino de Sibelius. Não que naquele momento quisesse ouvir Sibelius que, diga-se de passagem, não era exatamente apropriado para se ouvir no fim do dia, mergulhado no ofurô. Os finlandeses talvez gostem de ouvi-lo tomando sauna numa de suas longas noites. Mas num pequeno banheiro modular de um apartamento de dois quartos em Konihata, distrito de Bunkyô, a música de Sibelius era sentimental demais, além de provocar um certo estado de tensão. Mas Ushikawa não se incomodava. Para ele, o importante era ter alguma música ambiente para escutar enquanto tomava banho. Se tocassem o concerto de Rameau, ou mesmo o Carnaval de Schumann, ele escutaria sem reclamar. Mas, naquele dia, por acaso, a FM tocava o concerto de violino de Sibelius. Apenas isso, nada mais que isso.

Como sempre, Ushikawa deixava metade de sua consciência vazia para descansá-la e, com a outra metade, pensava. A música de Sibelius, orquestrada por David Oistrakh, passava pela metade vazia de sua consciência, como uma brisa que atravessa uma porta escancarada e sai por outra. O modo como ele ouvia a música não era algo para se gabar. Se Sibelius tomasse conhecimento de que alguém escutava sua música do modo como Ushikawa o fazia, ele certamente franziria suas enormes sobrancelhas e algumas rugas se destacariam em seu pescoço grosso. Mas Sibelius estava morto havia muito tempo, e Oistrakh também pertencia à estatística dos finados. Por isso, Ushikawa sentia-se à vontade para deixar a música fluir de um ouvido a outro sem constrangimento, enquanto, com a outra metade de sua consciência, os pensamentos se perdiam em devaneios.

Nessas horas, ele gostava de deixar os pensamentos fluírem à vontade, sem impor restrições, como cachorros a correr livremente pelo imenso campo. Ele soltava os animais dizendo-lhes que corressem e brincassem à vontade. Ushikawa mergulhava o corpo até o pescoço, estreitava os olhos e deixava-se ficar aéreo enquanto escutava-e-não-escutava a música. Os cachorros corriam soltos pela relva, rolavam as ladeiras, corriam incessantemente um atrás do outro, perseguiam um esquilo e tentavam inutilmente pegá-lo. Quando voltavam cansados de brincar, com os corpos sujos de barro e cheios de capim, Ushikawa acariciava suas cabeças e recolocava as coleiras. Nessa hora, a música já havia chegado ao fim. O concerto de Sibelius durava cerca de meia hora. A duração da música era perfeita. A próxima música anunciada pelo locutor era a *Sinfonietta* de Janáček. Ushikawa já havia escutado o nome dessa música em algum lugar, mas não se lembrava onde. Quando tentou se lembrar, de repente, sua vista ficou embaçada. Era como se uma névoa amarela cobrisse seus globos oculares. Talvez ele tivesse ficado tempo demais no ofurô. Ushikawa desligou o rádio, saiu do ofurô e, com uma toalha envolta na cintura, foi até a geladeira pegar uma cerveja.

Ushikawa morava sozinho nesse apartamento. Antes ele tinha uma esposa e duas filhas. Ele havia comprado uma casa no bairro de Chûôrinkan, distrito de Yamato, província de Kanagawa. A casa era pequena, mas havia um pequeno jardim gramado e um cachorro. O rosto da esposa era comum, e as filhas eram bonitas. Nenhuma delas felizmente puxara ele, fato que, claro, tirou um peso das suas costas.

No entanto, uma tremenda reviravolta do destino fez com que ele passasse a viver sozinho. Hoje, era até estranho pensar que já tivera uma família e uma casa no subúrbio. Às vezes, ele próprio achava estar enganado, e que inventara inconscientemente seu passado. Mas aquilo aconteceu de verdade. Ele teve uma esposa que compartilhava a sua cama e duas filhas com o mesmo sangue que ele. Na gaveta de sua cômoda havia uma foto de família em que os quatro estão juntos. Nela todos estão sorrindo, felizes. Até o cachorro parecia sorrir.

Era impossível que a família se unisse novamente. A esposa e as filhas moravam na província de Nagoya. E tinham um novo pai. Um pai que as filhas não teriam vergonha de mostrar na reunião de pais e mestres da escola primária. Havia quatro anos que Ushikawa não via as filhas, mas isso não o deixava chateado. Elas sequer lhe mandavam cartas. Ushikawa não parecia lamentar o fato de não encontrá-las. Mas isso não significava que ele não se importasse com elas. A questão era que Ushikawa precisava primeiramente garantir sua própria sobrevivência e, para isso, era fundamental fechar os circuitos de seus sentimentos.

E ele sabia. Sabia que por mais que suas filhas estivessem longe, o sangue dele corria em suas veias. Mesmo que as filhas o esquecessem, seu sangue jamais esquecerá de percorrer seu trajeto. O sangue possui uma memória duradoura. E, no futuro, o *sinal* deste homem cabeçudo como o boneco da felicidade certamente reaparecerá em algum lugar. Em algum local inesperado, num momento inesperado. Quando isso acontecer, as pessoas irão suspirar e se lembrar dele.

Quem sabe Ushikawa presencie essa erupção ainda em vida. Ou não. Tanto faz. Ele sentia satisfação só de pensar que *poderia acontecer*. Não era uma vingança. Era um tipo de satisfação que ele sentia em saber que, quisessem ou não, ele era parte deste mundo.

Ushikawa sentou-se no sofá e esticou as pernas curtas, apoiando-as na mesa de centro e, enquanto bebia a cerveja, de repente lhe veio um pensamento. Podia não dar certo, mas valia a pena tentar. "Por que não pensei nisso antes?", se perguntou. As coisas simples são as que menos se notam. Não é à toa que dizem que o que está mais perto é o que menos se vê.

Na manhã seguinte, Ushikawa foi novamente para Kôenji, entrou numa imobiliária que ele havia visto no dia anterior e perguntou se não havia algum apartamento vago para alugar no prédio em que Tengo morava. Os corretores disseram que não trabalhavam com aquele imóvel e informaram que quem o administrava era uma outra imobiliária, em frente à estação.

— Mas acho difícil ter algum apartamento para alugar naquele prédio. O preço do aluguel é razoável, e a localização é boa; é difícil alguém querer sair de lá.

— De qualquer modo, não custa perguntar — disse Ushikawa.

Ele foi até a imobiliária em frente à estação. Quem o atendeu foi um rapaz de pouco mais de vinte anos. Os cabelos eram pretos e grossos e, fixados com gel, ganhavam o formato de um ninho de pássaro exótico. Vestia uma camisa impecavelmente branca, e a gravata era nova. Devia ser recém-contratado. Em seu rosto havia marcas recentes de espinhas. Assim que viu Ushikawa entrando na imobiliária, o rapaz se mostrou um pouco intimidado, mas logo se recompôs e abriu um sorriso profissional.

— O senhor está com sorte — disse o rapaz. — Um casal que morava ali teve um imprevisto familiar e resolveu se mudar de repente e, há uma semana, desocupou o apartamento. Terminaram de limpá-lo ontem à noite e ainda não anunciamos a vaga. O apartamento fica no térreo. O barulho da rua pode incomodar um pouco e há o inconveniente de não bater muito sol, mas, em compensação, a localização é ótima. O único porém é que o proprietário do prédio pretende reconstruir o edifício daqui a quatro ou cinco anos, por isso uma das condições para fechar o contrato é que o locatário desocupe o imóvel seis meses antes das obras. E o prédio não possui estacionamento.

Ushikawa disse que não havia problema. Ele não pretendia ficar tanto tempo e não tinha carro.

— Muito bem. Se o senhor concorda com as condições, pode se mudar amanhã mesmo. Mas suponho que o senhor queira conhecer o apartamento, não?

Ushikawa disse que, sem dúvida, gostaria de ver o apartamento. O rapaz pegou a chave numa das gavetas da mesa e a entregou a ele.

— Eu tenho um compromisso e, se o senhor não se importar, poderia ver o apartamento sozinho? Ele está vazio e, na volta, o senhor pode deixar a chave comigo.

— Combinado — disse Ushikawa. — Mas o que você faria se eu fosse uma pessoa ruim e não devolvesse a chave, ou resolvesse tirar uma cópia para depois roubar o apartamento?

O rapaz se assustou e ficou um bom tempo olhando o rosto de Ushikawa. — Ah! É mesmo. Tem razão. Então, como precaução, o senhor poderia deixar o seu cartão pessoal ou algum outro documento?

Ushikawa tirou da carteira o mesmo cartão de sempre, "Nova Fundação Japão para a Promoção das Ciências e das Artes", e o entregou ao rapaz.

— Senhor Ushikawa — disse o rapaz com uma expressão séria, ao ler o nome escrito no cartão. E, no momento seguinte, desfez a expressão que acabara de esboçar. — É que o senhor não parecia uma pessoa capaz de fazer algo ruim.

— Agradeço a confiança — disse Ushikawa, esboçando um sorriso tão falso quanto o cargo de "Diretor Efetivo" que constava no cartão.

Era a primeira vez que alguém lhe dizia isso. Para Ushikawa, o rapaz devia ter achado a aparência dele chamativa demais para fazer algo ruim. O rapaz podia descrever suas particularidades com muita facilidade. Daria para desenhar, num piscar de olhos, o seu retrato falado. Se o divulgassem, com certeza o pegariam em menos de três dias.

O apartamento não era tão ruim quanto imaginava. Como o de Tengo ficava dois andares acima, no terceiro pavimento, obviamente era impossível vigiá-lo diretamente, mas poderia observar de sua janela a porta da frente. Poderia controlar a entrada e a saída de Tengo e até tirar fotos do rosto dele com a lente telescópica.

Para garantir o aluguel do apartamento, Ushikawa precisava pagar antecipadamente o valor de dois meses, como garantia, mais um mês de aluguel e dois meses de taxa de gratificação. Apesar de o aluguel não ser tão caro e de o valor da garantia ser devolvido integralmente na rescisão do contrato, o montante não era tão pequeno. Como precisara pagar o Morcego, as economias de Ushikawa estavam escassas. Mas, na atual situação, precisava alugar esse apartamento, de qualquer forma. Não havia outra saída. Ushikawa voltou para a imobiliária e assinou o contrato de locação, fazendo o pagamento em dinheiro, que havia providenciado de antemão. O contrato foi feito em nome da "Nova Fundação Japão para a Promoção das Ciências e das Artes". Ushikawa ficou de entregar posteriormente a cópia do registro da empresa. O rapaz não parecia preocupado com a papelada. Assim que Ushikawa assinou o contrato, ele novamente lhe entregou a chave.

— Senhor Ushikawa, se o senhor quiser, pode se mudar hoje mesmo. Luz e água já estão ligadas, mas, quanto ao gás, peço que entre em contato diretamente com a companhia fornecedora, pois será necessário que o próprio locatário solicite a ligação. O que o senhor pretende fazer com o telefone?

— O telefone eu mesmo providencio — disse Ushikawa. Contratar uma linha com a companhia telefônica era muito trabalhoso, e os técnicos precisariam entrar no apartamento. O mais prático seria usar o telefone público que havia perto dali.

Ushikawa retornou para o apartamento recém-alugado e fez uma lista de coisas de que precisava. Felizmente, o antigo morador havia deixado as cortinas. Eram de estampas florais, velhas e desbotadas, mas, não importando em que estado estivessem, era imprescindível tê-las para sua atividade de vigilância.

A lista não era tão longa. Os itens mais importantes eram comida e bebidas. Uma câmera com lente telescópica e um tripé. Além de papel higiênico e saco de dormir; uma lata de querosene e um botijão de gás pequeno, lampião, um fogão de camping, faca para cortar frutas, abridor de lata, saco de lixo, produtos básicos de higiene, barbeador elétrico, toalhas, lanterna, rádio transistor. Algumas poucas peças de roupas e um pacote de cigarros. Era isso. Não precisava de geladeira, mesa ou cobertor. Já era uma sorte estar abrigado da chuva e do vento. Ushikawa foi para o seu apartamento pegar uma câmera fotográfica *reflex* com uma objetiva, a lente telescópica, uma quantidade grande de filmes. Acondicionou o material fotográfico dentro de uma bolsa própria para transportá-los. Colocou os demais itens numa bolsa de viagem e, aqueles que faltavam, comprou na rua comercial em frente à estação Kôenji.

Na janela do quarto de seis tatames, Ushikawa armou o tripé, instalou um modelo novo de câmera automática da Minolta, atarraxou a lente telescópica e ajustou manualmente o foco para captar o rosto das pessoas que entravam e saíam do prédio. Fez uma proteção de papel grosso para envolver a extremidade da lente e evitar que brilhasse ao refletir a luz do sol. A ponta da cortina ficava um pouco levantada e, de fora, dava para ver vagamente um pedaço desse tubo de papel. Mas ninguém repararia nisso. Ninguém jamais imaginaria que alguém estivesse tirando secretamente fotos da entrada de um prédio sem nenhum atrativo.

Para testar a câmera, Ushikawa fotografou algumas pessoas que entravam e saíam do prédio. Graças ao motor de acionamento, era possível tirar até três fotos de uma pessoa com apenas um disparo. Ele envolveu a câmera com uma toalha para abafar o som do disparo. Assim que terminou uma bobina de filme, levou-a até um estúdio fotográfico perto da estação. Era só entregar o filme para o atendente para que a máquina as revelasse automaticamente. A máquina revelava rapidamente uma grande quantidade de fotos e, por isso, ninguém prestaria atenção em suas imagens.

As fotos até que saíram boas. Não em termos de qualidade artística, mas dava para o gasto. Os rostos das pessoas que entravam e saíam do prédio estavam nítidos, a ponto de poderem ser facilmente identificados. Na volta do ateliê fotográfico, Ushikawa comprou uma garrafa de água mineral e uma lata de pêssegos. Na tabacaria, comprou um maço de Seven Stars. Ele segurou o pacote de compras junto ao peito e, tentando esconder o rosto, voltou ao apartamento e sentou-se novamente junto à câmera para vigiar a entrada do prédio, enquanto bebia água. Após comer o pêssego enlatado, fumou alguns cigarros. No apartamento havia eletricidade, mas, por algum motivo, não havia água na torneira. Fazia um barulho esquisito no fundo do cano, mas não saía nenhuma gota. Talvez levasse um tempo para funcionar. Pensou em avisar a imobiliária, mas, como ele não queria sair novamente, resolveu aguardar mais um tempo para ver o que acontecia. Como não podia usar a descarga, urinou dentro de um balde velho que alguém da faxina havia esquecido.

O precipitado anoitecer do início de inverno escureceu por completo o interior do quarto, mas, mesmo assim, Ushikawa não acendeu a luz. A escuridão da noite era algo que particularmente lhe agradava. A lâmpada da entrada acendeu e ele continuou a observar as pessoas que passavam sob a luz amarela.

Ao anoitecer, a quantidade de pessoas que entravam e saíam do prédio aumentou, mas não muito. O prédio era pequeno. Mas nada de Tengo. Ushikawa também não viu nenhuma mulher que pudesse ser Aomame. Era justamente o dia da semana em que Tengo costumava dar aulas na escola preparatória. No final da tarde, porém, ele deveria estar de volta. Após o trabalho, era muito raro ele sair para algum outro lugar. Em vez de comer fora, ele preferia preparar a própria refeição e comer sozinho, lendo um livro. Ushikawa sabia disso. Mas, nesse dia, Tengo estava demorando muito para voltar. Talvez tivesse combinado de sair com alguém, após as aulas.

No prédio moravam diversos tipos de pessoas de diferentes faixas etárias. Havia jovens e solteiros que trabalhavam em empresas, universitários, casais com filhos pequenos e até idosos que moravam sozinhos. As pessoas inocentemente passavam diante de sua lente telescópica. A despeito das idades e das fases da vida, todos pareciam cansados e insatisfeitos com a rotina que levavam. Desejos desbotados, ambições esquecidas, sentimentos desgastados e um espaço vazio onde imperava o sentimento de conformismo e apatia. Os rostos eram sombrios e os passos pesados, como se estivessem sob o efeito de anestesia, aplicada duas horas antes, para a extração de um dente.

Podia ser uma interpretação equivocada de Ushikawa. Alguns, na verdade, podem levar uma vida plena e feliz. Ao abrir a porta do apartamento, podemos encontrar um paraíso pessoal surpreendente. Ou poderiam ser pessoas que optaram por uma vida simples e modesta para fugir do fisco. Isso era plausível. Mas, como meros transeuntes que atravessavam as lentes telescópicas da câmera, eles não passavam de cidadãos sem perspectiva de conquistar uma vida melhor, presos a um apartamento barato, prestes a ser demolido.

No final das contas, Tengo não apareceu, e tampouco apareceu alguém que poderia ter alguma ligação com ele. Quando o relógio marcou dez e meia, Ushikawa resolveu descansar. Era o primeiro dia, e as condições ainda não estavam totalmente satisfatórias. Ainda teria muito tempo pela frente. "Por hoje chega", pensou Ushikawa. Esticou lentamente o corpo para relaxar a tensão concentrada em algumas partes. Comeu um pão doce recheado de feijão azuki e tomou o café que trouxera na garrafa térmica, servindo-o na tampa. Ao abrir a torneira da cozinha, a água começou a sair. Ele lavou o rosto com sabonete, escovou os dentes e urinou longamente. Fumou um cigarro encostado na parede. Sentiu vontade de tomar um gole de uísque, mas, enquanto estivesse ali, decidiu não beber uma gota de álcool.

Depois, ficou somente com a roupa de baixo e se enfiou no saco de dormir. O frio fez seu corpo tremer por um tempo. Durante a noite, o quarto vazio ficou bem mais frio do que imaginava. Talvez fosse necessário providenciar um aquecedor elétrico portátil.

Sozinho, enquanto tremia de frio dentro do saco de dormir, veio-lhe à mente o tempo em que morava com a esposa e as filhas.

Não que sentisse saudades daqueles tempos. A lembrança surgiu apenas para contrastar com sua situação atual. Mesmo quando moravam juntos, Ushikawa sempre se sentiu só. Ele nunca se abria com as pessoas e algo lhe dizia que aquele tipo de vida era apenas transitório. No fundo, ele sempre achou que, mais dia menos dia, tudo aquilo seria facilmente destruído. Levava uma vida atribulada como advogado, tinha um alto salário, uma casa no bairro de Chûôrinkan, uma esposa cuja aparência não era ruim, duas filhas que frequentavam uma escola primária particular e um cachorro com pedigree. Por isso, quando sua vida desmoronou em consequência de diversos e sucessivos acontecimentos, e ele acabou sozinho e abandonado, o que de fato sentiu foi um grande alívio. Finalmente não tinha mais nada com que se preocupar. Estava voltando para a estaca zero.

É isso o que significa voltar à estaca zero?

Dentro do saco de dormir, Ushikawa encolheu o corpo como uma larva de cigarra e ficou olhando para o teto. Ao permanecer por muito tempo nessa posição, suas articulações começaram a doer. Ele estava tremendo de frio, tinha acabado de comer um pão doce de feijão azuki em vez de jantar, durante horas vigiou a entrada daquele prédio barato que seria demolido, fotografou pessoas sem nenhum atrativo e mijou num balde usado para a limpeza do apartamento. *É isso o que significa voltar à estaca zero?* Lembrou-se então de que havia se esquecido de fazer uma coisa. Saiu do saco de dormir rastejando como uma lesma, jogou a urina do balde na privada e apertou a descarga. Ele não queria ter de sair do saco de dormir, que estava começando a ficar quente. Chegou a pensar em fazer isso depois, mas só de pensar na confusão se, sem querer, ele tropeçasse no balde no meio da escuridão, achou melhor não protelar. Depois de dar a descarga, voltou para o saco de dormir e ficou novamente tremendo de frio por um tempo.

É isso o que significa voltar à estaca zero?

Talvez fosse exatamente isso. Ele não tinha mais nada a perder. A não ser a própria vida. Tudo muito simples. Envolto na escuridão, Ushikawa esboçou um gélido sorriso, frio e cortante como uma lâmina bem afiada.

Capítulo 14
Aomame
Esse meu ser pequenino

Aomame passava grande parte do tempo sentindo-se confusa como se estivesse vivendo às cegas. Ela não tinha ideia do que poderia lhe acontecer neste mundo de 1Q84, em que a lógica e o conhecimento adquirido não eram mais válidos. Mas algo lhe dizia que ela viveria por mais alguns meses, até dar à luz a criança. Era apenas uma intuição. Porém, uma intuição bem próxima da certeza. Ter a criança parecia ser uma condição para que todas as coisas continuassem a avançar. Era essa a impressão que tinha.

Aomame lembrava as últimas palavras ditas pelo Líder de Sakigake:

— Você ainda terá de superar uma prova muito dura. Ao passar por ela, certamente conseguirá enxergar as coisas como elas realmente são.

Ele sabia de *algo*. Algo muito importante. E tentou transmiti-lo, ainda que de modo ambíguo e vago. A prova a que ele se referia poderia ter sido o fato de ela ter chegado muito perto da morte. Com a intenção de me matar, fui até a placa da Esso com uma pistola na mão. Mas voltei para cá, sem o fazer. Foi então que descobri estar grávida. Isso também pode ter sido algo predeterminado.

No início de dezembro, os ventos sopraram intensos durante as primeiras noites. As folhas se desprendiam da zelkova e eram lançadas com violência contra a tela de plástico que cobria o anteparo da varanda, soltando um som seco, agressivo. Ventos gelados sopravam por entre os galhos nus, transmitindo advertências. Os corvos começaram a grasnar de modo muito mais acentuado e agudo. O inverno havia chegado.

Sua crença de que seu útero abrigava o filho de Tengo foi se tornando cada vez mais forte com o transcorrer dos dias, até que se tornou algo dado como certo. Ainda não havia argumentos coerentes para convencer outras pessoas, mas para ela aquilo estava claro. Era óbvio.

Se fiquei grávida sem ter mantido relação sexual, de quem a criança poderia ser, senão de Tengo?

Desde o mês de novembro seu peso aumentara. Apesar de ela não sair do apartamento, diariamente praticava exercícios regulares de modo comedido e passou a fazer uma rigorosa dieta. Desde os vinte anos, seu peso nunca passou dos 52 quilos, mas, num certo dia a agulha da balança marcou 54 e, desde então, o peso nunca mais diminuiu. Seu rosto parecia um pouco mais arredondado. Certamente, *esse ser pequenino* está pedindo que sua mãe o deixe crescer.

Ela e esse ser pequenino continuavam a observar o parquinho à noite. Esperam ver a silhueta de um jovem grande sentado sozinho no topo do escorregador. Aomame observava as duas luas pairando uma ao lado da outra no céu de início de inverno, enquanto acariciava suavemente seu ventre sobre o cobertor. De vez em quando, lágrimas escorriam sem nenhum motivo. Notou-as quando as gotas deslizavam pela face, caindo no cobertor sobre o colo. Talvez estivesse se sentindo sozinha ou insegura. Ou com uma sensibilidade maior por causa da gravidez. Ou, quem sabe, tivesse sido o vento gelado que estimulara suas glândulas lacrimais. Fosse o que fosse, Aomame deixou as lágrimas caírem à vontade, sem a preocupação de enxugá-las.

Quando se chora até um certo ponto, as lágrimas se esgotam. Aomame continuava sua vigília solitária. "Não. *Não estou mais tão só*", pensava. "Dentro de mim existe *esse ser pequenino*. Nós somos dois. Nós dois estamos vendo as duas luas, aguardando Tengo aparecer." De vez em quando, Aomame pegava o binóculo e focava o topo do escorregador vazio. Em outras, pegava a pistola para sentir seu peso e seu toque. "Agora, tenho o dever de me proteger, de reencontrar Tengo e de enviar nutrientes para *este ser pequenino*".

Certo dia, enquanto observava o parque infantil enfrentando os ventos gelados, Aomame percebeu que ela acreditava em Deus. Ela *descobriu* essa verdade de maneira inesperada. Foi como se a sola de seus pés encontrassem o chão firme no fundo de um lamaçal. Uma sensação inexplicável, um conhecimento que jamais imaginara existir dentro dela. Desde que se entendia por gente, ela sempre odiara tudo o que fosse relacionado a Deus. Talvez seria mais correto dizer que ela rejeitava todas as pessoas e sistemas que interferiam em sua comunicação com Ele. Durante muitos anos, considerava essas pessoas e sistemas como sendo o próprio Deus. Odiar essas *pessoas* era o mesmo que odiar Deus.

Desde o dia em que nasceu, *elas* estavam ao se redor. Em nome de Deus, passaram a controlá-la, davam-lhe ordens e a encurralavam. Em nome de Deus, usurparam seu tempo e sua liberdade, prendendo seu coração com pesadas algemas. Elas pregavam a bondade de Deus, mas pregavam em dobro a ira e a intolerância de Deus. Aos onze anos, quando tomou consciência disso, finalmente conseguiu escapar desse mundo. Em compensação, precisou sacrificar muitas coisas.

"Se não existisse Deus neste mundo, minha vida teria uma luz muito mais intensa, seria muito mais espontânea e rica", era o que Aomame costumava pensar. "Eu poderia ter sido uma criança comum, com muitas e belas lembranças, se o meu coração não fosse constantemente atormentado pela raiva e pelo medo. Minha vida hoje seria muito mais construtiva, tranquila e plena."

Mas, enquanto observava o parque vazio por entre os vãos da amurada, com a mão sobre o ventre, Aomame não podia deixar de admitir que, lá no fundo, ela acreditava em Deus. Quando rezava mecanicamente, juntando as mãos, ela confiava em Deus numa área fora dos limites de sua consciência. Era uma sensação impregnada em seus ossos, uma sensação que a razão e os sentimentos eram incapazes de afugentar. Algo que nem mesmo o ódio e a raiva seriam capazes de destruir.

"Mas esse Deus não era o Deus dessas *pessoas*. Era o *meu* Deus. Um Deus que encontrei após sacrificar minha própria vida, deixar cortar minha carne, tirar minha pele, sugar meu sangue, arrancar minhas unhas e usurpar meu tempo, meus desejos e minhas lembranças. Um Deus que não possui forma. Ele não está vestindo roupas brancas e sua barba não é comprida. O meu Deus não possui uma doutrina, uma escritura sagrada, e tampouco rígidos preceitos a serem seguidos. Não há recompensas nem castigos. Não oferece nada nem tira nada. Não há um paraíso a ser alcançado nem inferno para se despencar. Tanto no calor quanto no frio, Deus simplesmente *está presente*."

Aomame costumava se lembrar do que o Líder de Sakigake lhe dissera um pouco antes de morrer. Ela jamais esquecerá aquela voz de barítono. Assim como jamais esquecerá a sensação de enfiar a agulha em sua nuca.

Onde houver a luz existirá a sombra, e onde houver a sombra existirá a luz. Não existe sombra sem luz nem luz sem sombra. Não se sabe se o que denominamos Povo Pequenino pode ser considerado bom ou ruim. De certa forma, é algo que está aquém de nossa capacidade de compreensão e definição. Convivemos com eles desde os tempos imemoriais, muito antes de existir a concepção do bem e do mal; desde o tempo em que se desconhecia a consciência humana.

Deus e o Povo Pequenino são existências antagônicas? Ou são lados de uma mesma coisa?

Aomame não tinha resposta. A única coisa que ela sabia era que dentro dela havia um *ser pequenino* que precisava ser protegido a todo custo e que, para isso, ela precisava acreditar na existência de um Deus. Ou aceitar o fato de que acreditava em Deus.

Aomame refletiu sobre a existência de Deus. Deus era uma entidade que não tinha forma, mas ao mesmo tempo podia assumir qualquer forma. A imagem que ela tinha Dele era a de uma Mercedes-Benz coupé de linhas aerodinâmicas. Um carro novo em folha, que acabou de sair da concessionária. Uma senhora distinta e elegante de meia-idade que sai do carro em plena Rodovia Metropolitana. Ela cobre o corpo nu de Aomame com um belo casaco de meia-estação, protegendo-a do vento gelado e dos olhares alheios. E, sem dizer nada, ela volta para o coupé prateado. Ela sabia. Sabia que Aomame estava com um bebê dentro dela. E que precisava protegê-lo.

Aomame passou a ter um novo tipo de sonho. Nele, ela está confinada num quarto todo branco. Um quarto pequeno, de formato cúbico. Não existem janelas. Apenas uma porta. Há uma cama simples, sem adornos, e ela está deitada sobre ela. A luz sobre a cama ilumina sua barriga, enorme como uma montanha. Não parece ser parte de seu corpo. Mas não há dúvidas de que a barriga é sua. A hora do parto está próxima.

O quarto é vigiado pelo rapaz de cabelo rente e o de rabo de cavalo. Os dois estão certos de que desta vez não vão falhar. Na vez anterior eles falharam. Agora, precisam recuperar a reputação. A função deles é não deixar Aomame sair do quarto e não permitir que ninguém entre. Eles estão aguardando *esse ser pequenino* nascer. Assim que nascer, irão tirá-lo dela.

Aomame tenta gritar. Pede desesperadamente por socorro. Mas esse quarto fora construído com um material especial. As paredes, o chão e o teto absorvem instantaneamente todos os sons. Nem a própria voz ela consegue ouvir. Ela pede para que a senhora da Mercedes venha salvá-la. Salvar ela e *esse ser pequenino*. Mas sua voz é tragada pelas paredes brancas do quarto.

Esse ser pequenino absorve os nutrientes de seu cordão umbilical e está crescendo. Está querendo sair dessa escuridão morna e chuta a parede do útero. Ele deseja a luz e a liberdade.

O rapaz alto de rabo de cavalo está sentado ao lado da porta. Com as mãos sobre o colo, observa atentamente um ponto no espaço. Talvez uma nuvem pequena e densa possa estar flutuando naquele espaço. Ao lado da cama está o rapaz de cabelo rente. Os dois vestem o mesmo conjunto de paletó e calça pretos. De vez em quando, o rapaz de cabelo rente olha o relógio de pulso, como se aguardasse um trem importante na estação.

Aomame percebe que não consegue mexer os braços e as pernas. Não pareciam estar amarrados, mas, mesmo assim, não consegue movê-los. Não sente a ponta dos dedos. Pressente as dores do parto. Era como se o fatídico trem estivesse se aproximando no horário previsto. Ela conseguia escutar o sutil tremor dos trilhos.

Nesse ponto, ela acordava.

Para tirar o cheiro desagradável de suor, Aomame tomava um banho e trocava de roupa. Jogava as roupas úmidas na máquina de lavar. Ela não queria ter esse tipo de sonho, mas ele era recorrente. O sonho apresentava algumas mudanças, mas o espaço e o final eram sempre os mesmos: um quarto branco de formato cúbico; as dores que indicavam a aproximação do trabalho de parto; os dois rapazes de terno impessoal preto.

Eles sabem que Aomame possui um *ser pequenino* dentro dela. Ou, se ainda não sabem, logo saberão. Ela está convicta de que, caso seja necessário, não hesitaria em descarregar suas balas 9mm no rapaz de cabelo rente e no de rabo de cavalo. O Deus que a protege, dependendo do caso, pode se tornar um Deus sangrento.

Alguém bate na porta. Aomame está sentada no tamborete da cozinha e na mão direita segura a pistola com a trava de segurança solta. Lá fora, uma chuva gelada persiste em cair desde a manhã. O aroma da chuva de inverno envolve a Terra.

— Senhorita Takai, boa tarde! — disse o homem no outro lado da porta, interrompendo momentaneamente as batidas. — Aqui quem fala é o seu conhecido cobrador da NHK. Sinto ter de incomodá-la, mas aqui estou novamente para cobrar as taxas de recepção. Senhorita Takai, a senhorita está aí, não?

Aomame olha para a porta e diz, sem emitir sons. "Saiba que nós telefonamos para a NHK. Sabemos que você não passa de *alguém* tentando se passar por cobrador da NHK. Afinal, quem é você? E o que quer?"

— As pessoas precisam pagar o preço das coisas recebidas. É uma regra básica estipulada pela sociedade. A senhorita recebeu as ondas de transmissão. Portanto, deve pagar a taxa de recepção. É injusto somente receber e não querer pagar por ela. Está agindo como uma ladra.

A voz do homem ecoava alta e nítida pelo corredor. Era uma voz rouca, mas claramente audível.

— O motivo que me traz aqui não é de modo algum pessoal. Não estou com raiva nem tentando castigá-la. Longe de mim. O fato é que, por natureza, sou uma pessoa que não admite injustiças. As pessoas precisam pagar pelo que recebem. Senhorita Takai, enquanto a senhorita não abrir a porta, saiba que voltarei aqui várias e várias vezes e continuarei a bater. Creio que a senhorita não deseja isso. Não sou nenhum *velho* gagá incapaz de dialogar. Se conversarmos, certamente chegaremos num consenso. Senhorita Takai, por favor, poderia fazer a gentileza de abrir a porta?

Novamente ele bate com insistência durante um tempo.

Aomame segura firmemente a pistola, com as duas mãos. "Este homem sabe que estou grávida." Ela sente o suor brotar das axilas e na ponta do nariz. "Não importa o que aconteça, jamais abrirei a porta. Caso ele tenha a cópia da chave ou utilize alguma ferramenta ou algum meio para forçar a entrada, não importa se ele é cobrador da NHK ou não, vou descarregar todas as balas no estômago dele."

"Não. Isso não vai acontecer", e ela sabia. "Eles não podem abrir a porta. Ela tem um mecanismo que só permite abri-la pelo lado de dentro, é impossível abri-la pelo lado de fora. É por isso que ele está com raiva e falando pelos cotovelos. Ele usa as palavras para tentar me desequilibrar emocionalmente e me deixar vulnerável."

Passados dez minutos, o homem se foi. Depois de berrar inúmeras ameaças, de zombar dela, de usar sua astúcia para tentar fazer uma conciliação e, pouco depois, voltar a xingar e, por fim, avisar que voltaria em breve.

— Senhorita Takai, saiba que não conseguirá fugir para sempre. Enquanto a senhorita estiver recebendo os sinais de transmissão, eu sempre voltarei aqui. É isso mesmo, não sou um homem que desiste fácil. Esse é o meu jeito de ser. Em breve nos veremos de novo.

Não é possível ouvir os passos desse homem. Mas ele não está mais diante da porta. Aomame se certifica observando pelo olho mágico. Ela aciona a trava de segurança da pistola e vai até o banheiro lavar o rosto. Suas axilas estão ensopadas de suor. Ao trocar a camiseta por uma limpa, parou diante do espelho para observar seu corpo nu. A barriga ainda não estava grande o suficiente para chamar a atenção. Mas, lá no fundo, ocultava-se um segredo importante.

Aomame conversou com a velha senhora ao telefone. Após Tamaru falar sobre alguns assuntos, ele passou o telefone para a velha senhora, sem avisar. As conversas costumavam ter frases indiretas e palavras vagas. Pelo menos era assim nos momentos iniciais.

— O novo local para onde você será transferida já está totalmente pronto — disse a velha senhora. — Nesse local, você fará *todos os procedimentos previstos* e necessários. É um local seguro e, periodicamente, será acompanhada por um médico. Se você quiser, poderá se mudar imediatamente.

"Será que devo me abrir com a velha senhora e contar-lhe que existem pessoas à espreita *desse ser pequenino*? Será que eu devo contar que aqueles caras de Sakigake pretendem pegar a criança? E que desconfio que a insistência de aquele falso cobrador para que eu abra a porta está relacionada com esse mesmo objetivo?" Mas Aomame reconsiderou. Ela confiava na velha senhora; além de tudo, possuía uma grande afeição por ela. Mas a questão não era exatamente essa. O ponto central era saber *em que lado do mundo ela estava vivendo.*

— Como está se sentindo? — perguntou a velha senhora.

— Por enquanto, está tudo bem — respondeu Aomame.

— Fico feliz em saber disso — disse a velha senhora. — Mas a sua voz parecia ligeiramente diferente. "Pode ser impressão minha, mas ela soa seca e cautelosa."

— Se pudermos fazer alguma coisa, por menor que seja, por favor, peça sem cerimônia. Talvez possamos ajudá-la.

Aomame respondeu, tomando cuidando com o tom de sua voz. — Acho que estou tensa. Deve ser pelo longo tempo confinada aqui. Mas estou tomando cuidado com a saúde. Afinal, essa é a minha especialidade.

— Muito bom — disse a velha senhora. E, após uma pausa, prosseguiu: — Já faz um certo tempo, mas uma pessoa suspeita rondou a minha casa durante alguns dias. Ele andou perguntando algumas coisas a respeito do abrigo. As três mulheres que estão na casa viram a imagem gravada nas câmeras de segurança e me disseram que não o conheciam. Pode ser alguém que está atrás de você.

Aomame esboçou uma leve careta. — Será que eles já sabem que temos uma ligação?

— Ainda não sabemos. Mas *não podemos descartar essa possibilidade.* Esse homem possui uma aparência bem estranha. Ele tem uma cabeça muito grande e deformada. A parte de cima é achatada e praticamente calva. É baixo, e os braços e as pernas são curtos e fortes. Parece alguém familiar?

"Cabeça calva e deformada?" — Sempre observo aqui da varanda as pessoas que passam pela rua, mas nunca vi ninguém com essa descrição. É um tipo que chama a atenção, não?

— Muito. É como um palhaço espalhafatoso de circo. Se, por acaso, foram *eles* que o contrataram para sondar a minha casa, a escolha não foi muito feliz.

Aomame concordou com a velha senhora. Era difícil acreditar que Sakigake tenha escolhido uma pessoa de aparência tão chamativa para fazer a investigação. Eles não devem estar com falta de pessoal. Por outro lado, talvez esse homem não possua nenhuma ligação com o grupo religioso, o que significa que eles ainda não sabem da relação entre Aomame e a velha senhora. Mas, nesse caso, quem seria ele? Com que objetivo estaria investigando o abrigo? Será que esse homem é o mesmo que insistentemente bate na porta mentindo que é cobrador na NHK? É claro que não há provas de que se trata da mesma pessoa. O comportamento excêntrico daquele falso cobrador é o único ponto que pode ser relacionado à estranha aparência desse homem.

— Se você vir um homem assim, por favor, me avise. Talvez tenhamos que tomar uma providência.

Aomame respondeu que avisaria imediatamente.

A velha senhora se calou. Essa sua atitude era, na verdade, estranha. Quando ela falava ao telefone, costumava ser breve e rigorosa quanto ao tempo.

— A senhora está bem? — perguntou Aomame com naturalidade.

— Estou como sempre, não tenho nenhuma doença em particular — disse a velha senhora. Mas sua voz parecia conter certa hesitação. Isso também era estranho.

Aomame aguardou a continuação da conversa.

A velha senhora prosseguiu, como que resignada. — Mas é que, ultimamente, sinto como estou velha. Principalmente depois que você se foi.

Aomame tentou falar com um tom alegre: — Eu não fui embora. Estou aqui.

— Você tem razão. De vez em quando podemos conversar, como agora. Mas acho que você me passava energia quando nos encontrávamos periodicamente e fazíamos exercícios juntas.

— A senhora possui sua própria vitalidade natural. Eu apenas ajudava a puxar essa energia de modo programado, e ficava ao lado para auxiliá-la. Mesmo sem mim, a senhora consegue seguir em frente com sua própria energia.

— Para falar a verdade, era exatamente isso que eu pensava — disse a velha senhora, soltando um riso discreto. Um riso sem alegria. — Eu me achava uma pessoa especial e me orgulhava disso. Mas o tempo rouba aos poucos a vida de todos. As pessoas não morrem porque chegou a hora. Elas morrem gradativamente a partir de dentro e, por fim, chega o dia do acerto de contas. Ninguém consegue escapar disso. Todos precisam pagar o preço das coisas recebidas. Somente agora é que estou aprendendo essa verdade.

Todos precisam pagar o preço das coisas recebidas. Aomame franziu as sobrancelhas. Eram as mesmas palavras ditas pelo cobrador da NHK.

— Foi naquela noite de intensa chuva de setembro, quando os trovões ressoavam sem parar, que cheguei a essa conclusão — disse a velha senhora. — Eu estava sozinha na sala, pensando em você, enquanto observava os relâmpagos. Aqueles clarões iluminaram vivamente essa verdade diante dos meus olhos. Naquela noite, perdi você, e, ao mesmo tempo, perdi muitas coisas que havia dentro de mim. Ou melhor, perdi várias coisas. Coisas que eram o centro de minha existência, que serviam de suporte para essa existência.

Aomame indagou sem hesitar:

— Por acaso a raiva estava nessa perda?

Houve um momento de silêncio, como o da maré retrocedendo. A seguir, a velha senhora falou: — Você está me perguntando se, dentre as coisas que perdi, estava minha raiva?

— Isso mesmo.

A velha senhora respirou lentamente. — A resposta para a sua pergunta é sim. Foi isso. Aquela intensa raiva que eu possuía foi para bem longe, durante os intensos raios e trovões. O que restou dentro de mim não é mais aquela labareda de ira. Hoje ela se transformou numa tristeza desbotada. Nunca pensei que aquela raiva tão intensa e fervorosa um dia fosse acabar... Mas como você sabe disso?

Aomame disse: — É que comigo aconteceu o mesmo. E foi naquela noite de intensos trovões.

— Você está se referindo a sua própria raiva?

— Estou. Aquela raiva verdadeira e intensa que eu tinha dentro de mim não existe mais. Não digo que desapareceu por completo, mas, como a senhora mesmo disse, ela se foi para bem longe. Aquela raiva ocupou, durante muito tempo, um espaço muito grande dentro do meu coração e me instigava a prosseguir.

— Como um condutor cruel que jamais descansa — disse a velha senhora. — Mas agora isso perdeu a força e você está grávida. Será que podemos dizer que houve *uma troca*?

Aomame conteve a respiração. — Sim. Em troca disso existe agora em mim um *ser pequenino*. Mas creio que não há relação com a raiva. E esse ser está crescendo dia a dia dentro de mim.

— Sei que é desnecessário falar, mas você deve protegê-lo com muito cuidado — disse a velha senhora. — Por isso, é preciso se mudar o quanto antes para um local seguro.

— A senhora tem razão. Mas, antes disso, preciso terminar de fazer uma coisa.

Após desligar o telefone, Aomame saiu para a varanda e observou a rua e o parque infantil em seu final de tarde, entre os vãos da amurada de plástico. O anoitecer se aproximava. "Antes de terminar o ano de 1Q84, antes de eles me encontrarem, preciso encontrar Tengo, não importa o que aconteça comigo."

Capítulo 15
Tengo
Não estou autorizado a falar sobre isso

Ao deixar o bar Muguiatama, Tengo perambulou pelas ruas enquanto pensava. Durante a caminhada, resolveu ir até o parquinho infantil; local em que viu, pela primeira vez, as duas luas pairando lado a lado no céu. "Vou subir no escorregador e observar o céu como fiz da última vez", pensou. "Talvez eu possa vê-las novamente e, quem sabe, elas queiram me dizer algo."

Enquanto seguia em direção ao parque, tentou se lembrar de quando fora a última vez em que estivera lá. Não conseguia. O tempo fluía de modo não linear, tornando a noção de distanciamento variável. Provavelmente, teria sido no início do outono. Havia uma vaga lembrança de que vestia uma camiseta de manga comprida. E agora era dezembro.

O vento gelado soprava blocos de nuvens em direção à baía de Tóquio. Nuvens firmes e compactas, de formas indefinidas, que pareciam feitas de patê, pairavam no céu. Vez por outra, as luas podiam ser vistas ao fundo, quando as nuvens que as encobriam permitiam. Uma lua amarela e familiar e uma outra mais nova, menor e esverdeada. Ambas estavam na fase minguante, com dois terços do tamanho. A lua menor parecia uma criança se escondendo atrás da saia da mãe. Elas estavam praticamente na mesma posição da vez anterior, como se aguardassem pacientemente o retorno de Tengo.

À noite, não havia ninguém no parque infantil. A claridade da lâmpada de mercúrio estava muito mais intensa e gélida do que da vez anterior. Os galhos desfolhados da zelkova lembravam ossos antigos e esbranquiçados expostos à intempérie. Uma noite ideal para uma coruja piar. Mas, obviamente, num parque de cidade grande, não há corujas. Tengo cobriu a cabeça com o capuz da blusa e enfiou as mãos nos bolsos do casaco de couro. Subiu até o topo do escorregador e, encostado no corrimão, olhou para as luas que ora apareciam, ora desapareciam por entre as nuvens. Ao fundo, estrelas cintilavam silenciosamente. O vento dissipava a massa disforme de sujeira acumulada no céu da metrópole deixando o ar mais puro e límpido.

"Quantas pessoas no mundo estão olhando para as duas luas nesse momento?", Tengo pôs-se a pensar. "Fukaeri certamente sabia da existência delas. Afinal, ela é que começou isso tudo. Talvez. Mas, além dela, ninguém comentou que o número de luas havia aumentado. Será que as pessoas ainda não perceberam? Ou será que é um assunto conhecido, tão banal que não merece nem ser comentado?" Tengo jamais perguntou sobre a lua para ninguém, a não ser para aquele amigo que o substituiu na escola preparatória. Muito pelo contrário, ele evitava ao máximo tocar nesse assunto em público, como se fosse algo moralmente condenável.

Por quê?

"Talvez, esse seja o desejo das luas", pensou Tengo. "Elas seriam uma espécie de mensagem pessoal e intransferível e, nesse caso, essa mensagem poderia *não estar autorizada* a ser compartilhada com outras pessoas."

Mas esse modo de pensar era, no mínimo, estranho. Por que a quantidade de luas indicaria a existência de uma mensagem específica para ele? Que tipo de mensagem elas queriam transmitir? Para Tengo, parecia mais um enigma do que uma mensagem. Mas, nesse caso, quem seria o autor desse enigma? Quem, afinal, *desautorizaria* Tengo a compartilhar a informação?

O vento soprava através dos galhos da zelkova com um som agudo, como o do ar que escapa por entre os dentes de alguém que perdeu a esperança. Tengo olhou para as luas e, sem se importar com o vento, permaneceu sentado até sentir o corpo gelar. Em termos de tempo, não deve ter levado mais que quinze minutos. Não. Talvez tenha sido um pouco mais. Ele perdera a noção do tempo. O corpo, até então aquecido com o uísque, estava rígido e gelado como uma pedra lisa e solitária nas profundezas do oceano.

Os ventos continuavam a soprar as nuvens para o sul e, a despeito de a quantidade de nuvens ser grande, elas surgiam sucessivamente, uma após a outra. Uma fonte inesgotável no longínquo Polo Norte deve estar produzindo incessantemente essas nuvens.

Pessoas muito dedicadas, em seus uniformes cinza-escuros de tecido grosso, estariam silenciosamente produzindo nuvens dia e noite; obstinadas como as abelhas que fabricam o mel, as aranhas que tecem suas teias e as guerras que fazem viúvas.

Tengo olhou o relógio de pulso. Faltava pouco para as oito. No parque, como era de se esperar, não havia ninguém. De vez em quando, algumas pessoas caminhavam apressadamente na rua em frente. Seu modo de andar, regressando às suas casas após um dia de trabalho, era idêntico. As janelas dos apartamentos do edifício de seis pavimentos recém-construído em frente ao parque estavam com as luzes acesas em pelo menos metade delas. Numa noite de inverno e de ventos fortes, a iluminação criava uma atmosfera especial de um lar doce e aconchegante. Tengo examinou as janelas iluminadas, uma a uma, como a observar, de um pequeno barco de pesca, um navio luxuoso flutuando no mar noturno. Em todas elas as cortinas estavam fechadas como se os moradores, em comum acordo, decidissem deixá-las assim. Ao observar o prédio do topo do escorregador frio do parque noturno, este parecia pertencer a outro mundo, com princípios e regras próprias. As pessoas que moravam do outro lado das cortinas teriam uma vida bem comum e, provavelmente, calma e feliz.

Uma vida comum?

A imagem que Tengo possuía de "uma vida comum" era um estereótipo desprovido de profundidade e cor. Um casal, provavelmente com dois filhos. A mãe estaria de avental. O vapor saindo da panela, e a família reunida conversando em torno da mesa de jantar. Nesse ponto a imaginação de Tengo se deparava com uma parede sólida. O que será que uma *família comum* conversava durante as refeições? Ele próprio não possuía nenhuma lembrança de ter conversado com seu pai durante as refeições. Eles apenas engoliam a comida em silêncio, cada qual na hora que melhor lhe conviesse. Além do mais, aquela comida não era exatamente algo que pudesse ser chamado de refeição.

Após observar todas as janelas iluminadas do prédio, Tengo voltou os olhos para as duas luas, a grande e a pequena. Mas, por mais que aguardasse, nenhuma delas se dignou a lhe dizer algo. Elas pairavam lado a lado no céu com seus rostos inexpressivos como uma estrofe de dois versos, um dístico inacabado aguardando a conclusão. Hoje não há mensagens. Essa era a única informação que elas lhe transmitiam.

As nuvens atravessavam ininterruptamente o céu rumo ao sul. Nuvens de formatos e tamanhos variados vinham e iam. Dentre elas, havia uma ou outra de formato interessante. Pareciam ter seu próprio modo de pensar. Um pensamento pequeno, denso e de contornos bem definidos. Mas o que Tengo queria saber era o que as luas pensavam, não as nuvens.

Tengo desistiu de esperar a resposta das luas, levantou-se, deu uma longa esticada nos braços e nas pernas e desceu do escorregador. "Paciência. Só o fato de saber que a quantidade de luas continua a mesma já está bom", pensou. Com as mãos nos bolsos, ele deixou o parque e, com passadas largas, caminhou em direção ao seu apartamento. Enquanto caminhava, de repente, lembrou-se de Komatsu. Precisava conversar com ele. Precisava tentar organizar um pouco as coisas que aconteceram entre eles. Komatsu, por sua vez, já lhe havia dito que precisava falar com ele e que em breve entraria em contato. Tengo chegou a deixar o telefone da casa de saúde de Chikura, mas Komatsu não retornou. Tengo resolveu telefonar para ele no dia seguinte, mas, antes, precisava passar na escola preparatória. Precisava ler a carta que Fukaeri deixara com seu amigo.

A carta de Fukaeri estava lacrada e guardada na gaveta de sua mesa. Apesar do lacre exagerado, a carta em si era pequena. Ela ocupava meia página de uma folha de papel ofício, escrita com caneta azul e com a familiar letra cuneiforme. Uma caligrafia apropriada para se escrever numa placa de argila. Tengo sabia que ela levava muito tempo para compor as palavras.

Ele releu várias vezes a carta. Nela estava escrito que ela *precisava deixar* o apartamento. *Imediatamente.* O motivo alegado era de que eles *estavam sendo vigiados.* Esses três trechos estavam grifados enfaticamente com um lápis de ponta grossa e macia. Um grifo assustadoramente convincente.

Não havia nenhuma explicação sobre "quem os observava", ou como ela soube disso. A impressão era de que no mundo de

Fukaeri os fatos não podiam ser revelados abertamente. Estavam sempre envoltos em sugestões e enigmas ou expressos com lacunas e de formas inusitadas, como o mapa de um tesouro enterrado por piratas. Ou como no texto da *Crisálida de ar* originalmente escrito por ela.

Fukaeri, porém, não tinha a intenção de escrever desse modo sugestivo e enigmático. Esse era o seu jeito natural de se expressar. O único jeito de ela conseguir transmitir imagens e pensamentos era usando esse tipo de vocabulário e construção frasal. Para conversar com ela, era preciso se acostumar com esse modo específico do uso da linguagem. Para entender o que ela falava, o interlocutor precisava mobilizar toda sua capacidade e seu dom de discernimento para não só mudar a posição das palavras, como também preencher adequadamente as lacunas.

Toda vez que Tengo recebia dela uma mensagem concisa, ele tentava entendê-la do jeito mais direto possível. Quando ela dizia *"estavam sendo vigiados"*, significava que estavam realmente sendo vigiados. Quando ela intuía que *"precisava deixar* o apartamento", era porque sabia que estava na hora de deixar o apartamento. Tengo procurava, portanto, aceitar integralmente o que ela relatava. O contexto, os detalhes e os fundamentos que geraram essa informação eram algo que ele podia apenas tentar desvendar. Outra possibilidade era simplesmente ignorar o que ela dizia, desde o início.

Eles *estavam sendo vigiados*.

Será que isso significava que o pessoal de Sakigake descobriu onde ela estava? Eles sabiam da ligação entre ele e Fukaeri. Eles sabiam que ele havia reescrito a *Crisálida de ar* a pedido de Komatsu. Razão pela qual Ushikawa tentou se aproximar dele. Eles usaram desse subterfúgio — Tengo ainda não sabia o porquê disso — para tentar subjugá-lo. Sendo assim, havia a possibilidade de eles estarem vigiando o apartamento de Tengo.

Se fosse realmente isso, era estranha sua demora para agir. Fukaeri estava morando no apartamento de Tengo havia quase três meses. Sakigake era uma organização religiosa bem estruturada. E, como tal, era de se presumir que possuíssem poder e influência. Caso quisessem realmente pegar Fukaeri, podiam fazer isso a qualquer momento. Não haveria a necessidade de gastar tempo e dinheiro para vigiar o apartamento de Tengo. Se realmente estivessem vigiando Fukaeri, eles não a deixariam simplesmente partir. E, antes de partir, Fukaeri não só teve tempo de arrumar o apartamento e fazer compras, como foi até a escola preparatória em Yoyogi e deixou a carta com o amigo de Tengo.

Quanto mais Tengo tentava entender o que se passava, mais ele ficava confuso. A única coisa que ele conseguia pensar era que *eles não queriam pegar Fukaeri*. Em algum momento, eles talvez tenham mudado de objetivo e, em vez de Fukaeri, passaram a focar outra pessoa. Alguém relacionado a Fukaeri. Por algum motivo, Fukaeri deixou de ser uma ameaça para Sakigake. Se for isso, por que somente agora é que resolveram vigiar o apartamento de Tengo?

Tengo ligou para a editora de Komatsu do telefone público da escola. Era domingo, mas ele sabia que Komatsu gostava de trabalhar na empresa nos fins de semana. Costumava dizer que o escritório era um local muito bom para trabalhar quando não havia ninguém. Mas ninguém atendeu a ligação. Tengo olhou o relógio de pulso e constatou que ainda eram onze da manhã. Muito cedo para Komatsu estar no escritório. Ele somente começava o dia, fosse qual fosse o dia da semana, quando o sol passava pelo teto do meio-dia. Tengo sentou numa cadeira da lanchonete e, enquanto bebia um café fraco, leu novamente a carta de Fukaeri. O texto dela, como o esperado, tinha poucos ideogramas e não continha sinais de pontuação nem parágrafos:

> Tengo você está lendo esta carta porque voltou da cidade dos gatos isso é muito bom mas estamos sendo *vigiados* por isso eu *preciso deixar* o apartamento e tem de ser *imediatamente* não precisa se preocupar comigo é que não posso mais ficar aqui como eu já te disse antes a pessoa que você está procurando está bem perto e dá para ir andando mas tome cuidado pois tem alguém te vigiando

Após ler três vezes a carta, que parecia uma mensagem telegráfica, Tengo dobrou-a e a guardou no bolso. Como sempre, quanto mais ele relia, mais o texto de Fukaeri se tornava crível. Ele estava sendo vigiado. Agora ele aceitava isso como um fato. Ergueu o rosto e olhou o salão da lanchonete. Como era horário de aula, havia poucas pessoas. Alguns alunos estavam lendo suas apostilas, outros escreviam algo em seus cadernos. Não encontrou ninguém que estivesse escondido em algum canto a observá-lo.

Havia uma questão fundamental. Se não era Fukaeri que eles estavam vigiando, quem seria? Ele próprio ou o seu apartamento? Pensou a respeito. Claro, tudo não passava de uma suposição. Mas Tengo achava que não teriam interesse exatamente nele. Ele não passava de um revisor que aceitara o pedido de reescrever a *Crisálida de ar*. O livro fora publicado, virou notícia e, finalmente, deixou de ser o assunto do dia. Portanto, o papel de Tengo estava concluído havia muito tempo. Não havia motivos para que esse assunto voltasse à tona.

Fukaeri quase não deve ter saído do apartamento. O fato de ela *sentir* que estava sendo *observada* significava que o apartamento é que estava sendo vigiado. Mas, afinal, de onde é que eles estariam vigiando? Apesar de ele morar numa região movimentada, o apartamento dele, no terceiro pavimento, possuía uma localização inusitadamente privilegiada, fora do alcance dos olhares alheios. Esse era um dos motivos de Tengo morar nele havia muito tempo. Sua namorada mais velha também valorizava muito esse quesito. "A vista não é lá grande coisa", dizia ela, "mas, em compensação, me sinto muito tranquila aqui, o local é tão sossegado quanto o seu morador".

Um pouco antes do anoitecer, um corvo grande costumava pousar no beiral da janela. Fukaeri chegou a comentar sobre isso ao telefone. O corvo pousava num espaço estreito, reservado para vasos de plantas, e esfregava suas enormes e negras asas de azeviche nos vidros. A rotina desse pássaro era a de passar um tempo do lado de fora do apartamento de Tengo antes de voltar para seu ninho. O corvo parecia ter um interesse especial no interior do apartamento. Ele movia rapidamente o enorme olho negro na lateral da cabeça e, observando por entre as cortinas, parecia colher informações. Era uma ave inteligente. E extremamente curiosa. Fukaeri havia dito que conversava com ele. Mas seria ridículo achar que aquele corvo poderia estar fazendo o reconhecimento da casa de Tengo a mando de alguém.

Sendo assim, de onde é que estariam vigiando o apartamento?

No trajeto da estação até o seu prédio, Tengo resolveu passar no supermercado para fazer compras: verduras, ovos, leite e peixe. Voltou com os pacotes nos braços e, em frente à porta de entrada, parou e, por precaução, deu uma rápida olhada ao redor. Não havia nada de suspeito. Era a mesma paisagem de sempre. Fios elétricos pendurados no ar como tripas escuras, a grama do jardim da frente ressecada pelo inverno, as caixas de correio oxidadas. Aguçou os ouvidos. A única coisa que conseguiu ouvir foi o incessante ruído que lembrava o barulho do agitar de asas, típico de uma cidade grande.

Uma vez no apartamento, Tengo guardou a comida, abriu as cortinas e observou atentamente a paisagem. Do outro lado da rua havia três casas antigas, de dois pavimentos, construídas em terrenos pequenos. Os proprietários eram todos idosos, típicos moradores de longa data, de expressão séria, e que detestam quaisquer mudanças. Não importava o que acontecesse, eles jamais receberiam com simpatia um inquilino desconhecido para morar no segundo pavimento. E, desse local, por mais que a pessoa se debruçasse na janela, somente daria para ver uma pequena parte do teto do apartamento de Tengo.

Fechou a janela e foi esquentar a água para um café. Sentou-se na mesa da cozinha e, enquanto o bebia, pensou em inúmeras hipóteses. Alguém o observava de algum lugar bem próximo. Aomame está (ou *estava*) bem perto, em um local que daria para ir andando. Será que existe alguma relação entre essas duas coisas? Ou será apenas coincidência? Por mais que Tengo pensasse, não conseguia chegar a lugar nenhum. Seus pensamentos percorriam o mesmo trajeto em círculos, como um pobre rato que sente cheiro de queijo, mas que não pode alcançá-lo, pois todas as portas estão fechadas.

Tengo desistiu de pensar sobre isso e resolveu passar os olhos no jornal que havia comprado na banca da estação. Ronald Reagan, reeleito à presidência dos Estados Unidos, chamava o primeiro-ministro do Japão, Yasuhiro Nakazone, de Yasu, e este o chamava de Ron. Provavelmente, o ângulo em que a foto foi tirada contribuiu para que parecessem dois empresários da construção civil numa reunião para reduzir os custos das obras utilizando materiais de qualidade inferior e mais baratos. A rebelião na Índia, decorrente do assassinato da primeira-ministra Indira Gandhi, continuava e, em determinadas regiões, siques eram chacinados. No Japão, a produção de maçãs atingiu um número jamais visto. Nenhuma notícia chamou a atenção de Tengo.

Ele aguardou os ponteiros do relógio marcarem duas horas para telefonar novamente a Komatsu.

Tengo teve de aguardar o telefone tocar doze vezes até Komatsu resolver atendê-lo. Era sempre assim. Não dava para entender por que ele agia desta forma.

— Tengo, há quanto tempo! — disse Komatsu. Sua voz voltou a ser a mesma de sempre: fluente, ligeiramente teatral e dissimulada.

— Tirei duas semanas de férias e estive em Chiba. Voltei ontem à tarde.

— Você me disse que o seu pai não estava muito bem. Deve ter sido difícil para você.

— Nem tanto. Meu pai está em coma profundo, por isso passei praticamente todo tempo olhando ele dormir. De resto, fiquei na pousada escrevendo o meu romance.

— Mesmo assim, trata-se de uma pessoa que está entre a vida e a morte. Não é algo fácil de lidar.

Tengo mudou de assunto. — Outro dia você comentou que precisava falar uma coisa comigo. Na última vez em que conversamos. Já faz algum tempo.

— É mesmo — disse Komatsu. — Sobre esse assunto, quero conversar com calma, você está com tempo?

— Se o assunto é importante, é melhor marcar logo, não?

— Sim. O quanto antes, melhor.

— Se for hoje à noite, posso dar um jeito.

— Hoje à noite eu também posso. Que tal às sete?

229

— Sete horas está ótimo — concordou Tengo.

Komatsu sugeriu um bar perto da editora. Tengo já havia estado lá algumas vezes. — Aquele bar abre no domingo e, aos domingos, não tem muita gente. Podemos conversar com calma.

— A conversa vai ser longa?

Komatsu pensou a respeito. — Não sei. Não tenho ideia se vai ser longa ou curta, só posso saber conversando.

— Tudo bem. Leve o tempo que precisar. Serei todo ouvidos. Afinal, estamos no mesmo barco, não é? Ou será que você já trocou de barco?

— É claro que não — disse Komatsu, com uma voz que soava extremamente afável. — Nós dois ainda continuamos no mesmo barco. Então nos vemos às sete. Contarei os detalhes logo mais.

Após pousar o fone no gancho, Tengo foi até a mesa e ligou o processador de texto. Depois, digitou o trecho do romance que havia escrito com caneta-tinteiro enquanto esteve na pousada de Chikura. Ao reler o texto, veio-lhe à mente a imagem daquela cidade: a casa de saúde, os rostos das três enfermeiras, os ventos que sopravam do mar e balançavam os pinheiros, as gaivotas brancas sobrevoando o céu. Tengo levantou e foi até a janela, afastou as cortinas e, ao abrir as vidraças, encheu os pulmões com o ar frio que vinha de fora.

Tengo você está lendo esta carta porque voltou da cidade dos gatos isso é muito bom

Foi isso que Fukaeri escreveu na carta. Mas, ao voltar a Tóquio, ele soube que o seu apartamento estava sendo vigiado. Ele não sabia quem nem de onde poderiam estar vigiando-o. Talvez tenham instalado alguma câmera dentro do apartamento. Preocupado com essa possibilidade, Tengo vasculhou o imóvel de ponta a ponta. Mas não encontrou nenhuma câmera ou aparelhos de escuta. Seu apartamento de um quarto era antigo e pequeno. Se instalassem algo, com certeza o equipamento não passaria despercebido, mesmo que Tengo quisesse.

Ele voltou à mesa e continuou a digitar o texto até começar a escurecer. O trabalho de passar o manuscrito a limpo levou muito mais tempo do que esperava, pois não se tratava apenas de digitá-lo mecanicamente, mas incluía o trabalho de revisão que, não raro, exigia reescrever e corrigir alguns trechos. Ao fazer uma pausa para descansar as mãos, Tengo acendeu a luz sobre a mesa. Foi quando lhe ocorreu que, naquele dia, o corvo não aparecera. Se ele tivesse vindo, Tengo imediatamente o notaria pelo barulho das asas a esfregar na janela. Esfregava tanto as asas que deixava marcas de gordura espalhadas pelo vidro, como códigos a serem decifrados.

Às cinco e meia, preparou uma refeição simples e jantou. Não que estivesse com fome, mas, como havia comido pouco no almoço, achou melhor forrar o estômago. Preparou uma salada de alga *wakame* com tomate e uma fatia de torrada. Quando eram seis e quinze, vestiu uma jaqueta de veludo cotelê verde-oliva sobre uma blusa de gola alta preta e deixou o apartamento. Ao sair do prédio, parou para dar uma olhada ao redor. Nada lhe chamou a atenção. Não havia ninguém escondido atrás do poste de eletricidade e tampouco um carro suspeito estacionado. Lembrou-se então de que, naquele dia, o corvo não aparecera. Mas, ao contrário do que esperava, essas coisas o deixaram preocupado. Ele passou a desconfiar de que todos que *não pareciam* poderiam estar vigiando-o sorrateiramente: a mulher que caminhava com uma cesta de compras; o idoso que, em silêncio, passeava com o seu cão; os colegiais que, pedalando suas bicicletas com raquetes de tênis no ombro, passavam por Tengo sem prestar atenção nele. Enfim, todos poderiam ser olheiros de Sakigake, habilmente disfarçados.

"Estou ficando paranoico", pensou Tengo. "Preciso ficar atento, mas não a ponto de me tornar neurótico." Tengo apressou-se em direção à estação. De vez em quando, olhava rapidamente para trás para ver se alguém o seguia. Caso houvesse alguém, ele certamente não deixaria de notar, pois, além de possuir uma visão periférica acima do normal, a sua acuidade visual era muito boa. Após olhar para trás umas três vezes, certificou-se de que ninguém o seguia.

Chegou ao local combinado às cinco para as sete. Komatsu ainda não estava lá e Tengo foi o primeiro cliente a entrar no bar. No balcão havia um vaso enorme repleto de flores exuberantes, e o aroma dos caules recém-cortados pairava no ar. Tengo escolheu uma mesa no fundo e pediu uma caneca de chope. Depois, tirou um livro do bolso da jaqueta e começou a ler.

Komatsu chegou às sete e quinze. Ele vestia um blazer de tecido de lã xadrez, um pulôver de casimira, um cachecol igualmente de casimira, calça de lã e sapato de camurça. Era o seu *jeito* habitual de se vestir. As roupas eram de boa qualidade e de bom gosto, e haviam sido usadas na medida certa. Quando ele as vestia, pareciam fazer parte de seu corpo. Tengo nunca vira Komatsu de roupa nova. Provavelmente, ele devia dormir com elas assim que as comprava, e depois rolar no chão. Somente após usá-las, lavá-las, secá-las na sombra inúmeras vezes, e somente quando estavam devidamente gastas e com a cor levemente desbotada, é que ele finalmente as vestia para sair em público, como quem diz ao mundo que não se importa com os trajes. De qualquer maneira, seu modo de vestir o fazia parecer um editor veterano, com vários anos de experiência. Ou melhor, não o fazia parecer mais nada além de um editor veterano. Komatsu sentou-se diante de Tengo e também pediu um chope.

— Você parece muito bem — disse Komatsu. — Como vai o novo romance?

— Avançando aos poucos.

— Ótimo. Um escritor só se aperfeiçoa com o ato contínuo de escrever. É como uma taturana que nunca se cansa de comer folhas. Eu não falei que reescrever a *Crisálida de ar* seria uma influência benéfica para o seu próprio trabalho?

— Tem razão — concordou Tengo. — Foi graças a ela que aprendi algumas coisas importantes sobre o romance. Hoje consigo ver coisas que antes eu não conseguia.

— Não quero me gabar, mas saiba que disso eu entendo muito bem. O que você precisava era ter uma boa *oportunidade*, como aquela.

— Em compensação, estou passando por grandes apuros, como você bem sabe.

Komatsu sorriu arqueando o canto dos lábios numa bela meia-lua de inverno. Um sorriso impenetrável, que não revelava seu profundo significado.

— Para conseguir algo importante é preciso pagar o preço. Essa é a regra do mundo.

— Pode ser, mas não consigo entender direito a relação entre as coisas consideradas importantes e os critérios de avaliação de seus respectivos preços. Esse vínculo é sempre muito complexo.

— Realmente, as coisas são complicadas. É como conversar numa linha cruzada. Você tem razão — disse Komatsu, franzindo as sobrancelhas. — Mudando de assunto, você sabe onde Fukaeri está agora?

— Onde ela está agora, não sei — respondeu Tengo, escolhendo cuidadosamente as palavras.

— *Onde está agora* — disse Komatsu, num tom que indicava algo significativo.

Tengo manteve-se em silêncio.

— Mas até pouco tempo atrás ela estava morando no seu apartamento — disse Komatsu. — Foi o que ouvi dizer.

Tengo concordou. — É isso mesmo. Ela esteve comigo por cerca de três meses.

— Três meses é muito tempo — disse Komatsu. — Mas você não contou a ninguém sobre isso.

— A própria Fukaeri me pediu para não contar, e não contei. Nem mesmo para você.

— Mas agora ela não está mais no apartamento.

— Isso mesmo. Enquanto estive em Chikura ela deixou uma carta e foi embora. Desde então, não sei de mais nada.

Komatsu pegou um cigarro, levou-o à boca e o acendeu com um fósforo. Estreitou os olhos e olhou para o rosto de Tengo.

— Depois que ela deixou o apartamento, ela voltou para a casa do professor Ebisuno. Lá no topo da montanha de Futamatao — disse Komatsu. — O professor Ebisuno avisou a polícia e retirou o pedido de busca. Disse que ela sumiu por conta própria e que não tinha sido raptada. Em todo caso, a polícia deve estar interrogando-a para saber o que aconteceu. Devem estar perguntando por que e como ela sumiu, onde estava e o que fez. Afinal, ela é menor de idade. Em breve, os jornais devem noticiar o ocorrido, dizendo que a escritora revelação reapareceu após um longo período sem que se soubesse de seu paradeiro. Mesmo que a notícia seja publicada, não deve ser muito grande; além do mais, esse caso não envolve assassinato.

— Será que vão noticiar que ela estava escondida no meu apartamento?

Komatsu balançou a cabeça, num gesto negativo. — Não. Creio que Fukaeri não vai mencionar o seu nome. Você sabe muito bem como ela é. Uma vez que ela decida não contar, não vai abrir a boca, não importa quem peça: polícia, exército, conselho revolucionário ou até mesmo a madre Teresa. Não se preocupe.

— Não estou preocupado. O que eu quero é saber o rumo que as coisas estão tomando, só isso.

— De qualquer forma, o seu nome jamais será revelado. Não se preocupe — disse Komatsu. Então, a expressão de seu rosto ficou séria. — Deixando isso de lado, tenho de fazer uma pergunta. Uma pergunta embaraçosa.

— Embaraçosa?

— Um assunto pessoal.

Tengo tomou um gole de chope e recolocou a caneca sobre a mesa. — Tudo bem. Se eu puder responder, respondo.

— Você e Fukaeri tiveram relação sexual? Enquanto ela esteve morando com você? Basta responder sim ou não.

Tengo deu um tempo e balançou lentamente a cabeça, num gesto negativo.

— A resposta é não. Não tivemos nenhuma relação.

Intuitivamente, Tengo decidiu que jamais falaria sobre o que aconteceu entre eles naquela noite de tempestade e trovoadas. Aquilo era um segredo que jamais deveria ser revelado. Não estava autorizado a dizer nada. E não foi exatamente uma relação sexual. Não havia o sentimento de desejo, no sentido geral que essa palavra possui. Em nenhum dos dois.

— Você está dizendo que não houve nenhuma relação sexual, é isso?

— Isso mesmo — respondeu Tengo, com a voz neutra.

Pequenas rugas se formaram nas laterais do nariz de Komatsu. — Não estou duvidando de você, Tengo, mas, antes da sua resposta, percebi que você hesitou por alguns segundos. Será que não aconteceu algo próximo a isso? Não estou te culpando, longe disso. É que tenho motivos para buscar a verdade dos fatos.

Tengo olhou diretamente nos olhos de Komatsu. — Não hesitei. Apenas estranhei a pergunta. Não entendi por que você quer saber se eu e Fukaeri tivemos relação sexual ou não. Até onde sei, você nunca foi de bisbilhotar a vida alheia. Muito pelo contrário. Você sempre se manteve longe disso.

— É verdade — disse Komatsu.

— Pois então, me diga por que você quer tocar nesse assunto agora.

— Com quem você ou Fukaeri dormem não é da minha conta — disse Komatsu, coçando a lateral do nariz. — É como você acabou dizer. Mas, como você sabe, a Fukaeri não é uma garota comum, como tantas outras que vemos por aí. Como posso dizer... tudo o que ela faz tem um significado especial.

— Um significado? — indagou Tengo.

— É claro que, racionalmente falando, todas as ações realizadas pelas pessoas têm um significado — disse Komatsu. — No entanto, no caso de Fukaeri, *o significado é muito mais profundo*. Ela possui esse dom que não é comum. Por isso, nós achamos importante saber de fatos que estão relacionados a ela.

— Quando você diz "nós", a quem se refere? — perguntou Tengo.

Komatsu esboçou no rosto uma estranha inquietação. — Para falar a verdade, quem realmente quer saber se você e Fukaeri tiveram alguma relação sexual não sou eu, mas o professor Ebisuno.

— Então o professor Ebisuno também sabia que ela estava comigo.

— É claro que sabia. Desde o dia em que ela foi para o seu apartamento, ele sempre se manteve informado. A própria Fukaeri reportava minuciosamente onde ela estava.

— Eu não sabia — disse Tengo, surpreso. Fukaeri havia dito que não contara a ninguém onde ela estava. Mas agora isso era o de menos. — Não consigo entender. O professor Ebisuno é o tutor e o responsável legal por Fukaeri e, por isso, seria de esperar que ele tivesse certa preocupação com esse tema. Mas, na atual situação disparatada em que estamos, o normal seria ele se preocupar prioritariamente com a segurança dela. Acho difícil acreditar que o professor

Ebisuno tenha colocado no topo da lista de preocupações a virgindade e a vida sexual dela.

Komatsu entortou a boca para um lado. — Pois então, desconheço os motivos dele. Eu apenas estou atendendo a um pedido do professor. Ele me pediu para me encontrar pessoalmente com você e perguntar se vocês tiveram uma relação sexual. Eu fiz a pergunta, e sua resposta foi negativa.

— É isso mesmo. Eu e Fukaeri não tivemos nenhuma relação sexual — disse Tengo categoricamente, olhos nos olhos do interlocutor.

— Então está bem — disse Komatsu, com outro Marlboro na boca e estreitando os olhos enquanto o acendia com um fósforo. — Era isso que eu precisava saber.

— Fukaeri é sem dúvida uma garota bonita, que chama atenção. Mas, como você mesmo deve saber, acabei me envolvendo nessa história sem querer. Mesmo contra a vontade. Por mim, gostaria de evitar maiores complicações. Além do mais, naquela época eu via uma outra mulher.

— Já entendi — disse Komatsu. — Você é um homem inteligente e de bom caráter. Vou transmitir sua resposta para o professor. Desculpe-me por te aborrecer com essa pergunta. Não fique preocupado.

— Não estou preocupado. Apenas achei estranho. Não entendo por que esse tema veio à tona justo agora — disse Tengo, após uma pausa. — E qual é o assunto que você disse que precisava falar comigo?

Komatsu bebeu o chope e pediu ao barman um *highball* de uísque escocês com soda.

— O que você vai beber? — Komatsu perguntou para Tengo.

— O mesmo — respondeu Tengo.

Dois *highballs* em copos altos foram colocados sobre a mesa.

— Em primeiro lugar — disse Komatsu, após uma longa pausa —, preciso deixar claro algumas circunstâncias embaraçosas. Afinal, nós estamos no mesmo barco. Quando digo "nós", me refiro a nós quatro: você, eu, Fukaeri e o professor Ebisuno.

— Um grupo muito interessante, não? — disse Tengo. Komatsu, porém, não percebeu o tom de ironia no comentário. Estava concentrado no assunto que precisava discutir.

— Cada um dos componentes do grupo participou deste plano com suas próprias expectativas e, nem todos possuíam a mesma motivação ou seguiam na mesma direção para alcançar um objetivo comum. Em outras palavras, cada um remou o barco mantendo o seu próprio ritmo e seguindo seu próprio ângulo.

— E, desde o começo, esse grupo não era propenso a um trabalho em equipe.

— É isso mesmo.

— E o barco foi arrastado pela forte correnteza, rumo à cachoeira.

— O barco foi arrastado pela forte correnteza, rumo à cachoeira — admitiu Komatsu. — Não estou tentando me retratar, mas o plano inicial era muito simples. Você reescreveria a *Crisálida de ar*, da Fukaeri, e a obra ganharia o prêmio de escritor revelação da revista literária. Publicaríamos o livro e venderíamos muito. Enganaríamos a sociedade e, de quebra, ganharíamos uma quantia razoável de dinheiro. Meio travessura, meio lucro. Esse era o plano. Mas, a partir do momento em que o professor Ebisuno se envolveu, a coisa começou a ficar complexa. Por baixo da superfície, as coisas se complicaram, e a correnteza passou a fluir cada vez mais rapidamente. O texto que você reescreveu superou as minhas expectativas e, com isso, o livro foi bem recebido pela crítica e obteve uma venda excepcional. Como resultado, o nosso barco foi levado para um local inesperado. Um local um tanto perigoso.

Tengo balançou discretamente a cabeça. — Não se trata de um local um tanto perigoso, mas de *um local extremamente perigoso*.

— Você não deixa de ter razão.

— Não fale como se isso não lhe dissesse respeito. Não se esqueça de que esse plano foi ideia sua.

— Tem razão. Eu é que acionei o botão de partida. No começo estava indo muito bem. Mas, infelizmente, do meio em diante o controle começou a falhar. É claro que assumo a responsabilidade. Principalmente por tê-lo envolvido nisso. Afinal, fui eu que o convenci a participar. De qualquer modo, estamos num ponto em que devemos parar e nos reorganizar. Precisamos nos livrar das bagagens excedentes e, na medida do possível, deixar o plano o mais simples possível. É preciso avaliar o ponto em que estamos e o que faremos de agora em diante.

Após dizer isso, Komatsu suspirou e bebeu o uísque. Depois, pegou o cinzeiro de vidro e passou a contornar a borda com seu dedo comprido, como um deficiente visual que verifica minuciosamente a forma dos objetos.

— Para falar a verdade, fiquei preso num local durante cerca de dezessete a dezoito dias — disse Komatsu. — Do final de agosto à metade de setembro. Um dia, depois do almoço, eu caminhava perto de casa com a intenção de ir ao trabalho. Ia em direção à estação Gotokuji quando um carro grande e preto, estacionado, abriu lentamente a janela e alguém me chamou pelo nome: "É o senhor Komatsu?" Quando me aproximei para ver quem era, dois homens desceram e me empurraram para dentro. Eram bem fortes. Enquanto um deles amarrava minhas mãos atrás das costas, o outro me fez cheirar clorofórmio ou algo parecido. Como nos filmes. Mas o fato é que aquilo funciona mesmo. Quando acordei, estava preso num quarto pequeno, sem janelas. As paredes eram brancas, e o formato do quarto, cúbico. Havia uma cama pequena e uma mesinha de madeira, e não havia cadeiras. Eu estava deitado na cama.

— Você foi raptado? — perguntou Tengo.

Komatsu terminou de averiguar o contorno do cinzeiro, devolveu-o à mesa e ergueu o rosto para Tengo. — Sim. Fui raptado, de verdade. Como naquele filme antigo, *O colecionador*. Acho que a maioria das pessoas nunca pensou na possibilidade de ser raptada. Isso nem deve passar pela cabeça delas, não é? Mas quando querem sequestrar você, pode ter certeza de que conseguem. É difícil explicar, mas a sensação de ser raptado é surreal. Não dá para acreditar que alguém está realmente sequestrando você. Você imagina isso?

Komatsu olhou para Tengo, aguardando uma resposta. Mas era uma pergunta retórica. Tengo aguardou em silêncio a continuação da conversa. O *highball*, ainda intocado, suava e umedecia o descanso sob o copo.

Capítulo 16
Ushikawa
Uma máquina insensível, eficaz e resistente

Na manhã do dia seguinte, Ushikawa continuou, como na véspera, a vigiar a entrada do prédio por entre as cortinas, sentado no chão, perto da janela. Rostos muito parecidos ou exatamente iguais aos que entraram no prédio no final da tarde do dia anterior começaram a sair. Como era de se esperar, eles tinham uma expressão triste e andavam com as costas curvadas. O dia ainda mal havia começado, mas tinham a aparência cansada e desanimada. Apesar de Tengo não estar entre eles, Ushikawa fotografava cada rosto que passava diante da câmera. Rolos de filme, ele os tinha em abundância e, para se tornar hábil em tirar boas fotos, precisava praticar.

Após acompanhar a saída matutina daqueles que se dirigiam para o trabalho, Ushikawa foi até uma cabine telefônica nas proximidades do prédio e telefonou para a escola preparatória de Yoyogui, solicitando falar com Tengo.

— O professor Tengo está de férias há cerca de dez dias — informou a mulher que atendeu a ligação.

— Ele está doente ou algo assim?

— Não. Alguém da família é que está, e por isso ele foi para Chiba.

— Saberia me dizer quando ele volta?

— Essa informação não nos foi passada — respondeu a mulher.

Ushikawa agradeceu e desligou o telefone.

Alguém da família de Tengo — só poderia ser o pai. Aquele pai que foi cobrador da NHK. Sobre a mãe, Tengo ainda não sabia nada. E, até onde Ushikawa podia dizer, a relação dele com o pai nunca fora boa. Mesmo assim, ele se ausentou do trabalho por mais de dez dias para cuidar do pai enfermo. Essa atitude deixou Ushikawa ressabiado. Como é possível um sentimento de tamanha hostilidade ter se abrandado tão de repente? Qual seria a doença do pai, e em que hospital de Chiba estaria internado? Descobrir essas informações não era impossível, mas levaria pelo menos metade do dia. E ele teria de interromper a vigilância.

Ushikawa hesitou. Se Tengo não estava em Tóquio, sua vigilância do prédio perdia todo o sentido. Talvez fosse mais prudente interromper aquilo e mudar a linha de investigação. Ele poderia descobrir onde o pai de Tengo estava internado ou obter mais informações sobre Aomame. Poderia se encontrar com os amigos dela da faculdade e do trabalho, e levantar alguns dados. Quem sabe acharia uma pista.

Mas, assim que esse pensamento lhe veio à mente, decidiu continuar a vigiar o apartamento. Em primeiro lugar, se parasse naquele momento, perderia o ritmo da rotina que, com muito custo, acabara de estabelecer. Precisaria recomeçar tudo. Em segundo, mesmo que investigasse o paradeiro do pai de Tengo ou conversasse com as pessoas que conheciam Aomame, além de trabalhoso, os resultados não seriam tão compensadores. Esse tipo de investigação de campo, que gasta as solas dos sapatos, traz bons resultados até certo ponto. A partir disso, torna-se estranhamente ineficaz. Ushikawa sabia disso por experiência própria. Em terceiro lugar, a intuição de Ushikawa lhe pedia insistentemente para *não deixar o local*. Ela lhe pedia para ficar onde estava, observar todas as pessoas que entravam e saíam do prédio, sem deixar escapar ninguém. Era isso que a sua velha e singela intuição, no interior de sua cabeça disforme, dizia.

"Independentemente de Tengo estar aqui, vou continuar a vigiar o prédio. Vou dormir aqui e, antes de Tengo voltar, vou saber o rosto de todos aqueles que cotidianamente entram e saem do prédio. Se eu souber quem são os moradores, obviamente saberei, num piscar de olhos, quem não é. Sou um animal carnívoro", pensou Ushikawa. "Um animal carnívoro precisa ter muita paciência. Precisa se fundir ao ambiente e obter o máximo de informações sobre a sua presa."

Um pouco antes do meio-dia, quando a circulação de pessoas era drasticamente menor, Ushikawa aproveitava para dar uma saída. Para tentar esconder o rosto, usava um gorro de tricô e enrolava o cachecol até a altura do nariz. Mesmo assim, sua aparência chamava atenção. O gorro de lã bege esparramava-se sobre a sua enorme cabeça como um chapéu de cogumelo. O cachecol verde parecia uma enorme cobra enrolada em seu pescoço. Não serviam de disfarce. E o cachecol e o gorro não combinavam de jeito nenhum.

Ushikawa foi até o estúdio fotográfico em frente à estação para revelar dois rolos de filmes. Depois, entrou num restaurante que servia macarrão *soba* e pediu uma tigela de macarrão com tempurá. Havia tempos que não comia algo quente. Ushikawa saboreou a refeição e tomou todo o caldo. Ao sorver a última gota, transpirava de calor. Colocou novamente o gorro, enrolou o cachecol no pescoço e caminhou de volta ao apartamento. Espalhou as fotos reveladas pelo chão e organizou-as enquanto fumava um cigarro. Comparou as pessoas que voltavam e as que saíam e, quando havia algum rosto que coincidia, agrupava-os. Para facilitar a memorização, deu um nome aleatório a cada um. Anotou o nome nas fotografias com uma hidrográfica.

De manhã, após as pessoas saírem para o trabalho, eram poucos os moradores que deixavam o prédio. Por volta das dez, um rapaz que parecia ser um universitário saiu apressadamente com sua bolsa a tiracolo. Um idoso com cerca de setenta anos e uma mulher com pouco mais de trinta saíram do prédio, e, um tempo depois, retornaram com pacotes de supermercado nos braços. Ushikawa também tirou fotos deles. Pouco antes da hora do almoço veio o carteiro, que distribuiu as correspondências nas caixas localizadas na entrada. Um entregador entrou no prédio com um pacote e, cinco minutos depois, saiu com as mãos vazias.

De hora em hora, Ushikawa afastava-se da câmera e fazia cinco minutos de alongamento. Durante esses cinco minutos, a vigilância era interrompida, mas, desde o início, ele sabia que, estando sozinho, seria impossível observar todas as pessoas que entravam e saíam do prédio. De qualquer forma, era importante evitar que o corpo ficasse dormente. Os músculos tendem a se atrofiar ao permanecerem por muito tempo na mesma posição e, no caso de ter de entrar imediatamente em ação, eles não conseguem reagir com rapidez. Ushikawa deitava-se no chão e exercitava com destreza seu corpo arredondado e disforme, de modo a relaxar os músculos; como um Gregor Samsa ao se transformar num inseto.

Para não ficar entediado, sintonizava a rádio AM e ouvia música com seus fones de ouvido. Durante o dia, a programação era voltada para donas de casa e idosos. Os apresentadores faziam piadas sem graça, riam por qualquer bobagem, davam opiniões banais, e a seleção de músicas era tão ruim que dava vontade de tapar os ouvidos. Ainda por cima, anunciavam produtos que ninguém desejava adquirir. Pelo menos era assim que soava aos ouvidos de Ushikawa. Mas o que ele queria mesmo era escutar alguém conversando, não importava quem. Por isso, continuava ouvindo o rádio. Como é possível alguém ter a coragem de fazer um programa tão imbecil e ainda transmiti-lo para várias regiões por meio de ondas do rádio?

Mas, apesar de Ushikawa achar isso, ele próprio não possuía um trabalho requintado ou produtivo. Estava enfurnado no quarto de um apartamento barato, oculto atrás das cortinas e tirando fotos das pessoas às escondidas. Ele não estava numa posição digna e privilegiada, a ponto de poder criticar o trabalho dos outros.

Não era de hoje. Mesmo quando atuava como advogado, seu trabalho não era tão diferente. Não se lembrava de ter feito algo em prol da sociedade. Seus clientes mais importantes eram investidores que possuíam empresas de pequeno e médio porte e estavam ligados a alguma organização criminal. Ushikawa providenciava os meios mais eficazes de distribuir os lucros dessas empresas. Em outras palavras, ele fazia a lavagem de dinheiro. Ele também chegou a ser um especulador do setor imobiliário. Expulsava antigos moradores, transformava o local em extensos loteamentos e revendia a terra para empresas que construíam edifícios de luxo. Um negócio que envolvia uma vultosa soma de dinheiro e no qual também havia a participação desses grupos de bandidos. Ushikawa também era um ótimo advogado para defender pessoas acusadas de sonegação de impostos. Os requerentes, na maior parte, eram pessoas de caráter duvidoso de quem os advogados relutavam em aceitar o serviço. Ushikawa nunca hesitou em aceitar esses trabalhos, independentemente de quem fosse o cliente (principalmente se o caso fosse financeiramente vantajoso). Além disso, era um advogado habilidoso e geralmente ganhava a causa. Por isso, nunca teve dificuldades de conseguir trabalho. A relação de Ushikawa com Sakigake começou nessa época. Não se sabe o motivo, mas o Líder demonstrara um apreço especial por ele.

Se Ushikawa fizesse o que os advogados comumente faziam, era provável que ele não conseguisse se manter. Apesar de ter se formado, ter sido aprovado no exame de magistratura e possuir licença para advogar, ele não tinha uma boa rede de relacionamentos nem contava com o apoio de pessoas influentes. Devido à aparência, não conseguia emprego nos escritórios de advocacia de prestígio. Se abrisse uma firma normal de advocacia, sozinho, certamente os seus serviços seriam pouco requisitados. Raras seriam as pessoas que contratariam um advogado de aparência tão incomum quanto a dele e, ainda, pagando-lhe uma alta remuneração. É provável que fosse culpa daqueles dramas jurídicos da TV que sempre associam o advogado competente a um homem inteligente e bonito.

Por isso, sua conexão com o submundo se deu de modo natural. As pessoas daquele meio não se importavam com sua aparência. Muito pelo contrário, aquela sua particularidade era um dos motivos para que o aceitassem e confiassem nele. A rejeição pela sociedade convencional colocava os homens do submundo e Ushikawa numa situação semelhante. Eles reconheciam sua inteligência, habilidade, capacidade administrativa e a prudência de não falar o que não devia. Confiavam a ele processos que envolviam altas somas de dinheiro (e que não podiam ser expostos ao público) e seus êxitos eram generosamente remunerados. Ushikawa era rápido para se inteirar do assunto e sabia como usar os recursos legais sem incorrer em irregularidades e cair nas malhas da lei. Além de possuir uma boa intuição, era um homem cuidadoso. Mas, numa ocasião, ele foi tentado pelo diabo e, cheio de ambição, ultrapassou os tênues limites. Numa operação de risco, ele foi pego e, após sofrer as penalidades criminais, foi expulso da Ordem dos Advogados de Tóquio.

Ushikawa desligou o rádio e fumou um Seven Stars. Tragou bem fundo a fumaça e soltou-a lentamente. Aproveitou a lata vazia de pêssegos em calda para improvisar um cinzeiro. Se continuasse a viver assim, provavelmente sua morte ocorreria em circunstâncias lastimáveis. Era uma questão de tempo até ele pisar em falso e despencar sozinho na escuridão. Se desaparecesse agora deste mundo, possivelmente ninguém notaria. Ninguém escutaria seu grito de socorro emitido de dentro dessa escuridão. Mesmo ciente disso, até que a morte chegasse, ele teria de continuar a viver e, para isso, teria de viver a seu modo. Apesar de não ser digno de elogios, era o único modo que, afinal, ele conhecia e que lhe permitia sobreviver. Para conduzir essa vida que *não era digna de elogios*, Ushikawa possuía uma capacidade acima do normal.

Às duas e meia, uma garota com boné de beisebol saiu do prédio. Sem levar nada nas mãos, ela passou rapidamente diante do olhar de Ushikawa que, assim que a viu, rapidamente apertou o botão de acionamento automático e tirou três fotos com apenas um disparo. Era a primeira vez que a via. Uma garota magra, de braços e pernas compridos e rosto bonito. Tinha uma boa postura e parecia uma bailarina. Devia ter uns dezesseis ou dezessete anos e vestia uma calça jeans desbotada, uma jaqueta de couro masculina e um par de tênis brancos. Não dava para saber o comprimento dos cabelos, pois estavam escondidos pela gola da jaqueta. Assim que deixou o prédio, deu alguns passos, parou, estreitou os olhos e, durante alguns segundos, observou atentamente o alto do poste de eletricidade diante dela. Em seguida, desviou o olhar para o chão e continuou a caminhar. Ao virar à esquerda na rua, saiu do foco de Ushikawa.

Aquela garota parecia alguém que Ushikawa já havia visto em algum lugar. Alguém que vira recentemente. A contar pela aparência, poderia ser uma atriz de televisão. Mas Ushikawa dificilmente assistia à TV, exceto a algum noticiário, e, até onde se lembrava, nunca se interessara por atrizes jovens e bonitinhas.

Ushikawa acelerou a rotação de sua memória e vasculhou a fundo todos os arquivos armazenados em seu cérebro. Estreitou os olhos e espremeu os miolos como um pano de chão. Sentiu uma dor aguda nos nervos. De repente, descobriu que esse *alguém* era Eriko Fukada. Nunca a vira em pessoa, apenas as fotos nas seções de literatura dos jornais. Mas a impressão que tivera ao ver a pequena fotografia em preto e branco de seu rosto, de um transparente distanciamento, era exatamente a mesma. Ela e Tengo certamente devem ter se conhecido quando ele assumiu o trabalho de reescrever a *Crisálida de ar*. Ela deve ter ficado amiga dele, e não seria de estranhar o fato de estar escondida no apartamento dele.

Ao chegar a essa conclusão, imediatamente Ushikawa colocou seu gorro de lã, vestiu o casaco azul e enrolou o cachecol no pescoço. Ao sair do prédio, correu na mesma direção que ela.

Ela andava bem rápido. Talvez não conseguisse alcançá-la, mas, como ela não carregava nada, não devia ir muito longe. Em vez de segui-la de perto e correr o risco de chamar atenção, o melhor era aguardar pacientemente o seu retorno. Apesar de pensar assim, ele não conseguiu deixar de segui-la. Aquela garota possuía algo ilógico que o abalava. Era como uma luz misteriosa de fim de tarde que atinge o coração e traz uma lembrança especial.

Depois de um tempo Ushikawa a avistou novamente. Fuka-eri havia parado e observava atentamente uma papelaria. Algo parecia ter despertado sua atenção. Ushikawa ficou de costas para ela e, demonstrando uma indiferença casual, parou diante de uma máquina de bebidas. Tirou uma moeda do bolso e comprou um copo de café quente.

Finalmente a garota continuou a caminhar. Ushikawa bebeu meio copo, colocou-o no chão e, após estabelecer uma distância segura, continuou a segui-la. Ela parecia estar totalmente concentrada no ato de caminhar. Ela o fazia como se estivesse atravessando a superfície de um imenso lago sem ondulações. Com esse seu jeito especial de andar, ela atravessaria o lago sem afundar ou molhar os sapatos. Parecia dominar esse tipo de arte secreta.

Aquela garota certamente sabia de alguma coisa. Ela possuía algo de especial, diferente das pessoas comuns. Essa era a impressão de Ushikawa. Ele não sabia muita coisa sobre Eriko Fukada. Sabia apenas que era a filha única do Líder e que, após fugir sozinha de Sakigake aos dez anos, foi acolhida por um famoso estudioso chamado Ebisuno, e que cresceu sob seus cuidados; um tempo depois, ela escreveu uma obra chamada *Crisálida de ar*, que se tornou um best-seller, com a ajuda de Tengo Kawana. No momento, ela era dada como desaparecida e, como a polícia havia sido informada, ela realizara uma investigação na matriz de Sakigake.

O conteúdo da *Crisálida de ar* parecia ser inconveniente para o grupo religioso Sakigake. Ushikawa comprou o livro e chegou a lê-lo com atenção, mas não conseguiu identificar que parte do livro e de que modo aquilo poderia ser considerado inconveniente. O romance em si era muito interessante e bem escrito. O texto era fácil de ler e tinha um estilo elegante, e determinados trechos despertavam a atenção do leitor. Para Ushikawa, aquele livro era apenas um inocente romance de fantasia, sem maldades. A impressão do público parecia ser a mesma. O Povo Pequenino saía da boca da cabra morta, construía uma crisálida de ar, a protagonista se dividia em *maza* e *dohta* e duas luas pairavam no céu. Que parte dessa história fantasiosa e que tipo de informação seria inconveniente ao ser divulgada? Mas o grupo Sakigake estava disposto a tomar algumas providências em relação ao livro. Pelo menos, em determinado momento, era essa a intenção deles.

Mas, enquanto Eriko Fukada chamava a atenção do público, era muito arriscado tentar qualquer tipo de ação contra ela. Por isso, em vez de atacá-la — era o que Ushikawa presumia — o grupo resolveu contratar uma pessoa de fora, e pediu para Ushikawa se aproximar de Tengo. O grupo ordenou que ele fizesse algum tipo de contato com esse professor que dava aulas na escola preparatória.

Do ponto de vista de Ushikawa, Tengo era apenas uma peça secundária de um grande esquema. Ele apenas reescreveu, a pedido de um editor, o romance *Crisálida de ar*, que concorria a um prêmio literário, de modo a tornar o enredo e a leitura mais agradáveis. O trabalho de reescritura foi magnífico, mas a função dele não deixava de ser secundária. Ushikawa não se conformava com o tamanho do interesse que eles tinham por Tengo. Mas Ushikawa era apenas um soldado raso, e não cabia a ele questioná-los. Ele apenas cumpria ordens, dizendo "Sim, entendi", e imediatamente começava a agir.

No entanto, a proposta que Ushikawa delineara após pensar muito, e que era relativamente boa e generosa, fora prontamente rejeitada por Tengo. Assim, a tentativa de estabelecer uma relação entre eles foi por água abaixo. Enquanto Ushikawa elaborava um novo plano, o Líder, pai de Eriko Fukada, morreu. Por isso aquele assunto foi colocado de lado, interrompido no ponto em que estava.

Ushikawa desconhecia os rumos tomados pelo grupo Sakigake ou o que eles desejavam. Agora que o Líder estava morto, ele mesmo não sabia quem de fato havia assumido seu posto. De qualquer modo, eles queriam saber onde estava Aomame, entender as razões do assassinato do Líder e esclarecer as circunstâncias que estavam por trás disso. Provavelmente tinham a intenção de vingar a morte do Líder e castigar impiedosamente os culpados. Para isso, estavam determinados a não permitir qualquer interferência.

E quanto a Eriko Fukada? O que será que o grupo Sakigake pensa hoje sobre o romance *Crisálida de ar*? Será que o livro continua sendo uma ameaça para eles?

Eriko Fukada caminhou em linha reta sem diminuir os passos ou se voltar para trás, como uma pomba que volta para o ninho. Ushikawa finalmente descobriu que o destino dela era um supermercado de médio porte chamado Marushô. Fukaeri pegou uma cesta e, andando de fileira em fileira, foi pegando enlatados e produtos frescos. Para escolher um pé de alface, ela pegava um e examinava todos os ângulos da verdura, minuciosamente. "Isso vai levar tempo", pensou Ushikawa. Resolveu, então, sair do supermercado e ficar do outro lado da rua, fingindo que esperava o ônibus no ponto, enquanto vigiava.

Apesar de esperar muito tempo, a garota não apareceu. Ushikawa começou a ficar preocupado. Talvez ela tenha saído por alguma outra porta. No entanto, pelo que Ushikawa pôde notar, naquele supermercado havia uma única entrada, que dava para a avenida. Veio-lhe à mente a seriedade com que ela olhava a alface, com uma expressão estranhamente desprovida de profundidade. Ao se lembrar disso, resolveu aguardar pacientemente até ela sair. Três ônibus passaram e se foram. Toda vez que passava um, somente Ushikawa ficava no ponto. Ele se arrependeu de não ter trazido um jornal. Com o jornal aberto ele podia esconder o rosto. Quando se está seguindo alguém, o jornal e a revista são objetos de primeira necessidade. "Paciência. Como saí às pressas, não tive tempo de pegar nada."

Quando Fukaeri finalmente saiu do supermercado, já eram três e quinze da tarde. Sem olhar para o ponto de ônibus, ela percorreu com passos ligeiros o mesmo trajeto da ida. Ushikawa aguardou um tempo e se pôs a segui-la. Os dois pacotes que ela segurava pareciam pesados, mas ela os carregava sem demonstrar nenhum esforço, e seus passos eram leves como uma aranha-d'água deslizando numa poça.

"Que garota estranha", pensou Ushikawa, enquanto a observava pelas costas. "Parece que estou olhando uma borboleta exótica. É prazeroso de ver. Mas não se pode tocá-la, pois ao menor contato ela pode simplesmente perder a vida, seu brilho vívido. É como destruir um sonho exótico."

Ushikawa pensou rapidamente se deveria contar para o pessoal de Sakigake o paradeiro de Fukaeri. Uma decisão difícil. Se ele desse de bandeja a informação de onde Fukaeri estava, provavelmente ganharia alguns créditos. Pelo menos, não seria uma informação inconveniente. Era uma oportunidade de mostrar para o grupo que ele estava agindo de modo lento mas consistente, e que suas investigações estavam obtendo resultados. Mas, enquanto estivesse cuidando de Fukaeri, havia o perigo de perder a oportunidade de encontrar Aomame, seu objetivo principal. Poderia pôr tudo a perder. O que fazer? Ushikawa enfiou as mãos nos bolsos do casaco e, com o cachecol enrolado até a altura do nariz, seguiu Fukaeri fazendo um percurso mais longo do que o da ida.

"Talvez eu tenha seguido essa garota *apenas para contemplá--la*", foi um pensamento que lhe ocorreu. Só de vê-la carregando os pacotes e caminhando, sentiu o peito pesado, como uma pessoa prensada entre duas paredes, impossibilitada de movimentar o corpo. Seus pulmões movimentavam-se de maneira irregular, fazendo-o se sentir sufocado, como se respirasse em meio a uma rajada de vento morno. Era um sentimento estranho, que até então jamais havia sentido.

Ushikawa decidiu que, por enquanto, deixaria Fukaeri de lado. Concentraria seu foco em Aomame, conforme o plano inicial. Aomame era uma assassina. Independentemente do objetivo que a levara a praticar aquilo, ela devia ser castigada. O fato de ele ter de entregá-la a Sakigake não fazia seu coração doer. No caso de Fukaeri, era diferente. Ela era um ser delicado e silencioso que vivia nas profundezas da floresta, com asas de tênue coloração como a sombra de um espírito. "Vou apenas observá-la à distância", pensou Ushikawa.

Após Fukaeri entrar no prédio com os pacotes, Ushikawa aguardou um tempo antes de voltar ao apartamento. Ao chegar ao quarto, tirou o gorro e o cachecol e, novamente, sentou-se diante da câmera. Suas bochechas estavam geladas por terem sido expostas ao vento. Fumou um cigarro e tomou uma água mineral. A sede era tanta que parecia ter comido uma porção de algo muito apimentado.

Anoitecia. As lâmpadas das ruas se acenderam e o horário das pessoas voltarem para casa se aproximava. Ushikawa continuava de casaco e, segurando o controle de acionamento do obturador, observava atentamente a entrada do prédio. Conforme os raios solares do fim de tarde se atenuavam, o quarto esfriou abruptamente. "Esta noite vai ficar ainda mais fria que a de ontem. Vou até a loja de aparelhos eletrônicos na frente da estação comprar um aquecedor ou um cobertor elétrico", pensou Ushikawa.

Quando Eriko Fukada surgiu novamente na entrada do prédio os ponteiros do relógio indicavam quatro e quarenta e cinco. Ela estava com a mesma roupa, uma blusa de gola alta preta e calça jeans. Mas sem a jaqueta de couro. A blusa justa ressaltava o contorno dos seios. Apesar de magra, seus seios eram grandes. Enquanto observava pelo visor sua bela silhueta, Ushikawa se sentiu novamente sufocado e prensado.

O fato de ela não estar de casaco significava que não devia ir muito longe. Como da vez anterior, ela saiu do prédio, parou e, estreitando os olhos, observou o alto do poste. Começava a escurecer, mas os contornos das coisas ainda podiam ser vistos. Ela ficou um tempo em pé, como se estivesse procurando algo. Mas não parecia ter encontrado. Em seguida, parou de olhar para o poste e, como um passarinho, inclinou o pescoço para observar o entorno. Ushikawa apertou o botão da câmera e tirou sua foto.

Como se ela ouvisse o som do disparo, Fukaeri olhou rapidamente em direção à câmera. Através do visor, ela e Ushikawa ficaram como que frente a frente. Ushikawa conseguia ver claramente o rosto dela. Ele a observava através da lente telescópica. Simultaneamente, Fukaeri o encarava pelo outro lado. Os olhos dela captavam o rosto de Ushikawa no fundo da lente. Suas negras e delicadas pupilas de azeviche refletiam nitidamente o rosto de Ushikawa. Uma sensação de contato estranhamente direto. Ele engoliu em seco. Não.

Não podia ser. Na posição em que ela se encontrava, seria impossível ver alguma coisa. A lente telescópica estava camuflada e, do local em que ela estava, não poderia ter escutado o som do obturador, abafado pela toalha. Mesmo assim, ela estava em pé diante do prédio e olhava na direção em que Ushikawa se escondia. Aqueles olhos, desprovidos de emoção, o observavam sem piscar, como a luz das estrelas sobre uma enorme rocha desprovida de nome.

Durante um longo tempo — Ushikawa não saberia precisar a duração — os dois se entreolharam. De repente, ela olhou para trás girando o corpo e, rapidamente, voltou ao prédio. Era como se tivesse acabado de ver o que deveria ser visto. Assim que ela saiu de seu campo de visão, Ushikawa soltou o ar dos pulmões e, pouco depois, encheu-os de novo. O ar gelado era como uma porção de espinhos no peito.

As pessoas retornavam aos seus apartamentos e, como na noite anterior, passaram uma após a outra sob a iluminação da entrada do prédio, mas Ushikawa não estava diante da câmera. Sua mão não segurava mais o controle do obturador. O olhar direto e sem reservas daquela garota parecia ter tirado todas as forças de seu corpo e as levado consigo. "Que olhar!", pensou Ushikawa. "Um olhar afiado, como uma comprida agulha de aço perfurando fundo o meu peito, a ponto de me sentir trespassado até as costas."

Aquela garota sabia. Sabia que Ushikawa secretamente a observava. Sabia que ele havia tirado fotos com a câmera escondida. Não poderia dizer como, mas Fukaeri *sabia*. Ela possivelmente captava aquilo por meio de algum sentido especial que possuía.

Ushikawa sentiu um desejo enorme de tomar algo. Se pudesse, encheria um copo de uísque e o beberia num só gole. Cogitou até em sair para comprar uma garrafa, pois havia um bar nas proximidades. Mas acabou desistindo. Beber não mudaria nada. "Aquela garota bonita me viu através do obturador. Viu que minha cabeça deformada e minha alma suja estavam escondidas do lado de cá, fotografando as pessoas. Esse fato jamais poderá ser alterado."

Ushikawa se afastou da câmera e, encostado na parede, olhou o teto escuro e manchado. Aos poucos, tudo lhe pareceu vazio. Ele nunca havia sentido uma dor tão profunda por se sentir só. Nunca havia percebido o quão intensa era a escuridão. Lembrou-se de sua casa em Chûôrinkan, do jardim gramado e do cachorro, da esposa e das duas filhas, da luz do sol incidindo na casa. Pensou no DNA que ele transmitiu e que suas filhas carregavam dentro delas: um DNA com cabeça deformada e alma suja.

Sentiu o quão inútil seria tentar fazer algo. Usara todas as cartas que possuía. Desde o início, ele sabia que suas cartas não eram boas e, mesmo ciente de que seriam insuficientes, ele as usou. Foi sensato e fez habilmente as apostas. Houve uma época em que isso lhe parecera suficiente. Mas agora ele já não possuía mais nenhuma carta. Apagaram a luz sobre a mesa, e as pessoas, até então reunidas, se retiraram.

No final daquela tarde, Ushikawa não tirou mais nenhuma foto. Encostado na parede, com os olhos fechados, fumou alguns Seven Stars, abriu uma nova lata de pêssegos e os comeu. Quando o relógio marcou nove da noite, ele foi até o banheiro escovar os dentes, tirou a roupa, se enfiou no saco de dormir e, mesmo sentindo calafrios, tentou adormecer. A noite estava muito fria. Mas o frio que fazia estremecer o seu corpo não era o da noite gelada. Era um frio que vinha de seu corpo. "Até onde quero chegar?", se indagou, envolto pela escuridão do quarto. "E afinal, de onde foi que eu vim?"

Ele ainda sentia no peito aquela dor aguda que o olhar da garota lhe cravara. Essa dor talvez nunca mais desaparecesse. Ou talvez estivesse sempre ali, sem que ele percebesse.

Na manhã seguinte, após tomar o desjejum de queijo, bolacha de água e sal e café instantâneo, Ushikawa recobrou o ânimo e, novamente, sentou-se diante da câmera. Como no dia anterior, continuou a observar e a tirar fotos das pessoas que entravam e saíam do prédio. Mas nem Tengo Kawana nem Eriko Fukada estavam entre eles. Ele via apenas pessoas curvadas que, rotineiramente, começavam um novo dia. Era uma manhã de tempo bom e ventos fortes. As pessoas exalavam um bafo branco que o vento se encarregava de espalhar.

"Devo parar de pensar em coisas desnecessárias", pensou Ushikawa. "Devo aquecer o corpo, endurecer a casca do meu coração e viver um dia de cada vez. Não passo de uma máquina. Uma máquina insensível, eficaz e resistente. Que suga o tempo novo por uma ponta, transforma-o em velho, e o expele por outra ponta. Que existe por existir. Devo voltar a ser novamente uma máquina que opera de modo puramente cíclico — um movimento perene que um dia haverá de findar." Ushikawa estava decidido a lacrar seus sentimentos dentro do coração e expulsar a imagem de Fukaeri de sua mente. Aquela dor no peito provocada pelo olhar penetrante da garota agora se transformara numa esporádica e súbita pontada aguda. "Isso mesmo", pensou Ushikawa. "É assim que deve ser. Uma máquina simples, com detalhes complexos."

Pouco antes do meio-dia, Ushikawa foi até uma loja perto da estação e comprou um aquecedor elétrico portátil. Em seguida, entrou no restaurante que servia macarrão *soba,* abriu o jornal e comeu *soba* com tempurá, bem quente. Antes de voltar ao apartamento, parou em frente ao prédio e olhou o alto do poste, que, no dia anterior, Fukaeri observara atentamente. Nada ali chamava sua atenção. A não ser um transformador e cabos pretos e grossos, emaranhados no ar como cobras. O que será que aquela garota enxergara ali? O que será que ela procurava?

De volta ao apartamento, Ushikawa ligou o aquecedor. Prontamente surgiu uma luz cor de laranja e sua pele começou a sentir um calor reconfortante. Não era suficiente para aquecer todo o cômodo, mas era melhor do que não tê-lo. Ushikawa estava encostado na parede, com os braços cruzados, e cochilou, exposto a um pequeno espaço aquecido. Um cochilo vazio no tempo, sem sonho, sem nada.

O que o despertou desse agradável cochilo foram algumas batidas na porta. Alguém estava lá. Ao acordar e olhar ao redor, permaneceu alguns segundos sem saber onde estava. Ao ver sua câmera Minolta *reflex* montada num tripé com uma objetiva, lembrou-se de que estava num apartamento de Kôenji. Alguém estava batendo na porta com a mão fechada. "Por que será que ele está batendo?", estranhou Ushikawa, tentando despertar sua consciência. "Há uma campainha na entrada. É só apertá-la. Algo muito simples de fazer. Mas essa pessoa faz questão de bater; e com muita força." Franziu as sobrancelhas e olhou o relógio de pulso. Eram uma e quarenta e cinco. Uma e quarenta e cinco da tarde, é claro. Lá fora ainda estava claro.

Ushikawa não atendeu a porta. Ninguém sabia que ele estava lá, e ele não esperava a visita de ninguém. Provavelmente, era um vendedor ou alguém oferecendo assinaturas de jornal ou coisas do tipo. A pessoa que estava do outro lado da porta poderia estar precisando de Ushikawa, mas a recíproca não era verdadeira. Ushikawa permaneceu encostado na parede encarando a porta em silêncio. Aguardaria pacientemente a pessoa desistir e ir embora.

No entanto, essa pessoa não desistia. Ela continuava a bater na porta a intervalos regulares. Quando terminava uma série de batidas, interrompia de dez a quinze segundos e recomeçava uma nova série de batidas firmes e fortes, desprovidas de hesitação; e o som, constante, ecoava de modo estranho. Eram batidas que requeriam insistentemente a resposta de Ushikawa. Aos poucos, Ushikawa começou a ficar preocupado. A pessoa do outro lado da porta poderia ser Eriko Fukada. Ela teria vindo até ele para censurá-lo por essa atitude desprezível de tirar fotos das pessoas escondido, e estaria lá para questioná-lo severamente. Ao cogitar isso, seu coração disparou. Passou rapidamente a língua grossa pelos lábios. Mas o som que ecoava nos ouvidos parecia ser o de um homem de punhos grandes, batendo numa porta de aço. Não a mão de uma garota.

Outra possibilidade era a de Eriko Fukada ter contado para alguém sobre ele, e essa pessoa queria tirar satisfações. Por exemplo, algum encarregado da imobiliária ou, quem sabe, um policial. Se fosse isso, a coisa se complicaria. Mas, se fosse alguém da imobiliária, ele teria uma chave extra e, no caso de ser um policial, ele se identificaria. Além do mais, não teriam o trabalho de bater. Bastaria tocar a campainha.

— Senhor Kôzu — era a voz de um homem. — Senhor Kôzu.

Ushikawa lembrou que Kôzu era o nome do antigo morador do apartamento. Para Ushikawa, era conveniente que o nome do antigo morador fosse mantido na placa da caixa de correio na entrada do prédio. Talvez o homem achasse que o senhor Kôzu ainda morava lá.

— Senhor Kôzu — disse a voz. — Sei que o senhor está aí. Saiba que ficar enfurnado no quarto, contendo a respiração, não faz bem à saúde.

Era a voz de um homem de meia-idade. A voz era um pouco rouca e não tão alta. No entanto, ela possuía em seu âmago algo duro como um caroço. Uma rigidez como a de um tijolo bem queimado e cuidadosamente seco. Essa característica fazia com que a voz ecoasse por todo o apartamento.

— Senhor Kôzu, sou da NHK. Estou aqui para fazer a cobrança mensal. Por gentileza, poderia abrir a porta?

Ushikawa, é claro, não pretendia pagar essa taxa. O assunto seria facilmente resolvido se ele mostrasse o apartamento para que o cobrador averiguasse que não possuía televisão. Mas, em compensação, seria inevitável que o cobrador suspeitasse de um homem de meia-idade, sozinho, enfurnado no apartamento, sem nenhuma mobília.

— Senhor Kôzu, a lei determina que as pessoas que possuem aparelhos de televisão paguem a taxa de recepção. As pessoas normalmente se recusam a pagá-la, dizendo: "Não assisto a NHK e por isso não vou pagar." Mas esse argumento é infundado. Independentemente de a pessoa assistir a NHK ou não, desde que possua algum aparelho de televisão, ela deve pagar a taxa.

"É apenas um cobrador da NHK", pensou Ushikawa. "Se for um cobrador, basta deixá-lo falar à vontade. Se não lhe der ouvidos, ele vai acabar desistindo e indo embora. Mas como ele pode ter tanta certeza de que alguém está no apartamento?" Ushikawa voltara para o apartamento cerca de uma hora antes e, desde então, não havia saído. Ele praticamente não fazia barulho e mantinha as cortinas sempre fechadas.

— Sr. Kôzu, sei que o senhor está no apartamento — disse o homem, como se lesse os pensamentos de Ushikawa. — O senhor deve se perguntar como eu sei disso. Mas saiba que eu sei. Você está aí dentro, quieto, contendo a respiração, pois se recusa a pagar a taxa de recepção da NHK. Nós sabemos muito bem disso.

As batidas na porta continuaram durante um tempo, a intervalos regulares. Após uma pausa semelhante à tomada de fôlego de quem toca um instrumento de sopro, elas recomeçaram, num ritmo regular.

— Já entendi, senhor Kôzu. O senhor resolveu *fingir que é inocente*. Tudo bem. Por hoje eu vou me retirar. Tenho outras coisas a fazer. Mas em breve voltarei. Não sou como esses cobradores que existem por aí. Não vou desistir enquanto não receber o que me é devido. Isso está mais do que decidido. Assim como existem as fases da lua e o ser humano vive e morre, o senhor não tem como escapar.

Houve um longo silêncio. Quando Ushikawa achou que ele já se fora, o cobrador prosseguiu:

— Senhor Kôzu, voltarei em breve. Aguarde-me com expectativa. Quando menos esperar, o senhor ouvirá batidas na porta. *As batidas serão fortes*. E serei eu que estarei batendo à porta.

Após dizer isso, cessaram as batidas. Ushikawa aguardou um tempo com os ouvidos atentos. Achou ter escutado passos se distanciando no corredor. Ele rapidamente foi até a câmera e, por entre as cortinas, esperou o momento de ele sair. O cobrador deve sair assim que terminar as cobranças no prédio. Era preciso saber como era o jeito desse homem. Se for um cobrador da NHK, será fácil identificá-lo, pois deve estar uniformizado. Mas podia não ser um cobrador oficial. Alguém poderia estar se fazendo passar por cobrador de modo a forçar Ushikawa a abrir a porta. De qualquer forma, esse homem devia ser alguém que nunca vira antes. Com o controle de acionamento do obturador na mão direita, Ushikawa aguardou o homem sair do prédio.

Mas, durante os trinta minutos seguintes, ninguém entrou ou saiu, até que, finalmente, uma mulher de meia-idade, que vira algumas vezes, apareceu na porta, montou em sua bicicleta e saiu pedalando. Ushikawa a chamava de "mulher-queixo" por ter a pele do queixo flácida e caída. Decorridos cerca de trinta minutos, a mulher-queixo voltou com pacotes de compras na cesta da bicicleta. Ela colocou a bicicleta em seu estacionamento próprio e entrou no prédio carregando os pacotes. Um tempo depois, um estudante do primário voltou. Ushikawa o chamou de "raposa" por ter os cantos dos olhos arqueados para cima. Mas nenhum homem que poderia ser o cobrador apareceu na porta. Ushikawa não conseguia entender como isso era possível. O prédio possuía uma única porta. E ele não tirou os olhos da entrada nem por um segundo. Se o cobrador ainda não saiu, significava que *ainda estava no prédio*.

Ushikawa continuou a vigiar a entrada, sem descanso. Deixou até de ir ao banheiro. Começou a escurecer e a luz do terraço da frente se acendeu. Mesmo assim, nada de o cobrador sair do prédio. Já passavam das seis horas quando Ushikawa desistiu. Foi ao banheiro e urinou o que segurava havia algum tempo. Aquele homem, certamente, ainda estava no prédio. Era difícil saber o motivo. Não havia lógica. Mas aquele cobrador misterioso havia decidido passar a noite no prédio.

Um vento, agora bem mais frio, soprava por entre os cabos elétricos gelados, emitindo um som agudo. Ushikawa ligou o aquecedor elétrico e, fumando um cigarro, tentou organizar as dúvidas que surgiam em sua mente: Por que aquele homem precisava falar daquele jeito tão agressivo? Como era possível ele ter tanta certeza de que havia alguém no apartamento? Por que não saiu do prédio? Se continuava no prédio, onde ele estaria agora?

Ushikawa afastou-se da câmera e, encostado na parede, ficou um longo tempo em silêncio, fitando os cilindros de raios cor de laranja do aquecedor elétrico.

Capítulo 17
Aomame
Só tenho um par de olhos

O telefone tocou num sábado de ventos fortes. Eram quase oito da noite. Sentada na cadeira da varanda, Aomame vestia um casaco de náilon e, com um cobertor sobre as pernas, observava atentamente, por entre os vãos da sacada, o escorregador que refletia a luz da lâmpada de mercúrio. Para que suas mãos não ficassem dormentes com o frio, mantinha-as protegidas sob o cobertor. O escorregador vazio parecia o esqueleto de um enorme animal extinto no período glacial.

Permanecer por muito tempo sentada do lado de fora, exposta ao frio, poderia não ser bom para o bebê. No entanto, Aomame achava que aquele frio não seria demasiado a ponto de causar-lhe algum mal. Por mais que o corpo esfriasse por fora, o líquido amniótico era capaz de conservar a mesma temperatura do sangue. No mundo existem lugares muito mais frios do que aquele e, nem por isso, as mulheres deixam de ter filhos. "Esse frio é um obstáculo que preciso suportar para reencontrar Tengo", pensou Aomame.

Como sempre, uma lua grande e amarela, e outra, pequena e esverdeada, pairavam no céu de inverno. Nuvens de diversos tamanhos e formatos eram rapidamente levadas pelos ventos. Nuvens brancas, compactas e de contornos bem-definidos, que lembravam blocos de gelo a flutuar no rio, eram transportadas pelo vento em direção ao mar. Ao observar as nuvens no céu noturno — indo e vindo não se sabe de onde nem para onde —, ela tinha a impressão de estar no fim do mundo; no extremo norte da razão, onde nada mais existe além daquela fronteira, a não ser o caos e o vazio.

As portas de vidro estavam fechadas, mantendo apenas uma pequena fresta entre elas, abertura suficiente para se ouvir bem baixinho o toque do telefone. A despeito de Aomame estar absorta em pensamentos, seus ouvidos captaram rapidamente o telefone tocar três vezes, parar e, após vinte segundos, tocar de novo. Era Tamaru. Ela afastou o cobertor que lhe cobria o colo, abriu a porta de vidro esbranquiçado pelo frio e entrou no apartamento. A sala estava escura, e a calefação mantinha a temperatura moderada. Com os dedos frios, ela pegou o fone:

— Você está lendo Proust?

— Não consigo avançar na leitura — respondeu Aomame. O diálogo parecia uma troca de senhas.

— Não gostou?

— Não é isso. É difícil de explicar, mas é como ler uma história sobre um outro mundo, totalmente diferente do nosso.

Tamaru aguardou em silêncio. Ele parecia não ter pressa.

— É como ler algo de um outro mundo. Sinto como se estivesse diante de um relatório detalhado sobre um asteroide, distante milhões de anos-luz *deste mundo* em que vivemos. Consigo aceitar e entender todas as informações e as cenas, por serem descritas de modo vívido e minucioso. Mas não há como associar as cenas daqui com as de lá. Existe uma distância concreta muito grande entre elas. Por isso, mesmo avançando na leitura, chego num ponto em que preciso voltar e ler novamente as páginas.

Aomame tentou encontrar palavras para prosseguir a explicação. Tamaru continuava aguardando em silêncio.

— Mas isso não significa que a leitura seja cansativa. A escrita é bela e as palavras são precisas e, ainda que do meu jeito, consigo entender o que vem a ser esse asteroide solitário. O único problema é que não consigo avançar. É como remar num bote rumo à nascente do rio. Você pega o remo e, durante um tempo, se empenha em avançar, mas, quando você resolve parar para descansar o braço, e está pensando em algo, de repente percebe que o bote voltou para onde estava — disse Aomame. — Mas, neste momento, creio que esse tipo de leitura é o mais adequado para mim. Mais do que um livro que flui rapidamente, levado pelo enredo. Não sei explicar direito, mas acho que essa leitura me proporciona uma sensação de que o tempo oscila de modo irregular: o antes pode ser depois, e o depois pode ser antes, ou seja, tanto faz.

Aomame procurava encontrar uma maneira mais adequada de se expressar.

— É como sonhar o sonho de outra pessoa. Como se estivéssemos compartilhando as mesmas sensações ao mesmo tempo. Mas essa simultaneidade é difícil de explicar. Nossos sentimentos parecem muito próximos, mas na verdade há uma distância enorme entre nós.

— Será que Proust teve a intenção de provocar essa sensação?

Aomame obviamente não tinha a resposta.

— Seja como for — disse Tamaru —, neste mundo real é certo que o tempo flui adiante, sem atrasos nem retrocessos.

— Você tem razão. No mundo real o tempo segue adiante.

Enquanto conversavam, Aomame desviou o olhar em direção à porta de vidro. Será que realmente é isso? Será que o tempo realmente segue adiante?

— A estação mudou, e 1984 está chegando ao fim — disse Tamaru.

— Acho que até o final do ano não vou conseguir acabar *Em busca do tempo perdido*.

— Não tem problema — disse Tamaru. — Leve o tempo que precisar. É um romance escrito há mais de cinquenta anos. Não é um livro repleto de informações que precisam ser lidas com urgência.

"Ele tem razão", pensou Aomame. "Mas pode ser que não." Aomame não tinha tanta confiança no tempo.

— Mudando de assunto, como está aquilo dentro de você? — Tamaru indagou.

— Até agora, está bem.

— Isso é bom — disse Tamaru. — Pois então, você já deve saber que havia um homem baixinho e careca, de aparência muito suspeita, que andou perambulando nos arredores da mansão, não?

— Fiquei sabendo. Ele continua andando pela área?

— Não. Aqui ele não apareceu mais. Ele rondou durante dois dias e depois sumiu. Mas, nesse período, ele procurou algumas imobiliárias da região dizendo que queria alugar um imóvel e aproveitou a deixa para colher informações a respeito do abrigo. Ele é um tipo que chama a atenção, ainda mais usando aquelas roupas chamativas. Quem conversou com ele lembrava-se rapidamente dele. Foi fácil seguir seus passos.

— Um tipo que não serve para investigar ou reconhecer o terreno.

— Isso mesmo. Para esse tipo de serviço, a aparência dele não ajuda. Ele possui um cabeção como o do boneco da felicidade. Mas parece ser um homem habilidoso. Consegue obter as informações de que precisa com extrema desenvoltura. Sabe exatamente aonde ir e o que perguntar. É muito inteligente. Não deixa escapar informações importantes e não perde tempo buscando coisas desnecessárias.

— Então ele conseguiu obter algumas informações sobre o abrigo.

— Possivelmente ele já sabe que o abrigo é um local de refúgio para vítimas de violência doméstica e que a velha senhora o oferece gratuitamente. Também deve saber que ela é sócia do clube em que você trabalhava e que você frequentava a mansão como sua *personal trainer*. Se eu fosse ele, conseguiria obter esse tipo de informação.

— Aquele homem é tão bom quanto você?

— Qualquer um que não fica reclamando quando tem de agir, mesmo que o trabalho exija esforço, e que, além da capacidade de obter informações, está acostumado a pensar racionalmente, é capaz de fazer isso.

— Acho que não existem muito homens assim.

— Mas há alguns, pelo menos. São os profissionais.

Aomame sentou-se na cadeira e colocou o dedo na ponta do nariz, que ainda preservava o frio de fora.

— Ele não apareceu mais nos arredores da mansão? — indagou Aomame.

— Ele sabe que a aparência dele chama muita atenção. E sabe que há câmeras de segurança espalhadas pela propriedade. Por isso, assim que colheu as informações necessárias, mudou o local de caça.

— Quer dizer que agora ele já sabe que existe uma relação entre mim e a velha senhora. E que essa relação vai além da de uma instrutora do clube esportivo e sua cliente rica; e, também, que envolve o abrigo. E que estamos envolvidas em algum projeto.

— Possivelmente — disse Tamaru. — Na minha opinião, ele está bem próximo de descobrir o cerne da situação. Passo a passo.

— Mas, pelo que pude constatar, ele não dá a impressão de fazer parte de uma grande organização. Ele parece agir sozinho.

— Concordo com você. A não ser que haja um motivo especial, não acho viável uma organização contratar um sujeito de aparência tão estranha para fazer esse tipo de investigação sigilosa.

— Então por que e para quem ele está fazendo essa investigação?

— Não sei — disse Tamaru. — Só posso afirmar que ele é muito bom no que faz, e é uma pessoa perigosa. O resto são suposições. Na minha modesta opinião, eu me arriscaria a dizer que ele possui algum tipo de ligação com o grupo Sakigake.

Aomame refletiu sobre essa modesta opinião. — Aquele homem mudou o local de caça.

— Isso mesmo. Não saberia dizer para onde ele foi. Mas, pela lógica, suponho que o próximo objetivo dele é encontrar o seu esconderijo.

— Mas você mesmo disse que é praticamente impossível alguém me encontrar.

— Isso mesmo. Não há como descobrir nenhuma relação entre a velha senhora e esse apartamento. A ligação foi totalmente apagada. Mas por um tempo limitado. Se o cerco se estender por muito tempo, acabarão encontrando alguma ponta solta. Num momento inesperado, como, por exemplo, quando você sair inadvertidamente e alguém te ver. Essa seria uma das possibilidades.

— Eu nunca deixei o apartamento — disse Aomame, em tom categórico. É claro que não era verdade. Ela chegara a sair duas vezes. A primeira foi quando correu até o parque infantil atrás de Tengo; a outra, quando pegou um táxi até a Rodovia Metropolitana 3, para encontrar a saída no acostamento. Mas ela não podia revelar isso a ele.

— Sendo assim, como será que aquele homem vai tentar me encontrar?

— Se eu fosse ele, tentaria descobrir todas as informações pessoais sobre você: que tipo de pessoa você é, de onde veio, o que fez até hoje, o que deve estar pensando, o que está buscando e o que não está. Eu tentaria recolher o máximo de informações e, após colocá-las na mesa, faria uma análise minuciosa dos dados.

— Está dizendo que tiraria a minha roupa, expondo-me completamente?

— Isso mesmo. Eu te deixaria nua sob uma luz clara e fria. Munido de pinças e lupas, examinaria tudo, de ponta a ponta, até descobrir o que você pensa e o padrão de seu comportamento.

— Não estou entendendo. Em que medida a análise do meu perfil ajudaria a pessoa, de fato, a chegar até mim?

— Não sei — disse Tamaru. — As informações podem levar a você, ou não. Cada caso é um caso. Apenas estou dizendo *o que eu faria* se estivesse no lugar dele. Não me ocorre nenhuma outra ideia. Todas as pessoas possuem um padrão de pensamento e comportamento e, uma vez estabelecido esse padrão, sempre se encontra um ponto fraco.

— Até parece uma investigação científica.

— As pessoas não conseguem viver sem esse padrão. É a mesma relação entre os temas na música. Esse padrão, ao mesmo tempo em que limita o pensamento e as ações das pessoas, também lhes tira a liberdade. Ele é capaz de alterar a ordem de prioridades e, em determinados casos, distorcer o raciocínio. No seu caso em particular, você diz que não quer ser transferida desse local, pelo menos até o final do ano. Está se recusando a se mudar para um local mais seguro. Isso acontece porque você está à procura de *algo*. Enquanto você não encontrar esse algo, você não vai se afastar daí. Ou não quer se afastar.

Aomame manteve-se calada.

— Não sei do que se trata nem o quanto você realmente deseja isso. Desconheço os detalhes. E tampouco tenho a intenção de sabê-los. Mas, do meu ponto de vista, esse *algo* é exatamente o seu ponto fraco.

— Você tem razão — admitiu Aomame.

— O cabeção do boneco da felicidade deve estar em busca desse seu ponto fraco. Ele vai tentar encontrar, a todo custo, as razões pessoais que determinam a sua limitação. Ele acha que, se encontrar isso, irá solucionar o problema. Se ele for tão bom quanto eu penso que é, vai obter essa informação analisando os dados fragmentários que já deve possuir.

— Creio que não vai conseguir obter essa informação — disse Aomame. — Não há como ele relacionar esse *algo* comigo. É algo que está dentro do meu coração.

— Você pode afirmar com cem por cento de certeza?

Aomame pensou a respeito.

— Não posso afirmar cem por cento, mas noventa e oito.

— Então acho melhor você se preocupar seriamente com esses dois por cento. Como eu disse anteriormente, do meu ponto de vista, aquele homem é um profissional. É uma pessoa capacitada e muito persistente.

Aomame manteve-se em silêncio.

Tamaru prosseguiu:

— Um profissional é como um cão de caça. Ele consegue farejar e escutar sons que as pessoas comuns jamais conseguiriam. Se você age como uma pessoa comum, você nunca se tornará um profissional. Ainda que consiga agir como um, será por pouco tempo. Por isso, acho melhor tomar cuidado. Você é uma pessoa cuidadosa. Sei muito bem disso. Mas acho melhor você redobrar a atenção e tomar um cuidado ainda maior. As coisas mais importantes não são definidas em porcentagens.

— Posso perguntar uma coisa? — indagou Aomame.

— O quê?

— Se esse boneco da felicidade aparecer novamente ao redor da mansão, o que você pretende fazer?

Tamaru manteve-se em silêncio durante um tempo. Ele não esperava essa pergunta. — Provavelmente, não farei nada. Vou ignorá-lo. Não há nada que esse sujeito possa fazer por aqui.

— E se ele começar a fazer algo que o incomode?

— O quê, por exemplo?

— Não sei. Algo que realmente aborreça você.

Tamaru emitiu um pequeno som no fundo da garganta. — Nesse caso, vou mandar um recado a ele.

— Um recado entre profissionais?

— Algo do tipo — disse Tamaru. — Mas, antes de partir para a ação, vou ter de verificar se ele está trabalhando para alguém.

Se estiver, podemos nos encontrar numa situação de risco. Só há como agir após averiguar isso.

— Antes de pular na piscina é preciso verificar a profundidade da água.

— De certa forma, é isso.

— Mas você mesmo disse que ele deve estar agindo sozinho. E que não tem nenhum tipo de apoio.

— Ah! Eu sou dessa opinião. Mas, a contar pelas experiências anteriores, posso dizer que minha intuição às vezes falha. Infelizmente, não tenho olhos na nuca — disse Tamaru. — De qualquer modo, preste muita atenção ao seu redor. Veja se não há alguma pessoa suspeita, alguma mudança na paisagem ou se não está acontecendo algo diferente do usual. Se notar alguma diferença, por menor que seja, me avise quanto antes.

— Entendi. Prestarei atenção — disse Aomame. Isso era algo desnecessário de dizer. "Quero encontrar Tengo e estou me esforçando ao máximo para não deixar passar nada, por menor que seja. Mesmo assim, eu também só tenho um par de olhos. Tamaru tem razão."

— O que eu tinha a dizer era isso.

— A velha senhora está bem? — indagou Aomame.

— Está — respondeu Tamaru, e acrescentou: — Mas ela anda um pouco mais calada.

— Acho que ela nunca foi de falar muito.

Tamaru emitiu um breve grunhido. Era como se ele possuísse um órgão especial no fundo da garganta capaz de expressar sentimentos especiais. — Estou querendo dizer que ela está *ainda mais* calada.

Aomame imaginou a velha senhora, sozinha, na estufa, sentada na cadeira de lona contemplando as borboletas que, silenciosamente, voavam de um lado para outro. Um regador grande estava no chão, ao lado de seus pés. Aomame sabia muito bem como a respiração dela era discreta e silenciosa.

— Na próxima reposição, vou te mandar uma caixa de *madeleines* — disse Tamaru, para finalizar a conversa. — Talvez elas possam influenciar positivamente no fluir do tempo.

— Obrigada — disse Aomame.

* * *

Aomame foi para a cozinha preparar um chocolate quente. Antes de voltar para a varanda e continuar a observar o parque, sentiu necessidade de aquecer o corpo. Esquentou o leite numa panela e misturou o chocolate em pó. Após transferir o chocolate quente para uma xícara grande, colocou um pouco de chantilly que havia preparado previamente. Sentou-se na mesa da cozinha e, bebendo calmamente o chocolate, repassou a conversa com Tamaru. Sob a iluminação clara e fria, o cabeção deformado do boneco da felicidade estava tentando despi-la. Ele era um profissional experiente e perigoso.

Aomame vestiu seu casaco de náilon, enrolou um cachecol no pescoço e, levando a xícara com a metade do chocolate, retornou à varanda. Sentou-se na cadeira de jardim e cobriu as pernas com o cobertor. O escorregador continuava vazio. Viu apenas de relance uma criança que deixava o parque. Era estranho ver uma criança sozinha no parque naquele horário. Ela estava com um gorro de lã e era baixa e gorda. Mas, se Aomame se debruçasse na varanda para observá-la melhor, havia o perigo de se expor e, como a criança passara rapidamente, ela rapidamente sumiu na sombra do prédio. Para ser uma criança, até que a cabeça dela era muito grande, mas isso poderia ser apenas uma impressão, foi o que Aomame pensou.

De qualquer modo, não era Tengo. Por isso, ela não deu muita importância e continuou a observar o escorregador e, de vez em quando, as nuvens que passavam no céu. Continuou a beber o chocolate e, segurando a xícara, esquentava as palmas das mãos.

O que Aomame viu de relance, obviamente, não era uma criança, mas o próprio Ushikawa. Se ele estivesse num local um pouco mais iluminado, ou se ela o tivesse observado por um pouco mais de tempo, é claro que ela concluiria que, pelo tamanho da cabeça, não poderia ser uma criança. Consequentemente, chegaria à conclusão de que esse homem nanico e com a cabeça do boneco da felicidade era o mesmo que Tamaru havia mencionado havia pouco. Mas Aomame o viu somente por uma fração de segundo, e o ângulo também não ajudou. Felizmente, pelo mesmo motivo, Ushikawa também não viu Aomame sair para o terraço.

Aqui surgem vários "se" em nossas mentes. *Se* Tamaru tivesse encerrado a conversa um pouco antes; *se* Aomame não tivesse preparado o chocolate, ela teria visto Tengo no topo do escorregador, olhando para o céu. E, assim que o visse, ela sairia correndo do apartamento e o reencontraria, após vinte anos.

No entanto, se isso tivesse acontecido, Ushikawa, que estava vigiando Tengo, poderia reconhecê-la rapidamente e, com certeza, avisaria imediatamente os dois rapazes de Sakigake.

Por isso, o fato de ela não ter visto Tengo poderia ser interpretado tanto como um infortúnio quanto como um golpe de sorte. Era algo difícil de julgar. Seja como for, Tengo subiu no topo do escorregador, como da outra vez, e permaneceu durante um tempo contemplando as luas e as nuvens que passavam sobre ele. Por sua vez, Ushikawa vigiava Tengo à distância. Enquanto isso, Aomame estava longe do terraço conversando com Tamaru ao telefone e, depois, preparou seu chocolate quente e o bebeu, imersa em pensamentos. Assim se passaram vinte e cinco minutos. Em certo sentido, foram vinte e cinco minutos decisivos. Quando Aomame voltou para o terraço com a xícara de chocolate, Tengo já tinha deixado o parque. Ushikawa não o seguiu de imediato, pois precisava verificar algo que havia no parque, sozinho. Após averiguar isso, Ushikawa deixou rapidamente o local, e foram esses segundos finais que Aomame observou da varanda.

As nuvens continuavam a cruzar rapidamente o céu. Eram sopradas pelo vento para o sul, na direção da baía de Tóquio, e, em seguida, rumavam para o imenso oceano Pacífico, de onde não era mais possível saber que destino tomariam, assim como ninguém há de saber o que acontece com a alma de uma pessoa após sua morte.

De qualquer maneira, o círculo estava se fechando. Aomame e Tengo, porém, desconheciam esse fato. Ushikawa, por sua vez, sentia que o círculo se fechava, ainda que de modo parcial, pois ele era o responsável por isso. Mas faltava-lhe a visão do todo. Ele ainda não sabia de um detalhe muito importante. Que Aomame estava a algumas dezenas de metros de distância do parque. E, apesar de isso ser algo raro de acontecer, ao sair do parque, Ushikawa estava confuso, e não conseguia raciocinar claramente.

Às dez horas, o frio se tornou ainda mais intenso. Aomame resolveu desistir, levantou-se e entrou no apartamento. Tirou a roupa e tomou um banho quente de ofurô. Enquanto estava mergulhada na banheira para expulsar o frio impregnado no corpo, ela colocou a mão sobre o ventre. Sentiu um pequeno volume saliente. Fechou os olhos e tentou sentir a presença desse *ser pequenino* que existia dentro dela. Restava-lhe pouco tempo. Aomame precisava avisar Tengo. Avisá-lo de que estava grávida do filho dele. E que estava fazendo de tudo para protegê-lo.

Aomame trocou de roupa, deitou-se na cama e dormiu de lado, no quarto escuro. Um pouco antes de entrar no sono profundo, sonhou com a velha senhora. Aomame estava na estufa da Mansão dos Salgueiros e observava as borboletas ao lado dela. A estufa estava na penumbra, com a temperatura um pouco mais alta, como num útero. O pé de fícus que ela havia deixado no apartamento também estava ali. Bem cuidado, estava totalmente recuperado e, revigorado, exibia folhas vividamente verdes. Nem parecia o mesmo fícus. Uma borboleta exótica, de algum país do Hemisfério Sul, estava pousada em sua folha carnuda. A borboleta tinha as enormes asas dobradas e parecia dormir tranquilamente. Aomame sentiu-se feliz ao ver essa cena.

No sonho, ela tinha a barriga bem grande. O momento do parto parecia próximo. Ela conseguia ouvir as batidas do coração desse *ser pequenino*. As batidas de seu coração e as do *ser pequenino* se mesclavam num agradável ritmo composto.

A velha senhora estava sentada ao lado de Aomame e, como de costume, mantinha as costas eretas, o lábio cerrado e respirava discreta e silenciosamente. As duas preservavam o silêncio para não acordar as borboletas. A velha senhora estava num estado de total concentração, a ponto de não perceber a presença de Aomame ao lado dela. É claro que Aomame sabia o quanto a velha senhora sempre se preocupou em protegê-la. Mas, mesmo ciente disso, a insegurança não queria deixar o seu coração. As mãos da velha senhora, apoiadas sobre o colo, lhe pareceram muito pequenas e frágeis. As mãos de Aomame inconscientemente procuravam a pistola. Mas não conseguiam encontrá-la em lugar nenhum.

Aomame passou para o estado de sono profundo, mas, ao mesmo tempo, mantinha-se consciente de que aquilo era um sonho. Aomame costumava ter esse tipo de sono. Ela estava numa realidade cristalina e, ao mesmo tempo, sabia que aquilo não era real. Era como se aquilo acontecesse em um asteroide com minuciosas descrições de sua paisagem.

Em determinado momento, alguém abre a porta da estufa. Um vento gelado impregnado de maus presságios invade o recinto. A borboleta grande desperta, abre suas asas e rapidamente alça voo, deixando o pé de fícus. Quem será? Aomame tenta virar o pescoço para ver quem é, mas, antes disso, o sonho acaba.

Ao despertar, Aomame está ensopada de suor. Um suor frio e desagradável. Ela tira o pijama, enxuga o suor com uma toalha e veste uma camiseta limpa. Durante um tempo, permanece acordada. "Deve estar para acontecer algo de ruim. Alguém deve estar atrás *desse ser pequenino*. E esse alguém deve estar bem próximo. Preciso encontrar Tengo, o mais rápido possível. Mas a única coisa que eu posso fazer agora é observar atentamente, noite após noite, o parquinho. Devo observar o mundo diligentemente, com atenção e perseverança. Observar uma pequena parte do mundo, extremamente limitada: o topo do escorregador." Mas as pessoas tendem a deixar escapar algo. Porque temos apenas um par de olhos.

Aomame queria chorar, mas as lágrimas não vinham. Deitou-se de novo na cama e, com a palma da mão sobre o ventre, aguardou pacientemente o sono chegar.

Capítulo 18
Tengo
Quando se espeta alguém com uma agulha, sangue vermelho é derramado

— Nada aconteceu durante os três dias seguintes — disse Komatsu. — Eu comia as refeições que me eram trazidas; dormia numa cama apertada quando anoitecia e acordava ao amanhecer; fazia as necessidades num banheiro pequeno que havia no fundo do cômodo, separado por uma porta, mas sem chave. O calor de verão continuava intenso; mas, como o sistema de ventilação era acoplado ao do ar-condicionado, não cheguei a sentir calor.

Tengo escutava Komatsu em silêncio.

— As refeições eram servidas três vezes ao dia. Não sei dizer em que horário. Como eles me tiraram o relógio de pulso e o quarto não tinha janela, não havia como distinguir o dia da noite. Mesmo tentando escutar atentamente algum som, não ouvia nada. Assim como o som do quarto possivelmente não podia ser ouvido. Não sabia onde eu estava, mas tinha uma vaga impressão de que o local devia ser afastado, longe de qualquer área habitada. Enfim, fiquei três dias nesse local sem que nada acontecesse. Para falar a verdade, não posso afirmar que foram três dias. A referência que tenho é que me serviram nove refeições que eu comi na ordem em que me foram trazidas. Apagaram a luz do quarto três vezes, e dormi três vezes. O meu sono sempre foi leve e irregular, mas, não sei como, consegui dormir profundamente, sem nenhuma dificuldade. Sei que isso tudo parece muito estranho. Você está me acompanhando?

Tengo se limitou a balançar a cabeça, num gesto afirmativo.

— Não conversei com ninguém durante três dias. Quem trazia as refeições era um rapaz jovem e magro, com boné de beisebol e uma máscara branca cobrindo-lhe a boca e o nariz. Usava um conjunto de agasalho esportivo e um tênis bem sujo. Ele trazia as refeições, dispostas numa bandeja e, assim que eu terminava, voltava para recolhê-la. Os recipientes eram descartáveis, de papel, e a faca, o garfo e a colher eram de material plástico, daqueles bem vagabundos e frágeis. As refeições eram simples e consistiam de pratos prontos, conservados à vácuo. Não eram exatamente saborosos, mas também não tão ruins a ponto de serem intragáveis. A quantidade servida não era grande. Com a fome que eu sentia, comia tudo. Isso também era algo muito raro, pois normalmente eu não tinha apetite e, às vezes, até me esquecia de comer. Como bebida, me davam somente leite e água mineral. Nada de café nem chá preto. Muito menos uísque ou chope. Fumar, então, nem pensar. Mas o jeito era ter paciência. Afinal, eu não estava num *resort*.

Ao dizer isso, Komatsu puxou um maço de Marlboro vermelho, como se acabasse de lembrar que agora podia fumar. Pegou um cigarro, levou-o à boca e o acendeu com um fósforo. Tragou a fumaça tranquilamente, soltou-a e franziu as sobrancelhas.

— O rapaz que trazia as refeições não falava nada. Provavelmente, por ordens superiores, fora expressamente instruído a não conversar comigo. Não há dúvidas de que ele era um tipo de ajudante, um subalterno dentro da organização. Mas, a contar por sua forma física, ele certamente conhecia algum tipo de arte marcial.

— Você não tentou conversar com ele?

— Não. Eu já imaginava que ele não responderia às minhas perguntas. Por isso, fiquei de boca fechada. Comia as refeições que ele trazia, bebia leite, dormia quando apagavam a luz e acordava quando a luz era novamente acesa. Logo pela manhã, o rapaz trazia um barbeador elétrico e uma escova de dentes. Eu fazia a barba, escovava os dentes e, assim que terminava, ele os recolhia. A única coisa que ficava no quarto, e que poderia ser chamado de objeto, era o rolo de papel higiênico. Não havia nada além disso. Não pude tomar banho nem trocar de roupa, mas confesso que essas coisas nem me passaram pela cabeça. Não havia espelho, mas isso também era o de menos. O que mais me incomodava era o tédio. Afinal, ficar sozinho, sem falar com ninguém, preso num cubículo branco dia e noite, só pode ser entediante. Sou uma pessoa viciada em letra impressa e só consigo me acalmar quando tenho alguma coisa escrita ao alcance das mãos. Qualquer coisa, até mesmo o cardápio do serviço de quarto. No entanto, não havia livros nem jornais, e tampouco revistas. Não havia televisão, rádio nem jogos. Nem alguém para conversar. A única coisa que eu podia fazer era ficar em silêncio, sentado na cama olhando o chão, as paredes e o teto. Era uma sensação muito estranha. Afinal, eu estava andando na rua quando, de repente, uns caras que nunca vi na vida me pegaram, me fizeram cheirar clorofórmio e me prenderam naquele quarto esquisito, pequeno e sem janelas. Era tudo muito estranho. E o tédio que eu sentia era tanto que achei que fosse enlouquecer.

Komatsu fitou comovido a fumaça do cigarro que segurava entre os dedos. Um tempo depois, bateu as cinzas no cinzeiro.

— Acho que me deixaram três dias naquele quarto com a intenção de me desestabilizar emocionalmente. Devem ser peritos nesse assunto. Sabem exatamente o que fazer para abalar os nervos de uma pessoa e torná-la vulnerável. No quarto dia, isto é, após o quarto café da manhã, apareceram dois homens. Desconfio que tenham sido eles que me abordaram e me raptaram naquele dia. Como me pegaram de surpresa e eu não sabia direito o que estava acontecendo, nem tive tempo de olhar para o rosto deles, mas, ao vê-los diante de mim, as recordações daquele dia começaram a surgir. Lembrei que fui empurrado para dentro do carro e que me torceram os braços com tamanha força que pensei que fossem arrancá-los. Depois me fizeram cheirar um pano embebido em algo. Enquanto faziam isso, os dois não disseram uma única palavra. Isso tudo aconteceu num piscar de olhos.

Ao se lembrar disso, Komatsu franziu levemente as sobrancelhas.

— Um deles não era muito alto, mas era robusto e tinha o cabelo cortado rente. Era bem bronzeado e as maçãs do rosto eram salientes. O outro era alto, com os braços e as pernas compridas, as bochechas chupadas, e mantinha os cabelos presos num rabo de cavalo. Os dois, lado a lado, pareciam uma dupla de comediantes. Um magricela e outro robusto, com cavanhaque. A impressão que eu tive era de que esses caras eram muito perigosos. Do tipo que, se fosse preciso, seriam capazes de fazer qualquer coisa, sem titubear. Mas suas ações não eram chamativas. O fato de eles serem discretos e calmos me deu muito mais medo. Os olhares eram extremamente frios. Ambos vestiam calças pretas de algodão e camisas brancas de manga curta. Aparentavam ter entre vinte e cinco e trinta anos. O de cabelo rente parecia ser o mais velho. Nenhum dos dois usava relógio.

Tengo aguardou em silêncio a continuação da história.

— Quem conversava comigo era o rapaz de cabelo rente. O rapaz magro, de rabo de cavalo, não abria a boca nem se mexia, ficava em pé diante da porta. Ele parecia estar prestando atenção na conversa, mas, ao mesmo tempo, era como se não escutasse nada. O rapaz de cabelo rente sentou-se na cadeira dobrável que trouxera consigo, bem à minha frente. Como não havia nenhuma outra cadeira, fiquei sentado na cama. Ele era uma pessoa inexpressiva. É claro que para falar comigo ele precisava mexer a boca, mas as outras partes de seu rosto ficavam totalmente imóveis. Parecia um boneco de ventríloquo.

A primeira coisa que o rapaz de cabelo rente perguntou para Komatsu foi:

— Você sabe por que foi trazido para cá, quem somos nós e onde você está?

Komatsu respondeu que não tinha ideia. O rapaz de cabelo rente o fitou por um tempo, com um olhar sem profundidade. Em seguida, indagou:

— Se você fosse obrigado a levantar uma hipótese, o que diria? — apesar de ele usar um vocabulário formal e educado, soava forçado, nada espontâneo. Sua voz era extremamente dura e fria, como uma régua de metal que ficou na geladeira durante muito tempo.

Komatsu hesitou um pouco diante da pergunta, mas, como estava sendo forçado a respondê-la, arriscou que estava ali por causa da *Crisálida de ar*. Em parte, era o que ele realmente achava e, além disso, não conseguia pensar em nenhuma outra razão. E Komatsu desconfiava de que aqueles rapazes pertenciam ao grupo religioso de Sakigake e que o local para onde o haviam levado era a sede deles. Uma hipótese que Komatsu formulou desde o início.

O rapaz de cabelo rente não confirmou nem negou a hipótese de Komatsu. Ele apenas fitou-o em silêncio. Komatsu se calou.

— Vamos então conversar com base nessa sua hipótese — disse o rapaz. — Está bem?

— Tudo bem. — respondeu Komatsu. Eles estavam tentando tocar indiretamente no assunto. Isso era um bom sinal. Se não tivessem a intenção de deixá-lo vivo, não teriam o trabalho de fazer esse tipo de abordagem.

— Você é um editor contratado por uma empresa e foi o responsável pela publicação do romance *Crisálida de ar*, de Eriko Fukada. Estou certo?

Komatsu confirmou a informação que, de certa forma, era de conhecimento público.

— É de nosso conhecimento que a *Crisálida de ar* ganhou o concurso de revelação de novos autores de uma revista literária, por meio de uma fraude. O original enviado para o concurso foi em grande parte alterado e reescrito por uma terceira pessoa sob o seu comando, antes de ser encaminhado para a comissão julgadora. O texto, sigilosamente reescrito, ganhou o prêmio, chamou a atenção do público, foi editado e tornou-se um best-seller. Estou certo?

— Isso depende do ponto de vista — replicou Komatsu. — Há casos em que o autor, por sugestão do editor, reescreve parte do texto...

O rapaz de cabelo rente ergueu a palma da mão na direção de Komatsu, para que se calasse. — Quando o autor mexe em seu próprio texto, por sugestão do editor, não é um ato ilícito. Você tem razão. Mas contratar uma terceira pessoa para reescrever uma obra, com o objetivo de ganhar um prêmio literário, é uma atitude que, de uma forma ou de outra, só pode ser considerada desonesta. Além disso, você abriu uma empresa fantasma para distribuir os lucros obtidos com as vendas do livro. Não sei como isso será interpretado pela lei, mas creio que, em termos sociais e morais, essa atitude será severamente censurada. Não há justificativas para o que vocês fizeram. Os jornais e as revistas vão tratar o assunto com tremendo alvoroço, e a sua empresa cairá em descrédito. Você deve estar ciente disso. Nós temos informações detalhadas e provas concretas sobre o fato e, a qualquer momento, podemos torná-las públicas. Por isso, acho melhor você não ficar tentando dar justificativas infundadas. Não pense que isso irá nos convencer. Será uma perda de tempo.

Komatsu concordou, balançando a cabeça.

— Se isso acontecer, certamente você não só terá de deixar a empresa como também será excluído do meio literário. Todas as portas irão se fechar. Pelo menos, nos meios legais.

— Acho que sim — concordou Komatsu.

— Mas por enquanto poucas pessoas sabem disso — disse o rapaz de cabelo rente. — Você, Eriko Fukada, o professor Ebisuno e Tengo Kawana, o responsável por reescrever a obra. Além de vocês, somente mais algumas pessoas.

Komatsu disse, escolhendo cuidadosamente as palavras:

— De acordo com a hipótese que estamos levando em consideração, essas poucas pessoas a que você se refere seriam, por acaso, pessoas que pertencem ao grupo religioso Sakigake?

O rapaz de cabelo rente acenou discretamente. — Se levarmos em consideração essa nossa hipótese, pode-se dizer que sim, mas isso não vem ao caso.

O rapaz fez uma breve pausa para aguardar que Komatsu assimilasse a informação. E prosseguiu:

— Se essa sua hipótese estiver correta, enquanto você estiver aqui, *eles* podem fazer o que quiserem com você. Podem tratá-lo como um hóspede ilustre, e deixá-lo preso neste quarto o tempo que quiserem. Para eles, isso não é algo que lhes dê muito trabalho. Por outro lado, se eles acharem melhor encurtar o tempo de sua estadia, certamente pensarão em outras saídas. Algumas delas certamente não são agradáveis. De qualquer modo, *eles* possuem poder e meios para fazer o que acharem melhor. Quanto a isso, creio que você já deve estar ciente.

— Acho que sim — respondeu Komatsu.

— Ótimo — disse o rapaz de cabelo rente.

O rapaz de cabelo rente levantou um dedo sem dizer nada, e no mesmo instante o de rabo de cavalo deixou o quarto. Pouco depois, voltou com um aparelho telefônico. Conectou o cabo no ponto localizado no chão e entregou o fone para Komatsu. O rapaz de cabelo rente pediu para Komatsu ligar para a editora.

— Diga que você está muito gripado e que esteve de cama, com febre. Avise que, por enquanto, você não vai poder trabalhar. Em seguida, desligue o telefone.

Komatsu mandou chamar um colega, transmitiu rapidamente o que precisava dizer e, sem responder às perguntas, desligou o telefone. Ao sinal de aprovação do rapaz de cabelo rente, o de rabo de cavalo desconectou o telefone e saiu, levando consigo o aparelho. O de cabelo rente observou-o durante um tempo, como se estivesse examinando o dorso de suas próprias mãos. Em seguida, voltou-se para Komatsu e disse:

— Por hoje, é só — sua voz, agora, denotava um tom um pouco mais cordial. — Vamos continuar num outro dia. Enquanto isso, reflita sobre a nossa conversa de hoje.

Os dois saíram do quarto. Nos próximos dez dias, Komatsu permaneceu sozinho e em silêncio naquele quarto apertado. Três vezes ao dia, o mesmo jovem, com a máscara, trazia-lhe as refeições não muito apetitosas. No quarto dia, trouxeram-lhe um conjunto de pijama de algodão para se trocar, mas só o deixaram tomar banho no último dia. Durante o período em que esteve lá, Komatsu lavava o rosto na pequena pia do banheiro. A noção do tempo foi ficando cada vez mais incerta.

Komatsu tinha a impressão de que estava na sede do grupo Sakigake, em Yamanashi. Ele havia visto a imagem do local num noticiário da TV. Era totalmente cercado por muros, no meio das montanhas, como se fosse um reino independente. Seria impossível fugir ou pedir socorro. Se ele fosse morto (esse seria provavelmente o significado da saída não muito agradável, mencionada pelo rapaz de cabelo rente), jamais encontrariam seu corpo. Era a primeira vez na vida que Komatsu sentia a morte tão real, tão próxima.

Dez dias depois de ele telefonar para a empresa (provavelmente foram dez dias, mas ele não tinha certeza), finalmente os dois reapareceram. O rapaz de cabelo rente parecia um pouco mais magro que da vez anterior e, por isso, seus maxilares estavam ainda mais proeminentes. Os olhos, gélidos, agora estavam vermelhos. Ele sentou-se na cadeira dobrável que trazia consigo, como da vez anterior, e ficou de frente para Komatsu, com a mesa entre eles. Durante um bom tempo, não disse nada. Apenas fitava Komatsu com aqueles olhos vermelhos.

A aparência do rapaz de rabo de cavalo não havia mudado. Como da vez anterior, ele ficou em pé, com as costas eretas, perto da porta e, com o olhar inexpressivo, observava atentamente um ponto no espaço vazio. Ambos vestiam calças pretas e camisas brancas. Provavelmente, era o uniforme deles.

— Vamos continuar a nossa conversa — disse o rapaz de cabelo rente. — Ela foi interrompida depois de falarmos que eles podiam fazer o que quisessem com você enquanto estiver aqui, não é?

Komatsu concordou. — E que poderiam pensar em uma saída que, certamente, não seria agradável.

— Você tem uma ótima memória — disse o rapaz de cabelo rente. — Isso mesmo. Não descartamos a possibilidade de escolher uma saída não muito agradável.

Komatsu manteve-se em silêncio. O rapaz de cabelo rente prosseguiu:

— Mas isso é uma solução estritamente *teórica*. Na prática, *eles* não querem optar por essa alternativa tão extremista. Se você sumir, de repente, a situação ficará inevitavelmente mais complexa. Foi o que aconteceu com o desaparecimento de Eriko Fukada. Não haveria muitas pessoas tristes caso você desaparecesse, mas você é muito respeitado como editor, e muito conhecido nos meios literários. E, certamente, sua ex-mulher não vai ficar quieta se você deixar de pagar a pensão alimentícia. Esse tipo de desdobramento não é muito agradável para *eles*.

Depois de uma tosse seca, Komatsu engoliu a saliva.

— Saiba que a intenção deles não é criticá-lo ou puni-lo. Eles sabem que a publicação da *Crisálida de ar* não foi planejada para atacar um grupo religioso específico. No começo, vocês sequer sabiam que existia uma relação entre a *Crisálida de ar* e o grupo religioso. Desde o início, você planejou essa fraude meio que por brincadeira, meio que por ambição. Com o tempo, o plano passou a envolver uma considerável soma de dinheiro. Para um simples assalariado, e divorciado, não deve ser fácil pagar a pensão das crianças. Ainda por cima, você envolveu nesse plano um professor de uma escola preparatória e aspirante a escritor, que desconhecia totalmente o quadro geral. O plano em si era simples e divertido, mas a escolha da obra e da parceria é que foi infeliz. Por isso, seu plano inicial tomou uma proporção muito maior do que você imaginava. Vocês são como os civis que, por engano, ficam na linha de frente e acabam entrando num campo minado. Não conseguem seguir adiante nem retroceder. Não é isso, senhor Komatsu?

— Será que é isso mesmo? — respondeu Komatsu, de modo ambíguo.

— Pelo visto, você ainda não sabe de muitas coisas — disse o rapaz de cabelo rente, estreitando sutilmente os olhos que fitavam Komatsu. — Se soubesse, não falaria desse modo leviano, como se isso não lhe dissesse respeito. Vamos deixar a situação bem clara. Saiba que você está *realmente* num campo minado.

Komatsu concordou, sem dizer nada.

O rapaz de cabelo rente fechou os olhos por alguns instantes e os abriu novamente. — Vocês estão em apuros, mas *eles* também estão enfrentando graves problemas.

Komatsu resolveu tomar coragem: — Posso fazer uma pergunta?

— Se eu puder responder.

— Ao publicar a *Crisálida de ar*, nós causamos alguns problemas a esse grupo religioso. É isso?

— Não foram *poucos* os problemas — disse o rapaz de cabelo rente, contorcendo levemente o rosto. — A voz deixou de falar com eles. Você entende o que isso significa?

— Não — disse Komatsu, com o tom de voz seco.

— Não faz mal, eu também não pretendo entrar em detalhes e creio que seja melhor que você não saiba. O que posso dizer é que *a voz deixou de falar com eles.* — O rapaz de cabelo rente fez uma pausa e prosseguiu: — Essa situação desagradável ocorreu quando a *Crisálida de ar* foi publicada.

Komatsu indagou: — Eriko Fukada e o professor Ebisuno previam essa situação desagradável quando resolveram publicar a *Crisálida de ar*?

O rapaz de cabelo rente balançou a cabeça num gesto negativo. — Não. Creio que o professor Ebisuno não sabia dessas implicações. Quanto a Eriko Fukada, desconhecemos o que ela planejava. Mas achamos que essa ação não foi intencional. Caso tenha havido algum plano, não deve ter sido dela.

— As pessoas acham que a *Crisálida de ar* é apenas uma história de fantasia — disse Komatsu. — Fantasia inocente, escrita por uma garota do colegial. Para falar a verdade, alguns a criticaram, dizendo que a história era surreal demais. Ninguém desconfiou que o livro ocultava algum segredo importante ou revelava alguma informação concreta em suas páginas.

— Você tem razão — disse o rapaz de cabelo rente. — A maioria não percebeu nada. Mas a questão não é essa. Esse segredo não poderia ser revelado publicamente *sob forma nenhuma.*

O rapaz de rabo de cavalo mantinha-se, como sempre, diante da porta, olhando a parede à frente, como se pudesse enxergar uma paisagem além dela, que ninguém mais era capaz de ver.

— O que eles querem é trazer de volta aquela voz — disse o rapaz de cabelo rente, escolhendo as palavras. — O veio de água não secou. Apenas está oculto num local profundo, que não podemos ver. Fazer com que esse veio ressurja não é tarefa fácil, mas também não é algo impossível.

O rapaz de cabelo rente fixou seus olhos nos de Komatsu. Parecia estar medindo a profundidade de alguma coisa dentro deles. Como se medisse um móvel para ver se caberia num determinado espaço do quarto.

— Como eu já lhe disse antes, vocês estão no meio de um campo minado. Não podem prosseguir nem retroceder. A única coisa que *eles* podem fazer por vocês é ajudá-los a sair desse lugar com segurança. Eles podem ensinar o caminho. Só assim vocês poderão sair desse lugar com vida, e eles podem se livrar pacificamente dos incômodos intrusos.

O rapaz de cabelo rente cruzou os braços.

— Gostaríamos que aceitasse essa nossa proposta. Para eles, tanto faz se vocês vão explodir em mil pedaços ou não, mas provocar um estrondo nesse momento trará muitos incômodos para eles. Por isso, senhor Komatsu, vamos lhe ensinar o caminho de fuga. Ficaremos na retaguarda e os conduziremos até um local seguro. Em troca, o que queremos de você é que pare de publicar a *Crisálida de ar*. Não faça mais reimpressões ou edições de bolso. É claro que isso inclui não veicular novos anúncios. De agora em diante, vai cortar as relações com Eriko Fukada. O que me diz? Creio que isso é algo que você pode fazer.

— Não vai ser fácil, mas posso tentar. Talvez eu consiga — disse Komatsu.

— Senhor Komatsu, nós não o trouxemos até aqui para que a conversa fique no nível do *talvez* — os olhos do rapaz de cabelo rente ficaram ainda mais vermelhos, e o olhar ainda mais penetrante. — Não estamos pedindo para que retire todos os livros que estão em circulação. Se fizer isso, a mídia certamente vai se alvoroçar. Também sabemos que você não tem tanto poder a ponto de conseguir fazer isso. O que estamos pedindo é que tente resolver as coisas discretamente. O que já foi feito não tem jeito. Uma coisa danificada nunca mais volta a ser como antes. O que *eles* desejam é que o livro não chame mais a atenção do público. Está me entendendo?

Komatsu assentiu, demonstrando que havia entendido.

— Como eu já lhe disse anteriormente, senhor Komatsu, vocês também possuem alguns fatos que, caso sejam revelados ao público, trarão inúmeras repercussões. Se eles forem divulgados, todos os envolvidos serão punidos pela sociedade. Por isso, para o bem de todos, propomos firmar um tratado de paz. Eles não vão responsabilizá-los sobre o que ocorrer a partir daqui. Garantimos a segurança de todos. E vocês, por outro lado, não vão mais se envolver com assuntos relacionados à *Crisálida de ar*. Não é um acordo tão ruim, é?

Komatsu pensou a respeito: — Está bem. Quanto à publicação da *Crisálida de ar*, assumo o compromisso de interrompê-la. Vou precisar de um tempo, mas sei que vou achar uma maneira de suspender as impressões. E, por mim, posso esquecer completamente o assunto. Creio que Tengo Kawana fará o mesmo. Desde o início, ele não queria participar disso. Eu é que o forcei. O trabalho dele já está concluído. Quanto a Eriko Fukada, creio que também não haverá nenhum problema. Ela mesma disse que não tinha nenhuma intenção de continuar a escrever. Só não posso dizer o mesmo em relação ao professor Ebisuno. O que ele realmente quer saber é se o amigo dele, Tamotsu Fukada, está bem, onde está e o que está fazendo. Não importa o que eu diga, ele vai continuar buscando essas informações.

— O senhor Tamotsu Fukada faleceu — disse o rapaz de cabelo rente. A voz dele era desprovida de emoção e o tom era sereno, mas continha algo de pesaroso.

— Faleceu? — indagou Komatsu.

— Aconteceu recentemente — respondeu o rapaz de cabelo rente. Depois, respirou fundo e soltou lentamente o ar. — Ele sofreu um ataque do coração. Uma morte instantânea que, aparentemente, não o fez sofrer. Devido a certas circunstâncias, o registro de óbito ainda não foi emitido, e o funeral foi realizado secretamente na sede.

Por motivos religiosos, o corpo foi cremado, e os ossos triturados foram espalhados nas montanhas. Legalmente falando, trata-se de um crime contra o respeito aos mortos, mas creio que seja difícil instaurar um processo judicial contra nós. Mas essa é a verdade. Jamais mentimos sobre assuntos que envolvem a vida e a morte de uma pessoa. Por favor, informe o ocorrido ao professor Ebisuno.

— Foi uma morte natural?

O rapaz de cabelo rente assentiu, balançando veementemente a cabeça. — O senhor Fukada era uma pessoa extremamente importante para nós. Não; falar que era extremamente importante é pouco para se referir a um ser tão grandioso. Poucas pessoas sabem de sua morte, e todas lamentam, e muito, o ocorrido. A esposa dele, isto é, a mãe de Eriko Fukada, morreu de câncer de estômago alguns anos atrás. Ela faleceu no ambulatório da sede, recusando-se a fazer quimioterapia. O marido dela, o senhor Tamotsu, foi quem cuidou dela até seu falecimento.

— Nesse caso, o registro de óbito também não foi emitido? — indagou Komatsu.

Não houve resposta.

— E o senhor Tamotsu Fukada morreu recentemente.

— Isso mesmo — disse o rapaz de cabelo rente.

— Ele morreu depois da *Crisálida de ar* ser publicada?

O rapaz de cabelo rente olhou para a mesa e, ao erguer o rosto, fitou novamente Komatsu. — Isso mesmo. O senhor Fukada morreu após a publicação da *Crisálida de ar*.

— Há alguma relação de causa e efeito entre esses fatos? — perguntou Komatsu, sem titubear.

O rapaz de cabelo rente manteve-se em silêncio durante um tempo. Parecia organizar os pensamentos para responder à pergunta. Um tempo depois, disse com determinação: — Tudo bem. Para convencer o professor Ebisuno, acho melhor esclarecer os fatos. Para falar a verdade, Tamotsu Fukada era o Líder do grupo religioso (e aquele que escutava as vozes). Quando sua filha, Eriko Fukada, publicou a *Crisálida de ar*, as vozes deixaram de falar com ele. Por isso, o senhor Fukada resolveu pôr um fim a sua própria vida. E essa morte foi natural. O correto seria dizer que ele pôs fim à vida de modo espontâneo.

— Eriko Fukada é a filha do Líder — disse Komatsu, num murmúrio.

O rapaz balançou a cabeça de modo rápido e breve, num gesto afirmativo.

— Quer dizer que Eriko Fukada levou o pai à morte — prosseguiu Komatsu.

O rapaz concordou novamente. — Isso mesmo.

— Mas o grupo religioso ainda existe.

— O grupo religioso existe — respondeu o rapaz de cabelo rente, com olhos que pareciam pequenas pedras antigas congeladas nas profundezas de uma geleira.

— A publicação da *Crisálida de ar* trouxe muitos infortúnios ao grupo. Mas *eles* não pretendem castigá-los por isso. Em parte porque castigá-los não trará nenhuma vantagem. *Eles* possuem uma missão a cumprir e, para isso, é preciso que haja um isolamento silencioso.

— É por isso que vocês estão nos propondo voltar atrás e esquecer tudo o que aconteceu.

— Dito de modo simples, é isso.

— Mas vocês precisavam me raptar para dizer isso?

Pela primeira vez, o rapaz de cabelo rente esboçou no rosto algo que lembrava uma expressão. Uma sutil expressão que denotava um sentimento intermediário entre humor e simpatia. — O motivo de nos darmos ao trabalho de trazê-lo até aqui foi para lhe transmitir quanto eles estavam levando esse assunto a sério. Não queríamos agir de modo tão drástico, mas, quando a situação exige, não hesitamos em fazê-lo. Queríamos que você sentisse isso na pele. Se vocês quebrarem o acordo, poderão acontecer coisas não muito agradáveis. Creio que você já entendeu, certo?

— Entendi — disse Komatsu.

— Para falar a verdade, vocês tiveram sorte. A intensa névoa cobria-lhes a visão a ponto de vocês não conseguirem enxergar direito o entorno, mas, na verdade, vocês estavam a um passo do precipício. Acho melhor não se esquecerem disso. Como subordinado, posso assegurar-lhe de que eles não estão com tempo de se ocuparem com vocês. Eles precisam resolver alguns problemas muito mais importantes. Nesse sentido, vocês também tiveram sorte. Por isso, faça com que essa sorte continue ao seu lado.

Após dizer isso, o rapaz virou as palmas para cima, como se estivesse verificando se chovia. Komatsu aguardou a continuação da conversa. Em vão. Uma expressão de exaustão esboçou-se no rosto do rapaz de cabelo rente. Ele levantou-se da cadeira, dobrou-a, colocou-a debaixo do braço e, sem se voltar para trás, deixou o cubículo. A porta pesada se fechou e o barulho da tranca reverberou no quarto. Komatsu ficou sozinho.

— Fiquei mais quatro dias preso naquele cubículo. O que havia de importante para conversarmos, já havia sido dito. O assunto foi tratado e firmamos um acordo. O que eu não conseguia entender era por que eu continuava preso. Aqueles dois rapazes nunca mais apareceram e o jovem continuou trazendo as refeições, sem abrir a boca. Continuei a comer aquela comida sem graça, a fazer a barba com o barbeador elétrico e olhar o teto e as paredes para passar o tempo. Quando apagavam a luz eu dormia e, quando a acendiam, eu acordava. Fiquei ruminando o que o rapaz de cabelo rente me disse. O que mais me tocou foi o fato de ele me dizer que *nós tivemos sorte*. Ele tinha razão. Eles são capazes de fazer o que quiserem. Uma vez decidido, eles podem agir de modo extremamente cruel. É isso que senti enquanto estive preso. O objetivo deles, certamente, deve ter sido esse. Por isso é que, após a conversa que tivemos, eles fizeram questão de me deixar mais quatro dias preso naquele lugar. É um pessoal muito meticuloso.

Komatsu pegou o copo e bebeu seu uísque com soda.

— Me fizeram cheirar novamente o clorofórmio e, quando acordei, amanhecia. Eu estava dormindo no banco do jardim do Santuário Meiji Jingu. Como estávamos em meados de setembro, as manhãs eram relativamente frias. Não é para menos que fiquei realmente gripado. Creio que isso não foi intencional, mas nos três dias seguintes tive febre e fiquei de cama. Mas devo considerar que tive sorte de só pegar uma gripe.

A história de Komatsu parecia ter terminado e foi então que Tengo indagou: — Você contou essa história para o professor Ebisuno?

— Sim. Após ser libertado e dias depois de minha febre baixar, fui até a casa dele no alto da montanha. Contei ao professor mais ou menos a mesma história que acabei de lhe contar.

— O que ele disse?

Komatsu bebeu o último gole de uísque e pediu mais um. Recomendou a Tengo que também pedisse outro, mas este recusou, balançando a cabeça.

— O professor Ebisuno me fez contar a história várias vezes e me fez várias perguntas detalhadas. O que eu sabia, respondi. Quando necessário, eu conseguia repetir a mesma história várias vezes. Afinal, após conversar com o rapaz de cabelo rente, fiquei quatro dias sozinho, trancado naquele quarto. Não tinha ninguém com quem conversar, e tempo era o que eu tinha de sobra. Por isso, pude refletir sobre o que aquele rapaz me disse e, com isso, consigo me lembrar perfeitamente de todos os detalhes da conversa que tivemos. Isso sim é que é se tornar um gravador humano.

— Mas a morte dos pais da Fukaeri é apenas uma desculpa que eles inventaram, não é? — perguntou Tengo.

— Creio que sim. Isso é o que eles alegam, pois não temos como comprovar a veracidade dos fatos. Não foi emitido o atestado de óbito. Mas, do jeito que aquele rapaz de cabelo rente disse, tive a impressão de que ele não estava inventando aquilo. Ele próprio chegou a dizer que, para eles, questões relacionadas à vida e à morte são sagradas. Assim que contei a história, o professor Ebisuno ficou durante um bom tempo em silêncio, pensando. Ele é uma pessoa que realmente pensa nas coisas com tempo e profundidade. Depois, sem dizer nada, levantou-se e só retornou após muito tempo. De certa forma, tive a impressão de que o professor tentava se conformar com a morte dos dois. Talvez, no fundo, ele já previsse isso e, portanto, precisasse de um tempo para se conformar com o fato. Quando somos informados de que nossos amigos não estão mais neste mundo, isso certamente provoca uma grande ferida em nosso coração.

Tengo lembrou-se daquela sala grande e sem adornos, do frio intenso e do silêncio, do canto agudo dos pássaros que, de vez em quando, ecoava pela janela. — No final, resolvemos recuar e bater em retirada do campo minado? — indagou Tengo.

Uma nova dose de uísque com soda foi trazida. Komatsu umedeceu a boca com a bebida.

— O professor Ebisuno disse que precisava de um tempo para pensar e, de imediato, não quis comentar nada. Mas, afinal, que outra opção haveria a não ser fazer o que os caras disseram? Eu comecei a agir sem perder tempo. Na empresa, fiz de tudo para suspender a reimpressão da *Crisálida de ar*, fazendo com que a edição se esgotasse. A edição de bolso também foi suspensa. A quantidade de livros vendidos foi grande e a editora já havia faturado muito. A editora em si não teria nenhum prejuízo com a suspensão do título. É claro que a coisa não foi tão simples, pois tive de realizar reuniões e ter a aprovação do presidente. Mas, quando revelei que havia a possibilidade de vir a público que o livro foi redigido por um *ghost- -writer*, e ressaltei o tremendo escândalo que isso provocaria, os meus superiores tremeram na base e acabaram cedendo. Desde então, passaram a seguir as minhas instruções. De agora em diante, sei que a empresa vai me tratar friamente, mas isso é o de menos; já estou acostumado com esse tipo de coisa.

— Quer dizer que o professor Ebisuno aceitou a informação de que os pais de Fukaeri morreram, sem contestar?

— Possivelmente — disse Komatsu. — Acho que ele precisava de um tempo para assimilar e aceitar a morte do casal como um fato real. Na minha opinião, aqueles caras não estão blefando. Acho que resolveram ceder um pouco para evitar problemas ainda mais graves. Isso explica por que agiram de modo tão violento ao me sequestrar. Eles queriam ter a certeza absoluta de que nós entenderíamos a mensagem. Para transmitir o recado, eles não precisariam revelar que os corpos do casal Fukada foram secretamente cremados dentro da propriedade do grupo religioso. Por mais que seja difícil levantar provas, a profanação de cadáver é crime. No entanto, eles fizeram questão de revelar isso. Certamente, colocaram as cartas na mesa com a intenção de exibir sua astúcia. É por isso que sou da opinião de que grande parte do que o rapaz de cabelo rente disse é verdade. Não tanto em relação aos detalhes, mas em termos gerais.

Tengo organizou mentalmente o que Komatsu lhe dissera.
— O pai de Fukaeri era quem ouvia a voz. Ou seja, ele era uma espécie de profeta. Mas quando a filha dele, Fukaeri, escreveu a *Crisálida de ar*, e o livro se tornou um best-seller, a voz deixou de falar com ele e, em função disso, ele teve uma morte natural.

— Ou ele *naturalmente* quis pôr um fim a sua própria vida — disse Komatsu.

— Para o grupo religioso, encontrar um novo profeta tornou-se a missão mais importante a ser cumprida. Se a voz deixou de se pronunciar, o grupo perdeu a base de sua existência. É por isso que eles não têm mais interesse em nós. Em resumo, é isso, não?

— Provavelmente.

— Eles dizem que a *Crisálida de ar* contém inúmeras informações importantes e que, assim que a obra foi impressa e divulgada, a voz se silenciou e a fonte se ocultou nas profundezas da terra. Mas o que vem a ser exatamente essa tal informação importante?

— Nos últimos quatro dias em que estive preso, pensei muito a respeito disso — disse Komatsu. — A *Crisálida de ar* não é um livro muito volumoso. É a história de um mundo em que o Povo Pequenino aparece e desaparece. Uma menina de dez anos, a protagonista, vive numa comunidade isolada. O Povo Pequenino surge durante a noite e, secretamente, constrói uma crisálida de ar. No interior dessa crisálida surge o alter ego da menina e, a partir de então, nasce a relação *maza* e *dohta*. Nesse mundo, duas luas pairam no céu. Uma grande e outra pequena, ou seja, simbolicamente representam a *maza* e a *dohta*. Na história, a protagonista — que deve ser a própria Fukaeri — rejeita sua função como *maza* e foge da comunidade, deixando para trás a *dohta*. No romance, não sabemos o que aconteceu com a *dohta*.

Tengo ficou um bom tempo observando o gelo que derretia dentro do copo.

— "Quem escuta a voz" precisa da intermediação da *dohta* — disse Tengo. — É através da *dohta* que a pessoa consegue escutar a voz. Ou melhor, é a *dohta* que traduz a voz em palavras compreensíveis. Para interpretar corretamente a mensagem que essa voz transmite, é necessário que ambas estejam juntas. Se tomarmos emprestado as palavras de Fukaeri, o receptor e o perceptivo precisam estar juntos. E, para isso, a primeira coisa a fazer é a crisálida de ar, pois é através dela que nasce a *dohta*. E para fazer a *dohta* é necessário uma *maza apropriada*.

— Essa é a sua interpretação.

Tengo balançou a cabeça. — Não é bem uma interpretação. Apenas pensei nisso enquanto ouvia o resumo da história que você acabou de contar.

Tengo sempre tentou entender o significado de *maza* e *dohta*, não só enquanto reescrevia o romance, como também depois de terminada a tarefa, mas faltava-lhe a visão do conjunto. Enquanto conversava com Komatsu, as peças começaram a se encaixar, apesar de ainda restar uma dúvida: Por que apareceu uma crisálida de ar no leito hospitalar de seu pai e, dentro dela, a menina Aomame?

— Realmente, é um conjunto de elementos muito interessante — disse Komatsu. — Mas não seria um problema para a *maza* ficar longe de sua *dohta*?

— Sem a *dohta*, possivelmente a *maza* não se torna um ser completo. Assim como no caso da Fukaeri que nós conhecemos, é difícil determinar exatamente o que, mas sabemos que lhe falta algo. Ela parece uma pessoa que perdeu sua própria sombra. Eu não saberia dizer o que acontece com uma *dohta* que não possui a *maza*. Mas acho que ela também não é um ser completo, porque a *dohta* é apenas o alter ego da pessoa. Mas, no caso de Fukaeri, acho que a *dohta* conseguia cumprir sua função de médium mesmo sem a presença da *maza*.

Komatsu mantinha os lábios cerrados e levemente arqueados. Um tempo depois, indagou: — Tengo, por acaso você acha que tudo o que está escrito na *Crisálida de ar* realmente aconteceu?

— Não é isso. Estou apenas levantando uma hipótese. Imagino que aquilo realmente aconteceu e analiso os desdobramentos com base nessa suposição.

— Está bem — disse Komatsu. — Então quer dizer que o alter ego de Fukaeri cumpre a função de médium, apesar de estar distante de seu corpo.

— É por isso que o grupo religioso não faz questão de trazê-la de volta à força, mesmo sabendo onde ela está. No caso dela, a *dohta* cumpre sua função mesmo sem a *maza* por perto. Mesmo à distância, existe uma ligação muito forte entre elas.

— Realmente.

Tengo prosseguiu: — Acho que eles possuem várias *dohtas*. Na medida do possível, o Povo Pequenino deve criar várias crisálidas de ar. Ter apenas um elemento perceptivo deve deixá-los numa situação instável. Ou talvez as *dohtas* capazes de cumprir corretamente essa função perceptiva sejam de fato muito poucas. Pode ser que exista uma *dohta* central, mais forte, e as demais, não tão fortes, são apenas secundárias; razão pela qual elas devem trabalhar em conjunto.

— Está dizendo que a *dohta* que Fukaeri deixou na sede é a *dohta* central que *cumpre corretamente essa função* perceptiva?

— Acho que essa possibilidade é forte. Temos de reconhecer que Fukaeri sempre esteve no centro dos acontecimentos, como se fosse o olho do furacão.

Komatsu estreitou os olhos e entrelaçou os dedos sobre a mesa. Quando ele queria, era capaz de concatenar os pensamentos com perspicácia.

— Tengo, andei pensando numa hipótese. Será que a Fukaeri que conhecemos é a *dohta*, e quem ficou lá é a *maza*?

A questão de Komatsu deixou Tengo ressabiado. Ele nunca havia pensado nisso. Para Tengo, Fukaeri sempre foi um ser único. Mas a hipótese de Komatsu lhe pareceu pertinente. "Eu não tenho menstruação, por isso não há o perigo de engravidar", foi o que ela lhe disse naquela noite, após a estranha relação sexual que tiveram. Se ela realmente é apenas o seu alter ego, aquilo que ela disse fazia sentido. O alter ego não pode se reproduzir. Somente a *maza* é capaz disso. No entanto, essa era uma hipótese que Tengo não conseguia aceitar: a possibilidade de ele ter mantido uma relação sexual com o alter ego de Fukaeri.

Tengo disse: — Fukaeri possui uma personalidade bem marcante. E um padrão de comportamento peculiar. O alter ego possivelmente não possui essas particularidades.

— Realmente — concordou Komatsu. — Você tem razão. Fukaeri possui uma personalidade e um padrão de comportamento próprios. Não tenho como negar.

Mesmo assim, Tengo tinha a impressão de que Fukaeri escondia algum segredo. Aquela linda garota possuía um código secreto muito importante, que ele precisava desvendar. Quem era a verdadeira Fukaeri, e quem era o alter ego? Seria um equívoco tentar separar aquelas duas Fukaeris? Ou será que, no caso de Fukaeri, ela podia manipular tanto o seu ser real quanto o alter ego?

— Há algumas coisas que ainda não consigo entender — disse Komatsu, abrindo as mãos sobre a mesa e pondo-se a observá--las. Para um homem de meia-idade, até que seus dedos eram finos e delicados. — Depois que a voz deixou de falar, a fonte do poço secou e o profeta morreu. Mas o que aconteceu com a *dohta*?

— Se não existe o receptor, a função do perceptor deixa de existir.

— Levando em consideração a sua hipótese — prosseguiu Komatsu —, será que Fukaeri escreveu a *Crisálida de ar* com a intenção de fazer isso? Aquele rapaz me disse que ela não deve ter feito isso intencionalmente. Pelo menos, o plano não teria sido dela. Mas como ele sabe?

— Ele não deve saber toda a verdade — disse Tengo. — Mas eu também não creio que Fukaeri tenha sido capaz de planejar a morte de seu próprio pai, independentemente das razões que ela pudesse ter. O pai dela talvez tenha optado pela morte por algum outro motivo não relacionado a ela. Talvez tenha sido por isso que ela fugiu. Talvez ela quisesse que o pai se libertasse daquela voz. Mas tudo não passa de uma suposição.

Komatsu passou um bom tempo pensando, franzindo o nariz. A seguir, suspirou e olhou ao redor.

— Realmente é um mundo estranho. Não se sabe até onde ele é uma hipótese e a partir de onde ele se torna real. Com o passar do tempo, é cada vez mais difícil discernir a fronteira que separa o mundo hipotético do mundo real. Me diga uma coisa, Tengo: como escritor, como você definiria o conceito de realidade?

— O mundo real é aquele em que, quando se espeta alguém com uma agulha, sangue vermelho é derramado — disse Tengo.

— Se é assim, não há dúvidas de que este mundo é real — disse Komatsu, esfregando vigorosamente o antebraço com a palma da mão. Veias azuladas destacavam-se na superfície da pele. Suas veias não pareciam muito sadias. Eram vasos sanguíneos danificados ao longo de vários anos de bebida e cigarros; uma vida desregrada, com inúmeras tramoias literárias. Komatsu tomou de um só gole o uísque e balançou ruidosamente o gelo do copo vazio.

— Voltando ao assunto, fale um pouco mais sobre as hipóteses que você levantou. A conversa está ficando interessante.

Tengo prosseguiu. — Eles devem estar procurando o sucessor dessa pessoa que escutava a voz. Não só o sucessor, como também um novo *dohta*, capaz de *cumprir corretamente essa função*. Para um novo receptor é preciso encontrar um novo perceptor.

— Quer dizer que eles precisam encontrar um novo *maza*. Isso significa que também precisam criar uma nova crisálida de ar. Uma tarefa e tanto, não?

— É por isso que estão levando esse assunto tão a sério.

— Sem dúvida.

— Mas não creio que tudo isso seja em vão — disse Tengo. — Eles já devem ter alguém em mente.

Komatsu concordou. — Eu também tive essa impressão, e é por isso que eles querem se livrar da gente o quanto antes. Em outras palavras, eles não querem que atrapalhemos o trabalho deles. Pelo jeito, estamos realmente incomodando.

— Por que será que nós incomodamos tanto?

Komatsu balançou a cabeça. Ele também não sabia a resposta.

— Que tipo de mensagem essa voz transmitia para eles? Que tipo de relação existe entre o Povo Pequenino e essa voz? — indagou Tengo.

Komatsu balançou novamente a cabeça, sem muito entusiasmo. Isso era algo que extrapolava a imaginação deles.

— Você já assistiu ao filme *2001: uma odisseia no espaço*?

— Já — respondeu Tengo.

— Nós somos como aqueles macacos — disse Komatsu. — Aqueles com o pelo preto e comprido, que bradam coisas sem sentido enquanto giram em torno do monólito.

Duas pessoas que pareciam clientes habituais entraram no bar, se acomodaram no balcão e pediram coquetéis.

— Mas uma coisa é certa — disse Komatsu, para finalizar a conversa. — Sua hipótese é convincente e seus argumentos são plausíveis. É sempre muito divertido conversar com você. Mas nós vamos bater em retirada e deixar o campo minado. Provavelmente não vamos mais ver Fukaeri nem o professor Ebisuno. A *Crisálida de ar* será apenas um inocente romance de fantasia que não possui nenhuma informação concreta em seu texto. Não importa que tipo de mensagem ou como essa voz transmite a informação, nós não temos mais nada a ver com isso. Vamos deixar as coisas como estão.

— Vamos abandonar o barco e pisar em terra firme.

Komatsu concordou. — Isso mesmo. Vou trabalhar todos os dias na editora e procurar manuscritos que tanto faz publicar ou não na revista literária. Você vai continuar a lecionar matemática na escola preparatória para os promissores jovens e, nos dias em que não der aula, escreverá o seu romance. Vamos voltar para a nossa pacífica vida cotidiana. Sem fortes correntezas nem cachoeiras. O tempo vai passar e envelheceremos tranquilamente. Alguma objeção?

— Não temos outra escolha, temos?

Komatsu esticou as rugas das laterais do nariz com a ponta dos dedos. — Tem razão. Não temos escolha. Nunca mais quero ser raptado. A experiência de ficar preso num cubículo, para mim, foi o suficiente. Se houver uma próxima vez, possivelmente eu nunca mais verei a luz do dia. Mesmo que eu não seja raptado, só de pensar em reencontrar aqueles caras meu coração dispara. O olhar deles é suficiente para fazer uma pessoa sofrer um ataque fatal.

Komatsu olhou para o balcão, levantou o copo e pediu a sua terceira dose de uísque com soda. Levou um cigarro à boca.

— Por que você não me contou essa história antes? Já faz um bom tempo que te sequestraram, não? Mais de dois meses. Por que não me contou?

— Não sei dizer — disse Komatsu, inclinando levemente a cabeça. — Você tem razão. Eu queria contar, mas fui protelando, protelando. Por que será? Talvez não tenha te contado por me sentir culpado.

— Culpado? — indagou Tengo, surpreso. Ele nunca pensou em ouvir essas palavras da boca de Komatsu.

— Fique sabendo que eu também tenho sentimento de culpa — disse Komatsu.

— Em relação a quê?

Komatsu não respondeu. Em vez disso, estreitou os olhos e ficou um bom tempo com o cigarro apagado, rolando-o entre os lábios.

— Fukaeri sabe que os pais dela morreram? — perguntou Tengo.

— Creio que sim. Não sei quando, mas o professor Ebisuno deve ter contato.

Tengo assentiu. Ele tinha a impressão de que Fukaeri sabia havia muito tempo. O único que não sabia era ele.

— Vamos descer do barco e voltar para a nossa vida, em terra firme — disse Tengo.

— Isso mesmo. Vamos deixar o campo minado.

— Mas você acha mesmo que podemos voltar a ter a mesma vida de antes?

— O jeito é tentar — disse Komatsu. Em seguida, acendeu o cigarro com um fósforo. — Alguma coisa em particular o preocupa?

— Sinto que inúmeras coisas à nossa volta começaram a entrar num estranho padrão. Algumas, inclusive, já não possuem mais a mesma forma. Acho que não vai ser tão fácil voltar à vida de antes.

— Mesmo levando em consideração que a nossa preciosa vida está em jogo?

Tengo balançou a cabeça, hesitante. Sentia que, em algum momento, ele fora tragado por uma correnteza forte, e que ela o conduzia a um local desconhecido. Ele, porém, não conseguia explicar esse sentimento a Komatsu.

Tengo não revelou a Komatsu que o romance que ele estava escrevendo herdava o mundo descrito na *Crisálida de ar*. Komatsu, certamente, não receberia a notícia de bom grado. O grupo religioso Sakigake também não. Se não tivesse cuidado, Tengo corria o sério risco de entrar em outro campo minado. Ou colocar em risco as pessoas ao seu redor. Mas sua história possuía uma vida e um objetivo próprios, e se desenvolvia quase que espontaneamente. Ele próprio pertencia a esse mundo, à revelia. Para Tengo, a história deixara de pertencer ao mundo da ficção. Ela havia se tornado o mundo real. Uma realidade em que, se cortasse a pele com uma faca, o sangue vermelho iria escorrer de verdade. E, no céu desse mundo, pairavam duas luas, uma grande e outra pequena.

Capítulo 19
Ushikawa
Coisas que ele consegue fazer, e as pessoas comuns não

Era uma tranquila manhã de quinta-feira, sem ventos. Como de costume, Ushikawa acordou um pouco antes das seis e lavou o rosto com água fria. Enquanto ouvia o noticiário da rádio NHK, escovou os dentes e fez a barba com o barbeador elétrico. Em seguida, esquentou água na panela e preparou um macarrão instantâneo. Após comê-lo, bebeu uma xícara de café solúvel. Dobrou o saco de dormir, guardou-o no armário e sentou-se diante da câmera. O céu na parte leste começava a clarear. O dia prometia ficar quente.

Ushikawa já havia memorizado os rostos daqueles moradores que costumavam sair cedo para o trabalho e, portanto, não havia a necessidade de fotografá-los toda vez que deixavam apressadamente o prédio, entre sete e oito e meia, seguindo afoitos à estação. Eram rostos conhecidos. Vozes animadas de um grupo de estudantes do primário que seguiam em direção à escola alcançaram seus ouvidos quando a garotada passava diante do prédio. Vozes que o fizeram se lembrar do tempo em que suas filhas eram pequenas. Elas adoravam frequentar a escola. Aprendiam piano e balé e tinham muitos amigos. O fato de ele ter filhas tão normais era algo que ele próprio nunca conseguiu admitir para si mesmo. Como uma pessoa como ele poderia ser o pai delas?

Após o movimentado horário de saída dos moradores, praticamente ninguém mais saía ou entrava no prédio. Não se ouviam mais as vozes animadas das crianças. Ushikawa tirou o dedo do botão do controle do obturador, encostou-se na parede e, fumando um Seven Stars, observou, por entre as cortinas, a entrada do prédio. Como de costume, pouco depois das dez o carteiro chegou com sua motocicleta vermelha e, habilmente, separou e distribuiu as correspondências dos moradores em suas respectivas caixas na entrada do prédio. Até onde Ushikawa pôde observar, pelo menos metade era de correspondências não solicitadas. A maioria possivelmente ia direto para o lixo. Conforme o sol atingia o seu zênite, a temperatura se elevou e muitas pessoas andavam pela rua sem os seus casacos.

Fukaeri apareceu na entrada do prédio quando já passava das onze. Ela vestia a mesma blusa de gola alta preta do dia anterior sob um casaco curto cinza, calça jeans, tênis brancos e óculos de sol. Trazia uma bolsa verde e grande a tiracolo. A bolsa, aparentemente cheia, estava estufada, com um formato esquisito. Ushikawa desencostou-se da parede e, diante da câmera montada no tripé, passou a observá-la através do visor.

Ushikawa logo percebeu que aquela garota tinha a intenção de deixar definitivamente o apartamento. Ela colocou seus pertences na bolsa e pretendia se mudar para outro lugar. Essa foi a impressão que Ushikawa teve assim que a viu. "Provavelmente ela decidiu ir embora ao perceber que eu estava escondido no prédio", cogitou. Ao pensar nessa possibilidade, Ushikawa sentiu o coração palpitar.

Ao sair do edifício, a garota parou e, como da vez anterior, olhou para o céu. Parecia buscar algo no espaço entre os fios emaranhados de alta tensão e a caixa do transformador. As lentes de seus óculos escuros reluziram ao refletir a luz do sol, impedindo-o de ver a expressão de seu rosto. Razão pela qual Ushikawa não tinha como saber se ela conseguiu encontrar esse *algo*. Ela permaneceu por cerca de trinta segundos observando o céu, imóvel. Em seguida, como se lembrasse alguma coisa, virou o pescoço e olhou em direção à janela em que Ushikawa se escondia. Ela tirou os óculos e guardou-os no bolso do casaco. Em seguida, franziu as sobrancelhas e olhou diretamente para a lente telescópica, camuflada no canto da janela. "Ela sabe", Ushikawa pensou novamente. "Ela sabe que estou aqui e que é vigiada." Após se concentrar na lente, seu olhar subiu para o visor e passou a observar Ushikawa, como o refluxo da água passando por uma tubulação curva. Ushikawa sentiu arrepios nas mãos e nas pernas.

Fukaeri piscava de vez em quando. As pálpebras abriam e fechavam, calma e discretamente, como um ser vivo silencioso e autônomo. Mas as outras partes do corpo não apresentavam nenhum movimento. Ela permaneceu em pé, em silêncio, fitando atentamente Ushikawa, mantendo o pescoço inclinado, como um pássaro divino de corpo comprido. Ushikawa não conseguia desviar o olhar dessa garota. Era como se o mundo momentaneamente parasse. Não havia nenhum vento e o ar deixou de vibrar e emitir sons.

Um tempo depois, Fukaeri parou de olhar para Ushikawa, levantou o rosto e olhou novamente para a mesma área do céu que acabara de ver. Desta vez, por apenas alguns segundos. A expressão dela não se alterou. Em seguida, tirou do bolso os óculos de sol, colocou-os e seguiu caminhando pela rua. Seus passos eram leves e firmes, sem hesitação.

"Será que devo segui-la imediatamente? Tengo ainda não voltou e, por isso, tenho tempo suficiente para descobrir para onde ela vai. Esse tipo de informação nunca será demais." Mas, estranhamente, ele não conseguiu se levantar. O seu corpo estava entorpecido. Através do visor, o olhar penetrante daquela garota lhe havia roubado as energias, deixando seu corpo sem ação.

"Tudo bem", disse Ushikawa, sem conseguir se levantar. "Aomame é quem preciso realmente encontrar. Eriko Fukada é uma pessoa interessante, mas não é o meu objetivo principal. Ela surgiu por acaso e não passa de uma figura secundária. Se ela quer partir, por que não deixá-la ir para onde quiser?", pensou Ushikawa.

Fukaeri caminhou rapidamente em direção à estação, sem olhar uma única vez para trás. Ushikawa observou ela se distanciar por entre as cortinas crestadas de sol. Quando a bolsa verde que ela carregava nas costas, movimentando-se de um lado para outro, não podia mais ser vista, Ushikawa arrastou-se até a câmera e, encostado na parede, aguardou seu corpo recuperar as forças. Colocou um cigarro na boca e acendeu-o com um isqueiro. Deu uma tragada bem profunda, mas não conseguiu sentir gosto nenhum.

Estava demorando muito para que seu corpo recuperasse as forças. Braços e pernas continuavam dormentes. Foi quando percebeu que havia um estranho vazio dentro dele. Uma autêntica caverna. O significado desse vazio era apenas a existência de uma lacuna ou, possivelmente, do nada. Ushikawa estava sentado nessa caverna existente em seu interior — que até então lhe era desconhecida — e não conseguia se levantar. Sentiu uma dor amarga em seu peito, mas o correto seria dizer que não era exatamente uma dor. Era uma sensação de pressão que surge no ponto de interseção entre a ausência e a não ausência.

Ele permaneceu sentado no chão dessa caverna durante um longo tempo, com o corpo encostado na parede e fumando um cigarro sem gosto. "Ela é que deixou esse espaço vazio antes de partir. Não. Pode ser que não", pensou Ushikawa. "Talvez isso já existisse dentro de mim e ela apenas me mostrou a presença desse vazio."

Ushikawa percebeu que aquela garota chamada Eriko Fukada o deixava literalmente abalado. Aquele olhar profundo, penetrante e firme inquietava não somente o seu corpo, como também a essência do ser humano chamado Ushikawa, como se ele estivesse perdidamente apaixonado. Era a primeira vez que Ushikawa sentia isso.

"Não. Isso é impossível", pensou. "Por que eu me apaixonaria por ela? Para começar, não existe no mundo um casal tão discrepante como nós. Desnecessário ir até o espelho do banheiro constatar isso. Não. Não é apenas em relação à aparência. A enorme diferença entre nós existe em todos os sentidos." Ushikawa não se sentia atraído por Fukaeri. No que dizia respeito a sexo, para ele bastava se encontrar uma ou duas vezes por mês com uma prostituta conhecida sua. Ele ligava para ela, encontravam-se num quarto de hotel e transavam. Era como ir ao barbeiro.

"Deve ser uma questão espiritual", Ushikawa concluiu, após refletir sobre o assunto. O que surgiu entre eles foi uma espécie de intercâmbio de almas. Era difícil de acreditar, mas, entre Ushikawa e aquela bela garota, ocorreu uma profunda comunhão ao trocarem olhares através da lente telescópica camuflada. Numa fração de segundo houve entre eles uma espécie de mútua revelação espiritual. E a garota foi embora, deixando Ushikawa sozinho numa caverna vazia.

"Aquela garota sabia que eu a observava secretamente por entre as cortinas, usando uma lente telescópica. Possivelmente, sabia também que eu a segui até o supermercado em frente à estação. Naquela ocasião, ela não olhou nenhuma vez para trás, mas ela me via." No entanto, Ushikawa não sentia naquele olhar uma censura em relação ao seu comportamento. A sensação que ele tinha era de que, no fundo, ela o compreendia.

A garota apareceu e se foi. "Nós viemos de direções diferentes; por acaso, nossos caminhos se cruzaram e, por instantes, nossos olhares se encontraram. De agora em diante, seguiremos em direções opostas. Eu jamais vou reencontrar Eriko Fukada. Isso é algo que só poderia acontecer uma vez. Caso eu a reencontre, o que eu poderia pedir dela, além do que ocorreu hoje? Nós agora estamos novamente em pé, cada qual numa das extremidades de um mundo distante. Não existem palavras capazes de unir o espaço entre nós."

Ushikawa checava a entrada e a saída dos moradores por entre as cortinas, encostado na parede. Talvez Fukaeri reconsidere e resolva voltar. Quem sabe ela se lembre de algo importante que esquecera no apartamento. Mas ela não voltou. Estava decidida a partir. Não importa o que aconteça, ela jamais voltará.

Ushikawa passou a tarde desse dia com uma profunda sensação de fraqueza. Uma fraqueza desprovida de forma e peso. O fluxo sanguíneo tornou-se lento, letárgico. O campo visual estava encoberto com uma fina névoa, e as articulações dos braços e das pernas rangiam preguiçosamente. Ao fechar os olhos, sentia nas costelas as pontadas deixadas pelo olhar de Fukaeri. Essas pontadas vinham e iam como as ondas que delicadamente se aproximam da praia. E, novamente, vinham e iam. De vez em quando, elas eram tão fortes a ponto de ele franzir a testa. Ao mesmo tempo, essa dor o fazia sentir uma ternura que jamais havia sentido. E Ushikawa percebeu isso.

Nem a esposa, nem as duas filhas e tampouco a casa de Chûôrinkan com seu jardim gramado lhe proporcionaram um sentimento de calor tão afetuoso como aquele. Em seu coração, sempre existiu uma espécie de massa sólida e fria, como um pedaço de gelo. Ele sempre viveu com esse caroço rígido e gelado dentro de si. E, apesar dessa coisa gelada, nunca chegou a sentir frio. Para ele, aquela temperatura era a normal. Mas, de algum modo, o olhar de Fukaeri conseguiu derreter, ainda que momentaneamente, o âmago dessa massa gélida. Ao mesmo tempo, Ushikawa passou a sentir uma dor aguda no fundo de seu peito. Até então, o frio que congelava seu âmago é que devia estar amenizando a dor que sentia. Em outras palavras, essa massa gélida era uma espécie de defesa psicológica. Mas agora ele admitia a existência dessa dor. Em certo sentido, ele até lhe dava as boas-vindas. O calor humano que ele sentia formava um par com a dor. Se não admitisse a dor, não conseguiria sentir o calor. Era como uma troca.

Ushikawa experimentou o sentimento de dor e calor enquanto se sentava numa pequena faixa banhada pelo sol da tarde. Sentia-se tranquilo, mantinha-se imóvel. Era um dia de inverno calmo e sem ventos. Os transeuntes caminhavam nas ruas envoltos pelos delicados raios de sol. Mas o sol se deslocava gradativamente para o oeste. Ele se escondeu atrás do edifício e, por fim, seus raios que incidiam sob um determinado espaço do quarto desapareceram. O calor do fim de tarde foi dando lugar a uma noite gelada.

Ushikawa suspirou profundamente e, a muito custo, conseguiu desgrudar o corpo até então apoiado na parede. Ainda sentia um certo torpor, mas já não tinha tanta dificuldade de se movimentar dentro do quarto. Levantou-se bem devagar, esticou os braços e as pernas e moveu o pescoço curto e grosso em várias direções. Movimentou as mãos, abrindo-as e fechando-as várias vezes. Depois, fez seus exercícios habituais de alongamento deitado no tatame. As articulações do seu corpo emitiam secos estalidos, e os músculos foram gradativamente adquirindo a flexibilidade natural.

Era o horário em que as pessoas voltavam do trabalho e da escola. Ushikawa tentava se convencer de que precisava retomar seu serviço de vigilância. Não era uma questão de vontade. Nem se era certo ou não. "Preciso terminar o que comecei. Meu destino depende disso. Não posso ficar para sempre no fundo dessa caverna deixando-me levar por esses pensamentos sem nexo", concluiu.

Ushikawa sentou-se novamente diante da câmera. O entorno estava completamente escuro, e a luz da entrada do prédio, acesa. "Deve haver um sensor que aciona a luz ao anoitecer", pensou. As pessoas entravam no prédio como pássaros anônimos voltando aos ninhos miseráveis. Dentre eles, Ushikawa não viu o rosto de Tengo Kawana. Mas, em breve, ele deve retornar. Não pode ficar tanto tempo cuidando do pai. Possivelmente, deve voltar a Tóquio até o fim de semana, e retomar as aulas na semana seguinte. Faltam poucos dias. Não. Talvez ele volte entre hoje e amanhã. Essa era a intuição de Ushikawa.

"Sou como um verme nojento e pegajoso que se mexe sob a pedra úmida. Devo admitir isso, sem ressalvas. Ao mesmo tempo, sou um verme extremamente hábil, perseverante e obstinado. Não desisto fácil. Basta uma única pista para segui-la até o fim. Escalo qualquer muro, por mais alto e inclinado que seja. Preciso recuperar o núcleo gelado em meu peito. É disso que preciso neste momento."

Ushikawa esfregou as mãos diante da câmera. E constatou que seus dedos movimentavam-se sem dificuldades.

"Há muitas coisas que as pessoas comuns conseguem fazer e eu não. É um fato incontestável. Jogar tênis e esquiar são algumas dessas coisas. Trabalhar numa empresa e ter uma família feliz também. Por outro lado, há coisas que eu consigo fazer, e as pessoas comuns não. E essas *poucas coisas*, faço com propriedade. Não tenho expectativas de receber aplausos ou moedas do público. Seja como for, vou mostrar minha habilidade para a sociedade."

Às nove e meia, Ushikawa encerrou seu trabalho de vigilância daquele dia. Abriu uma lata de sopa de galinha, despejou-a numa panela, esquentou-a no fogareiro e, cuidadosamente, tomou-a com uma colher. Acompanhando a sopa, comeu dois pãezinhos frios. Comeu uma maçã com casca. Depois urinou, escovou os dentes, abriu o saco de dormir e, apenas de roupas íntimas, entrou nele. Fechou o zíper até a altura do pescoço e ficou enrolado como um inseto.

Foi assim que terminou o dia de Ushikawa. Não conseguiu obter informações que considerasse produtivas. Para não dizer que o dia fora totalmente em vão, ele viu Fukaeri deixando o prédio, levando consigo suas coisas. Ele não sabia para onde ela fora. Apenas que foi para *algum lugar*. Ushikawa balançou a cabeça dentro do saco de dormir. "Não tenho nada a ver com isso", pensou. Com o tempo, seu corpo frio começou a se aquecer e, simultaneamente, sua consciência se desligava, dando espaço a um sono profundo. Finalmente, o pequeno núcleo gelado ocupou novamente a rígida posição em sua alma.

No dia seguinte, nada aconteceu que fosse digno de registro. Dois dias depois, era sábado. Esse dia também foi quente e tranquilo. Muitas pessoas dormiram por quase toda a manhã. Ushikawa estava sentado perto da janela e, com o volume baixo, escutava pela rádio o noticiário, as informações sobre o trânsito e as previsões meteorológicas.

Um pouco antes das dez, um corvo grande apareceu e permaneceu um bom tempo parado no degrau sem graça da entrada do prédio. O corvo observava atentamente o entorno e, vez por outra, seus gestos pareciam acenos de cabeça. Seu enorme bico grosso movimentava-se para cima e para baixo, e suas penas exuberantes reluziam com a luz do sol. O carteiro de sempre aproximou-se do prédio com sua motocicleta vermelha e o corvo, ainda que relutante, abriu as enormes asas e alçou voo. Depois, soltou um breve e único grasnido. Assim que o carteiro foi embora, após distribuir as correspondências em suas respectivas caixas, um bando de pardais pousou em frente ao prédio e, em alvoroço, foi de um lado a outro à procura de algo interessante. Ao constatarem não haver nada, voaram de novo sem perda de tempo. Em seguida, apareceu um gato listrado. Devia ser algum gato da vizinhança, pois estava com uma coleira antipulgas. Era a primeira vez que Ushikawa o via. O gato entrou no canteiro de flores murchas e, após urinar, pôs-se a cheirá-las. Algo parecia tê-lo desapontado, fazendo-o mexer rapidamente os bigodes, como que em sinal de desaprovação. Por fim, levantou o rabo e, com ele erguido, desapareceu por trás do prédio.

Durante o período da manhã, muitos moradores saíram do prédio. Pelo modo como se vestiam, havia duas possibilidades: ou saíam para um passeio ou para fazer compras na vizinhança. Seus rostos já eram familiares a Ushikawa, mas nem por isso ele tinha interesse de conhecer o caráter ou a vida dessas pessoas. Tampouco se daria ao trabalho de imaginá-las.

"Suas vidas devem ser muito importantes para vocês. Extremamente preciosas. Sei disso. Mas, para mim, tanto faz vocês estarem vivos ou não. Para mim vocês não passam de figuras de papel passando diante de um cenário montado no palco. A única coisa que peço é que não atrapalhem o meu trabalho. E que continuem sendo essas figuras."

— É isso mesmo, senhora Pera — disse Ushikawa, observando uma das moradoras de meia-idade que passava diante de sua lente e que, por ter um quadril grande, com o formato de uma pera, ele a apelidou dessa forma. — Você não passa de um recorte. Não é uma pessoa de verdade. Você sabia disso? Aliás, para um recorte de papel, até que a senhora é bem rechonchuda, não?

Enquanto pensava nisso, todas as coisas existentes nesse cenário gradativamente deixaram de "fazer sentido" e tornaram-se coisas que "tanto fazia" existirem ou não. Ou, quem sabe, o cenário em si jamais existiu. Quem está realmente vivendo como uma pessoa de papel sem vida talvez seja ele próprio. Ao pensar nisso, Ushikawa começou a se sentir cada vez mais incomodado. Ele deveria estar se sentindo assim por estar dia após dia enfurnado naquele quarto sem mobília, vigiando em segredo. É natural que estivesse com os nervos abalados. Para amenizar a situação, ele decidiu se esforçar em verbalizar seus pensamentos.

— Bom dia, senhor Orelha Comprida — cumprimentou Ushikawa, olhando para um idoso alto e magro que passava diante do visor da câmera. As pontas das orelhas eram como chifres saindo dos cabelos brancos. — Está indo caminhar? Caminhar faz bem à saúde. O tempo está bom e espero que se divirta. Eu também gostaria de esticar os braços e as pernas e sair para caminhar tranquilamente, mas, infelizmente, preciso ficar sentado aqui o dia inteiro nesse apartamento sem graça vigiando a entrada do prédio.

O velho vestia um cardigã e uma calça de lã e caminhava mantendo a coluna ereta. Se estivesse acompanhado de um fiel cão branco, o par seria perfeito, mas era proibido ter cães no apartamento. Quando o velho se foi, Ushikawa foi dominado sem motivo por um profundo sentimento de impotência. "Essa vigilância, no final, pode ser algo totalmente inútil. Minha intuição pode não valer nada, e devo estar apenas desgastando os meus nervos nesse quarto vazio, sem chegar a lugar algum. É o mesmo que acontece com a cabeça da estátua da divindade *Jizô*, protetora das crianças, que se desgasta de tanto as crianças passarem a mão nela."

Após o meio-dia, Ushikawa comeu uma maçã, algumas bolachas com queijo e um bolinho de arroz cozido com recheio de ameixa azeda em conserva. Depois, encostado na parede, deu um breve cochilo. Um cochilo curto e sem sonhos. Ao despertar, porém, não se lembrava de onde estava. Sua memória era uma perfeita caixa vazia, quadrada. Dentro dessa caixa não havia nada. Ushikawa olhou esse vazio. Mas, ao observar atentamente, notou que não estava vazia. A caixa era um quarto semiescuro, desocupado e frio, sem nenhuma mobília. Um local desconhecido. Sobre o jornal que estava no canto desse quarto havia sementes de maçã. Ushikawa ficou confuso. "Por que estou num lugar tão estranho?"

Finalmente ele se lembrou de que estava vigiando a entrada do prédio em que Tengo morava. "Agora sei o porquê dessa câmera *reflex* Minolta com uma lente telescópica." Ushikawa também conseguiu se lembrar daquele idoso de orelhas compridas e cabelos brancos que saiu sozinho para caminhar. Como o retorno das aves no bosque ao anoitecer, a caixa vazia foi gradativamente sendo preenchida com memórias. Dois fatos concretos vieram à tona:

1. Eriko Fukada deixou este local.

2. Tengo Kawana ainda não retornou.

Agora, no apartamento de Tengo Kawana, no terceiro andar, não há ninguém. As cortinas estão fechadas e o silêncio impera no espaço inabitado. O único som que de vez em quando rompe esse silêncio é o do termostato da geladeira. Ushikawa deixou fluir a sua imaginação. Imaginar um quarto inabitado era como imaginar o mundo após a morte. De repente, lembrou-se do cobrador da NHK que batia na porta de modo paranoico. Ushikawa ficara à espreita durante um bom tempo, mas não encontrara nenhum vestígio de que aquele cobrador misterioso tivesse saído do prédio. "Será que ele era o antigo morador deste apartamento? Ou será que algum morador deste prédio está se passando por cobrador da NHK para humilhar outro morador? Se for isso, qual seria o motivo de se fazer uma coisa dessas? Sem dúvida, era uma hipótese terrível. Mas, afinal, como explicar um fato tão estranho como este?" Ushikawa, porém, não tinha ideia.

Tengo Kawana apareceu na entrada do prédio um pouco antes das quatro da tarde. Era perto do anoitecer de sábado. Ele vestia uma capa impermeável surrada com a gola levantada, um boné de beisebol azul-marinho e trazia uma bolsa de viagem pendurada no ombro. Entrou direto no prédio sem parar nem olhar para os lados. Ushikawa ainda estava um pouco atordoado, mas não pôde deixar de perceber o corpo grande de Tengo passando diante de seu campo visual.

— Seja bem-vindo, senhor Kawana — murmurou Ushikawa, apertando três vezes o botão do motor de acionamento da câmera. — O seu pai está bem? Você deve estar cansado. Por favor, descanse tranquilamente. Não há nada melhor do que voltar para casa. Ainda que seja um apartamento tão *miserável* como este. Ah! Ia me esquecendo de contar que Eriko Fukada pegou suas coisas e partiu enquanto você esteve ausente."

É claro que a voz de Ushikawa não chegou aos ouvidos de Tengo. Suas palavras não passavam de um sussurro. Ushikawa olhou o relógio e anotou o horário num caderno ao alcance das mãos: Tengo Kawana voltou da viagem às três e cinquenta e seis da tarde.

Ao mesmo tempo em que Tengo Kawana apareceu na entrada do prédio, uma porta se escancarou, trazendo de volta o senso de realidade à consciência de Ushikawa. Era como se o ar preenchesse o vácuo e, em questão de segundos, sua sensibilidade tornou-se aguçada e uma energia vital, repleta de frescor, perpassou todo o seu corpo. Ele passou a fazer parte de um mundo concreto, como uma peça eficiente. Um agradável som de encaixe ecoou em seus ouvidos. Sua circulação sanguínea acelerou e uma quantidade de adrenalina espalhou-se por todo o corpo. "Agora está bom. É assim que deve ser. Esse é quem eu sou de verdade, esse é o mundo como deve ser", pensou Ushikawa.

Tengo reapareceu na entrada do prédio pouco depois das sete. Ao anoitecer, os ventos começavam a soprar e o entorno rapidamente esfriou. Ele vestia uma blusa leve e impermeável de couro e calças jeans desbotadas. Ao sair do prédio, parou e olhou à volta. No entanto, não conseguiu ver nada de diferente. Chegou a olhar na direção em que Ushikawa estava escondido, mas não pôde vê-lo. Ele não era como Eriko Fukada, pensou Ushikawa. Ela era *especial*. Ela era capaz de enxergar o que os outros não conseguiam. "Tengo, saiba que você é apenas uma pessoa comum, nem melhor nem pior que os outros. Por isso, você não consegue me ver."

Ao constatar que a paisagem do entorno estava normal, Tengo fechou o zíper do blusão até o pescoço e, enfiando as mãos nos bolsos, começou a caminhar. Ushikawa prontamente colocou seu gorro de lã, enrolou o cachecol no pescoço, calçou os sapatos e o seguiu.

Como Ushikawa estava de prontidão, aguardando Tengo sair do prédio, ele não demorou muito para se arrumar. Segui-lo não deixava de ser uma escolha arriscada. Se Tengo o visse, certamente reconheceria Ushikawa, por ele ter um tipo de corpo e feições que lhe conferiam uma aparência especial. Mas, como o entorno já estava completamente escuro, se ele mantivesse uma distância segura, dificilmente Tengo conseguiria vê-lo.

Tengo caminhava lentamente, voltando-se para trás de vez em quando, mas como Ushikawa era extremamente precavido, não havia como Tengo notar que era seguido. As costas grandes de Tengo pareciam expressar que ele estava absorto em pensamentos. Talvez se perguntasse por que Fukaeri deixara o apartamento. Ele parecia caminhar em direção à estação. Será que pretendia pegar o trem? Nesse caso, segui-lo seria uma ação arriscada. A estação é bem iluminada e, por ser sábado à noite, não havia muitos passageiros. Em lugares assim, Ushikawa fatalmente chamaria a atenção. O mais prudente, nesse caso, era desistir.

No entanto, Tengo não ia para lá. Após caminhar um certo trecho, ele dobrou a esquina, distanciando-se da estação, e, após seguir por uma rua pouco movimentada, parou em frente a um bar chamado Muguiatama. Um snack bar para um público mais jovem. Tengo verificou as horas no relógio de pulso e, segundos depois, resolveu entrar. "Muguiatama, cabelo de trigo", pensou Ushikawa, e balançou a cabeça. "Como é que pode alguém dar um nome desses a um bar, um nome que não faz nenhum sentido?"

Ushikawa ficou parado à sombra de um poste e deu uma olhada à volta. "Provavelmente, Tengo deve tomar algo ou jantar", cogitou. "Se for isso, ele deve levar no mínimo trinta minutos. Na pior das hipóteses, pode demorar até uma hora." Ushikawa tentou encontrar um local seguro para passar o tempo e observar as pessoas que entravam e saíam do bar. Mas naquela área havia somente uma distribuidora de leite, um pequeno salão de reunião da seita Tenri-kyô e uma mercearia especializada em arroz. Todos esses estabelecimentos estavam fechados. "Mas que coisa", pensou Ushikawa. O vento noroeste soprava com vigor as nuvens no céu. Aquele calor ameno do dia agora parecia uma ilusão. Ficar em pé na calçada durante meia ou uma hora sem fazer nada, exposto aos ventos gelados, não era algo que Ushikawa apreciava.

Ushikawa pensou em desistir. "Tengo deve ter vindo até aqui somente para jantar. Não preciso ter todo esse trabalho de continuar a segui-lo." Ushikawa achava que ele próprio deveria ir a algum lugar comer algo quente e depois voltar para o apartamento. Tengo também deveria voltar logo. Essa era a escolha mais atrativa para Ushikawa. Ele se imaginou entrando num estabelecimento com boa calefação, depois saboreando um *oyakodon*, uma tigela grande de arroz com ovos e frango. Ultimamente, não estava se alimentando bem. Poderia até pedir um saquê quente que havia tempos não bebia. Estava muito frio. Se desse um passo para fora do restaurante, a bebedeira passaria logo.

Mas uma outra cena lhe passou pela cabeça. Tengo poderia ter marcado um encontro com alguém no Muguiatama. Essa possibilidade não poderia ser descartada. Tengo saiu do prédio e caminhou diretamente para esse bar, sem hesitar. E, antes de entrar, verificou as horas. Talvez alguém estivesse esperando por ele lá dentro. Ou alguém estava para chegar no Muguiatama. Se fosse isso, Ushikawa precisava saber *quem* era essa pessoa. Mesmo que suas orelhas ficassem congeladas, ele precisaria ficar em pé na calçada observando a entrada do bar. Ushikawa se conformou em aguardar e expulsou de sua mente a ideia de comer um *oyakodon* e beber saquê quente.

Talvez a pessoa que ele aguardava fosse Fukaeri. Ou Aomame. Ao pensar nessas possibilidades, Ushikawa fortaleceu a sua determinação. "O meu forte é a perseverança. Por menor que seja a possibilidade, eu me agarro a ela." Por mais que se molhasse na chuva, se expusesse aos ventos e ao sol escaldante, ou levasse pauladas, ele jamais desistia. Ele sabia que, se desistisse, seria impossível saber quando teria uma nova oportunidade. Ele conseguia resistir aos piores sofrimentos que surgiam diante de si porque sabia, na prática, que no mundo existem sofrimentos muito piores do que esses.

Ushikawa encostou-se na parede, na sombra formada pelo poste de iluminação e pelo cartaz do Partido Comunista Japonês, e ficou observando a entrada do Muguiatama. Enrolou o cachecol até a altura do nariz e enfiou as mãos nos bolsos do casaco de lã. De vez em quando, tirava um lenço de papel e assoava o nariz, mas, fora isso, permanecia imóvel. Vez por outra, os avisos dos alto-falantes da estação Kôenji ecoavam até ele, trazidos pelo vento. Alguns passantes ficavam tensos e apressavam o passo ao perceberem Ushikawa escondido nas sombras. Mas, como Ushikawa estava em pé na escuridão, eles não conseguiam ver seu rosto. A sua figura baixa e gorda que surgia negra e envolta na escuridão parecia um boneco cheio de mau agouro, fazendo com que as pessoas sentissem medo.

O que será que Tengo estaria bebendo e comendo? Quanto mais Ushikawa tentava imaginar, mais sentia fome e frio. Mas não podia deixar de pensar nisso. Para Ushikawa, podia ser qualquer coisa, não necessariamente um saquê aquecido ou uma tigela de *oyakodon*. O que ele realmente queria era estar num ambiente aquecido e comer uma refeição comum. Mas, se estava ali em pé na escuridão, exposto ao vento e recebendo o olhar desconfiado das pessoas, ele poderia suportar qualquer coisa.

Ushikawa não tinha escolha. A não ser aguardar, tremendo de frio e exposto aos ventos gelados, até Tengo terminar a refeição e sair do bar. Ushikawa pensou nos tempos em que morava na casa de Chûôrinkan e as refeições que lhe eram servidas. Possivelmente, as refeições de todas as noites deviam ser quentes, mas ele não conseguia se lembrar do tipo de comida. "O que eu comia naquela época? Parece uma outra vida." Era uma vez, uma família que morava numa casa recém-construída que ficava quinze minutos a pé da estação Chûôrinkan, da linha Odakyû, e tinha uma mesa em que se serviam refeições quentes. As duas meninas pequenas tocavam piano e um cachorrinho com pedigree brincava no pequeno gramado.

Tengo saiu do bar, sozinho, depois de trinta e cinco minutos. Nada mal. Poderia ter sido pior. Foi o que Ushikawa disse a si mesmo. Foram trinta e cinco minutos terrivelmente longos, mas era certamente melhor do que aguardar uma longa e terrível hora e meia. Seu corpo estava gelado, mas não a ponto de as orelhas ficarem congeladas. Enquanto Tengo estava no bar, nenhum cliente do Muguiatama chamou atenção de Ushikawa. Apenas um jovem casal entrou no estabelecimento. E nenhum cliente saiu. Tengo bebeu sozinho e deve ter feito uma refeição leve. Ushikawa manteve a mesma distância de antes e o seguiu. Tengo voltou caminhando pelas mesmas ruas. Provavelmente, sua intenção era retornar ao apartamento.

Mas, durante o trajeto, Tengo fez um desvio e entrou por ruas que Ushikawa desconhecia. Pelo visto, ele não ia voltar direto para casa. A impressão que se tinha ao observar suas costas largas era de que sempre caminhava absorto em pensamentos. Ushikawa observou a paisagem ao redor, o número das casas e do quarteirão para memorizar o trajeto, para que, depois, ele próprio pudesse refazê-lo. Ushikawa não conhecia aquela região, mas presumiu que ficava próxima ao anel viário da linha 7, ao constatar um intermitente ruído do tráfego intenso de carros que lembrava o ronco das corredeiras de um rio. A partir de um determinado trecho, Tengo acelerou o passo. Devia estar próximo do destino final.

"Nada mal", pensou Ushikawa. "Ele está a caminho de *algum lugar*. Isso significa que valeu a pena tê-lo seguido."

Tengo caminhou pelas ruas residenciais a passos largos. Era uma noite de sábado em que os ventos sopravam gelados. As pessoas estavam enfurnadas em suas casas, sentadas em frente à TV, tomando alguma bebida quente. As ruas estavam praticamente desertas. Ushikawa manteve uma distância segura e continuou a segui-lo. Tengo era uma pessoa fácil de ser seguida. Alto e forte, era difícil perdê-lo de vista em meio à multidão. Ao caminhar, ele não se distraía com outras coisas. Mantinha o rosto levemente abaixado e caminhava absorto em pensamentos. Era um homem sincero e honesto, incapaz de manter segredos. "Uma pessoa, diga-se de passagem, bem diferente de mim", pensou Ushikawa.

A mulher com quem Ushikawa se casara também gostava de manter segredos. Não; não era exatamente que ela gostasse. Ela simplesmente *não podia viver* sem segredos. Se alguém lhe perguntasse as horas, ela certamente não daria a informação correta. Esse tipo de comportamento diferia do de Ushikawa. Ele só deixava de revelar uma informação em casos estritamente necessários. Ou seja, mentia somente nos casos em que, pressionado e sem alternativa, o assunto exigia essa postura. Se alguém lhe perguntasse as horas, e ele não tivesse motivos para não informá-la honestamente, certamente daria a informação correta. E o faria gentilmente. Em compensação, sua mulher mentia descaradamente em qualquer situação e para qualquer assunto. Escondia, com afinco, até o que não precisava. Mentia, por exemplo, a própria idade, dizendo ter quatro anos a menos. Ushikawa descobriu a verdadeira idade somente ao dar entrada no registro de casamento, mas fingiu não ter percebido a farsa. Ele não entendia por que ela mentia sobre algo que certamente um dia viria à tona. E ele jamais se importaria com a diferença de idade, tinha coisas muito mais importantes com que se importar. Qual o problema de sua mulher ser, na verdade, sete anos mais velha do que ele?

Conforme se distanciavam da estação, as ruas ficaram cada vez mais desertas. Finalmente, Tengo entrou num parque infantil. Era um parque sem graça, numa das quadras do bairro residencial. O parque estava vazio. "É óbvio", pensou Ushikawa. Pouquíssimas pessoas no mundo pensariam em passar por ali numa noite gelada de dezembro. Tengo passou sob a luz da lâmpada fria de mercúrio e foi direto para o escorregador. Subiu os degraus e sentou-se no topo.

Ushikawa escondeu-se na sombra da cabine do telefone público e observou Tengo. Escorregador? Ushikawa franziu o cenho. Por que um homem crescido iria subir num escorregador de um parquinho numa noite fria como esta? O parque não era tão perto da casa dele e, portanto, significava que ele havia ido *especialmente* para lá com algum propósito. O parque em si não possuía nenhum atrativo. Era pequeno, apertado e decadente. Havia um escorregador, dois balanços, um pequeno aparelho de barras para crianças e um tanque de areia. Havia também uma única lâmpada de mercúrio que parecia ter iluminado inúmeras vezes o fim do mundo, e uma árvore de zelkova desfolhada, de tronco áspero. O banheiro público trancado parecia uma tela pronta para levar uma pichação. Nada havia no local capaz de alegrar o coração ou estimular a imaginação. Quem sabe, numa agradável tarde de maio, pudesse existir algo capaz de proporcionar isso, mas, numa noite de dezembro de fortes ventos, não havia chances.

Será que Tengo marcou algum encontro neste parque? Será que ele está esperando alguém? Ushikawa achava que não. O comportamento de Tengo não parecia o de uma pessoa que estivesse aguardando alguém. Ele entrou no parque e, sem se ater a outros brinquedos, foi direto para o escorregador. Era como se em sua mente só existisse esse brinquedo naquele parque. *Tengo veio até o parque somente para subir no escorregador.* Era assim que Ushikawa interpretava a cena.

Ele teve a impressão de que não era de hoje que Tengo gostava de subir no escorregador para refletir. Para Tengo, o topo do escorregador de um parque noturno devia ser o local adequado para pensar no enredo do romance e elucidar questões matemáticas. Quanto mais o entorno estiver escuro, quanto mais frio soprar o vento e quanto mais sofrível for o parque, maior deve ser a atividade de seu cérebro. Ushikawa não conseguia imaginar como um escritor (ou um matemático) desenvolvia seus pensamentos. Seja como for, a única coisa que a mente prática de Ushikawa lhe dizia era que ele devia continuar a observá-lo atenta e pacientemente. Os ponteiros do seu relógio de pulso indicavam exatamente oito horas.

Tengo sentou-se no topo do escorregador como que dobrando o seu corpo grande. E olhou para o céu. Durante um tempo, o seu olhar movia-se de um lado para outro. Por fim, fixou-se num determinado ponto e assim permaneceu. Sua cabeça não se moveu mais.

Ushikawa lembrou-se de uma música romântica de Kyû Sakamoto que estivera na moda um tempo atrás. O trecho inicial dizia, "Olhe as estrelas da noite, aquelas estrelas pequeninas". Ushikawa não sabia o resto da música. Tampouco fazia questão de saber. Assuntos relacionados à emoção, que envolvem o senso de justiça, eram os pontos fracos de Ushikawa. Será que Tengo, sentado no topo do escorregador, nutria algum sentimento ao contemplar o céu estrelado?

Ushikawa também resolveu olhar para o céu. Mas não viu nenhuma estrela. Sem exageros, seria possível dizer que o bairro de Kôenji, distrito de Suguinami, cidade de Tóquio, não era um local adequado para ver um céu estrelado. As luzes néon e a iluminação das ruas tingiam o céu com uma coloração estranha. Dependendo da pessoa, até que daria para ver uma ou outra estrela ao forçar os olhos, mas, nesse caso, seria necessário uma visão ímpar e um alto poder de concentração. Além do mais, naquela noite havia um fluxo muito grande de nuvens. Mesmo assim, Tengo permanecia imóvel, sentado no topo do escorregador, olhando para um determinado ponto do céu.

"Que sujeito mais desagradável", pensou Ushikawa. Será que realmente havia a necessidade de pensar olhando para o céu, no topo do escorregador, numa noite de inverno e de ventos fortes? No entanto, Ushikawa não tinha o direito de criticar. Era ele que, por sua própria vontade, vigiava e seguia Tengo. Sendo assim, por mais que Ushikawa tivesse que passar por situações adversas, não era culpa de Tengo. Ele era um cidadão livre e, como tal, possuía o direito de contemplar o céu o quanto e onde quisesse, independentemente de ser primavera, verão, outono ou inverno.

Mesmo ciente disso, Ushikawa sentia muito frio. E fazia tempo que estava com vontade de urinar. O jeito era aguentar firme. O banheiro público estava trancado, e o cadeado parecia bem forte. Por mais que a rua estivesse deserta, não era o caso de ele urinar em pé ao lado da cabine telefônica. "Vamos lá. Que tal irmos embora logo?", pensava Ushikawa enquanto tentava manter os pés firmes no chão. "Por mais que você esteja absorto em pensamentos, entregue aos sentimentos ou observando os astros, creio que você também deve estar com muito frio, não é, Tengo? Volte logo para o seu apartamento e se aqueça. Sei que ninguém nos espera, mas seria bem melhor do que ficar aqui."

Tengo, porém, parecia não querer se levantar. Um tempo depois, finalmente, parou de olhar o céu, mas, em seguida, resolveu observar o prédio de apartamentos do outro lado da rua. Um edifício novo de cinco andares em que metade das janelas estava com a luz acesa. Tengo observava atentamente o prédio. Ushikawa também olhou o prédio, mas nada lhe chamou a atenção. Era um prédio como outro qualquer. Não exatamente de luxo, mas possuía um certo nível de qualidade. Seu desenho era elegante e não havia dúvidas de que haviam investido alto nos acabamentos externos. A entrada era bonita e bem iluminada. Muito diferente do edifício barato, prestes a ser demolido, onde Tengo morava.

Será que Tengo olhava o prédio com o desejo de um dia morar num lugar como aquele? Não. Não mesmo. Até onde Ushikawa o conhecia, Tengo não era um tipo que se importava com moradia, assim como não se importava com as roupas que vestia. Nesse sentido, ele não estaria insatisfeito em morar naquele apartamento barato. Para ele, desde que o local tivesse um telhado e o abrigasse do frio, estava bom. Era um homem desse tipo. O que ele deve estar pensando, sentado no topo do escorregador, é alguma outra coisa, completamente diferente.

Depois de observar todas as janelas do prédio, Tengo olhou de novo para o céu. Ushikawa fez o mesmo. Do local em que se escondia, os galhos da zelkova, os cabos elétricos e o edifício atrapalhavam sua visão, e portanto ele só podia enxergar uma parte do céu. Assim, ele não via qual ponto Tengo observava. Incontáveis nuvens passavam seguidamente, como um arrogante exército em marcha.

Finalmente, Tengo resolveu se levantar e, como um aviador que acabou de aterrissar após um voo solo numa noite tempestuosa, desceu do escorregador em silêncio. Depois, passou sob a luz da lâmpada de mercúrio e saiu do parque. Ushikawa hesitou, mas achou melhor não continuar a segui-lo. "Tengo deve voltar direto para o apartamento", pensou. Um pensamento providencial, pois Ushikawa precisava urgentemente urinar. Ele aguardou Tengo se distanciar e, quando a imagem dele saiu de seu campo visual, entrou no parque e urinou nos arbustos, atrás do banheiro público, numa área pouco iluminada e escondida dos olhares alheios. Sua bexiga estava completamente cheia.

Após levar um bom tempo urinando — tempo suficiente para um longo comboio de carga atravessar uma ponte de ferro —, ele levantou o zíper, fechou os olhos e suspirou, um suspiro profundo e aliviado. Os ponteiros do relógio indicavam oito e dezessete. Tengo ficara cerca de quinze minutos sentado no escorregador. Após se certificar de que Tengo não estava mais na área, Ushikawa subiu no escorregador com suas pernas curtas e arqueadas. Sentou-se na no último degrau gelado e olhou na direção em que Tengo estivera olhando. Ushikawa queria descobrir o que ele observava com tanta atenção.

A visão de Ushikawa não era ruim. Ele tinha astigmatismo, razão pela qual o olho direito e o esquerdo eram ligeiramente assimétricos, mas, para os afazeres cotidianos, ele não necessitava usar óculos. No entanto, por mais que ele concentrasse o olhar, não conseguiu enxergar nenhuma estrela. O que lhe chamou a atenção foi uma lua ampla que pairava no meio do céu. A lua, com as suas características manchas escuras, surgia, de vez em quando, por entre as nuvens que cruzavam o céu. Era uma lua típica de inverno: fria, azulada, repleta de mistérios e alusões de tempos imemoriais. Era como o olho de um morto que, sem piscar, pairava silenciosamente no céu.

Um tempo depois, Ushikawa engoliu em seco, ficando alguns segundos sem respirar. Quando as nuvens passaram, ele viu uma outra lua menor, ao lado daquela habitual. Essa outra era bem menor, esverdeada, como se estivesse cheia de musgos, e seu formato era disforme. Mas, apesar dessa aparência, não havia dúvidas de que era uma lua. Não existiria uma estrela tão grande. E tampouco tratava-se de um satélite artificial. Uma lua que se posicionava firme e intacta num ponto do céu.

Ushikawa fechou os olhos e, segundos depois, abriu-os novamente. Só poderia ser uma ilusão de ótica. *"Isso não pode estar lá."* Mas, por mais que fechasse e abrisse os olhos, lá estava a nova lua pequena pairando no céu. Quando as nuvens surgiam ela se ocultava atrás delas, mas, assim que elas passavam, a lua reaparecia no mesmo local.

"Era isso que Tengo estava olhando", pensou Ushikawa. Tengo Kawana fora até o parque para ver essa cena, ou melhor, para se certificar da existência dessas luas. Ele já sabia que havia duas luas no céu. Não há dúvidas. Ele não demonstrou surpresa diante delas. Sentado no alto do escorredor, Ushikawa suspirou profundamente. "Que tipo de mundo é esse?", indagou a si mesmo. *"Em que tipo de mundo eu vim parar?"* Não havia respostas. Como se lançasse um enigma, o vento soprava as nuvens, e duas luas — uma grande e outra pequena — pairavam no céu.

Uma coisa, porém, Ushikawa sabia. *"Este não é o mundo em que eu estava. O mundo que eu conheço possui um único satélite. É um fato incontestável. Mas agora, neste outro mundo, existem dois."*

Um tempo depois, Ushikawa teve uma sensação de déjà vu. "Eu já vi esse cenário antes", pensou. Ushikawa se concentrou, esforçando-se por lembrar de onde vinha aquela sensação. Contraiu os músculos do rosto, arreganhou os dentes e apalpou as profundezas escuras de sua consciência. Foi então que, finalmente, descobriu. *Crisálida de ar*. Naquele romance também havia duas luas. Elas surgiam quase no final da história; uma grande e outra pequena. Quando a *dohta* e a *maza* surgiam, duas luas passavam a pairar no céu. Fukaeri foi quem escreveu a história e Tengo foi o responsável por inserir os detalhes no texto.

Ushikawa deu uma olhada ao redor. Mas, aos seus olhos, o mundo continuava o mesmo. As janelas do prédio do outro lado da rua estavam fechadas com cortinas de renda branca e, através delas, via-se a claridade serena. Não havia nada de errado. *Apenas a quantidade de luas é que estava diferente.*

Ele desceu as escadas do escorregador cuidando para ver onde pisava e deixou rapidamente o parque, como que fugindo dos olhares das luas. "Será que estou ficando louco? Não. Não pode ser. Não estou perdendo a razão. A minha consciência é sólida, imparcial e reta, como um prego novo de aço. Ele foi martelado num ângulo preciso e correto no núcleo da realidade. Eu não tenho nenhum problema. Estou completamente lúcido. É o mundo ao meu redor que está começando a mostrar sua demência."

Preciso descobrir as causas dessa *loucura*. A todo o custo.

Capítulo 20
Aomame
Parte da minha transformação

No domingo, os ventos cessaram e, diferentemente do dia anterior, o clima estava quente e sereno. As pessoas andavam pelas ruas sem os seus casacos pesados e aproveitavam a luz do sol. Aomame, alheia ao tempo, passou o dia no apartamento com as cortinas fechadas, mantendo sua rotina diária.

Ao som da *Sinfonietta* de Janáček em volume baixo, Aomame fez os alongamentos e exercitou-se com os aparelhos de ginástica. Para cumprir uma contínua e crescente série de exercícios, maior e mais completa, ela precisava de cerca de duas horas. Depois preparava as refeições, limpava o apartamento e, sentada no sofá, lia *Em busca do tempo perdido*. Finalmente conseguira chegar ao volume três, *O caminho de Guermantes*. Ela procurava, na medida do possível, ocupar todo o seu tempo. Na TV, assistia somente aos noticiários da NHK do meio-dia e das sete da noite. Como sempre, não havia nenhuma notícia de grande repercussão. Não, engano seu. Havia, sim, notícias de grande repercussão. Muitas pessoas no mundo perdiam suas vidas. Para muitas, as mortes eram trágicas: colisão de trens, navios afundados e queda de aviões. Uma guerra civil se estendia sem perspectiva de solução, com assassinatos e o lamentável massacre de civis. Ocorriam secas devido às alterações climáticas, além de enchentes e fome. Aomame sentia uma sincera compaixão pelas pessoas envolvidas nessas tragédias e calamidades. Apesar disso, nenhum desses acontecimentos exercia uma influência direta na vida atual de Aomame.

No parque infantil do outro lado da rua, crianças da vizinhança brincavam. Gritavam alguma coisa entre elas em uníssono. Pousados num telhado, os corvos grasnavam entre si, com um som agudo. O ar tinha o cheiro do início do inverno em uma cidade grande.

De repente, Aomame se deu conta de que, desde que se mudara para aquele apartamento, não sentia nenhum desejo sexual.

Não tinha vontade de fazer sexo e tampouco se masturbava. Talvez, por estar grávida, tivesse sofrido uma alteração em seus hormônios. De qualquer modo, para Aomame, isso era mais que desejável. Mesmo que tivesse vontade de transar, não haveria como resolver isso na situação em que se encontrava. O fato de ela não menstruar também era gratificante. Seu período menstrual nunca fora penoso, mas era como se tivesse tirado um peso que, durante um longo tempo, carregara nas costas. Só o fato de ter uma coisa a menos com que se preocupar já era motivo de alegria.

Durante esses últimos três meses, seu cabelo cresceu muito. Em setembro, ele estava quase na altura do ombro, e, agora, atingia a omoplata. Quando criança, sua mãe é que o cortava, deixando-o sempre curtinho, e, no ginásio, por estar sempre envolvida com esportes, nunca o deixou comprido. Aomame achou que estava um pouco comprido demais, mas, como não conseguiria cortá-lo sozinha, deixou-o crescer à vontade. Apenas acertava a franja com a tesoura. Durante o dia ela o prendia e, ao anoitecer, o soltava. E, ouvindo música, escovava-o cem vezes. Algo que somente alguém com tempo consegue fazer.

Normalmente, ela usava pouca maquiagem e, fechada no apartamento, a necessidade de se maquiar se tornava ainda menor. Mas, para criar um hábito saudável em seu cotidiano, ela cuidava com esmero da pele: usava sabonetes líquidos e cremes para massageá-la e, antes de dormir, sempre aplicava uma máscara facial. Como naturalmente ela tinha um corpo saudável, alguns poucos cuidados eram suficientes para que sua pele ficasse sedosa e bela. Não; talvez o fato de ela estar grávida é que deixasse sua pele mais bonita. Ela tinha ouvido falar que isso acontecia na gravidez. Fosse como fosse, quando ela se sentava diante do espelho com os cabelos soltos, sentia-se mais bela do que nunca. Ou, pelo menos, a imagem que ela via refletida no espelho era a de uma mulher madura e serena.

Aomame nunca se sentiu bela. Desde pequena, ninguém a elogiou. Sua mãe sempre a considerou e a tratou como uma criança feia. "Se você fosse um pouco mais bonita", era a frase que sua mãe costumava dizer. O que ela queria realmente dizer com isso era que, se Aomame fosse mais bonita, se fosse mais graciosa, poderia conquistar e recrutar mais fiéis. Por isso, desde pequena, Aomame evitava se olhar no espelho. Quando não havia outro jeito, ela ficava alguns segundos diante dele, tempo suficiente para verificar de modo prático e rápido alguma parte específica de seu rosto. Um comportamento que se tornou um hábito.

Tamaki Ôtsuka foi a única que disse gostar da aparência de Aomame. "Não tem nada de ruim, pelo contrário, saiba que você é bonita", foi o que ela dissera numa ocasião. "Não se preocupe. Sinta-se mais confiante." Quando Aomame ouviu essas palavras, ficou muito contente. As palavras carinhosas de sua amiga, de certo modo, ajudaram-na a enfrentar aquele período inicial da puberdade, deixando-a mais tranquila e despreocupada. Inclusive, concluiu que não era tão feia quanto sua mãe sempre dissera. Mas mesmo Tamaki Ôtsuka nunca lhe disse que ela era *linda*.

Pela primeira vez em sua vida, Aomame descobriu que seu rosto apresentava algumas partes belas. Conseguia ficar em frente ao espelho durante um longo tempo, como nunca havia feito antes, e passou a observar com mais atenção seus traços. Mas nesse gesto não havia narcisismo. Ela observava detidamente o rosto, sob vários ângulos, com um olhar objetivo de quem examina as feições de outra pessoa. Será que seu rosto realmente ficou mais bonito? Ou ele continuava o mesmo de sempre, e o olhar é que havia mudado? Isso era algo que Aomame não sabia responder.

De vez em quando, Aomame costumava fazer caretas diante do espelho. Sua careta continuava a mesma de sempre. Os músculos do rosto se esticavam e suas feições se transformavam completamente. Todos os sentimentos do mundo brotavam em seu rosto. Não era belo nem feio. Dependendo do ponto de vista, ela parecia um demônio ou um palhaço. Conforme o ângulo, parecia apenas a expressão do caos. Quando deixava de fazer caretas, os músculos gradativamente se relaxavam, como ondulações da superfície de um rio a se acalmar, e suas feições voltavam ao normal. Aomame conseguia ver uma nova versão de si própria, completamente diferente da anterior.

"Na verdade, seria bom se você conseguisse sorrir com mais espontaneidade", era o que Tamaki costumava dizer. "Ao sorrir, você fica com a feição mais relaxada. É uma pena você não tentar sorrir mais." Mas Aomame não conseguia sorrir espontaneamente diante das pessoas. Se tentasse sorrir à força, o sorriso parecia de escárnio, e as pessoas ficavam tensas e desconfortáveis. Tamaki Ôtsuka, porém, conseguia abrir um sorriso alegre e natural. Ela causava uma boa impressão, e as pessoas sentiam afeição por ela desde o momento em que a conheciam. Mas, no final das contas, Tamaki precisou interromper sua vida em meio à decepção e ao desespero, deixando uma Aomame incapaz de sorrir direito.

Era um domingo calmo. Muitas pessoas, atraídas pelo calor do sol, passeavam no parquinho em frente ao prédio. Os pais deixavam as crianças brincando no tanque de areia ou no balanço. Havia crianças descendo no escorregador. Os idosos, sentados no banco, observavam, sem se entediar, as crianças que brincavam. Aomame saiu para o terraço, sentou-se na cadeira de jardim e, por entre os vãos do guarda-corpo, observava a cena sem prestar muita atenção. Uma cena pacífica. O mundo seguia sua marcha. Naquela cena não havia ninguém correndo o perigo de ser morto ou perseguindo um assassino. As pessoas não escondiam em suas gavetas uma pistola nove milímetros carregada, envolta numa peça de roupa.

"Será que um dia eu também farei parte desse mundo normal?", Aomame se perguntava. "Será que um dia poderei levar esta coisa pequenina de mãos dadas ao parque para que ela brinque no balanço e no escorregador? Será que um dia vou ter uma vida em que não precise pensar em matar ou me preocupar em ser morta por alguém? Será que essa possibilidade existe neste mundo de 1Q84? Ou será que isso só será possível em algum outro mundo? E, o mais importante: será que Tengo estará ao meu lado?"

Aomame desistiu de observar o parque e entrou no apartamento. Fechou a porta de vidro e as cortinas. As vozes das crianças deixaram de ser ouvidas. A tristeza tingia suavemente seu coração. Ela estava isolada de tudo, trancafiada num local fechado a chave pelo lado de dentro. "Vou parar de observar o parque durante o dia", pensou Aomame. "Tengo não vai aparecer durante o dia. O que ele está buscando é uma visão clara das duas luas."

Depois de fazer um jantar leve e lavar a louça, Aomame vestiu uma roupa quente e foi para a varanda. Cobriu as pernas com o cobertor e sentou-se na cadeira. Era uma noite sem ventos. As nuvens pairavam no céu formando um cenário digno de um aquarelista. Um cenário que exigia pinceladas delicadas. Sem nenhuma nuvem a encobri-la, a lua, com dois terços de seu tamanho normal, pairava no céu, refletindo sua luminosidade na Terra. Naquele horário, da posição em que Aomame se encontrava, não conseguia enxergar a lua menor. Esta estava justamente atrás do prédio. Mas Aomame sabia que ela *estava lá*. Ela sentira a sua presença. Ela apenas não podia vê-la, ainda. Em breve, ela sabia que a lua pequena surgiria diante de seus olhos.

Desde que Aomame passou a viver escondida naquele apartamento, ela se tornara capaz de expulsar conscientemente os pensamentos. Ela conseguia esvaziar a mente, principalmente enquanto observava o parque da varanda. A despeito de os olhos estarem atentos ao parque, especialmente no escorregador, ela conseguia ficar sem pensar em nada. Não; talvez sua consciência estivesse pensando em algo. Mas, de qualquer modo, esse pensamento ficava como que reprimido sob a superfície da água. Ela desconhecia o que sua própria consciência fazia sob essa superfície, mas, regularmente, ela emergia, do mesmo modo que tartarugas do mar e golfinhos, vez por outra, colocam a cabeça para fora d'água para respirar. Nessas horas é que ela descobria que, até então, sua consciência *permanecera pensando*. A consciência, então, enchia os pulmões de ar fresco e, novamente, submergia e desaparecia. Aomame voltava a não pensar em mais nada. Ela se tornava um equipamento de vigilância envolto num delicado casulo, com o olhar concentrado no escorregador.

Ela olhava para o parque, mas ao mesmo tempo não olhava. Se alguma coisa diferente ocorresse diante de seus olhos, imediatamente teria uma pronta resposta de sua consciência. Mas, naquele momento, nada de novo acontecia. Não havia ventos. Os galhos secos e escuros da zelkova permaneciam imóveis como sondas afiadas voltadas para o céu. O mundo estava admiravelmente parado. Ela olhou para o relógio e viu que eram oito horas. O dia parecia terminar sem que nada de novo acontecesse. Era uma noite tranquila de domingo.

O mundo saiu de sua inércia às oito e vinte e três.

Subitamente, ela viu um homem no alto do escorregador. Ele estava sentado e olhando uma determinada parte do céu. Ela sentiu um aperto no coração, como se ele se comprimisse até o tamanho de um punho de bebê. Seu coração permaneceu desse tamanho por tanto tempo que a impressão era de que ele jamais voltaria a funcionar novamente. Foi então que, de repente, começou a inflar e, ao voltar ao tamanho normal, recomeçou a pulsar. Com um som seco e uma velocidade tresloucada, começou de novo a bombear o sangue pelo corpo. A consciência de Aomame emergiu rapidamente e, após se sacudir, ela ficou pronta para agir.

"Tengo", pensou instintivamente.

Mas, assim que sua visão se firmou, ela percebeu que não era ele. Aquele homem era baixo, do tamanho de uma criança, e com uma cabeça enorme e angulosa. Vestia um gorro de lã que não disfarçava o formato esquisito da cabeça. Ele estava com um cachecol verde enrolado no pescoço e um casaco azul-marinho. O cachecol era comprido demais e o casaco, na altura da barriga, estava tão estufado que parecia que o botão ia se soltar a qualquer momento. Foi ele que, na noite anterior, ela viu saindo do parque e achou ser uma criança. Na verdade, não era. Provavelmente, era um adulto de meia-idade. Mas era baixo, gordo e tinha braços e pernas curtos. Também possuía uma cabeça estranhamente grande e disforme.

De repente, Aomame se lembrou da conversa que teve com Tamaru sobre o homem que tinha um cabeção como o do boneco da felicidade. Aquele que estava rondando a Mansão dos Salgueiros em Azabu e investigando o abrigo. A aparência do homem sentado no topo do escorregador era a mesma que Tamaru descrevera na noite anterior. Aquele homem sinistro continuara a investigar de forma obstinada e agora se aproximava sorrateiramente dela. "Preciso pegar a pistola. Por que justamente esta noite eu a deixei na gaveta do quarto?", pensou Aomame, pondo-se a respirar fundo para manter a calma. "Não posso me afobar. Neste momento, não há a necessidade de tê-la nas mãos."

Para começar, aquele homem não observava seu apartamento. Ele apenas estava sentado no topo do escorregador, olhando na mesma direção em que Tengo estivera olhando. Ele dava a impressão de estar pensando sobre o que via. Durante um bom tempo, não se moveu. Era como se não soubesse como movimentar o corpo. Ele não parecia preocupado em olhar o apartamento de Aomame. Isso a deixou confusa. "O que isso significa? Aquele homem veio até aqui para me capturar. Provavelmente, deve ser membro de Sakigake. Sem dúvida, é um perseguidor competente. Afinal, ele conseguiu seguir os meus passos desde a Mansão dos Salgueiros de Azabu até aqui. Mesmo assim, ele está se expondo sem nenhuma preocupação e observa o céu, totalmente distraído."

Aomame levantou-se da cadeira bem devagar, abriu minimamente a porta de vidro, entrou no apartamento e sentou-se diante do telefone. Com os dedos trêmulos, discou o número de Tamaru. Precisava comunicar-lhe imediatamente que o cabeção do boneco da felicidade estava, naquele exato momento, num local em que ela podia ver do apartamento. Precisava contar que ele estava no topo do escorregador do parque infantil em frente ao prédio. Tamaru certamente tomaria as providências necessárias. Mas, ao discar o quarto número, ela se interrompeu e, com o fone na mão, mordeu os lábios.

"*Estou sendo precipitada*", pensou. "Há muitas coisas que não fazem sentido sobre esse homem. Se Tamaru considerá-lo um elemento perigoso e simplesmente 'resolver' a situação, *as coisas que não fazem sentido* indubitavelmente permanecerão sem fazer sentido. Pensando bem, aquele homem estava agindo do mesmo modo que Tengo agiu outro dia. Estava no mesmo escorregador, na mesma posição e olhando para uma parte do céu. Era como se estivesse imitando a mesma atitude de Tengo. Os seus olhos também devem estar enxergando as duas luas." Aomame sabia disso. "Se eu estiver certa, aquele homem e Tengo devem ter alguma ligação. Possivelmente, aquele homem ainda não sabe que estou escondida num dos apartamentos deste prédio. Isso explica por que ele está à vontade, de costas para cá, olhando o céu." Quanto mais Aomame pensava nessa hipótese, mais se convencia de que poderia estar com a razão. "Se for isso, caso eu siga aquele homem, devo encontrar o local em que Tengo está. Nesse sentido, aquele homem, ao contrário de me encontrar, será o meu guia para que eu possa achar Tengo." Ao pensar nessa hipótese, Aomame sentiu seu coração bater mais forte e rápido. Recolocou o fone no gancho.

"Vou informar Tamaru depois", decidiu Aomame. "Antes, preciso fazer uma coisa. Algo que, sem dúvida, é arriscado. Afinal, a perseguida irá seguir seu perseguidor. Mesmo que o perseguidor seja um profissional. Mas nem por isso posso deixar escapar uma oportunidade dessas. Essa pode ser a última chance. E aquele homem parece temporariamente distraído."

Aomame correu para o quarto e tirou da gaveta da cômoda a Heckler & Koch. Levantou a alavanca da trava de segurança e, com um barulho seco, puxou o ferrolho, posicionou a bala na câmara e novamente acionou a trava de segurança. Em seguida, enfiou-a na parte de trás do jeans e voltou à varanda. O cabeção do boneco da felicidade continuava na mesma posição, olhando o céu. A cabeça disforme mantinha-se imóvel. Ele parecia totalmente absorto e fascinado, observando algo naquela parte do céu. Um sentimento que Aomame conhecia muito bem. *Realmente, era uma cena fascinante.*

Aomame voltou para o quarto, vestiu seu casaco de náilon e um boné de beisebol. Colocou um par de óculos de aros pretos sem marca e sem grau. Só de colocá-los, a aparência do seu rosto ficava bem diferente. Enrolou um cachecol cinza no pescoço e enfiou a carteira e a chave nos bolsos. Desceu as escadas correndo e saiu do prédio. As solas de seus tênis atingiam a calçada sem emitir sons. Seus passos firmes e constantes trouxeram-lhe, após muito tempo, uma sensação de encorajamento.

Enquanto caminhava, Aomame verificou se o cabeção ainda se encontrava no mesmo lugar. Ao anoitecer, a temperatura havia caído, mas continuava sem vento. Era, por assim dizer, uma noite agradável. Aomame soltava um ar esbranquiçado e, com passos sorrateiros, passou em frente ao parque casualmente. O cabeção nem sequer notou sua presença. Seus olhos estavam voltados para o céu e ele continuava sentado no topo do escorregador. Aomame não conseguia vê-las, mas com certeza ele olhava as duas luas, a grande e a pequena. Deviam estar lado a lado pairando no céu gelado e sem nuvens.

Ao passar pelo parque, ela seguiu até a esquina seguinte, virou-se e retornou. Depois escondeu-se nas sombras e observou o escorregador. Ela sentia a pressão da pequena pistola em suas costas. Um toque frio e duro como o da morte. O toque amenizava o estado exaltado de seus nervos.

Ela aguardou por cerca de cinco minutos. O cabeção do boneco da felicidade levantou-se lentamente, bateu a poeira do casaco, olhou novamente o céu e, decidido, desceu as escadas do escorregador. Em seguida, deixou o parque e caminhou em direção à estação. Segui-lo não era uma tarefa difícil. Nas ruas do bairro residencial em uma noite de domingo havia pouquíssimos pedestres e, em certo sentido, não havia perigo de perdê-lo de vista, mesmo a uma distância razoável. E ele nem sonhava que alguém pudesse segui-lo. Ele jamais olhava para trás e andava com passos regulares. Uma velocidade comum aos que costumam pensar caminhando. "Que ironia!", Aomame pensou. "O ponto cego de um perseguidor é que ele nunca acha que está sendo perseguido."

Um tempo depois, Aomame notou que ele não estava indo para a estação Kôenji. Ela conhecia bem as ruas do bairro, pois, no apartamento, havia estudado em detalhes todas as ruas próximas ao seu prédio num guia de Tóquio. Ela o fizera porque precisava saber para onde ir em caso de emergência. No começo, viu que o cabeção do boneco da felicidade seguia para a estação, mas logo percebeu que, no caminho, ele havia mudado de direção. E percebeu também que ele não conhecia as ruas do bairro. Ele parou duas vezes numa esquina e, hesitante, sem saber para onde ir, olhou a placa com o nome da rua num poste. Ele era um estranho no bairro.

Finalmente os passos do cabeção ficaram um pouco mais acelerados. Aomame intuiu que ele estava numa área que lhe era familiar. Ela tinha razão. Ele passou diante da escola primária municipal e, após seguir uma rua não muito larga, entrou num prédio antigo de três andares.

Aomame aguardou cinco minutos. Não queria dar de cara com ele. A entrada possuía uma marquise de concreto, e uma lâmpada redonda emitia uma luz amarelada. Não encontrou nenhuma placa indicando o nome do prédio. Talvez não tivesse nome. Mas o fato é que parecia ser bem antigo. Ela memorizou o endereço indicado no poste.

Decorridos cinco minutos, Aomame aproximou-se da entrada do prédio. Passou rapidamente sob a luz amarela e abriu a porta de entrada. Não havia ninguém no pequeno hall; um espaço vazio e pouco convidativo. Uma lâmpada fluorescente prestes a queimar emitia um tênue zumbido. Dava para ouvir o som de uma TV ligada. Uma criança pedia algo em voz alta para a mãe.

Aomame tirou do bolso a chave do seu apartamento para que, no caso de alguém aparecer, ela fingir que era moradora do prédio. Com a chave balançando na mão ela olhou os nomes das caixas de correio. Uma delas deve ser a do cabeção do boneco da felicidade. Não devia ter muitas expectativas, mas não custava averiguar. O prédio era pequeno e não havia muitos moradores. No instante em que viu uma placa com o nome "Kawana", todos os sons em seu entorno desapareceram.

Aomame ficou petrificada diante da caixa de correio. O ar se tornou rarefeito, dificultando a respiração. Seus lábios se entreabriram levemente e começaram a tremer. O tempo continuava a fluir. Ela sabia que seu comportamento era tolo e perigoso. O cabeção estava em algum lugar daquele prédio. A qualquer momento ele poderia aparecer no hall. Mas ela estava impossibilitada de se afastar da caixa do correio. A pequena placa escrita Kawana entorpecera seu raciocínio e congelara seu corpo.

Não havia como saber se aquele morador chamado Kawana era Tengo Kawana. O sobrenome não era comum, mas tampouco era de todo estranho, como, por exemplo, Aomame. Mas, caso o cabeção tivesse alguma ligação com Tengo, como ela acreditava existir, a possibilidade daquele Kawana ser Tengo Kawana era grande. O número do apartamento era 303. Coincidentemente, era o mesmo número do apartamento em que ela morava.

"O que devo fazer?", pensou Aomame, mordendo os lábios com força. Sua mente girava sem parar no mesmo circuito interno. Não conseguia encontrar uma saída. "O que devo fazer? Não posso ficar para sempre diante dessa caixa de correio." Por fim, decidiu subir as escadas de concreto nada hospitaleiras até o terceiro andar. Em algumas partes escuras do chão havia pequenas fissuras que indicavam a passagem do tempo. A sola de seus tênis em contato com o piso emitia um barulho desagradável aos ouvidos.

Aomame estava diante do apartamento 303. Uma porta simples de aço com um pequeno cartão escrito Kawana. Apenas o sobrenome. Aquelas sílabas pareciam ríspidas, inorgânicas. Ao mesmo tempo, pareciam guardar um profundo mistério. Aomame permaneceu em pé e apurou os ouvidos. Concentrou os sentidos. Mas não conseguiu escutar nenhum som vindo do apartamento. Não dava para ver se a luz estava acesa ou não. Havia uma campainha ao lado da porta.

Aomame hesitou. Mordeu os lábios e pensou. "Será que devo apertar a campainha?"

"Talvez seja uma armadilha. O cabeção do boneco da felicidade pode estar escondido atrás da porta e, como um anão malvado na floresta escura, estaria esboçando um sorriso funesto. Ele, de propósito, se expôs no topo do escorregador e me trouxe até aqui para me capturar. É isso. Ele sabe que estou à procura de Tengo e usou isso como isca. Um homem sujo e astuto. Ele conhece o meu ponto fraco. Esse seria o único jeito de fazer com que eu abrisse a porta."

Após verificar se não havia ninguém por perto, Aomame tirou a pistola da parte de trás da calça jeans. Liberou a trava de segurança e, para poder usá-la rapidamente, colocou-a no bolso do casaco, segurando com a mão direita a coronha e mantendo o dedo no gatilho. Com o polegar esquerdo, apertou a campainha.

O som ecoou no interior do apartamento. Um som tranquilo. Completamente discrepante do ritmo veloz de seus batimentos cardíacos. Ela aguardou a porta se abrir com a mão na pistola, mas ela não se abriu. Não havia indícios de que alguém estivesse olhando pelo olho mágico. Ela aguardou um tempo e tocou de novo a campainha. O som voltou a ecoar no apartamento. Desta vez foi tão alto que possivelmente as pessoas do bairro de Suguinami levantaram a cabeça e apuraram os ouvidos. A mão direita de Aomame começou a suar na coronha da pistola. Nada aconteceu.

"Acho melhor desistir. Seja quem for o morador do 303 chamado Kawana, no momento ele está ausente. E, em algum lugar deste prédio, aquele cabeção do boneco da felicidade permanece escondido. É arriscado demais eu ficar aqui", pensou Aomame. Ela desceu as escadas, lançou um rápido olhar às caixas de correio e deixou o prédio. Ao passar sob a iluminação amarelada, escondeu o rosto e seguiu em direção à calçada. Deu uma olhada para trás para se certificar de que ninguém a seguia.

Havia muitas coisas a pensar. E, igualmente, havia muitas coisas para decidir. Apalpando a pistola, ela acionou a trava de segurança. Em um local ermo, ela a colocou de novo atrás da calça jeans. "Não devo ter muitas expectativas", Aomame disse para si mesma. "Não devo desejar demais. Aquele morador chamado Kawana pode ser Tengo, e pode não ser." Uma vez que surge uma expectativa, o coração passa a agir de modo autônomo. E, quando a expectativa é frustrada, a pessoa se decepciona, e a decepção leva a um sentimento de impotência, diminuindo o senso de precaução. Naquele momento, a falta de precaução era o fator de maior risco.

"Não há como saber até que ponto aquele cabeção do boneco da felicidade conseguiu desvendar os fatos. Mas a questão fundamental é que aquele homem está se aproximando de mim. Se ele esticar o braço, é capaz de me pegar. É preciso fortalecer o coração e não baixar a guarda. Não há dúvida de que aquele homem é muito perigoso. Um pequeno erro poderá significar o fim. Para começar, não há como se aproximar facilmente daquele prédio. Ele está escondido em algum lugar e deve estar fazendo planos para me capturar, como uma aranha venenosa que suga o sangue e tece sua teia no escuro."

Ao chegar ao apartamento, Aomame estava decidida. Ela só via uma saída.

Desta vez, Aomame discou todos os números do telefone de Tamaru. Deixou tocar doze vezes e desligou. Depois, tirou o casaco, guardou a pistola na gaveta da cômoda e bebeu dois copos d'água. Em seguida, esquentou água na chaleira para preparar um chá preto. Deu uma espiada no parque por entre as cortinas, para verificar se estava vazio. Penteou os cabelos em pé, em frente ao espelho do banheiro. Os dedos continuavam tensos, tolhendo um pouco seus movimentos. O telefone tocou bem na hora em que ela colocava água quente na xícara. Só podia ser Tamaru.

— Acabei de ver o cabeção do boneco da felicidade — disse Aomame.

Houve um silêncio. — Quando você diz que *acabou de ver*, significa que, neste momento, ele já não está mais aí?

— Isso mesmo — disse Aomame. — Há pouco, ele estava no parque em frente ao edifício. Mas agora não está mais.

— Há pouco significa quanto tempo?

— Uns quarenta minutos.

— Por que você não me telefonou quarenta minutos atrás?

— É que eu precisava segui-lo naquele mesmo momento e, por isso, não tive tempo.

Tamaru expirou como se espremesse os pulmões. — Você o seguiu?

— Não queria perdê-lo de vista.

— Se não me engano, eu disse para você não sair daí em hipótese alguma.

Aomame escolheu cuidadosamente as palavras: — Eu não podia ficar sentada sem fazer nada, sabendo que o perigo se aproximava. Mesmo telefonando para você, não daria para você vir até aqui no mesmo instante, daria?

Tamaru emitiu um barulho no fundo da garganta. — Você seguiu o cabeção?

— Creio que nem deve passar pela cabeça dele que estava sendo seguido.

— Um profissional consegue *fingir* isso perfeitamente — disse Tamaru.

Tamaru tinha razão. Podia ter sido uma armadilha ardilosamente planejada. Mas ela não podia admiti-lo diante de Tamaru.

— Você, com certeza, conseguiria fazer isso, mas, até onde pude perceber, o cabeção do boneco da felicidade não é do seu nível. Ele pode ser muito bom, mas não tão bom quanto você.

— Pode ser que ele tenha um apoio.

— Não. Tenho certeza de que aquele homem está agindo sozinho.

Tamaru manteve-se em silêncio por um tempo. — Tudo bem. Você conseguiu descobrir para onde ele foi?

Aomame passou o endereço para Tamaru e descreveu o prédio. Não sabia, porém, dizer qual era o apartamento. Tamaru anotou as informações e Aomame procurou, na medida do possível, responder de modo honesto às suas indagações.

— Quando você percebeu a presença dele, ele estava no parque em frente ao apartamento, é isso? — indagou Tamaru.

— Isso mesmo.

— O que ele estava fazendo no parque?

Aomame explicou que ele estava sentado no topo do escorregador e ficou um bom tempo olhando o céu. Mas não contou que ele estava olhando as duas luas.

— Ele estava vendo o céu? — perguntou Tamaru. Através do fone, dava para ouvir a velocidade da rotação do seu raciocínio subir um grau.

— Estava vendo o céu, a lua, as estrelas; esse tipo de coisa.

— Ele estava sentado no escorregador sem se preocupar de estar se expondo.

— Isso mesmo.

— Você não acha estranho? — indagou Tamaru. Sua voz era dura e seca. Lembrava aquelas plantas do deserto que conseguem sobreviver com um único dia de chuva ao longo do ano. — Aquele homem conseguiu te encurralar. E faltou um passo para te pegar. Formidável. Mas ele olhava o céu do topo do escorregador sem demonstrar nenhuma preocupação. Não olhou nenhuma vez para o apartamento em que você está. Na minha opinião, isso não faz nenhum sentido.

— Você tem razão. Realmente é muito estranho; uma história sem pé nem cabeça. Concordo com você. Mas, seja como for, eu não poderia deixá-lo escapar.

Tamaru deu um suspiro. — Mesmo assim, eu acho isso tudo muito perigoso.

Aomame permaneceu em silêncio.

— Ao segui-lo, você descobriu alguma pista para revelar esse mistério? — indagou Tamaru.

— Não — disse Aomame. — Mas uma coisa me deixou intrigada.

— O quê?

— Quando verifiquei as caixas de correio da entrada do prédio, descobri que no terceiro andar mora uma pessoa de nome Kawana.

— E?

— Você já ouvir falar do romance *Crisálida de ar*, que foi um best-seller no verão?

— Saiba que eu costumo ler os jornais. Se não me engano, a autora desse livro, Eriko Fukada, é filha de um dos membros do grupo Sakigake. Ela desapareceu e suspeitaram de que o grupo a havia raptado. A polícia foi acionada para fazer as investigações. Eu ainda não li o livro.

— Eriko Fukada não é apenas a filha de um dos membros do grupo. O pai dela é o líder de Sakigake. Ou seja, ela é a filha do homem que eu mandei *para o outro lado*. E Tengo Kawana foi o *ghost-writer* que reescreveu a obra, modificando em grande parte a *Crisálida de ar*. O livro, na verdade, foi escrito em coautoria.

Um profundo silêncio caiu sobre eles. Tempo suficiente para alguém caminhar até o outro lado de uma sala comprida, pegar um dicionário, consultar um verbete, devolver o dicionário à estante e voltar. Passado esse tempo, Tamaru retomou a conversa:

— Não há como provar que o morador desse apartamento é Tengo Kawana.

— Por enquanto, não — admitiu Aomame. — Mas, se for, a história começa a fazer sentido.

— As peças começam a se juntar — disse Tamaru. — Mas me diga uma coisa: como você soube que Tengo Kawana reescreveu a *Crisálida de ar*? Creio que essa informação não foi divulgada. Afinal, se isso se tornasse público, seria um tremendo escândalo.

— O próprio Líder me contou. Ele disse isso um pouco antes de morrer.

A voz de Tamaru se tornou um pouco mais fria.

— Você devia ter me contado isso antes. Não acha?

— É que antes eu não sabia que isso tinha um significado importante.

Novamente o silêncio prevaleceu. Aomame não fazia ideia do que Tamaru estava pensando. Mas ela sabia que ele não gostava de desculpas.

— Está bem — disse finalmente Tamaru. — Deixe estar. De qualquer modo, vamos encurtar a história. Você quer dizer que o cabeção do boneco da felicidade está ciente disso e, seguindo essa pista, está de olho nessa pessoa chamada Tengo Kawana. E, a partir dele, está tentando descobrir o seu paradeiro.

— Acho que é isso.

— Não consigo entender — disse Tamaru. — Por que esse Tengo Kawana é uma pista para te encontrar? Não deve haver uma ligação entre você e ele. A não ser o fato de você ter matado o pai de Eriko Fukada e ele ser o *ghost-writer* do romance dela.

— Há uma ligação — disse Aomame, com a voz neutra.

— Existe uma relação direta entre você e Tengo Kawana?

— Eu e Tengo Kawana estudamos na mesma classe na escola primária. E a criança que estou esperando provavelmente é dele. Por enquanto, não posso dar mais informações. É algo pessoal demais.

Do outro lado da linha ela ouviu a ponta de uma caneta bater ritmadamente sobre a mesa. Fora isso, não se escutava nenhum outro som.

— Algo pessoal — disse Tamaru, com a voz de quem acabou de encontrar uma estranha criatura sobre uma pedra achatada no jardim.

— Sinto muito — disse Aomame.

— Entendi. É um assunto pessoal. Não vou perguntar mais nada — disse Tamaru. — Me diga, então, o que você quer que eu faça.

— Para começar, eu gostaria de saber se aquele morador chamado Kawana é, de fato, Tengo Kawana. Se pudesse, eu mesma gostaria de verificar, mas é perigoso demais eu me aproximar daquele apartamento.

— Sem dúvida — concordou Tamaru.

— Creio que o cabeção do boneco da felicidade está escondido num daqueles apartamentos, e planeja algo. Se ele está para descobrir onde estou, acho necessário tomar alguma providência.

— Aquele homem já desconfia que há uma ligação entre você e a velha senhora. Ele está tentando juntar todas essas pistas. Sem dúvida, não podemos ignorá-lo.

— Tenho mais um favor a pedir — disse Aomame.

— Diga.

— Se o morador daquele apartamento realmente for Tengo Kawana, não quero que ele corra nenhum perigo. Caso um de nós tenha de ser prejudicado, eu faço questão de tomar o lugar dele.

Tamaru permaneceu novamente quieto. Desta vez, não se ouvia o bater da ponta da caneta sobre a mesa. Não se ouvia nada. Ele pensava envolto num mundo de silêncios.

— Quanto aos primeiros dois pedidos, posso dar um jeito de resolvê-los — disse Tamaru. — Faz parte do meu trabalho. Quanto ao terceiro, não posso dizer nada. Ele envolve circunstâncias pessoais e há muitos pontos que eu não consigo entender. Não se trata de eu querer fazer isso ou não, trata-se de estabelecer prioridades.

— Tudo bem, siga as suas prioridades. Só queria que você soubesse disso. Enquanto eu estiver viva, preciso me encontrar com Tengo. Tenho algo a transmitir a ele.

— Vou me lembrar disso — disse Tamaru. — Mas saiba que levarei em conta somente enquanto houver espaço para isso.

— Obrigada — disse Aomame.

— Vou ter de levar esse assunto para a madame. É uma questão delicada. Não posso decidir sozinho. De qualquer modo, vou desligar. Não saia mais do apartamento. Tranque a porta e fique aí dentro. Se você sair, a coisa pode se complicar. Se já não tiver se complicado.

— Em compensação, conseguimos obter algumas informações sobre o oponente.

— Está certo — disse Tamaru, conformado. — Pelo que você me contou, sei que está agindo com precaução. Isso eu tenho de admitir. Mas não se descuide. Ainda não sabemos o que ele está planejando. Se levarmos em consideração as atuais circunstâncias, possivelmente o grupo Sakigake deve estar por trás disso. Você ainda possui aquilo que te entreguei, não?

— Com certeza.

— Melhor mantê-la por perto.

— Farei isso.

Houve um breve silêncio antes de ele recolocar o fone no gancho.

Aomame afundou na água quente da banheira branca e, enquanto aquecia demoradamente o corpo, pensou em Tengo. No Tengo que podia ou não morar no apartamento do terceiro andar daquele prédio antigo. Em sua mente surgia a imagem daquela porta de aço grosseira e da placa com o nome dele na caixa de correio. A placa onde se lia, Kawana. "Como será o apartamento dele por trás da porta? Que tipo de vida Tengo estaria levando?"

Dentro da banheira, ela acariciou seus seios bem devagar, repetidas vezes. Eles estavam bem mais firmes e maiores do que antes. E mais sensíveis. "Que bom seria se essas mãos que acariciam meus seios fossem as de Tengo", pensou Aomame. Ela imaginou as mãos grandes e largas dele. Mãos que deveriam ser fortes e carinhosas. As mãos de Tengo envolveriam seus seios, transmitindo uma sensação de alegria e serenidade. Aomame também percebeu que estavam um pouco maiores do que antes. Não era ilusão de ótica. Não havia dúvida de que estavam maiores e mais cheios, formando uma delicada curva. "Deve ser a gravidez. Não. Talvez eles *simplesmente ficaram maiores*, sem nenhuma relação com a gravidez. Como parte da minha transformação."

Aomame colocou as mãos sobre o ventre. Ele ainda não estava suficientemente proeminente. E, estranhamente, ela ainda não sentia náuseas matinais. Mas, dentro dele, existia um ser pequenino. Ela sabia disso. "Talvez", pensou Aomame, "não seja a mim que *eles* estão procurando desesperadamente, mas sim *essa coisa pequenina*. Como uma vingança por eu ter matado o Líder, eles querem tirá-la de mim". Esse pensamento fez Aomame ficar arrepiada. Precisava a todo custo encontrar Tengo. Aomame reiterou a sua convicção. Precisava juntar forças com ele para proteger *essa coisa pequenina*. "Durante a minha vida, me roubaram muitas coisas que me eram caras. Mas essa é a única coisa que não vou entregar de jeito nenhum."

Aomame deitou-se na cama e, durante um tempo, se concentrou na leitura. Mas o sono não veio. Ela fechou o livro e dobrou levemente o corpo como para proteger o ventre. Com o rosto apoiado no travesseiro, imaginou a lua de inverno pairando no céu sobre o parque, e a pequena lua esverdeada ao seu lado. *Maza* e *dohta*. As luzes das duas luas se mesclaram iluminando os galhos secos da zelkova. Tamaru deve estar planejando algo para resolver esta situação. Sua mente deve estar trabalhando a mil por hora. Aomame o imaginou com as sobrancelhas arqueadas, batendo ruidosamente na mesa com a ponta da caneta. Conduzida pelo ritmo monótono e incessante da caneta contra a mesa, Aomame foi finalmente envolvida pelo suave tecido do sono.

Capítulo 21
Tengo
Algum lugar dentro de sua mente

O telefone tocou. O despertador indicava 2:04. Duas e quatro da madrugada de uma segunda-feira. Ainda estava escuro e Tengo dormia profundamente. Um sono tranquilo, sem sonhos.

A primeira pessoa que lhe veio à mente foi Fukaeri. Só ela seria capaz de telefonar numa hora dessas. Pouco depois, pensou em Komatsu que, diga-se de passagem, também não era um exemplo de bom senso em relação a horários. Mas o tipo de chamada não parecia ser de Komatsu. O toque tinha algo de insistente, de profissional. E Tengo conversara um longo tempo com Komatsu poucas horas antes.

Uma possibilidade era ignorar o telefone e continuar dormindo. Era o que Tengo gostaria de fazer. Mas o toque persistente eliminava aquela opção. Dava a impressão de que continuaria a tocar até o amanhecer. Tengo saiu da cama e, esbarrando em algumas coisas pelo caminho, finalmente pegou o fone.

— Alô? — disse ele, sentindo a língua pastosa. Sua cabeça parecia preenchida por um pé de alface congelado. Ainda existem pessoas que não sabem que não se deve congelar alface. Pois, ao ser descongelada, ela perde totalmente a sua crocância. Ou seja, perde a melhor de suas características.

Ao aproximar o fone do ouvido, Tengo escutou o vento soprar. Uma rajada caprichosa por entre vales estreitos, eriçando os pelos de lindos veados que se curvam para beber a água límpida do rio. Mas não era o barulho dos ventos. Era a respiração de alguém, ampliada pelo aparelho telefônico.

— Alô? — repetiu Tengo. Poderia ser trote ou linha cruzada.

— Alô? — disse a pessoa do outro lado da linha. Era a voz de uma mulher que ele não conseguia reconhecer. Não era a voz de Fukaeri nem a de sua namorada mais velha.

— Alô? — repetiu Tengo. — Aqui quem fala é Kawana.

— Tengo? — disse a interlocutora. Finalmente, a conversa parecia engrenar. Mesmo assim, Tengo não sabia de quem era aquela voz.

— Quem é?

— Kumi Adachi — disse a pessoa do outro lado da linha.

— Ah! É você — disse Tengo. Era a enfermeira jovem que morava naquele apartamento em que se podia ouvir o canto das corujas. — Aconteceu alguma coisa?

— Estava dormindo?

— Estava — disse Tengo. — E você?

Que pergunta sem sentido. É claro que uma pessoa dormindo não teria telefonado. "Por que será que fiz uma pergunta tão tola? Só pode ser culpa da alface congelada dentro da minha cabeça", pensou Tengo.

— Estou no serviço — respondeu a enfermeira. Em seguida, deu uma tossida para limpar a garganta e prosseguiu: — O senhor Kawana acaba de falecer.

— O senhor Kawana acaba de falecer — repetiu Tengo, sem entender direito o que acabara de ouvir. Será que alguém estava lhe informando que ele próprio havia morrido?

— O seu pai acabou de falecer — a enfermeira tornou a dizer.

Tengo mudou o fone da mão direita para a esquerda, sem nenhum motivo aparente. — Faleceu — repetiu Tengo.

— Era um pouco depois da uma e eu estava descansando no dormitório quando a campainha tocou. Era a campainha do quarto de seu pai. Como ele estava em coma, a campainha não poderia ter sido acionada por ele e, achando aquilo estranho, fui até lá averiguar. Quando cheguei, ele não respirava e estava sem pulsação. Acordei o médico de plantão e, apesar de tentarmos reanimá-lo, já era tarde.

— Está me dizendo que meu pai tocou a campainha?

— Acho que sim. Não havia mais ninguém no quarto.

— Qual foi a causa da morte? — indagou Tengo.

— Não sei dizer. Aparentemente, ele não sofreu. O rosto dele tinha uma expressão de serenidade. Como posso dizer... É como se, num dia sem vento, no final do inverno, uma folha se desprendesse sozinha do galho. Foi essa a impressão que tive. Não sei se consigo me expressar direito.

— Consegue, sim — disse Tengo. — Para ele, foi melhor assim.

— Você pode vir hoje?

— Creio que posso — disse Tengo. Ele assumiria as aulas a partir da segunda-feira, mas, com a morte do pai, teria de cancelá-las.

— Vou pegar o primeiro trem expresso. Antes das dez da manhã, devo estar aí.

— Se você puder fazer isso, seria ótimo. Você precisa resolver alguns assuntos burocráticos.

— Assuntos burocráticos — disse Tengo — Preciso levar alguma coisa em particular?

— Você é o único parente do senhor Kawana?

— Acho que sim.

— Nesse caso, traga o seu carimbo registrado. Creio que você vai precisar dele. Você tem a certidão de autenticidade do carimbo?

— Se não me engano, tenho uma cópia.

— Como precaução, melhor você trazê-la. Acho que o principal é isso. De resto, seu pai já tomou todas as providências, ainda em vida.

— Ele tomou todas as providências?

— Isso. Enquanto ainda estava consciente, ele deixou tudo minuciosamente acertado: dinheiro para o funeral, a roupa para vesti-lo no caixão e até o local onde depositar suas cinzas. Era muito organizado. Digamos que era uma pessoa com bastante senso prático.

— Uma pessoa prática — disse Tengo, coçando a têmpora.

— Às sete horas termina o meu plantão, e vou para casa descansar. Mas as enfermeiras Tamura e Ômura estarão aqui no período da manhã. Elas vão te auxiliar e passar os detalhes do que você precisa fazer.

Tamura era a enfermeira de meia-idade que usava óculos, e a enfermeira Ômura era a que espetava a caneta no cabelo.

— Agradeço por tudo o que você fez — disse Tengo.

— De nada — disse Kumi Adachi. De súbito, como se acabasse de se lembrar, disse em tom formal: — Meus sinceros pêsames.

— Obrigado — disse Tengo.

Como não conseguiria voltar a dormir, Tengo esquentou água, preparou um café e o bebeu. Isso fez com que sua cabeça começasse a
funcionar melhor. Sentiu um pouco de fome e preparou um sanduíche com o tomate e o queijo que restavam na geladeira. Mas,
como se comesse na escuridão, ele sentia a textura do alimento, não
seu sabor. Em seguida, pegou o guia dos horários de trens e verificou
quando saía o primeiro expresso para Tateyama. Dois dias atrás, na
tarde de sábado, ele partira da "cidade dos gatos", e eis que estava
prestes a voltar. Mas, desta vez ficaria pouco tempo.

Quando o relógio marcava quatro horas, Tengo lavou o rosto
na pia do banheiro e fez a barba. Tentou baixar um tufo de cabelo
com a ajuda de gel, mas, como sempre, não conseguiu domá-lo. "Tudo
bem", conformou-se. "Até a hora do almoço ele deve assentar."

A notícia da morte do pai não o abalou muito. Ele esteve
durante cerca de duas semanas com o pai em coma. Naquela ocasião, a impressão de Tengo era de que ele já havia aceitado a própria
morte. Soava estranho dizer isso, mas, para Tengo, estava claro que
seu pai estava decidido a morrer, e ele próprio desligara seu interruptor e entrara no coma. Os médicos, por outro lado, não sabiam
explicar o que o levara àquele estado. Tengo, porém, sabia que ele
queria morrer. Ou que havia perdido a vontade de viver. Segundo
as palavras de Kumi Adachi, seu pai era como "uma folha de uma
árvore" aguardando a mudança de estação, mantendo a luz da
consciência apagada e com a porta totalmente fechada para os
sentimentos.

Da estação Chikura, Tengo pegou um táxi e chegou à casa de saúde
às dez e meia. Era um dia calmo de início de inverno, como o dia
anterior, domingo. A tépida luz do sol banhava gentilmente o gramado do jardim sem viço e um gato malhado, que Tengo nunca vira
antes, tomava sol lambendo meticulosamente o rabo, sem nenhuma

pressa. As enfermeiras Tamura e Ômura o receberam na entrada do prédio. As duas, discretamente, sussurraram palavras de condolência. Tengo agradeceu.

O corpo de seu pai jazia num pequeno quarto, num canto discreto da casa de saúde. A enfermeira Tamura o conduziu até ali. Seu pai estava deitado de costas, com um lençol branco sobre o corpo. O quarto era quadrangular, sem janelas, e a lâmpada fluorescente conferia às paredes brancas uma luminosidade que as deixava muito mais alvas. Sobre uma cômoda baixa havia um vaso com três crisântemos brancos que pareciam ter sido colocados naquela manhã. Um relógio redondo jazia pendurado na parede. Era um relógio antigo e empoeirado, mas que marcava corretamente as horas. Sua função, talvez, fosse a de testemunhar algo. Além dessas coisas não havia mais nenhum móvel ou objeto de decoração. Muitos idosos mortos passaram por aquele quarto singelo. Silenciados, eram levados para lá e, em silêncio, deixavam o local. O quarto era simples, mas havia nele uma atmosfera solene.

O rosto de seu pai não diferia de quando estava vivo. Mesmo olhando-o de perto, não parecia estar morto. A cor de sua pele não estava ruim e, provavelmente, alguém gentilmente havia feito sua barba, pois a pele ao redor do queixo estava estranhamente lisa. Não havia muita diferença entre o estado em que ele perdera a consciência e dormia profundamente e o fato de estar morto. Apenas não havia mais a necessidade de lhe injetar os tubos de soro e o cateter. Se o deixassem como estava, em alguns dias seu corpo entraria num estado de putrefação, e a diferença entre a vida e a morte ficaria visível. Mas antes de isso acontecer ele seria cremado.

O médico, que Tengo já conhecia das outras vezes em que estivera lá, apareceu e, após dar-lhe as condolências, começou a explicar as circunstâncias da morte de seu pai. O médico não poupou tempo para lhe dar explicações detalhadas, mas, resumindo, o que ele realmente queria lhe dizer era que "a causa da morte era desconhecida". A despeito de terem realizado inúmeros exames, não conseguiram encontrar nada de errado. Muito pelo contrário. Os resultados indicavam que seu pai era uma pessoa saudável. O único problema era ele estar com o mal de Alzheimer. Mas, sem causa aparente, ele entrara em coma e, desde então, jamais recuperara a consciência, e o seu corpo aos poucos definhou. Ao transpor o nível aceitável de declínio das funções orgânicas, a manutenção da vida se tornou difícil, e não foi possível evitar que seu pai adentrasse o território da morte. A explicação era fácil de entender, mas, do ponto de vista médico, a questão não era tão simples assim, porque não conseguiam identificar a causa da sua morte. O motivo mais plausível seria concluir que falecera por estar senil, mas ele tinha pouco mais de sessenta e cinco anos, e portanto era novo demais para este diagnóstico.

— Como médico responsável, vou emitir o atestado de óbito — disse o doutor, num tom entre cerimonioso e hesitante. — A causa mortis será descrita como "colapso cardíaco decorrente de um longo período de coma". O senhor concorda?

— Mas na verdade meu pai não morreu de "colapso cardíaco decorrente de um longo período de coma", não é? — indagou Tengo.

O médico esboçou desconforto. — É. O seu pai nunca apresentou quaisquer anomalias no coração.

— E os exames também não acusaram nenhuma anomalia nos demais órgãos.

— Isso mesmo — disse o médico, constrangido.

— Mas, no documento, é necessário deixar bem claro a causa da morte, é isso?

— Isso mesmo.

— Não sou especialista, mas isso que o senhor acabou de dizer significa que o coração dele parou de bater, é isso?

— Sim. O coração dele parou de funcionar.

— Isso seria o mesmo que dizer que ele sofreu um colapso?

O médico pensou a respeito. — Se considerarmos que as atividades cardíacas indicam o funcionamento normal do coração, não há dúvidas de que seu pai sofreu um colapso. Nesse sentido, o senhor não deixa de ter razão.

— Se é isso, o senhor pode escrever que a causa mortis de meu pai foi "colapso cardíaco decorrente de um longo período de coma". Não tenho nenhuma objeção.

O médico parecia aliviado e informou que liberaria o atestado de óbito em meia hora. Tengo agradeceu. O médico deixou a sala e a enfermeira Tamura, de óculos, permaneceu com Tengo.

— Você gostaria de ficar um tempo a sós com o seu pai? — indagou ela. A pergunta parecia fazer parte de um procedimento padrão, e soou um pouco trivial.

— Não. Não é necessário. Obrigado — disse Tengo. Mesmo que ficasse a sós com ele, não tinham mais nada a conversar. Se eles mal se falavam quando ele estava vivo, não era após a morte que surgiria um assunto para conversarem.

— Então vamos para outro lugar para que eu possa explicar o que você precisa fazer. Tudo bem? — disse a enfermeira Tamura.

— Tudo bem — disse Tengo.

Antes de deixar o recinto, a enfermeira Tamura voltou-se na direção do corpo e, unindo a palma das mãos, fez uma reverência. Tengo fez o mesmo. As pessoas nutrem um respeito natural aos mortos. Afinal, a pessoa que morre realizou a proeza de tê-lo feito sozinha. Após deixarem o pequeno quarto sem janelas, os dois foram para o refeitório, vazio àquela hora. Os raios de sol incidiam através da enorme janela que dava para o jardim. Tengo banhou suas pernas nessa luminosidade e foi então que, finalmente, conseguiu respirar aliviado. Naquele local, não havia mais indício de morte. Aquele era o mundo dos vivos. Ainda que fosse repleto de incertezas e imperfeições.

A enfermeira Tamura serviu duas xícaras de chá quente de folhas torradas, *hôjicha*, e passou uma para Tengo. Sentaram-se frente a frente e permaneceram em silêncio enquanto bebiam.

— Você vai passar a noite por aqui? — indagou a enfermeira.

— Vou ficar em algum lugar, mas ainda não fiz a reserva.

— Se você quiser, pode dormir no quarto que foi de seu pai. Hoje ele estará desocupado e, assim, você não precisa gastar com a hospedagem. Se você não se importar, é claro.

— Não me importo — disse Tengo, um tanto surpreso. — Mas posso mesmo fazer isso?

— Pode, sim. Desde que você não se importe, da nossa parte está tudo bem. Depois eu peço para arrumarem a cama.

— Então — disse Tengo, mudando de assunto. — O que eu devo fazer agora?

— Assim que receber o atestado de óbito assinado pelo médico responsável, você deve ir até a prefeitura e solicitar a autorização de cremação. Em seguida, dar entrada no pedido para tirarem o nome de seu pai do registro civil. Essas seriam as principais providências a tomar. Mas há alguns outros assuntos que você precisa resolver, como a questão da pensão anual ou a transferência de titularidade da conta-corrente, mas acho melhor você conversar com o advogado.

— Advogado? — disse Tengo, surpreso.

— O senhor Kawana, ou melhor, o seu pai, conversou com um advogado e explicou o que ele deveria fazer após sua morte. Eu disse advogado, mas não se assuste. A casa de saúde possui muitos idosos e, como muitos deles não estão em sua perfeita capacidade de raciocínio, oferecemos consultas jurídicas por meio de um convênio com um escritório de advocacia local. É um modo de evitarmos problemas jurídicos em relação à partilha dos bens ou coisas afins. Temos, inclusive, um tabelião responsável por elaborar os testamentos. Os honorários não são muito altos.

— Meu pai deixou um testamento?

— Isso é um assunto que você deve conversar diretamente com o advogado. Eu não posso lhe dizer nada.

— Entendi. Será que posso encontrá-lo em breve?

— Ele ficou de vir aqui às três horas. Tudo bem para você? Sei que pode parecer que estou apressando as coisas, mas, como você é uma pessoa ocupada, eu tomei a liberdade de adiantar algumas providências.

— Muito obrigado — Tengo agradeceu a eficiência e o senso de presteza da enfermeira. Todas as mulheres mais velhas que ele conhecia possuíam essas características.

— Mas, antes disso, vá até a prefeitura, dê a baixa do nome de seu pai do registro familiar e solicite a autorização de cremação. Sem esses documentos, não podemos fazer nada — disse a enfermeira Tamura.

— Então vou ter de ir até Ichikawa. O local de domicílio do meu pai, se não me engano, é a cidade de Ichikawa. Nesse caso, creio que não consigo retornar até as três horas.

A enfermeira balançou negativamente a cabeça. — Assim que seu pai se internou aqui, ele tratou de transferir o local de domicílio permanente de Ichikawa para Chikura. Ele queria evitar dar trabalho a você.

— Ele deixou tudo em ordem — disse Tengo, admirado. Era como se seu pai já soubesse desde o início que morreria ali.

— Realmente — disse a enfermeira. — São raros os idosos que fazem isso. Todos pensam que vão ficar aqui apenas temporariamente, mas... — ela interrompeu a fala e, como a sugerir a continuação da frase, juntou as mãos diante do corpo. — Portanto, você não precisa ir até Ichikawa.

Tengo foi levado até o quarto de seu pai. Era naquele quarto individual que ele passara os últimos meses de vida. O lençol, a fronha e o travesseiro haviam sido retirados e havia somente um colchão listrado. Sobre o criado-mudo havia uma luminária simples e, no armário pequeno, cinco cabides vazios. Não havia livro na estante e nenhum objeto de uso pessoal. Tengo, porém, não se lembrava dos objetos pessoais de seu pai naquele quarto. Ele colocou a mala no chão e deu uma olhada ao redor.

Um leve odor de remédio e o ar deixado pelo enfermo ainda impregnavam o ambiente. Tengo abriu as janelas para arejá-lo. As cortinas queimadas pelo sol balançavam ao sabor da brisa, como a saia de uma menina a brincar. Enquanto observava aquela cena, Tengo pensou em como seria maravilhoso se Aomame estivesse ali e, sem dizer nada, segurasse firmemente sua mão.

Pegou o ônibus, foi até a prefeitura de Chikura e, após mostrar o atestado de óbito, recebeu a autorização para a cremação. A cremação poderia ser realizada vinte e quatro horas após o horário da morte. Tengo solicitou também a retirada do nome de seu pai do registro familiar e recebeu esse documento atualizado. Levou um certo tempo para obtê-los, mas os procedimentos eram relativamente simples. Nada que exigisse algum tipo de reflexão aprofundada. Era como fazer uma declaração para despachar um carro para o ferro-velho. A enfermeira Tamura fez três cópias dos documentos na máquina do escritório.

— Às duas e meia, antes de o advogado chegar, virá aqui uma pessoa da funerária Zenkôsha — disse a enfermeira Tamura.

— Você deve entregar a ela uma cópia da autorização de cremação. A funerária tomará as demais providências. Em vida, seu pai chegou a conversar com o responsável da funerária e ele já deve saber o que fazer. O dinheiro para o funeral também está reservado. Você não precisa fazer nada. Isso, claro, se você não tiver nenhuma objeção.

Tengo respondeu que não tinha nenhuma objeção.

Os objetos pessoais que seu pai deixou eram poucos: roupas velhas e alguns livros. Praticamente isso.

— Você quer ficar com alguma coisa de recordação? Se bem que as únicas coisas que eram dele eram um rádio despertador, um antigo relógio de pulso e um par de óculos de leitura — disse a enfermeira Tamura.

— Não quero nada. Pode fazer o que quiser com eles — disse Tengo.

Exatamente às duas e meia, o encarregado da funerária chegou de terno preto e entrou no refeitório com passos rápidos e silenciosos. Era magro e aparentava ter pouco mais de cinquenta anos. Os dedos eram compridos, tinha os olhos grandes e uma verruga seca e escura na aba do nariz. Era bronzeado até a ponta das orelhas, como se passasse muitas horas ao sol. Era estranho; Tengo nunca vira um funcionário de uma funerária que fosse obeso. Esse homem explicou, em linhas gerais, como funcionava um funeral. Suas expressões eram polidas, e o seu jeito de falar, bem calmo. Dava a impressão de que tudo estava sob controle e que Tengo não precisava se afobar.

— Seu pai, em vida, manifestou o desejo de fazer um funeral sem muitos ornamentos. Pediu para colocá-lo num caixão simples e levá-lo direto para a cremação. Ele também pediu para que não montassem o altar budista, nem fizessem cerimônias, recitações e, tampouco, um nome budista póstumo, flores, discursos... enfim, nada disso. Também não quis um túmulo. As cinzas, ele pediu que fossem levadas para alguma instalação comunitária apropriada, existente nas redondezas. Isso se o filho não tiver nenhuma objeção.

Nesse ponto, ele parou de falar e lançou, com seus enormes olhos negros, um olhar inquiridor para o rosto de Tengo.

— Se esse é o desejo de meu pai, não tenho nenhuma objeção — disse Tengo, fitando diretamente aqueles olhos.

O encarregado concordou, balançando a cabeça e, estreitando levemente os olhos, continuou: — Então hoje será o velório, e o corpo ficará uma noite na funerária. Providenciaremos o transporte. Amanhã, à uma da tarde, o corpo será levado até um crematório próximo daqui. Está bem?

— Não tenho nenhuma objeção.

— O senhor vai comparecer à cremação?

— Vou — disse Tengo.

— Há pessoas que preferem não comparecer. Estar ou não presente é uma opção pessoal.

— Estarei presente — disse Tengo.

— Muito bem — disse o encarregado, ligeiramente aliviado. — Nesse caso, desculpe-me tratar desse assunto neste momento, mas gostaria que o senhor desse uma olhada no catálogo que eu mostrei para o seu pai em vida, para que o senhor tome conhecimento e dê a sua aprovação.

Após dizer isso, o encarregado tirou, com seus dedos longos se movimentando como pernas de inseto, o extrato da conta de sua pasta e o entregou a Tengo. Mesmo para um leigo no assunto, como era o seu caso, não foi difícil perceber que aquele funeral era o mais barato. Tengo obviamente não se opôs. Pegou emprestada uma caneta e assinou os documentos.

O advogado chegou um pouco antes das três e, diante de Tengo, começou a conversar com o encarregado da funerária. Um diálogo de frases curtas entre dois especialistas. Tengo não conseguiu entender o que estavam conversando. Os dois pareciam colegas de longa data. A cidade era pequena e, portanto, era presumível que todos se conhecessem.

Próximo à sala em que estava o corpo de seu pai havia uma porta que dava para os fundos, bem discreta, e um furgão da funerária estava estacionado logo ali. Todas as janelas, exceto as do condutor, eram pretas, e na carroceria negra não havia nenhum letreiro ou símbolo da funerária. O encarregado e o motorista de cabelos brancos empurraram até o furgão a maca com rodinhas onde jazia o corpo de seu pai. O furgão era adaptado, com o teto um pouco mais alto que o normal e com trilhos, para a passagem da maca. As portas da parte de trás fecharam-se com um barulho decidido. O encarregado voltou-se para Tengo, fez uma reverência e o furgão partiu. Tengo, o advogado e as enfermeiras Tamura e Ômura juntaram as mãos em prece olhando a traseira do furgão Toyota.

Tengo e o advogado sentaram-se um de frente para o outro num canto do refeitório. O advogado devia ter cerca de quarenta e cinco anos e, ao contrário do encarregado da funerária, era obeso. O seu queixo praticamente não existia. Apesar de estarem no inverno, gotas de suor brotavam de sua testa. "Ele deve sofrer muito no verão", pensou Tengo. O paletó cinza de lã cheirava a naftalina. A testa era pequena, e os cabelos negros, fartos. O corpo obeso e os cabelos fartos não eram uma combinação feliz. As pálpebras eram pesadas e intumescidas e, apesar de os olhos serem pequenos, ao observá-los com cuidado via-se ao fundo uma luz de bondade.

— Seu pai me confiou o testamento. A palavra testamento pode dar a impressão de que se trata de algo vultoso, mas não é exatamente o caso. Não é um testamento como aqueles que aparecem nos romances policiais — disse o advogado, tossindo para limpar a garganta. — Neste caso, é algo bem parecido com um simples lembrete. Vou lhe explicar de modo simples e resumido o seu conteúdo. Em primeiro lugar, o testamento descreve as instruções para o velório. Quanto aos detalhes, creio que o encarregado da Zenkôsha já tenha lhe explicado, não?

— Ele já me explicou. É um velório simples.

— Muito bem — disse o advogado. — Era o que seu pai queria. Quanto mais simples, melhor. Para pagar o custo do velório temos um fundo de reserva que será o suficiente para cobrir as despesas e, quanto às despesas hospitalares, assim que seu pai se internou neste hospital ele deixou um depósito de fiança cujo valor também é suficiente para quitá-las. De modo que o senhor não terá de arcar com nenhum encargo de ordem financeira.

— Quer dizer que ele não possui nenhuma dívida?

— Isso mesmo. Ele deixou tudo pago. Seu pai também possui uma conta-corrente no correio de Chikura e o valor depositado nessa conta será herdado pelo seu filho. Para isso, temos que fazer a transferência de titularidade. Os documentos necessários para a transferência são o certificado de baixa do nome de seu pai do registro familiar, o seu registro civil e o registro oficial de autenticidade do carimbo. O senhor deve levar esses documentos ao correio de Chikura e preencher pessoalmente o formulário de transferência. Esse procedimento costuma levar um certo tempo. Como deve ser de seu conhecimento, no Japão, os bancos e os correios são exigentes em relação aos formulários.

O advogado tirou do bolso do paletó um enorme lenço branco e limpou o suor da testa.

— O que eu precisava dizer a respeito de sua herança é isso. A herança, neste caso, refere-se à poupança na conta do correio. Não há nenhuma outra espécie de bens, como seguros de vida, imóveis, pedras preciosas, objetos de arte e antiguidades. Nesse sentido, posso dizer que se trata de uma herança simples e sem complicações.

Tengo assentiu. Era do feitio de seu pai. Mas ele se sentia deprimido de herdar a caderneta de poupança. Era como se lhe entregassem vários cobertores molhados e pesados. Se possível, ele preferia não ter de herdar isso. Mas não era o caso de dizê-lo ao advogado obeso, com farta cabeleira e de coração bondoso.

— Além disso, seu pai deixou comigo um envelope. Trouxe-o comigo e gostaria de lhe entregar em mãos.

O envelope pardo estava estufado, e fora lacrado com várias voltas de fita adesiva. O advogado tirou o envelope de sua pasta preta de documentos e o colocou sobre a mesa.

— Eu conversei com o senhor Kawana após ele se internar aqui e, na ocasião, ele me entregou este envelope. Naquela época, o senhor Kawana estava lúcido, apesar de ficar um pouco confuso de vez em quando. Mas ele ainda levava uma vida normal. Ele pediu para entregar esse envelope ao legítimo herdeiro, no caso de ele vir a falecer.

— *Legítimo herdeiro* — disse Tengo, um tanto surpreso.

— Isso mesmo. Legítimo herdeiro. Seu pai não mencionou o nome específico de ninguém. Mas o legítimo herdeiro, no caso, refere-se ao senhor.

— Até onde sei, devo ser o único herdeiro.

— Sendo assim... — disse o advogado, indicando o envelope sobre a mesa. — Devo lhe entregar isso. Por favor, poderia assinar o recibo?

Tengo assinou. O envelope pardo sobre a mesa lhe pareceu impessoal e frio. Não havia nada escrito nele, nem na frente nem no verso.

— Posso fazer uma pergunta? — disse Tengo para o advogado. — Quando meu pai lhe entregou o envelope, ele não disse o meu nome, ou seja, não disse Tengo Kawana ou mencionou-me como sendo o seu filho?

Enquanto o advogado tentava se lembrar do que fora dito naquela ocasião, ele tirou do bolso o lenço e limpou novamente o suor da testa. A seguir, balançou a cabeça num gesto negativo. — Não. O senhor Kawana usou somente a expressão *legítimo herdeiro*. Em nenhum momento usou outra a não ser essa. Confesso que, na ocasião, achei estranho, por isso me lembro muito bem disso.

Tengo permaneceu em silêncio. O advogado tentou se retratar e disse:

— Mas o próprio senhor Kawana, no fundo, sabia que o herdeiro legítimo era o senhor. Ele apenas não disse nominalmente, em função da conversa que estávamos tendo. Alguma coisa o preocupa?

— Não é que eu esteja preocupado — disse Tengo. — É que meu pai era uma pessoa um pouco diferente.

O advogado sorriu e concordou, balançando levemente a cabeça. Em seguida, entregou uma nova cópia do registro civil da família de Tengo. — Por se tratar desse tipo de doença, tomei a liberdade de verificar a certidão para que não houvesse nenhum problema jurídico. Segundo os registros, o senhor é o único herdeiro do senhor Kawana. Sua mãe faleceu um ano e meio após o seu nascimento. Depois de ela falecer, seu pai não se casou novamente e, sozinho, cuidou de você. Os pais e os irmãos de seu pai já são falecidos. Nesse caso, o senhor é o único e legítimo herdeiro do senhor Kawana.

O advogado se levantou, disse algumas palavras de condolência e se retirou. Tengo permaneceu no refeitório, sozinho, e durante um tempo ficou sentado olhando o envelope pardo sobre a mesa. Seu pai era o seu verdadeiro pai biológico, e sua mãe havia morrido *de verdade*. Foi o que o advogado lhe dissera. Talvez aquela fosse a verdade. Pelo menos, legalmente, aquela era a verdade. Mas, quanto mais os fatos eram revelados, mais a verdade parecia se distanciar. Por quê?

Tengo foi para o quarto e, sentado diante da mesa, tentou abrir o envelope pardo exageradamente lacrado. Dentro dele, poderia encontrar a chave para desvendar o mistério. Mas não era uma tarefa fácil. No quarto não havia tesoura, estilete ou coisa que o valha, por isso precisou arrancar as várias camadas de fita adesiva com a unha. Quando finalmente conseguiu abri-lo, após muito trabalho, havia outros tantos envelopes, todos eles igualmente bem lacrados com fita adesiva. Só podia ser coisa de seu pai.

Num dos envelopes havia quinhentos mil ienes. Eram cinquenta notas de dez mil ienes novinhas em folha, envoltas em papel de seda. Havia um bilhete escrito "dinheiro para emergências". Sem dúvida era a letra de seu pai. Uma letra pequena, feita sem muito capricho. O que seu pai queria dizer era que aquele dinheiro estava reservado para despesas não computadas. Seu pai imaginou que o seu "herdeiro legítimo" provavelmente não teria dinheiro suficiente para arcar com despesas extras.

O envelope mais volumoso continha vários recortes de jornais antigos e alguns certificados de honra ao mérito. Havia também fotos de Tengo com vários troféus. E um boletim escolar com excelentes notas, guardado como uma obra de arte. Em todas as matérias a nota era máxima. Além disso, havia diversos registros do maravilhoso menino prodígio. Uma foto de Tengo do tempo do ginásio, vestindo o seu quimono de judô e segurando uma flâmula de vice-campeão, todo sorridente. Ao ver essa foto, Tengo ficou surpreso. Após seu pai se aposentar da NHK, ele deixou de morar na residência da empresa e alugou um apartamento na mesma cidade de Ichikawa e, por fim, mudou-se para a casa de saúde de Chikura. Por morar sozinho e ter se mudado várias vezes, ele não tinha acumulado muitos pertences. A relação de pai e filho estava estremecida havia muito tempo e eles eram como dois estranhos. Mesmo assim, o pai de Tengo sempre carregou consigo as lembranças da brilhante época daquele menino como uma relíquia, preservando-as com extremo zelo.

No outro envelope havia vários registros do tempo em que seu pai era cobrador da NHK. Um diploma de melhor funcionário do ano. Alguns certificados simples. Foto com os colegas tirada em alguma excursão da empresa. Um documento de identidade antigo. Registros de quitação do plano de aposentadoria e de saúde. Alguns contracheques com descrições detalhadas de rendimentos, que não fazia sentido estarem ali; havia também alguns documentos das gratificações recebidas por ocasião da aposentadoria... Para quem trabalhou mais de trinta anos como um camelo para a NHK, o volume de coisas guardadas era muito pequeno. Comparado aos registros do notável desempenho de Tengo durante a escola primária, os de seu pai eram quase nulos. Para a sociedade, a vida de seu pai não valia nada, mas, para Tengo, aquilo não era verdade. Para ele, o pai deixou uma intensa e profunda sombra em seu coração. Acompanhada de uma caderneta de poupança.

Não havia nenhum registro da vida de seu pai antes de ele começar a trabalhar na NHK. Era como se sua vida começasse a partir do momento em que se tornara cobrador da empresa.

O último envelope pequeno continha uma foto em preto e branco. Somente essa foto e mais nada. Era uma foto antiga que, além de estar desbotada, tinha uma fina camada a manchar-lhe a superfície, como se a água tivesse penetrado nela. Era uma foto de família. O pai, a mãe e um bebê. Pelo tamanho, o bebê deve ter menos de um ano. A mãe, vestida com um quimono, está segurando-o carinhosamente. Atrás deles há um portal de um santuário xintoísta. Pelo tipo de roupas que eles usavam, devia ser inverno, e o fato de estarem num santuário significava que poderia ser ano-novo. A mãe estreita os olhos ofuscados pela luz do sol e sorri. O pai, vestindo um casaco escuro um pouco grande para o seu tamanho, está com a testa franzida de modo a ressaltar duas profundas rugas horizontais. A expressão de seu rosto é a de quem não costuma aceitar as coisas tão facilmente. O bebê no colo parece confuso entre a imensidão do mundo e o frio que o cerca.

O jovem pai da foto só podia ser o pai de Tengo. O rosto está bem mais jovem, mas, desde aquela época, já havia nele alguns traços de senilidade precoce. Era magro e tinha os olhos fundos. Era o típico rosto de um camponês pobre de uma aldeia miserável. Teimoso e desconfiado. O cabelo era curto e as costas ligeiramente vergadas. Não havia dúvidas de que aquele era o seu pai. Se aquele era o seu pai, o bebê só podia ser Tengo, e a mulher que segurava o bebê só podia ser sua mãe. A mãe era um pouco mais alta que o pai e tinha uma boa postura. O pai devia ter mais de trinta anos e a mãe uns vinte e cinco.

Era a primeira vez que Tengo via aquela foto. Até então, ele nunca tinha visto uma imagem que pudesse chamar de foto de família. Nunca tinha visto uma foto de quando era bebê. Seu pai havia lhe explicado que a vida deles era muito difícil, que não tinham condições de comprar uma câmera fotográfica e tampouco podiam se dar ao luxo de tirar uma foto em família. Tengo sempre acreditou nisso. Mas era mentira. Havia sim uma foto, e ela estava escondida. As roupas que eles usavam não eram luxuosas, mas não causariam vergonha. Não parecia que a vida deles fosse tão pobre a ponto de não poderem comprar uma câmera. A fotografia teria sido tirada pouco tempo depois de Tengo nascer, ou seja, entre 1954 e 1955. Tengo virou a foto, mas no verso não havia data nem local.

Ele observou minuciosamente o rosto daquela mulher que poderia ser sua mãe. Na foto, o rosto era pequeno e estava borrado. Se tivesse uma lupa poderia enxergar alguns detalhes, mas não havia nenhuma à disposição. Mesmo assim, ele conseguia ver o formato de seu rosto. Ele era oval, o nariz pequeno e os lábios carnudos. Não era exatamente uma mulher bela, mas tinha o seu encanto, e sua fisionomia causava boa impressão. Perto de seu pai, que possuía uma aparência rude, ela parecia ser muito mais elegante e inteligente. Tengo ficou feliz em constatar isso. Os cabelos estavam presos no alto e a luz do sol ofuscava sua vista. Mas pode ser que ela estivesse tensa diante da câmera. Por estar de quimono, não dava para saber como era o seu corpo.

Pelo menos, a contar pela foto, era difícil dizer que os dois formavam um belo casal. A diferença de idade também parecia ser grande. Tengo tentou imaginar a vida daquele casal desde o momento em que os dois se encontraram, se apaixonaram, casaram e tiveram um filho, mas não conseguiu. A foto não passava a imagem de um casal feliz. Se descartarmos a hipótese de que eles se apaixonaram, a razão de estarem juntos devia estar relacionada a alguma circunstância específica. Não. Talvez não tenha sido exatamente por causa de uma circunstância. A vida pode ser uma simples sequência de acontecimentos absurdos e, em determinadas situações, extremamente rudes.

Em seguida, Tengo tentou comparar a mulher misteriosa de seus devaneios — aqueles instantâneos de sua infância — com a mãe da fotografia. Mas, ao tentar fazer isso, percebeu que não conseguia se lembrar do rosto daquela mulher. Ela tirava a blusa, soltava as alças da camisola branca, e um homem, que não era seu pai, chupava os bicos de seus seios. E soltava um profundo suspiro, como se gemesse. Era a cena de que ele se lembrava. Um homem, que não era seu pai, chupava os bicos dos seios de sua mãe. Alguém roubava os bicos que deviam ser exclusivos dele. Para um bebê, aquilo era uma situação ameaçadora e tensa. Seus olhos nunca chegaram a ver o rosto daquele homem.

Tengo guardou a foto no envelope e pensou sobre aquilo. Seu pai guardara cuidadosamente aquela única foto até o dia de sua morte. Isso poderia significar que ele tinha um carinho especial por sua mãe. Quando Tengo começou a entender as coisas, sua mãe já havia adoecido e morrido. Segundo o levantamento realizado pelo advogado, Tengo era o único filho nascido da relação entre essa mãe falecida e seu pai, cobrador da NHK. Essa era a informação que constava em sua certidão de registro civil. Mas o registro não garante que o pai de Tengo é o seu pai biológico.

"Eu não tenho filho", declarara seu pai, momentos antes de entrar em coma profundo.

"Nesse caso, o que eu sou?", perguntara Tengo.

"Você não é nada", respondera o pai, de modo conciso e categórico.

Aquele tom de voz fez com que Tengo tivesse a certeza de que entre ele e aquele homem não havia uma relação de consanguinidade. Foi então que finalmente conseguiu se libertar de um grande fardo que carregava nas costas. Mas, com o decorrer do tempo, Tengo não sabia mais se aquilo que o seu pai dissera era mesmo verdade.

— Eu não sou nada — Tengo repetiu em voz alta.

De repente, ele teve a impressão de que sua mãe jovem possuía algo que lembrava a namorada mais velha. Kyôko Yasuda era o nome dela. Para tentar acalmar a mente, Tengo apertou o centro da testa com o indicador durante um tempo. Depois, tirou de novo a foto do envelope e tornou a observá-la detidamente. O nariz pequeno e os lábios carnudos. O queixo um pouco saliente. O corte de cabelo era diferente e, por isso, ele não havia notado antes, mas ela tinha um rosto muito parecido com o de Kyôko Yasuda. O que aquilo significava?

Por que o pai de Tengo resolvera entregar-lhe a foto após sua morte? Enquanto estava vivo, seu pai nunca lhe dera quaisquer informações sobre sua mãe. Havia, inclusive, escondido aquela foto de família. Mas, no final, ele lhe deixou essa fotografia velha e desbotada sem nenhuma explicação. Por quê? Para ajudá-lo ou para deixá-lo ainda mais confuso?

A única coisa que Tengo sabia era que seu pai não tivera intenção de explicar nada. Enquanto estava vivo, ele nunca tivera essa preocupação e, depois de morto, continuava não tendo. "Olha! Aqui tem uma foto. Vou te entregar somente isso. *Tire as suas próprias conclusões*", era o que seu pai provavelmente lhe diria.

Tengo deitou-se sobre o colchão sem lençol e ficou um bom tempo olhando o teto. Era um teto de compensado pintado de branco. A superfície era lisa, sem textura ou nó de madeira, e havia algumas junções retilíneas. Era a mesma imagem que seu pai teria visto durante os últimos meses de vida, através daqueles olhos encovados. Ou talvez aqueles olhos não tenham visto nada. De qualquer modo, seus olhos estavam direcionados àquele teto. Vendo ou não.

Tengo fechou os olhos e o imaginou deitado ali, com a vida se esvaindo lentamente. Mas, para um homem saudável de trinta anos, a morte era algo muito distante, difícil de imaginar. Tengo respirava calmamente, observando o movimento das sombras que a luz do entardecer desenhava nas paredes do quarto. Não queria pensar em mais nada. Para Tengo, não era tão difícil. Ele estava cansado demais de pensar. Queria dormir um pouco, mas, justamente por estar cansado demais, não conseguia dormir.

Um pouco antes das seis, a enfermeira Ômura veio até o quarto chamá-lo para o jantar no refeitório. Tengo não tinha apetite. Mesmo dizendo isso, a enfermeira alta e de seios fartos não era do tipo que desistia facilmente. "Você precisa comer, nem que seja um pouquinho", ela tornou a insistir. Era praticamente uma ordem. Desnecessário dizer que, em relação à saúde do corpo, ela era uma profissional, sabia se impor com conhecimento de causa. Tengo era do tipo que não sabia contrariar um argumento com conhecimento de causa, principalmente quando essa ordem era de alguém do sexo feminino, e de uma mulher mais velha do que ele.

Ao descer as escadas, Kumi Adachi já se encontrava no refeitório. A enfermeira Tamura não estava mais lá. Tengo compartilhou a mesma mesa com as enfermeiras Ômura e Kumi Adachi. Comeu um pouco de salada e verduras cozidas, e tomou uma sopa de soja com cebolinha e amêijoa. Depois, bebeu uma xícara de *hôjicha* quente.

— Quando será a cremação? — perguntou Kumi Adachi a Tengo.

— Amanhã, à uma da tarde — disse Tengo. — Após a cremação, pretendo voltar direto para Tóquio. Tenho de trabalhar.

— Alguém mais, além de você, vai comparecer à cremação?

— Não. Creio que não. Acho que serei somente eu.

— Será que eu posso te acompanhar? — perguntou Kumi.

— Na cremação do meu pai? — indagou Tengo, surpreso.

— Sim. Para falar a verdade, eu até que gostava dele.

Tengo colocou o *hashi* sobre a mesa e olhou para o rosto de Kumi, como se a indagar se ela realmente se referia ao seu pai. — O que você gostava nele? — perguntou Tengo.

— Ele era uma pessoa honesta e de poucas palavras — disse ela. — Nesse ponto, ele se parecia muito com o meu falecido pai.

— É mesmo? — disse Tengo.

— O meu pai era pescador. Morreu antes de completar cinquenta anos.

— Ele morreu no mar?

— Não. Morreu de câncer nos pulmões. Fumava demais. Não sei por quê, mas todos os pescadores são fumantes inveterados. Seu corpo todo parecia soltar fumaça.

Tengo pensou a respeito. — Talvez tivesse sido melhor se meu pai fosse pescador.

— Por que você acha isso?

— Não sei — disse Tengo. — De repente, tive essa impressão. Em vez de ser cobrador da NHK, talvez fosse melhor ele ter sido pescador.

— Para você, teria sido mais fácil aceitá-lo como pescador?

— Sendo pescador, acho que muitas coisas teriam sido mais simples.

Tengo imaginou a cena em que ele menino saía com o pai para pescar numa manhã de folga, no domingo. Os ventos marítimos intensos do Pacífico e o borrifo das ondas espirrando em seu rosto. O barulho monótono do motor a diesel. O odor nauseante das redes de pesca. Um trabalho severo e perigoso. Um pequeno erro que poderia ser fatal. Mas, comparado ao fato de ter sido levado de um lado para outro para fazer as cobranças da taxa de recepção da NHK na cidade de Ichikawa, essa vida de pescador lhe pareceu muito mais natural e satisfatória.

— Mas o trabalho de cobrança da NHK também não devia ser fácil — disse a enfermeira Ômura, comendo um peixe cozido.

— Acho que não — disse Tengo. De qualquer modo, não era um trabalho que Tengo se daria bem.

— Mas seu pai era muito bom, não era? — disse Kumi Adachi.

— Realmente, ele era muito bom — disse Tengo.

— Ele me mostrou o diploma de distinção — disse Kumi.

— Nossa! Ia me esquecendo... — disse a enfermeira Ômura, colocando o *hashi* na mesa. — Estava me esquecendo completamente. Que burrice a minha. Como é que fui me esquecer de uma coisa tão importante. Me espere aqui. Tenho uma coisa que preciso te entregar impreterivelmente hoje.

A enfermeira Ômura limpou a boca com o guardanapo, levantou-se e, deixando a comida pela metade, saiu do refeitório às pressas.

— O que será tão importante? — indagou Kumi, inclinando o pescoço.

Tengo não fazia ideia.

Enquanto aguardava o retorno da enfermeira Ômura, Tengo fazia força para comer a salada, levando-a sem ânimo até a boca. Havia poucas pessoas no refeitório. Numa das mesas havia três idosos, e nenhum deles conversava. Na outra, estava um senhor de cabelos grisalhos vestido de branco, mas, como estava sozinho, ele comia lendo um jornal vespertino com a expressão séria.

Finalmente, a enfermeira Ômura voltou com passos rápidos. Ela trazia uma sacola de papel de uma loja. Tirou de dentro dela um uniforme cuidadosamente passado e dobrado.

— Há cerca de um ano, no tempo em que seu pai ainda estava lúcido, ele me entregou isso — disse a enorme enfermeira Ômura. — Ele disse que queria ser colocado no caixão vestindo este uniforme. Por isso, mandei à tinturaria e depois o deixei guardado com naftalina.

Aquela roupa era, sem sombra de dúvida, o uniforme de cobrador da NHK. A calça, que fazia parte do conjunto, estava bem passada e com vinco. Tengo sentiu o cheiro de naftalina. Ficou durante um tempo sem palavras.

— O senhor Kawana queria ser cremado vestindo este uniforme — disse a enfermeira Ômura. Ela dobrou novamente o uniforme e o guardou na sacola. — Por isso, vou deixá-lo com você. Amanhã, leve este uniforme até a funerária e peça para que eles o vistam.

— Mas não vai ser estranho vestir o uniforme? Ele é emprestado, e, quando a pessoa se aposenta, precisa devolvê-lo à NHK — disse Tengo, sem convicção.

— Não se preocupe — disse Kumi Adachi. — Se ficarmos de bico calado, ninguém vai saber. A NHK não vai ficar no prejuízo por causa de um uniforme velho.

A enfermeira Ômura concordou. — O senhor Kawama dedicou-se à NHK e andou dia e noite fazendo a cobrança, durante mais de trinta anos. Ele deve ter passado por maus bocados; e precisava seguir normas e mais normas. Não deve ter sido nada fácil. Quem vai se importar com um uniforme? Ele não vai fazer alguma coisa ruim com ele, vai?

— É isso mesmo. Eu também tenho o uniforme da época do colegial — disse Kumi Adachi.

— O uniforme de cobrador da NHK não tem nada a ver com o do colegial — interrompeu Tengo, mas ninguém lhe deu atenção.

— Eu também tenho o meu uniforme guardado na cômoda — disse a enfermeira Ômura.

— Você às vezes veste o uniforme na frente do seu marido? Com direito a meias brancas? — disse Kumi, em tom de brincadeira.

— Até que não é má ideia — disse a enfermeira Ômura, com uma expressão séria e o rosto apoiado entre as mãos. — Acho que ele ia ficar muito empolgado.

— De qualquer modo — disse Kumi, mudando de assunto e voltando-se para Tengo. — O senhor Kawana deixou claro o seu desejo de ser cremado com o uniforme da NHK. Acho que devemos atender o pedido. Não acha?

Tengo voltou para o quarto, levando consigo a sacola de papel com o uniforme com a logomarca da NHK. Kumi Adachi acompanhou-o para arrumar a cama. Ela estendeu um lençol novo, ainda cheirando a goma, e trouxe um travesseiro e um cobertor limpos. Com todas essas peças, a cama em que seu pai dormia parecia completamente diferente. Tengo pensou vagamente nos densos pelos pubianos de Kumi.

— Nos últimos tempos, seu pai esteve em coma — disse Kumi, esticando os vincos do lençol. — Mas acho que ele não estava completamente inconsciente.

— Por que você diz isso? — indagou Tengo.

— De vez em quando, ele parecia enviar alguma mensagem.

Tengo, que até então estava em pé ao lado da janela observando a paisagem, voltou-se para Kumi. — Mensagem?

— Sim. O seu pai costumava bater na barra da cama. Ele deixava o braço cair e batia na madeira como a enviar uma mensagem em código Morse. Tum-tum, tum-tum. — Assim, desse jeito. Kumi Adachi imitou o som, batendo levemente na barra de madeira da cama. — Você não acha que é um código?

— Não é um código.

— Então o que é?

— Ele estava batendo na porta — disse Tengo, com a voz sem emoção. — Ele estava batendo na porta de alguém.

— É, você tem razão. É realmente o som de quem bate na porta. — disse Kumi, estreitando os olhos com uma expressão séria. — Quer dizer que, mesmo inconsciente, o senhor Kawana continuava a fazer cobranças?

— Provavelmente — disse Tengo. — Em algum lugar dentro de sua mente.

— É como aquelas histórias antigas de soldados que não soltavam as cornetas mesmo depois de mortos — disse Kumi, admirada.

Tengo permaneceu em silêncio, sem saber o que dizer.

— Seu pai realmente gostava muito desse serviço, não? Ele gostava de fazer as cobranças das taxas de recepção da NHK.

— Creio que não se trata de gostar ou não — disse Tengo.

— Então, do que se trata?

— É que isso era o que meu pai sabia fazer de melhor.

— Hum. É isso? — disse Kumi, e, após pensar um pouco, prosseguiu: — Em certo sentido, era o tipo de vida adequada para ele.

— Acho que era — disse Tengo, olhando o bosque de pinheiros dispostos de forma a conter os ventos. Realmente, ela tinha razão.

— Pois então, Tengo — disse ela. — No seu caso, o que será que você faz de melhor?

— Não sei — disse ele, fitando o rosto de Kumi Adachi. — Sinceramente, não sei.

Capítulo 22
Ushikawa
Olhos que expressam piedade

Tengo apareceu na entrada do prédio às seis e quinze da tarde de domingo. Ao sair, parou para dar uma olhada ao redor, como se estivesse à procura de algo. Olhou para a direita, a esquerda, e da esquerda para a direita. Mas, aparentemente, nada viu de estranho. Em seguida, caminhou apressado. Ushikawa observava-o atentamente por entre as cortinas.

Nesse dia, Ushikawa não podia segui-lo. Tengo não carregava nada e suas mãos grandes estavam enfiadas nos bolsos da calça. Ele vestia uma blusa de gola alta sob uma jaqueta de veludo cotelê verde-oliva, e os cabelos estavam desgrenhados. Dentro do bolso do casaco havia um livro grosso. "Provavelmente, ele deve estar indo jantar em algum restaurante da vizinhança. Que vá para onde quiser", pensou Ushikawa.

Tengo retomaria as aulas a partir da segunda-feira. Ushikawa havia telefonado para a escola e confirmado essa informação. "Sim. O professor Kawana retomará as aulas no início da semana que vem e dará continuidade à matéria, conforme a apostila", foi o que a recepcionista lhe informou. "Ótimo! Até que enfim Tengo vai voltar à rotina diária", pensou Ushikawa. "Do jeito que ele é, não deve ir muito longe" (se Ushikawa o tivesse seguido, descobriria que Tengo fora se encontrar com Komatsu num bar em Yotsuya).

Um pouco antes das oito, Ushikawa vestiu o casaco, enrolou o cachecol no pescoço, colocou o gorro de lã e, atento ao seu redor, saiu do apartamento apressado. Tengo ainda não havia retornado. Para quem fora jantar por perto, ele estava demorando muito. Se não desse sorte, Ushikawa poderia dar de cara com ele ao sair do prédio. Mas, mesmo tendo de correr o risco, ele precisava sair imediatamente para resolver um assunto.

Seguindo a rota que havia memorizado, Ushikawa dobrou algumas esquinas, passou por alguns pontos de referência e, apesar de se perder um pouco, conseguiu chegar até o parque infantil. Os ventos fortes que, na noite anterior, vinham do norte haviam parado de soprar e, para uma noite de dezembro, o tempo estava quente. Mesmo assim, não havia ninguém no parque. Ushikawa olhou novamente ao redor, para se certificar de que ninguém o observava, e só então subiu no escorregador. Sentado no topo, apoiou o flanco no corrimão para poder olhar o céu. As luas estavam praticamente na mesma posição da noite anterior. Uma lua minguante e luminosa pairava num céu sem nuvens. E, logo ao lado, quase que agarrada a ela, havia uma outra menor, esverdeada e disforme.

"Eu não estava equivocado", pensou Ushikawa, suspirando e balançando discretamente a cabeça. "Não foi sonho nem ilusão de ótica." Não havia dúvida de que duas luas — uma grande e outra pequena — pairavam sobre a zelkova desfolhada. Elas pareciam estar, desde a noite anterior, imóveis, aguardando pacientemente o retorno de Ushikawa. Elas sabiam. Sabiam que ele voltaria. O silêncio ao redor era sugestivo, como se houvesse sido preparado com antecedência. Elas queriam que Ushikawa também compartilhasse do silêncio. Elas mantinham o dedo indicador, coberto com uma fina camada de cinzas, sobre os lábios, e lhe diziam para não falar disso com ninguém.

Sentado no escorregador, Ushikawa movimentou os músculos do rosto de diversas maneiras. Queria se certificar de que não sentiria algo anormal ou estranho. Não sentiu nada anormal ou estranho. Para o bem ou para o mal, era o seu rosto de sempre.

Ushikawa se considerava um homem realista. E, *de fato*, ele era. Não era do tipo que gostava de fazer especulações metafísicas. Se realmente existia algo ali, independentemente de ser lógico ou não, ele precisava aceitar aquilo como um fato. Esse era o seu modo de pensar. Princípios e lógica não faziam surgir a realidade. A realidade vinha antes, e só depois apareciam o princípio e a lógica. Por isso, Ushikawa decidiu aceitar a existência das duas luas no céu como um fato.

O restante ele pensaria depois. Esforçando-se para não pensar em outras coisas, ele se concentrou em somente observar as luas. Uma grande e amarela e a outra pequena, esverdeada e disforme. Ele queria se acostumar com o cenário. *"Preciso aceitar isso do jeito que é*", tentava se convencer. Não havia como explicar o porquê de isso estar acontecendo. Naquele momento, não era o caso de ele investigar a fundo essa questão. O importante era *como se adequar àquela situação*. Isso sim era uma questão fundamental. E, para início de conversa, ele precisava aceitar aquele cenário sem contestações.

Ushikawa permaneceu cerca de quinze minutos naquele parque, com o corpo recostado no corrimão do escorregador, tentando se adaptar ao novo cenário. Como um mergulhador que precisa de um tempo para se adaptar à mudança de pressão, ele se deixava banhar pela luz emitida pelas luas, fazendo o seu corpo se acostumar à luminosidade. Seu instinto lhe dizia que isso era muito importante.

Um tempo depois o homenzinho com a cabeça disforme se levantou, desceu do escorregador e, concentrado em indescritíveis reflexões, voltou caminhando para o apartamento. As várias coisas que formavam a paisagem ao redor pareciam diferentes de quando passara havia pouco. "Deve ser por causa da luz da lua", pensou Ushikawa. "Aquela luminosidade deve ter deslocado as coisas. Por isso, algumas vezes quase deixei de virar uma esquina ou outra." Antes de entrar no prédio, ele olhou a janela do apartamento de Tengo para ver se a luz estava acesa. O professor grandalhão da escola preparatória ainda não havia voltado. "Pelo visto, ele não foi somente jantar nos arredores. Talvez tenha ido se encontrar com alguém. Será que é Aomame? Ou Fukaeri? Será que perdi uma chance importante? Agora não adianta mais pensar nisso. Segui-lo toda vez que sair é arriscado demais. Basta ele me ver uma vez para tudo ir por água abaixo."

Ushikawa entrou no apartamento e tirou o casaco, o cachecol e o gorro. Na cozinha, abriu uma lata de carne desfiada em conserva, fez um sanduíche e comeu em pé. Bebeu uma lata de café que não estava nem quente nem fria. Mas não conseguiu sentir o gosto de nada. Tinha apetite, mas faltava-lhe o paladar. Ushikawa não sabia se isso era pela comida ou por culpa de suas papilas. Ou se era por causa das duas luas gravadas no interior de seus olhos. Ele ouviu vagamente o som da campainha de algum dos apartamentos tocar. Um tempo depois, tocou novamente. Mas ele não se ateve a isso. Não era, afinal, a campainha da porta dele, mas de alguma outra porta, longe dali.

Após comer o sanduíche e beber o café, Ushikawa fumou um cigarro tranquilamente para que sua mente voltasse à realidade. Precisava reafirmar mentalmente o que deveria fazer. Somente após fazer isso é que ele, finalmente, foi até a janela e se sentou diante da câmera. Ligou o aquecedor elétrico e aproximou as mãos do calor emanado pela luz alaranjada. Faltava pouco para as nove da noite de domingo. Poucas pessoas entravam e saíam do prédio. Ushikawa, porém, queria saber a que horas Tengo voltaria.

Um tempo depois, uma mulher vestindo um casaco preto de náilon saiu do prédio. Era uma mulher que ele nunca tinha visto antes. Ela cobria a parte da boca com um cachecol cinza. Estava com óculos de aro preto e boné de beisebol. Não havia dúvidas de que ela não queria chamar a atenção e tentava esconder o rosto. Não tinha nada nas mãos e seus passos eram ligeiros. As passadas também eram largas. Instintivamente, Ushikawa apertou o botão do obturador e tirou três fotos. Ele pensou em segui-la, mas, quando estava se levantando, viu que ela havia sumido no meio da noite. Ushikawa franziu as sobrancelhas e desistiu de ir atrás dela. Do jeito que andava rápido, até ele calçar os sapatos e sair do prédio não daria mais tempo de alcançá-la.

Ushikawa tentou se lembrar do que acabara de ver. Ela tinha cerca de um metro e setenta. Vestia uma calça jeans de boca estreita e calçava tênis brancos. As roupas eram estranhamente novas. Devia ter de vinte e cinco a trinta anos. Os cabelos estavam escondidos pela gola do casaco e, por isso, não havia como saber o comprimento. O casaco de náilon forrado não permitia ver a silhueta de seu corpo, mas, pelo formato das pernas, devia ser magra. A boa postura e o jeito ligeiro de andar levavam a crer que era uma mulher jovem e saudável. Possivelmente, praticava algum esporte.

Todas essas características eram exatamente as mesmas que ele havia descoberto sobre Aomame. É claro que não poderia afirmar que aquela mulher fosse ela. Mas parecia estar muito cautelosa, como se temesse ser vista por alguém. Seu corpo estava em estado de tensão, como uma atriz que teme ser vigiada por uma revista de fofocas. Mas seu senso prático não lhe permitia pensar que uma atriz famosa, perseguida pela mídia, frequentasse um apartamento miserável em Kôenji.

Vamos imaginá-la como sendo Aomame.

Ela veio até aqui para se encontrar com Tengo. No entanto, ele estava ausente. A luz do apartamento continuava apagada. Ela veio ao seu encontro, mas, como ele não estava, teve de desistir e ir embora. Aquele distante som de campainha, que ele escutou tocar duas vezes, deve ter sido ela. Mas, para Ushikawa, essa história estava mal contada. Aomame estava sendo perseguida e, portanto, devia estar vivendo de um modo a não chamar a atenção, para evitar quaisquer riscos de ser encontrada. Se ela quisesse conversar com Tengo, o normal seria, antes de mais nada, verificar se ele estava no apartamento. Se o fizesse, ela não precisaria se arriscar à toa.

Ushikawa continuou sentado diante da câmera tentando pensar em várias possibilidades, mas nenhuma lhe pareceu satisfatória. O comportamento daquela mulher — que deixou seu esconderijo e veio a pé até aqui com um disfarce que não era exatamente um disfarce — não se enquadrava no perfil que Ushikawa tinha de Aomame, que era muito cautelosa e atenta. Por isso, ele estava confuso. A possibilidade de ter sido ele que a trouxera até o prédio não lhe passou pela cabeça.

Seja como for, na manhã do dia seguinte ele pretendia ir ao estúdio fotográfico em frente à estação e revelar todos os rolos de filmes acumulados. Um deles haveria de conter a foto dessa mulher misteriosa.

Ushikawa continuou a vigiar até pouco depois das dez, mas, após a saída daquela mulher, ninguém mais entrou ou saiu do prédio. O hall estava vazio e quieto, como um palco abandonado e esquecido cujo espetáculo se encerrou por ter sido um fracasso de bilheteria. "O que aconteceu com Tengo?", Ushikawa ficou intrigado. Até onde ele sabia, era estranho que Tengo ficasse até tão tarde da noite fora de casa. Ainda mais que, no dia seguinte, ele retomaria as aulas na escola. Ou será que ele já voltou enquanto Ushikawa esteve fora, e foi dormir cedo?

Ele sentiu então que estava exausto. Estava com tanto sono que mal conseguia manter os olhos abertos. Para alguém que, como ele, era do tipo notívago, isso era algo muito raro de acontecer. Normalmente, se houvesse necessidade, ele conseguia ficar acordado o tempo que precisasse. No entanto, naquela noite em particular, o sono pesava sobre sua cabeça implacavelmente, como blocos de pedra de túmulos antigos. "Eu não devia ter olhado as luas por tanto tempo", pensou Ushikawa. "Acho que minha pele ficou tempo demais exposta àquela luz. A imagem daquelas luas — a grande e a pequena — ficou sutilmente impregnada em minhas retinas. E essa silhueta enegrecida está entorpecendo as partes macias do meu cérebro, como uma espécie de abelha que pica e paralisa uma lagarta para nela depositar seus ovos. As larvas da abelha fazem da lagarta imobilizada a sua fonte de alimento, devorando-a viva." Ushikawa franziu as sobrancelhas e expulsou essa imagem agourenta da mente.

"Tudo bem", ele pensou. "Não preciso ficar a noite inteira esperando Tengo voltar. Tanto faz que horas ele retorne. É problema dele. Mesmo porque ele deve dormir logo. Ele não tem nenhum outro lugar para voltar, além deste apartamento. Provavelmente."

Ushikawa tirou a calça e a blusa sem muito ânimo e entrou no saco de dormir apenas de camisa de manga comprida e ceroulas. Encolheu o corpo e logo adormeceu. Um sono profundo, muito próximo ao estado de coma. Quando pegava no sono, ele achou ter ouvido batidas na porta do apartamento, mas o âmago de sua consciência estava sendo transportado para outro mundo. Não conseguia mais discernir corretamente as coisas. Quando tentava forçosamente discerni-las, todo o seu corpo rangia. Por isso, ele continuou com os olhos fechados e, desistindo de buscar uma explicação para o barulho que acabara de ouvir, deixou-se afundar no lodo do sono profundo.

Tengo despediu-se de Komatsu e voltou para o apartamento meia hora depois de Ushikawa cair nesse sono profundo. Ele escovou os dentes, pendurou no cabide a jaqueta impregnada com o cheiro de cigarro, colocou o pijama e foi para a cama dormir. Isso até as duas, quando o telefone tocou e ele soube que seu pai havia falecido.

Ushikawa acordou na manhã de segunda-feira quando já passava das oito e, a essa hora, Tengo tentava conciliar o sono, dormindo profundamente na poltrona do trem expresso com destino a Tateyama. Ushikawa estava sentado diante da câmera aguardando o momento de Tengo sair do prédio para ir à escola. Mas, obviamente, ele não apareceu. Quando o relógio marcou uma hora, Ushikawa desistiu. Foi até o telefone público perto do prédio e ligou para a escola, perguntando se as aulas do professor Kawana estavam sendo ministradas conforme a programação.

— As aulas do professor Kawana foram canceladas. Ontem à noite, um parente próximo inesperadamente sofreu um infortúnio — disse a atendente. Ushikawa agradeceu a informação e desligou o telefone.

Infortúnio de um parente próximo? O único parente próximo de Tengo era o pai, que fora cobrador da NHK e estava internado numa casa de saúde distante. Tengo ficou um bom tempo afastado de Tóquio para cuidar dele e voltara havia dois dias. O pai havia falecido, e Tengo precisou novamente partir. "Ele deve ter saído enquanto eu estava dormindo. Por que será que, justo hoje, eu tinha de dormir tão profundamente e até tão tarde?"

"Seja com for, agora Tengo está completamente sozinho no mundo", pensou Ushikawa. "Ele sempre foi um solitário, mas agora está ainda mais só. Completamente só." A mãe de Tengo morreu estrangulada num balneário da província de Nagano antes de Tengo completar dois anos. O assassino acabou não sendo preso. Ela havia abandonado o marido e pisgou-se com um rapaz, levando consigo o bebê Tengo. "Pisgar-se", que termo mais antigo. Ninguém mais usa essa palavra. Mas, dependendo do tipo de fuga, é o termo mais adequado. O motivo que levou o rapaz a matá-la era desconhecido. Não. O fato é que não se sabe ainda se foi realmente ele quem a matou. Num dos quartos da hospedaria, a mulher foi estrangulada com o cinto do roupão durante a noite, e o homem que estava com ela desapareceu. Mas é difícil não suspeitar do rapaz. Essa é a questão. O pai de Tengo foi informado do ocorrido e veio de Ichikawa buscar seu filho bebê, abandonado na hospedaria.

"Eu devia ter contado isso para Tengo Kawana. Ele tem todo o direito de saber. Mas ele não quis escutar a história de sua mãe da boca de uma pessoa como eu. Foi por isso que não contei. Paciência. Não é problema meu. É dele."

De qualquer modo, estando Tengo no apartamento ou não, a única coisa que cabia a Ushikawa era continuar a vigilância. E ele tentava se convencer disso. Na noite anterior, vira uma mulher misteriosa que poderia ser Aomame. Não havia provas, mas a possibilidade era muito grande. Sua cabeça disforme lhe dizia isso. Em termos de aparência, ele deixava a desejar, mas, em compensação, possuía uma intuição apurada, como um potente radar de última geração. Se aquela mulher for Aomame, ela certamente voltará para procurar Tengo. Ela não deve saber que o pai de Tengo faleceu. Essa era a hipótese que Ushikawa sustentava. Possivelmente, Tengo recebeu a notícia durante a noite e saiu logo pela manhã. E, ao que parece, deve haver algum motivo para que eles não possam se comunicar por telefone. Sendo assim, ela com certeza voltará. Mesmo ciente do risco que corre, aquela mulher tem algo de muito importante para falar a Tengo. Da próxima vez, aconteça o que acontecer, Ushikawa a seguiria para descobrir o seu paradeiro. Precisava planejar meticulosamente como fazer isso.

Quem sabe, ao segui-la, ele consiga desvendar uma parte do mistério e descobrir porque existem duas luas neste mundo. Ushikawa queria saber como funcionava esse interessante mecanismo. Mas isso era um assunto secundário. O importante era descobrir o esconderijo de Aomame, e depois era só entregá-la de bandeja, com um belíssimo laço de presente, para aquela dupla de mal-encarados. "Até conseguir fazer isso, preciso manter o senso prático, sem me importar com as luas. Esse é o meu ponto forte."

Ushikawa foi até o estúdio fotográfico e entregou à atendente cinco rolos com trinta e seis fotos cada. Quando as fotos ficaram prontas, ele foi até um restaurante caseiro das redondezas e, enquanto comia frango com curry, organizou-as em ordem cronológica. A maioria era de moradores cujos rostos lhe eram familiares. As únicas fotos que ele observou com real interesse foram de três pessoas: Fukaeri, Tengo e a mulher misteriosa da noite anterior.

O olhar de Fukaeri deixou Ushikawa tenso. Mesmo de dentro da fotografia ela o observava de forma direta e atenta. "Não há dúvidas", pensou Ushikawa. Ela sabia que ele estava *lá* e que não só a observava como também tirava fotos com uma câmera escondida. Aquele olhar límpido lhe dizia isso. Seus olhos enxergavam tudo e não aprovavam o que Ushikawa fazia. Aquele olhar direto espetava impiedosamente o cerne de seu coração. O que ele estava fazendo era injustificável. Ao mesmo tempo, ela não o condenava e tampouco o desprezava. Em certo sentido, aqueles lindos olhos o perdoavam. "Não. Talvez não estejam exatamente me perdoando", Ushikawa reconsiderou. Mais do que perdoá-lo, aqueles olhos expressavam um sentimento de *piedade*. Ao saber que a conduta de Ushikawa era impura, ela sentiu compaixão.

Isso tudo aconteceu num curto espaço de tempo. Naquela manhã, Fukaeri olhou para o alto do poste e, um tempo depois, virou-se rapidamente para a janela em que Ushikawa estava escondido e olhou diretamente para a lente da câmera camuflada e para o olho dele que estava atrás do visor. Em seguida, ela saiu caminhando. O tempo parou e novamente continuou a fluir. Isso tudo durou cerca de três minutos. Nesse pequeno intervalo de tempo, ela conseguiu enxergar a alma de Ushikawa e, após separar a sujeira e o desprezo ali existentes, enviou-lhe silenciosamente o seu sentimento de compaixão e partiu.

Ao ver os olhos dela, Ushikawa sentiu uma dor aguda, como se fosse espetado por agulhas espessas, compridas e afiadas por entre as costelas. Ele percebeu como era uma pessoa de caráter deformado e horrendo. "Mas isso não tem mais jeito", pensou Ushikawa. "Eu realmente sou uma pessoa de caráter *deformado e horrendo*." Além disso, a transparente compaixão que aqueles olhos espontaneamente lhe mostravam penetrou no âmago de seu coração. Ele preferia ser acusado, insultado, menosprezado e condenado. Preferia levar uma surra com um bastão de beisebol. Era algo que ele aguentaria. Mas *aquilo* não.

Em comparação, Tengo era uma pessoa muito mais fácil de lidar. Havia uma foto dele em pé, diante do prédio, olhando em direção à câmera. Ele também observou atentamente ao redor, do mesmo modo como Fukaeri havia feito. Mas os olhos dele não captaram nada. Seus olhos inocentes e ignorantes não enxergaram a câmera escondida nem a figura de Ushikawa por trás dela.

Em seguida, Ushikawa examinou a "mulher misteriosa". Eram três fotos. Boné de beisebol, óculos de aro escuro e cachecol enrolado até a altura do nariz. Não dava para ver o formato de seu rosto. Além de todas as fotos estarem com a iluminação comprometida, a aba do boné fazia sombra no rosto. Mesmo assim, a mulher da foto era exatamente do jeito que Ushikawa imaginava que Aomame seria. Ele pegou as três fotos e, como se verificasse cartas de baralho, olhou uma a uma repetidamente. Quanto mais ele via as fotos, mais tinha certeza de que só poderia ser Aomame.

Ele chamou a garçonete e perguntou qual era a sobremesa do dia. Torta de pêssego, ela respondeu. Ushikawa pediu uma e mais um café.

"*Se aquela mulher não for Aomame*", Ushikawa pensava enquanto aguardava a torta, "*creio que nunca mais vou conseguir encontrá-la*".

A torta de pêssego estava muito melhor do que esperava. Dentro da casca crocante havia pedaços suculentos de pêssego. Eram pêssegos em calda, mas, para uma sobremesa de restaurante simples, estava ótima. Ushikawa comeu toda a torta, bebeu todo o café e saiu do restaurante satisfeito. Passou no supermercado, comprou comida para três dias e, assim que voltou ao apartamento, sentou-se novamente diante da câmera.

Enquanto vigiava a entrada do prédio por entre as cortinas, tirou algumas sonecas encostado na parede, reconfortado pelo calor do aquecedor. Ushikawa, porém, não se importava com isso. Durante as sonecas, ele sabia que nada de importante iria acontecer. Tengo havia ido ao enterro de seu pai e Fukaeri não voltaria para lá. Ela sabia que ele continuava vigiando. As chances de aquela "mulher misteriosa" voltar durante o dia eram remotas. Ela age com extrema cautela. Caso ela volte, será quando começar a escurecer.

No entanto, mesmo após o anoitecer, ela não apareceu. Os mesmos rostos, como sempre, saíam para fazer as compras no final da tarde, para caminhar, e aqueles que foram para o trabalho retornavam com os rostos ainda mais cansados do que quando saíram. Ushikawa apenas os observava. Não via necessidade de tirar mais fotos. Agora o interesse dele se concentrava em três pessoas. Os demais eram apenas seres anônimos que ele aleatoriamente apelidou para passar o tempo.

— Senhor Mao (o corte de cabelo desse homem era parecido com o de Mao Tsé-tung), o senhor fez um bom trabalho.

— Senhor orelha comprida, hoje o dia está quente e ótimo para caminhada, não?

— Senhora sem queixo, vai sair novamente para as compras? O que vamos ter para o jantar?

Ushikawa vigiou a entrada do prédio até as onze. Depois, deu um grande bocejo e decidiu parar o serviço do dia. Bebeu uma xícara de chá verde da garrafa térmica, comeu algumas bolachas de água e sal e fumou um cigarro. Foi para o banheiro escovar os dentes e aproveitou para tirar a língua para fora e examiná-la diante do espelho. Fazia tempo que ele não a observava. Sobre a superfície havia uma camada que parecia de musgos. Como os musgos, a cor era levemente esverdeada. Ele olhou a língua detidamente sob a luz. Era uma coisa desagradável de ver. Essa coisa esverdeada estava presa por toda ela e parecia impossível de remover. "Se continuar assim, vou me transformar no homem-musgo", pensou Ushikawa. "Esse musgo esverdeado começou pela língua e, com o tempo, vai se espalhar por toda a extensão da pele, como a carapaça da tartaruga que vive no pântano." Só de pensar isso, Ushikawa se sentiu deprimido.

Ele suspirou e, ao mesmo tempo, soltou uma voz que não saiu, e parou de pensar na língua. Apagou a luz do banheiro. Tirou a roupa no escuro e entrou no saco de dormir. Fechou o zíper e encolheu o corpo como um inseto.

Estava escuro quando despertou. Tentou ver o relógio, mas ele não estava onde deveria. Por alguns segundos, Ushikawa ficou confuso. Ele sempre verificava a posição do relógio antes de dormir, para poder encontrá-lo no escuro. Um hábito de longa data. Por que o relógio não estava no lugar? Uma tênue luz incidia no canto do quarto através da cortina da janela. O entorno estava completamente preenchido com a escuridão da noite.

Ushikawa percebeu que as batidas de seu coração estavam aceleradas. Seu coração estava trabalhando incessantemente para espalhar a adrenalina por todo o corpo. A respiração estava ofegante e as narinas escancaradas, como se despertasse no meio de um sonho vívido e agitado.

Mas ele não estava sonhando. Algo, *realmente*, estava acontecendo. Alguém estava ao lado da sua cabeça. Ushikawa sentiu essa presença. Uma sombra mais escura do que a escuridão se levantou e estava olhando para o rosto de Ushikawa. Antes de mais nada, suas costas enrijeceram. Em questão de segundos, ele retomou a consciência e tentou abrir o zíper.

Num piscar de olhos, esse alguém enlaçou o braço pelo pescoço de Ushikawa e ele não teve tempo sequer de soltar um grito. Sentiu na nuca os músculos firmes e bem treinados desse homem. O braço apertava o pescoço de Ushikawa sem dó, como um torno mecânico. O homem não falava nada; não dava para ouvir sequer sua respiração. Ushikawa se retorceu e esperneou dentro do saco de dormir. Arranhou a parte interna de vinil e chutou o saco de dormir com as pernas. Tentou gritar, mas sabia que não adiantaria nada. Assim que o homem se posicionou firmemente sobre o tatame, ele passou apenas a apertar gradativamente o pescoço de Ushikawa, aplicando força aos músculos do braço. Um movimento eficaz e sem desperdícios. Por outro lado, a traqueia e os pulmões de Ushikawa eram cada vez mais pressionados, e a respiração se tornava fraca.

A única coisa que passou pela cabeça de Ushikawa naquele momento desesperador foi como ele havia conseguido entrar no apartamento. Ushikawa havia trancado a porta. Havia fechado por dentro com a corrente pega-ladrão. As janelas estavam trancadas. Como é que ele conseguiu entrar? Se tivesse mexido na chave, com certeza Ushikawa teria ouvido o barulho e, sem dúvida, isso o faria acordar.

"Esse cara é profissional", pensou Ushikawa. "Conseguiria tirar a vida de uma pessoa sem hesitar. Ele foi treinado para isso. É alguém a mando de Sakigake? Decidiram acabar comigo? Concluíram que eu não sirvo para nada, que sou apenas um estorvo? Eles estão errados. Estou a um passo de encontrar o paradeiro de Aomame." Ushikawa tentou dizer isso ao homem. Queria pedir que ele o escutasse. Mas a voz não saiu. Não havia ar suficiente para fazer vibrar a voz, e a língua estava no fundo da garganta, rígida como pedra.

A traqueia, agora, estava obstruída, e o ar, impedido de entrar. Os pulmões lutavam desesperadamente por oxigênio, mas não havia em lugar algum. Ele sentiu o corpo e a consciência se separarem. Enquanto seu corpo continuava a se contorcer dentro do saco de dormir, sua consciência estava sendo arrastada para a camada mais viscosa e pesada do ar. Rapidamente deixou de sentir os braços e as pernas. "*Por quê?*", Ushikawa se perguntava com a consciência se esvaindo. "Por que eu preciso morrer nesse lugar desagradável, desse jeito vergonhoso?" Não houve resposta. Finalmente, a escuridão sem contorno desceu do teto e envolveu tudo.

Quando recobrou a consciência, Ushikawa estava fora do saco de dormir. Não sentia os braços nem as pernas. A única coisa que ele sabia era que estava com os olhos vendados e sentia o tatame encostado em sua testa. Ele não estava mais sendo estrangulado. Seus pulmões inspiravam o ar fresco e respiravam ruidosamente, como se fossem um *fole*. Era o ar frio de inverno. Com o oxigênio, a circulação sanguínea se renovava e o coração bombeava com toda velocidade o sangue tépido e vermelho até as extremidades nervosas. De vez em quando, Ushikawa tinha um intenso acesso de tosse, mas sua consciência se limitava a respirar. Gradualmente, começou a sentir as mãos e as pernas. Escutava no fundo do ouvido as batidas secas do coração. "Ainda estou vivo", pensou Ushikawa em meio à escuridão.

Ele estava de bruços, deitado sobre o tatame. Suas mãos estavam colocadas para trás e amarradas com algo que parecia um tecido macio. As pernas também estavam amarradas. Não estavam apertadas, mas o modo de amarrá-las era eficaz, feito por um especialista. Não podia mexer o corpo, a não ser rolar. Ushikawa achou estranho ainda estar vivo e respirando. Aquilo não foi a morte. Ele ficou à beira da morte, mas não morreu. Uma dor aguda ainda podia ser sentida nas laterais da garganta. A urina que vazou na cueca estava começando a esfriar. Mas não era uma sensação desagradável. Muito pelo contrário; a dor e o frio significavam que ele ainda estava vivo.

— Você não vai morrer assim tão fácil — disse o homem. Era como se houvesse lido os pensamentos de Ushikawa.

Capítulo 23
Aomame
A luz estava definitivamente ali

Após a meia-noite, o dia mudou de domingo para segunda, e Aomame ainda não conseguia dormir.

Ela saiu do ofurô, vestiu um pijama, deitou-se na cama e apagou a luz. Não adiantaria ficar acordada até tarde, se ela não podia fazer nada. O problema, a princípio, já estava nas mãos de Tamaru e, fosse o que fosse, por ora, o melhor seria tentar dormir e, na manhã seguinte, com a cabeça fresca, poderia pensar melhor no assunto. Mesmo assim, sua consciência continuava totalmente desperta, e o corpo pedia atividade. Naquele momento, dormir era impraticável.

Aomame levantou-se da cama e vestiu um roupão sobre o pijama. Esquentou água, preparou um chá de ervas e, sentada na mesa da cozinha, bebeu-o em pequenos goles. Sua mente parecia estar pensando em algo, mas ela não conseguia discernir o quê. Era como um nimbo denso e compacto visto a distância e que, a despeito de seu nítido formato, tinha contornos indefinidos. Era como se existisse uma diferença entre a forma e o contorno. Aomame aproximou-se da janela levando consigo a xícara e, por entre o vão da cortina, observou o parque infantil.

Obviamente, não havia ninguém. Passava da uma da manhã e a caixa de areia, os balanços e o escorregador estavam abandonados. Era uma noite especialmente calma. Sem ventos, sem nuvens. As duas luas — uma grande e a outra pequena — pairavam no céu sobre a árvore gelada. As luas haviam mudado de posição desde a última vez que as vira, mas, apesar de acompanharem a rotação da terra, elas continuavam enquadradas dentro de seu campo visual.

Enquanto Aomame permanecia em pé, veio-lhe à mente a imagem do cabeção do boneco da felicidade entrando naquele prédio antigo e da placa na caixa de correio do apartamento 303. No cartão, de fundo branco, havia dois ideogramas: "Kawa-na". O cartão não era novo. Os cantos estavam retorcidos e dobrados e, em alguns pontos, apresentava a superfície levemente *manchada* pela ação da umidade. Desde que fora pregado na caixa, muito tempo havia se passado.

"Tamaru deve esclarecer se o morador do apartamento é Tengo Kawana ou se é outra pessoa de mesmo sobrenome. Creio que em breve, quem sabe até amanhã, ele já possa me dar essa informação. Ele é um homem que não perde tempo. Os fatos serão esclarecidos. E talvez eu possa me encontrar com Tengo", pensou Aomame. Essa possibilidade a fez se sentir sufocada. O ar ao seu redor parecia rapidamente se diluir.

Mas nem sempre as coisas correm tão bem. Se o morador do apartamento 303 for realmente Tengo Kawana, aquele sinistro cabeção do boneco da felicidade também pode estar escondido em algum lugar daquele prédio. E, possivelmente, deve estar planejando algo em segredo — não se sabe o quê — que, com certeza, será maligno. Um plano meticulosamente elaborado, que o fará seguir obstinadamente os passos de Aomame e de Tengo para impedir-lhes o encontro.

"Não. Não devo me preocupar com isso", Aomame tentava se convencer. "Tamaru é um homem confiável. Ele é o homem mais cauteloso, hábil e experiente que conheço. Devo deixar esse assunto sob sua responsabilidade, pois ele, com certeza, vai agir a meu favor e me defender do cabeção do boneco da felicidade. Aquele cabeção é uma existência incômoda não só para mim, como também para Tamaru, e se tornou um elemento perigoso que deve ser eliminado."

"Mas, e se, por acaso, Tamaru achar que (por algum motivo desconhecido) o meu encontro com Tengo não é apropriado, o que irá acontecer? Nesse caso, Tamaru possivelmente vai eliminar quaisquer chances de eu me encontrar com Tengo. Eu e Tamaru temos um sentimento recíproco, muito próximo à afeição. Não há dúvidas. Mesmo assim, sua prioridade, seja qual for a situação, sempre será a de promover o interesse e proporcionar a segurança da velha senhora. Esse é o seu trabalho. Ele não agiria pensando exclusivamente em mim."

Ao pensar assim, Aomame se sentiu insegura. Ela não tinha como saber em que ponto da escala de prioridades de Tamaru estava o fato de ela poder se encontrar e se unir a Tengo. Revelar para Tamaru sobre Tengo pode ter sido um erro fatal. Talvez tivesse sido melhor se ela própria houvesse tentado resolver a questão entre ela e Tengo.

Mas agora não havia mais volta. "Seja como for, eu já revelei a situação a Tamaru. Eu não tinha outra saída. O cabeção do boneco da felicidade, provavelmente, deve estar escondido naquele prédio esperando eu voltar. E, se eu for lá sozinha, seria o mesmo que cometer suicídio. E o tempo flui sem parar. Não poderia deixar esse assunto pendente, e apenas observar o desenrolar dos fatos. Naquele momento, a opção mais adequada era revelar o assunto a Tamaru, confiar-lhe o problema para que ele pudesse resolvê-lo."

Aomame parou de ficar pensando em Tengo. Quanto mais o fazia, mais seus pensamentos ficavam emaranhados, a ponto de não conseguir fazer mais nada. "Não vou mais pensar nisso. E, também, não vou mais olhar para as luas." A luz da lua, silenciosamente, perturbava-lhe o coração. Ela alterava o nível da maré na enseada e agitava a vida na floresta. Ao tomar o último gole de chá, ela se afastou da janela e foi à cozinha lavar a xícara. Ficou com vontade de tomar um pouco de conhaque, mas, por estar grávida, desistiu da ideia.

Aomame sentou-se no sofá, acendeu a pequena luminária de leitura e resolveu reler a *Crisálida de ar*. Ela já havia lido a obra umas dez vezes. Não era uma história longa e já havia, inclusive, decorado alguns trechos. Mesmo assim, achou melhor relê-la com mais atenção. Ela sabia que não conseguiria dormir, e desconfiava de que havia deixado passar alguma coisa importante.

A *Crisálida de ar* era um livro que continha uma espécie de código. Eriko Fukada, provavelmente, deve ter escrito essa história com o objetivo de divulgar uma mensagem. Tengo reescreveu habilmente o texto, tornando-o uma obra literária. Os dois formaram um time e criaram um romance que chamou a atenção de muitos leitores. Segundo o Líder de Sakigake, "os dois possuíam cada qual um dom que complementava o outro. Eles juntaram as forças e realizaram um trabalho conjunto". Se confiarmos nas palavras do Líder, quando a *Crisálida de ar* se tornou um best-seller, ela revelou um tipo de segredo que impedia as atividades do Povo Pequenino e, desde então, a "voz" se calou. Consequentemente, o poço secou e a água deixou de jorrar. A influência daquele livro foi imensa. Aomame se concentrou em ler atentamente o romance, linha por linha.

Quando os ponteiros do relógio de parede indicavam duas e meia, Aomame já havia lido dois terços do romance. Nesse ponto, ela fechou o livro e esforçou-se para colocar em palavras o que sentia em seu âmago. Não chegava a ser uma revelação, mas havia nela uma imagem muito nítida, uma forte convicção.

Eu não fui trazida para cá ao acaso.

Esse era o sentimento que a imagem lhe proporcionava.

Eu estou aqui porque preciso estar aqui.

"Até hoje, eu achava que tinha vindo parar no mundo 1Q84 sem ter o controle da situação, e que alguém me trouxe para cá intencionalmente. O trem que eu estava foi desviado do trilho principal num determinado ponto, seguindo um plano preestabelecido, e foi então que vim parar nesse novo e estranho mundo. Quando eu percebi, estava *aqui*. Estava num mundo em que pairam duas luas no céu e onde existe o Povo Pequenino. Neste mundo em que existe uma entrada, mas não uma saída.

"Foi isso o que o Líder me disse um pouco antes de morrer. O 'trem' era a história que Tengo escreveu, e eu não tinha como não fazer parte dela. Por isso é que estou *aqui*, neste momento. Uma existência completamente passiva. Em outras palavras, sou uma anônima, de papel secundário, e me sinto confusa, como se estivesse no meio de uma névoa.

"Mas não deve ser só isso", pensou Aomame. **Não deve ser só isso.**

"Não sou só uma pessoa que foi trazida para cá passivamente, à mercê de um plano traçado por outra pessoa. Pode até ser, mas, ao mesmo tempo, sei que vim para cá por escolha própria."

Decidi estar aqui por vontade própria.

Ela estava convicta disso.

"A razão de eu estar aqui é clara. Há um único motivo: encontrar Tengo e me unir a ele. Esse é o motivo principal de eu existir neste mundo. Se olharmos pelo sentido inverso, esse é o único motivo de este mundo existir dentro de mim. Como espelhos colocados frente a frente, refletindo uma imagem ao infinito, isso pode ser um paradoxo sem fim. Eu faço parte desse mundo, e esse mundo é parte de mim."

Aomame não tinha como saber que tipo de enredo continha a nova história escrita por Tengo. O que ela conseguia intuir era que, possivelmente, havia duas luas pairando no céu. E que o Povo Pequenino também fazia parte dela. "Por outro lado, ao mesmo tempo em que Tengo escreve a história, *a história também é minha*." Aomame estava certa disso.

Ela descobriu isso ao reler o trecho em que a protagonista fazia uma crisálida de ar no depósito, durante a noite, junto com o Povo Pequenino. Enquanto Aomame lia a descrição detalhada e clara daquela cena, ela sentiu um calor em seu ventre. Um calor estranhamente profundo, que provocava deleite em seu coração. Havia um núcleo, ainda que pequeno, mas de onde emanava uma fonte de calor. Ela sabia, mesmo sem precisar pensar a respeito, o que era essa fonte e o que significava esse calor. *Era uma coisa pequenina*. Essa coisa pequenina sentiu afeição ao ver a cena em que a protagonista e o Povo Pequenino construíam a crisálida de ar e, como uma reação a *essa* cena, emitia o calor.

Aomame colocou o livro sobre a mesinha, abriu um botão da camisa do pijama e colocou a mão sobre o ventre. A palma sentia o calor que havia ali. Esse calor parecia emitir uma suave luz alaranjada. Aomame desligou o abajur para observar atentamente essa luz no quarto escuro. Era um brilho tênue, quase imperceptível. Mas a luz estava definitivamente ali, não havia dúvida. "Não estou sozinha", pensou Aomame. "Estamos juntos desde o momento em que passamos a fazer parte de uma mesma história."

"Se essa história é de Tengo e também é minha, significa que posso escrever o enredo", era o que Aomame pensava. "Posso tanto acrescentar coisas como reescrevê-la. O mais importante é que posso decidir como ela termina, certo?"

Ela passou a considerar essa possibilidade.

"Mas como fazer isso?"

Aomame não sabia. O que ela sabia era *a existência dessa possibilidade*. Por enquanto, era apenas uma teoria, sem fundamento concreto. Aomame cerrou os lábios na serena escuridão e começou a pensar. Isso era muito importante. Era preciso pensar com profundidade.

"Nós formamos um time. Assim como Tengo e Eriko Fukada se uniram para fazer a *Crisálida de ar*, nessa nova história, eu e Tengo é que formamos um time. O nosso desejo — ou essa força oculta motivada pelo nosso desejo — se tornou uno, para que possamos retomar essa história complicada e fazer com que ela se desenvolva. Isso, possivelmente, é uma tarefa que está sendo realizada num local profundo e invisível aos nossos olhos. Por isso, mesmo que eu não possa me encontrar com ele, sei que estamos juntos. Estamos criando uma história, e ela nos faz agir. Não é isso?

"Há uma questão. Uma questão muito importante.

"Dentro dessa história que *nós* estamos escrevendo, qual será o significado *desta coisa pequenina*? Que tipo de função ela possui?

"*Esta coisa pequenina* sentiu uma intensa afeição diante da cena em que o Povo Pequenino e a protagonista constroem a crisálida de ar no depósito. Do interior do meu útero ela está emitindo um calor brando que posso sentir, e uma suave luz alaranjada. É como se fosse a própria crisálida de ar. Será que o meu útero está cumprindo a função de 'crisálida de ar'? Será que sou a *maza* e *esta coisa pequenina* é a minha *dohta*? Será que o fato de eu estar grávida de Tengo, sem ter mantido relação sexual com ele, estaria de algum modo relacionado à vontade do Povo Pequenino? Eles se apoderaram habilmente do meu útero e o estão usando como uma crisálida de ar? Será que estão me usando como uma espécie de dispositivo para retirar uma nova *dohta* para eles?

"Não. Não pode ser." Aomame estava certa e segura de que não era isso. "*É impossível.*"

"Neste momento, o Povo Pequenino não possui a capacidade de agir. Foi o que o Líder disse. As atividades que normalmente eles praticavam tiveram de ser interrompidas com a ampla repercussão do romance *Crisálida de ar*. Esta minha gravidez ocorreu num local distante dos olhos deles. Sendo assim, quem — ou que tipo de energia — tornou possível esta gravidez? E para quê?"

Aomame não sabia.

A única coisa que ela sabia era que *esta coisa pequenina* era uma vida preciosa e insubstituível, que nasceu da união dela e de

Tengo. Aomame colocou novamente a mão sobre o ventre e, delicadamente, pressionou a tênue orla de luz alaranjada que pairava ao seu redor. Sem pressa, ela distribuiu por todo o corpo esse calor que sentia na palma da mão. "Não importa o que aconteça, preciso proteger esta coisa pequenina. Não vou deixar ninguém roubá-la de mim. Ninguém vai prejudicá-la. *Nós* vamos cuidar dela e protegê-la." Aomame tomou essa firme decisão em meio à escuridão.

Foi para o quarto, tirou o roupão e deitou-se na cama, de costas. Colocou a mão sobre o ventre e sentiu novamente o calor na palma da mão. "Não me sinto mais insegura. Nem hesitante. Eu preciso me fortalecer ainda mais. O meu corpo e a minha mente precisam se tornar um só." Finalmente, o sono se aproximou silenciosamente, como uma fumaça a envolver-lhe o corpo. No céu, ainda pairavam duas luas.

Capítulo 24
Tengo
Deixando a cidade dos gatos

O corpo do pai de Tengo foi colocado num caixão simples, vestido de maneira solene com o uniforme de cobrador da NHK, impecavelmente bem passado. Um caixão que, provavelmente, devia ser o mais barato. Não passava de uma caixa de madeira um pouco mais resistente, numa cor clara — que lembrava o pão de ló —, extremamente simples. Apesar de seu pai ser pequeno, o corpo ocupava praticamente toda a extensão do caixão. De compensado, carecia de adornos. "O caixão pode ser esse mesmo?", perguntou o agente funerário, em tom cerimonioso, para se certificar de que Tengo não faria objeção. "Pode", respondeu Tengo. Seu pai escolhera aquele caixão do catálogo e o deixara pago. Se o próprio falecido não tinha objeções, Tengo também não haveria de ter.

O pai, que estava dentro daquele caixão simples, com o uniforme de cobrador da NHK, não parecia estar morto. Era como se estivesse cochilando no intervalo do serviço e, a qualquer momento, fosse abrir os olhos, colocar o boné e sair para fazer as cobranças pendentes. A logomarca da NHK costurada no uniforme parecia parte de sua pele. Ele nasceu neste mundo de uniforme e seria cremado com ele. Ao vê-lo assim, Tengo não conseguia imaginá-lo vestido de outra forma. Era como na ópera de Wagner, em que os guerreiros são queimados com suas armaduras.

Naquela manhã de terça, com a presença de Tengo e Kumi Adachi, o caixão foi fechado, selado com pregos e, em seguida, transportado no carro fúnebre. Não era exatamente um carro fúnebre, mas um furgão Toyota básico, como o que transportara o corpo de seu pai da clínica até a funerária. A única diferença era que, em vez da maca com rodas, agora era um caixão. Esse tipo de carro fúnebre também devia ser o mais barato. Não havia nada de *solene* nele. Não se ouvia a música "O crepúsculo dos deuses". Mesmo em relação ao modelo do carro fúnebre, Tengo não fazia objeção. Kumi

Adachi tampouco parecia se importar com aquilo. Ele apenas cumpria a função de transportar o corpo. O mais importante era que uma pessoa havia desaparecido deste mundo, e isso sim deveria ficar guardado no coração dos que permaneciam. Os dois pegaram um táxi e seguiram o furgão.

O crematório ficava afastado da praia, em meio às montanhas. O edifício era relativamente novo e desprovido de personalidade; mais do que um crematório, parecia uma fábrica ou um edifício governamental. Mas o jardim era bonito e bem-cuidado, e a chaminé elevava-se alta e majestosa em direção ao céu, detalhe que indicava a função diferenciada daquele prédio. Naquele dia, o crematório parecia tranquilo, e não precisaram esperar muito para que o caixão fosse levado ao forno. Ele entrou lentamente na fornalha e uma pesada tampa se fechou, como a escotilha de um submarino. Um funcionário idoso de luvas dirigiu-se a Tengo e fez uma reverência. Em seguida, ligou a chave. Kumi Adachi fez uma reverência, juntando as mãos em oração, e olhou em direção à escotilha. Tengo fez o mesmo.

Durante a cremação, que levou cerca de uma hora, Tengo e Kumi Adachi aguardaram na sala de espera, no interior do prédio. Kumi comprou dois copos de café na máquina automática, e beberam em silêncio. Estavam sentados lado a lado num banco em frente a uma enorme janela de vidro. Lá fora se estendia um gramado desolado pelo inverno e um pequeno bosque de árvores desfolhadas. Pássaros pequenos e de rabo comprido, cujo nome Tengo desconhecia, emitiam um canto alto e agudo. Ao cantar, o rabo se erguia. Não havia nenhuma nuvem no céu de inverno que se estendia sobre as árvores. Kumi Adachi vestia um casaco de lã grosso e felpudo cor de creme sob um vestido curto preto. Tengo usava um suéter preto de gola redonda sob uma jaqueta cinza-escuro com padrões em zigue-zague, e mocassins marrom-escuros. Era a roupa mais formal que ele possuía.

— O meu pai também foi cremado aqui — disse Kumi Adachi. — Todos os que estavam no velório fumavam sem parar, a ponto de uma nuvem densa se formar no teto. A maioria era de pescadores.

Tengo imaginou a cena. Um grupo de homens bronzeados com ternos escuros, que não estavam habituados a usar, e fumando sem parar, enquanto lamentavam a morte do amigo pelo câncer de pulmão. Mas agora, na sala de espera, estavam somente Tengo e Kumi, e o silêncio era ocasionalmente quebrado pelo canto agudo dos pássaros. Não havia música nem vozes. A luz do sol incidia delicadamente sobre a terra. Uma luz que ao passar pela janela formava uma silenciosa área clara em torno dos pés. O tempo fluía lentamente, como as águas do rio em direção à foz.

— Obrigado por ter vindo — disse Tengo, após permanecer um longo tempo em silêncio.

Kumi Adachi colocou as mãos sobre as de Tengo. — Ficar sozinho numa hora dessas não é fácil. Sempre é melhor ter alguém por perto.

— Tem razão — admitiu Tengo.

— A morte de uma pessoa é um acontecimento muito sério, não importam as circunstâncias. Ela abre um buraco no mundo. E cabe a nós prestarmos corretamente a nossa homenagem. Se não fizermos isso, o buraco não se fecha direito.

Tengo concordou com a cabeça.

— Não se deve deixar o buraco aberto — disse Kumi. — Alguém pode cair nele.

— Mas, dependendo da situação, a pessoa que morre leva consigo alguns segredos — disse Tengo. — Se o buraco se fechar, eles jamais serão revelados.

— Acho que isso também é necessário.

— Por quê?

— Se a pessoa que morreu levou consigo um segredo, significa que não poderia ser deixado aqui.

— Por que não poderia ser deixado aqui?

Kumi soltou a mão de Tengo e, fitando seu rosto, disse: — Talvez porque esses segredos contenham *algo* que somente a pessoa que morreu conseguiria entender corretamente. Algo que, por mais que ela levasse tempo para explicar, não conseguiria. Um tipo de segredo que cabe somente à pessoa que morreu levar consigo. Como uma importante bagagem de mão.

Tengo permaneceu em silêncio, olhando a luz do sol que incidia em seus pés. O chão de linóleo brilhava intensamente e, sobre o assoalho, havia o par de mocassins gastos de Tengo e o escarpim preto, simples, de Kumi. Os calçados estavam diante dele, mas, ao mesmo tempo, aquela cena parecia estar a quilômetros de distância.

— Você também deve ter algo que não consegue explicar direito para as pessoas, não?

— Acho que sim — disse Tengo.

Kumi manteve-se em silêncio e cruzou as pernas finas, de meias pretas.

— Se não me engano, você disse que já havia morrido — perguntou Tengo.

— Sim. Eu já morri uma vez. Era uma triste noite de chuva fria.

— Você se lembra do que aconteceu?

— Acho que sim. Sonho constantemente sobre o que aconteceu naquela noite. Um sonho muito real e recorrente. Isso me faz pensar que aquilo deve ter realmente acontecido.

— Será que é uma espécie de reencarnação?

— Reencarnação?

— Uma outra vida. Uma transmigração das almas.

Kumi Adachi pensou a respeito. — Não sei dizer. Pode ser que sim. Mas pode ser que não.

— Você foi cremada após a morte?

Kumi negou com a cabeça. — Disso eu não me lembro, pois teria acontecido após minha morte. A única coisa que me lembro é de *quando eu morri*. Alguém me estrangulou. Um homem que eu não conhecia e que nunca tinha visto antes.

— Você se lembra do rosto dele?

— É claro que sim. Sonho com ele constantemente. Se eu o vir na rua, reconheço-o imediatamente.

— O que você faria se o encontrasse na rua?

Kumi coçou o nariz, como se verificasse se ele ainda estava ali. — Já pensei inúmeras vezes nessa possibilidade. Imaginei o que faria caso o encontrasse. Acho que sairia correndo. Ou o seguiria. Acho que só vou saber quando de fato acontecer.

— Se você o seguisse, o que faria depois?

— Não sei. Mas talvez esse homem saiba de algum segredo muito importante para mim. E talvez eu possa desvendá-lo.

— Que tipo de segredo?

— Quem sabe, o significado de eu *estar aqui*.

— Mas ele pode querer matá-la novamente.

— Talvez — disse Kumi, fechando levemente os lábios. — Sei que é perigoso. Estou ciente disso. O mais sensato, talvez, é sair correndo. Mas a possibilidade de haver um segredo me atrai, como um gato que não consegue deixar de espiar o interior de um quarto escuro.

Após a cremação, os dois pegaram as cinzas do pai de Tengo, conforme a tradição, e as colocaram numa pequena urna. A urna foi entregue a Tengo, mas ele não sabia o que fazer com ela. Não queria deixá-la em qualquer lugar. Pegou um táxi com Kumi Adachi até a estação.

— Pode deixar que eu cuido dos detalhes burocráticos — disse Kumi no táxi. — Se você quiser, posso também depositar as cinzas num local adequado.

Tengo ficou surpreso com suas palavras. — Você poderia fazer isso?

— Por que não? — disse Kumi. — Há casos em que não aparece ninguém no enterro.

— Se você puder fazer isso, agradeço imensamente — disse Tengo. Apesar de sentir um pouco de culpa, ele ficou aliviado de poder entregar a urna para Kumi. Ele sabia que jamais veria aquelas cinzas de novo. Restariam a ele apenas as lembranças. Lembranças que, com o decorrer do tempo, desapareceriam feito *pó*.

— Como eu moro aqui, consigo resolver as coisas com mais facilidade. Sendo assim, Tengo, volte logo para Tóquio. *Nós* gostamos de você, mas aqui não é um lugar que você deva ficar para sempre.

"Vou deixar a cidade dos gatos", pensou Tengo.

— Muito obrigado por tudo — ele agradeceu novamente.

— Tengo, será que posso fazer uma advertência? Bom, não é exatamente uma advertência.

— Claro que pode.

— O seu pai deve ter ido para o outro lado carregando consigo um segredo. E me parece que você está um pouco confuso com isso. Sei o que você deve estar sentindo. Mas saiba que eu acho melhor você não continuar espiando essa entrada escura. Deixe os gatos fazerem isso. Mesmo que você o faça, isso não vai te levar a lugar nenhum. O melhor é seguir em frente.

— O buraco precisa ser fechado — disse Tengo.

— Isso mesmo — disse Kumi Adachi. — A dona coruja também está dizendo isso. Você se lembra da dona coruja?

— É claro que sim.

A coruja é a protetora da floresta e ela sabe tudo, por isso ela nos oferece a sabedoria da noite.

— Será que a coruja continua a cantar naquele bosque?

— A coruja não irá para nenhum lugar — disse a enfermeira. — Ela estará lá para todo o sempre.

Kumi Adachi aguardou Tengo entrar no trem que partia para Tateyama, como se precisasse ter certeza de que ele estava deixando aquela cidade. Depois, acenou para ele da plataforma até não vê-lo mais.

Tengo voltou a Kôenji na terça-feira, às sete da noite. Acendeu a luz e, sentado na mesa da cozinha, olhou o apartamento. Ele estava do jeito que o deixara na manhã do dia anterior. As cortinas estavam totalmente fechadas e, sobre a mesa, havia um punhado de folhas impressas. Seis lápis bem apontados estavam dentro do porta-lápis. As louças lavadas estavam no escorredor da pia da cozinha. O relógio marcava silenciosamente as horas e o calendário, pendurado na parede, indicava que faltava um mês para o fim do ano. O apartamento parecia muito mais *quieto* que de costume. Uma *quietude* exagerada. Mas isso poderia ser apenas uma impressão. Afinal, ele acabara de acompanhar o desaparecimento de uma pessoa. O buraco ainda não devia estar totalmente fechado.

Após beber um copo de água, ele resolveu tomar um banho quente. Lavou os cabelos com calma, limpou os ouvidos e cortou as unhas. Pegou uma cueca e um pijama da gaveta e os vestiu. Havia muitos cheiros que ele precisava tirar de seu corpo: os cheiros da cidade dos gatos. "Nós gostamos de você, mas aqui não é um lugar que você deva ficar para sempre", foi o que Kumi Adachi lhe dissera.

Tengo não estava com apetite nem com vontade de trabalhar ou de ler um livro. Também não queria escutar música. Sentia o corpo cansado, mas os seus nervos estavam estranhamente agitados. Por isso, sabia que não adiantaria se deitar na cama e tentar dormir. Até mesmo o silêncio que pairava no quarto parecia artificial.

"Seria tão bom se Fukaeri estivesse aqui", pensou Tengo. "Eu não me importaria se ela me dissesse coisas insignificantes e sem sentido. Não teria nenhum problema em ouvir as frases sem entonação." Fazia tempo que ele não a ouvia falar, e queria muito voltar a escutar aquela voz. Mas Tengo sabia que ela jamais voltaria àquele apartamento. Ele não sabia explicar direito como tinha tanta certeza. Mas o fato é que sabia que ela não voltaria mais.

Tengo queria conversar com alguém, não importava quem. Se possível, queria conversar com sua namorada mais velha. No entanto, não podia entrar em contato com ela. Além de ele não ter seu telefone, haviam lhe dito que ela estava *perdida*.

Tengo discou o número do trabalho de Komatsu, que caía direto na mesa dele. Ninguém atendeu. Após o décimo quinto toque, desistiu e colocou o fone de volta no gancho.

"Para quem mais eu poderia telefonar?", pensou Tengo, sem conseguir se lembrar de alguém. Pensou então em ligar para Kumi Adachi, mas se deu conta de que não tinha o número dela.

Em seguida, pensou no buraco escuro que continuava aberto em algum lugar do mundo. Não era um buraco muito grande, mas era bem profundo. Se olhasse para dentro dele e começasse a falar bem alto, será que conseguiria conversar com o pai? O falecido pai lhe contaria a verdade?

"Mesmo que você o faça, isso não vai te levar a lugar nenhum", foi o que dissera Kumi Adachi. "O melhor é seguir em frente."

Mas Tengo não concordava com isso. Não era somente disso que se tratava. Desvendar um segredo pode não me levar a lugar nenhum, mas era preciso saber o motivo. Quem sabe se o motivo me faria seguir em frente, rumo a *algum lugar*?

"Não me importo se você é o meu pai de verdade ou não", Tengo disse, voltando-se para dentro desse buraco escuro. "Para mim, tanto faz. Mas você morreu levando consigo uma parte de mim, e eu continuo vivo, com uma parte sua. Se existe ou não uma relação de sangue entre nós, isso não mudará os fatos. O tempo passou e o mundo continua seguindo em frente."

Tengo teve a impressão de ter escutado o canto da coruja pela janela. Mas só poderia ser um engano, uma ilusão auditiva.

Capítulo 25
Ushikawa
Faça frio ou não, Deus está presente

— Você não vai morrer assim tão fácil — disse o homem atrás dele. Era como se houvesse lido os pensamentos de Ushikawa. — Você só *perdeu* a consciência durante um tempo. Mas faltou pouco para o seu fim.

Era uma voz desconhecida. Impessoal, desprovida de emoção. Nem alta nem baixa, nem séria nem amistosa. Como a voz que anuncia os horários de partida e chegada dos voos, ou a conjuntura do mercado de ações.

"Que dia da semana é hoje?" Um pensamento desconexo passou pela mente de Ushikawa. "Deve ser a noite de segunda-feira. Não; o correto seria dizer que já estamos na terça."

— Senhor Ushikawa — disse o homem. — Posso chamá-lo de Ushikawa?

Ushikawa permaneceu calado. Um silêncio de vinte segundos que foi quebrado, sem aviso, com um soco rápido e certeiro no seu rim esquerdo. Um golpe silencioso e extremamente forte, desferido pelas costas. Uma dor lancinante perpassou todo o seu corpo. Os órgãos pareciam se contorcer e, até a intensa dor amenizar um pouco, Ushikawa não conseguia sequer respirar direito. Somente um tempo depois é que um reprimido gemido seco escapou-lhe pela boca.

— Educadamente, fiz uma pergunta. Gostaria de ouvir sua resposta. Se você ainda não consegue falar, basta mexer a cabeça para concordar ou discordar. Isso se chama educação — disse o homem. — Posso chamá-lo de Ushikawa?

Ushikawa balançou várias vezes a cabeça em sinal de aprovação.

— Ushikawa. Um nome fácil de memorizar. Tomei a liberdade de olhar a carteira que encontrei no bolso da sua calça. Dei uma olhada em sua habilitação e no seu cartão pessoal. "Diretor Efetivo, Nova Fundação Japão para a Promoção das Ciências e das

Artes." Um título e tanto, hein? Me diga uma coisa: o que um Diretor Efetivo da Nova Fundação Japão para a Promoção das Ciências e das Artes está fazendo com uma câmera escondida num lugar como este?

Ushikawa permanecia calado. As palavras custavam a sair.

— Acho melhor responder — disse o homem. — Se o rim for esmagado, será preciso conviver com a dor pelo resto da vida.

— Estava vigiando uma pessoa que mora neste prédio — foi o que Ushikawa conseguiu responder, com imensa dificuldade. A altura da voz era irregular, e o som, vez por outra, falhava. De olhos vendados, tinha a impressão de que aquela voz não era a dele.

— Essa pessoa é Tengo Kawana?

Ushikawa concordou com a cabeça.

— O *ghost-writer* que redigiu a *Crisálida de ar*.

Ushikawa acenou novamente e teve um pequeno acesso de tosse. Esse homem tinha conhecimento daquilo.

— A mando de quem? — indagou o homem.

— Sakigake.

— Isso eu já previa — disse o homem. — A questão é por que somente agora o grupo religioso passou a vigiá-lo? Não creio que Tengo Kawana seja uma pessoa importante para eles.

Ushikawa tentou avaliar rapidamente qual seria a posição desse homem e até onde ele tinha conhecimento das coisas. Apesar de não saber quem ele era, não parecia trabalhar para o grupo. Ushikawa, porém, não tinha certeza se isso era motivo para ficar alegre ou não.

— Fiz uma pergunta — disse o homem, apertando com o indicador o rim esquerdo de Ushikawa. Um aperto bem forte.

— Há uma ligação entre ele e uma mulher — disse Ushikawa, gemendo com a dor.

— Essa mulher tem nome?

— Aomame.

— Por que estão atrás dela? — perguntou o homem.

— Porque ela prejudicou o Líder do grupo.

— Prejudicou — disse o homem, como a confirmar o que ouviu. — Está querendo dizer que ela o matou, não? Que tal responder de modo mais simples?

— Isso mesmo — respondeu Ushikawa. Ele sabia que não adiantaria tentar esconder as coisas desse homem. Mais cedo ou mais tarde, acabaria confessando.

— Mas isso não foi divulgado.

— É um segredo mantido pelo grupo.

— Quantas pessoas do grupo sabem disso?

— Um punhado.

— E você está entre eles.

Ushikawa confirmou com a cabeça.

— Então você ocupa uma posição importante no grupo.

— Não — disse Ushikawa, balançando a cabeça para os lados. Gesto que fez seu rim doer mais. — Sou apenas um garoto de recados que, por acaso, estava numa situação que me fez ficar sabendo disso.

— Você estava no lugar errado e na hora errada. É isso?

— Pode-se dizer que sim.

— Me diga uma coisa, Ushikawa: neste caso em particular, você está agindo sozinho?

Ushikawa balançou a cabeça num gesto afirmativo.

— Isso é muito estranho. A tarefa de vigiar e seguir alguém, normalmente, é realizada em equipe. Para fazer a coisa bem-feita é preciso ter alguns auxiliares e formar um grupo de, no mínimo, três pessoas. E você ainda por cima está ligado a uma organização. É muito estranho você me dizer que está trabalhando sozinho. Essa sua resposta não me convence.

— Não sou adepto da religião — disse Ushikawa. A respiração estava voltando ao normal e já conseguia falar, articulando melhor as palavras. — O grupo me contratou como investigador particular. Eles acham mais conveniente chamar alguém de fora para fazer certos tipos de serviço.

— Eles contratam um diretor efetivo da Nova Fundação Japão para a Promoção das Ciências e das Artes?

— É uma firma de fachada. Ela não existe. Foi criada apenas para resolver os problemas de impostos do grupo. Sou um autônomo que trabalha para o grupo, sem nenhuma vinculação religiosa.

— Um tipo de mercenário.

— Não. Não sou um mercenário. Apenas aceito os pedidos e coleto as informações. Se for necessário tomar alguma medida drástica, isso fica sob a responsabilidade de alguma pessoa do grupo.

— Foi o grupo que pediu para você vigiar Tengo Kawana e ver se havia alguma ligação com Aomame?

— Isso mesmo.

— Creio que não — disse o homem. — Essa não foi uma resposta correta. Se o grupo já tivesse conhecimento disso, isto é, se eles soubessem que há uma ligação entre Tengo Kawana e Aomame, eles não deixariam essa responsabilidade em suas mãos. Eles formariam uma equipe com os próprios membros do grupo. A possibilidade de cometer erros seria menor e, caso necessário, eles poderiam usar o poder que possuem.

— Mas estou dizendo a verdade. Apenas cumpro ordens. Eu também não sei por que eles resolveram me contratar — a voz de Ushikawa ficou novamente instável e, vez por outra, falhava.

"Se ele souber que o grupo Sakigake ainda não sabe da relação entre Tengo Kawana e Aomame, ele vai me apagar", pensou Ushikawa. "Se eu deixar de existir, ninguém vai saber que há uma ligação entre eles."

— Não gosto de respostas erradas — disse o homem com a voz fria. — Você vai sentir na pele o que isso significa. Posso socar novamente o seu rim, mas, se eu o fizer com toda a minha força, minha mão vai doer e, no momento, meu objetivo não é provocar uma lesão grave em seu rim. Eu não odeio você. O meu objetivo é apenas um: obter respostas corretas. Por isso, vou usar uma outra estratégia. Vou fazê-lo conhecer o fundo do mar.

"Fundo do mar?", pensou Ushikawa. "O que ele quer dizer com isso?"

O homem parecia tirar alguma coisa do bolso. Ushikawa escutou um barulho seco que parecia plástico sendo friccionado. De repente, alguma coisa cobriu toda a sua cabeça. Era um saco plástico. Parecia ser um saco plástico grosso, para congelar alimentos. Em seguida, um elástico grosso e comprido foi amarrado em torno de seu pescoço. "Ele quer me sufocar", intuiu Ushikawa. Ao tentar respirar sua boca se enchia de plástico, e as narinas ficavam obstruídas. Os pulmões necessitavam desesperadamente de ar, mas a busca era inútil. O saco plástico grudou em seu rosto e, literalmente, moldou-se como uma máscara mortuária. Em questão de segundos, os músculos do corpo começaram a sofrer convulsões. Ushikawa tentou esticar os braços para arrancar o plástico, mas suas mãos não o obedeciam, bem amarradas nas costas. O cérebro inflou como um balão e, de tão cheio, era como se fosse explodir. Ushikawa quis gritar; precisava urgentemente de oxigênio. Mas a voz não saía. A língua se dilatou dentro da boca e a consciência foi se esvaindo.

Finalmente, o elástico do pescoço foi desamarrado, e o saco plástico, removido de sua cabeça. Ushikawa pôs-se a respirar desesperadamente para encher os pulmões de ar. Durante alguns minutos, respirou intensamente com o corpo inclinado, como um animal que tenta morder algo fora do alcance.

— Que tal o fundo do mar? — indagou o homem, após aguardar a respiração de Ushikawa voltar ao normal. A voz era totalmente desprovida de emoção. — Você até que foi bem fundo. Deve ter visto muitas coisas que não conhecia, não? Uma experiência valiosa.

Ushikawa não conseguiu dizer nada. A voz não saiu.

— Ushikawa, sei que estou sendo repetitivo, mas insisto em dizer que quero que me responda corretamente. Por isso, vou perguntar de novo. Foi o grupo religioso que pediu para você vigiar os passos de Tengo Kawana e descobrir se há alguma ligação entre ele e Aomame? Isso é muito importante. Está em jogo a vida de uma pessoa. Pense bem e me responda corretamente. Se você mentir, vou saber.

— O grupo não sabe — Ushikawa conseguiu responder a muito custo.

— Agora sim. A resposta está correta. O grupo não sabe que existe uma ligação entre Tengo Kawana e Aomame. Você ainda não disse isso para eles, não é mesmo?

Ushikawa assentiu.

— Se você tivesse optado por responder corretamente desde o início, não precisaria ter conhecido o fundo do mar. Foi uma experiência bem sufocante, não foi?

Ushikawa concordou.

— Sei bem como é. Eu já passei por isso — disse o homem, como se fosse um assunto trivial. — Quem nunca passou por isso, jamais saberá o quanto a experiência é horrível. A dor é um conceito que não se pode generalizar. O sofrimento de cada um possui características próprias. Se me permite parafrasear Tolstoi, toda a felicidade é igual, mas cada dor é dolorosa à sua própria maneira. Mas eu não iria tão longe a ponto de afirmar que é uma questão de *gosto*. Você não acha?

Ushikawa concordou, continuando a gemer de dor.

O homem prosseguiu: — Por isso, que tal conversarmos com franqueza, sem guardar segredos. Não seria melhor?

Ushikawa concordou.

— Se você responder errado, vai caminhar novamente no fundo do mar. Só que, desta vez, o passeio será muito mais longo e mais lento. Vai chegar muito mais próximo do limite. E bastará um único deslize para que o passeio se torne fatal. Você não quer que isso aconteça, quer?

Ushikawa concordou com a cabeça.

— Acho que temos algo em comum — disse o homem. — Somos lobos solitários. Ou cachorros que se perderam da matilha. Dito de modo mais claro, nós vivemos à margem da sociedade. É de nossa natureza não se adaptar ao sistema, ou melhor, não somos aceitos pela sociedade. Temos de agir sozinhos. Decidimos, agimos e assumimos a responsabilidade por nossas escolhas. Aceitamos ordens superiores, mas não temos companheiros nem subordinados. Contamos somente com a nossa inteligência e habilidade. Você não acha?

Ushikawa concordou.

O homem prosseguiu: — Esse é o nosso ponto forte e, ao mesmo tempo, o nosso ponto fraco. Desta vez, por exemplo, você acabou exagerando. Não informou ao grupo o andamento das investigações e quis resolver tudo sozinho. Queria mostrar resultados satisfatórios para se autopromover. Isso fez com que você baixasse a guarda, não é?

Ushikawa novamente concordou.

— Você tinha algum motivo para fazer isso?

— Sinto-me culpado pela morte do Líder.

— De que modo?

— Eu fiz uma investigação detalhada sobre Aomame, antes de ela se encontrar com o Líder. E não encontrei nada contra ela.

— Mas ela se aproximou do Líder com a intenção de matá-lo e, de fato, cumpriu a tarefa. Você falhou no seu trabalho, e eles irão fazer com que você assuma a responsabilidade. Em todo caso, você não passa de alguém de fora, descartável. Além disso, você sabe de coisas demais sobre o que se passa dentro do grupo. Para sobreviver, você precisa entregar a cabeça de Aomame, é isso?

Ushikawa concordou.

— Sinto muito — disse o homem.

"Sinto muito?", ao escutar essas palavras, a cabeça deformada de Ushikawa começou a pensar sobre o significado delas. Foi então que lhe ocorreu uma coisa.

— Foi você que planejou o assassinato do Líder? — indagou Ushikawa.

O homem não se deu ao trabalho de responder. No entanto, Ushikawa entendeu que o silêncio dele não era uma resposta negativa.

— O que você pretende fazer comigo? — perguntou Ushikawa.

— O que vou fazer? Para falar a verdade, ainda não sei. Vou pensar com calma a respeito. Tudo depende de como você vai se portar — disse Tamaru. — Ainda tenho algumas perguntas a fazer.

Ushikawa concordou.

— Quero que você me diga o telefone do seu contato de Sakigake. Deve ter alguém a quem você se reporta, uma espécie de encarregado.

Ushikawa hesitou, mas acabou passando o telefone. Àquela altura, não valia a pena dar a vida para tentar esconder essa informação. Tamaru anotou o número.

— O nome?

— Não sei — Ushikawa mentiu. Mas o homem não parecia ter se importado com a omissão da informação.

— São *violentos*?

— Muito.

— Mas não são profissionais.

— São habilidosos e acatam as ordens dos superiores sem questionar. Mas não são profissionais.

— O que você descobriu sobre Aomame? — perguntou Tamaru. — Descobriu onde ela está escondida?

Ushikawa balançou a cabeça num gesto negativo.

— Ainda não, e é por isso que continuo aqui, vigiando Tengo Kawana. Se eu soubesse do paradeiro dela, já teria me mudado daqui há muito tempo.

— Faz sentido — disse Tamaru. — Mas, me diga uma coisa, como você descobriu a relação entre Tengo Kawana e Aomame?

— Gastando a sola do sapato.

— Como?

— Fiz um levantamento completo sobre o histórico de Aomame. Desde a sua infância. Ela frequentava uma escola municipal da cidade de Ichikawa, e Tengo Kawana nasceu nessa cidade. Foi então que pensei numa hipótese e fui até lá verificar. Descobri que eles estudaram na mesma classe durante dois anos.

Tamaru emitiu um grunhido bem baixinho no fundo da garganta, como o de um gato. — Você realmente é muito perseverante em suas investigações. Isso deve ter dado muito trabalho e levado muito tempo. Estou admirado.

Ushikawa manteve-se em silêncio. Por enquanto, não havia mais o que dizer.

— Vou perguntar novamente — disse Tamaru. — Você é a única pessoa que sabe dessa relação entre Tengo e Aomame?

— Você também.

— Além de mim, quero saber se existe mais alguém que sabe disso.

Ushikawa negou com a cabeça. — Somente eu sei disso.

— Você não está mentindo, está?

— Não estou mentindo.

— A propósito, você sabia que a Aomame está grávida?

— Grávida? — disse Ushikawa. Sua voz denotava espanto. — De quem?

Tamaru não respondeu. — Você realmente não sabia?

— Juro que não. Não estou mentindo.

Tamaru avaliou em silêncio se a reação de Ushikawa parecia verdadeira. Um tempo depois, disse: — Entendi. Parece que você não está mentindo. Vou acreditar em você. A propósito, você esteve rondando a Mansão dos Salgueiros em Azabu, não é?

Ushikawa assentiu.

— Por quê?

— A proprietária daquela mansão frequenta um clube esportivo de alto nível que fica nas proximidades, e Aomame era a sua *personal trainer*. Elas pareciam ter uma relação particular de amizade. Aquela senhora mantém um abrigo para as vítimas de violência doméstica no terreno ao lado da mansão. A segurança do local é muito rigorosa. Para mim, chega a ser exageradamente rigorosa. Não pude deixar de pensar na possibilidade de Aomame estar escondida naquele abrigo.

— Então...

— Mas, após pensar no assunto, achei improvável. Aquela mulher possui muito dinheiro e poder, e esse tipo de gente, caso quisesse esconder Aomame, não a deixaria sob suas asas. Ela a esconderia num local bem distante. Por isso, desisti de investigar a Mansão de Azabu e resolvi investigar e seguir Tengo Kawana.

Tamaru novamente soltou um grunhido baixinho. — Você tem uma boa intuição, e sabe pensar de modo racional. Além de ser muito perseverante. É um desperdício ser usado apenas como mensageiro. Faz tempo que você trabalha com isso?

— Antes, eu era advogado — disse Ushikawa.

— Realmente, você deve ter sido um ótimo advogado. Mas se excedeu e, no meio do caminho, escorregou e levou um tombo. Hoje, você está arruinado e vive de trocados, levando recados de um lado para outro, como mensageiro desse novo grupo religioso, não é?

Ushikawa concordou: — Isso mesmo.

— Não tem jeito — disse Tamaru. — Para gente como nós, que vive à margem da sociedade, não é fácil sobreviver do lado de fora, contando apenas com a própria habilidade. Pode até parecer que estamos nos saindo bem, mas sempre acabamos caindo. É assim que o mundo funciona — Tamaru fechou as mãos e suas articulações estalaram. Um som agudo e agourento. — Por acaso, você comentou com o grupo sobre a Mansão dos Salgueiros?

— Não disse a ninguém — respondeu Ushikawa, com honestidade. — Quando eu disse que o meu faro me levou a desconfiar da Mansão dos Salgueiros, era apenas uma suposição. O sistema de segurança era muito eficiente, e não consegui provar nada.

— Isso é ótimo — disse Tamaru.

— Você deve ser o responsável pela segurança, não?

Tamaru não respondeu. Ele estava na posição de fazer perguntas, e não de respondê-las. — Até agora, você respondeu às minhas perguntas sem mentir — disse Tamaru. — Pelo menos, em linhas gerais. Quando se conhece o fundo do mar, perde-se a coragem de mentir e, mesmo que se tente, a voz rapidamente o denuncia. O medo provoca isso.

— Não menti — disse Ushikawa.

— Isso é ótimo — disse Tamaru. — Não é bom ter de sofrer desnecessariamente. A propósito, você já ouviu falar de Carl Jung?

Ushikawa franziu as sobrancelhas por baixo da venda. "Carl Jung? Onde esse homem quer chegar?" — Jung, o da psicologia?

— Esse mesmo.

— O pouco que sei — disse Ushikawa, cuidadosamente — é que ele nasceu na Suíça no final do século XIX. Foi discípulo de Freud, mas depois cortou relações com ele. Inconsciente coletivo. É tudo o que sei.

— Muito bem — disse Tamaru.

Ushikawa aguardou a continuação da conversa.

— Carl Jung possuía uma linda casa num tranquilo bairro residencial de alto padrão à beira de um lago em Zurique, e levava uma vida feliz com a família. Mas ele precisava de um lugar onde pudesse ficar sozinho para aprofundar suas reflexões. Encontrou um terreno pequeno, na ponta extrema do lago Zurique, numa área bem distante chamada Bollingen, e nele construiu uma pequena casa. Não era exatamente uma bela casa de campo. Ele próprio carregou pedra por pedra e montou uma casa redonda e de teto alto. As pedras vinham de uma pedreira bem próxima ao local. Naquela época, na Suíça, para trabalhar com pedras era necessário obter uma licença e ter a formação de cortador de pedras. Jung fez questão de obtê-la.

Ele também entrou para a guilda dos artesãos. Isso mostra como era importante para ele poder construir a casa com as próprias mãos. A morte de sua mãe foi um fator determinante para que o objetivo se tornasse preponderante.

Tamaru fez uma pequena pausa.

— A casa ficou conhecida com o nome de "torre". O estilo era semelhante ao das casas pequenas de aldeia que ele viu durante sua viagem à África. Não havia nenhuma divisão interna, formando um espaço único. Uma casa muito simples. Ele achava que isso era o suficiente para se viver nela. Não havia luz, gás nem água encanada. A água era trazida de uma montanha próxima, mas, um tempo depois, ele percebeu que aquilo não passava de um arquétipo. Foi então que o espaço interno da torre foi compartimentado, dividido, ampliado com a construção de um segundo andar e, depois, acrescentadas algumas alas. Ele criou suas próprias pinturas nas paredes. Isso sugeria a divisão e o desenvolvimento de sua consciência individual. Aquela casa funcionava como uma mandala tridimensional. Ela só foi concluída depois de doze anos. Por ser a casa de um pesquisador como Jung, ela é uma construção muito interessante. Você já tinha ouvido falar nisso?

Ushikawa balançou a cabeça num gesto negativo.

— Essa casa existe até hoje à beira do lago de Zurique. Seus descendentes conservam a casa, mas, infelizmente, como ela não é aberta à visitação pública, não é possível conhecê-la por dentro. Dizem que há uma pedra com uma frase que o próprio Jung entalhou, e que foi colocada na entrada dessa antiga torre: "Faça frio ou não, Deus está presente." Essas foram as palavras que Jung esculpiu nessa pedra.

Tamaru fez novamente uma breve pausa.

— "Faça frio ou não, Deus está presente." — ele repetiu novamente com a voz serena. — Você entende o significado dessas palavras?

Ushikawa balançou a cabeça: — Não. Não entendo.

— Pois então, eu também não sei o que significam. É uma frase sugestiva e profunda. De difícil interpretação. Mas o fato é que Jung sentiu a necessidade de esculpi-la usando o cinzel e fez questão de colocar essa pedra na entrada da casa que ele próprio desenhou e construiu, pedra por pedra. Não sei por quê, mas sempre tive um imenso fascínio por essas palavras. Não sei direito o que elas significam, mas elas ressoam profundamente no meu coração. Não entendo nada sobre Deus. Ou melhor, como sofri muito num orfanato administrado por católicos, a impressão que tenho de Deus não é das melhores. O orfanato ficava num local que sempre era frio. Mesmo em pleno verão. Era um lugar frio ou extremamente frio, uma coisa ou outra. Se existia um Deus, não posso dizer que foi gentil comigo. Mesmo assim, essas palavras conseguem penetrar silenciosamente numa pequena área sensível de minha alma. Às vezes, fecho os olhos e repito várias vezes essas palavras. Então, estranhamente me sinto calmo. "Faça frio ou não, Deus está presente." Por gentileza, será que você poderia repetir essas palavras?

— "Faça frio ou não, Deus está presente." — disse Ushikawa em voz baixa, sem entender por que devia dizer isso.

— Não consegui escutar direito.

— "Faça frio ou não, Deus está presente." — desta vez, Ushikawa repetiu a frase de modo que suas palavras fossem claramente ouvidas.

Tamaru fechou os olhos e, durante um tempo, apreciou a reverberação daquelas palavras. Depois, finalmente, respirou profundamente, como se acabasse de decidir algo. Abriu os olhos e observou suas mãos, com luvas cirúrgicas descartáveis, que usava para não deixar impressões digitais.

— Sinto muito — disse Tamaru. O tom de sua voz denotava serenidade. Em seguida, pegou novamente o saco plástico e o colocou de uma só vez na cabeça de Ushikawa. Amarrou no pescoço o elástico grosso. Uma ação rápida e precisa. Ushikawa tentou protestar, mas as palavras deixaram de ser pronunciadas, e, claro, ninguém chegou a ouvi-las. "Por quê?", pensou Ushikawa com a cabeça dentro do saco plástico. "Fui honesto e disse tudo o que sabia. Por que, depois de ter dito tudo, preciso morrer?"

Em sua cabeça, que parecia explodir, ele se lembrou da pequena casa no bairro de Chûôrinkan, e de suas duas filhas pequenas. Também pensou no cachorro que tinham. Ele não gostava daquele cachorrinho de dorso comprido, e o cachorro tampouco gostava dele. Era um cachorro burro que vivia latindo, mordendo o tapete e fazendo xixi no corredor. Era totalmente diferente do vira-lata esperto que ele tinha quando criança. Seja como for, a última imagem que Ushikawa teve no final de sua vida foi a do cachorrinho burro correndo no gramado do jardim.

Tamaru olhava com o canto dos olhos o corpo amarrado de Ushikawa que se contorcia violentamente sobre o tatame, como um enorme peixe jogado no chão. Mas, como o corpo estava amarrado de modo a não poder se curvar para trás, por mais que ele se contorcesse, não havia o perigo de o barulho ser ouvido por um vizinho de parede. Tamaru sabia o quão horrível era morrer daquele jeito. Mas, para matar uma pessoa, esse era o modo mais prático e limpo. Não se ouviam gritos e não havia derramamento de sangue. Tamaru acompanhava os ponteiros dos segundos de seu relógio de mergulho Tag Heuer. Decorridos três minutos, o intenso espernear de mãos e pernas parou e, agora, havia pequenos espasmos, como se algo os fizessem vibrar. Tamaru acompanhou os ponteiros dos segundos por mais três minutos. Depois colocou a mão na nuca para verificar a pulsação e se certificar de que não havia mais vida no corpo de Ushikawa. Sentiu um leve odor de urina. Ushikawa teve uma nova incontinência. A bexiga, agora, estava totalmente solta. Não era motivo de censurá-lo, diante do terrível sofrimento que acabara de passar.

Tamaru soltou o elástico do pescoço e tirou o saco plástico da cabeça. O plástico havia sido sugado para dentro da boca. Ushikawa morreu com os olhos esbugalhados e a boca aberta, entortada para um dos lados. Os dentes sujos, irregulares, e a língua esverdeada estavam à mostra. Uma expressão que Munch poderia querer retratar em um de seus quadros. A cabeça originalmente grande e deformada reforçava ainda mais essa grotesca expressão fúnebre. Realmente, fora uma morte extremamente sofrida.

— Sinto muito — disse Tamaru. — Não fiz isso porque gosto.

Tamaru pressionou os dedos no rosto de Ushikawa para relaxar os músculos e endireitar o queixo, e assim torná-lo um pouco mais apresentável. Pegou uma toalha na cozinha e limpou a baba ao redor da boca. Levou um certo tempo, mas conseguiu fazer com que ficasse com uma aparência um pouco melhor. Pelo menos, deixou de ser algo tão repugnante que, instintivamente, fazia os olhos se desviarem. A única coisa, porém, que Tamaru não conseguiu fazer, apesar de tentar de várias formas, foi fechar as pálpebras.

— Como bem disse Shakespeare — falou Tamaru, com a voz serena e olhando para a cabeça pesada e deformada de Ushikawa —, se morrermos hoje, amanhã não precisaremos morrer, então vamos ver o lado bom das coisas.

Tamaru não se recordava se a citação era de *Henrique IV* ou *Ricardo III*. Mas não era uma questão crucial; a essa altura, Ushikawa não se importaria de não saber a fonte. Tamaru desamarrou as cordas que prendiam as mãos e as pernas de Ushikawa. Ele havia usado uma corda macia, e dado um nó especial, que não deixava marcas na pele. Tamaru recolheu a corda, o saco plástico e o elástico, e os colocou numa sacola de vinil que trouxera consigo. Olhou rapidamente os pertences de Ushikawa e pegou todas as fotos que ele havia tirado. Colocou a câmera e o tripé na sacola para levá-los embora. Se descobrirem que ele estava vigiando alguém, isso daria margem a futuras complicações. Vão querer saber quem estava sendo vigiado, e a possibilidade de o nome de Tengo Kawana vir à tona seria inevitável. Tamaru também recolheu o caderno de anotações de Ushikawa, com detalhes da investigação. Nada mais havia de importante. As únicas coisas que ficaram no apartamento foram o saco de dormir, alimentos, mudas de roupa, carteira, chave e o lamentável corpo de Ushikawa. Por fim, Tamaru pegou o cartão de visita da carteira de Ushikawa, escrito "Diretor Efetivo, Nova Fundação Japão para a Promoção das Ciências e das Artes", e o guardou no bolso do casaco.

— Sinto muito — Tamaru disse novamente, antes de ir embora.

Tamaru entrou numa cabine telefônica perto da estação, inseriu o cartão telefônico e discou o número que Ushikawa havia lhe passado. Era uma ligação local. Possivelmente, ao bairro de Shibuya. No sexto toque, alguém atendeu.

Sem nenhuma preliminar, Tamaru informou o endereço e número do apartamento de Kôenji.

— Anotou o que eu disse? — perguntou Tamaru.

— Poderia falar de novo?

Tamaru repetiu a informação. A pessoa do outro lado da linha anotou e repetiu o endereço para confirmar.

— Ushikawa se encontra nesse endereço — disse Tamaru. — Você sabe quem é Ushikawa, não?

— Ushikawa? — disse o interlocutor.

Tamaru ignorou a dissimulação e prosseguiu: — Ushikawa está nesse endereço que passei e, infelizmente, não está respirando. Aparentemente, não foi uma morte natural. Na carteira dele há alguns cartões de visita dizendo que é o "Diretor Efetivo, Nova Fundação Japão para a Promoção das Ciências e das Artes". Se a polícia encontrá-los, mais cedo ou mais tarde irão chegar até vocês. Creio que isso causará muitos transtornos. Acho melhor limpar a área quanto antes. Vocês devem saber como fazer isso, não?

— Você é? — indagou o homem do outro lado da linha.

— Sou um gentil informante — disse Tamaru. — Eu também não gosto muito da polícia. Assim como vocês.

— Não foi morte natural?

— Não foi por velhice, muito menos foi serena.

O homem permaneceu em silêncio durante um tempo. — O que Ushikawa estava fazendo num lugar como esse?

— Não sei. O ideal seria perguntar os detalhes ao próprio Ushikawa, mas, como eu disse há pouco, ele não está em condições de responder.

O homem fez uma breve pausa e prosseguiu: — Você deve ser alguém que possui uma ligação com aquela jovem que foi ao Hotel Ôkura, não é?

— Esse é um tipo de pergunta que está fadada a não ter resposta.

— Eu já me encontrei com essa mulher. Basta dizer-lhe isso. E gostaria que você transmitisse um recado para ela.

— Estou ouvindo.

— Nós não temos a intenção de fazer-lhe mal — disse o homem.

— Até onde sei, vocês estavam desesperadamente à procura dela.

— Isso mesmo. Nós estamos à procura dela há um certo tempo.

— Mas está me dizendo que vocês não querem fazer mal a ela — disse Tamaru. — Qual seria a razão disso?

Antes de o homem responder, houve um breve silêncio.

— Num determinado ponto a situação mudou. É claro que muitas pessoas lamentam a morte do Líder. Mas isso já aconteceu, e o assunto está encerrado. O Líder estava doente e sofrendo e, em parte, ele próprio desejava pôr um ponto final nessa dor. Por isso, de nossa parte, resolvemos não ir mais atrás dela. O que queremos agora é conversar.

— Sobre o quê?

— Um assunto de interesse comum.

— Isso não passa de uma solicitação que é conveniente somente para vocês. Ela pode não querer isso.

— Há uma margem para negociação. Nós temos algo para lhes oferecer, como a liberdade e a segurança. Além de conhecimento e informação. Será que podemos marcar um local neutro para conversar? Pode ser em qualquer lugar, basta vocês indicarem o local que nós iremos. Garantimos cem por cento de segurança. Asseguramos a segurança não só dela, mas de todos os que estão envolvidos neste assunto. Ninguém mais precisará ficar fugindo. Creio que não seja um tema inconveniente.

— Isso é o que você diz — disse Tamaru. — Mas não tenho provas para acreditar nessa sua proposta.

— De qualquer modo, será que você poderia transmitir esse recado? — insistiu o homem. — O assunto requer certa urgência e, por enquanto, temos margem para negociação. Se você precisa de uma prova concreta de que pode confiar em nós, podemos pensar num modo de oferecê-la. Se você telefonar para este número, sempre poderá entrar em contato conosco.

— Será que você poderia explicar de um modo mais fácil de entender? Por que é que vocês precisam falar com ela? O que aconteceu para que a situação tomasse um novo rumo?

O homem deu um breve suspiro e prosseguiu: — Precisamos continuar a ouvir a voz. Ela é como um poço abundante de água e, portanto, não podemos perdê-la. O que posso dizer é apenas isso.

— Para manter esse poço, vocês precisam de Aomame.

— Isso é algo que não podemos explicar com poucas palavras. O que posso dizer é que tem a ver com ela.

— E quanto a Eriko Fukada? Vocês não precisam mais dela?

— Neste momento, não precisamos mais de Eriko Fukada. Para nós, não importa onde ela está nem o que está fazendo. Ela já cumpriu a sua missão.

— Que tipo de missão?

— Uma missão bem delicada — disse o homem, após um breve intervalo de tempo. — Sinto muito, mas, no momento, não tenho a permissão de expor os detalhes desta situação.

— Eu sugiro que vocês avaliem com cuidado a situação em que estão — disse Tamaru. — Por enquanto, quem está no comando do jogo somos nós. Nós podemos entrar em contato com vocês, mas vocês não podem fazer o mesmo. Vocês não sabem quem somos, certo?

— Isso mesmo. Quem está no comando são vocês. Não sei quem é você, mas o assunto que queremos tratar não pode ser por telefone. Eu já disse muito mais do que me era permitido dizer. Muito mais do que me compete.

Tamaru permaneceu em silêncio durante um tempo. — Tudo bem. Vou pensar no que disse. Nós também precisamos nos reunir para decidir a respeito. Dentro em breve, talvez possamos entrar em contato.

— Estaremos aguardando — disse o homem. — Sei que estou sendo redundante, mas trata-se de um assunto que não é ruim para nenhuma das partes.

— E se ignorarmos ou recusarmos esse pedido?

— Se isso acontecer, nós teremos que agir do nosso modo. Temos um considerável poder. As coisas podem tomar um rumo um tanto violento, e devem atingir todos ao redor. Não sei quem você é, mas creio que não conseguirá sair ileso. O desdobramento certamente não será agradável.

— Pode ser. Mas acho que deve levar algum tempo até isso acontecer. E, considerando o que você acabou de dizer, a situação requer pressa.

O homem deu uma leve tossida. — Pode levar tempo. Ou, quem sabe, pode não levar.

— Só dá para saber na prática.

— Isso — disse o homem. — Há mais uma coisa muito importante que eu preciso dizer. Usando a metáfora que você acabou de usar, vocês realmente estão no comando do jogo, mas você ainda não sabe como são as regras.

— Só se aprende jogando.

— Se jogar e perder, o resultado não será agradável.

— Para ambos os lados — disse Tamaru.

Houve um breve silêncio, repleto de insinuações.

— E o que você vai fazer com Ushikawa? — indagou Tamaru.

— Vamos retirá-lo o mais breve possível. Provavelmente, esta noite.

— A porta do apartamento não está trancada.

— Obrigado — disse o homem.

— A propósito, a morte de Ushikawa será muito lamentada?

— A morte de uma pessoa, qualquer pessoa, é algo que sempre se deve lamentar.

— Espero que lamentem mesmo. Ele era um homem muito capaz.

— Mas não o *suficiente*. Não é isso?

— Ninguém é capaz o suficiente para viver eternamente.

— É o que você acha — disse o homem.

— Sim — disse Tamaru. — É o que eu penso. Você não?

— Estarei à espera do seu contato — disse o homem, com a voz indiferente, sem responder.

Tamaru desligou o telefone sem nada dizer. Era desnecessário conversar mais. Se fosse preciso, bastava entrar em contato com eles. Após deixar a cabine telefônica, Tamaru caminhou até o local em que havia deixado o carro. Um Toyota Corolla modelo antigo, azul-escuro, que não chamava atenção. Dirigiu durante cerca de quinze minutos, parou em frente a um parque pouco frequentado e, após verificar que não estava sendo observado, jogou a sacola de vinil no cesto de lixo. Jogou também a luva cirúrgica.

— A morte de uma pessoa é sempre lamentável — murmurou Tamaru, enquanto ligava o carro e colocava o cinto de segurança. "Isso é algo realmente muito importante", pensou. "A morte de uma pessoa é algo que naturalmente se deve lamentar. Mesmo que seja por um curto espaço de tempo."

Capítulo 26
Aomame
Muito romântico

O telefone tocou um pouco depois do meio-dia da terça-feira. Aomame estava sentada sobre o colchonete com as pernas estendidas, alongando os músculos da cintura e do quadril. Apesar de não parecer, o exercício era árduo. A camiseta estava empapada de suor. Aomame interrompeu a ginástica e, enquanto enxugava o suor do rosto com a toalha, pegou o fone.

— O cabeção do boneco da felicidade não está mais no apartamento — disse Tamaru, como sempre, sem as preliminares. Não dizia sequer um *alô*.

— Não está?

— Não está mais. Ele foi persuadido.

— Foi persuadido — repetiu Aomame. O que Tamaru queria dizer era que o cabeção do boneco da felicidade fora forçado a se retirar.

— E a pessoa que mora naquele apartamento é o Tengo Kawana que você está procurando.

O mundo ao redor de Aomame se expandiu e se contraiu, como se fosse o seu próprio coração.

— Está me ouvindo? — perguntou Tamaru.

— Estou.

— Mas, no momento, ele não está lá. Precisou sair por alguns dias.

— Ele está bem?

— Ele não está em Tóquio, mas com certeza está bem. O cabeção do boneco da felicidade alugou um apartamento no térreo e estava aguardando você ir até lá se encontrar com ele. Estava com uma câmera escondida, vigiando a entrada.

— Ele tirou minha foto?

— Tirou três. Como era noite e você estava de boné, óculos e cachecol, não dá para ver os detalhes de seu rosto. Mas não há dúvidas de que é você. Se você voltasse lá, provavelmente teríamos um problema e tanto.

— Acho que fiz a escolha certa ao confiar em você, não é?

— Se é que existe algo que se possa chamar de escolha certa.

— Seja como for, não preciso mais me preocupar com ele — disse Aomame.

— Aquele homem não vai mais poder te fazer mal.

— Porque ele *foi persuadido* por você.

— Foi preciso fazer alguns ajustes, mas, no final, deu tudo certo — disse Tamaru. — Peguei todas as fotografias. O objetivo dele era esperar você aparecer, e Tengo Kawana era apenas uma isca. Por isso, não vejo motivos para que eles o prejudiquem.

— Que bom — disse Aomame.

— Tengo Kawana ensina matemática numa escola preparatória de Yoyogui. Ele é um excelente professor, mas, como só trabalha alguns dias da semana, o salário não deve ser tão alto. É solteiro, tem uma vida modesta e mora naquele humilde apartamento.

Ao fechar os olhos, Aomame conseguia escutar dentro de seus ouvidos as batidas do coração. Era difícil discernir a linha divisória entre ela e o mundo.

— Além de ser professor de matemática de uma escola preparatória, ele está escrevendo um romance. Um romance longo. Ser *ghost-writer* da *Crisálida de ar* foi apenas um trabalho temporário, uma vez que ele já possuía, desde muito antes, sua própria ambição literária. O que é muito bom. Uma certa quantidade de ambição faz a pessoa se desenvolver.

— Como você conseguiu descobrir isso?

— Como ele estava ausente, tomei a liberdade de entrar no apartamento. Estava trancado, mas era como se não estivesse. Sei que é errado violar a privacidade alheia, mas precisava obter algumas informações básicas. Para um homem que mora sozinho, até que o apartamento estava bem arrumado. O fogão estava limpo e brilhando. Dentro da geladeira também estava tudo limpo e organizado, sem um repolho apodrecendo no fundo. Havia indícios de que ele passa suas roupas. Seria um ótimo companheiro para você. Se ele não for gay, claro.

— O que mais você descobriu?

— Telefonei para a escola e perguntei os horários de suas aulas. Segundo a atendente, o pai de Tengo Kawana faleceu no domingo de madrugada em algum hospital da província de Chiba. Ele precisou ir para o funeral e, por isso, a aula de segunda foi cancelada. Ela não soube informar quando nem onde seria o funeral, mas, como a próxima aula dele é na quinta, até lá ela disse que ele estaria de volta.

Aomame sabia que o pai de Tengo era cobrador da NHK e que, aos domingos, costumavam fazer uma rota de cobranças. Ela chegou a vê-los andando pelas ruas da cidade de Ichikawa. Ela não conseguia se lembrar do rosto do pai dele, mas lembrava-se de que era baixo, magro e vestia o uniforme de cobrador. E que não se parecia nem um pouco com Tengo.

— Se o cabeção do boneco da felicidade não está mais lá, posso ir falar com Tengo?

— Acho melhor não — disse Tamaru, prontamente. — O cabeção foi totalmente persuadido, mas tive de entrar em contato com o grupo religioso para que eles resolvam uma outra parte desta questão. Havia uma certa mercadoria que eu não queria deixar para as autoridades judiciais. Se essa mercadoria for encontrada, o morador do apartamento será investigado a fundo e, nesse caso, o pente-fino poderá repercutir de modo a envolver o seu amigo. Além do mais, esse é um trabalho espinhoso para que eu possa resolver sozinho. Se alguma autoridade me pegar carregando sozinho essa mercadoria durante a madrugada e resolver me interrogar, não terei como me desvencilhar. Sakigake possui homens e meios para fazer esse tipo de serviço, e já estão acostumados a fazê-lo. Assim como fizeram com aquela outra mercadoria que transportaram do Hotel Ôkura. Você entende o que estou querendo dizer?

Aomame traduziu mentalmente as palavras de Tamaru para uma linguagem mais direta. — A *persuasão* parece ter sido bastante rude, não?

Tamaru soltou um suspiro. — Infelizmente, aquele homem sabia demais.

— O grupo religioso estava a par do que ele fazia no apartamento? — indagou Aomame.

— O cabeção do boneco da felicidade trabalhava para o grupo, mas estava agindo sozinho. Ele ainda não tinha reportado aos superiores o que estava fazendo. Sorte nossa.

— Mas agora eles já sabem que ele estava lá *fazendo alguma coisa*.

— Isso mesmo. Por isso, é melhor você não se aproximar daquele lugar. O nome e o endereço de Tengo Kawana devem constar na lista deles, pois é o escritor da *Crisálida de ar*. Eles ainda não devem saber que há uma ligação pessoal entre você e Tengo. Mas, se eles forem atrás do motivo de o cabeção estar naquele apartamento, certamente virá à tona que é por causa de Tengo Kawana. É apenas uma questão de tempo.

— Mas, se tudo der certo, até que descubram, temos uma margem de tempo. Descobrir uma ligação entre a morte do cabeção e Tengo não será fácil.

— Isso se tudo correr bem — disse Tamaru. — E se eles não forem tão cuidadosos como imagino que são. Mas eu não acredito em hipóteses do tipo *"se tudo der certo"*. É por isso que consegui sobreviver até hoje.

— Por isso eu não devo me aproximar daquele apartamento.

— Exatamente — disse Tamaru. — Escapamos por pouco. Nunca será demais sermos cuidadosos.

— Será que o cabeção do boneco da felicidade sabia que eu estava escondida neste apartamento?

— Se ele soubesse, você certamente estaria num local longe do meu alcance.

— Mas ele chegou bem perto.

— Chegou. Mas acho que foi conduzido até aí por puro acaso. Nada mais que isso.

— Isso explica por que ele subiu no escorregador e ficou exposto, indefeso.

— Tem razão. Ele realmente não sabia que você o estava observando. Sequer desconfiou. Foi isso que o conduziu à morte — disse Tamaru. — Não te disse, certa vez? O quão tênue é a linha que separa a vida da morte?

Um breve silêncio pairou sobre eles. Um silêncio pesaroso que a morte de uma pessoa, seja ela quem for, emana.

— O cabeção do boneco da felicidade não existe mais, mas o grupo religioso continua atrás de mim.

— Aí esta um ponto que eu ainda não consegui entender — disse Tamaru. — No início, a intenção deles era capturar você e descobrir que tipo de organização estava por trás do plano de matar o Líder. Eles sabem que você, sozinha, não teria conseguido fazer isso, e querem saber quem está na retaguarda. Caso te achassem, não há dúvidas de que o interrogatório seria muito rigoroso.

— Por isso eu precisava da pistola — disse Aomame.

— O cabeção do boneco da felicidade também devia saber disso — prosseguiu Tamaru. — Ele sabia que o grupo estava atrás de você para interrogá-la e puni-la, mas me parece que as coisas mudaram de rumo no desenrolar dos acontecimentos. Após o cabeção sair de cena, conversei com um deles pelo telefone e ele me disse que o grupo não tem mais a intenção de causar danos a você. Ele pediu para te dizer isso. Pode ser uma armadilha. Mas, para mim, soou verdadeiro. Ele me explicou que a morte do Líder era algo que o próprio Líder desejava, e que não havia a necessidade de puni-la por algo que no fundo era uma espécie de suicídio.

— Foi isso mesmo — disse Aomame, com um tom de voz neutro — O Líder já sabia que eu estava lá para matá-lo e aprovava o meu intuito. Ele queria que eu o matasse naquela noite, na suíte do Hotel Ôkura.

— Os seguranças não conseguiram descobrir o seu objetivo, mas o Líder sim.

— Isso. Não sei como, mas ele sabia de tudo — disse Aomame. —Ele já *estava me esperando.*

Após um breve silêncio, Tamaru prosseguiu: — O que aconteceu?

— Fizemos um acordo.

— Eu não fiquei sabendo — disse Tamaru, num tom que denotava uma temerosa inquietação.

— Não tive oportunidade de falar sobre isso.

— Então me conte agora, que tipo de acordo vocês fizeram.

— Durante a sessão de alongamento, que durou uma hora, ele conversou comigo. Ele sabia sobre Tengo. Sabia também sobre a ligação que eu tinha com Tengo. E pediu para que eu o matasse. Queria se livrar o quanto antes do terrível e contínuo sofrimento físico. Ele disse que, se o matasse, em troca ele salvaria a vida de Tengo. Por isso, tomei a decisão de tirar-lhe a vida. Mesmo que eu não fizesse nada, ele certamente estava condenado a morrer e, ao pensar no que aquele homem vinha fazendo até então, a minha vontade era deixá-lo sofrer.

— Você não contou sobre esse acordo para a madame?

— Fui até lá para matá-lo e cumpri a missão — disse Aomame. — E, de certo modo, Tengo Kawana é um assunto pessoal.

— Tudo bem — disse Tamaru, em parte, conformado. — Devo admitir que você cumpriu perfeitamente a sua missão. Tengo Kawana é um assunto pessoal. Mas o fato é que, antes ou depois disso, você engravidou, e isso não pode passar despercebido.

— Não foi *antes* nem *depois*. Eu engravidei naquela noite de intensa chuva e trovoadas. Naquela noite em que eu *resolvi* a questão do Líder. Como eu já disse, não houve nenhuma relação sexual.

Tamaru suspirou. — Levando em consideração as circunstâncias envolvidas nesta questão, só tenho duas opções: acredito em você ou não. Até agora, eu sempre confiei em você e gostaria de continuar a confiar. Mas, neste assunto em particular, não consigo enxergar uma lógica. Sou uma pessoa que só consegue raciocinar de modo dedutivo.

Aomame permaneceu em silêncio.

Tamaru indagou: — Existe alguma relação de causa e efeito entre o assassinato do Líder e essa sua misteriosa gravidez?

— Não saberia dizer.

— Há alguma possibilidade de o feto que está no seu útero ser o filho do Líder? Não sei que tipo de método ele poderia ter usado para fazer isso, mas será que, naquela noite, ele não usou esse método para te engravidar? Aí sim posso entender por que o grupo quer te encontrar. Eles precisam do sucessor do Líder.

Aomame apertou o fone e balançou a cabeça num gesto negativo. — Isso é impossível. Estou grávida de Tengo. Eu sei disso.

— Quanto a isso, só me resta acreditar em você ou não.

— Eu não sei como explicar.

Tamaru novamente suspirou. — Tudo bem. A princípio, vou aceitar essa sua explicação de que o filho é seu e de Tengo. Você parece ter certeza. Mesmo assim, não consigo enxergar uma lógica nesse seu argumento. De início, o grupo queria te capturar e aplicar uma tremenda punição. A partir de certo ponto, algo aconteceu. Ou algo foi esclarecido. Desde então, eles passaram a *necessitar* de você. Eles garantem a sua segurança e, segundo eles, existe algo que eles podem lhe oferecer. É sobre isso que eles querem conversar com você. O que aconteceu?

— O que eles querem não sou eu — disse Aomame. — O que eu acho que eles querem é a criança no meu ventre. Em algum momento, eles descobriram isso.

— Ho, ho — disse, de algum lugar, o ritmista do Povo Pequenino.

— A história está se desenrolando rápido demais para mim — disse Tamaru, emitindo novamente um pequeno grunhido no fundo da garganta. — Ainda não consigo enxergar algo de coerente.

"Falta coerência porque existem duas luas. Elas é que roubam a coerência de todas as coisas", pensou Aomame. Mas isso ela não podia falar.

— Ho, ho — disseram os outros seis homenzinhos em uníssono.

— Eles precisam de *alguém que ouça a voz*. Foi o que disse o homem com quem conversei ao telefone. Se eles perderem a voz, o grupo religioso poderá desaparecer. Não sei exatamente o que significa ouvir a voz, mas, seja o que for, é o que ele disse. A criança que está no seu ventre não seria a pessoa que poderia escutar essa voz?

Aomame colocou a mão delicadamente sobre o ventre. "*Maza* e *dohta*", pensou, sem ousar dizê-lo em voz alta. As luas não podem ouvir *isso*.

— Eu não sei — disse Aomame, escolhendo cuidadosamente as palavras. — Mas não consigo pensar em nenhum outro motivo para que eles precisem de mim.

— Mas por que uma criança sua e de Tengo Kawana possuiria uma capacidade tão especial?

— Não sei — disse Aomame.

"Talvez, em troca de sua vida, o Líder tenha confiado a mim o seu sucessor", cogitou Aomame um tempo depois. "Naquela noite do temporal, o Líder abriu temporariamente um circuito de ligação com outro mundo para eu me unir a Tengo."

Tamaru prosseguiu: — Independentemente de quem seja o pai dessa criança e de que tipo de capacidade essa criança possua, você não tem a intenção de negociar com o grupo. É isso? Você não quer saber o que eles querem dar em troca, mesmo que isso possa desvendar inúmeros mistérios.

— Não importa o que aconteça — disse Aomame.

— Apesar de suas intenções, eles vão tentar *pegá-la* à força, não importa como — disse Tamaru. — Você tem um ponto fraco chamado Tengo Kawana. Ele é o seu único ponto fraco. Mas, apesar de ser o único, é enorme. Se eles souberem disso, com certeza o foco da atenção se voltará para ele a fim de te atingir.

Tamaru estava com razão. Além de Tengo Kawana ser o motivo de ela viver, era fatalmente o seu ponto fraco.

— Agora não existe mais nenhum lugar seguro *neste mundo* — disse Aomame.

Tamaru ponderou e, um tempo depois, disse calmamente: — Vamos ouvir o que eles querem nos dizer.

— Antes, preciso me encontrar com Tengo. Enquanto não falar com ele, não posso deixar este local. Não importa o quão perigoso seja.

— O que você pretende fazer quando encontrá-lo?

— Sei exatamente o que devo fazer.

Tamaru fez um breve silêncio: — Não há sombra de dúvida?

— Não sei se isso vai dar certo. Mas sei exatamente o que devo fazer. Está bem claro, sem sombra de dúvida.

— Você não pretende me dizer o que vai fazer.

— Sinto muito, mas, por enquanto, não posso lhe dizer. Nem a você nem a ninguém. Se eu disser o que pretendo fazer, no mesmo instante isso será revelado ao mundo.

As luas estavam com os ouvidos atentos. O Povo Pequenino também. O quarto também. Isso era algo que não poderia dar um passo para além do coração. Ela precisava proteger o seu coração, cercando-o com um muro bem espesso.

Do outro lado da linha, Tamaru batia a ponta da caneta na mesa. Aomame podia escutar o som seco e ritmado: toc-toc-toc. Um som solitário e sem eco.

— Está bem. Vou entrar em contato com Tengo Kawana. Mas, antes, preciso ter o consentimento da madame. Minha missão era levar você o quanto antes para um outro lugar. Mas você diz que não vai sair daí enquanto não falar com Tengo. Vai ser difícil explicar isso a ela. Você entende, não?

— Explicar algo ilógico de modo lógico é muito difícil.

— Isso mesmo. É tão difícil como encontrar uma pérola verdadeira numa barraca de ostras de Roppongi. Mas vou me esforçar.

— Obrigada — disse Aomame.

— As coisas que você afirma não fazem nenhum sentido para mim. Não há conexão lógica de causa e efeito. Mas, durante a nossa conversa, aos poucos comecei a sentir que, a princípio, posso aceitar a sua argumentação. Por que será?

Aomame permaneceu em silêncio.

— A madame confia em você — disse Tamaru. — Por isso, se você insiste que quer se encontrar com Tengo, creio que ela não terá argumentos para se opor. Acho que você e Tengo Kawana estão inabalavelmente unidos.

— Mais do que ninguém — disse Aomame.

"Mais do que ninguém em qualquer mundo", Aomame se corrigiu mentalmente.

— Caso eu diga — prosseguiu Tamaru — que encontrar Tengo é muito perigoso, e me recusar a entrar em contato com ele, você vai dar um jeito de ir até o apartamento dele, não vai?

— Com certeza, farei isso.

— Ninguém será capaz de te impedir.

— Acho que será em vão.

Tamaru fez uma pequena pausa antes de prosseguir: — Qual o recado que preciso passar para Tengo?

— Peça para ele vir até o topo do escorregador, após o anoitecer. Não importa a hora, desde que já tenha escurecido. Diga que estarei esperando. Ele vai entender.

— Entendi. Vou transmitir o recado: *ir até o topo do escorregador, após o anoitecer.*

— Diga também que, se ele possui algo importante que não quer deixar para trás, traga consigo. Mas as mãos devem estar livres.

— Para onde ele vai levar essa bagagem?

— Para longe — disse Aomame.

— O quão longe?

— Não sei — disse Aomame.

— Tudo bem. Vou transmitir o recado desde que a madame autorize. Vou me esforçar para garantir a sua segurança. Do meu jeito. Mesmo assim, o perigo estará sempre por perto. Eles estão desesperados. Isso significa que você precisa se proteger.

— Sei disso — disse Aomame, calmamente. Sua mão continuava apoiada no ventre. *"Não somente eu"*, pensou.

Após desligar o telefone, Aomame desabou no sofá. Fechou os olhos e pensou em Tengo. Não conseguiria pensar em mais nada. Sentia uma dor no peito, como se algo o estivesse espremendo. Mas era uma dor agradável. Uma dor suportável. Ele realmente morava muito *perto dali*. A uma distância de dez minutos a pé. Só de pensar nisso, sentia o centro de seu corpo se aquecer. Ele era solteiro e dava aulas de matemática numa escola preparatória. Morava num apartamento modesto e limpo, cozinhava, passava roupa e estava escrevendo um romance longo. Aomame sentiu inveja de Tamaru. Se pudesse, ela também gostaria de entrar no apartamento de Tengo, sem a presença dele. No interior do apartamento silencioso, ela tocaria em cada um dos objetos. Verificaria a ponta do lápis que ele usava para escrever, pegaria a xícara em que ele toma o café, sentiria o cheiro de suas roupas. Antes de encontrá-lo, queria poder fazer isso.

Sem essas preliminares, ela não saberia o que falar quando se visse diante dele, somente os dois. Só de imaginar esse momento, sua respiração ficava mais rápida, e sua mente, aérea. Havia muitas coisas para conversar e, ao mesmo tempo, ela tinha a impressão de que, na hora, não precisaria dizer nada. As coisas que ela queria falar, ao serem postas em palavras, pareciam perder totalmente o sentido.

A única coisa que Aomame poderia fazer naquele momento era esperar. Esperar calma e atentamente. Ela arrumou as coisas de modo que pudesse sair a qualquer momento, assim que avistasse Tengo. Colocou tudo o que precisava numa bolsa de couro preta bem grande. Não havia muito. Maço de dinheiro, roupas limpas e a Heckler & Koch carregada. Somente isso. Ela colocou a bolsa numa posição em que pudesse pegá-la rapidamente. Tirou o blazer da Junko Shimada do cabide no armário e, após verificar se não estava amassado, deixou-o pendurado na parede da sala. Separou a blusa branca que combinava com o blazer, as meias finas e seus sapatos de salto alto da Charles Jourdan. E o seu casaco bege. Eram as mesmas roupas que usava na primeira vez em que desceu as escadas de emergência da rodovia Metropolitana. O casaco era fino demais para uma noite de dezembro. Mas não havia opção.

Após arrumar suas coisas, Aomame foi para a varanda e, sentada na cadeira de jardim, observou o escorregador do parque por entre os vãos da grade da sacada. O pai de Tengo falecera na madrugada de domingo. Entre a morte e a cremação é necessário aguardar vinte e quatro horas. Aomame sabia de uma lei que estabelecia esse período. Significava que a cremação estaria liberada somente a partir da terça-feira. Hoje era terça. Após a cremação, Tengo sairá desse *algum lugar* e, mesmo saindo cedo, deverá chegar somente no final da tarde a Tóquio. Tamaru deve passar o recado só depois de ele chegar. Antes disso, Tengo não virá ao parque. E ainda estava claro.

"Ao morrer, o Líder deixou preparada *esta coisa pequenina* no meu útero", essa era a hipótese ou a intuição de Aomame. "Se for isso, quer dizer que fui manipulada por aquele homem morto, e estou sendo conduzida a cumprir um objetivo determinado por ele?"

Aomame franziu as sobrancelhas. Não conseguia chegar a nenhuma conclusão. "Tamaru desconfiava de que eu estava grávida (daquele que ouve a voz), e que isso fazia parte de um plano arquitetado pelo Líder. Eu devo ser como uma crisálida de ar. Mas por que *essa* pessoa tem de ser justamente eu? Por que o meu parceiro tem de ser Tengo?" Essa era uma das coisas que Aomame também não conseguia entender.

"Inúmeras coisas aconteceram, e não entendo a relação entre elas. Não consigo avaliar o princípio nem o rumo que os acontecimentos estão tomando. No final das contas, praticamente fui envolvida nisso sem saber. Mas somente *até agora*", Aomame decidiu, convicta.

Ela inclinou os lábios e fez uma tremenda careta.

"*A partir de agora* será diferente. A partir de agora não vou mais ficar à mercê de alguém para ser manipulada a torto e a direito. A partir de agora vou seguir minhas próprias regras, vou agir conforme a minha vontade. Não importa o que aconteça, vou proteger *esta coisa pequenina*. Vou lutar com todas as minhas forças para protegê-la. Esta é a minha vida, e quem está aqui é a minha criança. Não importa o objetivo de quem planejou isso, o fato é que não há dúvidas de que essa criança é um fruto meu e de Tengo. Não vou entregá-la a ninguém. De agora em diante, eu decido o que é bom ou ruim e assumo a direção que devo seguir. Seja lá quem for, é bom que saiba disso."

No dia seguinte, às duas da tarde de quarta-feira, o telefone tocou.

— O recado foi dado — disse Tamaru, como sempre sem as preliminares. — Agora, ele está no apartamento. Telefonei para ele hoje de manhã. Ele disse que estará no escorregador hoje à noite às sete em ponto.

— Ele se lembra de mim?

— É claro que sim. E muito bem. Ele também estava à sua procura.

"Foi o que o Líder me disse. Que ele estava à minha procura. Só saber isso já é o bastante." O coração de Aomame se encheu de felicidade. Nenhuma outra palavra do mundo fazia mais sentido para ela.

— Ele ficou de trazer as coisas mais importantes, como você pediu. Eu suponho que entre essas coisas ele deve trazer o romance que está escrevendo.

— Certamente — disse Aomame.

— Verifiquei as redondezas daquele modesto prédio e, aparentemente, estava tudo tranquilo. Não vi nenhum suspeito sondando a área. O apartamento do cabeção do boneco da felicidade também já estava vazio. Está tudo calmo, mas não tão tranquilo. Durante a madrugada, os caras sorrateiramente deram um jeito na mercadoria e resolveram não ficar muito tempo no local. Eu observei atentamente toda a ação à minha maneira e, pelo que constatei, acho que não houve falhas por parte deles.

— Que bom.

— Mas ressalto que existe apenas uma *probabilidade* de, *por enquanto*, não ter havido falhas. A situação pode mudar a qualquer instante. Eu, obviamente, não sou perfeito. Posso ter deixado escapar alguma coisa importante. Há a possibilidade de eles serem melhores do que eu.

— No final das contas, significa que cabe a mim cuidar de mim mesma.

— É o que eu já disse.

— Muito obrigada por tudo. Sou grata.

— Não sei para onde você vai nem o que pretende fazer de agora em diante — disse Tamaru. — Mas, se você pretende ir para bem longe, e eu não te ver mais, vou ficar um pouco triste. Você é uma pessoa especial, e é muito raro eu me deparar com alguém assim.

Aomame abriu um sorriso diante do telefone. — Eu penso o mesmo de você.

— A madame precisava de alguém como você. Não em relação ao trabalho, mas em nível pessoal, como uma amiga. Por isso, ela está muito triste de se separar de você. Ela não está em condições de conversar por telefone. Espero que você a compreenda.

— Eu entendo — disse Aomame. — Creio que eu também teria muita dificuldade de falar com ela.

— Você disse que vai para longe — disse Tamaru. — O quão longe?

— Uma distância que não pode ser medida em números.

— Como a distância que separa o coração de cada um.

Aomame fechou os olhos e respirou profundamente. As lágrimas estavam para transbordar. Mas conseguiu contê-las.

— Vou rezar para que tudo corra bem — disse Tamaru com a voz serena.

— Sinto muito, mas acho que não vou devolver a Heckler & Koch — disse Aomame.

— Tudo bem. Aceite-a como um presente. Se ela se tornar um incômodo, jogue-a na baía de Tóquio. O mundo dará um pequeno passo na direção do desarmamento.

— Acho que, no final, não vai ser preciso usar a pistola. Isso parece ir contra o princípio de Tchekhov.

— Não importa. O fato de você conseguir superar os obstáculos sem ter de usá-la é ótimo. Estamos bem perto do final do século XX. Hoje, as coisas são muito diferentes da época de Tchekhov. Não há mais carruagens nas ruas nem mulheres de espartilho. O mundo conseguiu de algum modo sobreviver ao nazismo, à bomba atômica e à música moderna. Durante esse período, ocorreu uma mudança radical no modo de escrever romances. Portanto, não se preocupe — disse Tamaru. — Mas tenho uma pergunta a lhe fazer. Você ficou de se encontrar com Tengo hoje à noite, às sete horas.

— Se tudo der certo — disse Aomame.

— Caso vocês se encontrem, o que irão fazer no topo do escorregador?

— Vamos ver a lua.

— Muito romântico — disse Tamaru, em tom de admiração.

Capítulo 27
Tengo
O mundo todo é insuficiente

Na quarta de manhã, quando o telefone tocou, Tengo estava em pleno sono. Ele só conseguira adormecer perto do amanhecer, e o uísque que havia tomado ainda circulava em seu corpo. Ele se levantou da cama e se surpreendeu ao ver o dia já totalmente claro.

— Tengo Kawana — disse o homem. Era uma voz desconhecida.

— Sim — disse Tengo. Ele achou que a ligação se devesse a algum detalhe administrativo relacionado à morte de seu pai. A voz do interlocutor soava calma e profissional. Mas o despertador indicava que era pouco antes das oito. Não era um horário normal para as repartições públicas ou a funerária telefonar.

— Desculpe-me incomodá-lo tão cedo, mas é que o assunto requer urgência.

Assunto urgente. — Do que se trata? — indagou Tengo, com a mente confusa.

— O senhor se lembra de uma pessoa chamada Aomame? — perguntou o interlocutor.

Aomame? Instantaneamente, a embriaguez e a sonolência desapareceram. A consciência rapidamente despertou, como a troca de cenário de uma peça teatral. Tengo apertou o fone.

— Lembro — respondeu Tengo.

— Não é um nome muito comum.

— Estudei na mesma classe que ela no primário — disse Tengo, com a voz voltando ao normal.

O homem fez uma pequena pausa. — O senhor teria algum interesse em conversar sobre ela neste momento?

Tengo achou que aquele homem tinha um jeito estranho de falar. Um jeito peculiar. Como se fosse a tradução de uma peça teatral de vanguarda.

— Se o senhor não estiver interessado, será uma perda de tempo para ambos. Nesse caso, desligarei imediatamente o telefone.

— Tenho interesse — disse Tengo apressadamente. — Mas posso saber com quem estou falando?

— Tenho uma mensagem de Aomame — disse o homem, sem se ater à pergunta de Tengo. — Ela gostaria de se encontrar com o senhor. E o senhor? Também gostaria de se encontrar com ela?

— Gostaria — disse Tengo, tossindo para limpar a garganta. — Há tempos que eu também desejava reencontrá-la.

— Ótimo. Ela quer encontrá-lo. E o senhor também.

Tengo de repente percebeu que o quarto estava frio. Pegou um cardigã que estava por perto e o vestiu sobre o pijama.

— E o que devo fazer? — indagou Tengo.

— Ao escurecer, o senhor poderia ir até o topo do escorregador? — disse o homem.

— Topo do escorregador? — disse Tengo, sem saber o que aquele homem queria dizer.

— Ela falou que, dizendo isso, o senhor entenderia. Ir até o topo do escorregador. Eu apenas estou transmitindo o recado conforme me foi dado.

Tengo instintivamente passou a mão no cabelo desalinhado, com algumas mechas endurecidas. Escorregador. Era o local de onde ele ficara observando as duas luas. Só podia ser *aquele* escorregador.

— Acho que eu sei — disse Tengo, com a voz seca.

— Ótimo. E mais uma coisa. Se tiver algo importante que queira levar, é para o senhor levar consigo. De modo que possa se mudar imediatamente, para longe.

— *Algo importante que eu queira levar*? — Tengo repetiu, surpreso.

— Coisas que não quer deixar para trás.

Tengo se pôs a pensar. — Acho que não estou entendendo direito; *mudar para longe* significa que não voltarei mais aqui?

— Isso eu não saberia responder — disse o homem. — Como eu disse há pouco, estou apenas transmitindo o que ela me disse.

Tengo pensou enquanto passava os dedos nos cabelos em desalinho. *Mudar*? E prosseguiu: — Talvez eu tenha de levar um volume considerável de papéis.

— Creio que isso não vai ser problema — disse o homem. — O senhor tem toda a liberdade de escolher o que quiser. Mas a bolsa deverá ser uma que deixe as mãos livres.

— Uma que deixe as mãos livres — disse Tengo. — Isso quer dizer que não pode ser uma mala, não é?

— Creio que sim.

Era difícil imaginar a idade, a aparência e o porte físico daquele homem por meio de sua voz. Era uma voz desprovida de pistas concretas. Um tipo de voz que não se consegue mais guardar, assim que se desliga o telefone. Uma que não revela quaisquer indícios de personalidade ou de sentimentos, caso haja algum.

— O que eu precisava lhe transmitir era isso — disse o homem.

— Aomame está bem? — perguntou Tengo.

— Fisicamente está bem — respondeu o interlocutor, escolhendo cuidadosamente as palavras. — Mas, no momento, ela está numa situação um pouco tensa. Ela precisa estar constantemente atenta. Se houver um deslize, pode pôr tudo a perder.

— *Tudo a perder* — Tengo repetiu mecanicamente.

— Seria melhor não protelar — disse o homem. — Nesta situação, o tempo é um fator importante.

"*O tempo é um fator importante*", Tengo repetiu mentalmente. "Será que este homem tem algum problema para escolher as palavras? Ou será que estou nervoso demais?"

— Acho que poderei estar no topo do escorregador às sete da noite — disse Tengo. — Se, por algum motivo, não for possível ir ao encontro, estarei lá, no mesmo horário, amanhã.

— Está bem. O senhor sabe exatamente de que escorregador se trata.

— Acho que sei.

Tengo olhou o relógio. Ainda faltavam onze horas até o horário combinado.

— A propósito, eu soube que seu pai faleceu no domingo. Aceite minhas condolências — disse o homem.

Tengo agradeceu mecanicamente, e pensou: "Como é que ele sabe disso?"

— Será que o senhor poderia me falar algo sobre Aomame? — disse Tengo. — Coisas como onde ela está e o que ela faz?

— Ela é solteira e trabalha como instrutora num clube esportivo de Hiroo. É uma excelente profissional, mas, devido a certas circunstâncias, no momento ela está afastada do trabalho. Por coincidência, há algum tempo, ela está morando bem perto de sua residência. Outras informações, acho melhor o senhor ouvir diretamente dela.

— Não poderia me dizer por que ela está passando por uma *situação tensa*?

O homem não respondeu. Ele deixava espontaneamente de responder coisas que não queria ou que não via a necessidade de dizer. Tengo não sabia o motivo, mas tinha ao seu redor muitas pessoas desse tipo.

— Então hoje, às sete horas, no topo do escorregador — disse o homem.

— Um momento — disse Tengo rapidamente. — Tenho uma pergunta. Uma pessoa me alertou que havia alguém me vigiando. E ela me disse que eu deveria tomar cuidado. Desculpe-me perguntar isso, mas será que, por acaso, esse alguém seria o senhor?

— Não. Não sou eu — o homem respondeu de imediato. — Quem o estava vigiando provavelmente era outra pessoa. De qualquer modo, é sempre bom tomar cuidado. Essa pessoa que o alertou está coberta de razão.

— O fato de eu estar sendo vigiado possui alguma relação com essa situação extremamente especial em que Aomame se encontra?

— *Uma situação um pouco tensa* — corrigiu o homem. — Sim. Possivelmente há uma ligação. Em algum ponto.

— É algo perigoso?

O homem fez uma pausa, como se estivesse separando diferentes tipos de feijão misturados e, escolhendo cuidadosamente as palavras, disse: — Se você considera perigoso o fato de não ver nunca mais Aomame, com certeza a situação pode ser chamada assim.

Tengo procurou traduzir mentalmente esse modo cifrado de o homem se expressar, para torná-lo mais compreensível. Ele não podia identificar as circunstâncias e saber dos acontecimentos, mas conseguia sentir uma atmosfera de nítida tensão.

— Se houver um deslize, é possível que nunca mais possamos nos encontrar.

— Exatamente.

— Entendi. Tomarei cuidado — disse Tengo.

— Desculpe tê-lo incomodado assim tão cedo. Parece que eu o acordei.

Assim que o homem disse isso, desligou imediatamente o telefone. Tengo ficou olhando durante um bom tempo o fone em sua mão. Assim como havia previsto, ele não conseguia mais se lembrar da voz daquele homem. Olhou novamente o relógio. Oito e dez. "O que vou fazer para passar o tempo até às sete da noite?", pensou.

Ele começou por tomar banho, lavou os cabelos e tentou desembaraçá-los o melhor que podia. Fez a barba diante do espelho. Escovou os dentes com capricho e até passou fio dental. Depois, tirou da geladeira um suco de tomate e o bebeu. Ferveu água, moeu grãos para preparar um café e fez uma torrada. Programou o timer para um ovo cozido. Ele se concentrou em fazer cada uma dessas atividades levando um tempo maior do que o habitual. Mesmo assim, ainda eram nove e meia.

Vou me encontrar com Aomame no topo do escorregador.

Quando pensava nisso, Tengo sentia como se seu corpo se desprendesse e se esparramasse por todos os lados. Os braços, as pernas e o rosto pareciam, cada qual, seguir uma direção diferente. Não conseguia atar um sentimento num só lugar por muito tempo. Quando tentava fazer algo, não conseguia se concentrar. Não conseguia ler um livro e, muito menos, escrever. Não conseguia ficar sentado e quieto por muito tempo. A única coisa que ele conseguia fazer era, quando muito, lavar as louças, roupas, organizar as gavetas das cômodas e arrumar a cama. Mas, seja lá o que se propusesse a fazer, a cada cinco minutos interrompia para dar uma olhada no relógio de parede. Quanto mais pensava no tempo, mais ele demorava a passar.

Aomame sabia.

Foi o que Tengo pensou enquanto estava na pia da cozinha amolando uma faca que não precisava ser necessariamente afiada. "Ela sabe que eu fui várias vezes ao escorregador do parque infantil. Deve ter me visto, sozinho, sentado no topo do escorregador e olhando o céu. Não há outra explicação." Tengo tentou se imaginar no topo do escorregador sob a luz da lâmpada de mercúrio. Naquela ocasião, ele sequer poderia imaginar que estava sendo observado. De onde ela o fazia?

"Não importa de onde tenha sido", pensou. "É o de menos. O importante é que, só de olhar para mim, ela me reconheceu." Essa constatação o deixou profundamente feliz. "Assim como eu sempre estive pensando nela, ela também estava pensando em mim." Isso, porém, era algo difícil de acreditar. Crer que, num mundo agitado e cheio de labirintos como este, os corações de duas pessoas — um menino e uma menina — pudessem se unir, sem mudanças, depois de vinte anos sem se ver.

"Mas por que Aomame não me chamou na hora em que me viu? Se tivesse feito isso, as coisas teriam sido bem mais fáceis. Como ela descobriu onde eu moro? Como foi que ela — ou aquele homem — descobriu o número do meu telefone?" Tengo não gostava de receber ligações, e o seu número não constava na lista telefônica; mesmo através do serviço de informações, era impossível obtê-lo.

Havia alguns fatos incompreensíveis. As linhas daquela história também estavam emaranhadas. Era difícil identificar os fios que se entrelaçavam e quais as relações de causa e efeito existentes entre eles. Pensando bem, desde que Fukaeri aparecera, ele tinha a impressão de estar vivendo num lugar em que o normal era ter muitas perguntas e poucas respostas. Mas essa situação caótica parecia estar aos poucos chegando ao fim; essa era a impressão, ainda que vaga, que Tengo sentia.

"Seja como for, às sete da noite algumas dessas dúvidas poderão ser sanadas", pensou Tengo. "Vamos nos encontrar no topo do escorregador. Não como duas crianças desamparadas de dez anos, mas como dois adultos, um homem e uma mulher, livres e independentes. Como um professor de matemática de uma escola preparatória e uma instrutora de um clube esportivo. O que será que vamos conversar? Não sei. Seja o que for, vamos ter de conversar. Precisamos preencher as lacunas e compartilhar o que sabemos. Tomando emprestado o modo estranho de aquele homem se expressar, nós vamos ter de nos *mudar para algum lugar*. Por isso, preciso juntar tudo o que for importante para mim e que não posso deixar para trás. E colocar numa bolsa que eu possa carregar *deixando as mãos livres*.

"Abandonar este lugar não me deixa particularmente triste. Morei neste apartamento durante sete anos e, três vezes por semana, dei aulas na escola preparatória, mas nunca senti, sequer uma vez, que esse era o lugar da minha vida. Aqui era apenas um local temporário, como uma ilha flutuante que surge no meio da corrente de água. Minha namorada mais velha, que se encontrava secretamente comigo uma vez por semana, desapareceu. Fukaeri, que morou comigo durante um tempo, também se foi." Tengo não sabia para onde elas foram e o que estariam fazendo. De qualquer modo, desapareceram silenciosamente de sua vida. Quanto às aulas, se ele deixasse o emprego, certamente alguém o substituiria. O mundo continuaria a existir, mesmo sem Tengo. Se Aomame *quer se mudar* para outro lugar, ele poderia acompanhá-la sem hesitar.

Quais seriam *as coisas importantes que ele levaria* consigo? Uns cinquenta mil ienes em dinheiro e um cartão de débito bancário. Isso era tudo o que ele podia chamar de bens. Em sua conta corrente havia cerca de um milhão de ienes. Não. Havia mais. Havia o dinheiro dos royalties de *Crisálida de ar*. A intenção era devolver o dinheiro para Komatsu, mas ele ainda não o fizera. Fora isso, havia as folhas impressas de uma parte do seu romance em andamento. Isso ele não podia deixar para trás. Não possuía um valor público, mas, para Tengo, era algo muito importante. Colocou os originais num envelope e o guardou numa bolsa castanho avermelhada de náilon resistente, que costumava usar para ir à escola. Com isso, a bolsa ficou cheia e pesada. O disquete, ele guardou no bolso da jaqueta de couro. Como não convinha levar o processador de texto, acrescentou cadernos e a caneta-tinteiro na bagagem. "O que mais?", pensou.

Ele se lembrou do envelope que o advogado lhe entregara em Chikura. Nele havia a caderneta de poupança, o carimbo registrado, o registro civil e a misteriosa foto (que parecia ser) de família. Talvez fosse melhor levá-lo consigo. A caderneta escolar do primário e o diploma de reconhecimento da NHK, obviamente, não seriam levados. Resolveu também não levar roupas para troca, nem objetos de toalete. Isso tudo não caberia dentro da bolsa, e poderia comprá-los de novo.

Após colocar as coisas na bolsa, Tengo não tinha mais nada a fazer. Não tinha louças para lavar, nem camisas para passar. Ele olhou novamente o relógio de parede. Dez e meia. Pensou em telefonar para o amigo e pedir que ele o substituísse nas aulas, mas lembrou-se de que ele costumava ficar mal-humorado quando Tengo ligava antes do almoço.

Tengo deitou-se na cama e pensou em várias possibilidades. A última vez em que viu Aomame, eles tinham dez anos. Agora, estão com trinta. Durante esse período, ambos tiveram muitas experiências. Experiências boas e experiências não tão boas (possivelmente estas últimas em maior número). "A nossa aparência, o tipo de personalidade e o ambiente em que vivemos devem ser bem diferentes", pensou Tengo. "Não somos mais um menino e uma menina. Será que a Aomame que está lá é realmente a que eu estava procurando? Será que eu sou realmente o Tengo Kawana que ela procura?" Tengo imaginou a cena dos dois se encontrando no escorregador naquela noite e, ao ficarem de frente um para o outro, se decepcionarem. Talvez não tivessem nada para conversar. Era algo perfeitamente possível de acontecer. Aliás, o fato de não acontecer isso é que seria estranho.

"O certo talvez fosse não nos encontrarmos", pensou Tengo, olhando para o teto. "Talvez fosse melhor ficarmos separados um do outro guardando, com carinho, o desejo de um dia nos reencontrarmos. Poderíamos viver para sempre com esse desejo em nossos corações. Um desejo a acalentar o âmago de nossos seres, mantendo acesa uma singela mas importante fonte de calor. Uma pequena chama que as palmas das mãos cuidadosamente protegem da ação do vento. Que, ao receber os ventos violentos da realidade, poderia facilmente se extinguir."

Tengo permaneceu por cerca de uma hora olhando o teto, oscilando entre dois sentimentos contraditórios. O que ele mais queria era encontrar Aomame. Ao mesmo tempo, estava com muito medo de ficar diante dela. A decepção desalentadora e o silêncio constrangedor que poderiam surgir no momento em que se encontrassem o deixava abalado. Parecia que seu corpo se racharia em duas partes. Fisicamente, ele era grande e forte, mas sabia o quão fraco se tornava diante dessa força movida pelo sentimento. Mas ele precisava se encontrar com ela. Era algo que o seu coração desejara fortemente durante esses vinte anos. Não cabia a ele dar as costas e fugir, mesmo que o resultado fosse decepcionante.

Cansado de olhar para o teto, ele acabou dormindo na cama deitado de costas. Um sono tranquilo, sem sonhos, que durou de quarenta a quarenta e cinco minutos. Era um sono profundo e acalentador, depois de ficar mentalmente cansado de tanto se concentrar em seus pensamentos. Nos últimos dias, ele só havia dormido de modo irregular e fragmentado. Até o anoitecer, era preciso eliminar a fadiga acumulada no corpo para, quando deixasse o apartamento e se dirigisse até o parque infantil, estar com o corpo saudável e o sentimento renovado. Ele sabia instintivamente que seu corpo necessitava de um repouso reparador.

Quando estava começando a dormir, Tengo ouviu a voz de Kumi Adachi. Ou achou que tinha ouvido a voz dela. *Ao amanhecer, você deve ir embora. Antes de a saída se fechar.*

Era a foz de Kumi Adachi e, ao mesmo tempo, era a voz da coruja da noite. Na mente de Tengo as duas vozes se mesclaram e se tornaram difíceis de distinguir. O que ele mais precisava naquele momento era sabedoria. A sabedoria da noite, com suas raízes grossas que avançam profundamente no solo. Uma sabedoria que ele só conseguiria obter nas profundezas do sono.

Às seis e meia, Tengo colocou a bolsa a tiracolo e deixou o apartamento. Ele usava a mesma roupa da vez em que esteve no escorregador. Uma capa cinza, uma jaqueta de couro velha, calça jeans e sapatos marrons. Eram roupas gastas, mas estavam bem moldadas ao corpo. Pareciam fazer parte dele. "Talvez eu não volte mais aqui", pensou. Por precaução, retirou o cartão com o seu nome da porta e da caixa de correio. Os desdobramentos disso, ele deixaria para pensar depois.

Ele parou em frente ao prédio e olhou atentamente ao redor. Se Fukaeri estiver certa, alguém deveria estar vigiando de algum lugar. Mas, como da outra vez, ele não viu nada de estranho. O que ele via era a mesma paisagem de sempre. Após o anoitecer, não havia muitos pedestres. Ele andou calmamente em direção à estação. De vez em quando, olhava para trás para se certificar de que não estava sendo seguido. Dobrou em algumas ruas estreitas sem necessidade e parou para observar se não havia ninguém a segui-lo. Aquele homem havia lhe dito que era preciso tomar cuidado. O cuidado deveria ser tanto para ele quanto para Aomame, que se encontrava numa situação tensa.

Mas será que aquele homem que lhe telefonou realmente conhecia Aomame? De repente, isso lhe veio à mente. "Não poderia ser uma armadilha muito bem arquitetada?" Ao pensar nessa possibilidade, Tengo começou a ficar inseguro. Se for uma armadilha, certamente o grupo Sakigake deve estar por trás disso. Tengo talvez (não, com certeza) deve estar na lista negra deles por ter desempenhado a função de *ghost-writer* da *Crisálida de ar*. Foi por isso que aquele homem esquisito chamado Ushikawa se aproximou dele, como representante do grupo, com aquela história de ajuda financeira de origem suspeita. Ainda por cima, Tengo — não por vontade própria — acolheu durante três meses Fukaeri em seu apartamento. Havia motivos suficientes para que o grupo o considerasse uma pessoa indesejável.

"Mas, se for isso", pensou Tengo, "por que precisariam ter todo esse trabalho de usar Aomame como isca para me atrair para fora do apartamento?". Eles sabiam onde ele morava. Ele não estava se escondendo. Se tinham alguma coisa a tratar com Tengo, era só procurá-lo. Não precisavam gastar tempo nem ter o trabalho de conduzi-lo até o escorregador do parquinho. Mas a coisa mudaria de figura se fosse o contrário; se ele fosse a isca para fazer Aomame sair do esconderijo.

Mas por que precisam atrair Aomame para fora do esconderijo?

"Não vejo motivo para isso. Será que há alguma ligação entre Sakigake e Aomame?" Tengo não conseguia deduzir nada mais além disso. O único jeito era perguntar diretamente a Aomame. Isso se eles realmente se encontrassem.

Seja como for, era como aquele homem lhe dissera: nunca é demais tomar cuidado. Por precaução, Tengo fez um caminho mais longo e averiguou se não era seguido. Em seguida, andou apressado em direção ao parque infantil.

Tengo chegou ao local faltando sete minutos para as sete. Já havia escurecido, e somente a luz da lâmpada de mercúrio iluminava o parquinho, de ponta a ponta. À tarde, o tempo estivera quente e agradável, mas, ao anoitecer, a temperatura havia esfriado rapidamente, acompanhada de ventos gelados. Os sucessivos dias ensolarados e quentes do outono estavam cedendo definitivamente lugar para o inverno. As extremidades dos galhos da zelkova balançavam como os dedos de um ancião a dar uma advertência, emitindo um som seco.

Algumas janelas dos edifícios ao redor estavam com as luzes acesas, mas o parque estava vazio. O coração de Tengo sob a jaqueta de couro batia num ritmo lento, mas forte. Ele esfregou várias vezes as mãos para se certificar de que conseguia senti-las. "Está tudo bem, estou preparado. Não há nada a temer", pensou Tengo e, decidido, subiu os degraus do escorregador.

Ao chegar ao topo, sentou-se como da outra vez. O piso do escorregador estava gelado e levemente úmido. Com as mãos nos bolsos da jaqueta, encostou-se no corrimão e olhou o céu. Nuvens pairavam em profusão. Havia uma mistura de tamanhos; algumas grandes e outras pequenas. Tengo estreitou os olhos e procurou as luas. Naquele momento, estavam escondidas por trás das nuvens, nem densas nem pesadas, mas leves e brancas. Mas eram espessas o suficiente para esconder as luas. Movimentavam-se de norte a sul com lentidão. Os ventos no alto não pareciam fortes. Ou talvez as nuvens estivessem bem mais altas do que pareciam. De qualquer modo, não estavam com pressa.

Tengo olhou o relógio de pulso. Os ponteiros indicavam sete horas e três minutos, e o ponteiro dos segundos continuava a marcar de modo preciso a passagem do tempo. Aomame ainda não havia chegado. Durante alguns minutos, Tengo observou o ponteiro dos segundos como se visse algo interessante. Um tempo depois, fechou os olhos. Assim como as nuvens levadas pelo vento, ele não tinha pressa. Não havia nenhum problema se Aomame demorasse. Ele parou de pensar e decidiu se deixar levar pelo tempo. Naquele momento, o mais importante era deixar o tempo fluir naturalmente.

Ainda mantendo os olhos fechados, Tengo prestou atenção aos sons do mundo ao seu redor, como se sintonizasse uma estação de rádio. A primeira coisa que conseguiu captar foi o som intermitente dos carros passando pelo anel viário 7. Era um som que lembrava o bramido do Pacífico, que ele costumava escutar na casa de saúde de Chikura. Um bramido que sutilmente se mesclava ao canto estridente das gaivotas. Escutou, também, o som curto e repetitivo do sinalizador de ré de um caminhão de grande porte e um breve e agudo latido de advertência de um cachorro grande. Em algum lugar distante uma pessoa chamava alguém pelo nome em voz alta. Tengo não conseguia discernir de onde vinham aqueles sons. Ao permanecer durante muito tempo com os olhos fechados, perdera a noção de direção e distância. De vez em quando, soprava um vento gelado, mas ele não sentia frio. Temporariamente, Tengo havia esquecido não só de reagir ao frio como também de sentir e reagir a todos os demais estímulos e sensações.

Quando se deu conta, alguém estava ao seu lado, segurando sua mão direita. A mão parecia um ser vivo pequenino que necessitava de calor, e segurava sua mão grande, dentro do bolso da jaqueta de couro. Como se o tempo tivesse hesitado em algum momento, quando sua consciência despertou tudo já havia acontecido. Sem preliminares, as coisas haviam avançado para a etapa seguinte. "Que *estranho*", pensou Tengo, ainda com os olhos fechados. "Por que será que acontece isso?" Em determinado momento, o tempo flui insinuante e insuportavelmente devagar; em outro, ele passa rápido, pulando de uma só vez várias etapas.

Esse alguém apertou firmemente a mão larga de Tengo, num gesto que parecia querer confirmar que ali havia algo de *verdadeiro*. Eram dedos macios e longos, que continham força em seu núcleo.

"Aomame", pensou Tengo, mantendo os olhos fechados, sem pronunciar o nome. Apenas retribuiu, segurando sua mão. Ele se lembrava daquela mão. Nesses vinte anos, ele jamais se esquecera da sensação daquele toque. Não era mais a mão de uma criança de dez anos. Era uma mão que nesses vinte anos tocou, pegou e segurou muitas coisas. Inúmeras coisas de diferentes formas. A força nela também se tornou maior. Mas Tengo percebeu de imediato que se tratava da mesma mão. O jeito de ela segurá-lo era o mesmo, e o sentimento que ela queria transmitir também.

Naquele momento, Tengo sentiu que os vinte anos instantaneamente se fundiram, formando um redemoinho. Ao se mesclarem, todas as cenas, as palavras, os valores formaram um único pilar grosso em seu coração, e o seu núcleo passou a girar como um *torno*. Sem dizer nada, Tengo contemplava essa cena como uma testemunha que presencia a destruição e o renascimento de um planeta.

Aomame também permanecia em silêncio. Os dois estavam sentados no topo do escorregador gelado de mãos dadas. Voltaram a ser um menino e uma menina de dez anos. Um menino solitário e uma menina solitária. A sala, após as aulas, no início da estação de inverno. Os dois não tinham forças nem conhecimento para saber o que deveriam oferecer ao outro e o que buscavam no outro. Nunca ninguém os amou de verdade, e nunca eles amaram alguém de verdade. Nunca abraçaram alguém e nunca ninguém os abraçou. Eles não sabiam para onde aquele acontecimento os conduziria. Naquele momento, haviam dado o primeiro passo dentro de um quarto sem portas. Não podiam mais sair dali. E, tampouco, alguém poderia entrar. Naquele momento, não sabiam que aquele era o único local de absoluta plenitude existente no mundo. Um local isolado, que não podia ser manchado pela solidão.

Quanto tempo havia se passado? Cinco minutos ou uma hora? Ou o dia inteiro? Ou o tempo havia parado? O que Tengo sabia sobre o tempo? A única coisa que ele sabia era que podiam ficar para sempre em silêncio no topo do escorregador do parque infantil, de mãos dadas. Foi o que sentira aos dez anos, e agora, vinte anos depois.

Ele sabia que precisava de tempo para assimilar esse novo mundo que surgia diante dele. Precisava adaptar e reaprender todas as coisas, uma por uma: a maneira de pensar, o modo de ver as coisas, selecionar as palavras, o jeito de respirar e de mover o corpo. Para isso, precisava juntar todo o tempo existente no mundo. Não — talvez o mundo todo fosse insuficiente.

— Tengo — Aomame sussurrou em seu ouvido. Sua voz não era baixa nem alta. Era a voz que continha uma promessa. — Abra os olhos.

Tengo abriu os olhos. O tempo recomeçou a fluir no mundo.

— Lá estão as luas — disse Aomame.

Capítulo 28
Ushikawa
E uma parte de sua alma

A luz da lâmpada fluorescente do teto incidia sobre o corpo de Ushikawa. A calefação estava desligada e uma única janela aberta mantinha o quarto frio, como uma câmara frigorífica. No centro desse recinto havia algumas mesas de reunião agrupadas e Ushikawa estava deitado de costas sobre elas. Ele estava com um conjunto de peças íntimas de inverno e um cobertor velho a cobrir-lhe o corpo. O cobertor tinha uma protuberância na altura da barriga, como um formigueiro que se destaca no meio da campina. Os indagadores olhos arregalados — que ninguém conseguiu fechar — estavam cobertos com um pedaço de pano. Os lábios estavam levemente entreabertos, mas dali nunca mais haveria de escapar o ar ou alguma palavra. A cabeça parecia muito mais achatada e enigmática do que quando estava vivo e ainda se mexia. E os fios crespos, grossos e negros de seus cabelos, que lembravam pelos pubianos, rodeavam lastimavelmente aquela cabeça.

O rapaz de cabelo rente vestia um casaco de náilon azul-marinho, e o de rabo de cavalo, uma jaqueta de vaqueiro marrom com detalhes de pele na gola. As roupas eram ligeiramente fora do tamanho, como se tivessem sido escolhidas às pressas entre um limitado estoque. Mesmo no interior do recinto, o ar que expiravam era esbranquiçado. Somente três pessoas estavam ali: o rapaz de cabelo rente, o de rabo de cavalo e Ushikawa. Numa das paredes havia três janelas corrediças de alumínio próximas ao teto, e uma delas estava totalmente aberta, para manter a temperatura do ambiente baixa. Não havia nenhuma mobília, exceto as mesas em que o corpo de Ushikawa jazia. Um recinto impessoal e funcional. O cadáver — ainda que fosse o cadáver de Ushikawa —, ao ser exposto num local como aquele, adquiria características igualmente impessoais e funcionais.

Ninguém falava. Reinava um completo silêncio no recinto. O rapaz de cabelo rente precisava pensar em inúmeras coisas e o outro, o de rabo de cavalo, jamais abria a boca. Ushikawa era um homem eloquente, mas havia dois dias que estava morto. O rapaz de cabelo rente andava lentamente ao lado da mesa em que estava o cadáver de Ushikawa, indo de um lado para outro, perdido em pensamentos. Exceto quando se aproximava da parede para mudar de direção, seus passos eram regulares. Seus sapatos de couro não emitiam nenhum barulho em contato com o carpete barato, de coloração levemente amarelo-esverdeada. O rapaz de rabo de cavalo, como sempre, estava em pé ao lado da porta, totalmente imóvel. As pernas estavam ligeiramente abertas e, em posição ereta, ele mantinha o foco em algum ponto invisível do ar. Não demonstrava cansaço ou frio. As únicas coisas que indicavam que ele estava vivo eram os olhos, que vez por outra piscavam, e o ar esbranquiçado que saía regularmente pela boca.

Durante o dia, algumas pessoas se reuniram naquele recinto gelado para conversar. Foi necessário aguardar um dia até que alguns dos dirigentes de outras sedes regionais pudessem se deslocar até lá. A reunião era sigilosa, razão pela qual a conversa se deu em tom comedido e em voz baixa, para que não pudesse ser ouvida do lado de fora. O corpo de Ushikawa permanecia sobre as mesas como um objeto de exposição de uma feira industrial de ferramentas mecânicas. O corpo estava em estado de rigidez cadavérica e, até descongelar e se tornar mais flexível, levaria no mínimo três dias. De vez em quando, as pessoas olhavam rapidamente para o cadáver enquanto discutiam questões de ordem prática.

Durante a discussão, e inclusive quando o assunto era sobre o morto, não se via nenhum sentimento de respeito ou de pesar pela morte de Ushikawa. As únicas coisas que aquele cadáver rígido, baixo e gordo suscitava nos corações ali presentes era um tipo de ensinamento e algumas reflexões. Nada mais além disso. Não importa o que aconteça, jamais podemos voltar o tempo e, se por ventura a morte trouxer alguma solução, ela será apenas para o morto. Era esse tipo de ensinamento e de reflexão.

O que fariam com o corpo de Ushikawa? Tudo levava a crer que já sabiam de antemão o que fazer com ele. Se a polícia o encontrasse, morto de forma violenta, o caso seria investigado a fundo e, certamente, viria à tona a relação dele com o grupo religioso. Um risco que eles queriam evitar a qualquer custo. Por isso, assim que diminuísse a rigidez cadavérica, eles o levariam secretamente para o enorme incinerador dentro do terreno da sede e rapidamente resolveriam a situação, transformando-o em fumaça escura e cinzas brancas. A fumaça seria tragada pelo céu, e as cinzas, espalhadas na lavoura como adubo para as hortaliças. Esse era um tipo de serviço já realizado inúmeras vezes sob o comando do rapaz de cabelo rente. O corpo do Líder, porém, era grande demais, e por isso, naquela ocasião, foi necessário "cortá-lo" em pedaços menores com um serrote. Mas no caso deste homem, por ele ser pequeno, não havia essa necessidade. Isso era um alívio para o rapaz de cabelo rente. No fundo, ele detestava trabalhos sangrentos. Lidando com vivos ou mortos, preferia não ter de ver sangue.

O superior do rapaz de cabelo rente lhe fez algumas perguntas: Quem matou Ushikawa? Por que ele foi morto? Qual o objetivo de ter alugado aquele apartamento em Kôenji? O rapaz de cabelo rente, como chefe do setor de segurança, precisava dar respostas. Mas o fato é que ele não as tinha.

Na terça-feira, antes de amanhecer, ele recebera um telefonema de um homem misterioso (que era Tamaru) informando que o corpo de Ushikawa estava naquele apartamento. A conversa que tiveram girou em torno de assuntos práticos e, ao mesmo tempo, insinuava outros assuntos mesclados de dissimulação. Ao desligar o telefone, o rapaz de cabelo rente convocou imediatamente dois fiéis que viviam em Tóquio e que eram seus subordinados, e os quatro, vestidos com uniformes e fingindo serem funcionários de uma empresa de mudanças, foram até o local em um Toyota HiAce. Foi necessário gastar tempo para averiguar se aquilo não era uma armadilha. Eles estacionaram o veículo a uma certa distância do local e, antes de mais nada, um deles desceu e foi fazer o reconhecimento da área no entorno do prédio. Era preciso ter muita cautela. A polícia poderia estar de tocaia para capturá-los assim que dessem um passo para dentro do apartamento. Situação que era preciso evitar a qualquer custo.

Eles deram um jeito para colocar o corpo de Ushikawa num tipo de caixa-contêiner que haviam providenciado, e saíram do prédio carregando-a até a traseira da HiAce. Era uma madrugada fria e, felizmente, não havia ninguém nas ruas. Outra coisa que tomou muito tempo foi o pente-fino realizado no apartamento. Precisavam ter certeza de que realmente não havia nada no local que pudesse servir de pista. Munidos de lanternas, eles vasculharam cuidadosamente todos os cantos do apartamento, mas não encontraram nada que chamasse a atenção. Havia apenas um estoque de alimentos, um aquecedor portátil, um saco de dormir e alguns objetos de uso pessoal. No lixo havia praticamente só latas vazias e garrafas descartáveis. Tudo levava a crer que Ushikawa se escondera naquele apartamento para vigiar alguém. O olhar atento do rapaz de cabelo rente não deixou escapar os sinais do tripé da câmera fotográfica que deixaram uma sutil marca no tatame, bem próximo à janela. Mas não encontraram a câmera nem as fotos. A pessoa que matou Ushikawa deve ter levado tudo. Inclusive os filmes. O fato de Ushikawa ter morrido vestindo apenas as roupas íntimas indicava que fora surpreendido quando estava dentro do saco de dormir. Esse alguém deve ter entrado no apartamento sem fazer barulho. A morte de Ushikawa deve ter sido horrível. A cueca estava encharcada de urina.

Somente o rapaz de cabelo rente e o de rabo de cavalo levaram o corpo de Ushikawa até Yamanashi. Os outros dois permaneceram em Tóquio para terminar o serviço. O rapaz de rabo de cavalo foi quem dirigiu o veículo durante todo o percurso. Eles pegaram a Rodovia Metropolitana e seguiram na direção oeste pela rodovia Chûô. As estradas de madrugada estavam vazias, mas o limite de velocidade foi respeitado. Se a polícia parasse o carro, seria o fim. As placas — tanto a dianteira quanto a traseira — eram roubadas e, na carroceria, havia um contêiner com o corpo de Ushikawa. Não havia possibilidade de justificar uma situação como aquela. Durante o trajeto, ambos permaneceram em silêncio.

Ao chegarem à sede ao amanhecer, foram recebidos pelo médico de Sakigake, que examinou o corpo de Ushikawa e constatou que a morte se dera por asfixia. Mas não havia sinal de estrangulamento. O médico cogitou a hipótese de que tivesse sido usado algum tipo de saco plástico envolvendo a cabeça para não deixar vestígios. Os braços e as pernas também foram examinados, mas não se encontrou nenhuma marca de que tivessem sido atados. Não havia também sinais de contusões ou de algum tipo de tortura. Seu rosto tampouco denotava vestígios de sofrimento. Se sua expressão tivesse de ser descrita, era a de alguém que aguardava em vão a resposta a uma sincera e autêntica indagação. Não havia dúvidas de que ele havia sido assassinado, mas aparentemente o corpo estava em perfeito estado. O médico achou aquilo muito estranho e cogitou que, após a morte, alguém houvesse massageado o rosto para que sua expressão ficasse mais serena.

— É um trabalho perfeito, de um profissional — disse o rapaz de cabelo rente ao seu superior. — Ele não deixou nenhum vestígio. Possivelmente, a vítima não teve sequer condições de gritar. Como aquilo aconteceu durante a madrugada, se ele tivesse gritado de dor, certamente o prédio todo teria escutado. Um amador não conseguiria fazer esse tipo de serviço.

Mas por que Ushikawa fora morto por um profissional?

O rapaz de cabelo rente escolheu cuidadosamente as palavras:

— Acho que, sem querer, Ushikawa andou vigiando alguém que não deveria. Creio que nem ele próprio sabia disso.

É a mesma pessoa que matou o Líder?

— Não há como provar, mas acho que a possibilidade é grande — disse o rapaz de cabelo rente. — Acho que Ushikawa foi, de certa forma, torturado. Não sei exatamente como, mas com certeza deve ter sido duramente interrogado.

Até que ponto ele disse o que sabe?

— Ele deve ter dito tudo o que sabia — disse o rapaz de cabelo rente. — Não há dúvida quanto a isso. Mas as informações que Ushikawa possuía eram limitadas. Por isso, mesmo que tenha dito tudo, não vai nos causar danos reais.

As informações que o rapaz de cabelo rente possuía também eram limitadas, mas ele sabia muito mais do que Ushikawa, uma pessoa de fora do grupo.

O superior indagou se o termo profissional significava que o homem que matara Ushikawa pertencia a algum grupo criminoso.

— Aquela maneira de proceder não é a das yakuza nem do crime organizado — respondeu o rapaz de cabelo rente, balançando a cabeça num gesto negativo. — Eles agem de uma maneira mais sangrenta, com extrema violência. Jamais fariam um serviço tão refinado. A pessoa que matou Ushikawa queria nos dar um recado. Que eles possuem um sistema altamente sofisticado e, se alguém se intrometer, o contra-ataque será infalível. Eles estão nos avisando que é melhor não nos metermos nesse assunto.

Nesse assunto?

O rapaz de cabelo rente balançou a cabeça. — Eu não sei bem que assunto é esse. Ushikawa estava agindo sozinho havia algum tempo. Cheguei a solicitar várias vezes um relatório parcial de suas atividades, mas ele sempre dava a desculpa de que ainda não possuía material suficiente para apresentar um relatório. Acho que ele queria descobrir e esclarecer os fatos sozinho, para depois apresentá-los como relatório final. Por isso, morreu levando consigo as informações que havia obtido. O próprio Líder escolhera pessoalmente Ushikawa, e até hoje ele fazia um trabalho independente. Ele não se adequava ao sistema. Mesmo em relação ao sistema de hierarquia, eu não estava em posição de lhe dar ordens.

O rapaz de cabelo rente precisava deixar bem claro o que era de sua responsabilidade. O grupo religioso possuía um sistema organizacional. Todo sistema possui regras e suas respectivas penalidades. Ele não queria que o considerassem negligente, ou que tivesse de assumir toda a responsabilidade pelo ocorrido.

Afinal, quem Ushikawa vigiava daquele apartamento?

— Não sei. O normal seria pensar que ele estava vigiando alguém que mora naquele prédio, ou alguma outra pessoa das redondezas. Os homens que deixei em Tóquio estão fazendo esse levantamento, mas, até agora, não entraram em contato. Eles estão demorando muito para colher essas informações. Estive pensando se não seria melhor voltar a Tóquio e eu mesmo averiguar isso.

O rapaz de cabelo rente parecia não confiar muito na capacidade dos seus subordinados de Tóquio. Eles eram leais, mas a habilidade de lidar com esse tipo de serviço estava longe de ser satisfatória. Ele ainda não havia relatado os detalhes da situação. O melhor e mais eficiente seria ele mesmo fazer o serviço. Talvez o melhor fosse verificar minuciosamente o que havia no escritório de Ushikawa. Talvez aquele homem do telefonema já tivesse feito isso. Mas seus superiores não lhe permitiram voltar a Tóquio. Até que as coisas ficassem um pouco mais claras, ele e o rapaz de rabo de cavalo deveriam permanecer na sede. Era uma ordem.

O superior perguntou se, por acaso, Ushikawa não estava vigiando Aomame.

— Não. Não creio que fosse Aomame — respondeu o rapaz de cabelo rente. — Se a pessoa que morava naquele prédio fosse a Aomame, assim que soubesse do endereço dela, ele imediatamente entraria em contato conosco. Com isso, ele cumpriria sua responsabilidade, e o serviço estaria concluído. Provavelmente, a pessoa que Ushikawa estava vigiando possuía alguma ligação, ou *talvez* pudesse levá-lo até o local em que ela estava. Não consigo pensar em outra explicação.

Quer dizer que, enquanto Ushikawa estava vigiando esse alguém, o outro lado percebeu e decidiu colocar um ponto final?

— Creio que sim — disse o rapaz de cabelo rente. — Ele trabalhava sozinho e acabou se aproximando demais de um local perigoso. Ele deve ter obtido alguma pista relevante e quis ver logo o resultado. Se tivesse montado uma equipe, teria se protegido mais, e não iria terminar desse jeito.

Você conversou diretamente com esse homem. Você acha que há alguma possibilidade de marcarmos um encontro para conversar com Aomame?

— Não sei dizer. Se Aomame não quiser conversar conosco, creio que não teremos nenhuma possibilidade de marcar esse encontro. Eu percebi essa nuance pelo modo como o homem falou comigo ao telefone. Tudo vai depender dela.

Eles deveriam estar gratos por termos nos disposto a esquecer o que aconteceu ao Líder e garantir a segurança dela.

— Eles querem mais informações. Por que nós queremos nos encontrar com Aomame? Por que estamos propondo uma trégua? O que de fato queremos negociar?

Se eles querem saber isso, significa que não possuem as informações corretas.

— Isso mesmo. Por outro lado, nós também não temos nenhuma informação segura a respeito deles. Sequer sabemos os motivos que os levaram a planejar e executar o assassinato do nosso Líder.

Seja como for, enquanto aguardamos a resposta deles, precisamos continuar a procurar Aomame. Mesmo que, durante o processo, tenhamos de vigiar alguém.

O rapaz de cabelo rente fez uma pequena pausa antes de dizer: — Nós temos uma organização extremamente fechada. Podemos agrupar os membros e agir de modo rápido e eficiente. Temos consciência de nossos objetivos, uma moral elevada e, se necessário, somos capazes de dar a própria vida. Mas, de um ponto de vista puramente técnico, não passamos de um grupo de amadores. Não temos um treinamento especializado. Comparados a nós, eles são profissionais. Detêm conhecimento, agem com frieza e não hesitam em fazer o que for necessário. Além de possuírem vasta experiência. Como o senhor deve saber, Ushikawa não era um homem desatento.

Como você pretende continuar a busca, objetivamente falando?

— No momento, a melhor coisa a fazer é descobrir a *provável pista* que Ushikawa estava seguindo. Seja lá que tipo de pista ele tenha encontrado.

Ou seja, não temos nenhuma outra pista a não ser essa?

— Isso mesmo — admitiu o rapaz de cabelo rente.

Independentemente do perigo que vamos correr e do sacrifício que tenhamos que fazer, precisamos encontrar e capturar essa mulher chamada Aomame. Quanto mais rápido, melhor.

— Essa foi a orientação ditada pela voz? — perguntou o rapaz de cabelo rente. — Não importa o sacrifício que tenhamos que fazer, temos que *capturar* Aomame o mais rápido possível?

O superior não respondeu. Aquelas informações não eram reveladas para pessoas do nível do rapaz de cabelo rente. Ele não fazia parte da diretoria do grupo. Era apenas o chefe de uma unidade de ação. Mas o rapaz de cabelo rente sabia. Sabia que aquela era a última mensagem *deles*, e que aquela teria sido a última vez que as donzelas — que tinham uma função semelhante à das *miko*, donzelas dos santuários xintoístas — escutaram aquela "voz".

No recinto gelado, o rapaz de cabelo rente caminhava, de um lado para outro, diante do corpo de Ushikawa, quando, de repente, algo passou de relance no cantinho de sua consciência. Nesse exato momento ele parou de andar, fez uma careta que aproximou as sobrancelhas e tentou descobrir o formato daquela *coisa* que acabara de passar por sua mente. Assim que ele parou de andar, o rapaz de rabo de cavalo, que estava em pé ao lado da porta, mudou um pouco a postura. Expirou profundamente e passou o centro da gravidade de uma perna para a outra.

"Kôenji", pensou o rapaz de cabelo rente, franzindo levemente as sobrancelhas. E, seguindo atenta e calmamente uma linha tênue, vasculhou as profundezas escuras de sua memória. Alguém que estava envolvido nesse caso morava em Kôenji. Mas quem?

Ele tirou do bolso sua agenda grossa toda amassada e começou rapidamente a folheá-la. Queria ter a certeza de que sua memória não estava errada. Era Tengo Kawana. O endereço dele era Suguinami, distrito de Kôenji. O mesmo endereço do prédio em que Ushikawa foi encontrado morto. A única diferença era o número do apartamento. Um ficava no terceiro pavimento e o outro, no primeiro. Será que o Ushikawa estava lá para vigiar os passos de Tengo Kawana? Não havia dúvidas. Não se tratava apenas de uma simples coincidência.

Mas por que Ushikawa resolveu espreitá-lo numa situação tão crítica como aquela? O rapaz de cabelo rente não se lembrava do endereço de Tengo, pois ele havia deixado de ser um dos alvos de sua atenção. Tengo Kawana havia reescrito a *Crisálida de ar*, de Eriko Fukada. A obra recebeu o prêmio de autora revelação da revista literária, foi publicada em livro e, enquanto estava na lista de mais vendidos, Tengo realmente foi um dos alvos de sua atenção. Havia, também, uma certa desconfiança de que Tengo tivesse alguma função importante naquilo tudo, e que talvez guardasse algum segredo importante. Mas, agora, sua função havia terminado. Eles concluíram que Tengo apenas reescrevera a obra a pedido de Komatsu, e que recebera uma modesta remuneração por esse trabalho. Sua participação, portanto, limitara-se a isso. O atual interesse do grupo era apenas de encontrar Aomame. Mesmo ciente disso, Ushikawa agira tendo como foco aquele professor de escola preparatória. Ele montou todo um esquema e seguiu à risca essa linha de investigação. Como resultado, perdera a vida. Por quê?

Esse era um ponto que o rapaz de cabelo rente não conseguia entender. Ushikawa, com certeza, possuía algum tipo de pista e, ao que parece, ele sabia que, se ficasse grudado em Tengo, conseguiria encontrar Aomame. Foi por isso que fez questão de ficar naquele apartamento, montou a câmera num tripé próximo à janela e o vigiava havia algum tempo. Será que há alguma ligação entre Tengo e Aomame? Se houver, que tipo de ligação seria?

O rapaz de cabelo rente saiu do recinto sem dizer nada, foi para a sala ao lado, aquecida, e ligou para um apartamento em Sakuragaoka, no distrito de Shibuya em Tóquio. Mandou chamar seu subordinado e ordenou que ele retornasse imediatamente ao apartamento de Ushikawa em Kôenji para vigiar Tengo, observando suas entradas e saídas do prédio. Ele descreveu Tengo como um homem grande de cabelos curtos; que dificilmente passaria despercebido. Instruiu que, se ele saísse do prédio, deveria segui-lo em dupla, sem que ele percebesse. "Em hipótese alguma, deixem-no escapar. Descubram para onde ele vai. Não importa o que aconteça, sigam-no. Nós iremos para aí o mais rápido possível."

O rapaz de cabelo rente voltou para o recinto em que estava o corpo de Ushikawa e disse para o rapaz de rabo de cavalo que partiriam imediatamente para Tóquio. O rapaz de rabo de cavalo assentiu discretamente. Ele nunca pedia explicações. Entendia as ordens e rapidamente partia para a ação. Assim que o rapaz de cabelo rente deixou o recinto, ele trancou a porta a chave, para que as pessoas de fora não tivessem acesso. Ao sair do prédio, foi para o estacionamento onde havia dez carros enfileirados e escolheu um Nissan Gloria preto. Os dois entraram no carro e ele girou a chave que já estava na ignição. O tanque de gasolina estava cheio, conforme o regulamento. Quem novamente dirigia o carro era o rapaz de rabo de cavalo. A placa do Nissan Gloria era legal, e os documentos estavam em ordem. Não haveria problemas caso passassem um pouco o limite de velocidade.

Após percorrer um bom tempo a rodovia é que o rapaz de cabelo rente se deu conta de que não havia recebido a permissão do superior para voltar a Tóquio. Isso poderia se tornar um problema mais tarde. Mas não havia outro jeito. Era uma questão urgente. O jeito era explicar a situação assim que chegasse a Tóquio. Ele franziu levemente as sobrancelhas. As restrições impostas pela organização às vezes o aborreciam. A quantidade de regras costumava aumentar, nunca diminuir. Mas ele sabia que não conseguiria viver longe da organização. Ele não era um lobo solitário. Era apenas um entre inúmeros dentes de uma roda que se limitava a cumprir ordens.

Ele ligou o rádio para ouvir o noticiário das oito. Ao terminar o noticiário, o rapaz de cabelo rente desligou o rádio, reclinou o banco e dormiu um pouco. Quando acordou, estava com fome (quando foi a última vez que fizera uma refeição decente?), mas não tinham tempo de parar o carro numa área de serviços. Estavam com pressa de seguir em frente.

Naquele exato momento, Tengo se reencontrava com Aomame no escorregador do parque infantil. Os rapazes, porém, não tinham como saber onde Tengo estava. Acima de Tengo e Aomame havia duas luas pairando no céu.

O corpo de Ushikawa jazia na escuridão do recinto resfriado. Não havia ninguém, a não ser ele. A lâmpada estava apagada e a porta trancada. A luz pálida da Lua entrava pela janela próxima ao teto. Ushikawa estava num ângulo que não lhe permitiria ver a Lua, por isso ele não saberia dizer se havia uma ou duas luas.

Não havia relógio ali, razão pela qual não dava para saber que horas eram. Provavelmente, havia se passado cerca de uma hora desde que o rapaz de cabelo rente e o de rabo de cavalo partiram para Tóquio. Se alguém estivesse naquele recinto e presenciasse o momento em que a boca de Ushikawa começou a se mexer, essa pessoa certamente ficaria extremamente assustada. Era um acontecimento excepcional, amedrontador. Principalmente pelo fato de Ushikawa estar morto, e o corpo, em estado de rigidez cadavérica. Mas, mesmo nesse estado, sua boca começou a tremer até que, finalmente, se abriu com um barulho seco.

Se alguém estivesse ali, ficaria apreensivo, achando que Ushikawa começaria a falar. Alguma informação importante que, provavelmente, só ele deveria saber. Essa pessoa, mesmo apavorada, engoliria em seco e aguardaria o que ele teria a dizer. A expectativa de saber que tipo de segredo seria revelado iria ser grande.

Mas, da boca aberta de Ushikawa, não saiu nenhuma voz. O que saiu não foram palavras nem ar, mas seis homens pequeninos. Todos com cerca de cinco centímetros. Estavam vestidos e, pisando na língua esverdeada como musgo e transpondo os dentes irregulares e sujos, foram saindo em fila, como os mineiros que retornam para a superfície ao entardecer, após um dia de trabalho. Mas tanto as roupas quanto os rostos estavam limpos, e eles não estavam suados. Eram homens que não tinham nenhuma relação com sujeira e desgaste.

O seis homenzinhos do Povo Pequenino saíram da boca de Ushikawa, desceram até as mesas em que o corpo estava deitado e, conforme se chacoalhavam, seus corpos cresciam gradativamente. Eles mudavam de tamanho de acordo com a necessidade. Mas nunca passavam de um metro de altura, ou ficavam menores que três centímetros. Quando atingiram o tamanho de seis a sete centímetros, pararam de se chacoalhar e, um por um, foram descendo da mesa até o chão. Os rostos do Povo Pequenino eram isentos de expressão. Mas isso não significava que seus rostos eram como máscaras. Eram rostos bem comuns. Exceto pelo tamanho, eles possuíam um rosto muito parecido com o meu ou o seu. Portanto, o fato de não esboçarem uma expressão significava apenas que, naquele momento, não havia a necessidade de esboçar nenhum tipo de expressão.

Eles não demonstravam estar com pressa, tampouco pareciam estar sossegados. Eles possuíam tempo suficiente para fazer o que precisavam fazer. O tempo não era muito longo nem muito curto. Os seis se sentaram no chão, em silêncio, formando uma roda, sem que ninguém precisasse fazer um sinal. Um círculo perfeito, com dois metros de diâmetro.

Finalmente, um deles, sem dizer nada, esticou o braço e tirou um fio do ar. O fio tinha quinze centímetros de comprimento e sua cor era de um creme quase branco, semitransparente. Ele colocou esse fio no chão. O próximo também procedeu da mesma maneira. Puxou um fio da mesma cor e do mesmo tamanho. Os outros três fizeram o mesmo. O último foi o único que agiu de maneira diferente. Ele se levantou, afastou-se do círculo, subiu novamente na mesa de reunião, esticou o braço e puxou um fio do cabelo crespo da cabeça disforme de Ushikawa. Ouviu-se um pequeno barulho breve e destacado do fio sendo arrancado da cabeça. Para este último homenzinho, o cabelo de Ushikawa é que era o seu fio. O primeiro homenzinho agrupou, com suas mãos habilidosas e bem treinadas, os cinco fios colhidos do ar e o fio de cabelo de Ushikawa.

Procedendo dessa maneira, os seis homenzinhos começaram a fazer uma nova crisálida de ar. Desta vez, ninguém conversava. Nem marcava o ritmo. Em silêncio, eles tiravam uma linha do ar, um fio de cabelo de Ushikawa, e, mantendo um ritmo regular, foram tecendo a crisálida de ar. Apesar de o recinto estar gelado, o ar que eles soltavam não era esbranquiçado. Se alguém estivesse ali, acharia aquilo estranho. Ou, como já aconteciam coisas por demais surpreendentes, a pessoa nem repararia nesse detalhe.

Por mais que o Povo Pequenino trabalhasse assiduamente (eles não descansavam), seria impossível tecer uma crisálida de ar em uma só noite. Seriam necessários, no mínimo, três dias. Mesmo assim, os seis não pareciam afobados. Até que a rigidez cadavérica de Ushikawa abrandasse, e o corpo fosse levado ao incinerador, levaria pelo menos dois dias. Eles sabiam disso. Em duas noites, conseguiriam dar um formato à crisálida de ar. Eles tinham o tempo necessário para isso. E não conheciam o cansaço.

Ushikawa estava deitado sobre a mesa, com a pálida luz da Lua incidindo em seu corpo. A boca estava escancarada, e um tecido grosso lhe cobria os olhos que continuavam abertos. A última cena que suas retinas viram no derradeiro instante de sua vida foi a do cachorrinho correndo alegremente no gramado do pequeno jardim de sua casa nova, que ele havia adquirido pouco tempo antes no bairro de Chûôrinkan.

E uma parte de sua alma estava se transformando numa crisálida de ar.

Capítulo 29
Aomame
Nunca mais vou largar sua mão

Aomame sussurrou para Tengo abrir os olhos. Tengo os abriu. E o tempo recomeçou a fluir.

Aomame lhe disse que estava vendo as luas.

Tengo levantou o rosto e olhou o céu. As nuvens haviam se dissipado e as luas pairavam sobre os galhos desfolhados da zelkova. Uma lua grande e outra pequena. Uma lua grande e amarela, a outra pequena e esverdeada. *Maza* e *dohta*. A luz coloria o contorno das nuvens que cruzavam o céu, mesclando-se suavemente à coloração das luas, como a barra de uma saia longa que, sem querer, foi mergulhada em uma bacia de tintura.

Tengo olhou para a Aomame, sentada ao seu lado. Ela não era mais aquela garota de dez anos, magricela e com aparência desnutrida, que usava roupas velhas, fora do tamanho, com os cabelos grosseiramente cortados pela mãe. Não havia mais nenhum resquício daquela menina de outrora, mas bastava olhá-la para saber que a pessoa ao seu lado só podia ser ela. Aos olhos de Tengo não havia dúvidas de que era Aomame. A expressão de seu olhar era a mesma, apesar de terem se passado vinte anos. Um olhar intenso, límpido e claro. Um olhar que sabia exatamente o que queria ver. Um olhar confiante, de quem sabe o que quer, e que não poderia ser demovida por ninguém. Aqueles olhos estavam focados em Tengo. E eram capazes de enxergar seu coração.

Ela viveu durante vinte anos em algum lugar que Tengo desconhecia, mas, agora, ela era adulta e tinha se tornado uma linda mulher. No mesmo instante, Tengo conseguiu incorporar, sem reservas, todos os lugares e o tempo decorrido, fazendo-os se tornar parte de seu corpo e sangue. Todos os lugares e o tempo decorridos pertenciam a ele.

Tengo sabia que precisava dizer alguma coisa. As palavras, porém, não lhe saíam da boca. Seus lábios mexiam-se sutilmente, tentando encontrar no ar alguma palavra adequada, mas em vão. De seus lábios vinha apenas um suspiro esbranquiçado, como uma ilha solitária a vagar. Aomame fitou os olhos de Tengo e balançou uma única vez a cabeça, discretamente. Tengo entendeu esse seu gesto. *Não precisava dizer nada.* Ela continuava a segurar a mão de Tengo dentro do bolso da jaqueta e, nem por um segundo, ela fazia menção de largá-la.

Estamos vendo a mesma coisa, foi o que disse Aomame, bem baixinho, ainda mirando os olhos dele. Era uma pergunta e, ao mesmo tempo, não era. Ela já sabia daquilo, mas, mesmo assim, precisava de uma confirmação.

Há duas luas pairando no céu, disse ela.

Tengo concordou com a cabeça. "Há duas luas pairando no céu", pensou, sem dizê-lo em voz alta. Estranhamente, sua voz não saía. Ele apenas podia pensar.

Aomame fechou os olhos, curvou-se e encostou o rosto no peito de Tengo, colocando o ouvido sobre o seu coração. Ela escutava atentamente o que Tengo mentalizava. Eu preciso saber, disse ela, preciso saber se estamos no mesmo mundo e se vemos a mesma coisa.

Tengo sentiu que o enorme redemoinho que havia dentro dele desaparecera por completo. Ao seu redor havia apenas uma noite serena de inverno. As janelas iluminadas do prédio do outro lado da rua — o local em que Aomame estivera escondida durante os dias de fugitiva — eram as únicas coisas que indicavam a existência de outras pessoas vivendo naquele mundo. Isso provocava nos dois um sentimento muito estranho, a ponto de considerarem aquilo algo irracional e incorreto. Eles não conseguiam aceitar a ideia de que, além deles, havia outras pessoas vivendo naquele mundo.

Tengo inclinou levemente o corpo e cheirou os cabelos de Aomame. Eles eram lisos e belos. Uma orelha pequena e cor-de-rosa surgia por entre os fios, como um ser vivo tímido.

Foi há muito tempo, disse Aomame.

"Foi há muito tempo", também pensou Tengo. Mas, no mesmo instante, percebeu que aqueles vinte anos deixaram de possuir uma importância substancial. Era como se os vinte anos tivessem passado numa questão de segundos, e que seria igualmente possível preenchê-los em segundos.

Tengo tirou a mão do bolso e envolveu os ombros dela. Sentiu a densidade de seu corpo na palma de sua mão. Levantou o rosto e olhou novamente as luas. O par de luas era visível por entre as nuvens, e elas continuavam a refletir sobre a terra aquela estranha luz de coloração mesclada. As nuvens passavam lentamente. Sob aquela luz, Tengo sentiu profundamente que seu coração era capaz de transformar o tempo em algo relativo. Vinte anos eram muito tempo. E, durante esse período, muitas coisas devem ter acontecido. Muitas coisas nasceram e outras tantas desapareceram. O que restou mudou de forma e se deteriorou. Vinte anos eram muito tempo, mas, para um coração decidido, o tempo jamais será *longo demais*. Mesmo que eles se encontrassem daqui a vinte anos, ele provavelmente sentiria a mesma coisa ao estar diante de Aomame. Tengo estava ciente disso. Mesmo que tivessem cinquenta anos, ao estar diante de Aomame ele sentiria o coração palpitar e estaria, assim como agora, profundamente confuso. Sentiria a mesma alegria e a mesma certeza.

Tengo pensou sobre isso apenas dentro de seu coração, sem se expressar verbalmente. Mas ele sabia que Aomame escutava atentamente cada palavra, ainda que não dita. Ela estava com a orelha rosada encostada em seu peito e prestava atenção nas batidas de seu coração, como uma pessoa que consegue enxergar vividamente as paisagens ao seguir o mapa com o dedo.

Aomame disse em voz baixa que gostaria de ficar ali para sempre, sem se importar com o tempo, mas lembrou que precisavam fazer uma coisa.

"*Nós vamos nos mudar*", pensou Tengo.

Isso mesmo. Nós vamos nos mudar, disse Aomame. E prosseguiu dizendo que quanto antes melhor, pois não tinham muito tempo. Ela não sabia dizer em palavras para onde precisavam ir.

"Não precisa dizer", pensou Tengo.

Você não quer saber para onde vamos?, indagou Aomame.

Tengo balançou a cabeça num gesto negativo. Os ventos da realidade não podiam apagar a chama de seu coração. Não havia mais nada tão significativo quanto aquilo.

Nunca mais vamos nos separar, disse Aomame. Isso está mais do que certo. Nunca mais vou largar sua mão.

Uma nova nuvem apareceu e engoliu as duas luas durante um bom tempo. E, como as cortinas do palco que descem silenciosamente, o mundo se tornou um pouco mais escuro.

Precisamos nos apressar, sussurrou Aomame. Os dois se levantaram e ficaram em pé no topo de escorregador. As sombras dos dois se tornaram uma. Eles se davam firmemente as mãos, como se fossem crianças que tentam sair às apalpadelas de uma densa floresta cercada de escuridão.

— Nós vamos sair da cidade dos gatos — disse Tengo pela primeira vez. Aomame escutou com atenção o som daquela nova voz.

— Cidade dos gatos?

— É uma cidade onde impera uma profunda solidão durante o dia e gatos grandes ganham o controle durante a noite. Há um rio bonito e uma velha ponte de pedra. Mas não é um lugar para nós ficarmos.

"Cada um chamou *este mundo* com um nome diferente", pensou Aomame. "Eu chamei de '1Q84'; ele, de 'Cidade dos gatos'. Mas essas denominações referem-se à mesma coisa." Aomame segurou a mão dele com mais força.

— Isso mesmo. Nós vamos sair da cidade dos gatos. Nós dois, juntos. Quando sairmos daqui, seja de dia ou de noite, nunca mais vamos nos separar.

Quando os dois deixaram o parque infantil, as luas estavam escondidas por trás das nuvens que passavam vagarosamente no céu. Os olhos das luas estavam cobertos. O menino e a menina deixavam a floresta de mãos dadas.

Capítulo 30
Tengo
Se eu não estiver errada

Ao deixar o parque, os dois foram até a avenida e pegaram um táxi. Aomame pediu para o motorista ir até a Sangenjaya margeando a Rodovia Nacional 246.

Foi então que Tengo, pela primeira vez, reparou nas roupas de Aomame. Ela vestia um casaco de meia-estação de cor clara, um pouco fino para aquela época do ano. Tinha um cinto afivelado na frente. Sob o casaco, usava um blazer verde e uma minissaia justa. Meia-calça fina e sapatos de salto alto lustrados. Carregava no ombro uma bolsa de couro preta. A bolsa estava cheia e parecia pesada. Não usava luvas nem cachecol. Também não usava anel, colar ou brincos. Não usava perfume. Aos olhos de Tengo, tudo o que ela usava e não usava lhe conferia uma aparência extremamente natural. Não havia nada que quisesse tirar ou acrescentar.

O táxi seguiu em direção à Rodovia 246, passando pelo anel viário 7. O trânsito fluía excepcionalmente bem. Durante o trajeto, os dois permaneceram por um bom tempo quietos. O rádio estava desligado e o jovem motorista mantinha-se calado. A única coisa que se ouvia era o som monótono dos pneus rodando incessantemente pela estrada. Aomame estava sentada no banco com o corpo encostado ao de Tengo e continuava segurando sua mão grande. Temia soltá-la, de modo que nunca mais pudesse pegá-la novamente. A cidade noturna rodeava os dois como uma corrente marítima tingida pela fosforescência dos microscópicos seres luminescentes.

— Tenho tantas coisas para dizer — falou Aomame, após um tempo. — Mas acho que não vou conseguir te explicar tudo até chegarmos lá. Não temos muito tempo. Mas, por mais tempo que se tenha, creio que não conseguiria dizer tudo.

Tengo balançou a cabeça discretamente. Não havia necessidade de explicar tudo. De agora em diante, eles poderiam preencher calmamente as lacunas, uma por uma — se fosse preciso preencher alguma. Para o Tengo de agora, se fosse algo que ambos compartilhassem, as lacunas podiam ser ignoradas e os mistérios, jamais revelados, e mesmo assim ele sabia que seria capaz de sentir algo muito próximo à alegria diante daquela situação.

— O que devo saber sobre você? — indagou Tengo.

— O que você sabe sobre mim? — Aomame devolveu-lhe a pergunta.

— Quase nada — respondeu Tengo. — Que você é instrutora de um clube esportivo, é solteira e atualmente mora em Kôenji.

— Eu também não sei quase nada de você. Sei apenas que é professor de matemática, leciona numa escola preparatória em Yoyogui e mora sozinho. E foi quem realmente escreveu a *Crisálida de ar* — disse Aomame.

Tengo fitou o rosto de Aomame com os lábios levemente abertos, numa expressão de surpresa. Pouquíssimas pessoas sabiam daquilo. Será que ela tinha alguma ligação com o grupo religioso?

— Não se preocupe. Estamos do mesmo lado — disse ela. — Se eu fosse te explicar como é que sei disso, a conversa ia ficar longa. Mas eu sei que a *Crisálida de ar* é um trabalho conjunto realizado por você e Eriko Fukada. E nós dois, em algum momento, adentramos num mundo em que existem duas luas no céu. Tem mais uma coisa: estou grávida. E, possivelmente, o filho é seu. Essas são as coisas mais importantes que você precisa saber.

— *Você está grávida* do meu filho?

O motorista devia estar ouvindo a conversa, mas Tengo não se importou.

— Durante vinte anos nós não nos encontramos uma única vez — disse Aomame. — Mesmo assim, estou grávida de seu filho. E pretendo tê-lo. Sei que não tem nenhuma lógica.

Tengo permaneceu em silêncio e aguardou Aomame prosseguir.

— Você se lembra daquela noite em que caiu uma tremenda tempestade, no início de setembro?

— Eu me lembro muito bem — disse Tengo. — Durante o dia fez sol, mas, no final da tarde, de repente, começou a trovejar e veio uma tremenda tempestade. A estação Akasakamitsuke ficou alagada e o serviço do metrô foi temporariamente interrompido — Tengo também se lembrou de que Fukaeri havia dito que *o Povo Pequenino estava alvoroçado.*

— Foi naquela noite que fiquei grávida — disse Aomame. — Mas, tanto naquele dia, quanto nos meses anteriores e posteriores, eu não mantive nenhuma relação *desse tipo.*

Ela aguardou Tengo assimilar essa informação para, em seguida, prosseguir:

— No entanto, não há dúvidas de que *isso* aconteceu naquela noite. E tenho certeza de que o filho é seu. Não sei explicar direito, mas *só sei que eu sei.*

Tengo se lembrou de que, naquela noite, ele e Fukaeri tiveram uma relação sexual muito estranha, e que aquilo acontecera uma única vez. Do lado de fora, os trovões reverberavam intensamente e enormes gotas de chuva se chocavam contra a janela. Se tomasse emprestadas as palavras de Fukaeri, o Povo Pequenino estava alvoroçado. Tengo sentia o corpo entorpecido e, quando estava deitado de costas na cama, Fukaeri subiu sobre o seu corpo, colocou o pênis duro dentro de si e sugou todo o seu sêmen. Ela parecia em transe. Os olhos dela se mantiveram fechados, como numa meditação. Os seios eram grandes, redondos, e ela não tinha pelos pubianos. Não parecia uma cena real. Mas não havia dúvidas de que aquilo de fato acontecera.

No dia seguinte, Fukaeri parecia não se lembrar do que ocorrera na noite anterior. Ou fingiu que não havia acontecido. Tengo achou que aquilo não tinha sido exatamente uma relação sexual, mas algo parecido com uma transação comercial. Naquela noite de intensas trovoadas, Fukaeri aproveitou o corpo entorpecido de Tengo para colher eficientemente todo o seu sêmen. Literalmente, sugou-o até a última gota. Tengo ainda se lembrava da estranha sensação que sentiu naquela noite. Fukaeri parecia outra pessoa.

— Lembro-me de uma coisa — disse Tengo, com a voz seca. — Realmente, aconteceu uma coisa comigo que não consigo explicar racionalmente.

Aomame fitou os olhos de Tengo.

— Quando aquilo aconteceu, eu não sabia o que significava e, mesmo agora, ainda não sei muito bem. Mas, se você ficou grávida naquela noite, e não há nenhuma outra possibilidade de explicar isso, a criança que está dentro de você é, de fato, minha.

A função de Fukaeri naquele momento provavelmente era a de *ser a condutora*. Através dela é que Tengo e Aomame se uniram. Num limitado período de tempo, ela uniu os dois fisicamente. Agora, Tengo sabia disso.

— Um dia contarei em detalhes o que aconteceu naquela noite — disse Tengo. — Mas, agora, neste momento, não tenho palavras para explicar.

— Você *realmente* acredita em mim, não é? Acredita que essa coisa pequenina que está dentro de mim é o seu filho.

— Acredito do fundo do meu coração — disse Tengo.

— Que bom — disse Aomame. — O que eu precisava saber era isso. Se você acredita em mim, o resto não importa. Não há necessidade de explicações.

— Você está grávida — Tengo indagou novamente.

— Estou no quarto mês — Aomame conduziu a mão de Tengo e a pousou em seu ventre, sobre o casaco.

Tengo se calou para sentir os sinais de vida dentro dela. Uma vida que ainda era pequenina, mas cujo calor a palma de sua mão conseguia captar.

— Para onde vamos nos mudar? Eu, você e esse ser pequenino?

— Para um lugar que não é aqui — disse Aomame. — Para um mundo onde existe somente uma lua no céu. O lugar em que nós deveríamos estar. Um lugar onde o Povo Pequenino não tem poder.

— Povo Pequenino? — Tengo franziu levemente as sobrancelhas.

— Você descreveu minuciosamente o Povo Pequenino na *Crisálida de ar*. Descreveu como eles eram e o que faziam.

Tengo assentiu.

— Eles realmente existem neste mundo. Exatamente com você os descreveu.

Quando ele reescreveu a *Crisálida de ar*, o Povo Pequenino não passava de seres fantásticos inventados por uma garota de dezessete anos com uma imaginação fértil. Ou, quando muito, representavam um símbolo ou uma metáfora. Mas, neste mundo, o Povo Pequenino realmente existe e eles, de fato, são poderosos. Agora, Tengo conseguia acreditar nisso.

— Não é somente o Povo Pequenino que existe neste mundo. Existem também a crisálida de ar, *maza* e *dohta,* e as duas luas — disse Aomame.

— Você conhece a passagem para sairmos *deste mundo*?

— Vamos sair pela mesma passagem que me conduziu até aqui. Não consigo pensar em outra saída. — Então Aomame acrescentou: — Você trouxe o romance que está escrevendo?

— Trouxe — disse Tengo, dando leves batidas na bolsa castanho-avermelhada que carregava no ombro. E estranhou. Como é que ela sabia disso?

Aomame abriu um sorriso hesitante. — Seja como for, eu sei.

— Parece que você sabe de muitas coisas — disse Tengo. Era a primeira vez que ele a via sorrindo. Era um sorriso singelo, mas capaz de alterar o nível das marés do mundo ao seu redor. Tengo sabia que isso estava acontecendo.

— Jamais o deixe — disse Aomame. — Trata-se de algo importante para nós.

— Não se preocupe. Não vou largá-lo.

— Nós viemos a *este mundo* para que pudéssemos nos encontrar. Nós mesmos não sabíamos disso, mas esse foi o objetivo de estarmos aqui. Foi preciso passar por todos os tipos de complicação. Situações sem sentido, desprovidas de explicação plausível; situações estranhas, situações sangrentas e situações tristes. De vez em quando, aconteceram coisas maravilhosas. Nós tivemos que fazer uma promessa e a cumprimos. Precisamos enfrentar uma provação e conseguimos vencê-la. Estamos aqui por termos alcançado essa meta. Mas, agora, o perigo está perto. O que eles querem é a *dohta* que existe dentro de mim. Você deve saber o que significa *dohta,* não?

Tengo respirou fundo e disse: — Você vai ter nossa *dohta*; minha e sua.

— Isso mesmo. Não sei os detalhes que regem esse princípio, mas estou tentando criar uma *dohta* através da crisálida de ar, ou cumprindo a minha função de ser a própria crisálida de ar. E o que *eles* querem é pegar a nós três. Como um novo sistema para "ouvir a voz".

— Qual seria a minha função? Se houver alguma outra que não seja apenas ser o pai da *dohta*?

— Você... — Aomame interrompeu o que ia dizer. Falta-vam-lhe palavras. Ainda existiam algumas lacunas entre eles. Lacu-nas que precisariam preencher juntos, com o decorrer do tempo.

— Eu estava decidido a te encontrar — disse Tengo. — Mas não consegui. Foi *você* que me encontrou. Eu praticamente não fiz nada. Como posso dizer... Acho que isso não me parece justo.

— Não lhe parece justo?

— Estou sendo um fardo para você. No final das contas, eu não servi para nada.

— Você não está sendo um fardo para mim — disse Aoma-me, categoricamente. — Foi você que me conduziu até aqui. De um modo que não se pode ver. Nós dois somos um.

— Acho que eu já vi essa *dohta* — disse Tengo. — Ou, pelo menos, *o que* ela *significa*. Ela tinha a mesma aparência de quando você tinha dez anos e estava dormindo dentro de uma crisálida de ar iluminada por uma tênue luz. Eu toquei no dedo da mão dela. Isso aconteceu uma única vez.

Aomame apoiou a cabeça no ombro de Tengo. — Tengo, nós não somos um peso um para o outro. De jeito nenhum. O que precisamos pensar de agora em diante é como proteger *esta coisa pe-quenina*. Eles estão atrás de nós. E estão bem perto. Eu consigo ouvir os passos deles.

— Não importa o que aconteça, eu jamais entregarei vocês. Nem você nem essa coisa pequenina. O fato de estarmos juntos sig-nifica que cumprimos o objetivo de estar neste mundo. Aqui, porém, é um lugar perigoso. Mas você disse que conhece a saída.

— Acho que sim — disse Aomame. — Se eu não estiver errada.

Capítulo 31
Tengo e Aomame
Como uma ervilha dentro da vagem

Ao descer do táxi num local que lhe era familiar, Aomame ficou em pé no cruzamento, olhou ao redor e viu, sob a rodovia, o depósito ensombrecido cercado por grades de metal. De mãos dadas com Tengo, atravessaram a faixa de pedestres e foram até lá.

Ela não conseguia se lembrar qual daquelas barras estava solta, sem o parafuso, mas, após verificar atenta e pacientemente as grades da cerca, uma por uma, conseguiu encontrar um vão por onde dava para passar uma pessoa. Aomame se curvou e, tomando cuidado para não enroscar a roupa, passou para o outro lado da cerca. Tengo curvou seu corpo grande e, encolhendo-se, também atravessou. O local estava do mesmo jeito que Aomame viu quando estivera lá em abril. Sacos de cimento abandonados e com as embalagens desbotadas, ferros de construção oxidados, ervas daninhas sem vida, papéis velhos espalhados pelo chão e excrementos brancos de pomba grudados em todos os cantos. Nada havia mudado nesses últimos oito meses. Talvez, durante todo esse tempo, ninguém houvesse pisado ali. Apesar de estar no centro da cidade e sua localização ser como a de um banco de areia em plena estrada principal, aquele local estava abandonado e esquecido.

— Esse é o local? — perguntou Tengo após observar o entorno.

Aomame balançou a cabeça num gesto afirmativo. — Se não encontrarmos uma saída, não poderemos ir a lugar nenhum.

Em meio à escuridão, Aomame tentou achar a escada de emergência pela qual havia descido da outra vez. Era uma escada estreita que ligava a Rodovia Metropolitana e a Rodovia 246, logo abaixo. "*Tem que haver* uma escada por *aqui*", disse para si. Ela precisava acreditar nisso.

Encontraram a escada de emergência. Na verdade, era praticamente uma escada de mão, muito mais simples e mais perigosa do que se lembrava. Ela própria ficou admirada pela façanha de ter usado aquilo para descer. Mas a escada estava ali. Agora era só subir, degrau por degrau. Ela tirou os saltos altos da Charles Jourdan, guardou-os na bolsa e a ajeitou a tiracolo. Pisou no primeiro degrau com o pé envolto pela meia-calça.

— Me siga — disse Aomame, virando-se para trás e olhando Tengo.

— Não seria melhor eu subir na frente? — perguntou Tengo, preocupado.

— Não. Eu vou primeiro — aquele foi o caminho por onde ela desceu. Agora era a hora de ela subir.

A escada estava bem mais fria e gelada que da outra vez. As mãos que seguravam o ferro que servia de corrimão ficavam entorpecidas, a ponto de perderem a sensação tátil. Os ventos que sopravam por entre os pilares de sustentação da rodovia também estavam bem mais fortes e cortantes. Aquela escada era desafiadora, indiferente e não prometia nada.

Em setembro, quando ela procurou aquela escada do alto da rodovia, ela havia desaparecido. O caminho estava bloqueado. Mas o caminho inverso, que partia do depósito de materiais para subir até a rodovia, existia, como ela constatava naquele exato momento. Era como Aomame previa. Sua intuição lhe dizia que, de baixo para cima, a escada ainda estaria lá. "Dentro de mim existe uma *coisa pequenina*. Se ela possui algum poder especial, com certeza vai me proteger e indicar a direção certa."

Havia uma escada. Mas não era possível saber se ela *realmente* conduziria até a via expressa. Havia a possibilidade de ela estar bloqueada no meio do caminho. Isso mesmo. Neste mundo, tudo era possível. O único jeito de saber era, de fato, usar as pernas e os braços, subir as escadas e verificar com os próprios olhos o que existe — ou não — lá em cima.

Aomame subiu a escada com muito cuidado, degrau por degrau. Ao olhar para baixo, conseguia ver Tengo subindo logo atrás dela. De vez em quando, uma forte rajada de vento passava por eles, emitindo um silvo estridente e fazendo agitar seu casaco de meia-estação. A barra da minissaia ergueu-se até a altura das coxas. Os cabelos, ao sabor dos ventos, estavam embaraçados e grudavam no rosto,

454

tampando-lhe a visão e dificultando a respiração. Aomame arrependeu-se de não os ter prendido. Achou também que devia ter providenciado um par de luvas. "Por que não pensei nisso? Mas agora não adianta reclamar. Seja como for, a única coisa com que me preocupei era estar vestida do mesmo jeito de quando desci as escadas. O importante é segurar firme no corrimão e continuar subindo."

Enquanto tremia de frio e subia as escadas, ela olhou o prédio do outro lado da rodovia. Era um pequeno prédio de apartamentos de cinco andares, com a fachada de tijolos marrons. Naquele dia em que ela desceu as escadas, ela viu o mesmo prédio. Metade das janelas estava com as luzes acesas. De tão perto que o prédio estava, cabia a expressão "tão perto quanto a distância entre os olhos e o nariz". Se algum morador visse os dois subindo as escadas de emergência da rodovia durante a noite, isso poderia ocasionar algum problema. Naquele momento, os dois estavam sob a lâmpada da Rodovia 246, que os deixava sob forte iluminação.

Mas, felizmente, não havia ninguém nas janelas. Todas estavam com as cortinas fechadas. Não era para menos; ninguém em sã consciência sairia para a varanda numa noite tão fria de inverno, como era o caso, para contemplar a escada de emergência de uma rodovia metropolitana.

Numa das varandas havia um vaso de fícus. O vaso estava ao lado de uma cadeira de jardim suja, e a planta estava toda encolhida e murcha. Em abril, quando ela descia a escada, havia também um vaso de fícus naquele mesmo lugar. O fícus estava muito mais debilitado do que o seu, que ela havia deixado no apartamento de Jiyûgaoka. Durante esses últimos oito meses, o fícus da varanda permaneceu no mesmo lugar, definhando e encolhendo. Machucado e com as folhas desbotadas, o fícus foi deixado num canto do mundo que jamais chamaria a atenção e, com certeza, ninguém se lembrava mais dele. Nem água deviam estar dando para ele. Mesmo assim, o fícus transmitia, ainda que modestamente, um sentimento de coragem e de apoio para a Aomame que subia aquela escada instável, sentindo-se insegura, hesitante e com braços e pernas quase congelados. "Está tudo bem. O que estou fazendo é percorrendo o caminho inverso ao que fiz da outra vez e, por isso, agora estou subindo as escadas. O fícus está cumprindo a função de me transmitir um sinal. De modo extremamente discreto."

"Quando eu desci as escadas daquela vez, vi algumas pobres teias de aranha. Depois, comecei a pensar em Tamaki Ôtsuka. Lembrei-me do dia em que viajei com essa minha melhor amiga do colegial, durante o verão, e que de noite, na cama, ficamos nuas tocando o corpo uma da outra. Por que será que, de repente, me veio essa lembrança justamente no momento em que eu estava descendo as escadas de emergência da rodovia metropolitana?" Aomame pensou novamente em Tamaki enquanto subia as escadas. Lembrou-se da pele sedosa e do belo formato de seus seios. Sempre sentiu inveja daqueles seios fartos. "Eles eram totalmente diferentes dos meus pobres seios mirrados e mal desenvolvidos. Mas aqueles seios deixaram de existir."

Em seguida, Aomame pensou em Ayumi Nakano. A policial solitária que, numa noite de agosto, foi encontrada com as mãos algemadas e estrangulada com o cinto de um roupão de banho num quarto de hotel em Shibuya. Uma jovem mulher com inúmeros problemas sentimentais, que caminhava em direção ao abismo. Seus seios também eram fartos.

Aomame lamentava profundamente a morte das duas amigas. Ficava triste por elas não existirem mais neste mundo. Lamentava que aqueles seios maravilhosos tivessem desaparecido sem deixar vestígios.

"*Por favor, me proteja*", Aomame suplicou em seu coração. "*Por favor, eu preciso que vocês me ajudem.*" A voz silenciosa de Aomame devia estar sendo ouvida pelas infelizes amigas. "Elas, com certeza, vão me proteger."

Ao terminar de subir a escada íngreme, havia uma passarela que seguia em direção à rodovia. Havia um corrimão, mas só era possível atravessá-la recurvando o corpo. Na outra extremidade havia uma outra escada em zigue-zague. Não era uma escada propriamente dita, mas era bem melhor que essa que ela acabara de subir. Pelo que Aomame se recordava, essa outra escada a conduziria até o espaço reservado para o acostamento da rodovia. A vibração do tráfego de caminhões grandes na pista fazia tremer a passarela, tornando o chão instável e fazendo-a se sentir como num pequeno bote à mercê das ondas.

Após verificar que Tengo subira as escadas e estava logo atrás dela, ela estendeu a mão e pegou a dele. Estava quente. Numa noite tão fria como aquela, e após segurar o corrimão gelado, como a mão dele continuava quente? Aomame estranhou.

— Só mais um pouco — disse Aomame bem perto de seu ouvido. Para sobrepujar o ruído dos carros e o silvo dos ventos, precisava falar bem alto. — Subindo aquela escada, chegaremos à rodovia.

"Se a escada não estiver bloqueada", pensou. Mas isso ela não disse.

— Desde o começo, você estava com a intenção de subir essas escadas, não estava? — perguntou Tengo.

— Isso. Mas dependia de eu encontrá-las.

— Mesmo tendo isso em mente, você veio de minissaia e saltos altos. Acho que não são adequados para subir uma escada tão íngreme.

Aomame sorriu. — Eu precisava estar vestida desse jeito. Um dia eu te explico o motivo.

— Você tem belas pernas — disse Tengo.

— Você gostou?

— Muito.

— Obrigada — disse Aomame. Ela se curvou na passarela estreita e deu um leve beijo na orelha de Tengo. Na orelha amarrotada que lembrava uma couve-flor. Sua orelha estava gelada.

Aomame continuou em frente e caminhou pela passarela. Ao chegar à outra extremidade, começou a subir o próximo lance de uma estreita e íngreme escada. As plantas de seus pés estavam geladas, de modo que mal conseguia sentir as pontas dos dedos. Era preciso tomar muito cuidado para não pisar em falso e escorregar. Ela continuou subindo enquanto afastava os cabelos emaranhados que caíam no rosto. O vento gelado fazia seus olhos lacrimejarem. Ela segurava firmemente o corrimão para não perder o equilíbrio com os ventos e, passo a passo, subia os degraus com muito cuidado, enquanto pensava em Tengo que a seguia. Pensou na mão grande e quente, e na orelha gelada que parecia uma couve-flor. Ela pensou na *coisa pequenina* que dormia dentro dela. Pensou na pistola negra dentro de sua bolsa. Pensou nas sete balas 9 milímetros que carregava no pente.

"Não importa o que aconteça, temos que sair deste mundo. Preciso acreditar, do fundo do meu coração, que esta escada vai, com certeza, me conduzir até a rodovia. *Preciso acreditar*", Aomame tentava se convencer. Foi então que ela se lembrou das palavras que o Líder lhe disse um pouco antes de morrer, naquela noite tempestuosa. Eram versos de uma canção. Versos que ela ainda se lembrava com exatidão:

> *Eis o mundo do espetáculo*
> *em que tudo é fantasia;*
> *mas, se você acreditar em mim,*
> *real ele se tornará.*

"Não importa o que aconteça ou o que eu faça, preciso lutar para que isso se torne real. Ou melhor, eu e Tengo precisamos unir nossas forças para alcançar esse objetivo, cada pequeno grama de força que possuímos. Para nós dois e para essa *coisa pequenina*."

Aomame parou num patamar da escada e olhou para baixo. Tengo estava bem atrás dela. Ela esticou o braço e pegou sua mão. Sentiu o mesmo calor que da vez anterior. Um calor que lhe transmitia uma força autêntica. Ela novamente se debruçou e aproximou a boca na orelha amassada de Tengo.

— Sabe, teve uma vez em que eu quase acabei com a minha vida por você — confessou Aomame. — Faltou pouco para eu morrer de verdade. Alguns milímetros. Você acredita?

— Acredito — disse Tengo.

— Você consegue me dizer que acredita nisso do fundo do seu coração?

— Acredito do fundo do meu coração — disse Tengo.

Aomame balançou a cabeça e soltou a mão de Tengo. Voltando-se para a frente, continuou a subir as escadas.

Minutos depois, Aomame subiu todas as escadas e chegou na Rota 3 da Rodovia Metropolitana. A escada de emergência não estava bloqueada. A intuição dela estava correta, e o esforço foi recompensado. Antes de pular a cerca de ferro, ela limpou com o dorso da mão as lágrimas geladas de seus olhos.

— Rota 3 da Rodovia Metropolitana — disse Tengo, surpreso. Permaneceu um tempo calado, apenas observando ao redor.

— É aqui a saída do mundo?

— É — respondeu Aomame. — Aqui é o local por onde se entra e sai deste mundo.

Quando Aomane pulou a cerca, sua minissaia subiu até as coxas e Tengo ajudou-a, segurando-a pelas costas. Do outro lado da cerca havia espaço suficiente para estacionar dois carros. Era a terceira vez que Aomame ia àquele local. Diante dela havia a mesma placa enorme da Esso. *Ponha um tigre no seu tanque.* O mesmo slogan, o mesmo tigre. Descalça, ela ficou em pé diante da placa, petrificada e sem palavras. Ela respirava bem fundo o ar noturno cheio de gases de escapamento. Um ar que, mais do que qualquer outro, lhe proporcionava um frescor estimulante. "*Voltamos*", pensou consigo. "*Nós* voltamos para cá."

A via expressa estava supercongestionada, como da vez anterior. As fileiras de carros que seguiam em direção a Shibuya praticamente não avançavam. Ao ver essa cena, ela ficou surpresa. "Por que será que toda vez que eu venho aqui, a via está sempre congestionada?" Em um dia útil, naquele horário, era estranho a Rota 3 estar tão congestionada no sentido centro. O mais provável era ter acontecido algum acidente mais à frente. A expressa no sentido do bairro fluía bem, mas, no sentido oposto, a pista estava completamente engarrafada.

Tengo pulou a cerca na sequência. Ele levantou a perna bem alto e, com um leve salto, conseguiu facilmente transpô-la. Ficou em pé ao lado de Aomame. Os dois observavam em silêncio a fileira de carros comprimidos, como pessoas que pela primeira vez se veem diante do mar e, atônitas, observam as ondas quebrando sucessivamente na orla da praia.

As pessoas dentro dos carros também olhavam para eles em silêncio. Elas pareciam não acreditar no que viam, e tentavam entender o que estava acontecendo. Mais do que curiosidade, havia no ar um sentimento de desconfiança. "O que aquele casal de jovens está fazendo ali?" Os dois surgiram de repente no meio da escuridão e, agora, estavam parados no acostamento da rodovia. A mulher estava de minissaia, vestia um casaco de meia-estação e usava somente meia-calça, sem os sapatos. O homem era grande e vestia uma jaqueta de couro surrada. Ambos carregavam bolsas a tiracolo. "Será que o carro deles enguiçou, ou se envolveram num acidente?" Mas não havia nenhum carro enguiçado nem acidente naquela área. E eles não pareciam pedir socorro.

Finalmente, Aomame recobrou o senso de realidade. Tirou os sapatos da bolsa e os calçou. Ajeitou a barra da minissaia e pendurou corretamente a bolsa num dos ombros. Fechou o cinto do casaco na frente. Em seguida, umedeceu os lábios secos com a língua e ajeitou a franja com os dedos. Pegou um lenço e limpou os olhos marejados. Por fim, aconchegou-se ao lado de Tengo.

Assim como vinte anos antes, exatamente no mês de dezembro, numa sala da escola primária após o término das aulas, os dois estavam em pé, em silêncio, um ao lado do outro e de mãos dadas. Neste mundo não existia mais ninguém a não ser eles. Os dois contemplavam a fileira de carros deslocando-se lentamente diante deles. Mas, na verdade, não viam nada. Para eles, não importava o que estavam vendo ou ouvindo. A paisagem, os sons e os odores que os rodeavam tinham perdido o significado original.

— Será que conseguimos entrar num mundo diferente?— Tengo, finalmente, conseguiu dizer.

— Acho que sim — respondeu Aomame.

— Talvez seja melhor verificar.

Só havia um jeito de checar, e não precisava necessariamente ser expresso em palavras. Aomame olhou para o céu sem dizer nada. Tengo também olhou o céu quase na mesma hora. Eles procuravam a lua. Na posição em que estavam, ela devia estar bem acima da placa da Esso. Mas não conseguiam vê-la, por estar atrás das nuvens carregadas pelo vento, lentamente, para o sul. Os dois aguardavam. Não havia pressa. Tempo era o que eles tinham de sobra. Tempo suficiente para recuperar o tempo perdido. Tempo que os dois podiam compartilhar juntos. Não precisavam ter pressa. O tigre sorridente da placa da Esso segurava o bico da bomba de combustível e lançava um olhar amistoso para os dois de mãos dadas.

De repente, Aomame percebeu que alguma coisa estava diferente da vez anterior. Durante um bom tempo ela não conseguiu discernir o que era. Estreitou os olhos e se concentrou. Foi então que ela notou que o tigre da propaganda estava com o lado esquerdo do rosto voltado para eles. Da outra vez em que estivera lá, e que ela se lembrava, ele estava com o lado direito voltado para o mundo. *O ti-*

gre estava invertido. O rosto de Aomame se contorceu. O coração começou a bater em descompasso. Sentiu alguma coisa dentro dela em refluxo. "Será que posso afirmar isso com certeza? Minha memória está certa?" Aomame não estava segura. Era *apenas uma impressão.* A memória às vezes é traiçoeira.

Aomame guardou a dúvida para si. Por enquanto, achou melhor não falar disso. Fechou os olhos, fez voltar ao normal a respiração e as batidas do coração, e aguardou a passagem das nuvens.

As pessoas nos carros observavam os dois com os vidros das janelas abertos. "O que será que aqueles dois estão olhando tão atentamente lá no alto? Por que estão firmemente de mãos dadas?" Alguns, inclusive, esticavam o pescoço para olhar na mesma direção que eles. Mas o que viam era somente as nuvens brancas e a propaganda da Esso. *Ponha um tigre no seu tanque.* O tigre sorridente, com o lado esquerdo do rosto voltado para os passantes, sugeria que se consumisse mais gasolina. O rabo listrado de laranja estava triunfalmente voltado para o céu.

Enfim, as nuvens se dissiparam e a lua reapareceu no céu.

Havia uma única lua. A mesma lua amarela e solitária de sempre. Aquela velha e conhecida Lua que pairava em silêncio sobre os campos; que surgia sobre a superfície calma do lago, como um prato redondo e branco; que discretamente iluminava o telhado da casa adormecida. Aquela lua que levava a maré alta à praia, que iluminava suavemente os pelos dos animais selvagens e acolhia e protegia os viajantes noturnos. Aquela mesma lua que, às vezes, se tornava uma afiada lua crescente e cortava a pele da alma. Aquela lua nova que silenciosamente derramava sobre a superfície da terra suas gotas escuras de solidão. Essa lua estava posicionada bem acima da placa da Esso. Ao lado dela não havia nenhuma outra lua pequena, esverdeada e deformada. A lua pairava no céu em silêncio, sem acompanhante. Ambos viam a mesma cena. Aomame segurou a mão grande de Tengo sem dizer nada. A sensação de refluxo havia desaparecido.

"*Voltamos para o ano de 1984*", Aomame dizia a si mesma. "Aqui não é mais 1Q84. Aqui é o antigo mundo de 1984."

"Mas era aquilo mesmo? Era possível voltar para mundo anterior de modo tão fácil? O Líder afirmou categoricamente, antes de morrer, que não existia mais, em nenhum lugar, um caminho de volta ao mundo anterior."

"Será que aqui não seria *um outro lugar, diferente*? Será que nós mudamos de um mundo para outro, um terceiro mundo? Para um mundo em que o tigre está sorrindo com a face esquerda e não com a direita voltada para nós? Um mundo que nos aguarda com novos enigmas e novas regras?"

"É possível", pensou Aomame. "Agora não sou capaz de afirmar o contrário. Mesmo assim, uma coisa eu posso dizer com convicção. Queira ou não, aqui não é mais *aquele* mundo em que pairavam duas luas no céu. E, agora, estou segurando a mão de Tengo. Havíamos entrado num local perigoso em que inexistia o poder da lógica, passamos e superamos severas provações, nos reencontramos e deixamos aquele lugar. Independentemente de termos chegado no antigo mundo ou num mundo novo, o que temos a temer? Se tivermos de passar por uma nova provação, basta superá-la. É apenas isso. Seja como for, nós agora não estamos sozinhos."

Aomame relaxou o corpo e, para acreditar no que achava por certo acreditar, apoiou-se no peito enorme de Tengo. Encostou o ouvido e prestou atenção nas batidas de seu coração. E deixou-se envolver em seu abraço. Como uma ervilha dentro da vagem.

— Para onde devemos ir agora? — Tengo perguntou para Aomame. Quanto tempo teria se passado?

Não poderiam ficar ali para sempre. Era mais que óbvio. Mas na rodovia metropolitana não havia faixa de acostamento contínuo. A saída de Ikejiri estava relativamente próxima, mas, por mais que a via estivesse congestionada, seria perigoso demais para os dois andarem por entre os carros naquela via estreita. Pedir uma carona e ser acolhido também não parecia algo fácil de acontecer. Havia a possibilidade de usar o telefone de emergência e ligar para a Companhia Metropolitana do Sistema Viário e pedir socorro, mas, nesse caso, eles precisariam explicar de modo convincente por que estavam perdidos naquele lugar. Mesmo que conseguissem chegar sãos e salvos até a saída de Ikejiri a pé, o funcionário do pedágio certamente os interrogaria. Descer as escadas que eles acabaram de subir estava fora de cogitação.

— Não sei — disse Aomame.

Aomame realmente não sabia o que fazer nem para onde ir. Assim que subiu as escadas de emergência, sua função havia terminado. Ela estava sem energias para refletir e decidir o que era certo ou errado. Dentro dela não havia mais combustível. A única opção era confiar em alguma outra força.

> Pai nosso que estais no Céu, santificado seja o Vosso Nome; venha a nós o Vosso Reino. Perdoai nossos pecados. Conceda-nos a Vossa bênção em nossa humilde caminhada. Amém.

A oração saiu de sua boca espontaneamente. Quase um reflexo condicionado. Não havia necessidade de pensar. Nenhuma palavra dessa oração possuía significado. Para Aomame, agora elas eram apenas sons, nada mais que uma lista de sinais fonéticos. Mas, conforme ela entoava mecanicamente aquela oração, era tomada de um estranho sentimento. Possivelmente, algo que se poderia chamar de devoção. Alguma coisa que sutilmente tocava seu coração. "Não importa o que tenha acontecido, sinto-me grata por não ter me perdido", pensou. "Que bom que estou aqui — não importa onde seja *aqui* — e sou eu mesma."

— Venha a nós o Vosso Reino — ela repetiu em voz alta, da mesma forma como entoava antes das refeições na escola. Não importava o que significava; aquilo era algo que ela desejava do fundo do coração. Venha a nós o Vosso Reino.

Tengo acariciou os cabelos dela, como se os penteasse.

Dez minutos depois, Tengo parou um táxi que estava passando. Durante um tempo, não conseguiam acreditar no que os seus olhos viam. Um táxi sem passageiros passava vagarosamente no meio do congestionamento da via expressa. Assim que Tengo ergueu o braço, ainda que hesitante, o táxi abriu a porta de trás e os dois entraram rapidamente, como se temessem que aquilo fosse uma ilusão que poderia desaparecer a qualquer momento. O motorista, um rapaz de óculos, virou-se assim que os dois entraram no carro.

— Por causa desse congestionamento, vou pegar a saída de Ikejiri, que fica bem perto daqui, tudo bem? — perguntou o motorista. Ele tinha uma voz bastante aguda para um homem, mas que não chegava a ser irritante.

— Tudo bem — disse Aomame.

— Na verdade, é contra a lei pegar passageiros na via expressa.

— Que lei é essa? — indagou Aomame. O rosto dela refletido no retrovisor tinha as sobrancelhas ligeiramente franzidas.

Questionado assim de repente, o motorista não conseguiu se lembrar do nome da lei que proibia o taxista de pegar passageiros na via expressa. E o rosto de Aomame o deixava um pouco intimidado.

— Mas tudo bem — disse o motorista, encerrando o assunto. — Para onde devo ir?

— Você pode nos deixar perto da estação Shibuya — disse Aomame.

— Não vou ligar o taxímetro — disse o motorista. — Vou cobrar o valor somente a partir da saída da via expressa.

— Por que um táxi vazio está circulando numa via expressa congestionada? — Tengo perguntou ao motorista.

— É uma história meio complicada — disse o motorista, com a voz cansada. — Vocês querem mesmo saber?

— Eu quero — disse Aomame. Não importava o quanto a história podia ser longa e enfadonha. Ela queria ouvir as histórias que as pessoas tinham para contar nesse novo mundo. Quem sabe haveria um novo segredo, uma nova pista.

— Peguei um passageiro de meia-idade perto do parque Kinuta e ele me pediu para tomar a via expressa até as proximidades da Universidade Aoyama Gakuin. É que, indo por baixo, certamente pegaríamos um congestionamento na altura de Shibuya. Até aquele momento, não havia informação de que a via expressa estava congestionada. Muito pelo contrário, a informação era de que estava fluindo bem. Por isso, aceitei a sugestão do passageiro e peguei a Rodovia Metropolitana em Yôga. Mas houve uma colisão no bairro de Tani, e o resultado é esse. Uma vez na via expressa, o único jeito de escapar do congestionamento seria pegar a saída de Ikejiri. Enquanto seguíamos nessa direção, o passageiro encontrou uma conhecida. Estávamos literalmente parados na altura de Komazawa quando um Mercedes-Benz coupé prateado parou na pista ao lado e a motorista desse carro, por acaso, era uma conhecida desse meu passageiro. Eles abriram as janelas e começaram a conversar, e, pouco depois, a motorista do outro carro perguntou se ele não queria passar para o carro dela. Ele me perguntou se poderia acertar o valor até ali e se eu não me importava de ele passar para o outro carro. Era a primeira vez que um passageiro descia do táxi em plena via expressa, mas estávamos parados e, ainda por cima, eu não tinha como dizer não. Foi assim que o meu passageiro foi para Mercedes. Ele pediu desculpas e deixou um valor a mais, mas, mesmo assim, me senti prejudicado. Ainda mais que tive de ficar parado no congestionamento. E, aos poucos, cheguei até aqui, bem perto da saída de Ikejiri. Foi então que vi o senhor levantando a mão. É uma história inacreditável. Não acha?

— Eu acredito — disse Aomame, concisamente.

Naquela noite, hospedaram-se no quarto bem alto de um hotel em Akasaka. Com o cômodo escuro, tiraram as roupas, deitaram na cama e se abraçaram. Tinham muito o que conversar, mas poderiam esperar até o amanhecer. Antes de mais nada, precisavam resolver uma coisa. Em meio à escuridão, sem pressa e sem dizer nada, começaram a explorar o corpo um do outro. Com os dedos e a palma das mãos, foram descobrindo as partes do corpo e suas formas. Com o coração palpitante, eram como crianças que brincam de caça ao tesouro num quarto secreto. Toda vez que um deles encontrava algo, beijava o local em sinal de aprovação.

Após concluírem com muita calma esse reconhecimento, Aomame segurou o pênis duro de Tengo. Do mesmo jeito que ela havia segurado a mão dele na escola primária. Parecia a coisa mais dura que ela havia sentido até então. Quase um milagre. Em seguida, Aomame aproximou-se dele, abriu as pernas e o conduziu lentamente para dentro dela. Enfiou-o inteiro, bem fundo. No escuro, ela fechou os olhos e inspirou intensa e profundamente. E soltou o ar calmamente, sem pressa. Tengo sentiu o sopro quente em seu peito.

— Eu sempre imaginei estar em seus braços, como agora — sussurrou Aomame no ouvido de Tengo, interrompendo um pouco os movimentos do corpo.

— Imaginava fazer sexo comigo?

— Isso mesmo.

— Você imaginava *isso* desde os seus dez anos? — perguntou Tengo.

Aomame sorriu.

— É claro que não. Foi depois que cresci um pouco.

— Eu também imaginava isso.

— Estar dentro de mim?

— Isso mesmo — disse Tengo.

— Era como você imaginava?

— Ainda não consigo acreditar que isto está acontecendo de verdade — disse Tengo, com sinceridade. — Tenho a impressão de que ainda estou imaginando.

— Mas é real.

— É bom demais para ser verdade.

Aomame sorriu em meio à escuridão. Depois, o beijou na boca. Suas línguas exploraram um ao outro.

— Os meus peitos não são muito grandes — disse Aomame.

— São perfeitos — disse Tengo, acariciando-os.

— Você está falando sério?

— É claro que estou — disse Tengo. — Se fossem maiores, deixaria de ser você.

— Obrigada — disse Aomame. E complementou: — Mas não é só isso. O tamanho do lado direito é diferente do esquerdo.

— Eles são perfeitos do jeito que são — disse Tengo. — O lado direito é o lado direito, e o esquerdo é o esquerdo. Não precisa mudar nada.

Aomame encostou o ouvido no peito de Tengo. — Durante muito tempo eu me senti sozinha. E muitas coisas me feriram profundamente. Teria sido tão bom se eu tivesse te encontrado antes... Se isso tivesse acontecido, eu não precisaria ter desviado tanto do caminho.

Tengo balançou a cabeça num gesto negativo. — Eu não acho. Penso que assim foi melhor. Agora é que era o momento certo, para nós dois.

Aomame chorou. As lágrimas contidas durante muito tempo começaram a correr. Ela não conseguia evitá-las. Gotas enormes caíam sobre o lençol, fazendo um barulho como o da chuva. Com Tengo guardado bem fundo dentro de si, ela chorava copiosamente, fazendo todo o corpo tremer. Tengo abraçou-a firme e carinhosamente. Era o corpo de quem ele continuaria a dar todo o seu apoio de agora em diante. E Tengo se sentia feliz de poder estar a seu lado.

Ele disse: — Para saber quanto éramos sozinhos, cada um precisou desse tempo.

— Mexa — disse Aomame em seu ouvido. — Mexa bem devagar e sem pressa.

Tengo fez exatamente o que ela pediu. Mexeu o corpo devagar. Respirava calmamente, ouvindo as batidas do próprio coração. Durante esse tempo, Aomame se agarrava ao seu corpo grande como se estivesse prestes a se afogar. Ela parou de chorar, de pensar e, para além do passado e do futuro, sincronizou seus movimentos com os de Tengo.

Um pouco antes do amanhecer, os dois, com o roupão do hotel, estavam em pé, um ao lado do outro, diante da enorme janela de vidro, tomando uma taça de vinho tinto que haviam pedido pelo serviço de quarto. Aomame tomou somente um gole. Ainda não estavam com sono. Da janela do décimo sétimo andar, podiam ver a lua à vontade, quanto quisessem. As nuvens haviam se dissipado e nada lhes obstruía a vista. A lua, perto do amanhecer, havia se movido bastante e pairava no limite da linha do horizonte da cidade. A coloração era de um branco próximo ao cinza, e faltava pouco para dar por cumprida sua função e poder se retirar para baixo da superfície da Terra.

Na recepção, Aomame havia solicitado um quarto em um andar bem alto, de onde pudessem ver a lua, e dissera à recepcionista que o preço não seria problema. — Essa é a condição mais importante. Um local em que se possa ver claramente a Lua — disse Aomame.

A funcionária foi muito gentil com o casal que acabara de aparecer sem ter feito reserva. Contribuiu também o fato de, naquela noite, o hotel estar calmo. E também o fato de, à primeira vista, ela ter simpatizado com eles. Ela pediu que um mensageiro fosse até o apartamento para verificar se realmente a lua podia ser vista dali e somente após se certificar é que passou a chave da suíte júnior para Aomame. Ela ofereceu um desconto especial para o casal.

— Hoje é lua cheia ou algo assim? — perguntou a moça para Aomame, demonstrando interesse. Até então, ela devia ter recebido inúmeras solicitações, desejos e pedidos de hóspedes, mas era a primeira vez que via uma hóspede solicitar seriamente um quarto de onde se pudesse ver a lua.

— Não — disse Aomame. — A lua cheia já passou. Hoje ela deve estar com dois terços do tamanho. Mas não faz mal. O importante é ver a lua.

— A senhora gosta de ver a lua?

— É muito importante para nós — disse Aomame sorrindo. — Muito.

Mesmo com o amanhecer se aproximando, o número de luas não aumentou. Havia somente uma e familiar lua. Um único satélite de que ninguém mais se lembra desde quando ele gira em torno da Terra, com a mesma velocidade e exatidão. Enquanto contemplava a lua, Aomame colocou delicadamente a mão sobre o ventre para se certificar de que ali existia uma *coisa pequenina*.

"Ainda não descobri que mundo é este. Mas, independentemente de que mundo seja, eu vou ficar aqui", pensou Aomame. "*Nós* vamos ficar aqui. Este mundo deve ter os seus próprios riscos e muitos perigos escondidos. Deve estar cheio de mistérios e contradições. Deve haver inúmeros caminhos obscuros que não sabemos para onde nos levarão. De agora em diante, provavelmente teremos de trilhar alguns desses caminhos. Mas tudo bem; não tem problema. Vamos aceitar isso sem oposição. Nós não vamos mais sair daqui.

Vamos fincar os pés neste mundo com uma única lua. Nós três: Tengo, eu e esta coisa pequenina."

Ponha um tigre no seu tanque, diz o tigre da Esso, o lado esquerdo do rosto voltado para eles. Tanto faz o lado. O sorriso aberto é espontâneo e carinhoso, e ele sorri para ela. "Preciso confiar nesse sorriso. É importante." Ela retribui o sorriso de modo espontâneo e afetuoso.

Aomame estendeu delicadamente a mão no ar, e Tengo a pegou. Os dois estavam em pé, juntos, unidos em um único laço, e observavam em silêncio a lua pairando sobre os edifícios. Iluminada pela luz do novo sol prestes a raiar, ela perdeu rapidamente o brilho denso da noite, até se transformar em uma lua de papel, cinzenta, suspensa no céu.

1ª EDIÇÃO [2013] 8 reimpressões

ESTA OBRA FOI COMPOSTA PELA ABREU'S SYSTEM EM ADOBE GARAMOND E
IMPRESSA EM OFSETE PELA GEOGRÁFICA SOBRE PAPEL PÓLEN NATURAL DA
SUZANO S.A. PARA A EDITORA SCHWARCZ EM MAIO DE 2023

A marca FSC® é a garantia de que a madeira utilizada na fabricação do papel deste livro provém de florestas que foram gerenciadas de maneira ambientalmente correta, socialmente justa e economicamente viável, além de outras fontes de origem controlada.